# 公子扶苏

西望 ◎ 著

陕西新华出版
太白文艺出版社·西安

## 图书在版编目（CIP）数据

公子扶苏 / 西望著. -- 西安：太白文艺出版社，2024.1
ISBN 978-7-5513-2495-3

Ⅰ.①公… Ⅱ.①西… Ⅲ.①长篇历史小说－中国－当代 Ⅳ.①I247.5

中国国家版本馆CIP数据核字(2023)第188382号

## 公子扶苏
GONGZI FUSU

| 作　　者 | 西　望 |
|---|---|
| 责任编辑 | 靳　嫦 |
| 封面设计 | 王　洋 |
| 版式设计 | 建明文化 |
| 出版发行 | 太白文艺出版社 |
| 经　　销 | 新华书店 |
| 印　　刷 | 西安市建明工贸有限责任公司 |
| 开　　本 | 787mm×1092mm　1/16 |
| 字　　数 | 330千字 |
| 印　　张 | 22.75 |
| 版　　次 | 2024年1月第1版 |
| 印　　次 | 2024年1月第1次印刷 |
| 书　　号 | ISBN 978-7-5513-2495-3 |
| 定　　价 | 78.00元 |

版权所有　翻印必究
如有印装质量问题，可寄出版社印制部调换
联系电话：029-81206800
出版社地址：西安市曲江新区登高路1388号（邮编：710061）
营销中心电话：029-87277748　029-87217872

·本故事纯属虚构·

# 目录

- 楔子 — 001
- 壹 · 绕梁 — 005
- 贰 · 乌狮 — 025
- 叁 · 上疏 — 042
- 肆 · 绝圣 — 062
- 伍 · 大宛 — 075
- 陆 · 围困 — 084
- 柒 · 牧羊 — 103
- 捌 · 月氏 — 120
- 玖 · 清泉 — 141
- 拾 · 平叛 — 158

# 目录

·拾壹· 雪宫　　　　　　　171

·拾贰· 鸣镝　　　　　　　187

·拾叁· 青燕　　　　　　　203

·拾肆· 孟姜　　　　　　　217

·拾伍· 心斋　　　　　　　230

·拾陆· 西征　　　　　　　239

·拾柒· 决斗　　　　　　　263

·拾捌· 盟约　　　　　　　308

·拾玖· 哭城　　　　　　　321

·贰拾· 情殇　　　　　　　334

# 楔子

渭水，先秦时期一条极其重要的文化之脉，润泽出美丽富饶的关中平原，浇灌出中华民族两个赫赫王朝——周、秦，此后的汉唐雄风皆积于此。渭水发源于陇地鸟鼠山，一路自西向东蜿蜒而下，在秦岭和六盘山交会之处，裹挟着大量泥沙，冲出群山包围。进入关中平原后，变得温文尔雅，婀娜地躺在雄伟挺拔的秦岭脚下，静静地看着身边的兴衰更替，悲欢离合。

渭水北岸有座城，城北有座山叫九嵕山，因该城地处山南水北，山水俱阳，故名咸阳。自秦孝公起，秦帝国由栎阳迁都咸阳。至秦始皇一统天下，一百多年间，咸阳城已跨过渭水，楼台宫阙、苑间集市已遍及渭水之南。真个富丽堂皇又繁华。乃当世之时天下第一都市。

这一年，咸阳城出现了两件异事，一个在天上，一个在地下。

天上的异事叫荧惑守心。所谓荧惑，今天我们叫它火星，是太阳系八大行星之一。古人认为火星是一颗不祥之星。《史记·天官书》记载：荧惑为勃乱、残贼、疾、丧、饥、兵。所谓心，就是二十八星宿中的心宿，由三颗星组成，分别叫心大星、心前星和心后星。在古代占星术中，分别对应皇帝、太子、庶子。荧惑守心就是火星在心宿附近长时间相伴滞留，为古时至凶天象，最为皇室所忌。

地下的异事叫南山妖兽。秦人一直称呼秦岭为南山，当年春季，西北风渐弱，柳树生芽之时，由南山脚下的村落里，不断听闻百姓为豹子、熊罴所食。乡间游徼组织猎人扑杀，除了猎到一些羚羊、野兔，食人的猛兽却一无所获。村民不断莫名地失踪。后来，有人说看到一只黑色的豹子，化作人形在山间峪口游荡。慢慢地谣言越来越多，还有山间的樵夫说看到一群人在山间集会。樵夫由边上经过时，无意间看到他们衣服后面竟然露出一截尾巴。

湛蓝的天空下，几只黑色的猎鹰在盘旋唳叫。田陌之间，十余匹骏马呈楔形风驰电掣般疾驰，处于楔尖部位的是一个身披玄色斗篷的少年，风将他身上的斗篷吹得高高鼓起。少年马前两百来步，一只黑色的豹子在拼命逃窜。只见少年左手由马背上摘下七星宝弓，俯下身子，右手由箭袋中摸出一支箭来，搭在弓弦之上。他双眼紧盯着猎物，双臂一使劲，只听得七星宝弓发出"吱呀呀"的声音，那黑豹却猛地往左边一转，隐入南面一个峪口之间。同时，嗖的一声，箭已离弦，前方哗啦一声，路边一块斗大的顽石竟被箭镞击得四分五裂。

峪口传来一位老者的呼声："黑子，快过来！"那黑豹涉过溪水，跑到老者身边，嘴里"嘤"了几声，卧在老者身后，直喘着粗气。那老者褐衣斗笠，黝黑的皮肤，花白的须发，左手中捧着一个酒葫芦，仰脖喝了一口，右手抚摸着黑豹脊背，说道："黑子，山外面是另一个世界，黑非黑，白非白……"

十几骑已站在溪水边。一行人看着一老一兽，半天，斗篷少年右侧一个戎装少年，冲着溪水边朗声喊道："老伯，近日长安乡盛传猛兽伤人，内史调集中尉军剿杀，这只黑豹我们追了数里，老伯速速让开，勿要伤了性命。"那老者又仰脖灌了一口酒，打了个酒嗝，斜睨着少年，说道："吃人者怕不只是山中猛兽吧？"戎装少年闻言一怔，边上一个紫衣青年抱拳道："这位老伯，我们也是好意，不忍看着你命丧豹口。"老者呵呵一笑说："小黑伴老夫十年矣，别说伤人了，就是连山外一只鸡也未曾碰过。你们搞错啦！"

斗篷少年突然在马背上一抱拳，问道："阁下可是铸剑大师风前辈？"老者淡淡一笑，说道："山人风冶子，什么大师不大师的。"斗篷少年闻言，飞身下马，深深一揖，拜道："晚辈扶苏，有幸跟南山尊者学剑，曾听恩师说过风前辈。"一行人也跟着纷纷下马，站在一边。

斗篷少年正是大秦帝国长公子——扶苏。他左边的紫衣青年叫蒙毅，右边的戎装少年叫王离。风冶子还未作答，只见身后的黑豹突然仰天嗥叫起来。风冶子抬头望着天空，脸上的表情诧异无比。瞬间，一只斗大的火球拖着长长的尾巴由天空呼啸而下，坠入前方溪水之中。顿时天崩地裂，众人脚下一颤，沉闷的声音伴随着飞溅的火光传了过来。周围的溪水瞬间仿佛沸腾了一般，浓浓地升起一道道白烟。少顷，溪水又恢复了平静，众人定睛一瞧，清澈的溪水下面，黑黝黝如一把剑柄之物斜插在一块巨石之中。

风冶子盯着溪水那边看了两眼，又把目光投向了扶苏，不住地点头。他拍了拍黑豹的脑袋，指了指那边。黑豹小步涉水到那巨石跟前，将脑袋潜入水中，把那黝黑之物叼了起来。原来，这物刚刚炽热，现在有些凉了，在石缝中也就有了一些空隙。黑豹将此物送到风冶子跟前。他接过那物，先细细地看了一遍，黑黝黝的底色，面上泛着蓝灿灿的寒光，长有三尺左右，宽约两寸，俨然一把宝剑形状。风冶子又闭上眼睛嗅了片刻，喃喃道："看来这个传说是真的。英雄初现，陨铁降世。"

溪水边上，扶苏也暗自称奇，对蒙毅说道："天地造化，此物原是一炽热的火球，想必已熔化，刚巧又插入石缝之中，竟化成了剑状。"蒙毅见扶苏眼中满是艳羡之情，就冲着那边喊道："风前辈，许你千金，将此剑让于长公子，如何？"

风冶子哈哈一笑，却俯下身子问那黑豹："黑子，此物由天而降，是你捡到的。一千金贾于官家，可否？"黑豹绕着风冶子的身体转了一圈，将头伸进他的两腿之间，叫了几声。他抚摸着黑豹的脑袋，说道："一千金可着实不少哩，能买下一座山。"

王离见风冶子如此戏谑，脸上就有了愠怒之色，正待开口，扶苏摆了摆手，说道："君子不夺人之爱。再说了，此物身厚无锋，只能算个剑坯而已。算了吧！"

风冶子暗忖："此人贵为帝国长公子，却无半点居高临下的骄纵之气，英气逼人，却彬彬有礼，确是个君子，就给他讲讲此剑的来历吧！"于是开口说道，"此剑之气，已存于天地之间近百年矣。只是天时、地利、人和未曾聚齐，故只有剑气，而无法成剑矣。"显然，这句话勾起了扶苏极大的兴趣，他拱手拜道："风前辈，愿闻其详！"

风冶子道："此剑气随秦武王的降生而成于天地之间，只是武王逆天时而动，当时，周天子气数不该绝，武王强举天下重器而身死，剑气又散落各诸侯之间，然其剑柄却一直在秦地。而现在，剑气又重新聚集，看来它快出世啦！"

扶苏道："听说陨铁坚硬无比，世间凡火根本无法冶炼。"风冶子道："欲炼此剑，需天时、地利、人和三者聚齐。天降陨石、晴空霹雳，此乃天时。此物来自天外，性极阴寒，故要用霹雳中和，以调阴阳二气；百兽之王、乾地之风，乃地利。此剑气其剑柄在南，而剑锋在北，故要取北地百兽之王祭剑，兽王之血为阴，其血淬火后，要在西北方用乾地之风晾剑。英雄之血、仁爱之心，此乃人和。此剑的主人不但要是气贯乾坤的大英雄，还须得有一颗仁爱之心，三才六物缺一不可。"

蒙毅道："长公子在朝野中以武勇仁义而著称，算得英雄而有仁爱之心吧？"风冶子闭上了眼睛，半晌才说道："铸造此剑，要的是包含天地的仁爱之心，不是人人之间的小恩小惠。等三才六物聚齐，神剑自成。"

与此同时，另有一块陨石落在了东郡。这两块陨石本是一体，在高空一分为二。落到地面时，竟相差千里之遥。奇怪的是，落在东郡的那块陨石上，赫然写有七个字"始皇帝死而地分"。

此后，关中小儿口传童谣曰：

面向南，巡向东，
到了沙丘一场空。
风送雨，雨伴风，
公子不归咸阳宫。

## 壹

# 绕梁

烟花三月，咸阳城内柳絮纷飞，春风熏人。这日，扶苏外出访友，见大街上熙熙攘攘，车水马龙，就掉转马头，转入一条小巷子。巷子西边是一处深宅大院，灰瓦粉墙，墙外是一排高大的垂柳，柳枝迎风摇曳，幽静雅致，和大街上的纷杂熙攘宛若两个世界。扶苏不由得放慢马速，缓缓而行。

只听得墙内一阵女孩子的欢笑声，"快、快收线！""哎、哎……小姐，怕是收不回来了吧？"扶苏只觉得有一物飘飘然由半空落下，刚好降落马首上方，就伸手接住，一看是一只巨大的纸鸢，腹部连着一条细线。只觉得那线在收紧，扶苏笑了笑，左手稍用力扽了扽。纸鸢腹部连线部位就裂开了，剩一根空线由墙头收了过去。扶苏手举着纸鸢，缓辔前行，就听见墙内有声音道："咦，纸鸢呢？"

传说战国时期，墨子制作了一只木鸟，能在空中飞行。后来他的学生鲁班用竹子改进了木鸟的材质，在外面糊了一层细密的绸布，绸布之上再刷一层米汤，底下牵以丝线，以便升空和回收，这就是风筝早期的原型。后至东汉时期，蔡伦改进造纸术，坊间才开始用纸做风筝。秦时，风筝只在宫廷贵族之间流行。

前面有一小门，吱呀一声，出来一个十四五岁的小丫头，穿一身淡黄色裙子，上身穿一件绿色坎肩。她见扶苏拿着纸鸢，就伸出右手道："给我。"扶苏身为皇长子，平时身居咸阳宫，众人见面总是恭恭敬敬，外出则是前呼后拥，哪有机会单独接触这民间女子？一时玩心大起，就在马背上俯下身子，把纸鸢递给小丫头。等她的手马上要碰到纸鸢时，他又直起身子，那小丫头就得跳着抓纸鸢，每次都差一点点。扶苏在马背上坏坏地笑着，只见那小丫头杏目圆睁，喝道："哪儿来的狂徒？把纸鸢还我！"

扶苏笑道："这是我捡的，凭啥给你？写你名字了？"就看着纸鸢上的图案。那丫头突然由袖中掏出一把匕首，对着马前腿内侧猛刺一刀，这马扑通一下侧面摔倒。扶苏在马背上猝不及防，也跟着重重地摔了下来。更惨的是，他的腿被压在马腹下，动弹不得。那婢女捡起掉在一边的纸鸢，俯下身子，冲着扶苏做了个鬼脸，转身蹦蹦跳跳地进了那扇小门。

墙里面一个声音道："呀！小墨，刀刃上怎么有血？"小墨笑道："有个泼皮，捡了纸鸢不给我，我就给他一刀喽。"说完又是咯咯一笑。就听见另一个吃惊的声音："啊！"一阵急促的脚步声，那扇门又打开了，出来一位约莫十六七岁的女子，后面跟着两个婢女和一个老妪。只见那姑娘上身穿一件浅色紧身上衣，外罩翠绿烟纱披肩，下穿碎花白底百褶裙。黛眉如柳叶，粉面似芙蓉，好一个绝色的女子。

这女子急急地小跑到扶苏跟前，蹲下身子，急切地问道："公子，伤到哪儿了？"扶苏早已将腿由马腹下抽了出来，只是裤子上染了一大片殷红的马血。这时，少女的芬芳飘入鼻中，沁人心脾，心中有说不出的愉悦，就指了指左腿，哼哼了两声，嘴又装模作样地呻吟了两下。那女子回头给两个婢女招招手，说："把公子扶进去，包扎一下。"又让老妪叫几个小厮将马牵走。

扶苏一瘸一拐地被两个婢女搀扶着，穿过一片大大的花园，进入一间屋子。刚进房门，一阵细细的甜香袭人而来。房间当中放着一张花梨大案，案头放着几卷竹简，镂空的雕花窗棂中射入斑斑点点的细碎阳光，照在窗口的一架古琴上，满屋子的清新雅致。那女子让婢女喊大夫过来，扶苏摆摆手道："不必啦，身体并无大碍，只是好奇，秦法严峻，一个小丫头，在咸阳城内，怎敢持刃行凶？"那个叫小墨的婢女斜着眼，说道："是你先耍无赖的好不好？也不看看这是什么地方，秦法严峻，那还不是我家老爷……"那女子转过头来，指着小墨喝道："掌嘴！"小墨伸伸舌头，一溜烟似的跑了出去。

扶苏环视了房间一周，就坐在那张大案后面的椅子上，见案头那竹简上写有"韩子"两个字，就拿起来看了看，笑道："一个小女子，怎么还看这种书？"那姑娘微感意外，问道："公子读过《韩非子》？"扶苏点点头，说道："被人逼着，咬牙读的。"姑娘咯咯一笑说："被你爹爹逼的？也对呀，玉不琢，不成器嘛！"扶苏撇了撇嘴，说道："读个《韩非子》就成器啦？"姑娘道："我爹爹先是让哥哥读的，说《韩非子》是治国安邦之栋梁必读之书。我读之后，果然是见解独到，字字珠玑，不知公子为何对《韩非子》成见如此？"

扶苏将竹简翻到《八奸》篇，读道："同床、在旁、父兄、养殃、民盟、流行、威强、四方，世人皆知，夫妻、父兄是至亲骨肉，人之大伦，韩非子却把他们列为八奸之列，这不是有悖人伦吗？"那姑娘笑道："哦！看来你爹爹还真是为难你了。公子，这本《韩非子》说的是帝王将相之术，钟鸣鼎食之家，寻常百姓是无法理解的。"

扶苏道："不管是帝王将相还是贩夫走卒，人性都是一样的。所谓'天命之谓性，率性之谓道，修道之谓教'。刚出生的两个婴儿，一个长在帝王之室，一个养在百姓之家，他们本性有何不同？后来改变他们的，还不是那个谓教的修道？"那姑娘听完扶苏这段话微微一怔，回头给婢女道："给公子上茶！"自己坐在大案对面，含笑凝望着扶苏。扶苏也由这女子的眼神中读到一丝的新奇。

片刻，侍女端上来两杯香茗，四盘茶果点心。女子由袖中伸出春葱般的手指，自己端起跟前的一杯，道一声："公子，请！"扶苏端起另一杯，道了声："请！"呷了一口，放下杯子，又将竹简翻到《备内》篇，说道，"丈夫年过五十岁，会依然好色，而夫人年过三十岁，容颜就会日渐衰败。以容颜衰败的夫人侍奉好色的丈夫，夫人的身份就会渐渐疏远而卑贱，连她所生儿子都有可能失去世子的身份，这就是后宫夫人之所以盼望夫君早早死掉的原因。只有这样，母亲变成太后，儿子立为君主，夫人才会保持尊贵权势，令无不行，禁无不止，就连男女之间的欢愉都强于先君在世……"那女子听到这儿，眉头微蹙，脸颊微微一红，欲言又止。

扶苏微微一笑说："这是把人当什么看了？没有良知，没有情义了吗？"这时，侍女端进来一个托盘，放在案头。那女子道："公子，今日之事，实在愧疚，都怪我管教下人不严。这是五镒金，略表歉意。"说完，由袖中拿出一方丝巾，在额头擦了擦汗，随手又将丝巾放在案边，莞尔一笑。

扶苏将杯中茶水一饮而尽，站了起来，将那丝巾拿起，端详片刻，此巾为上等蜀绣，柔若无物，白底"回"字形暗纹，角上有一"酉"字。笑道："金子就不要了，这个礼物收下。"那女子脸上一红，小声道："公子，这个不是……"扶苏已将那物收入袖中，哈哈一笑，转身离去。

关中平原的南端，东西横亘着一支山脉——秦岭，称为华夏龙脉。在冬季，它阻隔了西伯利亚寒流南下，夏季又挡住了东南季风的北上，这里就形成我国南北的天然分界线。传说老子西出函谷关，关令尹喜即随老子隐入秦岭。

在一处飞瀑直下、茂林修竹之地，有一座茅庐，庐前一位老者，须发皆白，盘腿坐在一块巨石之上，前面一个黑衣少年，正在练剑。剑式如滚滚奔雷，气势恢宏，最后收势为一招"横扫六合"，剑身一化为六，在少年身体上、下、前、后、左、右各方位，宛若六条游龙飞舞，剑气所及，石屑纷飞，泉水激荡，树叶纷纷落下，威力端得惊人。

这个少年正是长公子扶苏，练完收剑，向着老者深施一礼，拜道："尊者，这是徒儿平生所学最为得意的一套剑法，请尊者指教。"南山尊者颔首道："公子这套剑法，攻如虎出柙，守如密结网，威力巨大，却是以力打力，只能算作中流之技。"扶苏微感吃惊，要知道这套武王破阵剑，乃是秦武王所创。当年秦武王凭着这套剑法打败了天下第一大力士乌获。后来，年轻气盛的嬴荡和大力士孟说在周王室角力，举的是龙文赤鼎，结果意外脱手，胫骨折断，当天晚上气绝身亡。

所幸嬴荡将武王破阵剑法传给了宗室嬴墙。之后，因秦昭襄王质于燕国，秦孝文王在位仅三天即崩，庄襄王质于赵国，都错过了练剑的年纪。嬴墙将这套剑法直接传于少年嬴政和成蟜兄弟，嬴政亲传于长子扶苏。这期间，又经白起、王翦、蒙恬等名将指点，这套武王破阵剑法在嬴政时期不断精进。扶苏习得此剑法后，无论是朝野比剑，还是阵前杀敌，无一败绩。今日听南山尊者此言，心中自是不服。但他知道这是一位旷世高人，可谓深不可测，就微笑着问道："那依尊者说，什么才是上流之技？"

南山尊者道："世间万物原本同源，皆是元气幻化而成，包括日月星辰、山川河流、草木禽兽、芸芸众生。只是这个幻化须经数万万年。我今传你一套天道剑法，其分别为化气、凝气和御气三层。每层分别有三个剑招，化气分为负阴抱阳、无中生有、虚怀若谷；凝气分飘风骤雨、寸进尺退、天长地久；御气分大盈若冲、大象无形、出生入死。"

南山尊者随手在头顶折了一根垂柳枝条，那枝条纤纤细细的。他将手中柳枝一抖，真气灌入，柳枝前端顿时直立起来，说道："世界千变万化，五行相生相克，循环往复。万物负阴而抱阳，生生不息。对人的生命本体来说，最基本的阴阳即是吐纳，吐为阳，纳为阴，生命就是从这一吐一纳开始，化气亦从此开端。但你要明白，这个气不是吐纳之气息，而是天地之源，那个幻化万物的元气……"

南山尊者将手中柳枝往前轻轻一刺，柳枝几乎未动，右肩一抖，前面幻化出数根柳枝，口中念道："天地之始，混沌未开，天下万物生于有，有生于无。你将心念腾空，意念只集中在剑锋上，想着剑身化为不同方位三剑、九剑，乃至无穷剑，是为无中生有。"

扶苏照着剑招，默念着剑诀，练了半个时辰，笑道："尊者，剑招已熟悉了，只是我怎么觉得一剑就是一剑，哪有三剑和九剑？"南山尊者道："你心未放空，要空到感觉不到自己的存在，你已和自然融为一体。只有这种状态，才能用意识化气，招式不重要，按心法练吐纳，剑招只是配合意念的。慢慢地你就会有感觉了。"扶苏天分极高，又经南山尊者悉心指导，又过了半个时辰，慢慢地，幻化的剑身真的出现了。

南山尊者满意地点了点头，又说道："天下莫柔弱于水，而攻坚强者莫之能胜。弱之胜强，柔之胜刚。你练那套武王破阵剑时，威力巨大，剑气所至，连岩石都有损伤，可为何边上的溪水没有丝毫伤害？"扶苏略一思考，问道："柔弱胜刚强？"南山尊者点点头，微笑道："敦兮其若朴，旷兮其若谷。人体亦如这世界一般，百骸九窍，奇经八脉，就像山川河流一样，下丹田为气海，所有河流最终皆归于海。这招虚怀若谷的心法，就是教你如何卸力，其关键是顺应。一瞬间，用意念将外力化解，导入下丹田。再大的力打在你的身上，你要硬顶，就是角力了，碰见比你力量大者，就会有伤害。而懂得顺应之法，再大的打击之力都可化解。比如有千斤之力攻击你，分两次卸力，每次只有五百斤；那分十次还是分若干次，是由你瞬间产生的念数所定。"

扶苏转身看着刚才南山尊者身下那块巨石，上面剑痕斑斑，身后柳树枝干亦是伤痕累累，而南山尊者就在石上端坐，丝毫未动，且毫发未损。扶苏突然明白了其中的奥妙，就按南山尊者传授的心法苦练了一个时辰，将小周天中阳跷、阴跷、阳维、阴维、带脉、冲脉终于融会贯通，气息可随意念瞬间导入下丹田。

南山尊者一挥柳枝，道："化解这招！"扶苏用剑一挡，顿觉千钧之力迎面压来，剑身微微往回一收，顿时觉得轻了许多。只一念之间，又轻卸数次，最后觉得力道适宜，就用剑锋往外一拨，收剑而立。南山尊者道："你已初步掌握了卸力之道，注意卸力时退意念而不退剑身，剑身退得太多，容易置自身于险地。"扶苏点点头，又练了一炷香的时间，已将化气三招——负阴抱阳、无中生有、虚怀若谷练到娴熟。

扶苏抱剑施礼道："尊者，请传授凝气和御气。"南山尊者暗道："此人真是天下难得之练武奇才。一般武士光把剑招练熟恐怕亦需要数月，更别说这用调息控制意念的化气之法了。"他心中升起惜才之念，说道，"持而盈之，不如其已；揣而锐之，不可长保；飘风不终朝，骤雨不终日。太过刚猛强硬的东西都不会长久。这招飘风骤雨，威力巨大，但只是一瞬间爆发，你切要记住心法……"

扶苏作为始皇帝长公子，天资聪颖。他幼年时期，体力超群，极喜武功，深得嬴政器重。虽说秦人尚武，但长公子毕竟是他心目中的接班人，是将来整个帝国的最高统治者。所以嬴政要他学的是治国安邦，驾驭天下，就让韩非子当扶苏的老师，传授法家思想。怎奈扶苏天性仁厚，不喜法家苛刻，经常故意为难韩非子。韩非子满腹经纶，有经天纬地之才，却天生口吃，在课堂上吃尽了扶苏的苦头。加上他一直游说宫廷贵族，不要攻打韩国，嬴政渐对其生厌恶之心，慢慢地冷落了他，李斯抓住时机，伺机陷害，韩非子最终惨死狱中。后来嬴政让儒学博士淳于越做了扶苏的老师。

秦代朝野高手如云，扶苏又天赋异禀，剑术得众名师指点，弱冠之年已是当世一流高手。但今日练了南山尊者的天道剑法，真有站在云端看众山的感觉。心情大悦，不知不觉练到戌时，天色已黑，仍不知疲倦。南山尊者道："公子，时辰不早了，你下山吧！"扶苏道："尊者，还有御气三剑呢？"南山尊者道："上乘武功讲究循序渐进，欲速则不达。御气要在化气和凝气炉火纯青之际，按心法修炼，没有基础，御气只是空中楼阁。我今把御气心法和剑诀传授于你，你日后再勤加研习，定能修成这天道之剑。"

传授完剑诀之后，南山尊者又说道："扶苏，这套天道九式，于剑术之外，暗含着天地万物运行之规律。生命本体，人人之间，人与万物，包括治理天下。希望你用心揣摩体悟，武功精进之余，治理好华夏大地，体恤天下苍生，方不负这'天道'二字。"

扶苏双膝跪地，恭恭敬敬地拜道："尊者，徒儿想请您出山。等我上奏父皇，您也做个朝廷博士，一则可造福我大秦子民；二则您也有个供养，山居生活虽说逍遥，然太过清苦寂寥；三则嘛，徒儿也可与尊师朝夕相处，向你讨教这世间大法。"南山尊者捋了捋胡子，呵呵一笑，不置可否，而是把目光投向那深邃的星空，少顷，问道："你听过许由和巢父的故事吗？"扶苏点点头，道："听过。"

当年，尧欲让位于许由，把自己比作爝火，把许由比为日月。许由拒绝后，还是觉得耳朵受到了污染，就跑到河边去洗耳朵。刚巧，巢父牵牛路过，问明原因后，就埋怨许由怎么这么自私，你洗耳朵把河水洗脏了，让我的牛怎么喝水？就将牛牵到别处饮水了。

南山尊者道："其实那个故事都是后人杜撰的。这根本就不是得道真人的处事风格，不愿意就不愿意么，用得着这样做作吗？但问题来了，世间真有许由和巢父这样的旷世高人，视功名如赘疣，那他们的美名却是如何为世人所知而传颂呢？这就是圣人所言'德荡乎名，智出乎争'。"

南山尊者接着说道："我问你这个故事，还想告诉你一个道理：不尚贤使民不争。比如朝廷倡导孝道，这本来是件好事，孝敬父母乃人之天性，但如果选贤以此为标准，那就会使孝道慢慢变了味道，渐渐脱离慈爱孝敬的柔和，奇事怪事会层出不穷。人们孝敬父母不再是出自本心，而是孝敬给别人看的。所以说，为善无近名，为恶无近刑，往往大善里包藏大恶。现在，朝廷文官讲政绩，武将论战功。这本是商君变法强国的举措，确使秦国快速崛起。但打天下和治天下是两回事，太过刚猛的东西容易早亡。物壮则老，是谓不道，不道早已。秦本边陲小国，商君变法后，国力大增，兵力强盛，一举扫灭六国，一统华夏，然文化太过单一，只知道苛刻崇法。失道而后德，失德而后仁，失仁而后义，失义而后礼。夫礼者，忠信之薄而乱之首也。而法家思想又是儒家后学，乃末流之末流。对一个国家来说，法家只在应用层面，绝不能成为治国之本。军人的战功用敌人的首级计算，那谁能保证这些加官晋爵的首级都是敌人的？"

听到这儿，扶苏心头一震，以前偶尔听到有士兵杀死边境流民、拿首级请功的事。朝廷痛恨将领治军不严，都予以严惩，但扶苏从没想过这些从源头就是错的。南山尊者又说道："再说地方官员这个政绩吧，本来一郡一县民众安居乐业，海晏河清，是为上治，但这样往往又显示不出长官的贤能。而好大喜功者更能引起朝廷的重视，结果徭役频繁，百姓妻离子散。春秋时期，民众心中不满，还能通过诗歌倾诉，有《硕鼠》，有《伐檀》。而现在，家庭以外，五人以上聚会，即定为私聚，要吃官司的。对郡守县令来说，草民百姓，命如蝼蚁，安泰与否，与我何干？而政绩才是加官晋爵之命脉。然心物同源，这些民间积怨会愈积愈多，最终会反噬的。"

扶苏看着山脚下点点灯光，繁如天空的星河，围成方方正正的城郭。这就是帝国的心脏——咸阳城，而城郭之外却一片漆黑。扶苏刚练成天道剑法，心情极佳。听了这些道理，心情又沉甸甸起来，转过头来，有些茫然地看着南山尊者。

南山尊者道:"公子无须茫然。远古时期,人类是以原始部落群居,部落之内皆有血缘,部落首领即是家长,狩猎采集,资源调配,以慈爱性情运转,天然公平合理。天地自然给予人们的衣食之资可以自足。部落之间几无交集,也就没有冲突、争斗。这就是大道所谓:'小国寡民,甘其食,美其服,安其居,乐其俗,邻国相望,鸡犬之声相闻,老死不相往来。'而后来,有了农耕文明,有了什百之器,人口就会暴涨,部落就会扩张,相互之间就有了冲突争斗,就有了部落联盟。之后,又有了更大的、更暴烈的冲突,就有了国家,再后来就有了帝国。而这种演变进程,是不可逆的,就像这山涧溪流,注入沣滈之间,再汇入渭水,一路向东,在华岳之阴又汇入大河,最终流入东海一样。谁也没有办法让这溪水倒流,再回到这莽莽大山的云雾之中。"

扶苏心头一动,说道:"尊者,徒儿明白了,谁也无法使这溪水倒流,我辈只管当下这段溪流清澈干净,不起波澜。"南山尊者点头笑道:"孺子可教!下山吧。"

扶苏拜别南山尊者,上马前行约一箭之地,蓦然想起,父皇一直寻找长生之道,拜侯生、卢生等人为博士,花费巨资,也未见仙方。今见南山尊者鹤发童颜,中气十足,定是长寿高人,想着为父皇求个长寿之法,也算尽个孝心。于是拨转马头,又回到原地,仔细一瞧,已不见南山尊者踪影,就提气啸道:"尊者,徒儿再求问一事。"远处山头一个声音传来:"公子请讲。"扶苏喊道:"晚辈想为父皇求个长寿之方。"一个浑厚的声音传了过来,漫山遍野清晰可闻:"天地万物,一受阴阳二气成形,不亡以待尽。人们所谓的长生不老,有何意义?你日后研习御气,最后一招叫'出生入死',到时你自会明白这个道理。"

咸阳城东南角,有一座书院。院外粉墙环护,绿柳周垂。进门是一片竹林,竹子长得郁郁葱葱,遮住了后面的建筑。穿过竹林间的小径,后面是六间穿堂大瓦房,里面分两排席地而坐十几个少年。有一位先生,穿青衫长袍,四十多岁,蓄一缕山羊胡须,在两排少年之间的过道内来回踱着方步,口中缓缓道:"宋人有耕田者,田中有株,兔走触株,折颈而死,因释其耒而守株,冀复得兔。兔不可复得,而身为宋国笑……"

在房间一角,半坐半卧着一个少年,约莫十四五岁,圆圆的脸蛋,一副肥胖的身材。他身穿墨色绸缎长袍,腰系玉带,手里拿着一方丝巾。少年看着丝巾上的文字,不时侧目看着左手边的一名绿裙少女,微微一笑,将丝巾递了过去。那少女接过丝巾一看,见上面题了几行小诗:"彼采葛兮,一日不见,如三月兮!彼采萧兮,一日不见,如三秋兮!彼采艾兮,一日不见,如三岁兮!"少女皱了一下眉头,也不看身边的少年,而是将丝巾揉作一团,交给左侧一名素衣少女。那少女将丝巾打开看了看,扑哧一声,笑出了声来。

先生刚踱过少女身边,就转过身来,问道:"小墨,你又捣什么乱?"小墨一吐舌头,将那物丢在了案上。先生俯下身子把丝巾拿了起来,随口读道:"彼采葛兮,一日不见,如三月兮……"底下一群少年哄堂大笑。先生板着脸道:"课堂之上,传阅这些艳词,成何体统?"小墨一手捂着嘴,一手指着那少年,哧哧笑着说:"是公子胡亥传的。"先生转头问道:"胡亥,是你写的吗?"胡亥红着脸狡辩道:"别听她胡说,那不是我的。"小墨说:"哎,你咋连这点事都不敢承认?"

下课后,绿裙少女拜别先生,欲出门去,小墨跟在后面。两人快走到门口时,胡亥追了过来,笑道:"李酉姐姐,前面有一家酒馆,我们去坐坐如何?"李酉摇摇头道:"不啦,我大哥前日由三川郡回来省亲,至今我们并未见面,母亲嘱咐今日要早点回去。"胡亥有些失望,又向前几步,把嘴巴凑到李酉的肩头,压低声音小声道:"告诉你一个秘密,你回去让丞相注意点出行仪仗。前几日父皇在梁山宫,见山脚下一支车队阵容庞大,锦旗蔽日,父皇就问身边的侍者这是谁的车骑仪仗,侍者仔细辨认后说是丞相的,父皇当时听了很不高兴。"李酉"哦"了一声,点点头道:"多谢公子!"转身偕着小墨上了一辆豪华的衣车。

就因胡亥这几句话,引发了一场血雨腥风。皇帝当日在梁山宫遥看李斯的车骑仪仗,阵容豪华庞大,只是脸上不高兴,当时一句话也没有说。而后几日，再见李斯出行时轻车简从，低调了许多。嬴政生性多疑，马上就想到丞相在自己身边安插了眼线，勃然大怒，将当日在梁山宫时身边的太监侍卫等十余人全部杀掉。

车子在街道上缓缓行驶。小墨笑道："小姐，我看胡亥很喜欢你。你感觉到了吗？"李酉把头侧向右边窗外，看着街边的风景，笑道："那个呆子，留给你喜欢吧！"小墨就咯咯地笑，又说道："小墨知道小姐的心思，你在想那位公子。"李酉小脸一红，将脑袋转回来，却反问道："哪位公子？"小墨笑道："抢我们纸鸢、偷小姐芳心的强盗。"李酉就在小墨肩头捶了一拳。车子在前面拐了个弯，小墨看着窗外，突然惊奇地叫了起来："哎，这不是那位公子吗？"

李酉忙把头转到左侧，探着脖子往车窗外一瞧，见一个高大的身影，一袭黑色披风，腰挎一柄长剑，正踱着步子，不紧不慢地走在车子的左前方。李酉的心不由得怦怦一阵狂跳。小墨将头探出车窗，笑道："喂，公子，好巧啊，又碰见你了！"扶苏回头一看，见是小墨，就微笑着走了过来，问道："陪你家小姐去哪儿呀？"小墨并不作答，而是咯咯笑道："今儿咋不骑那匹瘸马了？"李酉轻喝道："死丫头，不得这么无礼！"扶苏笑道："无妨，无妨。自那日相见，小生一直心心念念，今日有幸再睹芳容，实乃一大快事。怪不得清晨后院树上喜鹊成群，把我叫醒。"

李酉嘴角上扬，在脸上形成两道优美的弧线。小墨笑道："公子这马屁拍得有水平，拍到有些人心坎儿里去啦！"扶苏手扶着车窗，眼睛往里面瞧，一拱手，道："李酉小姐，小生想请您屈尊几步，喝杯茶如何？"李酉听见对方竟然喊出自己的名字，颇感意外。在这大街之上，又不便细问，就点点头，和小墨下车随扶苏而去。

前行约莫半里之地，是一清幽小院，两扇对开式小门，门前一对鲤鱼石鼓分列左右。院里一棵高大的椿树，好几股树枝伸出墙外，在门口留下一地的细碎阴影。扶苏轻叩门环，里面传来一阵小跑的脚步声，门"吱呀"一声打开，出来一个青衣小厮，低首说道："公子请进。"

进入堂屋，三人落座，小厮烹茗，满屋香气氤氲。李酉有点好奇地问道："公子，你如何知道我的名字？"扶苏笑道："我不但知道你的名字，还知道你的生辰八字。"李酉脸上微微一红，举着杯子呷了一口茶，微笑道："公子神通广大呀！"扶苏笑道："咸阳城里，谁人不知丞相家有一个千娇百媚的掌上明珠？"

说话间，屏风后面传来"铿"的一声，似琴弦的声音。李酉侧头问道："屋里还有人？"扶苏道："是琴师闻伯。"接着又传来悠扬的两声，屋里顿时安静了下来。顷刻，琴声突起，如飞瀑直下，俄而，又如泉水叮咚。时而烈日炎炎，时而月皎如霜，最后琴曲在羽音中缓缓地停了下来。琴声却余音袅袅，悠远绵长，久久不散。

李酉问道："这位琴师可是楚人？"扶苏道："小姐天资聪颖，又精晓音律，佩服佩服。"李酉吟道："日月忽其不淹兮，春与秋其代序。惟草木之零落兮，恐美人之迟暮……"扶苏拍了拍手，两个青衣小厮将中间的屏风移开，一身白衣、一头白发、一脸苍白的老人，跽坐在一张古琴旁。

李酉鼓了鼓掌，说道："真乃天籁。我这儿有个琴谱，传说是楚人钟仪所创，据说此曲可以引来凤凰，琴师可否一奏？"说着从随身包里拿出一卷绢帛，让小墨送到老人跟前。扶苏摆摆手，笑道："琴谱就不用了，闻伯弹琴用不着琴谱。小姐说的可是《有凤来仪》？"李酉点点头。

琴声再次响起，先是"商"和"羽"两个音的连续颤音，然后琴声逐渐高亢。琴音分成三部，低音悠长延绵，又有两部一为旋律，一为和声。旋律部一会儿化作密集的点，一会儿又是连续的线，李酉闻之，竟有渐入云端之感。窗外传来几声悦耳的鸟鸣，那棵椿树上已落了几十只鸟儿。琴声一变，在旋律之外又加了几声高音，和枝头的鸟鸣相和互答。而原来的主旋律竟丝毫未变，就像另外多了一张琴演奏出的和声。窗外枝头上的鸟儿越聚越多，枝头上已密密麻麻。天空中还有盘旋的鸣叫声不绝于耳。

小墨看着窗外的景观，惊奇地合不拢嘴，喃喃地说道："这是幻觉吗？"于是又往闻伯跟前走了两步，突然扭头对李酉喊道，"哎，小姐，这琴师怎么是个盲者？"扶苏在嘴唇前竖起食指，做了个噤声的动作。李酉仔细一看，见果真如此。李酉轻声叹道："真是个音乐天才，可惜……哎，好可怜呀！"

琴师闻伯一捋那头苍白的长发，仰天哈哈大笑，说："这女娃是第三百个说我可怜的人，我真理解不了世人为何说我可怜，眼睛又是个什么东西？眼睛大概是你们有而我没有的东西呗！这有什么奇怪呢？那我身上有的东西，你就一定有吗？你懂不懂凫胫虽短，续之则忧；鹤胫虽长，断之则悲？"说完，气呼呼地"哼"了声，站了起来，出门而去。

李西微微一笑，对扶苏说道："实在无意冒犯琴师，抱歉。"扶苏笑道："没事！闻伯就是这脾气，明天又高高兴兴地来弹琴了，他离不开这张琴。当年，王翦老将军攻灭楚国后，将这张绕梁古琴送给了我……"李西道："是传说中楚庄王那张绕梁琴吗？"扶苏点点头，李西道，"不是传说这张琴被楚庄王毁了吗？"

当年，有一个叫华元的楚人献给楚庄王一张古琴，叫"绕梁"。楚庄王自从得到绕梁以后，整天沉迷于弹琴作乐，有时竟然连续数日不上朝，把国家大事都抛在脑后。看到楚庄王不理朝政，王后很是焦虑，就劝道："君王过于沉溺在音乐之中。以前夏桀酷爱妹喜之瑟，招致杀身之祸；纣王极喜靡靡之音，而失去江山社稷。现在，君王如此沉溺于绕梁之琴，七日不朝，难道不担心国家社稷和身家性命吗？"楚庄王也是欲兴霸业的明君，自然明白这些道理，只是这张古琴的声音太美妙了，实在是抵抗不住诱惑。最后一狠心，竟叫人将绕梁古琴给砸了。

扶苏道："当年楚庄王是听宫廷乐师演奏的琴曲。听完一曲后，让乐师将绕梁琴毁掉。乐师是爱琴如命之人，可又不敢违抗王命，在毁琴时只是将岳山、饰木、琴弦等破坏，数年后又偷偷地修复了此琴。而当年的楚国乐师就是闻伯的先祖。王翦老将军攻灭楚国后，将此琴带回咸阳，送给了我。后来，闻伯由楚地跟踪到咸阳，流浪街头，靠乞讨为生。因这绕梁古琴有个神奇之处：夜深人静之时，稍有微风拂过，便可自鸣。闻伯就是在半夜听见琴声，追随到此，跪在门外一夜，只求再抚琴一次。我见他如此痴迷，又是盲者，就留在身边了。"

小墨说道："真是个奇人，眼睛都看不见，他如何学琴呢？"

扶苏道："对常人来说，了解世界就是靠眼睛看形色，耳朵听声音，鼻子嗅气味，舌头尝味道。而在其中，眼睛怕是能占到八成以上吧！如果一个人以前眼睛是明亮的，突然瞎了，那他一定很痛苦。但是如果他天生就是盲者，那他心中所感知的世界一定和常人不一样。他就没有颜色的概念，没有美丑的区别，但他别的天赋一定优于常人。就像闻伯能在数里之外听见琴弦的振动。"

李酉点点头道："公子言之有理！"她又盯着扶苏看了一会儿，问道，"公子刚才说，这张绕梁古琴是王翦老将军所送，那敢问公子如何称呼？"

扶苏笑道："扶苏。"

徐福，齐地琅琊郡人，相传是鬼谷子的关门弟子。此人博学多才，通晓医学、天文地理、占卜养生等术，在沿海一带民众中很有名望。始皇帝东巡齐地，将徐福带回咸阳。刚开始，徐福只是给皇帝传授一些养生术，后来他发现皇帝身边还有一大帮人，如卢生、侯生等方士在给皇帝炼丹，说吃了可以长生不老，最不济也可延年益寿，宝刀不老。

徐福不能让皇帝的信任和宠爱落入别的方士之手，就上疏说，在东海中有蓬莱、方丈、瀛洲三座仙山，上有神仙居住。这些神仙都是比上古时期女娲、伏羲氏还早，拥有长生不老之身。于是皇帝给他准备了大量的金银财宝、粮食药品和衣履器物，让他出海求仙。徐福还说需要三千童男童女，这些童男童女不但要长相俊美，还必须是童子之身。因为他们是献给神仙的礼物，如果破了童子身，就是对神仙的不敬，神仙自然不会赐给仙丹。

一时间，民间怨声载道，到处能听见慈母娇儿的哭喊之声。这日，扶苏和老师淳于越郊游，见到好几个父母送儿女的悲切场景。扶苏问道："先生，你说这东海之中真有仙山？"淳于越道："夫子曾言：'鬼神之事，吾也难明。'"他远眺着远处一片片绿油油的麦田，农人正在田间耕耘，又说道，"世上有没有神仙，这个不重要。皇帝富有四海，他看重的是心念所及，有没有回应，至于这个念头是对是错，他不一定关心。长公子，你切记！"

扶苏到驿馆找到了徐福，问道："先生，出海准备得如何？"徐福一拱手笑道："禀长公子，都已备齐，下月初一出发。难得众公子们的孝心，等微臣再觐见皇帝时，一定把公子们的孝名传扬。"他又指着室内堆积如山的奇珍异宝笑道，"这件玉麒麟是子高所赠，这十二颗珍珠是将闾所赠……"扶苏暗暗骂道："你这狗杂碎，还想让你爷爷也给你送点东西，做梦去吧。"面上却不动声色，笑道："为了父皇千秋，有劳先生了。"

一会儿，四个小厮送来十坛好酒、一桌菜肴，扶苏在驿馆宴请了徐福。酒酣耳热之际，扶苏敬了杯酒，问道："先生，扶苏还有一事不明，不知道先生是怎么考虑的。这三千童男童女，大都是十多岁的少年，已渐懂人事，大家长期共处一隅，你怎么保证他们一直保持童身呢？"徐福笑道："长公子问得好！"一挥手，让旁边侍卫将一个约莫十二三岁的小姑娘叫了过来。小姑娘脸上泪迹未干，见徐福叫她过来，惊恐地看着他俩，两只手也局促地不知道放在哪儿好了。

徐福叫小姑娘将她的袖子撩了起来，那白白嫩嫩的手臂内侧有一个黄豆大的红点。徐福拿起桌子上的抹布，沾上茶水，在那个红点上，使劲地蹭了几下，然后将那小臂举到扶苏跟前，道："公子请看。"扶苏见那红点周围的皮肤被抹布蹭得发红，而那个红点却一点也没变淡，反而更加鲜艳。

扶苏问道："这是什么东西？"徐福一挥手，让那小姑娘退了下去。徐福得意地笑道："这叫守宫砂。取七月初七交合的雌雄壁虎一对，用朱砂喂养，壁虎全身会慢慢变红。待吃满七斤朱砂后，再将其阴干，将身体捣碎，调以井水，和成守宫砂。将其点染在处女之脉门上一寸处，颜色就永远不会消退。只有和男子交合后，真气一动，守宫砂就会自动消退。"说完，又将腰间的一个小瓶子取了下来，拔下瓶盖，让扶苏看了看。

扶苏就又敬了徐福好几杯酒。徐福有些喝多了，就起身上茅厕。扶苏趁机将守宫砂倒出来一些，用身上带的一方丝巾，包了一些。等徐福回到席间，扶苏就将那个药瓶递给徐福，起身告辞了。

扶苏回到绕梁小院，喝了一会儿茶，打发小厮去找小墨传话，约李酉来此会面。都快到傍晚了，李酉才带着小墨过来。扶苏让小厮陪着小墨下棋吃茶，他带着李酉到了内室，从怀中掏出守宫砂，把李酉的袖子撩了起来。李酉将胳膊往后缩，笑道："公子，你要干什么？"扶苏忘了刚才驿馆那小姑娘是哪只手臂，就索性在李酉左右小臂的脉门上一寸处都点上守宫砂。少顷，扶苏也拿了块湿布，在她小臂上蹭着，果然，那红砂一点没掉色。

扶苏看着李酉坏坏地笑着，李酉仰脸嗔道："长公子，你今天是喝醉酒了吗？给我手臂上点的什么东西？"扶苏就把她往床榻上拉，李酉蹲下身子，用另一只手想掰开扶苏的手指。扶苏俯身将她抱了起来，横放在床上……

小墨和小厮在外面下了好几盘棋，隐隐约约听见李酉连续的惊呼，就喊道："小姐，你怎么啦？"房间里面，李酉断断续续地回了一声："没……没事！"那小厮就低头笑了起来，拉着小墨继续和他下棋。

屋外的天色已经完全黑了。扶苏光着身子，由床榻上起来，将灯架上的油灯点着，举在床榻跟前，李酉满脸潮红，轻轻闭上了眼睛，伸手拿衣服将自己的上身遮挡了起来。扶苏将她小臂拉过来一看，那鲜红的守宫砂依然还在。在烛光的照耀下，反而显得更加明亮了。扶苏又看了另一只手臂，亦是如此。扶苏嘴里喃喃道："这是怎么回事？难道说，你没有动真气？"李酉双手捂着脸，小声呢喃道："你还要人家怎么样嘛！"

扶苏又扑了过来，笑道："再来一次！"

……

第二天傍晚，扶苏把王离叫到绕梁小院，两人喝了一会儿酒，都有些醉意。扶苏说道："徐福这个混蛋，骗了朝廷这么多钱财，让他就这么走了，我实在咽不下这口气。"王离道："长公子，他现在可是皇帝的使者，谁也拿他没办法。这厮近期到处拜访朝廷重臣，大家都明白他想干什么，可也没人和他较真。几天前，他还去了我家，说要拜访祖父大人，刚巧祖父身体不适，就未见他。父亲在家设宴款待了他，临走还给了他五百镒金。"

扶苏恨得咬了咬牙，说道："老将军即使身体康泰，恐怕也不会见这种货色的。"说着，起身在屋子里来回踱着步子。突然，他停住了脚步，说道，"咱俩今晚上去把他打一顿解解气吧？"王离犹豫了一会儿，说道：

"这个、这个……会不会把事情闹大呀？"扶苏又饮了一杯酒，说道："蠢！他不会把事情闹大的，放心。他能听出我的声音，到时候话由你来说，如此这般……"

同一时刻，中车府令赵高府里，灯火通明。赵高坐在大堂上，右手首席坐的是徐福，左手次席上是一个二十五六岁的年轻人。此人名叫阎乐，为京城禁卫军卫尉丞。秦时京城卫戍部队分三部分，守护皇宫内安全的部队叫郎卫，由郎中令统领；守护宫门的部队叫卫士，由卫尉统领；皇宫以外，京城的安全部队由中尉统领。这名叫阎乐的年轻人就是负责宫门安全的副统领——卫尉丞。此外宴席上还有数十名博士和方士。

赵高频频举杯，连敬徐福。徐福笑道："徐福本齐地海角布衣，今蒙赵大人抬举，登堂入室，置酒赐宴，不胜荣耀。"赵高道："徐福，以前你是郊野山人，现今尔乃皇帝的使者，无比尊贵。皇帝乃万民之主，千秋康健万民之福。你给皇帝求取仙丹妙药，别说置酒赐宴了，就是需要老臣这把老骨头，我也在所不惜呀。"说着，赵高把头扬了起来，看着屋顶。徐福、阎乐和靠前几排席位上的人，都能看到赵高眼角的泪水。阎乐道："难得府令大人赤诚之心，感天动地，阎乐敬仰、钦佩。"底下众人皆交口称赞："是呀！""是呀！"……

其中一个叫卢生的方士，站起来举着酒樽，说道："府令大人真乃我大秦彭祖、皋陶也，我辈楷模。我卢生敬大人，回去后定将大人美名传播。"

阎乐暗道："算你点儿清，要不把你们叫来干吗？吃白食吗？"

席间每人都敬徐福酒。宴席进行到最后，徐福酒喝得有些高了，意欲显露手段，就站起来说道："徐福在尘世凡间，不悉百家之言，不通武功稼穑。所幸幼时出海，偶遇神仙，在仙境侍候仙翁十年，习得一些仙术。然离别之时，在恩师面前发过重誓，不得在人间卖弄。今给中车府令大人说个半仙半凡之法，叫'敲竹唤龟'。"

赵高放下酒樽道："哦？什么叫敲竹唤龟？"徐福道："人体上有眼、耳、鼻、口七窍，为走气之门；下有前后二阴是泄精之户。若能上合下闭，精气神自固结不散，人就会延年益寿，神游太虚。然而，人生在世，受七情所扰、六欲所牵，眼常外视、耳常外听、鼻常外嗅、口常外言，故泄其气；前后二阴又受大欲所牵，常损其精，致三宝损伤不得自生。故中年以后，精气衰败，元阳难以调和，真情所动，力不从心，即可用'敲竹唤龟'之法……"

听到这儿，赵高算是明白了敲竹唤龟之法是干什么的，就失望地放下了酒樽。底下一帮人却押长了脖子，竖起耳朵，饶有兴趣地听着徐福滔滔不绝。此时徐福已有些醉了，受大家的情绪感染，根本没注意到赵高情绪的变化，继续声情并茂，肢体演示。"敲，就是敲击；竹，指的是人的脊柱，因一节节之状，形似竹节，而此处正是人体督脉所在；唤，即唤醒；龟嘛，就是……"说到这儿，底下有的人开始笑了起来。悲哀和快乐的情绪都很容易传染，这一笑，马上满堂哄笑起来。阎乐注意到赵高的脸色越来越难看了，就咳嗽了一声，道："上仙，二更已过。明日还需早朝，让府令大人歇息吧！"徐福和底下一帮人皆意犹未尽，见阎乐说了此话，就都举起了案前的酒樽。赵高道："饮了此酒，今日宴罢！"大家起身告辞之时，赵高又给阎乐说道，"替我送送上仙，把礼物一并带上。"就和大家一一告辞。

阎乐扶着徐福上了车，指着满车的金银财宝道："上仙，你今日算是尽兴了，你没注意府令大人最后不高兴吗？"徐福一怔，一拍大腿："哎呀！忘了这一茬了……"

到了驿馆，阎乐将徐福搀扶着下了车，又让车夫将赵高送的厚重礼物搬进驿馆，向徐福拱拱手道："上仙，你也早点歇息，改日我也置酒设宴，望上仙赏脸。"徐福拱了拱手，说道："尉丞大人年纪轻轻就居此高位，前程无量，徐福早想登门拜访。"

徐福看着阎乐上车离开，转身在驿馆门前的一棵大柳树下，撩起衣襟，对着树干撒了一泡尿，又晃晃悠悠地走到门口，冲着门里面喊道："没眼色的东西，死哪儿去了？"两名童子慌慌张张地跑了过来，一左一右扶着徐福。

门内的馆卒正准备关门，却见由门外走过来两个高大的身影。馆卒一怔，抬头一看，这两人身材高大，脸上涂成金黄色，着一身宽大的华服，手中拿着一个两尺长的黑色牌子。两人一伸手,将馆卒关了一半的馆门推开,也不说话,径直走了进去。徐福听见后面有什么动静,一回头,骂道:"他娘的,这么晚了……"等看清这两位的时候,惊得目瞪口呆。

他一激灵,再仔细一看,左边这位好像似曾相识,但又想不起来在哪儿见过,就指着他俩喝道:"你们是何人?皇城之内,也敢装神弄鬼。"那两位微微一笑,也不说话,把胸前的黑色牌子一翻,一个写着"天兵",另一个写着"天将"。徐福哈哈一笑,说:"好大的胆……"话音未落,左边那位一个箭步冲了过来,啪的一声,用手中的牌子狠狠地在徐福脸上抽了一下。徐福一捂脸,嘴角的血顺着手腕流了下来,就骂道:"大胆狂徒……"啪的一声,另一边脸上又被抽了一板子。

徐福双手捂着脸,"哎呀"叫了一声。声音却小了许多。他由怀里掏出两颗核桃般大的珠子,双手举过头顶,哀求道:"两位上仙,这个是敬你们的。""天将"将珠子接了过来,转头对着"天兵"耳语了几句,"天兵"就喝道:"大胆徐福,竟敢行贿上仙。看来你没少贪污大秦的财物,玷污天庭清誉。该打!"说着,上前一步,抓着徐福的衣领,又抽了几个嘴巴子。徐福号叫了一会儿,突然由腰间掏出一把匕首,猛地往前一刺,"天兵"松开他的领子,侧面移了一步,顺势伸手由他右臂往下一滑,扣住他的手腕,猛地往前一带。徐福"哎呀"一声惨叫,往前摔了个狗吃屎。"天兵"回过头来,用脚踩住他的胳膊。徐福嘴里喊道:"上仙轻点!轻点!胳膊脱臼了。"

"天兵"冲着在一边目瞪口呆的馆卒一挥手,那馆卒扑通一声跪下,连忙磕头,说:"小人什么都没看见,上仙饶命。""天兵"道:"你不要怕,神仙自有神仙的规矩,你去取笔墨来。"他在徐福身上找到那小瓶子,从里面倒出一些守宫砂,和墨调在一起,说道:"徐福,你不是会点守宫砂吗?今天我给你也点一下。"说着从徐福手边拾起那把匕首,在他的鼻下人中处,划了个十字,徐福顿时鲜血直流。天兵用笔蘸着调墨的守宫砂,涂抹在徐福的鼻下。天将看着徐福滑稽的模样,哈哈大笑起来。

扶苏和王离出了驿馆,到巷子的拐角处,将脚上绑的两只小凳子卸了下来，扔到一边，两人哈哈大笑。扶苏道："刚才过瘾吧？"王离点了点头，笑道："过瘾，过瘾，这比上阵杀敌还好玩。"扶苏道："王离，这还真是个好办法。以后我们天兵天将定期出动，荡平天下奸佞。"两人击了一下掌，各自歇息去了。

## 贰

# 乌狮

秦朝，开启了中华文明史上第一个大帝国，结束了自春秋战国以来，连续数百年的诸侯纷争。始皇帝嬴政一代雄主，雄才大略。往南派出五十万大军，由屠睢率领，远征百越，平定番禺（今广东）和西瓯（今广西）地区，在此设立南海、桂林、象郡。中国历史上第一次将岭南地区并入自己的版图。

此时，北边草原上兴起一个强大的游牧部落——匈奴。他们的首领叫头曼，匈奴人叫他单于，意思是像天一样广大之意。头曼趁着中原各国连年征战，无暇顾及北疆，挥刀南下，占领黄河以南的广大地区。北地的奏折送到咸阳，始皇帝冷笑了几声，说："你敢和老子抢地盘？"将时任内史的蒙恬叫了过来，两人密谈了半天后，嬴政将秦帝国仅有的三十万精锐部队交给了他。蒙恬果然不负皇帝的使命，没费什么周折就将匈奴人赶到了黄河以北。

在一次朝会上，一位来自西域的术士，名叫简衣子。此人擅长幻术，会凭空让身边的人耳中响起美妙的音乐。在给皇帝表演了音乐幻术后，皇帝大悦，击掌叫好。简衣子道："幻听之术，只是幻术的低端，还有更高级的幻术，可以幻化出更多的景物，美女犬马、房屋鲜花，让人觉得身临其境……"皇帝道："世上果真有如此妙法？爱卿能演示否？"简衣子道："千真万确！陛下应有做梦的经历，人进入梦境时，是不是觉得这就是真实的情景？人有好多状态，清醒、睡眠、醉酒、幻觉等，这每一个状态对世界的认识方法各不相同。幻术只是帮助和唤起人的另一种状态，再将自己的意念传给另一个人。只是这些幻术需要更高的修为，微臣还未练到这个境界。"

简衣子又给皇帝讲了西域各国的物产地貌，风土人情。讲到美味绝伦的葡萄酒，快如闪电的汗血宝马，晶莹剔透的琉璃，润如羊脂的昆仑美玉，如梦如幻的龟兹音乐，还有皇帝听都没有听过的美味水果……皇帝自是心仪不已。说到美玉，嬴政喜爱美玉是出了名的，李斯当年有一篇《谏逐客书》，里面有一句：'今陛下致昆山之玉，有随和之宝，垂明月之珠……'嬴政爱玉可窥一斑。当即，皇帝也拿出身边的几块美玉，说道："这些都是昆仑之玉，比你们西域的美玉如何？"简衣子拿着那几块玉扫了一眼，微笑着将身上的一块玉佩摘了下来，递给了皇帝。

皇帝接过来一看，眼睛顿时一亮，只见此物是一只长约两寸的玉葫芦，晶莹剔透、温润淡雅，通体真如羊脂一般，一时爱不释手。简衣子笑道："陛下，你是天下最尊贵的皇帝，此等宝物应该伴随着你。微臣早就想敬献给陛下，只怕陛下不喜此物，故留在微臣身边替陛下保管着。"

皇帝也没客气，将玉葫芦收了起来，问道："这都是昆山之玉，为何差别如此之大？"简衣子道："陛下的这些玉虽说也是昆仑之玉，然都是出于南路，由羌人通过边境贸易流传到秦地。而正宗的昆仑美玉出自北面的于阗。"皇帝问道："爱卿，你由故乡来到我大秦走了多久？"简衣子答道："我的故乡在万里之遥的大宛国，离开它到达秦境经历了四个寒暑，当然，微臣也并非一路东行，而是走走停停，一路游历。"

皇帝沉思了片刻，说道："当年，朕派屠睢平定南越，历经艰难。屠睢将军也为国捐躯，长眠于那个地方了。不是我大秦勇士战力不足，而是后勤补给跟不上呀，后来费尽人力物力，修了一条灵渠，才算是连通了百越之地，这才区区四五千里。现在如你所说，西域诸国万里之遥，那还不等于让朕去月宫找那嫦娥吗？罢了，不想这些了，让我大秦子民也好好休养生息，过上些太平日子。"

简衣子说道："陛下，西域诸国不同于大秦帝国，国与国之间，人口迁徙自由，通商贸易自由。说是国家，有的可能还不如大秦帝国一个郡大。其实可以换一个方法，不一定要你死我活、兵戎相见。我们可以和平共处，互通有无，比如发展西域商贸，用我们的布帛、铁器换取西域的美玉、美酒，这样对大秦和西域诸国都是有百利而无一害的。"嬴政欠了欠身子，有了些兴趣，说道："继续说下去！"

简衣子接着说道："只是这中间有个障碍。大秦与西域诸国之间有一个通道，物产丰盛，气候宜人，通道南边是人迹罕至的雪域高原，北边是匈奴人控制的苦寒之地。只有这个便捷的通道可直达西域诸国，而这个通道就是月氏国。如果陛下能将这个地方并入大秦版图，那和西域诸国即可开通贸易，如同邻里一般。"皇帝"哦"了一声，陷入了沉思。

一个月后，嬴政开始了他的第一次巡游。史书记载："巡陇西、北地，出鸡头山，过回中。"嬴政正是在第一次巡游的途中定下对匈奴第二阶段的作战决心。他站在陇西山头，眺望西方，望着前方的大好河山，一时豪情万丈，对身边的李斯说道："等蒙恬收拾完匈奴人，就在北地设郡，建长城，然后主力部队西进，拿下月氏国。"

皇帝到了北地后，召见了蒙恬，给蒙恬部署了他的计划。蒙恬本打算将匈奴人赶出大秦属地就算完成任务了，自己也可回到咸阳城，孝敬父母，夫妻团聚，享享天伦之乐。没想到皇帝又安排了更宏伟的计划。这次巡游，简衣子跟随在身边，他又给皇帝建议可以和西域诸国通婚，到时候也可以东西夹击，拿下月氏。皇帝当即让简衣子作为大秦使者，为诸公子在西域诸国求婚。

简衣子本为大宛人，他带着大秦国的国书和大量的金银财宝，返回大宛国，通过相国可可因，游说大宛王。他描述了大秦帝国的强盛富庶，夸赞了长公子扶苏的贤名，大宛王就答应将爱女芊笋公主许配给大秦长公子扶苏。

大宛王屠布派遣了相国可可因为使者，护送三百匹纯正的汗血宝马，作为芊笋公主的嫁妆。经过两个月的长途跋涉，这一日，赶到咸阳城西。扶苏和典客在西郊驿站迎接了大宛使者可可因。典客为秦时九卿之一，主管朝廷外事接待、民族事务等，汉初时改为大行令，汉武帝时又改名叫大鸿胪。

扶苏在视察马群时，见这些西域马果然比秦地的马匹要高大许多，就问可可因："听简衣子说，这种马叫汗血宝马，却是为何呀？"可可因介绍道："这种马在奔跑时流的汗像血，速度、耐力都比别的马种要强许多……"正说着，远处传来一阵嘶鸣，然后一阵黑旋风由远及近，几乎是贴着地面飞了过来。

一瞬间，一匹马已到他们跟前。扶苏定睛一看，是一匹纯黑色的高大良马，站在这群汗血宝马面前，足足高出一尺有余。它从头到尾就像黑色绸缎一样，没有一根杂毛，长长的颈项上鬃毛倒竖，粗大的尾巴飘逸地半垂着，前胸和后臀肌肉高高隆起，把力与美演绎得淋漓尽致。扶苏看了一眼，竟喜欢得无法将目光移开，自言自语道："好马，好马！"可可因笑道："公子，这匹马可不是礼马，它是这群马的头马，把这三百匹汗血宝马带领过来之后，还要和我返回大宛呢。"

扶苏有些遗憾地摇了摇头，又问道："那我能否骑一圈，感受一下这绝世佳骏？"可可因笑道："这匹马叫乌狮，是我们公主给起的名字。这种马本来生活在我们大宛国的高山上，威猛凶悍，再厉害的驯马师也无法将它们驯服，我们称为'天马'。后来，我们见驯服不了，就想了个办法，每年春季，在山脚下放置许多本国的优良母马，将天马引诱下山，它们的后代就是汗血宝马了。所以，这些汗血宝马在我们大宛又叫'天马子'。而天马在我们大宛国，再勇敢的勇士也无人敢骑。这匹乌狮还在狼群中救过我们公主，它杀死了十几匹狼，公主夸赞它像狮子一样勇猛，就给它起名叫乌狮。它还能听懂音乐呢，当时就是公主吹箫的声音把它引了过去，才在狼群中救了公主。"

扶苏微微一笑，心想：马就是让人骑的，我就不相信我大秦勇士纵横天下，还拿不下一匹马？他左右看了看身边的侍卫。一名侍卫单膝跪地，朗声道："在下愿替长公子降伏此马。"说着飞身跃起，跳到围栏以内，由乌狮身后绕到侧面，正想伸手抓它的鬃毛，乌狮忽地一个转体，正面对着侍卫，飞起左前蹄，正踢在侍卫的胸口。那侍卫顿时轻飘飘地飞出五六丈开外，像一摊泥一样落地，口吐鲜血，气绝而亡。旁边其他侍卫大惊失色，无不骇然。

扶苏暗道："烈马见过不少，一般都是用后腿踢人，像这般用前腿攻击的还真是见所未见。"这时，旁边闪出一个青年军官，是一名骑兵统领，叫屠穆，羌族人，算是中尉军里骑术数一数二的高手。

屠穆还在乌狮攻击距离之外，突然一低头，从乌狮肚子底下钻过，一个缠绕，双腿在上，先搭在马背上，头和身子还倒垂在马腹以下，右手绕着马颈一甩马鞭，鞭梢绕着马颈转了一圈，正好伸手抓住鞭梢，鞭子就形成个环形，套在乌狮脖子上，腰腹一使劲，正要坐直身子。乌狮一声嘶鸣，将身体竖了起来，屠穆刚要直起的身子又倒垂了下去。他手臂一使劲想抱住马颈，乌狮却突然后腿一蹬，身子腾到半空，变成后高前低的倒栽之势，这一变化力道奇大，屠穆身子由乌狮前面摔了下来。好在落地时，屠穆一个前滚翻，卸掉大部分的冲力，身体并未受伤。

扶苏见状就把佩剑由腰上摘了下来，交给侍卫。可可因摆摆手，对扶苏道："长公子，这是一匹真正的天马，无人能驯服，别伤了公子万尊之体。"扶苏道："使者大人请放心，它伤不了我！"说着，转身进了围栏，"咻——"冲着乌狮吹了个长长的口哨。乌狮也昂起脑袋，嘶鸣一声，叫声未落，扶苏身子一纵，已稳稳地坐在乌狮的背上。乌狮一惊，开始了疯狂地跳跃，先是将身子高高竖起，又将身子呈倒栽之势，继而左右大幅度摇摆，扶苏将身体放低，仿佛和乌狮黏合为一体，稳稳地骑在它的背上。

乌狮显然被激怒了，"咴儿——咴儿——"地不停嘶鸣，停止了原地跳跃，扬蹄飞奔起来。扶苏只觉得耳边风声呼呼刮过，眼睛也从来没有经历过这种速度，竟有点酸酸的感觉。突然，乌狮将脖子一低，猛地将两只前腿并在一起，收住了奔跑速度，整个身子呈前低后高之势。扶苏身体往前一冲，这一下，力道奇大。乌狮背上并没有马鞍、缰绳一类辅助物件。

扶苏心念一动，知道此时马背上并无着力点，无法用蛮力。就用了一招"虚怀若谷"的心法，两腿一较劲，身体前移时，将力道分数次卸掉，又直起了身子，伸手在乌狮背上拍了一巴掌，笑道："你还有什么招数，尽管使来。"乌狮又重新狂奔了起来。前面是一个两三丈宽的沟壑，扶苏拽了一下马鬃，想勒住它，乌狮根本不理会，反而加速，四蹄一腾空，飞跃过了沟辔。扶苏笑道："好烈的马，我喜欢。"又疾驰了一会儿，扶苏眼睛才逐渐地适应风速。扶苏轻轻地抚摸着乌狮的脖子，在它的耳旁吹起了口哨，旋律悠扬舒缓，听着听着，乌狮就慢慢地放缓了脚步。

等扶苏骑着乌狮、吹着口哨、满脸得意地兜回来时，大宛使者团爆发出一片喝彩声，可可因冲着马背上的扶苏伸出大拇指，赞叹道："长公子神勇！反正公主以后也要嫁过来的，此马就留下吧！"扶苏闻听此言，不胜欢喜，跳下马来，开心地拍了拍它的脑袋，在他耳边低语道："乌狮，以后你就跟着我吧！我还让你保持天马的荣耀！"

按照礼节，大宛的使者要觐见皇帝。可皇帝早在可可因到达咸阳之前，就去了陇山狩猎。典客安排接收了三百匹汗血宝马，又将可可因一行移居到咸阳城内驿馆，等候皇帝归来。

这一天，扶苏带着王离在渭滨楼宴请可可因，席间，三人开怀畅饮。可可因兴致很高，给扶苏讲了大宛国的奇闻趣事。宴毕，扶苏提出带着可可因到咸阳城内走走，感受一下大秦帝都的繁盛。

可可因边走边惊叹咸阳城的繁华。在一个街心十字东北角，见有一个院子，门楼是宽阔的两层木楼，格外别致，原来这里是一处"雅舍"。见门楼中间有一个牌匾，上书三个大字"欢喜楼"，就驻足观看，转身问扶苏道："长公子，这是什么地方？"扶苏笑而未语，王离说道："风月场所。"

可可因还是没有明白，又问道："什么是风月场所？"扶苏正想着怎么跟他解释呢，一边王离笑道："就是男人寻欢作乐的地方。这样吧，长公子身份殊尊，不方便到这种场所，今晚我带着你逛一逛欢喜楼，里面的姑娘任由你挑。今晚上相国大人就留宿在此。"可可因这下明白了风月场所到底是个什么地方了，瞪大了眼睛，喃喃道："还真有这种地方？"扶苏见可可因想进去逛逛，就对王离说道："那就一起吧，我陪着相国大人看看歌舞、喝喝茶。"

扶苏、王离和可可因迈步进了欢喜楼，被门口几个姑娘簇拥着往里面走去。一个艳丽的半老徐娘，扭着水蛇腰由堂屋迎了出来。人还未到，一股香风已扑面而来。她冲着楼上一挥手，媚笑道："姑娘们，快下来，这三位大爷气宇轩昂，一看就不是寻常客，给我仔细着陪。"由楼上下来了七八个女子，笑道："娘，你放心，保证让大爷们满意。"

那女子问道："大爷，有熟悉的姑娘吗？"扶苏看着王离，问道："你有熟悉的吗？"王离笑道："没有。不过我听说这儿有个叫南宫灵儿的姑娘，色艺双绝，让我们见识一下。"那女子伸出大拇指，赞道："好品位！灵儿是我们这儿的花魁，不过她可是清倌。"扶苏侧头问王离道："什么叫清倌？"王离还没回答呢，边上那女人仰着脸，伸手摸了一下扶苏的脸蛋，笑道："好俊的小哥哥呀，你不会还是个雏儿吧？"扶苏心中有些不悦，又不好发作，就把脸转了过去，往前快走几步。王离低声喝道："不得无礼！"

那女人做了个鬼脸，笑道："怎么一个小伙子，比姑娘家脸皮还薄？"可可因一双眼睛有些不够用了，左边瞅瞅，右边看看。上楼梯时，还对那女人说："你还没说什么叫清倌呢！"女人就伸出食指，在可可因的脑门上戳了一下，媚笑道："这客官可真逗，人家小哥哥不懂就不懂呗，你一看就是女人堆里泡的，怎么也逗我玩呢？"可可因双手一摊，笑着摇了摇头。王离解释道："就是只陪客人喝茶聊天，表演歌舞琴乐，不陪睡觉的姑娘。"

几人上到二楼，楼梯口是个大厅，大厅的边上摆着一排大缸，高约三尺，每个缸沿上坐着一个小姑娘，那坐姿很是特别——双腿并齐绷直，身体往后稍仰着，保持着平衡。可可因又好奇地问道："这是干什么？"女人说道："坐缸呀！男人以为我们这些姑娘躺着就能挣钱，哪有那么容易？那得练。你看着坐在这缸沿轻松，你可以试试，不翻才怪呢！"扶苏和王离就笑了起来。可可因没有明白，茫然地摇了摇头。

那女人领着他们三人沿着一条空中走廊来到后楼，说道："三位大爷，我可说清楚了，灵儿姑娘只是陪人下棋喝茶，大爷想听曲儿了，边上有其他姑娘可以弹琴吹箫。三十个半两。"王离由怀中掏出一块金子，递给了女子。

那女子接过来一看，见上面印着"五镒"两个字，顿时两眼放光，欢天喜地地谄笑道："大爷，我拿什么找你呀？"王离摆摆手道："不找了。"

那女人就挽着王离的胳膊，妩媚地笑道："这小哥哥怕是天上的神仙吧。"女人就冲着走廊尽头喊道，"灵儿，娘给你带几个客人过来，神仙一般的人儿，你方便吗？"

屋子里坐着两位姑娘，一位十七八岁，一袭淡绿色长裙，生得天姿国色；另一位未到及笄之年，头上梳着两只发髻，一张精致的脸上，一双大而清澈的眸子忽闪忽闪地眨着。两人迎面而坐，中间是一张条案，条案上一只香炉里面飘出袅袅的烟雾，两杯香茗中间放着一块棋盘，两人正在对弈。年长的女子听见外边老鸨的声音，眉头微微一皱，将手中的棋子扔在边上的棋罐里。对面的小姑娘抬头问道："南宫姐姐，你娘亲找你来啦？"

南宫灵儿摇了摇头，说道："你先躲起来吧！"那小姑娘就扶着条案站了起来，小跑着躲在了一边窗幔的后头，笑道："藏猫猫喽！"又把头伸出来，顽皮地吐着舌头，问道："这儿行吗？"

门帘一挑，老鸨领着扶苏三人进来了。她先是俯身给南宫灵儿小声说："女儿的规矩娘懂，但这几位是金山银袋子。不管咋样，你得陪好！"又转头对扶苏他们说道，"几位爷，这就是到家了，别站着，快请坐。"又忙不迭地倒茶，冲着外面喊道："荇菜，送点水果进来。"

一会儿，一个小姑娘端了一个木质的盘子进来了，盘子里面有桃子、李子、杏等水果。老鸨吩咐道："荇菜，侍奉好客人和灵儿姐姐。"荇菜低头一揖，说道："诺！"老鸨就冲着扶苏三人说道："三位爷，你们玩好啊，需要什么，就使唤荇菜丫头。"说完，微微一笑，眼角往下一弯，嘴角向上一扬，眉毛和嘴角在脸上形成一个圆，扭着身子出去了。

南宫灵儿指着棋盘对面请扶苏坐下，将棋盘上的残局收了起来，又将白子一个个落在棋盘上，重新恢复了棋局。她端起茶杯，自己呷了一口，说道："公子，请！"扶苏还在审视着棋盘，见白子在中腹地带形成一个关口，中间有一个六目缺口，两边棋子小飞连接。扶苏问道："南宫姑娘，为何要从残局开始？我们新开一局不行吗？"南宫灵儿冷冷地说道："世界本来就是残缺的，我习惯残缺的东西。"

扶苏一怔，微微一笑，说道："那不公平嘛，到时候终局如何定目？"

南宫灵儿道："天下大势都不讲公平，更何况这小小的棋局？一个万乘之国去攻灭一个羸弱小国，公平不？"扶苏喝了一口茶，呵呵一笑，看了看王离。王离就凑了过来，说道："早听坊间有传，南宫姑娘有两个棋局，一个叫函谷局，能破者可欣赏姑娘一段琴曲；还有一个伊阙局，破解者可以和姑娘共度良宵，是也不是？"

南宫灵儿点了点头。王离看了看棋盘问道："想必这就是函谷局？"南宫灵儿答道："对。"王离就转头对扶苏道："这残局拼的只是角杀之力，局内成活即可，不用下到全盘终局。"扶苏问道："那由里面引出来做活算不算？"南宫灵儿点了点头，说道："算！"

可可因这会儿听得云里雾里，看着棋盘，见上面散落着几颗白色的圆子，扶苏说话时他就看着扶苏，王离说话时他又看着王离，眼睛又不时地瞟上南宫灵儿几眼。就问王离："这是什么东西？"王离道："这叫博弈，黑白双方各一手分别落子……"王离给可可因讲解着，扶苏已经开始和南宫灵儿在棋盘上搏杀起来。

扶苏曾和韩非子学习，只是他不喜欢法家理论，经常在课堂上捣乱。刚开始，韩非子还以为扶苏只是小孩子心性，顽皮淘气，就拿围棋和他做游戏，以期能吸引他。后来发现扶苏只对下棋感兴趣，一年下来，学术没有一点进步，棋艺倒是成了一流。韩非子就叹了口气，送给了扶苏一本棋谱，并奏明皇帝，说你这孩子我教不了，还望另请高明，以免误人子弟。

却说扶苏看了棋盘良久，脑子里不断和棋谱比较，便想起那本棋谱最后一页，有一个残局和函谷局有一些像，只是位置靠边，没在中腹，心中顿时有了底。他记得开局首子有三个活位，都在关口，就把棋子落在关口第三目。

南宫灵儿暗道："妙手。"就跟着压了一手。扶苏第二手是小飞，直接往里面突进，接着是一间一长。下到第八手时，南宫灵儿暗道："看来这家伙绝非等闲之辈。这函谷局是父亲传授，首子有三个活位，第二手有两个活位，从第三手开始，只有一个活位，只要错一步，必死无疑，可这位却每一步都准确无误。"

又下了几手，南宫灵儿暗想："该不会他刚巧背过这棋谱？那我这样试试。"就不管局面，将自己的白子直接落在黑子应手的位置上。扶苏有些意外，抬头望着南宫灵儿，食指和中指夹着一枚棋子在空中晃了晃，嘿嘿一笑，问道："南宫姑娘，你确定吗？"南宫灵儿道："落子为定。"扶苏点了点头，道："那不就成了吗？"接着就断了一手。南宫灵儿心中暗叹一声，她知道再过三手，中间黑子即可做活，就放弃了函谷局，将手中的白子直接落在右边高目上，转头对荇菜说道："妹妹，把那张瑟给我取来。"

王离从扶苏开局起，一边给可可因讲解博弈的基本规则，一边认真地看着两人的对着。见扶苏每落一子，初看起来都险象环生，但南宫灵儿应着后再回头看，却是异常高明的妙手。等到南宫灵儿弃局时，王离就拍手笑道："太高明了。"可可因看了看棋局，问扶苏道："长公子赢了吗？"

扶苏没有回答，只是微微一笑。王离就微微竖起食指，轻轻地摇了摇头。南宫灵儿听见"长公子"三个字，微微一怔，暗道："莫非此人就是长公子扶苏？"她面上却不动声色，看着荇菜将那张暗红色的瑟放在条案上，调整了一下自己的身体，抬起双臂，将袖子往上一抖，露出一段如莲藕般的小臂，弹奏了一曲《眉心凉》。曲子刚开始听着婉约清新，到中间时，慢慢地曲风渐变，一股悲凉愁苦之韵随着瑟弦的颤动感染着屋里所有的人。南宫灵儿开口唱道：

> 幼鹿呦呦，回首望囷。
> 
> 声声喑咽，不见我群。
> 
> 心之忧矣，如匪浣衣。
> 
> 静言思之，不可奋飞。
> 
> 飞雪锦袍，犹瑟瑟之。
> 
> 聚眉成山，至心冰凉。
> 
> ……

扶苏听着听着，心里却没有了胜利的喜悦。等一曲终了，他开口问道：

"南宫姑娘,你似乎有万千心结,不妨说出来,看看我们能不能帮你。"南宫灵儿叹道:"没有。一个人流落异国他乡,伤春悲秋惯了,有劳公子费心。"

扶苏见南宫灵儿琴棋双绝,气质高雅,和风尘女子大不相同,只是心中好像有一股很深的怨气。见人家不肯说,他就不再问了,而是微微一笑,呷了一口茶。南宫灵儿将瑟往旁边一推,说道:"公子,请!"

扶苏低头看了一下棋盘,问道:"这就是伊阙局吗?"南宫灵儿道:"是的。"扶苏见刚才南宫灵儿弃局那一手,落在高目之上,本来边上就有六颗白子,形成一个关口,七子互相接应,防守严密。他又想了想韩非子当年给他的那本棋谱,却没有一个残局和它相似,就暗道:"但凡棋局,必有破解之法,只是设局之人,已计算妥当,对应关者来说,异常艰险而已……"正思考从哪儿突破呢,王离在一边说道:"南宫姑娘,我看你这伊阙局根本就是个死局,不管从哪个方位进,三手后都被断了。"

南宫灵儿斜睨了王离一眼,淡淡地说道:"那我们将黑、白交换,你来守,我来攻。只是这样的话,赌局得设得大点,公子意下如何?"王离呵呵一笑,问道:"姑娘想赌什么?"扶苏一挥手,打断了王离,也不答话。而是起手直接叩关,将黑子落在三三位上。他一时也看不出什么端倪,就想起武安君白起的一段话:"战场如博弈,兵势无常法,因势利导,可逢凶化吉。"

南宫灵儿见扶苏直接深入,抢占三三位,就由高目位往下一立,贴住黑子。黑子往下一间,南宫灵儿暗道:"看来他是想在角上直接做活,真是痴人说梦。"看着自己在底边上一颗接应的白子,她算了一下,即使再放一手,照样无妨,就在关口封了一手,以防和上面函谷局的黑子连接。

扶苏看了一下,觉得关口已经封住,想由外面接进来,绝不可能了,就把目光放在了边上。白子最下面一个是在三线,扶苏就贴着在二线上落了一颗黑子。南宫灵儿暗道:"他这是苟活之术,即使白子前面没有接应,黑子也得爬一阵子。"就没有理他,而在白子里面断了一手。扶苏又掉过头来在早先的六颗白子周围缠绕,每次只是一手,袭扰一下,马上离开,并不恋战。南宫灵儿在推演棋局时，确实没有想过这种弃子战法，但现在看来，这种办法对打关来说，还真是一种极高明的战法。黑棋这种弃子战法，看似随意，实际却是从不同的方位向某一个点聚势。果然，又下了七八手，场上的局势发生了变化。角上和关口两个方向出现了隐劫，南宫灵儿仔细地推算了一下，再三手，就会形成明局。到时候应关口，角上即可做活。破角，关口即可引出去。

扶苏就偏着脑袋，得意地看着南宫灵儿。南宫灵儿嘴里不禁轻轻地"啊"了一声，紧皱着眉头，苦思着破解阻挡之术，就往上面封了一手。扶苏却微微一笑，间了一手。南宫灵儿先是一怔，随即明白了，他是在让自己一手，故意没有断掉白子。就这一子之差，场上的局面发生了翻天覆地的变化，黑子再无翻盘的可能。南宫灵儿暗道："此人倒真是个正人君子，让棋也让得这么不动声色……"

这时，由窗幔后面传来一个小姑娘的声音："臭哥哥，不许欺负女孩子。"扶苏一愣，循声望去，见窗幔后面走出来一个小姑娘。扶苏噌的一声站了起来，嘴里喊道："诗曼！你、你怎么在这儿？"那小姑娘快步走到扶苏身边，说道："不准欺负南宫姐姐，她是我的好朋友。"

刚才诗曼躲在窗幔后面好久，见没人理她就有些烦了，偷偷地看了一下，发现南宫灵儿眉头紧锁，肯定是要输，就自己走了出来。扶苏尴尬地看了一眼王离和可可因，又转过头低声喝道："你知道这是什么地方吗？"那小姑娘撇了撇嘴，说道："欢喜楼呀，你又不陪我玩，那些宫女们和傻子一样，一群人对弈也玩不过我，不好玩、不好玩，和南宫姐姐对弈才有趣……"

扶苏就拉着小姑娘的手，笑道："好啦，是哥哥不好，以后多陪你玩，你先回家好不好？"诗曼左右扭着身子，噘着嘴道："不嘛、不嘛，我好不容易才出来……"扶苏就压低声音道："你让娘亲知道，她的一对儿女同时出现在欢喜楼，你猜她会不会气晕过去？"

诗曼道："可是我先来的呀，要走也是你走。"扶苏一时不知道该怎么给她讲这个道理，就看了看王离。王离就在扶苏耳边小声道："十公主天真烂漫,她根本就不知道这是什么地方,要不你再好好劝劝?"扶苏道:"你把她弄走。"这句话却让诗曼听见了,只见她一手叉着腰,一手指着王离,喝道:"王离,你敢碰我一下,你就惨了。"王离就摆了摆手,笑道:"我不敢、我不敢。"扶苏拉下脸,喝道:"小丫头,你别无法无天啊!"

诗曼一跺脚,说道:"我怎么无法无天啦?"眼珠一转,又指着扶苏说道,"哦——我想起来了。我好像听说你们公子不能到什么地方,是不是就不让到欢喜楼欢喜?而你作为长公子,自己偷偷地跑来玩,就犯了宗法,等爹爹回来了……哼哼,你放心,我一定告诉他。"

扶苏呵呵一笑,说道:"小丫头,你赶紧去举报吧,大不了罚我三个月供给,再去雍城守祖庙半年,而你可就惨喽。"诗曼仰着脸看着扶苏,喝道:"你休想吓唬我!我又不是公子,跟我有什么关系?我想去哪儿玩就去哪儿玩。哼!"扶苏指着诗曼说道:"跟你没关系?你看哪个姑娘像你这么疯?私自出宫,还跑到这种风月场所,到时候把你嫁给城南那个乞丐,就是没有腿的那个,你以后就和他过日子吧!"

诗曼张大嘴巴,"啊"了一声,立马软了下来,跟南宫灵儿挥了挥手,低声说道:"南宫姐姐,我先走了啊,回头找你玩。"扶苏忍着笑意,瞪眼喝道:"你还敢来?"诗曼低下头,小声说道:"我又没说要来这儿,我们去外边玩还不行?"说着转身往门口走去,都到门口了,诗曼却站住了。扶苏见她两只肩在上下起伏,知道她在哭泣,就笑着给王离使了个眼色,说道:"王离,你去送一下小诗曼。"

诗曼转过身来,满面泪痕,哽咽着吼道:"谁要他送?臭扶苏、大坏蛋!你娶的那个芊笋公主,是个又黑……又丑的老巫婆……吃生羊肉还不漱口……一个月都不洗澡……身上是臭的……"扶苏哈哈一笑,说道:"那多好呀,还省水。"诗曼又跺着脚吼道:"还是个胖墩儿。"王离没忍住,扑哧笑出了声,走到诗曼身边,安慰道:"十公主,气也消得差不多了吧?"诗曼转头喝道:"走开!"

扶苏走了过去,拍了拍她的脑袋,笑道:"好啦,好啦,不嫁乞丐了。到时候,哥哥做媒,嫁给王离。"诗曼看了王离一眼,脸上一红,止住了泪水，低着头转身出了房门，王离跟着出去了。两人下到一楼，在门房里面，诗曼拍了一下手，跟过来两个婢女。王离送她们到街道的拐角，训斥两个婢女："十公主年少，不谙世事，你们怎么把她带到这种地方来了？"两个婢女只是低着头，不敢吱声。诗曼小声道："不关她们的事，是我找南宫姐姐玩的。以后不去了，再想对弈时，把她叫出来玩。"王离就叫了一辆马车，把诗曼三人送到宫门口，自己又返回欢喜楼。

看着诗曼和王离出去后，扶苏冲着可可因笑了笑，说道："见笑了。"可可因问道："刚才那小姑娘是令妹？"扶苏点了点头，道："是的，平时欺负我欺负惯了，今天没占到便宜，她就受不了了。"可可因笑道："怪不得脾气这么大！不过长公子，我可跟你说啊，我们芊笋公主也是仙女一般的人物……"扶苏笑了笑，说道："小孩子家胡说八道，相国勿怪。她连父皇的胡须都敢揪，谁都要让着她……"南宫灵儿在一边冷冷地说道："长公子，这种污秽之地，您这种尊贵之躯，确实不该出现在此呀！"

扶苏站起来深深一揖，说道："南宫姑娘，你误会了，我绝无轻贱之意，只是上有宗法，为了让舍妹离开，不得不言语轻慢。刚才和姑娘对弈，又有幸听闻亲奏瑟曲，姑娘气质高雅，绝非那些庸脂俗粉。再说了，我们也只是听听曲，喝喝茶，下下棋，就是一般的朋友相交。"南宫灵儿说道："我也不敢以清流自诩，一入此门，岂有清白之理？这些姊妹们倚门卖笑只是求个生存罢了，谁天生就想干这行当？谁家父母愿意把女儿送到这种地方？世人都说卑贱，卑贱也得活下去呀！"

扶苏道："什么高贵卑贱，那还不都是世人自己定出来的？前几天，我在市场见一啬夫在训斥一屠狗者。屠狗者毕恭毕敬地站着，等啬夫训完，又恭恭敬敬地用荷叶包了一块肉，拱手相送。等啬夫走远了，屠狗者就冲着那啬夫的背影吐了一口唾沫，嘴里嘟囔道：'什么东西嘛，两百斤的猪，我一只手能摔倒，再烈的狗见了我叫都不敢叫，我不是害怕你，我是害怕大秦律。你说我是贱民，我卖自家养的猪狗，堂堂正正，你拿着朝廷给你的权力在市场到处搜刮，那是偷窃，是盗贼。'我觉得这人就说得很好。有些朝廷官员，表面上看着风风光光、堂堂正正，但若论起道德来，未必就比贩夫走卒、娼妓屠夫高尚。只是有些人要的远远超出了一块肉，甚至有的人博取好名声，只是为了满足更大的欲望。所以说，南宫姑娘，这个世界很复杂，不要自轻自贱。刚才和你对弈，各有胜负，又听了姑娘一曲，现在我也为你抚琴一曲。"

扶苏走到屋子临窗的琴台面前，弹了一曲《阳春白雪》。相传，这首曲子为晋国师旷所作。阳春取万物知春、和风淡荡之意，白雪取凛然清洁、雪竹琳琅之音。扶苏双手拨动琴弦，节奏活泼轻快，满屋子顿时充满了清新流畅的旋律。可可因用手在空中轻轻地打着拍子，暗道："长公子琴艺也甚是高明，闻听此曲，还真是感到冬去春来，大地复苏，万物向荣，一幅生机勃勃的初春景象。看来，他和芊笋公主还真是一段良缘。"

等扶苏弹奏完，琴弦上最后一个颤音停下来时，屋子里出奇安静。南宫灵儿率先鼓掌，说道："真是人上有人，天外有天。长公子琴棋双绝，小女子佩服不已……"正说着呢，老鸨急急火火地跑了进来，说道："几位大爷，实在不巧，今天小女身体不适，不能奉陪，其他姑娘随你们挑。"南宫灵儿道："娘，我与这几位客官相谈甚欢……"老鸨就压低声音，在她耳边小声耳语道："死丫头，阎大人来了。"南宫灵儿说道："他来了又如何？"

老鸨就不再理会南宫灵儿，而是对扶苏一躬身，拜道："大爷，我把金子还给你们，请行个方便。欢喜楼其他的姑娘随便挑……"扶苏本来都打算起身了，王离在一边说道："是谁来了呀，这么大的场面？天下事儿抬不过一个'理'字，我们来的时候，你也没有说南宫姑娘不方便呀，为何别人一来我们就得走？"

老鸨又给王离一鞠躬，苦笑道："这位大爷，你说谁会和这黄澄澄的金子过不去呢？老身也是实在没有办法呀！"正说着呢，走廊里传来了噔噔的脚步声。老鸨就拉着王离的手，恳求道："大爷，真对不住了，我也不想你们过会儿惹上麻烦呀……"

却说诗曼带着两个婢女到官门后，碰见了当值的卫尉丞阎乐。阎乐低头拜道："十公主康泰。"诗曼眼珠子一转，又生出一计，笑道："南宫姐姐都快被人抢走了，你还在这儿傻傻地站岗？"阎乐目送诗曼走进了宫门，便转过身，骑上马，火急火燎地赶到了欢喜楼。

老鸨看见了阎乐在门口拴马，心中暗道："坏了，坏了，这拿刀的遇见了钱袋子，一个咱得罪不起，另一个咱不能得罪。这可咋办？"就迎了上去，笑道："阎大人，今儿你可闲了？"阎乐转身往门里走去，也不理会老鸨。那老鸨就跟着一路小跑，在一边解释道："阎大人，阎大人，你不能进灵儿屋里去，有人呢。但他们只是下下棋，喝喝茶，你稍等一下，我去把他们叫出来。"

阎乐站在楼梯的拐角处，嘴里蹦出两个字："快点！"老鸨就一路小跑着进去。里边正说着呢，阎乐却等得不耐烦了，自己一挑帘子，进了南宫灵儿的屋子。见一个衣着华丽的年轻人背对着门口，和南宫灵儿隔着案几对坐饮茶。他的两边各站一人，一名青年和一个大胡子中年人。

那边上的青年侧头问道："这位仁兄你走错地方了吧？"阎乐"哼"地冷笑了一声，心中暗道："过会儿就让你知道，到底是谁走错地方了。"随即抽出佩刀，在手中晃了几下，喝道："最近咸阳城里不太平，半夜里有贼人出没，我看你们三个贼眉鼠目，跟我走一趟吧！"老鸨就贴到阎乐身边，媚笑道："阎大人，有话好说，有话好说，都是老身的错，千不该，万不该，今天让灵儿姑娘和客人对弈……"

阎乐一把将她推开，吼道："别胡说八道！我在拿贼，关灵儿什么事儿？"说着就把刀架在背对着门口的扶苏肩上。案几边上的王离喝道："大胆！"阎乐见背对着自己的华衣少年冲着旁边摆摆手，端起案几上的茶杯呷了一口茶，又把茶杯放在案几之上，才慢悠悠地说道："人家官差办案，我们应该配合的。你看一下他的令牌。"王离站起身来，喝道："你的令牌呢？"

阎乐就将腰里的令牌亮了一下。王离呵呵一笑，问道："掌管京城治安的是中尉，什么时候由你们宫门卫尉出手缉拿盗贼？"阎乐一听，微感意外，只是嘴上还不能软下来，就把刀又指向王离，喝道："狂妄至极。"王离站起身来，一个进步，伸手奔着阎乐的脉门而去。阎乐见对方敢动手，也是吃惊不已，忙一缩手，躲过了王离的虎口擒拿，直接将刀刃往下一划，削向王离的手腕。王离手臂往里面移动数寸，躲过刀刃，伸手在阎乐眼前一划，阎乐顿觉眼睛酸酸的，刚想将刀抬起来，王离伸手在他小臂曲池穴上一戳，阎乐只觉得胳膊一酸，咣当一声，刀掉在了地板上。

正想弯腰捡刀，王离却一伸脚，将刀刃踩在了脚下，伸手搭在阎乐的肩膀上，低声道："我是中尉军王离，还要打吗？"阎乐觉得肩膀上一阵酸麻，他知道，对方已抓住了他的肩骨，只要一扣手指，他就得残废。又听见"中尉军王离"几个字，顿时软了下来，心中暗暗怪自己刚才有些冲动，就挤出一丝笑容。两人同时直起了腰，一抱拳，道："多有误会。""好说好说。"王离弯腰捡起了刀，递给了阎乐。阎乐出门时，满脸通红地回头看了一眼南宫灵儿，见她目光盯着对面的华衣少年，并没有看自己，就悻悻地出门而去。

扶苏又喝了几杯茶，起身告辞道："南宫姑娘天姿国色，琴棋双绝，真乃世间不可多见之奇女子。今日有幸得见芳容，三生有幸。姑娘，人之命运大多无可奈何，流落风月之地不见得就天生轻贱。依我看，姑娘比刚才那个以公权泄私怨的官差不知要高尚多少倍。我刚才一曲《阳春白雪》发自肺腑献给姑娘，以后有空了，再找姑娘喝茶、对弈、听琴。扶苏告辞！"

可可因在咸阳待了三个月，觐见了皇帝，目睹了大秦的国力和城邦的繁荣，又见识了扶苏的文采武功，心中自是非常满意。回国时，皇帝又安排使节，带着丰厚聘礼，一同西行。

## ·叁·

# 上疏

　　黄河在邙山之北，呼啸着奔出山谷的裹挟后，立即安静得像个少女，躺在中原大地上，静静地向东流去。河岸边，一个青年在持竿垂钓，旁边一个中年人垂手而立，双目盯着河中间的一叶小舟。一会儿工夫，小舟靠岸，舟上下来一人，四十岁左右，见了中年人，深施一礼，由袖中取出一方布帛，递给中年人，一言未发，又转身登舟，向对岸而去。中年人打开布帛，上书"三日后，博浪沙"六个字。

　　中年人走近青年身边，低声道："公子，确切消息，暴君车辇三日后到博浪沙。"青年缓缓点头，眼睛却盯着浮子，见浮子一沉，青年微微一笑，一扬钓竿，一尾一尺余长的大鲤鱼被甩到岸边草地上，甩着尾巴挣扎着。中年人俯下身子把钩子摘掉，用芦苇叶子穿在鲤鱼腮中，上下掂了掂，低头看着鲤鱼笑道："今天想要的都到手了，公子，已过午时，我们去集市上用膳。"

　　青年一袭白袍，身高约八尺，头戴一顶大斗笠，背负一柄长剑，面向大河长啸一声，声音浑厚高亢，啸声传出好远。啸声落尽，青年朗声吟道："彼黍离离，彼稷之穗。行迈靡靡，中心如醉。知我者，谓我心忧；不知我者，谓我何求。悠悠苍天，此何人哉？……"该青年名叫张良，字子房，韩国宗室贵族。韩被秦灭后，张良变卖家资，遣散家仆，只带门客张安浪迹天涯。

　　约莫半个时辰，两人来到一个小集市上，前面有一座小石桥，桥上站着一个汉子，外貌奇特，身高约九尺，身宽异于常人，面色黝黑，身穿一件葛色短衫，迈步时，左右摇晃。这时桥对面人群一阵惊慌，纷纷逃散。

只见一头大犍牛扬蹄奔桥面冲来，桥面上几个行人慌忙跳下石桥。张良见这汉子竟未慌张，只是把身体微向前屈，双臂前伸，似要做搏击状。张良喊道："快让开！"一瞬间，大犍牛已冲到汉子跟前。只见那汉子突然出手，稳稳地抓住牛的双角。他的身体因这巨大的冲击力，双脚在石板上往后滑了半丈之远。大犍牛眼睛通红，喘着粗气，汉子脖子上青筋暴起，一牛一人竟对峙起来。

张良暗喝道："好个大力士！"这时，那头大犍牛眨了眨眼睛，脑袋微微上扬，"哞——"叫了一声。叫声未落，只见那汉子腰微下沉，双膀一使力，竟将那头大犍牛悬空提了起来，在空中划了个圆弧，扔在左侧的小溪中。那汉子活动了一下双臂，又迈着四方步，左右摇晃着，向桥对岸走去。

张良紧趋几步，赶到汉子面前，深施一礼，道："壮士留步！小生张良，刚刚目睹了壮士义举，真乃神人也。钦佩之情，无以言表。诚意相邀，共进午餐，以表仰慕之情，不知壮士意下如何？"那汉子一抱拳，声如洪钟，笑道："我乃辽东山隗，说实话，今日还确未进食。感谢相邀。"张良转头对张安道："快去安排酒席，丰盛些！"张安拱手道了一声"诺"，一路小跑而去。

两人踏进酒楼，张安早已点好菜肴，张良让山隗坐在上席，山隗也未推辞，只是拱拱手，坐了下来。张良斟满酒，开口道："山隗兄真乃当世豪杰，子房好生敬佩。"连敬三杯。山隗哈哈一笑，道："子房兄过奖啦，我就是有几分蛮力而已。眼下居无定所，流落江湖，连糊口都成问题。"张良笑道："山隗兄若不嫌弃，子房愿与兄长结为兄弟。早晚请教，也学点本事，不知兄长意下如何？"

山隗道："沦落之人，不敢高攀，子房兄如此抬爱，何以为报？"张良起身道："子房平生无他爱好，只愿结交天下英雄豪杰，方才见兄长侠肝义胆，仰慕之情由心而生，望兄长切莫谦辞。"说完纳头便拜。

当下两人行八拜之礼，山隗长张良三岁，尊为大哥。两人推杯换盏，由中午喝到日落西山，已是无话不谈的兄弟。张良问道："敢问兄长何以流落江湖？"山隗长叹一声，说："暴秦峻法，徭役繁多。去年服苦役时，失手打死一小吏，随后逃了出来，隐姓埋名，浪迹天涯。"

张良道："兄长可曾想过，躲得了一时，躲不了一世？"山隗瞪着红红的眼睛问道："兄弟可是劝我投案自首？"张良左右看看，压低声音道："兄长误会了，天下苦秦久矣，民众如案边鱼肉，哪有安居乐业之民？暴君只知骄奢淫逸，广修宫殿内苑。民间积怨已深，尤其山东六国，各诸侯遗族早已暗流涌动，楚国项梁、魏国魏咎……眼下只欠一个机会。"山隗摇摇头，说道："兄弟，哥哥一介草民，只是有几分蛮力而已，这些军国大事，与我何干？"

张良道："哥哥，实不相瞒，子房乃韩国公子，一心复国。眼下就有一个绝好的机会，暴君东游，三日后过博浪沙，我已收买数十条好汉，准备行刺。只是数十人目标太大，容易暴露，具体方案并未确定。今日一见哥哥，犹如天助。此事若成，哥哥名垂青史，荣华富贵更不在话下。"

山隗看着张良，又低头沉思片刻，一拍桌子说道："那就干吧，兄弟，你说咋弄？"张良道："我原计划弓箭手乱箭齐发，只是距离过近容易暴露，远了准头又不够，正在苦苦思索呢，今日得遇兄长，心中顿时有了主意。我们用锤击。百十斤的大锤，哥哥能扔多远？"山隗眨眨眼睛，说："大概七八十步吧！"张良一拍大腿，笑道："大事成矣！"

张良嘱咐张安去铁匠铺，打造一只大铁锤，重量一百斤，为了体积大点，要做成空心的。张安出去准备，暂且不表。这两人又对饮到初更，才携手出了酒馆，奔旁边客栈而去。

翌日午时，张安领着两个伙计，将大铁锤抬了回来。铁锤放在地上，直径约莫两尺，上面有一个手柄，手柄顶头有一个铁环。山隗俯下身子，右手抓住锤柄，轻轻地将大铁锤举过头顶，接着又舞了一阵子，空中传来呼呼的风声。张良在一边正准备拍手叫好，只见山隗一沉身子，扎个马步，双手合一，猛地将大铁锤抛向上空，铁锤飞出二三十步高，落下时，山隗并未躲闪，而是稳稳地单手接住了飞坠的铁锤。

张良在一边看得目瞪口呆，竟忘了喝彩。直到山隗将铁锤放在一边，拍了拍手，呵呵地笑着，张良才疾步向前，单膝跪地，拜道："得遇哥哥，子房之幸也，请受小弟一拜。"山隗将张良扶起，笑道："兄弟礼数太多啦，我们兄弟携手干件大事，哥哥也出一口这心中的恶气。"当天，又买了两匹骏马。晚上，两人去博浪沙侦察一番，初定了行刺计划。

转眼间，第三日已到。巳时，山隗装扮成樵夫模样，背一个大竹筐，内藏大铁锤，背部插一根五尺左右长的铁棍。两人赶到预定地点。此处是驰道边上一个小丘陵，顶上有一片小树林。张良叮嘱道："哥哥，到时候看我手势，你再出手。一定记住，一击之后，不管成功与否，都马上撤离。我们分头走，三天以后，我们渡口会面，盘缠我都给你准备好了，在马背的包袱里。"山隗点点头，轻轻闭上了眼。

约莫半个时辰，寂静的驰道上突然传来一阵急促的马蹄声，有百十来骑，马上武士皆黑盔黑甲，腰悬长剑，面容冷峻。张良耳朵贴着草皮，只感觉微微颤抖几下，武士们就绝尘而去。山隗正要起身，被张良一把按住，把食指压在嘴唇上。等马蹄声渐远，山隗道："暴君是骑马巡游，不坐车？"张良笑道："这是巡道，连导驾都不是，导驾后面是护卫部队，再后面才是车队。到时你看我手势。"

果然半炷香工夫，又一支骑兵方阵出现，两三百骑，只是速度要慢得多，马背上士兵的装束和前边一样，只是手中兵器为长戈。再后面是步兵护卫部队，大约有三千人，前面为弓箭手，中间长矛兵，后面为盾牌手。再后面为仪仗兵，约三百人，手持五色旗帜。等庞大的车辇队伍出现，张良见有三十多辆车，中间是一辆豪华的圆顶辒车，张良拍了拍山隗的后背，轻声道："就那辆，等到跟前，可抛锤击之。"山隗将大铁锤拿在了手中。

车队缓缓而行，突然右侧骑兵护卫打了个口哨，喝道："有刺客！"只见路边山丘之上站了个大汉，手持大铁锤，在空中抡了两圈后，铁锤嗖的一声，当空砸了过来。这一下，百十斤的大铁锤由高空落下，又经过山隗的加力，力道自是非同小可，两边的卫兵目瞪口呆，眼睁睁地看着铁锤飞了过来。

就在这一瞬间，辒车后面一个斗篷少年由马背上飞了起来，一柄长剑脱手而出，飞向空中的大铁锤。在铁锤离车盖还有半尺左右时，剑锤相碰，火光四溅，铁锤竟改变轨迹，砸在车辕之上，那碗口粗的车辕顿时折断，长剑也弹向斜后方飞出。扶苏在空中舒展了一下身子，一把稳稳地抓住了剑柄，脚在马背上一点，又纵身跃到半山坡，几个起落，已到了山丘之顶，站在那汉子跟前，用剑指着山隗，喝道："何方蟊贼，竟敢行刺圣驾？"

山隗把手中铁棍一横，仰天哈哈笑道："辽东山隗！"扶苏见盾牌兵已将辒车层层围住，带刀侍卫已列队成扇面往山顶逼近，就向后伸手止住前进的士兵，口中喝道："蟊贼！还不放下兵器束手就擒？"山隗喝道："你问这铁棍吧！"说完，呜的一声，抡圆铁棍就砸了过来。

扶苏刚才已隔空领教那大铁锤的强劲力道，知道这位力大无比，就使了一招虚怀若谷，剑身斜着刺出，剑刃碰上铁棍的一瞬间，没有硬挡，而是随着铁棍的方向一起下落。山隗只觉得这一棍像打在棉花上一样，刚开始软绵绵的，而后阻力越来越大。而那把剑突然一变方向，贴着棍子滑了过来，山隗一惊，心想右手不松的话非被削掉不可，忙将右手撤回，单手执棍，往回一收，脱开剑后，又转身奋力刺了过来。扶苏见对方举棍直刺，就想试试对方力道到底有多大，待棍到中途时，直接用剑往边上一搪，当的一声，扶苏手腕一阵酸麻，而铁棍只是偏了数寸，由肩头滑过。

扶苏暗道："此贼果然神力，不可硬碰。"当下一个进步，一招无中生有，唰、唰、唰三剑，分别攻向对方左右肩部和咽喉。山隗一个撤步，正要举棍再攻，哪知扶苏这三剑只是虚招，目的只是逼着他用棍格挡。

扶苏接着一招"寸进尺退"，剑尖轻轻一递，正中山隗左手腕，山隗"呀"了一声，左手顿时垂了下来，改成单手持棍，速度也瞬间慢了下来。扶苏喝道："撒手吧！"回手剑锋一挑，又削中山隗右手，大铁棍当啷一声落在地上。

山隗只觉得脖子一凉，扶苏的剑尖已抵住咽喉。山隗双手已废，知道大势已去，仰天哈哈大笑道："这位英雄，敢问尊姓大名？山隗自记事以来，与人交手无数，从未败过，未想今日败得如此惨烈。"扶苏倒也佩服此人神力，朗声答道："大秦扶苏。"山隗嘴里念道："大秦扶苏！"身体猛往前一挺，剑尖由后颈刺出。

山脚下，一骑绝尘而去，那人在马背上头也不回地喊道："山隗兄，后会有期。"

咸阳宫，皇帝嬴政大宴群臣，三公九卿、大将军、诸公子、众博士皆受邀参加。宴会由奉常主持，开始前奉常先是宣读了一份皇帝诏书。诏曰："皇帝功盖五帝，泽被苍生。四方一统，天下安定。海晏河清，百姓安宁，统一度量，同书同文……"

群臣拜谢，山呼万岁，酒至半酣时，博士周青臣上奏："过去秦国的疆域方圆不过千里，仰仗着陛下的圣明神威，如今平定四海，驱逐蛮夷，凡是日月所照的地方，没有不臣服的。人人安居乐业，百姓不再有战争之苦，伟业将传之万世，陛下的这种威德是自古以来，任何人都无法比拟的。"皇帝龙颜大悦。

此时，群臣里站起来一位中年人，头戴一顶儒生帽，此人叫淳于越。公元前221年，王贲大将军在攻灭燕国后，掉转马头，兵锋南下。齐王建不战而降，齐国灭亡。淳于越作为稷下学宫祭酒，被推荐到帝国首都，成为皇帝身边一名儒学博士。淳于越冷冷地看了一眼周青臣，满饮一杯酒，起身进奏："陛下，商、周两代都统治天下一千多年，之所以如此长久，是因为他们分封子弟功臣作为王室的藩篱屏障。如今陛下拥有天下，而众公子都是平民百姓。这样，以后万一出现像齐国田常、晋国六卿这样的叛臣乱党，陛下就会孤立无援。周青臣之流阿谀奉承，只能让陛下错上加错，不是忠义之臣。"

皇帝脸上的笑容慢慢消失了，把酒樽放在案边，并没有看淳于越一眼，而是把目光投向了长公子扶苏。见扶苏先是望着他的老师，仿佛又觉察到了他的目光，就低下了头，把玩着手中的酒樽。皇帝闭上了眼睛，听着底下叽叽喳喳的议论声。半天，睁开眼睛，对着李斯说道："丞相，你什么看法？"

李斯启奏道："陛下创立亘古未有之业，万世不朽之功，这岂是一帮酸儒所能理解的？淳于越所说的殷周之事有什么可效法的？那时候，诸侯相争，纷纷攘攘。如今天下已定，法令统一。百姓们各安其命，各司其职。可这些酸儒们不学秦律令法，一味崇尚古制，诽谤现实，蛊惑百姓。我斗胆而言，古代之所以天下大乱，就是因为诸侯并立。这些书呆子专门讲空话假话，混淆视听，夸大他们所学而否定皇帝的功业，互相勾结，否定现行的政教。一有政令下达，他们就旁征博引，妄加指责，私下里巷议街谈，夸耀自己的观点主张，故意和朝廷唱反调，煽风点火领着下层愚民兴风作浪。此等势头如果不及时遏止，那陛下就会威信扫地，而朝野也会派系林立。我建议，凡不是秦国的史书和医药、卜筮、农业类书籍，全部烧掉。私人藏有《诗经》《尚书》以及诸子百家著作的，统统送到郡守处，集中销毁。敢颂古非今的灭族，各级官吏知情不报者同罪。命令下达三十天还敢持书不烧者黥刑，服徭役四年。"

皇帝半倚在靠背上，听完丞相李斯的话，把身子直了起来，环视了群臣一圈。宴席上叽叽喳喳的讨论声安静了下来，变得鸦雀无声。皇帝咳嗽一声，接着朗声说道："天下百姓都苦于连年征战，就是因为有诸侯。现在依仗大秦宗庙福佑，天下刚刚安定，百姓安居乐业，再设立诸侯国，是要我大秦重演东周列国的故事吗？丞相说得对，准！"

扶苏看了看老师淳于越，见他满脸的愤慨。他知道老师对分封制还是郡县制并未太过在意，毕竟这是国体大本，他只是提出自己的建议。但老师多次和自己讨论秦法严峻，戾气太重，民间怨声载道，六国贵族暗流涌动。老师意欲推行仁政，而儒家经典乃仁政之根本。现在丞相要把法家以外的典籍全部烧掉，老师怎能不痛心疾首？于是扶苏起身启奏道："父皇，天下刚刚平定，山东六国的民众还不太安定，而那些读书人读的都是儒家经典，都行仁义之道，如今朝廷要烧掉百家经典，儿臣担心天下会因此不得安宁。望陛下明察。"

扶苏说完这段话，皇帝冷冷地盯着他看了半天。整个宴席鸦雀无声，众臣都低下头，空气仿佛凝固了一般。突然，皇帝重重地一拍案几，震怒道："愚蠢！"

咸阳城西北数十里，有个地方叫好畤，为内史掌治的京畿之地，因其境内设有祭祀天地的祭坛而得名。好畤境内，有一座山，叫梁山，秦梁山宫就位于其上。按易卦方位，西北方属于乾位。淳于越按风冶子的说法，在梁山之巅，筑了一座铸剑台。

五月端午，梁山顶峰，风冶子看着扶苏道："长公子勇斗山隗，救驾博浪沙，降服西域神兽，扬我中华神威，英雄也。朝堂之上，百官噤若寒蝉，唯长公子心忧天下，仗义上疏，此乃包含天地仁爱之心。天时、地利、人和已全，此剑成矣。"

铸剑台一边，高高竖立一座引雷塔，由塔顶一条碗口粗的铜链垂了下来，端头连着那条黝黑的陨铁。高塔对面是一个祭台，扶苏一袭黑色短袍，面南肃立。左边一个青年，身穿暗红色短袍，腰挎一把长剑，身材高大，气宇轩昂，此乃大秦名将蒙恬之弟——上卿蒙毅。右边是王离。再两边是数十名士兵。祭时已到，士兵打开旁边的樊笼，一头吊睛白额猛虎蹿了出来。数日前，蒙恬大将军在辽东擒住一只猛虎，得知长公子欲铸造一把宝剑，需要北地百兽之王，就派人将此虎送到了咸阳。

这猛虎出笼后，先是把头和两只前爪压得很低，几乎贴在了地面，左右抖了抖身子，然后直起身子，扬起脑袋，"昂——"长啸一声，声音传出好远，在场的人无不为之一震。扶苏道："不愧为百兽之王，若非祭剑所需，将它养起来多好。"

旁边士兵后退数步，举起手中长戈，围成一个圈。王离拔出佩剑，走到圈内。那只猛虎瞪着王离片刻，突然两条后腿一蹬，身体高高跃起，张开血盆大口，直扑了过来。王离侧身往左一个滑步，等虎的脑袋到达自己肩膀上方时，一招"举火燎天"，斜上方一刺。刚才王离往左撤步时，距离稍大了点，这一剑刺出，剑尖抵达时，仅刺破了虎皮。猛虎落地后，扭转身子，再次扑向王离。王离举剑往上一撩，那猛虎竟用前爪一拨剑刃，将身子直了起来，一爪向王离拍了过来。王离后撤一步避开，猛虎又跃了起来，正面直扑。

王离暗道："今天长公子要用虎头祭雷神，我再和这畜生缠斗下去，在众人面前可着实没有面子。"一招"一鸣惊人"，长啸一声，身子高高跃起，下落时，对准猛虎的脖颈，挥剑猛地一砍。此时一人一虎都在半空，那虎再也无法躲避，咔嚓一声，硕大的虎头滚落在一旁，身体落地时，四肢还在抽搐。一旁的助祭将虎头捡了起来，摆放在案台上。几名士兵将虎的脖子对着一只铁桶，把喷出的鲜血存放在桶中。

祭台前方，上卿蒙毅手捧祭表，朗声颂祷："始皇帝三十四年五月端午，长公子扶苏谨以香烛虎头之仪，虔祭雷神。天地造化，降落陨石，其形如剑，身厚无锋，欲锻其锐，然世间凡火终难熔之。祈雷神发天庭之威，造化之功，以助弟子凤愿，剑成护佑天理，斩杀奸佞。伏望雷神垂怜，大施恩威……"

半个时辰后，狂风大作，雷电交加。轰隆隆一声巨响，一道蓝色的霹雳在引雷塔上空炸响，瞬间，那条黝黑的陨铁变得通红。风冶子边上站着一位青年，二十五六岁的样子。这时，青年快趋几步，低头拜道："长公子，此陨铁我已称过，六十斤整，打造一把剑的话实在太过沉重。我军的兵器都是由我设计、改良。军官佩剑重八斤，士兵剑重一十二斤。这把六十斤的剑炼成后，几乎没有实用价值，建议打造成五把重剑。"

蒙毅哈哈大笑起来，说道："长公子天生神力，章邯你多虑啦！剑成之时，你只管根据尺寸，打造一把剑鞘即可。"那青年一抱拳道："诺！"扶苏侧头问道："蒙卿，此人是谁呀？"蒙毅道："他叫章邯，位居少府丞，现在骊山陵墓监工。"扶苏问道："骊山陵墓不是杨端和监工吗？"蒙毅说："杨将军个把月才去视察一下，现场都是章邯负责。此人在工程、器械方面有些天赋，咸阳城的排水系统就是他设计监造的。得知你今天要铸剑，我专门将他从骊山调了过来。"扶苏得知章邯在骊山陵墓监工，就冲着章邯微微一笑，双手一抱拳，道："少府丞辛苦啦！"章邯躬身一拜，回道："多谢长公子！能为朝廷效力，是章邯的荣耀。"

风冶子一挥手，说道："开工！"边上两名铸剑师抡起大锤，奋力捶打。少顷，剑身变薄，又经过风冶子亲手刮削琢磨等工艺，剑已成形。风冶子拿起宝剑，插入虎血之中，是为淬火。再次拿起宝剑时，剑身已由暗红色变成黑色。风冶子将剑放在晾剑台上，此处为梁山最高峰，风势凛冽。风冶子道："虎血纯阴，淬火后，要经纯阳之风晾剑十二时辰。"

一行人在梁山之巅等到第二天，风冶子在晾剑台取下剑身，满意地点了点头，走到扶苏面前，说道："剑身已成，现需英雄血三滴，分别滴在剑尖、剑刃、剑柄三处，此剑方有灵气。"扶苏抽出随身佩剑，在左掌心轻轻一划，将三滴鲜血滴在那把剑上。一股青烟过后，乌黑的剑身瞬间发出一道蓝灿灿的寒光，眼下已是夏季，周围人皆感到一股寒气由剑锋散开。

风冶子向着四方拜了拜，双手将宝剑递给扶苏，道："剑已铸成，请公子试剑。"扶苏接过宝剑，手指轻抚剑身，竟有一丝冰凉，左手双指交叠，在剑身上轻弹一下，宝剑随即发出沉闷的嗡声，虽然低沉，却传出很远。扶苏环视周围，见前方祭台上有一盛放祭品的铜鼎，就迈步向前，挥剑劈下。一道蓝光闪过，那只铜鼎被齐齐地砍成两半。扶苏再看剑锋，竟然丝毫未损，不禁欣喜万分，满意地笑道："好剑！好剑！"

风冶子举起酒葫芦，长啸数声，唱道："御风之剑兮，天地所生。鲲鹏之翼兮，扶摇而上。百年剑气兮，终成名剑。"扶苏笑道："鲲鹏之翼兮，扶摇而上。好，此剑就叫扶摇吧！"队伍顿时一阵欢呼。风冶子点点头道："扶摇剑，好，好，此剑是我今生铸的最后一把剑。长公子，你切记，此剑以后切不可再沾染你半点血迹。"扶苏笑道："多谢先生，以后此剑是诛杀奸佞、荡平匈奴的，沾染我自己的血干什么？"

咸阳云梦宫，一位雍容华贵的中年妇人，白皙的皮肤上看不出多少岁月的痕迹，只是在微笑时，眼角时隐时现的鱼尾纹告诉别人，此女子已不再年轻。该妇人正是始皇帝嬴政的宠妃之一，云梦夫人，长公子扶苏的生身母亲。云梦夫人半倚在榻上，目光柔和地看着扶苏和诗曼。兄妹两人正在对弈，已是第三局了，前两局都是诗曼输了，这一局她又处于下风。

只见诗曼噘着小嘴，嘟囔道："大坏蛋，就知道欺负女孩子……"扶苏双手抱膝，得意地看着妹妹，坏笑道："小丫头，你别胡说，我欺负谁了？"诗曼嚷道："李酉！你的光辉事迹别以为我不知道。"扶苏嘿嘿一笑，落下一子，将诗曼的一颗孤子断掉了。诗曼看了一眼棋局，就将手中的棋子狠狠地扔到棋罐里。

云梦夫人看了一眼棋盘，笑道："苏儿，你也让一下妹妹嘛。"扶苏笑道："谁让她这么笨？已让她三子了，还是赢不了，怪谁呢？"诗曼就捡起棋盘上的一颗黑子，丢到扶苏身上，嚷道："你才笨呢！大笨蛋，天下最大的笨蛋……"云梦夫人笑道："好了，诗曼。别疯疯癫癫的，对哥哥尊重些。你光让他陪你下棋，叫他跟为娘也说说话。"

扶苏把身体转向母亲，说道："娘亲，我给你说一下乌狮吧，它简直就是一匹神马，居然能听懂我说话。它还懂韵律，那次我和闻伯在对琴，突发奇想，当年公明仪对牛弹琴，我今天对马弹琴看看会如何，就把乌狮牵了过来，弹了一曲《清角之操》，没想到乌狮竟跟着音乐用蹄子踏起了节拍。现在，过段时间不让它听弹琴，就在马厩里仰天嘶鸣呢！娘亲，你说奇怪不奇怪？"云梦夫人笑道："你这段时间净是乌狮乌狮的，你给娘亲说说丞相家那酉丫头的事。你真心喜欢的话，娘亲让你父皇给丞相说，把他家丫头娶过来。你们也别偷偷摸摸的，坏了人家丫头的名声。"

扶苏就笑道："娘亲，你这都听谁说的呀？"云梦夫人道："除了你和诗曼，娘亲这辈子还有什么在意的？宫里这些阉人、宫女在我这儿说得最多的不就是你吗？什么你博浪沙救驾、降伏天马，还有你和丞相家丫头那些事，哎，那李酉丫头娘亲见过，随丞相夫人进过宫，挺乖巧的，我原想着就把她娶过来，立为正夫人，谁知你父皇又要和西域什么大宛国和亲，也不知道那边的女子是个啥样。"

扶苏就笑道："我和大宛国的使节可可因已经是朋友了，他们是不会欺骗朋友的，可可因给我说芊笋公主很善良，很贤惠。"云梦夫人道："但愿如此吧！哎！没办法，你生在这帝王之家，将来有一大堆女人围着你转，但你的心可不能乱，最爱的只能是一个人，心也只能放在一个人身上。只有和她在一起，你的心才是安宁的。好比你有一颗最珍贵的夜明珠，你只有把它交给她，你才心安，你和其他女人在一起只是欢愉，而只有和最爱的女人在一起才会觉得幸福。"

扶苏道:"娘亲,你说一个男人只能爱一个女人吗?"云梦夫人说道:"一辈子不一定,但同一时间,他只能爱一个女子,你闭上眼睛。"扶苏就微笑着轻轻地闭上了眼睛。云梦夫人说道:"你感觉你的左手在哪儿?"扶苏动了动手指头,笑道:"在这儿呀!"云梦夫人道:"此时此刻,你还能感觉到身体其他部位吗?"扶苏笑着摇了摇头说:"还真是的,刚才把心放在左手上,身体其他部位好像都不存在了。"云梦夫人道:"你看看,这还是你自己的身体,你的心都无法兼顾,你怎么能把心同时放在几个人身上呢?"

扶苏睁开眼睛,点点头,笑道:"孩儿记住啦!"云梦夫人幽幽地叹了口气,说道:"男人们只知道博取天下,好像女人只是掌中之物,你可曾想过,她们只是这辈子生做女儿身,不能建功立业,但女人和男人有一样的情感,一样的心智。再说了,你对着一个冷若冰霜的人和一个笑靥如花的人,哪个感觉好?"

扶苏笑道:"当然是笑靥如花好呀。"云梦夫人道:"娘亲只是让你别丧失爱人的能力,一生有一个心贴心的伴儿,这样你自己才能感觉到真正的幸福。"扶苏把身子往云梦夫人跟前凑了凑,说道:"娘亲,你又长了几根白发。"云梦夫人就让侍女把铜镜取过来。她看着镜子里那张美艳绝伦的脸,叹了口气,对扶苏说道:"你们都这么大了,娘亲也该老了。"诗曼依偎在云梦夫人怀里,说道:"娘亲才不老呢,娘亲是世上最好看的女人。"于是兄妹二人就在云梦夫人的发髻上寻找白发。

云梦夫人捏了一下诗曼的脸蛋,说道:"就你小嘴甜。"又转头对扶苏说,"还记得你刚生下来时肉嘟嘟的样子,哎,你这脾气倔呀,就不吃奶妈的奶,非要吃娘亲的。那段时间,是娘亲最辛苦,也是最开心的时光,你父皇几乎每天都过来看我们……"云梦夫人目光柔和地看着铜镜里的自己,对兄妹俩诉说着以前的岁月,又像是自言自语。"记得你八岁时,有天从先生那儿回来,噘着个小嘴不说话。问你先生都教了什么,你就学先生讲话的样子:'娘、娘亲,我、我听、听不、懂他、他说话。'把你父皇笑得呀,后来给你把老师换了。"

扶苏笑道:"那是他讲《备内》篇,我就觉得他是说娘亲不好呢。"云梦夫人说道:"后来你父皇给我说,你一定是听了韩非子讲'丈夫年五十而好色未解也,妇人年三十而美色衰矣。以衰美之夫人事好色之丈夫,则身见疏贱,而子疑不为后,此后妃夫人之所以冀其君之死者也'。"

扶苏呵呵笑道:"幼稚、幼稚。"云梦夫人慈爱地看着他,叮咛道:"北国苦寒,你照顾好自己。在前线监军,不要贪功逞能。平时多给你父皇请安,多说点他爱听的话。这点,你要向其他公子学习,尤其是那个小胡亥,还和你父皇撒娇呢。你看你父皇多喜欢他,走到哪儿带到哪儿。他们那样,你父皇才把他们当孩子,你这动不动就谈军国大事、就上疏,他可不得把你当臣子了?"

扶苏呵呵笑道:"这个道理孩儿也懂,但我做不出来。"云梦夫人叹了口气道:"那你就傻呗!还有件事,那徐福作为皇帝的使者,谁不捧着他?其他公子、重臣都给他送礼讨好,你倒好,把人家打一顿,还搞那些恶作剧……"说着,云梦夫人扑哧一声笑了起来。诗曼问道:"娘亲,他干什么啦?快给我说说。"

云梦夫人嗔道:"女孩子家,打听这些干吗?"诗曼又转头问扶苏:"哥哥,你干什么了?给我说说嘛!"扶苏没有理她,而是问母亲:"娘亲如何知道的?"云梦夫人道:"你父皇给我说的呀,当时我也问他怎么知道是你,他说这天下除了扶苏,还有谁见了那么大的珠子不喜欢?"扶苏就笑了起来。

云梦夫人接着说道:"他虽然是皇帝,但也是你父亲呀,你刚出生时,你都不知道他有多高兴,每天下朝都要过来抱抱你、逗逗你,你再大点就教你认字、骑马、练剑,那时候你还经常惹得他大笑。后来你这孩子怎么越长越傻了,和你父皇在一起时,你比他还严肃。到上郡后,多写信关心你父皇的身体,切不可再忤逆圣意,慢慢地等你父皇气消了……"

这时,内侍报道:"皇帝驾到!"云梦夫人和扶苏起身迎驾。诗曼跑了过去,牵着嬴政的手,问道:"父皇,你什么时候带我出去打猎?"皇帝满脸笑意,说道:"你还打猎,你拿得起弓箭吗?"诗曼仰头看着他,噘着嘴说道:"那你骗我干吗?你上次不是说带我去狩猎吗?"皇帝摸着诗曼的脑袋,笑道:"好,下个月带你去。"

嬴政看了一眼垂手立在一边的扶苏,问道:"你准备得如何?"扶苏答道:"儿臣都准备好了,三日后出发。"皇帝点了点头,坐在榻上,说道:"我大秦自孝公变法,经六世奋力,其间经历多少艰辛凶险,又有多少好儿男血染疆场,埋骨异乡,终于一统天下。前年,又迁移二十万关中黎民,拓疆南越,建立南海、桂林、象郡。北方有蒙恬将军北逐匈奴,修筑长城,收复北地。扶苏,你可知道,平定南越用兵五十万,关中几乎兵员枯竭,在如此形势下,朕为何又让蒙将军率三十万部队,去开拓那不毛之地?"扶苏道:"那匈奴人犯我边境,我们自然要反击。"

皇帝摇了摇头,伸直了右臂,手指指向西北方向,说:"在那个地方,有一个国家,叫月氏,横亘在我大秦和西域诸国之间,扼着我大秦西出之咽喉。那是我们下一个要抹去的目标。而匈奴不除,大河两岸不掌握在我们手中,就无法进攻月氏。你和蒙将军的目的不是驱逐匈奴,而是建立我大秦稳定的北郡后方。我们和西域诸国联姻,也正是处于西线的战略目的。"扶苏点头道:"孩儿明白了。"

皇帝满意地看了看儿子,稍顿,又说道:"诸子百家,众说纷纭,信奉哪家学说,要根据自己的身份和所处的环境来说,不可受一家蛊惑。你受业于淳于越,切不可就知道酸儒仁义。那年,朕巡游齐鲁,在泰山封了一棵松树为五大夫爵位,你知道却是为何?"扶苏答道:"那是因为封禅后天降大雨,父皇在那棵树下避雨,为了表彰其功,封它为五大夫。"

皇帝微微一笑,说道:"天下人是这么认为的,但朕希望你不要这么理解。当时,天下初定,朕还真打算用一下儒家诸子,但慢慢地发现他们成事不足,败事有余,整天就知道崇古非今,谈论周礼。那次到泰山脚下,百十余人,讨论了三天,连个封禅仪式都没有给朕拿出来,朕要他们何用?泰山封禅,朕是带着大秦故臣去的,我封一棵松树为五大夫,就是让天下看看,一匹犬马,一株草木,只要有功于我大秦帝国,皆可富贵。而整天摇唇鼓舌,不操实务者,在朕的眼里,连犬马草芥都不如。"扶苏擦了擦额头的汗水，说道："儿臣懂了。"

皇帝看了看扶苏，又换了种语气，说道："自己独处，可以奉道学，论无为，齐是非。兄弟之间、后宫之内，可以奉儒家，讲仁义。而治理天下，控制群臣，非法家莫属。朕祭祀山川，难道就真的打算把大秦国运放在山神那儿？还不是靠朝廷百官清廉勤勉，边疆将士舍生忘死？对一些未知的东西，保持尊重而已。"

扶苏就想起他和王离痛打徐福的恶作剧，看了父亲一眼，低下头说道："孩儿有些幼稚了。"皇帝点了点头，说道："二十年秋，贼荆轲携刃入宫，意欲刺朕。天下皆知是燕国太子丹欲阻止我大秦进攻燕国，才有此举，可只有朕清楚此事的缘由。你想一想，一统天下乃是我大秦国策，即使荆轲刺朕成功，只能把战火立即引向燕国，怎可免于灭国？"他一字一顿地说道，"太子丹这是泄、私、愤。"

扶苏疑惑地看着父亲，皇帝继续说道："太子丹儿时也在赵国做人质，是朕孩童时期在邯郸的玩伴，我俩可谓莫逆之交。先君庄襄王回国登基后，次年，朕随太后也回到咸阳。后来太子丹也离开赵国，又在我秦国做人质，我念及旧情，也照应过几次。再后来国事繁忙，慢慢就疏于联系。太子丹又求见过我几次，均未能如愿。所以他怀恨在心，逃回燕国。刚好加上叛将樊於期也逃亡燕国，燕王都不敢收留他，偏偏他太子丹就有这个胆量。他这是成心和我作对呢。朕想说什么？嫉妒的对象相差不会太大的。一介匹夫是不会嫉妒皇帝的。谁会？你好好思考吧。"

扶苏点点头，说道："父皇，这几日我也思考良多，分封制确是天下动乱之根本。儿臣赴上郡后，一定体恤百姓，爱护将士，把北地建成我们稳定的后方，早日实现父皇的宏愿。"皇帝皱了皱眉头，说道："作为统帅，不要老是想着怎么让部下爱戴你，而是要让他们不敢不爱戴你。记住！"

"儿臣谨记！"扶苏叩头离去。出门时，又回头看了云梦夫人和诗曼一眼，发现娘亲眼泪已流到腮边，就没再回头，大踏步离开了云梦宫。

云梦夫人哽咽道："听说那匈奴王吃人肉呢。"嬴政说道："他愿意吃啥就吃啥吧，那是人家的个人爱好，别在我大秦境内吃就行。"云梦夫人凄然唱道："山有扶苏，隰有荷华。不见子都，乃见狂且。山有乔松，隰有游龙，不见子充，乃见狡童……"这是两人新婚之后，云梦夫人经常唱的一首诗歌，扶苏出生后，其名字就出自这首《山有扶苏》。

此时，这首本该调皮轻松的曲风，云梦夫人唱得抽抽噎噎、凄凄凉凉。皇帝抚着云梦夫人的长发，道："行啦！扶苏还太嫩，去前线历练历练不是坏事。"云梦夫人道："陛下，妾身真以为你生苏儿的气，把他贬到上郡去监军了。"皇帝笑道："朕就那么容易生气吗？要说生气，也是生气他不长进，整天只知道和一帮酸儒谈仁义、论古制。"云梦夫人道："苏儿性格仁慈，他打小就这样呀。"皇帝道："这正是朕担心的，对君王来说，靠仁慈是治理不了天下的。"

丞相府，李斯及其夫人坐在椅子上，李酉低着头站在一边，下面跪着小墨。夫人道："老爷，长公子扶苏刚毅武勇，为人宽厚，在朝野很有美名。酉儿这么中意长公子，那扶苏也喜欢咱家酉儿，你缘何非要她嫁给胡亥呢？"李斯道："你们懂什么呀，这件事我是反复考虑的。圣上已经向西域诸国下了聘礼，大宛的公主要嫁长公子，乌孙的公主要嫁给子高，龟兹的公主要嫁给将闾，人家肯定是正夫人，酉儿只能是妾。而酉儿嫁给胡亥却是正夫人，现在又是中车府令赵高给胡亥做媒，我不能薄他面子呀。"

说完，李斯阴森森地盯着小墨，问道："你用哪只手接的长公子的信笺？"小墨浑身一阵哆嗦，抽噎地看着李酉。李酉连忙跪在父亲脚下，哀求道："求父亲开恩，别砍小墨的手。我答应你，嫁给胡亥。"她边哭边说，眼睛看着母亲。夫人也劝道："老爷，这丫头和酉儿名为主仆，私下情同姐妹，眼下酉儿心情本就不好，你处置小墨，这不是雪上加霜吗？"李斯叹道："严家无悍虏，慈母多败儿。也罢，双手留下，鞭笞一百。"

李斯将条案上的信笺拿起来，交给夫人，说道："把这个烧了吧！"说完，站起身来，走进了书房。一会儿，屋外传来小墨凄惨的哭喊声。夫人把信笺打开看了一眼，上面有几行小篆："思气喘吁吁之态，呢喃低呼之声。不日即赴北疆，再会亦未可期，求申时绕梁小院一见。"

书房中，李斯长子李由道："父亲，妹妹和扶苏情投意合，而且长公子扶苏立储之势呼声最高，朝野之中，众人皆知。即使妹妹嫁他为妾，也强于做胡亥之妻。不知父亲为何这样安排？"

李斯低声道："这个道理我岂能不懂？数日前，圣上震怒，贬扶苏至上郡监蒙恬军，他的老师淳于越也免去仆射之职。秦国前代君王，早早都立储了，唯圣上迟迟不立太子，君心难测呀！先前为父的车驾仪仗令圣上震怒了一次，他怒的并非仪仗的排场，而是臣子企图揣摩上意。你让圣上知道你比他还聪明，是非常危险的。现在朝堂大臣都知道扶苏被贬，我却把女儿嫁给他做妾，是让皇帝知道我有先见之明吗？你妹妹和长公子的事，咸阳坊间都有传闻，圣上能不知道？这个节骨眼上，赵高替胡亥做媒，你以为我真是给他面子？互相装憨而已。你也记住，扑朔迷离之时，先避祸，后祈福。"

秦昭襄王年间，赵国一个宗族子弟，被派往秦国做人质。那时，秦赵两国刚打完长平之战，白起坑杀赵军四十万。赵国国力衰弱，这种质子在秦国的地位就可想而知了。他在咸阳城娶了个贫贱女子，日子过得穷困潦倒。没过多久，这女子因为犯罪而被罚入隐宫。隐宫是秦代一种刑罚场所，类似于现代社会的劳改农场，区别在于隐宫服刑人员皆是受过肉刑之人，比如髡、墨、劓、刖、宫等刑。这名卑贱的女子在隐宫生下几个孩子，其中一个叫赵高。这是一个彻彻底底的小人，就是这个小人，后来却改变了大秦帝国的命运。

赵高少年时期，一直随母亲在隐宫长大。他身材高大，身上也颇有几分力气，又聪明过人，帮着隐宫管理小吏誊抄文书、档案等，慢慢地就跟着学习律法、断狱知识，又写得一手好字。秦始皇初定天下时，因各诸侯国长期割据分裂，形成了各国言语异声、文字异形的局面。皇帝欲推行"车同轨、书同文"，这就需要一个统一的文字范本。赵高敏锐地捕捉到这是一个千载难逢的好机会，就写了一部书法作品，叫《爰历篇》，和李斯的《仓颉篇》、太史胡毋敬的《博学篇》，一起向天下推行。那年头，读书人不多，知识极易改变命运。很快，赵高引起了皇帝的注意，由一名贱民成为皇帝身边的文秘人员。

有一次，皇帝在批阅奏折，有一条是反映连坐制的弊端，说有时候，犯罪的人被判墨刑（轻），而连坐者却被判处劓刑（重），实在有失公平。皇帝看着众人，他们有的点头称是，有的低头不语，只有赵高叩头奏曰："连坐的目的在于止奸，不在于公平。"皇帝满意地点了点头。

赵高从皇帝的眼神中读到了自己期盼已久的信息。他确实是个狠人，回去后，咬了咬牙，将自己身体中一个重要器官挥刀割掉，丢给了院子里的猫。

不久，赵高被提拔为中车府令。这是一个级别不高但位置很重要的职位，负责皇帝车驾仪仗和警卫安保。虽然不在三公九卿之列，却有相当高的话语权。皇帝最宠爱的公子是小儿子胡亥，数次外巡皆带着他，这自然也给了赵高亲近的机会。两人私交很好，等胡亥选老师时，皇帝就让赵高做其老师，学习断狱、律法之事。

君子得志行其道，小人得志扬其势。这次扶苏因执意上疏被贬上郡监军后，赵高内心深处又隐隐地动了一下。很快，他又抓住一次机会，也可以说是他创造了一次机会。但这次机会，却让赵高在鬼门关前转了一圈。

皇帝在禁苑狩猎。帝王的狩猎活动不光是打猎吃肉，也是检验卫戍部队作战能力的一种大型军事活动。皇帝看着一队队矫健的骑兵驰骋猎场，准确地将猎物驱赶到自己的射程之内，很是高兴，就对身边的赵高说："赵武灵王还是给我华夏军事贡献不小啊，也算一代英主。"

当年赵武灵王率先在赵国进行军事改革，模仿胡人将车兵改成骑兵，是为胡服骑射。赵国军事力量大增，短短几年时间，先后收服了中山、林胡、楼烦等国，解除了北边游牧民族的威胁，连秦国也对赵国刮目相看。后来各国纷纷效仿，车兵逐渐退出历史舞台。

赵高说道："这么英明神武的一代雄主，最后却饿死沙丘宫，真是贻笑大方。"

赵武灵王第一位夫人为韩国公主，生下了长子公子章，被立为太子。后来，韩夫人去世，赵武灵王又娶了孟姚。孟姚非常受宠，被立为新的夫人，赵人称她为吴娃。吴娃后来生下一子，即是公子何。等公子何年龄稍长，赵武灵王废长立幼，又立公子何为太子。第二年，他干脆退位，将王位让给太子，是为赵惠文王。他与儿子分别负责赵国的军事和政治，自己不再使用国王的称号，而是使用有着太上皇意思的主父称号。

在此之前，赵武灵王虽说不按常规出牌，但也完全说得过去。春秋战国之前，这种废长立幼的例子比比皆是。再说了，他当年胡服骑射改革，也是因不走寻常路而一举成名的。但接下来这一波神操作，就着实让人看不懂了。

不知道是因为心中愧疚，还是公子章在屡次随父作战中表现太优秀，赵武灵王又封公子章为安阳君，经常与公子章居住在一起，衣食住行、仪仗用度与赵王何几乎一样。朝中的许多大臣们见公子章又受到了赵武灵王的厚爱，以为主父又有什么新的打算呢，便暗中与公子章来往。公子章对权力本不陌生，见朝中大臣又都向自己示好，胸中的理想和抱负便止不住地向外涌，慢慢地蠢蠢欲动，要夺回本应属于自己的王位。

赵惠文王四年，赵武灵王又打算把代郡分给公子章，让公子章也称王。这等于是把赵国一分为二，这是赵惠文王无论如何不能答应的。他决不允许任何人对王权有所觊觎，就一口回绝了父亲。赵武灵王大为恼火，决定废掉赵惠文王。他以在沙丘选看墓地为名，让公子章与赵王何随行，随后引发了一场著名的宫廷内斗。

最终，赵王何的部队控制了局面，公子章战败，退到主父宫。赵王何派兵包围主父宫，诛杀公子章及其党羽。赵武灵王被围在内宫里，内宫本无存粮，一些日常的瓜果点心没过几天就被吃光了。可怜赵武灵王一代英雄，最后竟被活活饿死。

眼下，最有威望的长公子扶苏被贬上郡监军，这个时机赵高说这句话，目的只有一个，就是想探试一下皇帝对立储的想法。果然，皇帝望了望前面的巍巍秦岭，又侧头问道："胡亥最近学业如何？"赵高内心一喜，面上却不动声色地回道："启禀陛下，胡亥近日心神不宁，学业几近荒废。"皇帝有点吃惊，问道："哦！这却是为何呀？"赵高道："胡亥总是忧心忡忡，说陛下上次朝堂震怒，心情不佳，一直深为担忧。平时，将自己供给一半之多分给方士，只盼着他们能早日炼成仙丹，为陛下延年益寿。"皇帝微微一笑，道："难为他了，只是学业上还得用功。"

天空传来一阵雁鸣声，皇帝抬头一看，伸了伸左手，旁边侍卫将御弓递了过来。皇帝搭箭拉弓，箭头随着大雁移动片刻，嗖的一声，天空一声哀鸣，大雁扑棱着翅膀，落在前方草地上。队伍中一阵欢腾，士兵齐喊："吾皇万岁、威武长存！……"声音响彻云霄。

狩猎活动结束后，赵高去拜访了右丞相冯去疾。先是寒暄半天，夸赞恭维冯丞相劳苦功高，为大秦帝国日夜操劳。最后，话题一转，把狩猎期间皇帝给他说的话，换了个角度，描述了一遍，说皇帝对幼子胡亥宠爱有加，多次过问他的学习情况，特别是这次狩猎，已暗示了立储的意愿，以后朝堂之上，要在皇帝跟前多多提及胡亥。

赵高是这么打算的，替胡亥向李斯求亲，李斯答应了这门亲事，那他一定会和自己心往一处想，劲往一处使。再联合冯去疾，到时候左右丞相一起使劲，一定会影响皇帝的决策。

他哪知道李斯答应了胡亥的求婚是什么想法。还有，作为重臣，别说影响立储，就是琢磨这个问题已经是大忌了。赵高前脚走，后脚冯去疾就给皇帝进行了专题汇报。这下嬴政不高兴了，老子还好好的，你瞎操什么心？这事你都敢琢磨？就让上卿蒙毅来处理这件事情。蒙毅了解了事情经过后，丝毫没客气，指着赵高道："你这叫妄测上意，阴谋立储。死罪！"而后将赵高打入死牢。赵高这个后悔呀，哀叹："哎，荣华富贵虽好，有命挣却没命花呀！"

蒙毅官拜上卿，三世忠良，深得皇帝信任。皇帝外出之时经常与蒙毅同乘一车。他对皇帝的兴趣爱好，性格心思自是特别了解。他知道皇帝并不想让赵高死。他明白这个站在权力顶端的男人，在情感上需要一个宠物一般的身边人，这个人要才华横溢，但灵魂必须空洞。皇帝说什么，他不但要鼓掌，而且要用自己的学识来证明皇帝言行的英明伟大。这种感觉还不是一般溜须拍马之辈能给予的。眼下，皇帝如果对赵高犯的错误深恶痛绝的话，就不会把赵高交给他来处理，而是会依法交给廷尉的。

所以，调查完整个事件的来龙去脉后，按律确为死罪，只是在给皇帝汇报时，选择的时机、轻重缓急就需要仔细把握了。皇帝最后说道："让他长个记性，放了吧！"最后还交代一句，"官复原职。"

## 肆

# 绝圣

三百名英姿飒爽的士兵端坐在马背上,整齐地排列在笔直宽阔的秦直道上,身上是清一色的黑色盔甲,左挎刀、右挎箭、背负弓。皇帝让扶苏挑选了三百名中尉军,作为贴身护卫,又将大宛国送来的三百匹汗血宝马,除了怀孕的母马留在咸阳,其余全部带走,作为护卫坐骑。

队列中央,一马当先,扶苏一身玄色长袍,腰束一条玉带,身披玄色斗篷,背负扶摇剑,胯下是举世无双的神兽乌狮。乌狮静静地站立着,高昂着头,一对乌黑的眼睛望着远方的山峦。

咸阳城位于关中平原中央,南边是巍巍秦岭,北面的山脉秦人叫它北山。北山山系由三条山脉组成,从西到东分别为陇山山脉、桥山山脉和黄龙山脉。北山是北部黄土高原与关中渭河平原的分界岭。站在秦直道上,回望咸阳城,城内的繁华尽收眼底。

扶苏掉转马头,环视了一眼这熟悉的角角落落,闭上眼睛暗道:"父亲,孩儿此次出边关,一定驱逐匈奴,荡平夷邦,还北疆长治久安,实现您的宏愿。娘亲,孩儿不孝,让您担忧了,唯愿您早晚安康,孩儿会谨记您的嘱托,愿早日荡平夷狄,回到咸阳,让您尽享天伦之乐。李酉妹妹,本来我们相处甚欢,怎知你父亲却将你许配给胡亥,我不怪你。我这一去疆场,吉凶难卜,你青春貌美,怎忍心让你月下独影?把以前我们发过的誓言和那些荒唐的事情都忘了吧,在此,祝你们幸福!"

扶苏心愿已了,掉转马头,看了身边的王离一眼,一挥马鞭,"驾!"

乌狮如离弦之箭，飞奔而去。王离喝道："出发！"顿时，三百匹汗血宝马风驰电掣般向北奔去，把直道上荡起的尘土远远地甩在队伍的后面。

少顷，扶苏和队伍渐渐拉开了距离。转身一看，已有两里之远，就调动内力，长啸一声，喊道："王——离，部队——由你来带，我试一试乌狮的脚力，你们按行军计划前进，不用追我！"后边传来王离断断续续的声音："长公子——小心——点，我们在前面——驼岭驿站——会合。"扶苏自降伏乌狮以来，只是在禁苑猎场试过它的脚力，半个时辰左右就兜了一圈。今日这一路向北，本就是上坡路，又连续奔驰这么久，胯下乌狮竟毫无疲惫之态。扶苏一时兴起，就打算试试乌狮的脚力到底如何。

扶苏双腿稍一用力，乌狮一声咆哮，扶苏只觉得身子往后一顿，速度又快了许多。这深秋季节里，寒风呼呼地刮过耳边，眼睛感觉一阵阵的冰凉。扶苏就低下头来，将脸埋在乌狮的鬃毛里，只是用眼睛余光看着前面的路面。又飞奔了半天的工夫，见山路渐窄，路两旁一边是悬崖峭壁，另一边是万丈深壑，就勒了勒缰绳，乌狮放缓了脚步。

扶苏抬头看了看远处的山峰，正打算好好欣赏一下这北方的山野风光，突然觉得前方空中有一个巨大的阴影由山顶急坠而下。瞬间，轰隆隆几声，几块巨大的石头横在路面上，将路面砸出几个巨坑。扶苏初以为是山体滑坡，就掉转马头，后退数步，站在一个较开阔的地方，举头眺望，蓦地发现有几个身影闪了一下，隐入山顶的密林之中。

扶苏暗忖道："按大秦律法，弃灰于道路，是要砍手的。这可是帝国的重要军事动脉——秦直道，破坏它是要杀头的。那这伙人可就不是一般的山贼了。"本想等王离带部队过来再上山追击，但回头一看，队伍还没影子呢，又怕耽搁时机，让贼人逃走。正思索呢，听得身后有细碎的脚步声，细听有七八人之众。于是他端坐在马上并未回头，只是轻轻地拽了一下缰绳，乌狮微侧了一下脑袋，扶苏盯着乌狮那凸起的大眼珠子，见到里面的倒影里，有两个贼人举着刀，慢慢往身后靠拢。

大概离乌狮屁股还有两步距离时，扶苏用脚尖轻轻踢了一下乌狮腹下，乌狮心领神会，两只后蹄迅速扬起，分别踢向两名贼人的腹部。只听两声惨叫,"啊——""噢——"两人的身体同时飞出,落到两丈开外,萎然倒地,吐血而亡。

一人一马又恢复了寂静,如雕塑一般,岿然不动。身后剩下的五名山贼还没搞清楚什么情况,两个同伴就倒下了。其中一个小头目模样的山贼把刀竖起来,刀背向内抱在怀里,喝道:"敢问前面何方神圣?"扶苏道:"过路之人。"山贼见他说话了,恐惧心稍减,又问道:"你胯下骑的什么东西?"扶苏心中一阵暗笑,嘴上不动声色,答道:"狮子。"山贼头目一怔,看了看其他四个山贼,马上脸上又恢复了凶态,右手持刀,和左手分开,向前一挥,示意从两边包围。

四个山贼手持单刀慢慢地围了上来,分别站在乌狮的左右两侧。扶苏两边看了看,依然是双臂交叉抱在胸前。这个冷漠的态度,刺激到右前方的那个山贼,他"哇呀呀"一声怪叫,举刀就砍了过来。这是个脾气不太好的山贼,属于易怒型。有时候人的脾气要和本事结合起来。像这种本事不大、脾气很大的人,自己的人生往往是个悲剧。一瞬间,他就恢复了安静,而且是永久性的。就在他举刀砍过来时,扶苏上身依然没动,只是飞起一脚,踢在他的下颌,这个易怒的山贼来了个旱地拔葱,整个人飞了起来,升高到半空,落下时连哼都没哼一声,像一堆肉一般摔在地上,再无半点动静。

这个过程实在太过迅速,在场的人根本还没明白发生了什么,周围又恢复了寂静。这时天空响起了一阵"嘎——"的鹰唳,扶苏知道是王离派出的侦察猎鹰,一挥手,空中一道黑色的闪电掠过,精准地落在乌狮的脑袋上。山贼头目打了个口哨,喊道:"风紧,扯呼!"噌的一声,四人隐入路旁的树林之中,落荒而逃。路面上只留下三具尸体。

此处的植被大多为一些低矮的灌木丛,四个山贼猫着腰在其间穿行,快速向山顶移动。扶苏并未追赶,而是由马鞍上取下水袋,自己喝了几口,把剩下的水喂给了乌狮。拍了拍它的脑袋,低下身子说道:"好兄弟,表现不错!"转身摘下七星宝弓,右手从箭袋中摸出一支箭来。这支箭箭头呈暗红色,是用貂血浸泡过的。

扶苏用此箭狩猎,不管是飞禽还是走兽,带伤跑出多远,最后都能被猎鹰循着貂血的气味追踪到位置。扶苏盯着一个目标，嗖的一声，貂血箭飞了出去。前方已跑到半山腰的一个山贼只觉得头顶一凉，接着发髻就散开了，前边一棵树的树干上深深钉了一支箭，箭尾的翎羽还在颤抖着。猎鹰一声啸叫，一瞬间升到高空，一双凌厉的眼睛紧盯着下方那个小小的黑点在缓慢地移动。

扶苏下马活动了一下身体，将乌狮牵到一边的草地上，本想让它啃两口青草，但已是深秋季节，北方的山坡上全是趴在地上的枯草，乌狮正埋头把草根拔出来嚼着。扶苏就拍了拍乌狮的脖子，笑道："乌狮，你先忍忍吧，等会儿有了细草精粮你敞开吃啊！"又见它尾巴在身后悠闲地摆着，一副开心的模样。扶苏一想，以前听可可因说过，乌狮原来就是天山上的野马，自然是无人饲养，那冬天时它肯定也是靠草根过冬了，也就随它了。又等了约一个时辰，王离带着大队人马才赶了过来。

王离看着地上的三具尸体，一看他们手中长的钢刀，那模样打扮，就知道是山贼，笑道："几个不开眼的蟊贼，正好让公子拿他们的血喂喂扶摇剑。"扶苏笑道："他们哪配见识扶摇剑啊？那两个是让乌狮踢死的，这一个是让我踢死的，也太不经打了。"王离哈哈大笑，一边让人把前边石头搬开，一边让人将山贼的尸体埋掉。扶苏道："就这几个蟊贼肯定不敢在直道上打劫，我判断这附近还有一支较大的山贼队伍。"就把事情的经过说了一遍。王离说道："长公子，前方五十里左右就是驼岭驿站，我们在那儿先休整补给一下，顺便问问驿丞关于山贼的情况吧！"扶苏点点头，道："好吧！"

一行人策马扬鞭，不到半个时辰即赶到驿站，驿丞慌忙站在门口迎接。驿丞深深揖拜道："公文通告长公子今日路过鄙站，小可想着怎么也得酉时到，没想到午时即到，真乃天兵天将哪。"遂将扶苏、王离、乐师闻伯迎到大厅，安排驿卒准备酒饭。

饭间，扶苏问到山贼之事，驿丞道："这伙山贼，我倒听说过，大概有五六百人的规模，原是近处的几个村庄的村民。前些年，修筑直道时服徭役，后因耽误工期，和衙役监工多有冲突，致伤致残衙役事件多有发生，又因害怕连坐，有的村庄干脆连老少妇孺都上山了，原是为了避祸。他们在深山密林以采集狩猎为生，并未为害四方，郡县只能以逃荒流民上报朝廷，销户处理。前些年，此地出了个好汉叫澹台北，曾在子午岭徒手打死过猛虎，善射术，被蒙恬大将军收到麾下，慢慢做到都尉。去年，他领兵和匈奴作战，孤军深入，被匈奴击溃，部队被全歼，只有他自己逃了出来，可能害怕军法，也可能是愧对大将军，逃回乡里后，见乡亲们都上山了，他也就入了伙。他们后来打劫一些私盐贩子和一些边境走私牲口的商人，这些行为本身就是违法的，澹台北这属于黑吃黑，故无人告官。郡守县令们也就睁一只眼闭一只眼，倒也相安无事。不知今天他们是不是吃了熊心豹子胆，敢挡长公子的道！"

扶苏一边自饮着，一边听驿丞的介绍，心里盘算着剿灭山贼的计划。根据猎鹰苍穹返回来的时间推算，山贼的巢穴离此地大概两个时辰的行程。刚听了驿丞的描述，觉得这伙人也不是罪大恶极，想到上午击毙的三个贼人，心中又觉不忍。本想带三百铁骑直接剿灭，但这样一来势必血刃相见；又想到离别前当着娘亲的面，父皇描述的宏伟蓝图，他和蒙恬大将军不但要驱逐匈奴，更重要的是建立稳固的西征大后方。他又想起淳于越离开咸阳东归故乡时，他依依不舍地送到灞水边，老师老泪纵横地拉着他的手，说"天下不归仁政，我永远不入关中"的场景。

扶苏暗自打定主意，不带部队，孤身前往，说服澹台北，将众人迁往北郡。扶苏看了乐师闻伯一眼，见他正低头大快朵颐，完全不顾桌上其他人的谈话，就问道："先生，你还记不记得去年，我宴请蒙恬大将军时，他演奏了一曲军鼓，叫《无衣》？"闻伯将口中的食物咽下，说："记得呀！这个旋律很简单，关键是打好节奏就行。"扶苏笑道："那明天劳烦先生跟我走一趟，我俩去剿灭山贼。"

王离一听，怔了一下，没有明白扶苏的意思。扶苏对他说道："明天你带部队继续休整，我和先生前去剿贼。"

王离摇摇头道："公子，这三百铁骑本就是你的护卫部队，你孤身前往贼巢，我们在此休整，哪有这个道理？我知道长公子一把扶摇剑，笑傲天下，但有句话叫'杀鸡焉用牛刀'，对付一帮山贼，用得着扶摇剑吗？"扶苏就笑道:"我不打算杀鸡,日后还准备养鸡呢。"而后举起酒杯,一饮而尽,正色道:"我意已决,此事不准再议!"

翌日清晨,扶苏与闻伯用完早餐,一老一少翻身上马,跟着苍穹,慢慢隐入群山之间。二人翻过数道山梁,又蹚过几道溪流,顺着一条蜿蜒崎岖的羊肠小道,来到半山腰。两边是数十仞高的峭壁,前边是数百步长的峡谷甬道。扶苏觉得头顶上方有窸窸窣窣的声音,此时大概巳时一刻,有影影绰绰的人影照射在前方石壁之上。他未抬头,侧身对闻伯说道:"先生,头顶有贼人,小心点。"闻伯笑道:"二十二人,两人单刀,二十名弓箭手。"扶苏一伸大拇指,道:"先生神觉。"又转而一想,对方是一伙未知的草莽山贼,他拉着闻伯深入虎穴,确是置人于险地,问道:"先生,害怕不?"闻伯呵呵一笑,道:"公子身后有偌大的帝国,你都能舍生忘死,一往无前,我一个糟老头子,了无牵挂,我怕什么?"

无须多言!扶苏一扬马鞭,"驾!"乌狮扬蹄向前飞奔,闻伯拍马紧随其后。一转眼工夫,两人来到一个山洞跟前,洞口被一块巨石封着。扶苏抬头见苍穹在头顶盘旋不前,就左右眺望一下,四周再无其他小径可行,就知道这是唯一通道了。扶苏提气长啸一声,朗声道:"山上好汉,烦劳禀报,扶苏前来拜山。"

山这边,一个山洞内,喽啰报道:"大哥,外面有个叫扶苏的前来拜山。"澹台北一身戎装,端坐在上面和二当家景岳喝茶,一听到"扶苏"二字,手中的茶杯略微一顿,心中暗道:"不会是他吧?"二当家景岳问道:"一行几人?"喽啰道:"一老一少,少年背负一剑,老者背负一鼓。"澹台北道:"放他进来。"

山洞前,扶苏只听得一阵哗哗的流水声,少顷,那巨石开始微微晃动,接着升高数寸,慢慢向后退去。扶苏策马进入洞内,见地下有一个环形水槽,水槽宽约一丈,深约两尺。那块巨石绑在几根合抱的圆木之上,漂浮于水面。平时槽内无水时,巨石就挡在洞口。需要开启时,通过机关只需将水流引入水槽,巨石自会随圆木上升,沿环形水槽流动。最后转一圈后,将水槽内的水排掉,巨石又会落到原地,将洞口封闭。果然,等二人跨过水槽后，水槽内的水又慢慢回落，轰隆一声，洞口又被严严实实地封住了。

扶苏暗道："好个精巧的机关！"两人策马出了山洞，前面豁然开朗，一条碎石铺就的小径通往前方。一眨眼工夫，前方是一个小村庄，皆是低矮的茅草房，几只鸡在路边的草丛中低头跑着找虫子吃，一只小黄狗卧在路边，懒洋洋地晒着太阳。见两个陌生人骑着两匹陌生的马过来，小黄狗警惕地站了起来，眼睛盯着看了半天，等到跟前时，汪、汪、汪地叫了三声，又跟在马后面跑了两步，又回到原地，好像什么都没发生似的，卧倒继续晒着太阳。

再往前走，是个广场，广场两边是麦草堆。正对广场的是一个山洞，门口竖了一杆旗，上书四个篆体大字"绝圣弃智"。扶苏抬头看了一眼，心中对这伙山贼的好感度略有增加。他稍一勒乌狮，等闻伯并齐后，转头道："先生，我们到了山贼的老巢，过会儿你根据时机，奏一遍蒙大将军那曲《无衣》。"

这时，山洞门口出来一人，一身戎装，朗声道："来人下马。"扶苏和闻伯翻身下马，拾级而上，阔步进入山洞。举目一瞧，见正中央坐着一个方士模样的中年人，双目耷拉着，灰暗无光。左右边上各坐一个年轻人，约莫三十岁。左边这位，上身斜披一块兽皮，右边一个膀子露在外面，胸前数道伤疤，如几条蚯蚓贴在身体上，胯下一柄弯刀，一对豹眼寒光四射。右边这位方脸大耳，身穿一件灰色长袍，腰间斜挎一柄长剑。下面站着百十名喽啰，在队列里有一个山贼，他看见扶苏，眼神中出现了一丝诧异，下意识地咬了咬嘴唇，又微微低下了头。扶苏一看，见他头上少了一缕头发，知道是昨日被貂血箭射做标记的那个贼人，就冲着他微微一笑，点了点头。

走到离上座十来步远的地方，扶苏停下脚步，一抱拳道："扶苏拜见大当家的。"主位方士模样的中年人还没发声呢，旁边的年轻人手按刀柄，冷哼了一声，声如洪钟，暴声问道："呔！可是你昨日连害我三名兄弟？"扶苏略一欠身，道："昨日之事，多有误会。我本好好地赶路，不知为何得罪了贵山庄，遭到伏击，动手确属无奈之举，望见谅！"青年喝道："那你今日单枪匹马，是准备要单挑我绝圣山庄吗？"闻伯听见青年说了"单枪匹马"四个字，就哼了一声，问道："难道老朽不算个人吗？站了半天了，也不让个座，有这么待客的吗？"山洞里顿时笑成一片。

坐在主位的方士吩咐道："看座！"两人落座后，扶苏将案上的酒给自己倒满，举起觚，冲着主座一揖，道："大当家，各位好汉，昨日扶苏鲁莽，在此给贵山庄赔礼了！"说着一仰脖子，将觚中酒一饮而尽。主座方士模样的中年人叫鱼若道，实际是山庄的军师；左边的青年是二当家景岳；右边的方脸大耳汉子叫侯莫春，是山庄的三当家。

三人互递了一下眼色，暗道："还真是个光明磊落的汉子，孤身上山，面对众敌，面不改色。现在又自斟自饮一满觚酒，也不怕这酒中下毒？"景岳眼中的凶光渐收，有了一丝敬佩之情，朗声道："这位英雄，你今日前来，不会是只想赔礼道歉吧？"扶苏道："果然快人快语。扶苏今日特为招安而来。"景岳道："招安？我们为何要接受招安？这山野之间，自由快活，何必要受峻法的约束？"扶苏道："二当家此言差矣！你们聚众山寨，呼啸山林，干的都是杀人越货、鱼肉百姓之事，昨日又破坏直道，打劫朝廷命官，随便翻一条，都是诛灭九族的重罪。你以为这山寨位置隐蔽，防御固若金汤，但朝廷大军一至，山寨瞬间化为齑粉。"

鱼若道咳嗽一声，开口说道："这位公子，所谓'窃钩者诛，窃国者侯'，律法是当权者制定的，农夫偷了邻家的牛，要受牢狱之灾，还要受千夫所指，而田成子杀齐君而盗其国，有首盗之名，但却和尧舜一样安稳地享有社稷，小国不敢非议，大国不敢讨伐，世世窃据齐国。你说这有什么道理？我们扶老携幼，隐入山林，采集打猎，与世无争，这不就是圣人说的小国寡民吗？我们习练武术刀枪本为强身健体，狩猎防御，并没有争强斗狠、扩张地盘，偶尔有走私牲口、贩卖私盐的，我们只是十取其一，这些年来，南来北往的豪客都相安无事。而郡县各级官员呢？贪心无尽，欲壑难填，恨不得把百姓敲骨吸髓。公子刚才说我们杀人越货、鱼肉百姓，事实上郡县的老爷们才是这样的。朝廷在各郡、各县建的钱仓粮库才是万恶之源。有了这些，人就有了无穷无尽的贪念，没完没了的欲望。狼凶残吧，但一只狼一年能吃多少羊？它吃饱后，即使再有羊从跟前经过，它也不会再看羊一眼。这样看来,这世界上最凶残的动物,也比人要善良。"

扶苏静静地看着鱼若道,等他说完后,拍了拍手,哈哈一笑,说道:"好一个盗亦有道。扶苏问大当家的一个问题,当下你们有这偌大的山林供给。男人不耕,草木之实足以果腹;妇人不织,禽兽之皮足以御寒,是因为黎民少而财货有余,故民不争。山庄之民,有五子不算多吧?子又有五子,祖父未死,而有二十五孙。三代以后,资源枯竭,民众而货寡,你们还能无为不争吗?你们绝圣山庄还是小国寡民吗?"

鱼若道还未回答,一边的景岳哈哈笑道:"人生一世,草木一秋。我还管什么三代以后?我只担心这山洞之中所藏千坛美酒,享用不尽,我命先绝。身后之事,去他娘的!"说着,抓起身边的酒坛,仰脖猛灌一气。他打了个酒嗝,将腰间佩刀抽出,唰的一声,掷于地面,那刀刃没入一小半,刀柄犹自在他脚下颤抖着。

扶苏看了他一眼,微微一笑,又转向鱼若道。鱼若道捋了捋胡须,呵呵一笑,说道:"我和二弟一样,他担心的是美酒未尽而身先亡,我担心的是美人如故而身已痿,实不相瞒,这小山村里有我十几个相好的……"底下众喽啰哄堂大笑。

扶苏也跟着哈哈大笑起来,说道:"看来绝圣山庄都是一群光明磊落、快人快语的汉子。欢愉之心,人之天性,无可厚非,然普天之下莫非王土,率土之滨莫非王臣。我辈生于华夏,长于华夏,可知在这不远的北国边疆,有一群快马弯刀、嗜杀成性的匈奴人正虎视眈眈盯着我大好河山,有一群大秦铁血男儿正在浴血奋战,拼死守护?如果人人都如你们绝圣山庄,隐入山林,逍遥自在,那我华夏一族会不会亡国灭种?"

侯莫春撇了撇嘴,说道:"我本魏国人,一家人守着三十亩薄田,春耕秋收,瓜果鲜蔬,鸡鸭犬羊,恬淡安宁。是你们秦人把战火烧向我们的家园。魏国虽小,却是故园;秦国虽大,却严苛得让人没有一丝喘息的机会。国大国小与我等草民有什么关系?"

扶苏盯着侯莫春看了一会儿,说道:"春秋以来,诸侯兼并,连年征战,民不聊生,我大秦顺应大势,扫灭六国,一统天下,此乃以战止战,以暴止暴。华夏一统乃大势所趋。当年，孟子见梁襄王，梁襄王问：'天下怎样才能安定？'孟子答：'天下统一才能安定。'即使没有大秦帝国，也会有大楚帝国、大齐帝国。始皇帝二十二年，将军王贲引大河水淹灌大梁城，魏国灭亡。你可以试想一下，割地而治，各自为政，连一条大河都治理不好，下游治理，上游毁坏，还谈什么海晏河清，国泰民安？"

扶苏言罢，一双虎目又转向鱼若道，慢慢地鱼若道的眼神开始迷离，他不经意往后面看了几次。扶苏一进山洞就按驿丞的描述寻找澹台北，见鱼若道坐在首位上，但这个人的气质不像个驰骋疆场的军人，正琢磨呢，旁边的闻伯轻声道："主座屏风后有人。"扶苏就明白了。

扶苏对着主座朗声道："大当家的，我前几年听到一首鼓曲，现让先生把它演奏给大家听。"转头轻声道，"击鼓！"闻伯抡起鼓槌开始击鼓。鼓点先是缓慢凝重，如士兵列队前进的整齐步伐。数拍之后，鼓点开始密集，仿佛隐隐夹杂着矛戟之声。鼓乐慢慢出现旋律，左手的鼓槌击出宫音，在间隔时间里又在鼓面上移动，让右槌在不同位置打出商、角、徵、羽的音节。慢慢地，山洞里原来嘈杂的声音安静了下来，再后来，众人的气息变成了一个节奏。整个山洞仿佛变成了一只大风箱。原来这五音暗合着人体的五脏，脾和宫音、肺和商音、肝和角音、心和徵音、肾和羽音。按照一定的节奏和旋律演奏，就是给人体进行五脏的调理，直听得众人如醉如痴。闻伯开口唱道：

> 岂曰无衣？
> 
> 与子同袍。
> 
> 王于兴师，
> 
> 修我戈矛。
> 
> 与子同仇！
> 
> 岂曰无衣？
> 
> 与子同泽。
> 
> 王于兴师，

修我矛戟。
与子偕作！
岂曰无衣？
与子同裳。
王于兴师，
修我甲兵。
与子偕行！

  鼓声停息时，整个山洞鸦雀无声。这时，从屏风后面出来一个中年汉子，身高九尺开外，四方大脸，满脸的络腮胡，头戴一方英雄巾，身上披一件褐色长袍，威风凛凛，脸上却泪痕交集。此人正是绝圣山庄大当家澹台北。他走到扶苏跟前深深一拜，问道："小可澹台北，这位英雄可是博浪沙救驾、剑挑大力士山隗、渭水畔降伏西域天马、为焚书仗义上疏的长公子扶苏？"

  扶苏起身回拜道："区区小事，何足挂齿？子救父乃人之天性，降伏乌狮乃扶苏秉性好犬马，所谓仗义上疏更是浅薄莽撞，以后再勿提起。这些和澹台兄孤军深入匈奴腹地、以三千人之力对抗匈奴数万强敌的英雄事迹相比，犹如萤火虫之光相较日月之辉，扶苏对澹台兄着实佩服得很呀！"澹台北满脸羞愧地摆摆手，问道："刚才这位先生演奏的鼓曲是从何处习得？"扶苏道："此曲乃蒙恬大将军所受。"

  澹台北道："此曲叫《无衣》，乃大将军送我出征时，亲手演奏的送行鼓曲，可惜我未能完成大将军的宏愿，一味贪功，孤军深入，导致整支部队血洒草原，全军覆没。澹台北无脸再见大将军，孤身一人隐入山林。"扶苏道："澹台兄无须自责，胜败乃兵家常事。蒙将军提及过此事，并未责怪于你，只是深深惋惜。"澹台北问道："真的吗？"扶苏道："澹台兄请放心，此事千真万确。另外，我与蒙恬大将军相交甚厚。眼下，国家正是用人之际，澹台兄若率众回归，扶苏保你官复原职。澹台兄正好建功立业，加官晋爵。不知澹台兄意下如何？"

澹台北低头沉思片刻，说道："承蒙长公子不弃，澹台北非常乐意在大将军麾下效劳。只是当时上山之时，我与众兄弟有过盟约，非不可抗拒之力，绝不离开绝圣山庄。这样吧，我与长公子比一下箭法，如果长公子胜我，也算是不可抗拒之力吧。"扶苏起身道："一言为定！"

两人相互一揖，澹台北转身面向山洞里面，前面五十步左右有一根数人合抱粗的大石笋，由山洞顶部直抵地面。石笋后面漆黑一片。只见二当家景岳在地上捡起一块石头，五指一撮，石头裂成数块。振臂一挥，石子飞出，只听得石笋后面，一阵"吱——吱"乱叫，扑棱棱飞起数只蝙蝠。因石笋两边尚有光线，蝙蝠只是在阴影里面乱飞。只见澹台北拉满弓，箭头却偏向一边，嗖的一声，飞出的箭划过一道弧线，绕过石笋飞入后面的阴影里，接着扑棱棱一声，有蝙蝠落地的声音。山洞里一片喝彩声。

扶苏略一思考，由背后摸出两支箭来，将一支箭头用拇指折断，另一支箭搭在七星宝弓上，拉了个半弦，贴着石笋边沿射出，又将那支断箭满弦射出。第二箭追上第一箭时，准确无误地斜抵在前箭的尾部，前面那支箭就变了飞行方向，随着一声哀鸣，阴影里又落下一只蝙蝠。一个喽啰打着火把，跑到石笋后面，出来时，手上拿着两支箭，箭上分别穿着一只蝙蝠。

澹台北一拱手，道："早闻长公子箭法天下无双，今日真是让澹台大开眼界，甘拜下风，佩服、佩服！"扶苏哈哈一笑，拱手道："澹台兄这一手弧旋箭法，才是让我佩服至极。我这只是侥幸而已。"澹台北对鱼若道吩咐："大排筵宴，今日与长公子一醉方休。"

宴席上，扶苏与澹台北同席而坐，两人豪饮。酒至半酣时，扶苏问道："澹台兄，你这一手弧旋箭法太帅了，只是扶苏怎么也想不明白，这箭离弦之后，怎么能拐个弯飞行？"澹台北由身后抽出了一支箭矢，递给了扶苏，扶苏接过来仔细一看，恍然大悟。只见这支箭箭镞和箭杆平淡无奇，但尾部却是特制的，两边的羽毛并不对称。扶苏明白了，箭飞出以后，因左右两边受空气的阻力不一样，自然会向一边偏移。扶苏兴奋地一拍大腿，笑道："澹台兄，果然高明，扶苏受教了，敬澹台兄一杯。"说着，恭恭敬敬地满饮了一杯。

澹台北道:"昨日兄弟们见直道上一骑绝尘,他们从未见过如此神驹,竟能将尘埃远远甩在后面。众人就动了心思,想把这神兽劫下来,谁知碰见了长公子,也是不长眼呀!莫非这就是长公子降伏的那匹西域天马?"扶苏点点头,把手指伸进嘴里,吹了个响亮的口哨,一瞬间,乌狮迈着轻盈的步子,缓步跑到扶苏跟前。扶苏问道:"山庄可有古琴?"澹台北摇摇头,笑道:"穷乡僻壤之地,怎会有这等雅器?"扶苏就把旁边闻伯身后的鼓取了过来,奏了一曲《秦非子列阵》。秦非子是秦国先祖,因善于养马受到周天子的器重,赐他土地,秦国成为周王朝的附属国。相传秦非子养马时,马匹入厩出栏,训练有素,列队整齐。他有一鼓曲,用鼓点指挥马匹,后来演变为鼓曲《秦非子列阵》。

此时,乌狮听到鼓曲,就和着鼓点,跳起了舞蹈,它长长的鬃毛随着脖子的摆动有韵律地飘摆,两只前蹄在欢快地打着节奏,引得席间的众好汉齐声叫好。先是有几个年轻人跟着乌狮一起跳了起来,后来一大群人把乌狮围在中央,和着扶苏的鼓点跳舞。鼓点停下来,扶苏倒了一大觚酒,摸了摸乌狮的脖子,乌狮闻到了酒的香味,就仰天嘶鸣了一声,张开了嘴。扶苏就把整觚的酒倒进了乌狮的嘴里,又拍了拍它的头,乌狮就退到了场外。

澹台北倒了一杯酒,对着大家朗声道:"众位兄弟,我澹台北上山以来,承蒙兄弟们抬举,推举我当了庄主,几年来,我们兄弟肝胆相照,众乡亲们安居乐业,我们绝圣山庄虽地偏人稀,倒也过得安乐祥和。但眼下,匈奴蛮夷犯境,国家正是用人之际,我等偏于一隅,愧对曾在这片土地上耕耘的先祖们。今天祥云瑞降,长公子来到绝圣山庄。长公子在大秦朝野素来以仁厚著称,今日得见真身,果然是人中龙凤,让我等山野村夫大开眼界,大家愿不愿意跟着长公子建功立业?"席间一片欢呼声。

## 伍

## 大宛

翌日，澹台北跟随扶苏往上郡而去，留下景岳带领山庄所有人员迁往上郡。扶苏一队人马抵达上郡，蒙恬率领众将举行了盛大的欢迎仪式。随后，扶苏宣读了朝廷的旨意，任命王离为长城兵团的裨将。这边先不表述，暂且说一下远在西域边陲的大宛国。

大宛国位于帕米尔高原以西，国都贵山城，境内一条锡尔河贯穿。锡尔河源于天山山脉，注入西北方向的咸海。秦时，称其为药杀水。国内盛产苜蓿、葡萄、汗血宝马。

这日，芊笋公主听完师父讲经，忧郁地问道："师父，为何父王半年不见我的面，难道皈依佛门后真的不再管国家朝廷，也不再理芊笋了？"天山牟尼道："你父王是一名优婆塞（居士），只是皈依三宝及受五戒的善男子，根本就不需要远离尘世呀，再说，就是闭关也不用这么久。"芊笋公主道："我十四岁的时候，母后离开了我们，父王就笃信佛教了，还拜天竺大比丘为师。但那时他每天再忙，都要抱抱芊笋呀，师父，你说怎么才能再见到父王？"

说着，芊笋眼圈一红，哽咽了起来。天山牟尼问道："最近你见过国师可可因吗？"芊笋摇摇头道："奇怪了，国师我也是几个月没见了，听图兰将军说，他被父王派往月氏国了。"天山牟尼道："现在朝廷政务怎么处理呢？"芊笋公主道："现在都是大臣写好奏折，交给图兰将军，他再呈给父王，随后，再由图兰将军转述父王的旨意。"

天山牟尼小声道:"你明日再去,求见你父王,如此这般……"芊笋点点头。第二天,芊笋来到父王寝宫门口,正欲推门而入,却被侍卫拦住。侍卫道:"公主,图兰将军有令,大王正在闭关修炼,擅入寝宫者,格杀勿论。"芊笋公主喝道:"混蛋!我有要事禀报父王,耽误了,我让父王杀了你俩。"侍卫苦笑道:"公主,你就别为难我们了,放你进去我们现在就得死。"

芊笋公主冲着寝宫大声喊道:"父王,今天是母后的祭辰,往年你和我一起祭奠,今年你还去不去了?"趁着侍卫分神的工夫,芊笋由袖口掏出一包粉末状的东西,撒在两名侍卫的眼睛上,两名侍卫顿时蹲下身子,鬼哭狼嚎地叫了起来。

芊笋推开房门,一只脚刚踏进门槛,就被一个阴森森的声音喝住了:"公主殿下,你何必为难下人呢?大王眼下正是闭关的关键时刻,极易走火入魔,不能有任何打扰。你在外边等着,我给你转奏大王。"一个三十多岁的将军手按在剑柄上,眼睛紧紧地盯着芊笋。正是图兰将军。芊笋公主道:"你就问问父王,今天是什么日子,看他还记得不。"

说完,芊笋公主就气呼呼地退出了寝宫。大概等了半个时辰,图兰将军走出房门,说道:"大王说,今年王后的祭辰他就不去了,你去就行了,随后他把祭品让人送过去。等他出关之后,再去祭祀。"芊笋公主心里咯噔一下,果真如师父所言,难道父王出事了?今天根本就不是母后的祭辰,父王绝对不会连这个都记错的。

芊笋公主正低头沉思,突然觉得有一双眼睛在盯着自己,抬头一看,见图兰将军将目光又收了回去,转而看着庭院中间的一棵大树。他又笑道:"公主,大王说让我陪着你去祭祀母后。"芊笋公主暗道:"这个图兰真是越来越大胆了,现在虽然还不明白他的企图,但他的眼神很讨厌,越来越放肆了。以后让父王好好地收拾他。"便皱了皱眉头道,"不劳烦将军了,你把父王准备的祭品晚饭后拿过来就行了。"说完,转身离开了。

晚上初更刚过,两个身影出现在王宫后花园。两人一身夜行衣,天山牟尼道:"你搜查大王的寝宫,我去后面的神殿,那里面有个暗道,不管有没有线索，二更时刻，我们一定赶在图兰回来之前，在花园外会合。"芊笋点了点头。

芊笋潜伏在屋顶上，听得下面几名侍卫在低声说话，一名侍卫道："哎！下午那俩也真是倒霉，听说公主是强行闯进来的，结果害得他俩被砍了脑袋。"另一名侍卫道："我们可得打起精神来。为了打个盹，掉脑袋可不好玩。"前面一个侍卫道："图兰将军陪公主祭祀去了，这会儿怕是回不来。"另一个道："大王都闭关半年了，奇怪的是连国师可可因大人也失踪了。现在朝廷大大小小的事情可都是图兰将军定夺……"

门被推开了，图兰将军阴着脸走了进来，转头对哈尼副将道："差点中了那小丫头的调虎离山之计。哈尼，晚上你守住寝宫，任何人不准靠近。我去后山神殿那边看看。"芊笋在房顶上屏住呼吸，听得清清楚楚，心中挂念着师父，等图兰出门后，就潜出了寝宫，将提前准备的两匹马牵到花园外面。正准备进去接应师父，就听得里面一阵打斗的声音，接着一个黑影掠过围墙，踉踉跄跄地奔她而来。

芊笋忙迎了过去，天山牟尼道："芊笋，你赶紧走，不要管我。这是宫廷政变，图兰……"说着，一口鲜血喷了出来。后面图兰将军追了过来。芊笋一挥手，身后一道七彩烟雾弥漫开来，芊笋将师父扶上马，两人打马奔城门而去。图兰闭着眼睛，屏住了呼吸，耳边只听得一阵嗡嗡的声音，暗道："不好，这是芊笋公主的天竺黄蜂。"当下脱下披风，鼓动真气，在身体周围舞动了起来。身边的士兵可惨了，只听得一片哀号声。

芊笋和天山牟尼二人刚出城门，只见四名贴身侍女已等在城外，六匹汗血宝马绝尘而去。天快亮时，一行人翻过一道山谷，天山牟尼道："一出此谷，就离开大宛国了。我们找个地方稍事休息。"

天山牟尼脸色惨白，本来就身受重伤，这一夜马背上长途奔驰，是靠一口真气撑着。这时脱离了险境，一放松，就支持不住了，晕厥在马背上。芊笋公主见北面山坡上是一片小树林，就把师父背了过去。几人进到小树林里，芊笋给师父嘴里喂了一颗雪莲丸，一会儿工夫，天山牟尼睁开了眼睛。她又调息了半天，脸上慢慢有了血丝。

天山牟尼缓缓说道:"芊儿,你父王被图兰幽禁了。不过你也不必过分担心,传国玉玺在你手中,你父王眼下是安全的。我抓住神殿的侍卫,逼着他说,侍卫也不知道,只是说,每天见一个又聋又哑的侍卫给大王送膳食,应该就在神殿之内。本来我要找那个聋哑侍卫,谁知道图兰突然进来了,我和他交手几个回合,他的无相神功确实厉害,一掌将我的督脉震裂。眼下,整个大宛国没有人是他的对手。我们干脆一路向东,到大秦国找你的未婚夫,大秦长公子扶苏,让他带兵出面救出你父王。"

芊笋公主说道:"师父,都是芊笋不好,害得师父受这么重的内伤……"天山牟尼咳嗽了两声,道:"傻孩子,别说这些,这都是劫数。刚好,为师也想游历一下东方,把这世间大法传播到大秦。听说大秦国疆域辽阔,城市繁华,文风茂盛。你那夫婿长公子扶苏不但是位贤者,还是位能降伏天马的大英雄,他一定能帮助你父王复国的。"

芊笋脸上微微一红,道:"都还没见过面呢,也不知道是不是如可可因说的那样。眼下,我一心只想着师父快快好起来,传授我菩提神功,让我亲手打败图兰那狗贼,救出父王。"天山牟尼苦笑道:"连为师都不是他的对手,你怎么可能打得过他?菩提神功只是佛祖首座弟子迦叶为弘扬大法,在集结《阿含经》时,创立的一套内功心法,主要是通过修炼此功,感悟佛法。此门功夫,在降伏心魔、助人疗伤方面确实一流,若论攻击搏杀实则平平。我们此次东游,虽说迫不得已,但也可以说机缘巧合。为师原本打算送你出嫁时,再游历大秦……"天山牟尼又咳嗽了几声,"只是为师要运功疗伤,在马背上无法打坐。"芊笋公主道:"我让人去买一辆车子吧,现在已离开大宛境内了,虽说车子慢点,料那狗贼也追不上我们了。"天山牟尼闭上眼睛,点了点头。

芊笋公主由背包里掏出一只黑色的藤罐,拍了拍罐子,笑道:"小黄,今天表现不错,以后再见了那狗贼,就给我狠狠地蜇。"又取了一块蜜糖,塞进了藤罐。这是芊笋公主十四岁生日时,天竺一位高僧送给她的礼物。罐子里有二十多只黄蜂,每只有半寸大小,飞行速度极快,尾部有巨针,蜇人一下,痛入骨髓;每年春季繁殖一次,蜂王只留下二十只左右最强壮的,继续繁衍、护卫、采蜜，其他的都赶到外面去，任其自生自灭。

这边芊笋公主师徒一行六人，风餐露宿，一路奔波，往大秦而来，暂且不提。

咸阳城南，一座茂林修竹的幽静小院里，诗曼和南宫灵儿对案而坐，两人在焚香品茗。南宫灵儿捧着一杯香茗，放到下颌前，闭着眼睛，嗅了两下，说道："这茶香味好特别呀！味道淡雅悠长，层次多变，回味无穷。"诗曼笑道："这茶是巴蜀郡送给父皇的贡品，说是巴蜀郡山里有一棵千年茶树，每年只能产百十斤茶叶，在这些叶子中挑出来最上等的十斤左右，进贡过来。不过宫人们却是将叶子磨碎，还要调入其他香料，再加入泉水煮沸，送给父皇饮用。父皇品尝后，却没觉得好喝，我就拿了些。那时正好春日，宫内花园里百花盛开，我让婢女采了些鲜花，将宫灯改成上下两层相隔，上层置茶，下层置花，用密纸固封，每十二个时辰更换旧花，如此十天后，此茶香气馥郁。就这样直接用沸水冲泡，不食茶叶，只饮茶汤，或者干脆不入口，只嗅其香，这种幽静淡雅就让人很开心。"

南宫灵儿笑道："诗曼妹妹真会玩，这世上怕是找不出来几个只闻其香、不品其汤的吃茶人。"诗曼咯咯地笑了起来，她又指着案头的焚香炉，说道："这香料是我在哥哥的绕梁小院搜刮来的，此等檀香咸阳城根本没有卖的，是那西域的使者送他的。他傻傻的，居然不知道它的妙处，把这檀香点在马厩里，给他的宝贝乌狮熏蚊虫呢。这简直就是暴殄天物呀，那我就只好没收喽。送你几盒，姐姐你读书时慢慢享用。"南宫灵儿眯着眼睛笑道："谢谢妹妹！"

诗曼道："还有一个礼物呢。"说着便从身后取出两只精美的楠木盒子，放在案几上，揭开盖子，是两盒棋子。南宫灵儿看那白子圆润晶莹，泛有幽幽的荧光；黑子严格来说，是深紫色的，只是放在白子跟前显得发黑。她捻起一枚棋子，用指头搓了搓，问道："妹妹，这是什么材质，这么滑润？"诗曼得意地笑了笑，说："父皇有次给我说，他巡游东海时，见到一种巨大的贝壳，有各种颜色，神奇的是，这种贝壳晚上会发出淡淡的荧光。我就灵机一动，何不让人将这种贝壳磨成棋子？这样我们不就可以不用掌灯,晚上也可以对弈啦!"南宫灵儿赞叹道:"这么贵重的宝物,我可承担不起。"诗曼笑道:"姐姐承担不起,谁能承担得起?快收下!"南宫灵儿犹豫了一下,说道:"诗曼,你老是给我带礼物,姐姐无以回报呀!"

诗曼笑道:"我们是好朋友,回报什么?这个院子你就先住着,需要什么你就给我说。父皇今晚上要微服出巡,我们今天可以在此好好玩耍。"听见这句话,南宫灵儿眼睛看了看西边的夕阳,淡淡地问了一句:"唉,我还说晚上出去逛逛呢,这下怕是又得宵禁了?"诗曼笑道:"你放心大胆地去吧,他就带几名贴身侍卫,只是想了解一下咸阳城夜间的平民生活,不用宵禁。"南宫灵儿就点点头,"哦"了一声。

又过了一个时辰,南宫灵儿陪诗曼用完晚膳之后,在一边的案几上,分别摆上七张棋盘,每张棋盘上都有一个残局,说道:"诗曼,这是七个残局。你从左至右一一破解,慢慢思考,姐姐就不打扰你了。等你全部破解了,我再来点评,可好?"诗曼点点头,笑道:"好啊!姐姐你先忙。"

却说皇帝带着四名侍卫,打扮成一名富商模样漫步在华灯初上的咸阳街头。街上熙熙攘攘,热闹异常。皇帝不时地驻足询问街边的店铺,频频点头,暗道:"看来内史将民生抓得不错,和奏折上报的差不多。"但皇帝却忘了,这是帝国首都,大秦的首善之区。如果他几次东巡,也是如此这般微服私访,零距离接触民生,可能会得到不同的答案。

皇帝一行走走停停,来到一个戏楼跟前。戏楼上正在上演秦腔《摩笄夫人》,皇帝驻足观望了一小会儿,问身边的侍卫长:"隰棚,看过这出戏吗?"隰棚道:"官人,小人未曾观看。"皇帝道:"说的是赵襄子杀代王的故事。赵襄子的姐姐嫁给代王为夫人,赵襄子欲吞并代国,就在夏屋山宴请代王,席间让大力士扮作厨师,用大铜勺将代王击杀。代王的夫人闻听消息后,将头上的笄拔下来,在石头上磨尖,自杀身亡。"

这时,台上装扮代夫人的伶人厉声唱道:

> 妾身十七嫁代王,
> 朝朝暮暮似鸳鸯。

夫君对妾情似海，
怎不令人痛悲伤？
前日一别赴宴去，
临别之前又呢喃，
怕妾身寒不能寐，
怕妾相思厌膳食。
今闻噩耗霹雳闪，
偏偏仇家是娘家。
不如且随夫君去，
孤活世上惹笑话。
罢、罢、罢……

说着，伶人在发髻上拔下笄子，在地上磨了两下，猛刺自己的颈部，颤抖着身子躺在了戏台上。底下观众泣声一片。皇帝道："好个贞烈的女子。"

就听身后一个小伙子道："各位看官，你们都替古人担忧，怎不怜悯一下我们兄妹二人？"闻听此言，后排一些青年围了过来，眼睛都瞄着小伙子身后的女子。只见那女子皮肤白皙，身材婀娜，一身翠绿色紧身衣裤，外罩一袭白色纱衣，脸上遮着一方纱巾，仅露出一对好看的大眼睛。

那小伙子接着说道："我们从颖地流落咸阳，如今身无分文，唯有祖传一把宝剑，削铁如泥，其名太斗。世人都知道欧冶子和干将合铸太阿剑，却不知道其实是欧冶子铸的太阿剑，而干将铸的太斗剑。两人祭剑时，是将太阿、太斗两剑和在一起祭的，只是太阿比太斗长一寸，太阿剑更具王者之气，就将太阿剑献给了楚王，而将太斗剑封在了穹窿山。后来，机缘巧合，被我先祖获得。如此名剑，如非迫不得已，谁会忍心售卖呢？现售价一万钱，先到先得。"

人群中有好事的青年调笑道："你就吹吧！那太阿是皇帝的佩剑，什么太斗剑和它是一对，你还不如把你妹子卖了……"旁边几个青年就哄堂大笑。只见卖剑的小伙子不愠不火，依然在叫卖着。边上那女子也不生气，只是嫣然一笑，却时不时地拿眼睛瞄皇帝一行五人。

好事青年又说道："把你那剑拔出来看看。"那小伙子拔出宝剑，白光一闪，周围众人不禁一凛。小伙子用手指在剑刃上弹了一下，嗡的一声，经久不绝。他又在身上掏出一块布帛，放在剑刃上，将剑横举到胸前，嘴中噗地吹了一口气，那块布帛竟齐刷刷地由中间断开，掉在了地上。人群中发出一阵惊叹。

皇帝和侍卫也围了过来，说道："这位小哥，所谓名剑，并非以锋利著称于世，而是要有灵气。"小伙子打量了一下皇帝，又盯着他腰间的长剑看了两眼，一竖大拇指，笑道："这位官人所言极是。相传太阿剑是王者威道之剑，非帝王不可持之。而这把太斗剑只是它的兄弟剑，贤德君子即可拥有。此剑也有神奇之处，当遇见太阿剑后，它会鸣叫。"

皇帝已将手按在了剑柄上，略一思索，却哈哈一笑，转身走出了人群。五人往东走去。又闲逛了一会儿，街上的行人慢慢地少了。皇帝见半里之外就是兰池宫，对隰棚说道："今晚上，朕就在兰池宫就寝。"话音刚落，突然打街道拐角冲出来十几位蒙面人，手持刀剑，也不说话，举刀就砍。隰棚喝道："列阵！"四名护卫抽出佩刀，分四个方位站立，把皇帝围在中间。

皇帝转身看了几眼刺客，并未拔剑，只是冷冷地盯着蜂拥而上的刺客后面，那儿有个指挥者，虽说也是蒙面，身穿夜行衣，但看身材，是一个年轻的女子。皇帝的贴身侍卫，自然都是一等一的高手，每个方位以一敌三，毫无败象。特别是隰棚，手中一把追魂刀，上下翻飞，一名刺客已倒在了脚下。他面前只剩下两名刺客了，左边这个看了一眼倒在地上哀号的同伙，却俯身补了一刀，那人顿时咽了气。皇帝暗道："这是灭口，看来这伙人还真不是一般的贼人。"就喝道，"隰棚，留下活口。"隰棚应道："诺！"反手一削，右边那人手腕被齐齐削断，惨叫一声。刀随着断手掉在了地上。那人却张开嘴，用左手往嘴里塞了个东西，接着倒地，气绝身亡。

这时兰池宫外值守的卫尉听见打斗声，一群人跑了过来。卫尉领队的是阎乐，他认出了隰棚，自然知道中间站的就是皇帝。大喝一声："贼人休得猖狂，阎乐来也！"那蒙面女子喊一声："撤！"刺客四散而逃。隰棚喊道："阎乐，你去追击贼人，我们先护驾回宫了。"阎乐让士兵分头追击，自己向蒙面女子逃跑的方向追去。追了几条街，到一个小院子门口，阎乐飞身而起，一刀猛砍过去。蒙面女子头也没回，回手一剑，当的一声，阎乐手中的刀竟断成两截。他倒吸了一口凉气，暗道："此人手中剑是一把宝物，可得小心点。"

那人趁阎乐迟疑的工夫，纵身一跃，欲飞身入院。阎乐扑了过去，右手叼住那人持剑的手腕，左手摁在她的肩上，喝道："哪里逃？"反手将那人的蒙面巾扯了下来。一头秀发直泻而下，阎乐定睛一看，惊呼道："灵儿！怎么是你？"只见南宫灵儿冷冷地看着他，说道："阎大人，快拿我的人头去领赏吧！"说完，就闭上了眼睛。阎乐往身后看了看，见没人跟过来，犹豫片刻，说道："你走吧！"南宫灵儿微感意外，睁开眼睛，左右看了看，扬起下巴，在阎乐的嘴唇上轻轻地亲了一下，推开了院门，转身将门关住，站在门内，平息了一下呼吸。

一会儿，南宫灵儿在窗外笑道："诗曼妹妹，解了几局？"诗曼笑道："才解了三局，还早着呢。"南宫灵儿推门进来，看了看棋局，点了点头笑道："妹妹，时候不早了，明天再解吧，睡前思索过度，容易失眠。"诗曼就把手中的棋子丢到了罐里。两人又聊了一会儿，正准备睡觉，门外传来一阵敲门声，喝道："快点开门，官家搜查。"诗曼皱了一下眉头，给婢女僚兮说道："你拿上我的腰牌，去让他们滚得远远的。"僚兮飞奔到门口，刚打开门，呼啦一声，几个士兵就要往里面冲。僚兮喝道："大半夜的，你们是脑子烧坏了吗？"士兵正要发火，僚兮将诗曼的腰牌举到他的眼前，说道："十公主在此，已经就寝了，别让她发脾气。"士兵们就站在原地，不知所措。僚兮喝道："还不快滚！"

## ·陆·

# 围困

再说扶苏,到达上郡后,蒙恬大将军大摆筵宴,为扶苏一行接风洗尘。席间,扶苏道:"蒙将军,这次我北上,在途中遇见你的一位故人,你想见还是不想见?"蒙恬道:"哦!是何人呀?"扶苏一拍手,澹台北低着脑袋,由外面走了进来,到蒙恬面前,扑通一声,跪了下来。"罪将澹台北叩见大将军。"

蒙恬定睛一看,哈哈大笑。"澹台北,我还以为你战死疆场呢,原来你还活着,害得我还给你立了牌位。"又正色喝道,"为何不及时归队?来呀,鞭笞四十。"听到这句话,澹台北竟喜极而泣,叩头道:"末将罪该万死,谢大将军不杀之恩。"鞭子抽打在澹台北的背上,每打一鞭,澹台北都发出一阵开心的笑声。蒙恬举起酒樽敬扶苏道:"谢谢长公子,澹台北可是一员猛将。当时我可是着实难过了好久。"

等澹台北受完鞭笞,蒙恬亲自倒了一樽酒,朗声道:"澹台北孤军深入匈奴腹地,在没有补给和援军的情况下,与数倍于我军之敌作战数日,虽全军覆没,但打出了我大秦的国威,让匈奴人看到我大秦勇士强悍的战力。来,让我们敬澹台北一杯酒,祝贺我们的英雄归队。"大厅内,呼声一片。澹台北满饮了樽中酒,已是泪流满面。接着,蒙恬又宣布道:"为表彰我军忠勇之士,现任命澹台北为中军左都尉,即日上任。"

扶苏也斟满酒樽,敬蒙恬一杯,说道:"久闻蒙大将军治军有方,赏罚严明,今日一见,果然不同凡响,扶苏佩服。"两人又连饮数杯。宴席结束时，两人均有醉意。蒙恬唱道：

> 我出我车，于彼牧矣。
> 自天子所，谓我来矣。
> 召彼仆夫，谓之载矣。
> 王事多难，维其棘矣。
> 我出我车，于彼郊矣。
> ……

扶苏接着唱道：

> 王命南仲，往城于方。
> 出车彭彭，旂旐央央。
> 天子命我，城彼朔方。
> 赫赫南仲，狁于襄。
> 昔我往矣，黍稷方华。
> ……

等众人散去，扶苏拉着蒙恬的手，道："蒙大将军，我奉父皇之命来上郡监军，你我虽为同僚，但情同手足。你蒙家三代忠良，为我大秦披肝沥胆。父皇每念及此，经常赞叹不已，干脆我们结为兄弟，扶苏尊大将军为兄，如何？"蒙恬暗道："你是皇帝的长公子。眼下，朝野尽知你被贬监军，但皇帝的想法我太清楚了，其实就是在大军中历练你而已，以后，你还是大秦的皇帝。"就一欠身，抱拳道，"长公子，蒙恬不过虚长几岁而已，绝不敢僭越。卫国戍边乃我大秦男儿分内之事，实在谈不上建功立业。"扶苏道："蒙将军莫不是嫌扶苏资质愚鲁，身无寸功，不配和你这当世大英雄结为兄弟？"蒙恬笑道："羞煞蒙恬也。"当下，让人设置香案，两人歃血结八拜之交。蒙恬长扶苏十岁，尊为大哥。

这一天，两人在议事厅，蒙恬为扶苏介绍了边防形势。这几年，长城军团和匈奴人打过几次中等规模的仗，多是以驱逐为主。现阶段，黄河以南，匈奴人敢跨越，绝对歼灭。在燕国、赵国故长城以南到大河以北数百里之地，基本上属于杂居状态，秦朝边民大多数为朝廷流放的戴罪之人。扶苏听完介绍后，沉思了片刻，把目光投向布防图的最顶端。

蒙恬已知其意，笑道："长公子，我沿着长城一线巡查过，发现一个现象。长城内外相距咫尺，风土人情、稼穑之事却大相径庭，后来，我明白了，这条长城其实是一条气候线，内外的降雨量差别很大。南边雨水充沛，适宜农耕；而长城以北则干旱少雨，适宜放牧，乃苦寒之地、不毛之地。所以这些年来，我没有再将兵力北移。"

扶苏就把他临行时皇帝给他说的西征月氏国、建设北郡大后方的战略企图给蒙恬说了一遍。最后扶苏指着布防图的最顶端道："兵力跨过大河，在此地设郡置县，把它牢牢地控制在我们的手中，与匈奴以阴山为界。"

一个月后，扶苏率他的三百护卫铁骑渡过黄河，蒙恬让澹台北跟随扶苏北进，有一支一千人的补给队伍尾随。扶苏出发后，又让王离率领一万兵力渡河，驻扎在北岸，以备紧急情况接应。扶苏出发时，和闻伯辞行。闻伯要跟着一起，扶苏笑道："先生，我这次要去的是匈奴的老巢，这是一帮未开化的野蛮人，没有音乐的概念，您还是留在上郡弹琴喝酒吧！"闻伯道："老朽虽然看不见大漠风光，却也想去吹吹漠北的风，嗅一嗅这草原的味道。难道公子也嫌弃我这瞎老头子碍手碍脚？"扶苏笑道："走！"

黄河在宁夏拐了个弯，一路向东而去，在内蒙古和山西交界处又转头南下，就像一个大写的"几"字。河套就是这"几"字顶端处，由黄河冲积出的平原。贺兰山以东，青铜峡至石嘴山之间为银川平原，又称西套平原；位于内蒙古境内的巴彦淖尔平原，又叫后套平原，以东至喇嘛湾之间的为土默川平原，又叫前套。这块地方还有个名字叫敕勒川。扶苏渡过黄河，即踏入敕勒川。望着一望无际的茫茫大草原，扶苏心旷神怡，不禁豪情万丈，气发丹田，长啸一声，啸声传出数里之外。胯下乌狮也仰天"咴——咴——"一阵嘶鸣，扶苏拍了拍乌狮的脑袋，说："乌狮呀乌狮，这里才是你的精神家园，才能实现你天马的荣耀。"说完两腿一使劲，乌狮如离弦之箭一般，向前飞出。

侍卫长叫昭阳，为宗族子弟，拍马紧紧跟上，只是两人的距离却愈来愈远，就大声呼道："长公子，我是给大将军立过军令状的，不能让侍卫离开你半步。已经是匈奴地界了，长公子不能任性啊。"扶苏道："放苍穹！"身后一道黑色的闪电飞过，苍穹一跃冲天，几乎一瞬间，就变成个小小的黑点，飘在蓝天白云之间。

澹台北拍马跟了过来，喊道："长公子，你胯下可是天马呀，我们都跟不上。你稍微慢些，我给你介绍这片草原的风光。"他知道长公子心高气傲，他要说危险什么的，扶苏根本就不会听。果然，扶苏稍微勒了一下马缰，乌狮稍一慢，澹台北就赶了上来，说道："长公子，照咱们这速度，晚上就可赶到阴山脚下，那儿有水源，可以安营。"

扶苏问道："澹台兄，你和匈奴人打交道多年，他们是什么来历？有什么风俗习惯？"澹台北道："以前听蒙大将军讲过，说匈奴人是夏桀的儿子淳维的后裔，当年殷商灭夏后，淳维逃往北方，与当地居民融合，逐渐形成的一个族群，不同历史时期，其叫法不同。那天晚上你和大将军唱的《出车》中，有一句'赫赫南仲，狁于襄'，那狁就是周时对匈奴的叫法，还有周幽王时的犬戎，被赵武灵王驱逐的林胡、楼烦等部落。他们原来大都是百十来人的小部落，时聚时散，逐草而居。还有一个原因，匈奴人没有婚姻制度，只是原始的同居而已。而且他们认为强大的人应该拥有众多的女人，所以到处抢女人，每征服一处地方，就繁衍一处。他们又没有文字，故没有人能把他们的来历说清楚。"

澹台北接着说道："匈奴有一个习俗，叫父死娶母，兄死娶嫂，最为我华夏人所不齿，这儿说的母是继母，他们认为非出我者、非我出者，都可以妻之。他们性格残暴，弱肉强食，也丝毫没有谦让仁义之心。"扶苏道："也对啊，照你这么说，他们没有经过礼乐教化，自然没有仁义礼智的四端——恻隐之心、羞恶之心、辞让之心、是非之心，还保留着人最原始的状态。"

扶苏又问道："他们的战术有何特点？"澹台北道："骑术精良，箭法精准。但若单论箭术，两军对阵时，我大秦箭阵绝对占上风，但就怕短兵相接，我军士兵十之八九处于下风，这主要是我军士兵的骑术不及他们所致。我们好多士兵都是单手持兵器，另一只手靠缰绳来平衡身体，不像匈奴人在马背上闪展腾挪，双手都可运用，只这一点，就差了不少功夫。"扶苏"哦"了一声，心中却盘算着怎么训练骑兵。

这一会儿，两人将侍卫队伍拉下数里开外，转过一处小丘陵地带，天空传来一阵大雁的鸣叫声。扶苏摘下七星宝弓，嗖的一声，一支雕翎箭飞了出去。就在箭杆离大雁还有一尺左右时，突然由丘陵对面飞出一支箭来，硬生生地将前面的雕翎箭射断。扶苏正纳闷呢，嗖的一声，丘陵那边又飞出一支箭来，劲道奇大，正中大雁腹部，大雁的身体竟被这支箭带着上升了数尺。只听那边传来一个女孩拍手欢叫的声音："冒顿哥哥好棒呀！"

接着一匹红色的马奔了过来，马背上坐了一男一女两个人。少年披着头发，头顶上是一块半圆形的金头箍，身穿暗红色长袍，长袍自肩部往后，是一整张貂皮，前襟却是布料缝制，腰束一条黄色腰带，腰带扣和那头箍一样，也是半圆形的金扣，腰挎一把弯刀，脚穿一双牛皮短靴。少女头戴一尖顶红帽，帽子两边垂了两颗大圆珠子，梳了两条辫子，辫子梢上扎着几串玛瑙，身穿红色长袍，外罩一件白色狐狸皮毛坎肩，脚穿一双黑色长靴。

那少年盯着扶苏，轻蔑地撇了一下嘴。扶苏一时玩心大起，由背后摸出一支箭搭在七星宝弓上，斜睨了一眼站在坡顶上的澹台北，拉开宝弓，箭飞了出去。那只雁快落下时，被这支箭横着穿透，又带着拐了一个弯，飞到澹台北马前，澹台北一伸手，将大雁稳稳地抓在手中。

这一下，那少年颇感意外，嘴中"咦——"了一声。只见那少女翻身下马，手中拿着个马鞭，走到扶苏跟前，指着扶苏骂道："你这个狗奴才，好大的胆子，敢和冒顿哥哥抢猎物！"扶苏笑道："你这小妹妹，长得白白嫩嫩的，怎么说话这般粗野？"那小姑娘怒喝道："狗奴才还油嘴滑舌的，过会儿把你舌头割下来喂狗。"说着举起鞭子抽向扶苏。因乌狮较一般的马匹要高大许多，这一鞭子没有打在扶苏身上，却落在了乌狮的屁股上。只见乌狮咆哮一声，一甩尾巴，正击中那姑娘的脸部。这一下，力道奇大，那姑娘直接横着飞了出去，摔倒在草地上。

那少年飞身下马，将姑娘抱了起来，见她脸上一片淤青，紧闭着双眼，就摇晃着她的身体，叫道："呼衍尺，呼衍尺妹妹……"那姑娘睁开双眼，捂着脸"哎哟"了几声，指着扶苏咬牙切齿地说道："你去给我把他杀了。"那少年将少女放在马跟前，转身抽出了佩刀，用刀尖指着扶苏，冷冷地说道："你，下马受死。"扶苏刚才一直是在玩呢，没想到乌狮那一尾巴抽得那么重，心中略感歉意，就翻身下了马。

山坡上，澹台北一直盯着北边，见两里地开外，有二十多名匈奴骑兵远远地看着这边，就说道："长公子，不可下马。"扶苏摆了摆手，笑道："不碍事。"还没回过头来，只听见刀刃划开空气的声音，唰的一声，少年的刀尖已刺了过来。扶苏后仰身子，刀刃由咽喉前滑过。这少年未等刀使老，转腕又横削过来。扶苏缩身一仰脖子，刀刃贴着鼻尖削过，脸上一阵凉意掠过。

这两刀出手极快，几乎在一瞬间完成。少年见扶苏连脚步都未移动，居然毫发未损，颇感意外，抬臂挥刀，当头劈了下来。扶苏左臂一探肩，左掌直切少年小臂。掌、臂相接时，少年闷哼了一声，刀变了轨迹。扶苏身躯也微微一震，暗道："此人力道极大，刀法威猛，绝不输去年博浪沙的山隗。只是此人不但力量奇大，出刀速度也是极快。"当下也不敢大意，脚下侧滑一步，伸手在肩后拔出扶摇剑。

当下正是正午之时，扶摇剑一出鞘，少年顿觉周围寒气逼人，心中暗暗思量道："看来今天碰见高手了，正好试试我的屠魔刀法。"两腿一蹬地，身子腾空而起，举刀凌空劈下。刀势凌厉无比。扶苏见少年在空中居高临下，攻势迅猛，就举剑一挥，正是一招武王破阵剑中的仰攻招式"尊王攘夷"。招式攻守兼备，一招之间暗含三个动作：搪、削、挑。少年凌空又攻了数招，身体却并不见下落。

澹台北站在坡顶上，盯着远处的匈奴骑兵，见长公子气定神闲，他也就一直在马背上观战。那少年是靠刀剑相碰的弹力，不断产生上升的举力，而一直保持悬空状态的。他又攻了三招，均被扶苏一一化解。突然，那少年伸出左手，直抓扶苏的衣领，接着使劲往上一抛。扶苏忙用左手扣住少年的腕子，五指一用力，衣领上的手就松开了。但这一抛，力道巨大，那少年身体落地时，竟将扶苏整个身体给抛了起来。扶苏身子在半空中翻了个跟斗，用扶摇剑的重量调节了姿态，嘴中喝道："你也吃我一剑呗！"

从开始交手到现在，扶苏一直是防守状态。这一下身体被抛在半空，心中自是有点恼火，出手就是一招攻势刚猛的"君临天下"。当年秦武王创立的"武王破阵剑"共分七式，这招"君临天下"威力最为巨大。剑尖直指少年眉心，少年举刀格挡。扶摇剑还未碰刀身时，扶苏突然改变了路线，由刺变成了砍，剑尖直奔少年胸膛而去。少年刚才格挡，刀已举起，处于剑的上方，胸前门户大开，再想后撤一步，已来不及了。就在少年胸前的肌肤已感到剑锋的冰凉时，扶苏微收了一把力，剑尖抵在少年的胸膛，只是他的衣服胸襟上多了一条一寸长的口子。扶苏问道："兄弟，还打不打？"

那少年将刀往地上一扔，闭上眼睛说道："勇士，我输了。"扶苏将剑收了回来，回手插入背后的剑鞘，翻身又上了马背，一挥手，对澹台北说道："把那只大雁还给这位兄弟。"澹台北手上那只雁身上插了两支箭，他就把扶苏那支箭的尾部折断，扔在地上，又把那只大雁扔给了少年。

少年把那少女扶到马背上，自己也飞身上马，望着扶苏说道："我叫冒顿，我们交个朋友吧？"扶苏一直紧盯着少年的马鞍下沿，见那儿坠了一截一寸来宽的环状牛皮。听见这话，一抱拳，笑道："好啊！我叫扶苏。"冒顿在马鞍上摘下来一只皮囊，拔开塞子，仰起脖子喝了几口，又把塞子塞上，将酒囊扔给了扶苏。扶苏凌空一把抓住酒囊，一仰脖子，将酒囊中剩下的酒喝了个干干净净，一竖大拇指，笑道："好酒、好酒，谢谢冒顿兄弟，只是我旅途匆匆，没有给你准备个什么礼物呀！"

冒顿一扬手中的大雁，说："这就是哥哥送我的礼物。我们草原上的汉子喜欢强者。咱们后会有期！"纵马扬鞭离去，远处那二十多个匈奴骑兵，又远远地尾随在冒顿的马后。

昭阳率领的卫兵部队赶过来后，扶苏下令原地休整一个时辰。昭阳在丘陵的最高处安排了两个哨兵，其他人员将马鞍松开，卸下缰绳衔铁，让马儿自由地啃上两口青草。士兵们围成一个大圈，吃饭休息。扶苏对澹台北说道:"澹台兄,你刚才注意到没有,冒顿扶着那小姑娘上马时有何不同?"

澹台北茫然地摇了摇头,说:"没有啊!有什么不同?"扶苏道:"我刚才专门观察了一下,他们的马鞍下面坠了一节环状的牛皮,大概有一寸的宽度。那姑娘上马时,先是将左脚踩在那个牛皮环上,然后借着这个托点的力量,翻身上的马背。而不像我们的骑兵,要双手并用,几乎是爬到马背上的。因为上马时,没有这个托点呀!"

澹台北点了点头,笑道:"有道理,有道理。"扶苏接着说道:"有了这个托点后,不光上马轻松了,骑在马背上时,脚也可以踩在上面。那身体的稳定性是不是可以大大提高?抓马缰的手不是就释放出来了?"说着,哈哈大笑起来。

扶苏对他的重大发现兴奋不已,让昭阳将佩刀的系带连成环形,压在马鞍下面,然后骑在马背上试一试。昭阳上马后,将脚伸进系带,冲着扶苏竖了一下大拇指,笑道:"长公子英明!果然稳当多了。"澹台北笑道:"这就是这次深入匈奴腹地的第一个收获。"

扶苏笑道:"第一个收获应该是交了个匈奴朋友。这条上马带算是第二个收获吧!"澹台北道:"我以前听几个匈奴降兵说过,他们大单于的长子就叫冒顿,武功高强,不过和他父亲头曼单于的关系好像不是很好。刚才,我看那少年的穿着打扮,还有那远远跟随的匈奴骑兵,推断那少年肯定是匈奴贵族,但就是不知道匈奴人叫冒顿的多不多。"扶苏倒是喜欢冒顿的豪气和率真,就有了惺惺相惜的感觉,心中便有了一个主意。

且说冒顿回到大营后,碰见了国师帝谷,帝谷问道:"少主,草原上骄傲的雄鹰,今日怎么闷闷不乐的?"冒顿道:"帝谷,你是不是草原上的第一勇士?"帝谷笑道:"可能是我们的草原还不够大吧!"冒顿道:"我今天交了个新朋友,不过我们是打架认识的,我觉得他的武功不在你之下。"就把他和扶苏打斗的过程、招数给帝谷讲述了一遍。帝谷道:"少主,你遇见的不是草原上的勇士,他这剑招是南朝的路数。他叫什么名字?"冒顿道:"他叫扶苏。"帝谷脸色一变,问道:"扶苏?"

蒙恬镇守北疆以来,和匈奴打了几场仗,虽然双方互有伤亡,但秦国强大的阵容，严明的军纪，还有令人闻风丧胆的箭阵，对匈奴震慑极大。匈奴往上郡派了不少的细作，扶苏到上郡监军的消息，早就传到了帝谷的耳中。现在，他听见"扶苏"这个名字，就点点头，说道："少主，你早点歇着吧！"

帝谷，匈奴国师，也是大单于头曼的结义兄弟，号称草原第一勇士，传说他拥有不死之身。帝谷的父亲叫呼盖，是草原上一个小部落的头人，随匈奴挛鞮部落和月氏国打仗。挛鞮部落是匈奴最大的部落，它的头人就是匈奴部落联盟的首领，这个首领就是头曼的父亲。时年冬天，草原上流行一场瘟疫。当时帝谷才一岁，还在母亲的怀中吃奶。母亲不幸染上瘟疫，部落里有个巫师，她认为谁染上瘟疫是神灵的选择，那此人就不应该再生活在部落里面，而应该去另一个世界。族人就打算将这个不幸的女人活埋。坑挖好后，帝谷的母亲已经躺在里面了，听见外边小帝谷的哭声，就想给孩子再喂一口奶。族人将帝谷递给坑里面的母亲后，就开始填土。他们认为一个吃奶的婴儿，没有母亲，早晚还得死。这天寒地冻的，刨个坑也不容易，想着干脆将他娘俩一起埋掉。

小帝谷娘俩被埋一个月之后，呼盖回到部落，望着空荡荡的帐篷，想起出征前妻子送别自己时，摸着隆起的肚子，询问他的归期，他摇了摇头说："得很久吧！"妻子就让他给孩子起个名字。他思索着，打马走出了好远才回头喊道："帝谷！"

而现在，这些曾经的欢乐再也不会有了。望着隆起的坟茔，呼盖心如刀绞。他哭喊着妻子的名字，悲伤地用刀在自己的脸上不停地划着，鲜血顺着脸颊成行地往下流，脖子上、胸前、脚下的草地……哭祭完后，他绕坟茔转了一圈，吃惊地发现，坟茔的后面竟开了一个大洞，觉得很是蹊跷。于是找了几个族人，把坟堆挖开，发现妻子身体侧卧，双腿曲卷，上半身却半俯卧着，一只手放在身体前面，在胸前围成一个空间，另一只手直直地往上举着，一对奶子露在衣襟的外面，已经干瘪发黑了。而里面并不见小帝谷的尸体。呼盖常年在外面征战，对各种尸体太熟悉了。当即判断出，这根本就不是死后掩埋的样子。他脑子里推想了一下当时的情景：妻子接过帝谷，侧身解开衣襟给儿子喂奶，突然上面的沙土纷纷而下，妻子曲卷着双腿，俯身趴在帝谷的身上，一只手挡在身体边上，不让落下的沙土打着她的孩子，另一只手本能地举起来，遮挡漫天落下的沙土……

呼盖将部落里的族人召集在一起，将挛鞮首领赏赐的两百头牛羊，还有布帛兽皮，尽数分给族人，并让随他打仗的一个族人，给挛鞮首领送了一封信。当天晚上，他血洗了整个部落，杀光了族人，一把火将部落烧了个干干净净，最后躺在妻子的旁边，刎颈自尽。

一年后，挛鞮首领在阴山北狩猎，发现了一个狼群，在头狼的背上骑着一个两三岁的小孩，随狼群飞奔跳跃。在挛鞮首领的族群里，狼是他们族群的图腾，他们一直以狼为师，以狼为友。和别的部落作战时，学习狼群的团结协作；在部落内部管理上，学习狼群的互助友爱；在日常生活中，学习狼群的自由精神。在他们部落里，大人教小孩放羊时，会让孩子把羊群赶到有狼出没的地方去放牧。所以在挛鞮部落统治的这片草原上，狩猎是不能打狼的，除非狼威胁到自己的生命安全。

挛鞮首领让士兵围成一个圈，但只围不攻，每天还给狼群赶进去几只羊。当时头曼才五岁，也随父亲骑在马上，嘴里叫着："狼娃、狼娃。"围了七天后，头狼将小男孩放在了草地上，挛鞮首领就让士兵将包围圈分开一个口子。看着狼群中一只一只离开的同伴，小男孩急得嗷嗷直叫。士兵将小男孩抱到挛鞮首领的马前，挛鞮首领发现小男孩脖子上挂了一块铁牌，上面是一个栩栩如生的正面狼头，背后还刻着"帝谷"两个字。挛鞮首领清楚地记得这铁牌是那年和东胡作战时，他赐给呼盖的勋章。

挛鞮首领就将小帝谷带回了匈奴的王庭，让他和自己的儿子头曼一起长大，两人结拜为兄弟。挛鞮首领归天以后，头曼继承了部落联盟首领，自封为单于，意为广大之貌，封帝谷为匈奴国师。在此之前，匈奴还属于部落联盟，除核心部族呼衍氏、兰氏、卜氏外，边远的部落时聚时散，很不稳定。这几年，头曼单于在帝谷的辅佐下，使得匈奴在政治上趋于统一稳定，经济实力和军事实力大大增强。匈奴将东胡人驱赶到燕山以东，西边和月氏以居延海划界，南边兵力渡过黄河，到达今天内蒙古乌海至鄂尔多斯一线。当时，秦帝国正忙于中原的统一，根本无暇顾及这苦寒之地的北疆，但这个地方离帝国的心脏——咸阳，仅数百里之距，骑兵七天就可抵达。

蒙恬率领三十万铁骑到达上郡后，首先是收复河南地。按双方的军事力量对比，秦军占绝对优势。秦军刚刚完成统一中原的战争，军队经过长期的实战磨砺，将士身经百战，战斗力极强，而匈奴军队主要以抢掠为主，以前部落之间的战争多是突袭、驱逐、拦截等形式，也可以说是大规模的打群架，缺乏大规模作战的组织指挥和战斗能力。而且匈奴的主力部队并不在河南地，而是在阴山、乌加河北岸一带，河南地的匈奴武装多为游牧部落武装，很少有大规模的骑兵主力部队。收复河南地的战争几乎是碾压式的，一年时间，蒙恬的长城军团兵锋已推进到乌加河南岸，将河套地区的大片土地尽收大秦版图。

帝谷多年形成的不可一世和孤傲的心，随着大秦铁骑饮马乌加河而备受打击。当他听到"扶苏"两个字后，心头一震，又听冒顿说他仅仅带了几百人，大喜过望。因为眼下，头曼和冒顿父子之间关系微妙，他听冒顿说和扶苏是朋友，当时，就把想法埋在了心里。第二天拂晓，帝谷亲点五千精锐骑兵，沿着阴山南麓，追踪扶苏。

第三天傍晚，帝谷在阴山脚下一条小河边，发现一队马蹄痕迹，从马蹄的形状来看，比匈奴马蹄还要宽大。由细作提供的消息，帝谷知道扶苏的护卫部队坐骑是大宛国的汗血宝马，这种西域良马体型要比匈奴马高大许多。顺着马蹄印，果然在一个山谷里发现了一千多人的队伍。这是补给队伍和扶苏会合后，在此宿营。

阴山山脉为东西走向，由狼山、乌拉山、大青山、灰腾梁山和大马群山等组成，山地南北两坡不对称，北坡和缓渐入蒙古高原，而南麓则大多为大断层，经常是陡峭的悬崖峭壁。当时，选择宿营地时，澹台北建议扶苏放在地形开阔的地方，有敌情撤离时，可以有更多的方向选择。扶苏觉得宽阔地晚上风沙太大，就选择在这处山谷地段。此处形似一个躺倒的葫芦，位置的确避风向阳，但出口只有一条窄窄的山道。很快，扶苏为他的轻率选择付出了惨痛的代价。

帝谷当即下令封住山谷的出口。当天傍晚，扶苏在为自己深入匈奴腹地，而且已到达心目中划定的理想边境线，如入无人之境而下令畅饮欢庆时，天空的雄鹰苍穹突然唳叫了数声。闻伯放下酒杯，俯下身子，将耳朵贴在地面上。片刻，他缓缓地说道："出山谷的路被封死了，有四五千人。"

扶苏让昭阳派了四名身手较好的护卫，先去侦察一下敌情。半炷香的时间，四匹马整整齐齐地驮回来四具尸体，每人胸口插了一支箭，都在左胸心脏位置，从箭身直没到箭尾的翎羽部位，背部露出一尺长的箭头。扶苏查看了伤口，暗忖道："他们身上都有厚厚的铠甲，箭还能贯穿身体，此人定是匈奴一等一的高手。"澹台北将箭杆拔了出来，望着箭杆尾部，一股凉气由后背升起，只见每支箭杆尾部都有一颗黑色的狼牙。

他把箭拿给扶苏，指着那狼牙标记说道："是帝谷。当年就是他将我的三千兄弟屠杀殆尽。"扶苏仔细看了看箭杆，是草原上常见的桦木制成，尾部的狼牙是用铁具模型烙烫出来的。澹台北接着说道："那年秋天，我带着三千兄弟，刚渡过大河，就发现一支五六百人的匈奴骑兵。我觉得可以全歼，就下令全速追击，却发现这支骑兵队伍就像我们的影子，怎么都追不上。我们下马补给时，他们也下马补给。但奇怪的是，我们每次都会莫名其妙少几十个兄弟。后来我发现我们在全速追击时，在我们的身后，有一支神秘的队伍，也在不紧不慢地跟着我们，每次后面的士兵就是被他们悄悄射死的。"

扶苏道："这么说来，你们追的只是人家的诱饵。"澹台北点了点头。"等我们明白过来已经晚了。部队追进了一个峡谷，由侧面冲出两支匈奴兵，将我军分成了三段。当时，我正召集军官商议突围，他们将我们围在中间，前后两部分士兵没了指挥，就乱成了一锅粥，都成了待宰的羔羊。听着平时熟悉的兄弟此起彼伏的惨叫声渐渐安静，我知道士兵们已全部战死，只剩下中间我们几十个将领在拼死厮杀。人到那个时候，倒不恐惧了，每人马腹以下都是红色，那是地上的血被奔跑的马蹄踩踏飞溅所致。突然，周围静了下来，包围圈自动撕开了，一个高大的匈奴人骑马缓缓地走了过来，周围匈奴兵齐声高呼'帝谷、帝谷'。

"当时我身边的将领都是身经百战、武功超群的高手,大家已经知道脱身无望,只是想死得像个将领的样子,就将这人围了起来,全力攻击。但只是瞬间的工夫,几十个兄弟都倒下了,是连人带马被劈成了两半……"

这时,天空响起一阵猎鹰的哀鸣声,接着就是扑棱棱几声。刚才,昭阳放出的几只给王离送求援信的猎鹰全部掉了下来。最后一只是苍穹,落下来时,身上插了一支和刚才四名卫兵胸前一模一样的羽翎箭。扶苏望着苍穹的尸体,默默地将箭拔了出来,眼睛血红地盯着不远处的匈奴人。良久,他对澹台北说道:"你接着说。"

澹台北讲到这儿时,眼睛里还有深深的余悸,他继续说:"后来就剩下我一个人,周围的匈奴兵已经开始在尸体堆中寻找战利品了。我是用弧旋箭越过帝谷的身体,射断了他的马尾,才侥幸逃脱的。"扶苏道:"天色已晚,看来他们也没有进攻的意思。昭阳,安排好哨兵,其他人员马不离鞍,人不卸甲,原地休息。"

扶苏安顿好防卫,又将闻伯叫来,问道:"先生,扶苏一直有一事不明,望先生指点。你说琴瑟可以弹出旋律,是因为有品有弦之别,自然会有宫、商、角、徵、羽等音阶,而鼓只有一面发声,为何先生能演奏出乐曲?"

闻伯一捋胡须哈哈大笑,说:"大敌当前,公子竟有如此雅兴,让闻伯着实佩服。这就是孔丘所言'君子不器'的至高境界吧?"扶苏也哈哈一笑,道:"君子不君子,扶苏并不自知,只是该安排的我已安排,再多思考并无益处。眼下,歇息尚早,只好向先生讨教一下心中疑虑。"

闻伯将战鼓摆在面前,说道:"声震入耳成音,音发相和为乐。音的高低是由振动频次不同所致,所以琴瑟有品,就是通过按压不同的品位来改变弦振动的频次。鼓虽然只有一面发声,但你照样可以用一只鼓槌来定品,另一只鼓槌来发声呀!"说着,双手拿起鼓槌,左手在鼓面上移动,右手击打着鼓面,只是左手的鼓槌并不是死死地抵在鼓面上,而是随着鼓面的振动轻轻地起伏,鼓腹中发出了高低不同的咚咚声。

扶苏点点头,沉默片刻,说道:"我明白了,睡吧,明天会会这个帝谷。"当夜，山谷里出奇地安静。

第二天早晨，扶苏叫上澹台北和昭阳，考察了营地后面的山体。三面全是百丈悬崖，根本没有任何路径可以通行，别说是人了，就是猴子也绝难攀登。只有南面一个出口被匈奴兵死死地堵住。扶苏目测了一下，匈奴兵大概有五千人，分左右两队而列，左队士兵手持大刀，右路士兵背挎弓箭，中间立一杆大旗，上面是一个狰狞的正面狼头。旗下是一个中年汉子，光头圆脸，脑袋后面是一排小辫子，络腮胡，狮鼻豹眼；头戴一枚金箍子，上身披一块兽皮，身高有九尺开外，赤脚端坐在马背上；手中一把九环屠魔刀，刀背足有半寸厚，目光冷冷地盯着前方。澹台北在扶苏跟前说道："中间那位就是匈奴的国师，号称草原第一勇士的帝谷。"

扶苏道："看他们的队形，现在还没打算进攻。我先去会会这个帝谷。"澹台北拦在马前，拱手苦劝道："长公子，这是两军对垒，切不可逞匹夫之勇。昨天晚上你休息时，我和昭阳已商定了突围计划，本打算凌晨突围，因我军对周围环境没有匈奴人熟悉，即使突围出去，也甩不开他们的追击，最后想着还是白天强攻吧。突击分两个梯队，首先是我带领补给的一千兵力，丢掉所有辎重，强攻突击。我们开始冲锋时，需昭阳组织你的护卫部队三百人，用箭阵支援，直到我们冲到对方阵地。此举的目的，不是突围，而是冲乱对方的阵脚。第二梯队，由昭阳带领护卫部队簇拥着公子，根据情况伺机突围。"扶苏略一思考，点点头道："准！"

澹台北抬头看了看天空，辰巳刚交，因东西两面都是悬崖，阳光照不到地面，但再过一个时辰，到午时，我方进攻就会逆着阳光，对进攻非常不利。他见补给的一千士兵已整齐地列好队形，就和昭阳对视了一眼。昭阳一挥剑，喝道："箭阵！"这边三百弓箭一齐发射，天空中一道道箭雨飞向对方阵地。澹台北举刀一马当先，吼道："弟兄们，随我杀出去！"

澹台北带队冲到匈奴阵地，竟没有遇到任何阻挡，阵形自动左右分开。澹台北轻轻松松地冲到阵形中间时，他意识到再这样冲，很快就出去了，就掉转马头，又往回冲。扶苏在马上看得清清楚楚，知道帝谷的目的很明确，就是冲着自己来的，转头对闻伯说道："先生，为我擂鼓壮行！"

萧萧的北风中，白发苍苍的闻伯抡起鼓槌，山谷中响起激昂的鼓曲《秦非子列阵》。扶苏在身后抽出扶摇剑，喝道："大秦的勇士们，随我杀出去！"乌狮一声咆哮，如离弦之箭一般冲向匈奴阵地，转眼工夫，已冲入敌营。扶苏以前也参加过伐燕、伐齐的战争，那时他还是个十几岁的少年，伐攻主帅一般是把他放在身边，只在战争收尾时，放他一起砍杀一番。

对扶苏来说，那和狩猎没什么区别。他和南山尊者练成天道剑以后，大多是和朝野的剑术高手切磋，他又贵为长公子，其他人都知道点到为止。而这次中了匈奴的埋伏，从昨晚四名士兵被射杀后，他才慢慢体验到战争的真实滋味。等马一交锋，扶苏自是痛下杀手，一招"瑟瑟秋风"全力攻击，这招在"武王破阵剑"中虽不是威力最大，但却是攻击范围最广的剑招，剑式以掠、扫为主，瞬间乌狮周围七八名匈奴骑兵纷纷跌落马下，有的身首异处，有的断腿残臂……

帝谷一双眼睛冷冷地盯着扶苏，从他胯下的西域天马，还有威猛异常的武王破阵剑法，他知道此次行动的目标出现了。这会儿，他见扶苏往前冲时，手中扶摇剑犹如削瓜切菜一般，左冲右突，如入无人之境，将身后的护卫士兵落下好远，单枪匹马已冲入兵阵腹地，离自己的大纛不到十丈。这时，帝谷马前的一名匈奴兵吹响了牛角号，"呜——呜——呜"，只见围攻扶苏的匈奴兵自动向两边退开，在帝谷和扶苏之间让出了一条通道。

前面的澹台北转头又往回杀，他在马背上眺望，见扶苏突围速度极快，周围的匈奴兵几乎近不了身，心下稍宽了一点。要知道自昨天选择宿营地起，澹台北心中就预感不妙，当时他极力反对在这处山谷宿营，无奈扶苏坚持这个选择。这次考察阴山布防情况，他是压力最大的一个人。

出发前蒙恬对他嘱咐道："这次出行，你的唯一任务就是保护长公子。我给你调的这一千补给兵，都是各营挑出来的，身经百战，尤其对草原的地形比较熟悉。面上是补给，其实就是加强你们的护卫力量。长公子心高气傲，不让安排护卫部队，对他由咸阳带过来的三百护卫信心满满。这些人的武功、骑术都不错，但大都没有实战经验。我让王离在河北岸接应你，你一定注意，不要深入匈奴腹地。切记、切记！"澹台北道："大将军放心。澹台北这颗人头暂时顶在我的项上。"蒙恬拍了拍他的肩膀，苦笑道："唉！为难你了啊！"

现在澹台北见围着扶苏的匈奴士兵向两边退开，知道帝谷准备动手了，就掏出一支箭来，拉满弓弦，射向帝谷后背。帝谷并未回头，往后一伸手，将箭抓在手中，双指一撮，啪的一声，折为两段，再往后一挥手，嗖的一声，箭镞部分飞向澹台北，劲势比刚才弓发之力，强劲数倍。澹台北大叫一声："哎呀！"那支断箭正射中左眼。顿时血涌过脸颊，连胡须瞬间都染成了红色。澹台北紧咬牙关，又斩杀马前三名匈奴骑兵，此时澹台北全身上下本来黑色的盔甲，已红成一片。匈奴兵纵使凶狠冷酷，见这人眼睛上扎了半支箭、全身通红的恐怖模样，也不禁胆寒。澹台北已冲到帝谷左后方，也不发声，抡刀就劈。

帝谷反手举刀一搏，当的一声，火星四射。澹台北只觉得手臂酸麻，虎口差点脱开，深吸一口气，双手又握紧了刀柄。帝谷端坐在马背上，眼睛一直盯着扶苏，缓缓前行。澹台北怒吼一声："帝谷老儿，受死吧！"刀尖平着向前刺出，待刀尖快到帝谷腰部时，又快速下沉，接着反手向上一撩，直奔马脖而去。这一招叫"旋风卷"，前面都是虚招，后面的撩自下而上，是专门击杀对方马匹的。

就在刀刃快到马脖时，帝谷看都没看，左脚飞出，踢在刀柄前部，这一下，力道奇大，刀刃被反弹回去，刀背反磕在澹台北的马前腿上，这马正全速奔跑，收不住，扑通一下，向前栽倒。澹台北在马背上往前一冲，顺势用刀尖在地面上一杵，双臂一较劲，借着弹力，身子一跃而起，落在帝谷的马背上，双手环抱帝谷，十指紧紧相扣，大吼道："长公子！快——走！"

这个形势令帝谷颇感意外，他几乎参加了头曼单于兼并征服草原其他部落的所有战争，用身经百战似乎形容不出他的状态，应该说帝谷是在各种战争中，从一个少年成长为草原战神的，但他从未见过这种奇怪的打法。帝谷本来想好好看看身后这位不惧死亡的英雄，又见扶苏转眼间砍杀了三十多名匈奴兵，而他们的兵刃根本近不了他的身。他知道扶苏不可小觑，也不想再和澹台北纠缠，于是长吸一口气，身躯一震，澹台北只觉得双臂脱臼，胸口如受重锤一击，整个身躯向后平飞出去，一口鲜血喷涌而出，重重地摔出一丈开外。

扶苏看着澹台北像布袋一样颓然落地，知道他不死也身受重伤。澹台北的战力他是知道的，帝谷能在三招以内重创他，特别是最后那一下，根本不见身体晃动就将澹台北震出一丈开外，便知道此人号称草原第一勇士，绝非浪得虚名。他习得天道剑法以后，使用并不多。天道剑法对一般的上阵杀敌，发挥不出巨大的威力，但却是一个遇强则强的剑法，只是现下在马背上施展会大大限制天道剑法的发挥。念头一动，他拍了拍乌狮的脑袋，说道："兄弟，你自己多保重。"身体便往前一纵，如大鹏一般飞出，剑尖直指帝谷而去。

正是天道剑法之"飘风骤雨"，顿时，一股强劲的剑气呼啸而至，帝谷觉得有几十把剑形成一个矩阵扑面而来，大喝一声："好剑法！"于是抡起手中九环屠魔刀，横扫过来。扶苏手中扶摇剑往下一沉，直取帝谷的坐骑。此时，帝谷的屠魔刀已掠过扶摇剑的剑气，只是刀剑并未相交，就在扶摇剑尖离马颈还有一寸左右的距离时，帝谷的刀又反手抄了过来。当的一声，刀剑相交，两人身体都微微一颤。

帝谷双腿一用力，直直地由马背上跃了起来，在空中一挥屠魔刀，直奔扶苏砍来，正是一招"百魔斩"。扶苏见对方刀锋上的寒气扑面压来，只觉得越靠近刀尖寒气越重，往后退显然危险极大，就一个滑步，直接向前，一招"寸进尺退"，直取对方咽喉。这一下帝谷又是大吃一惊，他是第一次碰见在"百魔斩"下，不挡也不避，全然不顾，而且主动攻击。他见扶苏的护卫部队只有区区几百人，但杀入包围圈后，都毫无惧色。刚才澹台北那种拼命的打法，现在面前的扶苏剑一出手，他就知道是当世一流高手，心中暗道："今天碰见的都是不要命的，可得小心应对啊！"

念头转过，人影一晃，一招"群魔舞"，手中的刀改下砍为左削，身体和刀相互借势，身体向右一飘，闪过扶苏这剑。这时，在两人周围数丈之外，匈奴士兵围成一个包围圈。两人打斗越来越快，旁观者只觉得像是站在一个旋涡的边缘，而旋涡的中心刀光剑影凛冽，刀剑相击之声铿锵。

在包围圈的外围，昭阳带领的护卫部队，已减员一半以上，数次快冲进包围圈，都被匈奴兵给挡了回来。匈奴人的目的非常明确，他们要的只是一个人，就是旋涡中心的扶苏。昭阳又砍杀了一名匈奴兵，冲着身边的护卫吼道："弟兄们，长公子待我们如何？我们从咸阳一路追随他到阴山，这是我们的首战。如果这一仗我们战死，还有军人的荣耀；如果我们苟且活着，以后在我们的生命中会被贴上叛徒、懦夫的标签，那才叫生不如死！勇士们，随我杀进去，战至一兵一卒。"

众人怒吼一声"杀——"，扶苏由咸阳带过来的三百护卫，只剩下百人左右。第一拨冲刺的补给兵，经过鏖战拼杀，剩下的有四百多人。本来澹台北重伤以后，队伍失去指挥，被分割成五六个小圈，在苦苦支撑。这时见昭阳已冲入阵地，大家都慢慢地往跟前聚集。最后士兵们会合在一起，在昭阳的指挥下，往扶苏和帝谷打斗的旋涡中心冲击。这个旋涡本来如铁桶般被死死地围住，随着昭阳率众在北边猛烈地冲击，匈奴兵不断地向北边移动，慢慢地南边就出现了一个薄弱的缺口。

再说里面的扶苏和帝谷已拆了百十来招，彼此间的招式已熟悉了。帝谷纵横草原三十多年，交手无数高手，很少有人能撑到十招以上。今天和一个二十出头的青年斗了这么久，也确实大出他的意料。念头一转，他将真气汇于刀身，一招"魔王吼"——这是屠魔刀法的撒手锏，一瞬间，九环屠魔刀变得凝重起来，扶苏顿时觉得周围的空气也变得黏滞，呼吸有些不畅。

本来扶苏仗着天道九式变化无穷的招式，在剑招上略占上风，有几次，扶摇剑尖已突破防线，直抵帝谷的身体，只是一碰上他的肌肤，就被一股神秘的力量弹开。扶苏想到南山尊者传授天道九式心法时，说"出生入死"这招威力巨大，无坚不摧，只是攻击的方位较窄，由己方生门发出，抵对方死门。这时他见帝谷刀法散乱，俱在外围，正中间门户大开，就调息入气海，发于会阴，又由督脉至百会，将真气灌入扶摇剑。脚下避开休、伤、杜、景、惊、开之地，由生门直接跃起，直奔死门。

帝谷的身体随着扶摇剑剑尖的方向往后退了数步，手中的九环屠魔刀已收了回来，和剑尖一碰，扶苏连人带剑向帝谷头顶斜上方飞出。就在他身体到达帝谷头顶时，帝谷调息，左掌全力击出，正击在扶苏胸口，扶苏的身体往上飞升了两丈有余。下落时，扶苏口中鲜血狂喷。

这时传来一阵"咴——咴"的咆哮声，乌狮四蹄腾空，飞奔了过来，往空中一跃，准确地接住了扶苏软绵绵下落的身体，扬蹄往南飞奔而去。刚说到昭阳由北边冲击，本来是环形包围圈的匈奴兵慢慢地往北边移动，南边就形成一个缺口。乌狮腾空跃出包围圈时，两名匈奴兵举起长戈欲拦截，乌狮长鸣一声，在半空中舒展身子，两只后蹄正踢在匈奴兵的脑袋上，顿时脑浆迸出，栽倒在地。乌狮奋蹄飞奔，箭一般往西南方向疾驰而去。

匈奴弓箭手搭箭欲射，被帝谷挥手制止，心中暗道："好一匹神勇的天马，射死太可惜了。"于是传令道，"不准放箭，追！"匈奴骑兵就在后面全速追击，可前面是天马乌狮，哪能追得上？瞬间工夫，乌狮就变成个小黑点消失了。匈奴骑兵一追乌狮包围圈就散开了，昭阳见乌狮驮着长公子已突围了出去，也带着残部向西南方向追赶而去。

## 柒

# 牧羊

再说芊笋公主师徒一行六人，由西域一路东行，行至月氏国境内时，已有月余，天山牟尼身上的内伤已痊愈。这日，路过一个大的集市，天山牟尼见人群熙熙攘攘，叫卖声此起彼伏，一片繁华景象，就对芊笋公主道："芊儿，我们自东行以来，已有月余，一路荒凉，鲜有如此人气繁茂之地。当年我初学佛法之时，曾发宏愿，不辞辛苦，广传佛法，普度众生。你和乐果、乐因先回客栈，善因、善果留下来陪我传法。"芊笋道："好的，那我们先去安排客栈啦！"

芊笋带着两名侍女走后，天山牟尼就在一棵大桑树下盘腿而坐，善果和善因分左右而立，一个敲木鱼，一个击玉磬。天山牟尼讲解了一段《阿含经》中的"十二因缘"。当世之时，佛法仅在恒河流域和葱岭一带的西域诸国流行，天山以东还是佛法未达之地。集市上人群密集，只见三个异域风情的女子，在音乐的伴奏下，妙语连珠，都觉得稀罕，桑树下人越聚越多。

天山牟尼讲经时，整个集市吵吵嚷嚷，而桑树周围却鸦雀无声。这时，人群分开一个口子，由七八名士兵簇拥着一位将军模样的中年人走了进来。这人披发过肩，留一撮山羊胡子，身形高大，腰挎一柄宝刀，他站在天山牟尼面前，静静地听了一段经文，双手合十拜道："大师所诵莫非就是天竺真人所说的佛法？"天山牟尼也双手合十道："正是释迦世尊所授的佛法。"那人又道："前些年，有一个天竺云游比丘，曾到过我们月氏的西部，那时我和王兄听过他讲经。王兄本来身体有疾，烦躁不堪，听了他的佛经后，顽疾居然好了，心情也大悦。可惜，几月以后，这位天竺比丘却不辞而别。今天有缘聆听大师讲法，很是欣慰。能否恳请尊驾到宫中为我王兄讲法？"

天山牟尼见来人态度诚恳，暗想：看此人的装束和言行，绝非市井平民，刚才说到宫中为王兄讲法，那必是月氏国的王族了。如果能得到他们的支持，那不论是传法还是帮芊笋公主复国，都是大有益处的。想到这儿，就点点头，道："能弘扬大法，自然是功德无量了。"就起身带着善果和善因跟着这位将军走了。

这边芊笋公主带着乐因、乐果两位侍女，安顿好客栈，连饭菜都点好了，左等右等，却不见师父回来，就让乐因去打探消息。一会儿，乐因回来说，师父被带到集市以北数里之外的王城传法了。第二天清晨，天刚刚亮，芊笋公主带着两位侍女去王城找师父，到了城门口，被士兵拦住，她怎么解释士兵都不让进城。正吵吵闹闹，城里出来一人，正是昨天那位将军。他是当今月氏国主的弟弟，名字叫巴依度。巴依度看着芊笋公主道："你就是大宛国的芊笋公子？"

一路上为了方便，芊笋公主一直是女扮男装，这会儿，巴依度见城门口三匹骏马，中间马背上坐着一位翩翩公子，旁边是两位侍女，就知道这位一定是芊笋了。芊笋公主在马背上点点头，问道："这位将军，劳烦你通融一下，我见师父有要事协商。"巴依度道："你师父有封信给你，说现在不能见你，至于你要到大秦国投亲，我们可以派兵护送你到秦国。"说完交给芊笋一卷帛书。芊笋打开一看，帛书上写道："芊笋徒儿，为师在月氏国传法，这也是我一直的夙愿。月氏国和大秦相接，你可以前去投亲，等晚些时间，为师去咸阳城找你。"看完书信，芊笋无奈地看了看乐因和乐果，又在马背上向着王城拜了拜，转身疾驰而去。

三日后，芊笋主仆三人已到陇西郡，此地已是大秦境内。芊笋见人口稠密，经济繁荣，行人衣着打扮自是与先前一路大漠所见迥异，心想：此地只是大秦的边陲小镇，繁华程度竟超过我大宛国的都城。那咸阳城还真如国师可可因描述的那样，世间第一风流富庶之地？

在一处客栈，芋笋公主将马交给店小二，主仆三人在大堂打尖。小二将三匹枣红色纯种汗血宝马拴在店门口，一边喂食，一边炫耀："各位客官，瞧一瞧，这可是正宗的西域汗血宝马。扶苏爷就是骑着这种汗血宝马，马踏匈奴的。"旁边一位络腮胡的豪客哈哈大笑道："你这是只知其一，不知其二。长公子骑的可是天马，是这种马的祖宗。"旁边众人一阵哄堂大笑。店小二辩驳道："这马的祖宗不也是这品种吗？再说，难道扶苏爷是骑着一匹老马驱逐匈奴的？"

芋笋公主听见他们的对话，就让乐果去把那位豪客请了过来，一拱手，笑道："这位大哥，兄弟是来自天山的游客，刚听你说长公子扶苏的天马，很是仰慕，我们喝上几杯？"这位豪客也不客气，一拱手回礼，坐在座位上，说道："看兄弟不像中原人士，长公子博浪沙救驾、剑挑大力士山隗、渭水畔降伏天马、仗义上疏、单枪匹马收复三千山贼的故事，在大秦境内可谓妇孺皆知。"芋笋公主笑道："要果真这样，那还真是个大英雄，只怕是民间这样口口相传，难免以讹传讹吧？"这位豪客摆了摆手道："兄弟，这可是我瞧得真真的。实不相瞒，我本是马匹贩子，和绝圣山庄有点交情，长公子收服澹台北那天我就在绝圣山庄。那真是天神一般的人物。"说着，豪客竖起了大拇指，满脸满眼都是崇拜的神色。

芋笋公主淡淡一笑，说："扶苏不是大秦皇帝的长公子吗？他不在咸阳城待着，怎么跑到上郡去打仗？"络腮胡豪客就把去年朝廷下令焚烧各家典籍，扶苏仗义上疏，他因皇帝震怒被贬到上郡监军的事情大概讲了一遍。芋笋公主敬了一杯酒，笑道："这位大哥，其实我和长公子也有点渊源，本来是要去咸阳城寻找他的。你能否当个向导，带着我们找到长公子？至于报酬嘛，你放心，一定让你满意。"说着，让乐果由行囊里取出一颗珠子，这珠子放在芋笋的手中，快把掌心占满了。络腮胡本就是游走于边境的商贩，算是见多识广，一见这颗珠子，惊得张大了嘴巴，忙点头笑道："非常乐意为公子效劳。"

就这样，在络腮胡的带领下，他们一行人第三天就赶到了上郡。络腮胡找到鱼若道，想托他引荐一下长公子。鱼若道告诉他们，长公子几天前带兵去边境巡视了，何时回来，还不得而知，又说道："既然是长公子的朋友，可以先安排客栈住下，等着公子归来。"芊笋公主道："那就不劳烦先生了。"于是带着乐因、乐果，主仆三人又一路北上。这日过了黄河渡口，再往北越走越荒凉。此地已是匈奴和大秦的边界，人烟稀少，走了一天，也未见一户人家。

　　天色已晚，乐因笑道："公主，奴婢的肚子开始提意见啦！"乐果也苦笑了一下。芊笋这才意识到一天没吃东西了。三人举目眺望，没有人家的踪迹。旁边有一条溪流，就顺着溪流往上走，隐隐约约听见几声犬吠，三人顿时来了精神，策马循着声音奔去。在一个半山腰，见有一户人家，三间草房，周围是一圈篱笆，门前几棵大柳树，树下有一只小黄狗，冲着她们吠叫着。芊笋正盘算着叫门，柴门却吱呀一声打开了，打里面走出来一个二十多岁的小伙子，边开门，边喊道："小黄，你叫啥呢？"小黄狗见主人出来了，就往小伙子后面躲，又不时地把头探出来，汪汪地叫上两声。

　　芊笋在马上施礼道："这位大哥，我们是赶路之人，迷失了方向，一整天粒米未进，可否借宿一晚，讨点吃的？"小伙子爽朗地笑道："我们家多少年都不来客人了，欢迎、欢迎。"就把三人带进了院子，冲着屋里面喊道，"阿秋，家里来客人了。"屋里一挑门帘，出来一位少妇，高挑个，身穿一件灰色长裙，上身披着一件棉袄；面如满月，一头乌黑的长发披散着直抵腰际。她站在屋前头，上下打量了三人几眼，笑道："真是神仙一般的人啊，快进屋坐。"芊笋公主颔首微微一笑，道："谢谢姐姐。"屋里火炕上坐着一个八九岁的小姑娘，见一行人进来，就竖起食指，"嘘"了一声，意思让大家安静点，而后又低下头来，看着炕上躺着的一个婴儿。

　　芊笋主仆三人就蹑手蹑脚地坐在凳子上，说是凳子，其实就是几个树桩截成的木墩子，只是面上铺了个棉垫。阿秋笑道："没事，你们别这么拘谨。"那边小男孩翻了个身子，"哇——"地哭了起来。小姑娘就把婴儿抱了起来，嘴里哄道："安儿不哭，爹娘都在呢，你看家里来客人啦！"芊笋公主看着小丫头怀中的婴儿，是个十个月左右大的男婴，长得浓眉大眼，虎头虎脑的，非常可爱。

乐因就拍拍手，逗逗他，笑道："来，让姐姐抱抱。"那男婴也不认生，伸着两只小手，让她抱。在乐因的怀中，男婴咯咯地笑着，阿秋介绍道："姐姐叫平儿，弟弟叫安儿。噢，对了，我们当家的叫阿虎。"这时，男婴连打了几个喷嚏，芊笋对乐因说道："我们刚由外边进来，身上寒气太重，别凉着孩子。"阿秋就将儿子接了过来，笑道："这小家伙皮实着呢，没那么娇气。不像公子你，大小伙子长得比那新媳妇还好看。"芊笋脸上微微一红，阿秋就瞧着她哧哧地笑着。

吃完饭后，阿秋给她们安排房间，她家共三间草房，自己一家四口住一间，芊笋公主住一间，乐因、乐果住一间。快半夜了，芊笋却怎么都睡不着，屋顶上的茅草有一股腐坏的味道，一阵一阵地飘了下来。她由窗孔中见一轮皎洁的明月挂在夜空。她们由大宛出来已一个多月，要找的人也不知道在哪里，父王的安危也不知道咋样，眼下，师父也离开了……芊笋两行眼泪顺着脸颊淌了下来。她干脆起身，拿了一把玉箫，出了屋子，轻轻地打开柴门，不远处就是一条小溪。她走到小溪边，把玉箫放在唇边，轻轻地吹了一曲《月亮之光》。突然，一阵马的嘶鸣声传了过来，芊笋一怔，"乌狮！"芊笋心跳加速了，又吹了几声，就听见隐隐约约的马蹄声，"乌狮，是你吗？"她喊了起来。一个黑影风驰电掣般由远而近飘来，瞬间就到了她的身边。芊笋公主喜极而泣，摸着乌狮的脑袋说："乌狮，还真是你呀！为何只有你自己呢？"

乌狮用脖子在芊笋的肩膀上来回地蹭，芊笋有点痒痒的，笑道："不闹了，不闹了。"就牵着它往回走。乌狮却用嘴巴叼着她的衣袖，往山坡下拽。芊笋飞身骑在乌狮背上，想着反正也睡不着，就信马由缰转一转吧。她屁股刚一坐实，乌狮就扬起四蹄，飞一般往山下疾驰而去。跑了四五里路后乌狮停了下来，借着月光，芊笋往下一看，见草地上仰面躺着一个满身是血的男人。

芊笋忙翻身下马，来到男人跟前，蹲了下来，一摸他的脉门，还在跳着，只是异常虚弱。"喂——"叫了几声，没有反应。芊笋把他上身扶着坐了起来。见此人右手握着一把剑，她想把剑取下来，便掰他的手，男人却死死地攥着剑柄。芊笋想把他扶到马背上,就双手托着他的腋下,努力了几下,把他扶了起来,但怎么扶上马呢?暗道:"这人这么重,我把他怎么都弄不到马背上,叫乐因、乐果帮忙?她又看了看四周,这荒山野岭的,狼群豹子经常出没,把重伤之人独自放在这儿,怕出什么问题。"正琢磨呢,只见乌狮蜷缩着四腿,身体贴着地面卧了下来。

芊笋猛地念头一转,"此人该不会就是扶苏吧?"她又仔细地打量了男人一番,听可可因说扶苏是个翩翩美男子,而眼前这个人满脸的胡须上沾满了血污,实在和翩翩美男子不沾边呀,再说了,那堂堂大秦帝国的长公子,身边一个人都没有?算了,不想了,不管是谁,救人要紧。芊笋就把他扶在马背上,刚一松手,男人就往前栽了下去,又喷了一口鲜血,嘴里隐隐约约发出一阵呻吟声。扶苏身上有几处刀伤,都不打紧,只是皮外伤,最后被帝谷击在胸口的那一掌,才是致命伤,胸前肋骨被齐齐震断。刚才往前栽到马背上,又撞在前胸伤口处。芊笋吓了一跳,也上了马背,在后面双手扶着他,缓缓地往寄宿的小院而来。

进院子时,那只小黄狗又不停地吠叫,阿虎就出了屋子,见芊笋带回来个受伤的男人,就赶过来帮忙,把扶苏由马背上扶了下来。进屋后,阿虎问道:"是你朋友吗?"芊笋摇了摇头,接着又点了点头。阿虎把扶苏安顿在炕上,查看了一下伤情。见他前胸青紫肿胀,但又有凹陷,知道胸前的肋骨断了,摇了摇头说:"伤得很重,我们这荒郊野岭的,也没个大夫,只能等天亮后再想办法。"说着就出去了。

芊笋把乐因乐果叫醒,让她们在行囊里找天山断玉接续膏。乐因揉了揉眼睛,问道:"这么贵重的药,给陌生人用?"芊笋公主白了她一眼说:"药不就是用来救人的嘛!"这天山断玉接续膏是西域乌孙国进献给大宛国的国礼,此药炼制非常复杂。天山南麓生长着一种藤草,叫连香草,长三尺左右。此草的神奇之处在于不管你切断藤草多少尺寸,过一个昼夜,它就会长到原样。附近山岩上有一种壁虎,通体雪白,经常食用连香草,此壁虎断尾后,过一个昼夜,就会长回原样。此地还生活着一种动物叫血蛤,全身通红,专食这种壁虎。每年春夏之交,血蛤交配繁殖,取正交配的雌雄血蛤一对，作为药引子，配上天山雪莲等十八种名贵药材，用玉容器炼制七七四十九天。说是将一块上等的和田玉打碎，只要固定好，放入这种药膏中，一个月后，这块玉会完全长在一起，没有一丝的裂纹，故起名叫天山断玉接续膏。

乐因乐果给扶苏涂上天山断玉接续膏后，在他的怀中发现了一块丝巾，已被鲜血染红，角上有一个篆体"酉"字，就把这块丝巾交给芊笋公主。芊笋拿着端详了半天，笑道："这么一个粗糙的汉子，还用如此精致的女儿物。哎，你是不是叫酉啊？以后就叫你酉大哥吧！"第二天清晨，扶苏醒了过来，看了看周围陌生的环境，脖子稍微转动一下，就感到浑身钻心地疼。见面前是一张俊俏的小脸，一弯淡淡的新月眉下，是一双好看的大眼睛，注视着自己。扶苏想起小时候娘亲温柔的目光，喉结动了一下，想说话，却感觉嗓子火辣辣的，发不出声音。他努力地想回忆点什么，却什么都想不起来，"我是谁？""这是哪儿？"大脑里只是一些碎片的画面，有娘亲给他唱楚国歌谣，有风光旖旎的渭水畔，有刀光剑影、血肉横飞，有士兵临死前的哀号，有一个身影在马背上从另一个人的身后飞了出去，嘴中喷出的鲜血……

"你醒啦！"那张俊俏的小脸凑了过来，扶苏想发出点声音，却觉得嗓子被一团东西堵住了，只是嘴里呜呜了几声，但他很希望这张脸能多在身边待一会儿，就咧嘴微笑一下。只是扶苏很久都未洗漱了，满面的胡须，脸上全是血污，嘴唇上干裂得都是血口子，这个笑容让芊笋公主看来，却有一丝痴呆之相。她昨晚把这个人救回来，一方面是慈悲情怀，师父经常说，世间众相，皆因缘起，既然遇见了，当然不能把一个重伤之人扔在荒山野岭；另一方面，她见乌狮好像和这个人认识，若如此那他真可能就是自己苦苦寻找的扶苏。即使不是他，也可以打探出一些线索。

看着眼前这个蓬头垢面、像一摊泥一样的男人，芊笋实在没法把他和名满天下的英雄联系在一起，就叹了一口气，转头对乐因乐果说道："两位姐姐，你说我们是继续北上寻找呢，还是在此等候？"乐因说道："公主，继续北上吧，这荒无人烟的草原，根本没个方向呀。这位大哥现在受了伤，等他好点了,看看能不能打听点线索?"芊笋就点点头说:"我也是这么想的。"

过了一会儿,阿虎跨上弓箭,带着小黄狗,准备去打点野味。芊笋就让乐果看看还有多少盘缠,离开大宛国时,芊笋也没有出行经验,没有盘缠的概念,只是把自己的珍宝带了一部分,每到一个集市,就用珠宝换金银。几天前,在陇西郡,乐因用一颗珠子换了五十镒金。这几天,她们住最好的客栈,点最好的饭菜,才花了不到三镒金。芊笋就拿出来二十镒金,送给阿虎夫妇。阿虎先是一怔,连忙摆手道:"兄弟,你这二十镒金够我们一家人用一辈子了。哥哥有手有脚,有这三十亩薄田,闲暇时间再上山打点猎物,一家人吃穿用度不成问题,快收起来吧!"

芊笋笑道:"给阿秋姐姐买漂亮衣服吧。"阿秋也笑着推辞道:"漂亮衣服有呢,只是没穿。"芊笋道:"姐姐再不收,就是撵我们走呢!乐因、乐果,我们收拾东西,到山上找个山洞住吧,不能让人家嫌弃咱们。"阿秋就笑道:"好了、好了,我们收下,兄弟别走。"又转头斜睨了她丈夫一眼,笑道,"你这不知道是祖上哪代积了福,今儿遇见个财神。"院子里站的几个人都哈哈大笑起来。

芊笋公主每天让乐因给扶苏敷上天山断玉接续膏,又内服了天山雪莲等药,七天左右,扶苏身上的伤慢慢地好了。这天,扶苏起身下炕,出了屋子,站在院子里,心中一直在想"我是谁?"并低着头,慢慢地踱出了院子,站在门前的大树下,觉得浑身没劲,于是就靠着树干慢慢地蹲了下来,低着头,努力地思考着心中的疑问。见地面上有数百只蚂蚁,仔细一看,是两群蚂蚁在打架,一群是黑色的,另一群是褐色的,两两捉对厮杀,打得不可开交。还有两条蚂蚁线,分别通向两个蚁穴,这是援兵队伍。

扶苏见蚂蚁相遇,先是用头顶的两只触角互相挥舞碰撞,是同一群的就相随着前行,不同群的就开始挥动前爪互相攻击,就伸手捉了两只正在打架的蚂蚁,一只黑色,一只褐色。他拿指甲把它们头上的触角掐掉,又把它们放回到地面上,两只蚂蚁就傻傻地站着,谁也再不理谁了。

不远处,芊笋公主和乐因乐果骑在马背上,看着扶苏低头盯着地面,芊笋自言自语地问道:"他在看啥?看得这么认真。"乐因就下了马,缩手缩脚慢慢地走到扶苏背靠的那棵大树后面,仔细一看,扑哧一声笑了,连忙用手捂住了嘴。扶苏一回头,见是给他敷药的女子,就站了起来,深施一礼,微微一笑,也不答话,之后又蹲下来看蚂蚁打架。乐因过来对芊笋耳语道:"他在看蚂蚁打架,不会是个傻子吧?"芊笋有点难过,说:"哎,还真是个傻蛋。"

乌狮看见了扶苏,就发疯一般冲了过来,芊笋使劲勒缰绳也不管用。到他身边后,乌狮仰天嘶鸣了数声,就拿脑袋蹭扶苏的头,扶苏就挥了挥手,示意乌狮走开。乌狮又伸出舌头,在扶苏脸上舔着,扶苏就缩了缩脖子,从身上摸了一会儿,掏出了一小把黄豆,喂到了乌狮的嘴里。乌狮嚼着豆子,侧着脑袋和扶苏的头相抵嬉戏。乐果突然说道:"公主,我知道了,这个傻蛋可能是个马夫,就是给长公子喂马的。"芊笋想了想,点了点头,翻身下马,拍了拍扶苏的肩膀,笑道:"你是叫酉吗?"扶苏偏着脑袋,茫然地看着芊笋。芊笋自言自语道:"看来也不叫酉。"她一只手指着马鞍,又对扶苏说,"哎,问你一下,马上那个人呢?"扶苏咧嘴一笑,指了指芊笋。乐因乐果在马背上咯咯地笑作一团。

芊笋也笑了,只是笑得很伤感。她蹲在扶苏身边,问道:"一群蚂蚁有啥好看的,咱回去吧。"扶苏沙哑着声音,说道:"看蚂蚁打架呢。"芊笋惊喜地看着扶苏,问道:"原来你会说话呀。"扶苏点点头。扶苏受伤气血上涌,肋骨在天山断玉接续膏的作用下,已慢慢地愈合,但嗓子还没完全恢复,说话特别吃力。芊笋又问道:"那你说,这两群打架的蚂蚁哪边是正义之师呢?"扶苏看了看蚁群,目光在两边的蚁穴上打量了一番,说道:"褐色的。"芊笋笑道:"你说褐色的蚂蚁是正义之师,为啥?"扶苏就捡起身边的一根树枝,先指了一下褐色蚂蚁的巢穴,又远远地指了一下黑色蚂蚁的巢穴。芊笋先是一怔,随即就明白了,他是说哪群蚂蚁的巢穴近,哪群蚂蚁就是正义的。

突然,扶苏的手臂垂了下来,身体缩成一团,不停地抽搐,痛苦地呻吟着。芊笋吓了一跳,忙把手指搭在他的脉门上,马上一股奇寒随着脉动一股一股地传了过来，她知道此人身中寒毒，就将掌心抵在扶苏的上丹田，以菩提神功将真气输入他的体内。一会儿工夫扶苏身体停止了抽搐，慢慢地头顶有了汗滴。芊笋深吸了一口气，将右掌收了回来，额头也渗出密密的汗珠，疲惫地靠在树上。乐果将扶苏拽了起来，喝道："傻蛋！你这是哪一辈子修来的福气？我们公主金枝玉叶的万尊之躯给你疗伤。"又拿着刚才扶苏手中的树枝给他拍打着身上的灰尘。

又过了些时日，扶苏的外伤已基本痊愈。只是每过七日，体内的寒毒就会发作一次，每次都是芊笋用菩提神功帮他将寒气逼出。这一日，扶苏见平儿赶着家里的羊群出门，就跟在后面出了院门，平儿给他招手道："傻蛋，你是想和我一起牧羊吗？"扶苏点了点头。平儿拍手笑道："真好，每次牧羊，我都是和铁头说话，今天可以和你说话。"扶苏问道："铁头是谁？"平儿指着一只头上有角、黑脑袋白身子的高大山羊，说道："它就是铁头。"扶苏"噢"了一声，十几只羊在上坡上啃着草，偶尔"咩——咩——"地叫几声。

太阳暖洋洋地照在扶苏身上，他穿了件阿虎的旧棉袄，黑粗布的面料上有几个破洞，白色的棉絮就露了出来。本来腰间系了一条麻绳当腰带，这会儿太阳晒得有些热了，扶苏就把麻绳松开，敞着棉袄的衣襟，将麻绳搭在脖子上面，坐在草地上，微微地眯上了眼睛。一阵淡淡的香味由远而近，这是自己很熟悉的味道，他知道是那个给自己治病的小兄弟来了，就睁开了眼睛，果然见芊笋站在跟前，后面还跟着那只小黄狗。

芊笋笑盈盈地看了他一眼，捂着嘴笑了笑，又冲着平儿说道："平儿，你真了不起，这么小一点，还会牧羊。"平儿道："我去年就开始牧羊了，它们可听话啦，自己吃草，吃饱了就和我回家。"芊笋笑道："那它们要乱跑咋办？"平儿道："不会的，我只要看着铁头就行了，它们都听铁头的。"说着，平儿拉着芊笋的手，让她坐下来，笑道，"来，来，来，我们三个喝酒吧！"芊笋看了看周围，笑道："哪里有酒呀？"

平儿就蹲了下来，指着草地上一簇野花道："这不是吗？"扶苏和芊笋都围了过来，见地上的野花，绿绿的叶子上有一层纤细的茸毛，紫色的花瓣呈喇叭状。只见平儿伸出手指,轻轻地将花瓣由花托上拔了下来,将花瓣根部放在嘴巴里吮吸,闭上眼睛陶醉着,自言自语道:"好甜的酒呀!"

扶苏和芊笋也学着平儿的样子,只是扶苏连着拔了几支,把花瓣都给弄断了,芊笋就伸手给他拔了一支,递到他的跟前。扶苏就冲着芊笋嘿嘿一笑,接了过来,将花瓣放到舌尖上,果然一股淡淡的甜味传了过来。平儿将手中的花瓣举到扶苏和芊笋面前,说道:"我们干杯!"芊笋就笑道:"干杯!"扶苏也将酒盅状的花瓣和芊笋、平儿手中的花瓣碰了一下,做了个一饮而尽的动作,嘴唇嚅动了几下,说道:"好酒、好酒。"芊笋就看着他咯咯地笑了起来。

这时,小黄狗叫了几声,它在追着一只小羊羔跑。那只小羊羔跑到铁头的旁边,铁头就迎了过来,低着头,两只角向前冲向小黄狗,小黄狗被铁头的气势震慑,嘴里"汪、汪、汪"叫着,两只后腿左右跳着往后退。芊笋赶紧起身过去,将小黄狗挡在身后,铁头却不依不饶地往前抵着,芊笋也不断地往后退着。

平儿就喊道:"铁头,你疯了吗?这是咱家的客人。"扶苏起身站在芊笋的旁边。只见铁头两只前蹄跃了起来,飞身用脑袋撞了过来。扶苏一把将芊笋拉开,自己挡了过去。砰的一声,铁头的脑袋正中扶苏的胸口,扶苏往后跌倒,一屁股坐在草地上,双手一撑,刚好草地上有一堆羊粪,沾得满手都是。平儿过去用鞭子甩了铁头一下,喝道:"过去!"铁头这才回到羊群中去。扶苏坐在地上喘了半天,又把手上沾的羊粪在草地上蹭了蹭。芊笋蹲在他的身边柔声问道:"傻蛋,你没事吧?"扶苏咳嗽了几下,自己揉了揉胸口,摇了摇头,又转头问芊笋和平儿道:"咱还喝酒吗?"

又一个月圆之夜,芊笋想着出来这么久了,扶苏怎么连个踪影都找不见呀?下一步该咋办呢?感到心情烦闷,想吹会儿箫解解闷,又不便打扰大家休息,就独自出了院子,来到上次吹箫的山坡上,又吹了一曲《月亮之光》。看着天上的月亮,她想起以前,母后还在世时,每到月圆之夜,父王母后都会在她的身边,她喜欢他俩面对面坐着,她把头枕在父王的腿上,将脚丫子伸在母后的怀里……这都是多久的事情啦！想着想着，两滴清泪滴了下来。怪不得每到月圆之夜自己这么难受。芊笋坐在草地上，双手托着香腮呆呆地望着月亮。猛地听见身后有窸窸窣窣的声音，一回头，见几只泛着绿光的眼睛在一丈开外盯着自己。

芊笋浑身一哆嗦，知道这是狼的眼睛。十四岁时，也是一个月圆之夜，那时候母后刚刚去世。她哭了半夜后，叫乐因、乐果、善因、善果四个婢女出了王城，在一条小河边弹了一曲《月亮之光》，这是母后教给她的一支琵琶曲。当她眼含泪花把这首曲子弹完时，发现她们被狼群包围了。那次是乌狮把她们救了。

也就是那次以后，父王找到天山牟尼，让其传授武功给她。她曾以为自己天下无敌了，谁知逃离大宛那天，实战中一交手，她连几个士兵都打不过。这一路，她问过天山牟尼，师父说，她所修炼的菩提神功，是佛祖首座弟子迦叶为弘扬佛法创立的一套内功心法，在降伏心魔、治疗内伤方面确实一流，若论攻击搏杀，确实没什么威力。又安慰她说，你是公主，又跟着师父学佛法，不算比丘尼也算优婆夷（女居士），别想着打打杀杀的事。她问师父，那碰见图兰那狗贼怎么办呢？师父说，缘起缘灭，皆有定数，别急，总有解决的办法。哎，师父呀，现在这种处境，缘在哪儿呢？

身后的三匹狼也知道前面的目标发现了它们，又往前走了几步，猎物已在攻击范围之内。芊笋也站了起来，以手中的玉箫为剑，举过额头，这是一招"菩提树下"，是菩提神功里防御最强的招式。只是她此刻心里忐忑不安，以前练功时，她只是和四个婢女拆招，眼下，这可是极凶残的野狼，芊笋心中转过了无数个念头。

一个高大的身影由远处走了过来，芊笋定睛一看，见是傻蛋，心中略一宽，喊道："傻蛋，你别过来，有狼群，你去把乌狮牵过来。"那身影却没有转身，也没有停下来，而是加快了速度，最后，几个跨越，站在芊笋的身边。芊笋心中暗暗叫苦：真是个傻蛋，让你去搬救兵，你却跑了过来，你连一只羊都打不过，还想打狼吗？到时候狼群攻击了，我还得护着你。

这时，头狼挺起了身子，其他两匹狼一左一右，往后一缩前腿，芊笋知道狼群要开始攻击了,就拉住扶苏的手臂,想把他放在身后。耳边传来一个声音:"别怕,我保护你。"芊笋顿时心头一热,眼睛都湿润了。这段时间生活的巨大反差,让她有满肚子的委屈,无处倾诉。以前,她是父王庇护下的公主,每天锦衣玉食,她想要的东西,甚至都不用开口,一个眼神父王都能心领神会。而这段时间,风餐露宿,什么事情都得自己考虑,内心的孤独无依让人倍加伤感。现在突然听见一声"我保护你"让她心头一热,瞬间泪目。

一只狼跃起,直扑了过来,扶苏拉着芊笋,一个滑步将她甩在身后。芊笋在后边看得清清楚楚,这头狼张着血盆大口,冲着扶苏的咽喉扑来,只见他不慌不忙,右手伸直,指尖已碰到这只狼的鼻子,但没有攻击,而是顺势和狼的脑袋一起往回收了一尺有余,突然食指和中指分开,插入这头狼的双眼,噗的一声,狼的两个眼球顿时爆裂,身体摔到一边,又蹒跚地站了起来,嘴里呜呜地哀嚎着。

接着,第二只狼高高跃起扑了过来,扶苏往侧后方一个滑步,一矮身子,躲过正面攻击,顺势将它的后腿抓在手里,凌空将它的身体提了起来。这只狼身子在空中,脖子却猛地一回,张口咬住了扶苏的肩膀,扶苏"啊——"地大叫一声,一阵钻心的疼。

扶苏这时内力尽失,只是凭着一身蛮力与狼搏斗。这只狼咬住以后,就再也不松口。扶苏往前一扑,带着狼的身体,一起栽倒在草地上,将狼压在身下,抡起拳头,在它的脖子上连续地猛击,慢慢地狼松开了口。扶苏刚想站起身来,小腿上却一阵剧痛,一回头,是那只头狼,已咬住他的左腿。扶苏就用右脚在狼的头上蹬,只是每蹬一脚,腿上就是一阵撕裂的痛。

芊笋双手握着玉箫,在狼的背上狠狠地击打,嘴里喊道:"松口!松口!"扶苏吼道:"打它脑袋!"芊笋就往前走了一步,抡起玉箫,拼尽全力在狼头上敲击了下去,只听见啪的一声,那玉箫断成了两截。扶苏一伸手,叫道:"给我。"芊笋就将手中的半截玉箫递给了扶苏。扶苏侧着身子坐了起来,拿着那半截玉箫在狼的脸上乱捅。那断箫前端此时已是很锋利的刃口,那狼一吃痛,就松开了口。此时扶苏是仰脸半坐的姿势,那狼满脸是血,瞪着一对绿幽幽的眼睛,盯着扶苏喘息了几下,又张着血盆大口冲着他的脖子扑了过来。

扶苏伸出双手,死死地掐着狼的脖子,对峙了一会儿,狼嘴里呼出的潮湿腥膻的气味一阵一阵地喷到扶苏的脸上。扶苏深吸一口气,侧身一个翻滚,和狼的身体缠绕着,往山坡下滚去。他慢慢地将狼的嘴巴往上推,等狼的脖子露出来后,他猛地低头,咬住了狼的脖子,一股血腥味由嘴里传开。一会儿,狼的脑袋耷拉了下来,身子在地上抽搐了一会儿,就再也不见动弹了。

芊笋跑了过来,将扶苏从狼的尸体下面拉了起来,见他一身的血,就一边查看他的伤口,一边关切地问道:"你感觉如何?伤得厉害不?"扶苏摇了摇头,说:"没事,都是皮外伤。"芊笋就从随身的包里掏出金创药,一边给他敷药,一边问道:"傻蛋,你练过武功吗?"扶苏咧嘴一笑,摇了摇头。芊笋就说道:"我刚才在你身后看得真真的,你斗第一只狼的时候,我真觉得你就是个武林高手呢,没练过武功的人不会那样冷静地出手,只是后来看着看着就不像了……"

扶苏道:"我也不知道为什么,刚开始脑子是清醒的,打着打着就糊涂了。"芊笋就笑道:"不管怎么说,你还是挺勇敢的,刚才我让你去把乌狮牵过来,你还是冲进来救我。"扶苏道:"我是懒得走路,再说这也不算什么呀,几只狼而已。"芊笋斜睨了扶苏一眼,说道:"哎,真是个傻蛋。你应该说:'我是怕去牵乌狮的时候,这些狼会伤害到你。'那我不是更开心吗?"

扶苏却冷冷地说道:"我又不是伶人,为啥要哄你开心呢?"芊笋一时语塞,咽了咽口水,说道:"还真是个怪人。哎,对了,你叫什么名字?我父王经常给我说要知恩图报,你今天救了我的性命,就是我的恩公,我总不能再叫你傻蛋吧?"

扶苏摇了摇头,说道:"我也想知道我叫什么名字。"芊笋就笑道:"那我给你起个名字吧,就叫小黑天,喜欢不?"扶苏嘴里喃喃道:"小黑天?小黑天是个什么名字?"芊笋笑道:"相传天竺有个大黑天,他有三头六臂，武功高强，是天庭的守护神。你也是我的守……"说到这儿，芊笋眼珠一转，却改口道，"你是他的兄弟，所以叫小黑天。"扶苏点点头，说道："好吧，那就叫小黑天。"

芊笋拍手笑道："乌狮的名字也是我起的。"就把当年那个夜遇狼群、乌狮相救的故事，给扶苏讲了一遍。讲完后，她又咯咯地笑道："你说我是不是招狼呀，别人一辈子都碰不上狼，我怎么就碰见了两回？"扶苏道："别人半夜都在家睡觉，不像你半夜老在外面晃荡，你不遇见狼，让谁遇见？"芊笋就笑道："你说得蛮有道理的，小黑天哥哥，我想抱抱你，行吗？"

近期的颠沛流离让芊笋身心俱疲，又没个倾诉的对象。刚才身处险境时，她甚至有万念俱灰的感觉。这个男人的出现，化解了这场危机，她就想起父王温暖的怀抱。

扶苏张开双臂，将芊笋抱在怀里。芊笋就闭上眼睛，把头埋在扶苏的胸膛，把他想成父王。扶苏突然身体一颤，就低下头，顺着芊笋的胸口往下看了看，觉得软软的有什么地方不对劲。这段时间，芊笋一直是女扮男装，扶苏自然不会想到怀中抱的是一位女子。芊笋只觉得抱着她的身体呼吸有些变化，就抬头看了一眼，发现了对方的眼神，蓦地意识到什么，不禁脸上一热，连忙将扶苏推开。

芊笋扶着扶苏一瘸一拐地往回走，路上芊笋讲了个故事："有一个国王，他有两个儿子，一个叫须卜提，另一个叫迦叶。国王为了让王子们了解民间疾苦，让他们每天乞食。须卜提专找富足人家，而迦叶却专找穷人乞食。国王说他们这样都不对，这是有了分别心，乞食应该不择贫富，不分秽净，次第行乞……"扶苏听了个似懂非懂，摇摇头道："这是哪个国王呀？咋要个饭还这么多讲究？"

芊笋道："小黑天哥哥，你不要打断我的话嘛！我倒觉得穷人和富人布施肯定不一样，你说富人给你一斗米和穷人给你一碗米，哪个珍贵？"扶苏道："我觉得都一样，要是他们都有仁爱之心的话。"芊笋就转过头看了看扶苏，笑了起来。

半晌后芊笋说道："哥哥你刚才和狼群在搏斗时，我好感动呀，要说是你武功高强吧，那就算了，可是你连一只羊都打不过呀，你刚才、刚才那其实是以命相搏……"说着说着，芊笋竟有些哽咽了。扶苏淡淡地说道："没事、没事，也是刚好碰上了。那铁头是只羊，它还知道保护它的兄弟，我要是不管你了，那岂不是连只畜生都不如？"

芊笋一怔，思忖道："这人就是一个农夫的模样，但他的言行举止却暗含君子之道，真如一块璞玉一般。"心中暗道：扶苏啊扶苏，你在哪里呀？你再不出现，我就不找你了。你是天下大英雄又如何？眼前这个傻傻的男人却是我的英雄。

扶苏一觉醒来，已是快到正午了。他伸了个懒腰，踱到院子里，见阿虎拖着几张狼皮由门外进来，进门就喊道："阿秋，今天运气真好，刚出门竟碰见三匹狼。"阿秋道："啊？他爹，你没事吧？"阿虎将狼皮扔在院子里，转了转身子，说道："这不是好好的嘛！刚才我都没用弓箭，就用棍子打的，想着用弓箭射杀的话，弄破了皮毛就卖不了好价钱了。"

阿秋崇拜地看着阿虎，给他拍打着身上的灰尘，嘴上却嗔道："哎呀，你真是不要命了吗？你要是有个三长两短，我们娘仨儿可咋办？"阿虎道："怕啥？对付几匹狼我还是有把握的。"

见扶苏出来了，阿虎挥了挥手，说："兄弟，你过来，看看这啥玩意儿？"扶苏就过来瞅了两眼，问道："狼？你打的？"阿虎就自豪地哈哈一笑，反问道："你说呢？"扶苏就憨憨地一笑，竖起了大拇指。这时候，平儿抱着安儿过来了。阿虎就逗着儿子，笑道："安儿，等爹爹把这些皮子拿到集市上卖了，让你娘把钱给你存起来，将来长大娶媳妇用。"安儿就咯咯地笑了起来。平儿把小嘴巴噘了起来，把弟弟往他爹腿跟前一放，转身就走。

芊笋就笑道："阿虎哥，你光把钱给儿子娶媳妇，闺女有意见啦！"阿秋就笑道："这死丫头，亏你弟弟这么喜欢你。"芊笋就拉着平儿的手，说："你不开心吗？走，我带你骑马玩。"说着就把平儿抱了起来。平儿又高兴了起来，拍着小手。她看着芊笋的耳朵，伸手摸了一下她的耳垂，把嘴巴凑在芊笋的耳边说："我知道你一个秘密。"芊笋觉得痒痒的，就一缩脖子，咯咯笑道："什么秘密？""其实你不是哥哥，是个姐姐。"芊笋的脸上飞起一朵红云。

平儿接着又问道："你猜为啥我知道？"芊笋摇了摇头，平儿小声道："因为你的耳朵上和我娘一样，有个耳环洞。还有，男娃尿尿是站着的，女娃是蹲着的……"芊笋的俏脸又一阵飞红，在她屁股上拍了一巴掌，悄悄说道："女孩子说话要文雅些，不能说这些粗话。""姐姐，那应该咋说？"芊笋低下头，小声道："不用说，不是所有事情都要说出来的。"平儿就点了点头。芊笋又轻轻地问道："这个秘密还有谁知道？"平儿就指着扶苏，咯咯地笑道："除了傻蛋哥哥和安儿不知道，其他人都知道。"

又过了几天，扶苏身上的寒毒再次发作，他四肢抽搐，浑身不住地哆嗦着，好像较前几次更加严重了。芊笋帮他将寒毒逼出后，也累得快虚脱了，半天缓不过劲，就思忖，眼下以自己的功力也不能让他痊愈，只是缓解而已，而师父一定可以化解他身上的寒毒。扶苏也杳无音信，前几日，她让乐因、乐果到大河北岸王离的军营打探，也没有带回来任何消息。干脆把他带到月氏找到师父，让师父治疗他的寒毒。她打定主意，就和扶苏说道："小黑天哥哥，你体内的寒毒以我的功力，无法完全逼出，我带你去找我师父，她一定可以治好你的病。"扶苏每次寒毒发作，都痛苦不堪，一听有人可以治好他的病，自然欣然答应了。

## 捌

# 月氏

四人和阿虎夫妇辞行后翻过贺兰山，一路快马加鞭，三日后即达月氏境内。月氏是一个古老的游牧民族，大约在春秋战国时，居于河西走廊西部（今张掖至敦煌一带）。秦时，月氏势力强大，国力远超匈奴。史书记载："秦末，匈奴曾送质子于月氏。匈奴质子自月氏逃回，杀父自立为冒顿单于。后举兵攻月氏，月氏败。"从此以后，月氏便开始离开河西走廊向西迁徙。

后来，冒顿单于再次击败月氏。这次击败后，月氏再次西迁到准噶尔盆地。至老上单于时，匈奴又破月氏，月氏乃更向西迁移到伊犁河流域。当月氏离开河西走廊时，有一小部分人越过祁连山，与青海羌人逐渐融合，是为小月氏，而西迁的月氏称为大月氏。以前月氏实力强大时，攻打过乌孙国，并斩杀了乌孙王。后来，乌孙王子猎骄靡长大，立为王。猎骄靡为其父报仇，率部众西击大月氏，夺取伊犁河流域。大月氏再次被迫南迁，过大宛国，定居于阿姆河北岸。这些都是后话，暂且不提。

且说扶苏一行四人路过一个集市时，芊笋道："明日即可赶到月氏王城，今天我们好好休息。两位姐姐，你们给小黑天哥哥置办几身上好的行头，明天要进王城呢。"四人安顿好客栈，乐因出去买了几身衣服。扶苏身上穿了一件阿虎的粗麻旧衣，几个月没有沐浴剃须，显得邋邋遢遢。

一会儿工夫，扶苏沐浴更衣，出得门来，站在芊笋面前成了一位器宇轩昂的翩翩公子。等他出了店门，乐因、乐果看着芊笋笑道："公主，你没发现，这傻蛋还挺帅的。"芊笋白了她俩一眼，说道："人家有名字呢，叫小黑天，不叫傻蛋。"她俩就捂着嘴咪咪地笑着。乐因模仿着芊笋的语气说："记住啦！人家叫小黑天，不叫傻蛋。"

芊笋有小半年一直是女扮男装，这会儿也恢复了女儿装，由房间出来，乐因乐果就"哇""呀，天女下凡"地喊个不停。扶苏刚在客栈门口逛了一圈，返回来时，见房间门口站着一位女子，一袭白纱衣，底下是白色百褶裙，腰上点缀了数条流苏；一双如新月的淡眉，一对如清泉的秀目，身姿袅袅娜娜如弱柳扶风。扶苏痴痴地看着女子，心中赞叹道：这怕就是仙女吧！

芊笋笑道："这位哥哥，你这么盯着一个女孩子看，礼貌吗？"扶苏一拱手，说："姑娘，你长得有点像我的一位朋友，故多看两眼，勿怪、勿怪。"就冲着房间喊道，"兄弟！兄弟！"乐因就笑道："你兄弟丢下你跑了。"说罢，三人咯咯地笑个不停。

傍晚时分，芊笋见这集市边上是一条小河，河的那边是一片青青的大草原，就让扶苏和她去那边遛遛马。两人过河来，信马由缰地跑了一会儿，渐渐地集市就变成了一个小黑点。芊笋勒住马道："小黑天哥哥，我们回去吧，再晚天就黑啦。"话音刚落，由西边飞奔过来一匹马，马上一位少年左手拿着一把弓箭，不时回头看着后面。在少年回头时，扶苏觉得他特别眼熟，但又实在想不起来在哪儿见过。

那少年再回头时，也看见了他俩，突然兴奋地大叫一声："是扶苏大哥吗？快救救我。"扶苏浑身一颤，转头问芊笋："小妹妹，他刚才喊我什么？"芊笋也大吃一惊，"扶苏？"转眼间，那少年已赶到他俩跟前，对扶苏说："大哥，我是冒顿呀！你不记得兄弟啦？"扶苏的大脑在一片混沌中出现了一丝的光亮。近几个月来，这种混沌状态让他想的问题根本理不出个头绪。现在这一丝的光亮令他兴奋不已，他怕一分神，那丝光亮会随时熄灭，就呆呆地看着冒顿，一言不发，只是眼神里的喜悦越来越浓。芊笋急切地问道："你刚才叫他什么？"冒顿拍了一下扶苏的肩膀，说："他叫扶苏，大秦帝国长公子——扶苏！"

扶苏脑子中的亮光越来越大，当他清晰地听见"大秦帝国长公子——扶苏"几个字后，蓦地，光明一片。他又想起那个血肉横飞的场景，澹台北口中喷出的鲜血，闻伯在风中飘动的白发，帝谷那阴鸷的目光，昭阳以及由咸阳城带出来的三百铁骑……

两行热泪由眼角滚滚而下。扶苏挥袖擦干眼泪，仰天长啸一声，声音如天边滚滚奔雷。

这时又打西边出现了一群人，扶苏定睛一看，十二人骑在马上飞奔而来。冒顿道："就是这群人，已被我射杀了数个，只是没有箭了。"扶苏问道："兄弟不是匈奴太子吗？咋跑到月氏来了？"冒顿笑道："你不是大秦长公子吗？这不也来了吗？"扶苏哈哈一笑，在马鞍上取下七星宝弓，又由箭囊中摸出一把箭来，共十支，分给冒顿五支，说："兄弟，记住！先射后面的，你右边五个，我左边五个。我们再比试一下箭法。"

扶苏和冒顿并辔站在夕阳下，身后的影子被拉得很长。扶苏让芊笋站在他的后面，芊笋就在马背上移动着，不时看着身后的影子，直到她的影子全部罩在前面的影子里，才安安静静地待在马背上。前面的骑兵，已越来越近。扶苏知道他俩身处逆光中，于射箭非常不利，就冷冷地看着前方，直到距离百步时，两人同时举起了弓。冒顿是单箭连发，果然从对方队形右后方开始，连续有五名士兵栽下马来。扶苏同时将三支箭搭在弦上，嗖的一声，左后方三名士兵同时栽下马来。他又掏出剩下的两支箭，并排射出，又有两名后边的士兵倒了下来。

这时，就剩下跑在队伍最前面的两人了，看样子左边的是个指挥官，他见目标就剩四五十步了，就逐渐收住马速，抽出腰刀，一挥手，大喊："包抄！"显然，他还不知道他的队伍只剩下两个人了。刚才全速奔袭时，扶苏见他们都把头埋在马脖子后面，加上耳边呼啸的风声，就知道从最后面开始逐渐射杀，最中间的人一般不会觉察到减员。中间那名军官见后面没人冲过来，就回头一看，"咦！"问身边仅存的一名士兵："人呢？"这名士兵摇了摇头说："不知道呀！"刚想掉转马头，但已经来不及来了，冒顿抽出了佩刀，策马冲了过去。

扶苏喊道："兄弟，要帮忙吗？"冒顿左手在身后摆了摆，道："不用啦！"冲到对方跟前。冒顿刀由斜下方挥起，那名欲掉转马头的士兵直挺挺地掉下马来。那名军官挥刀和冒顿战了三个回合，被冒顿一招"百魔斩"削掉了脑袋，身体慢慢地由马背上溜了下来。冒顿跳下马来，在对方几匹马的鞍上摸索了半天，手中掂了两只酒囊，走到扶苏马前，双膝跪地，拜道："大哥今日救命之恩，冒顿永生难忘。眼下无以为报，等兄弟回到匈奴，定当报答。"

扶苏跳下马来，扶起冒顿，说道："兄弟，我们是朋友，朋友有难，当然要出手相救。只是哥哥是个直人，心中有一个疑团，如不厘清，恐生嫌隙。"冒顿道："哥哥请讲。""你这刀法是何人传授？""国师帝谷所授，叫屠魔刀法。""那这么说，几个月前帝谷围攻我，是你提供的情报？""什么？他围攻你？我给他说过你，但不知他围攻你呀！再说了，我是之后才知道你身份的。"扶苏见冒顿言辞真诚，不像说谎的样子，就说道："好的，兄弟。我想那事也与你无关，不过我要给你说明白，我和帝谷还有一场血战。到时候，我们兄弟战场相逢了，一定先喝个绝交酒再放手厮杀，如何？"

冒顿哈哈一笑说："不瞒哥哥说，我和帝谷老狗也有一战。"扶苏一愣，以为自己听错了，问道："什么？"冒顿咬牙切齿地说道："不除帝谷老狗，就杀不了那老畜生。"这句话更是听得扶苏莫名其妙，问道："哪个老畜生？""当今单于，头曼。"这次扶苏差点惊掉了下巴，"当今单于不是你爹吗？"冒顿点点头，仰头看着天空，叹口气说道："这事有点复杂。"就拉着扶苏坐了下来，又给芊笋招招手，"来，小妹妹，你也坐下，喝一口。"芊笋摇摇头，却笑盈盈地挨着扶苏坐在草地上，心想：这人这么粗鲁，从死人身上取酒喝，居然还是个太子，这匈奴到底是个什么样的国度呀？

头曼单于的颛渠阏氏（相当于中原王朝的王后），就是冒顿的母亲，是匈奴呼衍部落首领的女儿，年老色衰后，失去了头曼的宠爱。当时，头曼有好多女人，都叫阏氏，其中有位年轻的阏氏最受宠爱，被封为大阏氏（相当于中原王朝仅次于王后的贵妃)。大阏氏也生了个儿子,爱屋及乌也好,老爱少子也好,最后头曼打算立这个小儿子为左贤王(相当于中原王朝的太子。)但又考虑到冒顿作为长子,作战勇猛,在各部落中广有贤名,又没犯什么错误,而且他的背后还有他母亲的呼衍部落,而这个部落又会联合别的联姻部落,弄不好,会造成部落反叛。后来,头曼单于就想了一招借刀杀人之计。将长子冒顿送到月氏为质子,以表示和月氏和平共处的诚意。前脚冒顿刚到月氏,后脚头曼就联合西边的乌孙国攻打月氏。月氏王大怒,立即下令要处死冒顿祭旗。

  这会儿,冒顿讲到他奋力突围,截杀了一名月氏军官,夺得一匹马,逃出了王城,然后就被一路追杀。冒顿两眼通红,举起酒囊,猛灌了几口。扶苏也喝了几大口,大概也不知道怎么安慰这个兄弟,就岔开话题,问道:"你那个呼衍尺妹妹呢?没和你一起到月氏吗?"冒顿嘴中喘着粗气,咬着牙说道:"我走了没多久,她就被那老畜生收到他的帐中了。"芊笋听到这儿,嘴里不禁"啊"了一声。扶苏亦有些尴尬,后悔问这个问题了,就仰脖子灌了几口酒。冒顿继续讲道:"这老畜生还派了个使者,专门给我讲了这件事,还让使者给我讲了你们前王朝有一个楚国太子叫什么建的,献妃于其父楚平王行孝的故事。大哥,你们先朝真有这么混蛋的行孝方式吗?"

  春秋时期,秦国国君的女儿孟嬴长得非常漂亮,朝野上下都称她"梦萦",据说男人看了会魂不守舍,做梦都会经常梦到她。楚国国君楚平王派遣大臣费无忌前往秦国,为太子芈建迎娶秦穆公的女儿孟嬴。当然了,这是一次政治联姻,目的是结成盟友,抗衡实力强大的晋国。后来有个成语叫"秦晋之好",说的就是秦晋联姻。但历史上秦楚联姻的次数要远大于秦晋联姻。

  但问题就出在这位迎亲的大臣费无忌身上。费无忌与太子芈建的老师伍奢素有嫌隙,他为了报复伍奢,便想趁机挑拨楚平王和太子芈建的关系。所以,当费无忌把新娘孟嬴从秦国接回来后,第一件事就是觐见楚平王,说:"大王啊,这个孟嬴长得美如天仙,你以前宫中那些女子,简直无法和她站到一起。这样的美人留给太子有些可惜,大王您为了天下百姓日夜辛劳,也该享享清福了,不如……"楚平王说:"这不太好吧,寡人是个正人君子,怎么能如此违背人伦呢?"

费无忌说:"那我给你个建议,你以后都不要再见太子妃的面。"楚平王问道:"这却是为何?"费无忌道:"太子妃在秦国时,有个外号叫'梦萦',是说任何男人见了她都会魂不守舍,夜夜入梦,以后你的众多后宫佳丽,在你心中都会沦为庸脂俗粉……"

楚平王手捻着胡须,"哦——"了一声,陷入了沉思。费无忌压低了声音说:"大王,没关系呀,婚礼不是还没举行吗?咱们给太子再张罗一个女子不就行了?"楚平王就点了点头。随即,费无忌将孟嬴带到楚平王面前。看着眼前的美人,楚平王不由得惊为天人,看了许久才回过神来,说:"好,就听你的,寡人娶了也叫肥水不流外人田。太子这么孝顺,应该会理解我的。"

就这样,孟嬴被她未来的公公半路给截胡了,做了楚平王的宠妃,没多久,还生了个儿子,楚平王对此子爱如珍宝,故取名为珍,这就是后来的楚昭王。而孟嬴的陪嫁丫鬟马昭仪嫁与太子芈建为妻,成了太子妃。楚平王担心日后太子知道真相后会对己不利,就把太子芈建派去镇守城父,这实际上是将太子外遣。只是小人费无忌并不罢休,干脆一不做二不休,他为了彻底除掉太子芈建及其老师伍奢的势力,就诬告太子与伍奢密谋造反。楚平王下诏杀伍奢及其两个儿子和太子芈建。太子先行得到消息逃命宋国,伍奢的次子伍子胥逃奔吴国。二十年后,吴国力量壮大,伍子胥为报父兄之仇,率吴国精锐之师攻打楚国,攻破都城,此时平王已死,伍子胥让人从坟墓中挖出平王的尸体,鞭尸数百。

扶苏知道将这个故事原原本本地讲给冒顿,只会更加刺激他,就淡淡地一笑说:"是有这么个故事,但它不代表我们华夏文明。我们讲的是修身守仁,父慈子孝,崇尚礼法,夫妇尚和,朋友重义,为国尽忠,所以这个楚国后来被我大秦灭掉了。"

冒顿扬起手中的酒囊,道:"大哥,兄弟敬重你,干了此酒,兄弟上路啦。"两人仰起脖子,喝干了囊中酒。扶苏道:"对了,兄弟,你回去后给我打听一个人，是个盲眼老人，叫闻伯。如果他还健在，请善待他。给他带个话，我会去接他的。"冒顿道："行，没问题。"他又跑到月氏士兵的尸体边上，把箭袋都摘了下来，挂在腰上。正要上马时，芊笋向他招了招手，说道："冒顿哥哥，你路途遥远，前面恐怕还有追兵，我把这匹雪蹄儿赠予你，这可是纯正的汗血宝马。以后你要记住和大秦睦好，和你的扶苏大哥永远不要喝什么绝交酒。"

冒顿跨上芊笋的坐骑，在马背上冲着扶苏一抱拳："谢谢大哥，我们兄弟后会有期。"转身打马绝尘而去。芊笋公主望着冒顿的背影喊道："喂——明明是我赠你的马，你却谢他，这是什么道理？"扶苏呵呵笑道："他是把你当成了我的女人了！"芊笋嗔道："你这个傻蛋，谁是你的女人？"

扶苏指着边上的几匹低头吃草的战马，说道："小妹妹，这些可都是月氏的军马，屁股上都有标记呢，你确定要骑着它明天去月氏王城？"芊笋坏笑了一下，说："谁说我要骑它们啦？"说着飞身骑在乌狮的背上。扶苏一怔，说道："喂，你这样不好吧，我呢？"芊笋回眸一笑，也不回答，只是伸出纤纤玉手，在乌狮背上拍了一下，"上来呀！"

扶苏稍一犹豫，就跨上了马背，坐在了芊笋的背后。上马后，扶苏在乌狮屁股上拍了一下，骂道："你这家伙，一见美女就没气节了，你的暴脾气呢？"芊笋就捂着嘴巴偷偷地笑。乌狮以为这一巴掌是让它加速，就扬蹄飞奔起来。刚跑起来，芊笋便一拽它的耳朵，喝道："乌狮，你慢点！"乌狮就慢了下来。扶苏心中纳闷：乌狮咋这么听她的话？嘴上却说道："快点走嘛。"芊笋轻轻扭动着身子，说："不嘛！为啥要快点儿呢？慢慢走不行吗？"扶苏就笑道："我可给你说清楚，今晚再碰见狼群，我就把你扔下，不管你了。"芊笋用肘在扶苏的胸前轻轻地撞了一下，嗔道："你敢！"

乌狮载着二人缓辔而行，芊笋在前面轻轻晃着脑袋，嘴里哼着一首大宛民谣。一会儿，她一回头，问道："扶苏哥哥，你们刚才说的那个嫁到楚国的美女，是不是叫孟嬴？"扶苏点了点头，说："是的，你也知道这个故事吗？"芊笋说："我专门看过你们大秦的国史，知道有一个著名的美女，叫孟嬴。说是楚国以太子妃下的聘礼，结果迎娶回去成了王后，是不是你们大秦出美女呢？"

扶苏笑道："是的，我们咸阳城遍地都是美女。"芊笋回头一笑，问道："有我美吗？"月光下，扶苏仔细地看了看这张极精致的俏脸，摇了摇头，说道："好像没有你美。"芊笋开心地笑了，不经意地把脑袋往后扬了扬，又说道："我就觉得这孟嬴生得这么美，咋会这么傻呢？说好了是嫁给太子，后来却嫁给了楚王，她为什么不反抗呢？"

扶苏不好给她解释这个问题，就保持沉默，感受这一丝痒痒的感觉。芊笋又说道："你们大秦国还出了个奇怪的人，就是那个秦武王，都当王的人了，还到处打架，到处比力气，最后还不是把自己累死了？"扶苏就知道她说的是武王举鼎的故事，笑道："你还别说，历代先王，我最喜欢的还就是他了。"芊笋撇了撇嘴，道："所以说，你也一样傻呗！人家当王的人都是指挥别人打仗，你们是自己打。你说那天晚上，如果不是我睡不着跑出去，那……"说着她打了个寒战，双手在前面合十，凌空拜了拜。扶苏道："男人的想法，你一个小丫头怎能懂得？"

芊笋又回头问道："唉，对了，那个酉是你心上人吗？"扶苏就有点纳闷，她咋会知道有"酉"这个人？就说道："你是说李酉吗？"芊笋眼珠子一转，说道："对呀，就是这个李酉。"扶苏笑道："她呀，只是一个很久以前的朋友。""扶苏哥哥，你给我讲一讲你们的故事，好不好？"

扶苏呵呵一笑，问道："小妹妹，你今年多大？""十七岁。""哦，你又不是七岁，和阿虎哥家的平儿一样，每天睡觉前还要听个故事。"芊笋又左右晃着身子，嘬着嘴，说道："我就是想听你和李酉的故事嘛！"扶苏笑道："那我也想听听你的故事。唉，你叫什名字？"芊笋眼珠子一转，笑道："我叫小笋！你想听什么？"扶苏道："你的名字为啥这么奇怪？叫小笋。"

芊笋笑道："我听我爹爹说，生我的时候，是在一片竹林里，旁边有几根纤纤细细的竹笋，所以就起了这么个名字。"扶苏笑道："胡说！先不说你自己了，就你那俩婢女的衣着打扮，举止谈吐，一看就不是寻常人家。"

芊笋偏着脑袋问道："那怎么啦？"扶苏道："这样的人家，生孩子咋可能生在竹林里呢？"

芊笋眨了几下眼睛，像是自言自语："也是哦！"她又回过头说道，"可是我爹爹不会骗我呀！"扶苏坏笑道："我知道了，你爹给你说的地方可能没错，只是你理解错了。"

"什么意思？"

"你爹说的'生'你，可能并非你理解的出生，而是说当时你娘怀你的时候。"

芊笋先是一怔，接着满脸通红，一侧身，在扶苏大腿上捶了一拳，喝道："看来，你不单是个傻蛋，还是个坏蛋。"扶苏就哈哈大笑起来。

芊笋道："现在开始听你讲故事。"

扶苏道："要不我给你讲我博浪沙勇斗大力士山隗的故事吧？"

芊笋道："谁想听你这些事？讲你和女孩子的故事，不准胡编，也不准骗人，谁骗人是小狗。"

扶苏道："我举行冠礼时，宗正给了我四个婢女……"

芊笋道："这个不用说啦，我小时候就有四个婢女，你见过了乐因乐果，还有善因善果陪着师父呢，你明天就见着了。我说的是你的心上人，比如说，像李酉这样的。"

扶苏道："小笋妹妹，你咋对这件事这么感兴趣呢？你要真想听，我可就给你原原本本地讲了啊。"扶苏就把当初在咸阳城和李酉那段故事讲给她听。

听着听着，突然，芊笋用手指堵住耳朵，喝道："扶苏，你这个混蛋！"扶苏一愣，正想问个明白，猛然间觉得耳边"嗡——"的一声，接着脖子上、脸上一阵剧痛，扶苏捂着脸摔倒在马下，喊道："这是什么东西？"

芊笋跳下马来，指着扶苏骂道："真不要脸！"扶苏边拍打着脖子边喊道："你这小丫头怎么回事呀？不是你让我讲的吗？"

芊笋跺着脚喝道："我让你讲你就讲？你咋这么蠢呢？"

扶苏在草地上躺了一会儿，慢慢地觉得身上的痛感减轻了，就直起身子，坐在草地上，指着芊笋喝道："小魔头，你过来！"这时芊笋又变了个人似的，怯生生地说道："扶苏哥哥，你要打我吗？"扶苏望着月光下她那可怜楚楚的样子，满腔的怒火又消散了。芊笋就蹲在他的身边，摸着他的脸，柔声问道："哥哥，还疼不疼？"扶苏将她的手打开，没好气地回了一句："男女授受不亲。"芊笋又喝道："还男女授受不亲呢！那么恶心的事情都做得出来？"扶苏瞪着她，说道："关你啥事？"芊笋把脸凑到他跟前，大声嚷道："我就要管！我偏要管！"

扶苏慢慢地站了起来，没再理她，转身骑在乌狮背上，轻拍了一下，"驾！"乌狮却转头看了看芊笋，静静地站着，一动不动。扶苏以为它没听见，就大声喝道："驾——"狠狠地在乌狮屁股上拍了一下。这下乌狮将身体立了起来，两只前蹄高高地在半空中交替前蹬，嘴里"咴——"地一阵嘶鸣。

扶苏一只手抓着乌狮的鬃毛，另一只手在它的脖子上狠狠地扇了一巴掌，飞身跳了下来，大步流星地往前走去。芊笋指着他的背影骂道："扶苏，你这个混蛋，你想把我扔下吗？"扶苏也不回头，喝道："别跟着我！"

芊笋原地呆呆地站了一会儿，嘴里嘟囔道："脾气还挺大。"就骑上乌狮，在后面追上扶苏，和他并排走了一会儿。扶苏转头问道："你跟着我干吗？"芊笋见他脸上的怒气消了点，就双手合十，上下晃动着，说："扶苏哥哥，对不起，刚才我也不知道咋回事，一下就没忍住。"说着，由身后取了一只小盒子，打开来，拿手指蘸了点药，跳下马来，仰着头，轻轻涂在扶苏的脸上、脖子上。扶苏问道："小魔头，刚才那是什么东西？马蜂吗？"芊笋从身后掏出个黑色的罐子，笑道："天竺大黄蜂！给，你看看。"扶苏连忙摆摆手，说："别、别，收起来吧！"

芊笋柔声说道："这是蜂王吐的蜡，抹到针口，一会儿就消肿了。好哥哥，我们再也不要想那个李酉了好不好？"扶苏真有点后悔把这些说给她了，心想：她已经是我的弟媳了，我还想她做什么？就淡淡地一笑，不再吱声。芈笋又问道:"那你还有没有牵挂过什么人?"扶苏摆摆手道:"小魔头,我拒绝回答你任何问题。"芈笋就拉着他的胳膊左右晃着说:"好哥哥,你别生气嘛!这是最后一个问题,我保证再也不让大黄蜂蜇你了。"扶苏叹了口气,道:"好吧,我父皇给我结了一门亲,是大宛国的公主,我有时候老在想这公主是个什么样子,长得太丑可咋办?"

芈笋就低下了头,想了半天,终于鼓起勇气,微微一笑,说:"哥哥,那大宛公主要是长我这样子,你开心不?"

扶苏怔怔地看着芈笋。近段时间,俩人朝夕相处,特别是自己寒毒发作时,芈笋给自己疗伤,每次看着她满身汗水、疗伤完疲惫的样子,心里已是满满的感激之情。那天被帝谷重创后,他是靠着深厚的内力硬撑着在马背上奔驰了一天,逃到山脚下时,体内真气已耗尽,才栽下马来。但那个时候,他心中却异常清楚。当时在草地上躺了一会儿,他觉得自己飞到了半空,他能清楚地看到自己的身体躺在草地上一动不动。一会儿,他听见远处有一阵幽怨的箫声,然后就见乌狮奔着箫声的方向跑去。等芈笋将他的身体扶起来时,他觉得自己又回到了地面,之后,脑子就是混沌状态了。那天晚上,他睡得迷迷糊糊,又听见那个幽怨的箫曲,就循声前往,在狼群中救了芈笋。其实那时候,芈笋并不知道他是谁,还给他讲了乌狮当年在狼群中救她的故事,只是他脑子不清楚,没有意识到此人就是大宛国公主。

晚上芈笋一些奇怪的言行,加上她和乐因、乐果胯下三匹优良的汗血宝马,乌狮居然和她非常熟悉,这些信息叠加在一起,扶苏念头一动,问道:"小笋妹妹,你家在哪儿?"

芈笋手指着西边,笑吟吟地答道:"大宛国。"

扶苏睁大眼睛,说:"啊!你是芈笋?"

再上马时,两人都不说话,默默地往集市走去。只是快到客栈时,见乐因、乐果站在大门口,四处张望着。芈笋回头狡黠地一笑,拍了拍扶苏的手腕,悄悄说道:"到时候,她俩问起来,就说我的雪蹄儿是你送给冒顿的,记住。"扶苏就笑道:"我才不会撒谎呢。"芈笋又在他胳膊上拍了一下,嗔道:"听话!"

乐因、乐果听见马蹄声，就往前迎了几步，见他俩骑在一匹马上，两人一伸舌头，做了个鬼脸，轻轻地笑道："看来公主不打算找大秦的长公子了，这是准备给大家公开呢！"乌狮到跟前了，芊笋拉着扶苏的手，跳下马背，将缰绳交给乐因，又笑眯眯地说道："有劳姐姐。"就转身牵着扶苏的手，走进了客栈。

乐因、乐果已在芊笋公主房间安顿好晚饭，芊笋让扶苏坐在上位，她坐在扶苏边上，乐因、乐果分列左右。芊笋道："我给大家介绍一下，我叫芊笋，来自美丽的大宛国，我们大宛国盛产葡萄美酒、汗血宝马，还有美丽的姑娘。"说着把手挥向了乐因、乐果，乐因笑道："公主，指的你自己。"芊笋抿嘴一笑，接着介绍道："这是乐因和乐果，是陪我长大的好姐姐，她俩不光长得好看，武功也高强，是我的保护神。"又把目光转向扶苏，"这位公子是……"语气稍微一顿，乐因乐果就把头往前一伸，等着芊笋介绍，"大秦帝国长公子——扶苏。"

她俩惊讶地张开了嘴巴，半天合不拢。乐果率先鼓掌，笑道："佛祖保佑公主和公子见面。我们举杯庆祝一下吧！"四人举杯喝了一口酒，芊笋皱了一下眉头，道："这酒真难喝，怀念我们的葡萄酒。扶苏哥哥，等你到了大宛国，让你喝最好的葡萄酒，比这酒好喝十倍。"扶苏就问道："葡萄酒？"芊笋惊讶地看着他，说："你们咸阳城没有葡萄吗？"扶苏摇了摇头。乐因笑道："没有也没关系，等我们公主出嫁时，多带些树苗，以后不就有了吗？"芊笋眼珠子一转，拍了拍手，笑道："好主意！"说完，又低了一下头，把头转向乐果，小声问道："姐姐，我们是不是太不矜持了？"

乐果就笑了，问道："对了，公主你那匹雪蹄儿呢？"芊笋就看了一眼扶苏，笑道："那匹马被公子赠给他的冒顿兄弟了。"扶苏就微笑了一下，举杯喝了一口酒，又问道："芊笋妹妹，你为何会跑到阿秋姐姐家里去？"一听见这话，芊笋心中近几个月的委屈一起涌了上来，眼眶先一红，接着泪珠吧嗒吧嗒地掉在桌子上，乐因、乐果也哽咽了起来。扶苏左右看了看仨女孩，笑道："刚还笑着呢，咋一转眼全哭上了？"乐果道："公子，你是不知道，我们公主这段时间受的苦、遭的罪。"

芊笋哭了一会儿，就把图兰谋逆、囚禁父王，她们如何逃出大宛，师父被月氏王扣留，她一路追寻他，原原本本地讲了一遍。扶苏听罢，低头略一思考，打定了主意。秦朝用兵制度非常严格，别说带领几千人马了，不在战略方向上，他连自己的护卫部队都带不走。更何况大宛国离大秦边境万里之遥，中间要穿越西域诸国，带领一支部队过去是不可能的。但这是自己的女人，他决不能辜负了她的期望，而且，父皇给他说的月氏才是下一步的战略目标，就想着刚好利用这个机会好好考察一番。他拍了拍芊笋的肩膀，安慰道："芊笋妹妹莫要难过，我和你一起回大宛。"

扶苏回房以后，打坐运功调息。前几日，气海总有一团凝滞的阴寒之气无法消散，每当真气注入气海时，那团气反而会愈结愈浓，等填满气海时，寒毒就会发作。他始终无法将这团气清除干净。芊笋每次全力治疗，只是将散在四肢五脏中的寒毒逼出，而气海中那团阴寒之气就像寒毒的种子，始终无法去除。扶苏这次运功时，觉得那团气没有变浓，好像还淡了许多。

他想了半天，不明原因。偶尔觉得脖子上有些痒，就伸手一摸，是一个个小包，他突然想起芊笋的天竺大黄蜂，以前听宫中炼丹的方士说过"以毒攻毒""毒性相克"的话，当时，不过半信半疑。那会不会这大黄蜂的毒性属火，专克这寒毒？想到这儿，他兴奋地从床上蹦了起来，在房间里踩了几步，听见隔壁芊笋轻轻地哼着歌曲，又不时地翻着身子，知道她并未睡着，就出了房门，快步走到芊笋的房间门口，叩门道："芊笋妹妹，你睡了吗？"

屋里顿时安静了下来，他又轻声道："芊笋妹妹，你睡了吗？"芊笋道："扶苏哥哥，夜深了，此时再见，不合礼仪。我睡了。"扶苏讪讪一笑，慢慢地退回他的房间。

第二天早晨，扶苏起床后，又急急地到芊笋门前，手举起来准备敲门，见里面没有动静，又把手放了下来。他走到客栈门口，见店小二抱了些草料去喂马，就打了个招呼。店小二忙点头说："这位爷，您早！"扶苏点了点头，说道："我们那三匹马，都上好料，银子少不了你的。"店小二点头道："爷，你看看，这可都是上好的豆面加新鲜的青草。您放心，这么名贵的马，给它们饿瘦了，小的可承担不起呀！"扶苏这才迈步出了店外。

这家客栈就在集市的中心，出了门就听到了喧嚣的叫卖声。扶苏见市面上有不少大秦的商品，有陶罐、丝绸、青铜器，还有不少农具，犁、锄头、杈、镰刀等，扶苏暗忖道："这月氏不是游牧民族吗？怎么有这么多农具？"一阵叫卖声传了过来："都来看看啊，大秦国上好的铁犁，锋利又好使，用一百年，传三辈。都来瞧一瞧呀！"扶苏就围了上去，问道："这位大哥，这儿的人还种地吗？"

那人就好奇地看了看扶苏，笑道："这位小哥，你这话说得真新鲜。你不种地，别人也不种地吗？那大家吃什么呢？"说着挥挥手示意他让开。扶苏笑了笑，一拱手道："受教、受教。请问，大哥是秦人吗？"那人举着铁犁道："你仔细瞧一瞧，这可是正宗的大秦铁器。"扶苏笑道："看出来啦，绝对正宗。"那人道："你还算识货。"说完又开时叫卖了。

扶苏思忖道："这段时间，我一直混沌无知，蒙恬大哥一定是急坏了，不如让此人带个话，报个平安。"就一拱手道，"这位大哥，在下托付一事，不知你何时回大秦境内？"那人道："三天后回陇西郡。"扶苏双手一拍，笑道："太好了。你到大秦境内，不管经过哪个驿站或者关隘，把我的信笺送给驿丞或者关令，你都可得到重酬的。"那人上下打量了扶苏几眼，问道："就是个信笺？"扶苏点了点头。

后边有人拍了拍扶苏的肩膀，他一回头，那人却又躲了起来。他不用再看了，鼻子已告诉他芊笋在后面，就笑道，"还以为你睡觉呢！不敢打扰。"芊笋就跳到他的前面，笑道："你怎么知道是我？"扶苏笑道："你身上有一种很特殊的香味。"芊笋就很开心地一笑，拉着扶苏的手往前走去。

扶苏见有很多他不认识的东西，在一个水果摊前，有个东西果皮深红，顶上有个喇叭口，身上还有几道裂口，裂口里面是密密麻麻、玛瑙一般晶莹剔透的籽儿，就驻足看了看。芊笋就在摊位上取了一块商贩打开供人品尝的瓣，抠了几颗籽儿塞到扶苏的嘴里。扶苏刚嚼了一口就闭着眼睛，皱着眉头，吐了出来，说："这是什么东西，这么酸？"

芈笋就咯咯地笑弯了腰，说："这叫石榴。咸阳城没有吗？"扶苏摇了摇头。两人又往前逛了逛，在一个饰品摊位跟前，芈笋眼睛一亮，把一个手链拿了起来，戴在手腕上，举起腕子，问道："扶苏哥哥，好看不？"手链由一圈黄色的珠子穿成，顶头是两块手指头大小的红色玛瑙。扶苏点了点头，笑道："好看。"一边的商贩就对扶苏笑道："姑娘生得白，这手链好像就是为她订制的。公子你认为呢？"扶苏笑了笑，说："那我们要了。"又对芈笋说道："你在这儿等着，别动。"就转身大步流星地返回了客栈。马厩里乌狮正在吃料，见扶苏来了，就仰天嘶鸣了一声，拿头在扶苏身上蹭。扶苏拍拍它的脑袋，在它脖子上摘下来一只金铃铛，在手上晃了晃，说道："兄弟，先应个急，等回咸阳城了再给你配一个大的。"

他回到那个饰品摊位前，将金铃铛交给了商贩。那人将金铃铛在手上掂了掂，又看了看成色，知道是上等足金，就笑道："这位公子爷，我这是小本买卖，我可找不起您零头呀！"扶苏道："你不用找零头了。"拉着芈笋就走。芈笋笑道："那不行，我得再挑几件东西。"又转身在摊位上挑了四支簪子，拿在手上，笑盈盈地问摊主："可以不？"摊主满脸堆笑，说："这位姑娘，这摊位上的东西你都可以拿走。"

芈笋摆了摆手，笑道："不要了，再没有好看的啦！"转身拉着扶苏走开，笑道，"给四位姐姐也买个礼物。"走到集市的最南边，有一个高台，两人站在高台上，扶苏放眼远眺，见不远处是绿油油的农田，其间阡陌交错，水渠纵横，农人在田间耕作，就暗忖道："原来想着这月氏和匈奴一样，是野蛮的游牧国度，现在看来他们不仅有先进的农业，连商贸也非常繁荣，位置又塞在我大秦和西域诸国之间。难怪父皇说打匈奴只是手段，拿下月氏才是终极目的。"

月氏国在河西走廊的西部，国土面积虽说不大，但它所处的地理位置却非常重要，南边过祁连山脉连接青藏高原，北边越合黎山接壤蒙古高原，是连接西域与中原王朝的唯一通道。后世，这里有了一个响亮的名字——河西走廊。

后来的丝绸之路，这里就是咽喉要道。由于独特的地理环境，河西走廊气候温润，雨水丰沛，既是肥美的牧场，还是著名的大粮仓。加上独特的地理位置，在丝绸之路打通之前，这儿还是中原和西域诸国贸易的中转站，是游牧文明、农耕文明和商业文明的混合体。而匈奴则不同，它的经济模式是最原始的游牧经济，非常脆弱，经常需要外部输血才能生存。遇上天灾时，对匈奴来说就是毁灭性的伤害。所以，匈奴对南边中原王朝的农耕经济依赖度极大。但他们的物产又不是农业文明的必需品，即使匈奴人想通过贸易交换商品，中原王朝往往也不搭理他们，这就导致了他们始终处于物资短缺状态。

那就剩一个办法了，抢。对匈奴人来说，抢劫就是生存之道。他们什么都抢，但主要是抢粮食，抢女人。解决的也是最基本的需求——生存、繁衍。而月氏的经济独立，不需要对外掠夺，就能活得很滋润。所以，同样和大秦接壤，却从不犯境。

扶苏将远眺的目光收了回来，放在芊笋的脸上，笑道："芊笋妹妹，其实昨天晚上……"芊笋低着头，小声道："乐因、乐果会笑话我的。"扶苏笑道："怪不得你要给她们买首饰，这是打算贿赂她们呢。"芊笋笑道："胡说，这四位姐姐陪着我长大，这段时间和我遭了不少的罪。"扶苏就把他昨晚上体内寒毒减轻了不少的消息告诉了芊笋。芊笋拍着手哈哈一笑，说："真没想到，我的小黄还会治病，来来来，我再让它们蜇你一下。"扶苏摆摆手道："现在别，等下咱们回客栈，我把头罩起来，就让它们蜇丹田部位。"芊笋笑道："这倒是个好主意。"

两人回到客栈，扶苏写了一个便条"蒙恬大哥，弟一切安好，不久即回上郡。勿念！扶苏。"封好后，又在封面上写道："火速传至上郡蒙恬大将军。"随后交给了乐果，让她交给客栈门口的铁器商贩，交代给他一些金子。

芊笋让乐因拿了一块面纱，将扶苏的头遮住。扶苏撩开衣襟，露出腹部，芊笋一弹小黑罐，出来十几只黄蜂，飞向扶苏。他提着一口真气，虽说已有准备，但身体还是剧烈地颤抖了几下。过了一会儿，扶苏再运功时，气海之处果然畅通无阻，扶苏调息在小周天运行一圈，顿觉神清气爽，体内数月的寒毒竟一扫而光。

四人吃过早餐，又补给了一些水和干粮，就离开客栈奔西边月氏王城而去。芊笋和扶苏同乘乌狮，乐因、乐果一人一骑，一路无话。傍晚时分，四人赶到了月氏王城。第二天，芊笋和扶苏来到王宫，在守卫士兵处，让通报一下，欲见天山牟尼。侍卫长道："师尊连日给王庭讲佛法，是王的座上宾，她见不见你们，得要王同意。"连续三日都是如此。晚上，扶苏陪着芊笋逛街，无意间在一个胭脂店打听到月氏王有八个女人，但最宠爱的只有一个女人。扶苏问道："那最宠爱的女人叫什么？"胭脂店掌柜说："这我们就不知道了，只是每月送往王宫的胭脂是八份，有一份是最好的，其余七份相当。"扶苏念头一转，拉着芊笋的手走开了，笑道："我有主意了。"

回到客栈后，扶苏就把他的计策说了一遍。芊笋问道："那为什么不直接和月氏王说呢？"扶苏笑道："这你就不懂了，如果和月氏王直接说，他也可能答应，也可能拒绝。如果他拒绝，那接下来咋办？"芊笋就笑了，嗔道："就你鬼主意多！"

第二天，乐因、乐果装扮成商人，在王宫门口求见月氏王，敬献了八颗珍珠。月氏王见了珍珠，果然笑逐颜开，问道："你们二位，来自哪里呀？"乐因躬身行礼，说道："尊贵的月氏王，我们来自龟兹国，向往大王治下繁荣的城邦，我们跋山涉水来到宝地做贸易，请求神明的大王庇护。"月氏王哈哈大笑，说："好、好、好，赏赐你们一枚我的符牌，可以免除一年的赋税。"乐因又弯腰一拜，说："谢谢大王。刚才所敬献的珍珠，乃是来自遥远的百越南海，女人戴上可以容颜永驻，青春不老。"

月氏王道："哦！还有如此神奇之物。"就让人把八位夫人都请了过来，将七颗珍珠分别给了其中七个，手中留了一颗最大的，将一个叫塞鲁的漂亮女人叫到跟前，笑道："塞鲁，我的美人，天山牟尼师尊说不起差别心，可我实在做不到呀！这个给你。"这个骄傲的女人微微一笑，将那颗最大的珍珠捧在手中，端详了半天，也不理会其他女人嫉妒的眼光。

乐因、乐果回到客栈后，两人一起冲着扶苏竖起了大拇指，笑道："公子真是料事如神，厉害、厉害！"就把在王宫月氏王分珍珠的经过讲了一遍。芊笋道:"现在知道了那个最受宠爱的女人叫塞鲁,下一步咋办?"扶苏道:"明天你直接去找塞鲁,再拿上一颗同样的珍珠,送给她。然后就给她说你有要事要见师父,让她给月氏王吹枕边风。"

芊笋点点头,思量了一会儿。突然,她用食指指着扶苏喝道:"你是不是在咸阳城还有很多女人?"扶苏下意识地朝芊笋床头挂着的那只黑色的罐子看了一眼,忙摆了摆手,笑道:"没有。"芊笋道:"你没有那么多女人,咋会想出这种计策?"扶苏长出了一口气,笑道:"这个计策不是我想出来的,两百年前就有人用过了。"于是把田婴为窥探齐威王立后之意,献十副耳环,而把一副独美的故事给芊笋讲了一遍。芊笋道:"好的,我信你了。反正我不管,以后你敢找别的女人……"说着,把目光投向了那只黑色的藤罐。

她坏笑了一下,又拉着扶苏的手,柔声说道:"哥哥,我们以后也像父王和母后一样,就这么相伴厮守,那该多快乐!为什么很多帝王要找那么多女人呢?你要是那样,那我该多伤心呀!"扶苏笑道:"不找了,有你以后,我的心里满满的。"

芊笋公主第二天见到了塞鲁,当芊笋将另外一颗一模一样的珍珠献给她时,这个女人眼睛一亮。芊笋就给她说了要找天山牟尼,希望塞鲁帮忙。塞鲁笑道:"妹妹,你等着我的消息。"果然,第二天上午,天山牟尼带着善因、善果走出了月氏王宫。

师徒见面,恍如隔世。芊笋抱着师父痛哭,天山牟尼拍着她的肩安慰道:"你已找到长公子,这是开心的事情呀,快别哭坏了身子。"芊笋就止住了眼泪,说道:"师父,我们即刻返回大宛吧,免得月氏王变卦。"天山牟尼说道:"那倒不必着急,这段时间,我给月氏王讲经,那王已初受佛法熏染,治国政策已做了好多改变,去除酷刑峻法,薄税赋,亲手抄经书二十余卷……"芊笋笑道:"我看还是贪嗔愚痴,冥顽不灵,娶了那么多老婆。"

天山牟尼道:"破执相如除沉疴,哪有一蹴而就的?"芊笋听见"沉疴"二字,就笑道:"公子三个月前被匈奴国师打伤,体内有寒毒,劳烦师尊治疗。"扶苏过来深施一礼，道："有劳师尊。只是以前寒毒聚集，每过七天就要发作一次，最近被那、那黄蜂……"芹笋背着天山牟尼，冲扶苏做了个鬼脸。扶苏道："无意间被那黄蜂蜇了后，却发现体内的寒毒消失得无影无踪，就是不知道以后还会不会再出现。"

天山牟尼将手掌搭在扶苏脉门，顿觉得他体内真气充沛。她又发功，注入内力，扶苏体内两股真气汇合，不断注入气海，接着又引导着扶苏，在大周天正行、逆行一遍。一会儿，扶苏头顶一团白雾升起，觉得百骸通畅，浑身愉悦。天山牟尼道："你体内寒毒全部排出体外，不会再发作了。"芹笋拍着手笑道："太好了。"天山牟尼又问道："公子，你年纪轻轻，没想到内力修为如此了得。请问师承何人？"扶苏道："南山尊者。"天山牟尼道："刚才我运功引导，就觉得你体内真气生起时，和我的菩提神功总是相反，却又有异曲同工之妙，有些时候，真气会突然暴增，有时候又消失得没有了踪迹。"

扶苏就把"无中生有"的运功口诀说了一遍，天山牟尼嘴里喃喃道："天地之始，混沌未开，天下万物生于有，有生于无。是谓道生一，一生二，二生三，三生万物……对了，对了，我佛是讲破实相，色即是空，空即是色。你们是讲万物皆道化而成，有生于无。刚才你体内真气会凭空生出，那就证明此法不虚。"扶苏点了点头，有点似懂非懂，就问道："师尊，你刚才说的破实相，色即是空，是什么意思？"

天山牟尼道："这个色指的是有形世界，即你通过眼耳鼻舌身获取的一切感知，都叫色。"扶苏指着院子中的一棵树，问道："师尊说一切有形的世界皆是空，那院子中的这棵树也是空的？这绿油油的树叶也是空的？"天山牟尼笑道："此物只是你心的投影，为何你心中会生出这个投影？这就是因缘了。"扶苏第一次听到这种说法，念头一动，点了点头，又摇了摇头。天山牟尼知道此人天分极高，就指着芹笋床头的一枚铜镜，问道："公子，你在镜子前能看到什么？"

扶苏说："我的影子。"

天山牟尼说："那如果公子走开了，影子还在不在？"

扶苏说:"当然不在。"

天山牟尼说:"万物智慧有等级,公子懂得这个道理。如果换作一只鸟,在镜中看见自己的影子,它会不会懂得?当它飞走后,那个影子还在不在镜子中?"

扶苏心中一亮,知道这是一种极高的智慧,只是忽然之间,无法彻底参透。天山牟尼由包袱中取出几本经书交给扶苏,说道:"这是几卷《般若经》,专破执念,只不过是梵文,芊儿可以给你破译。"

扶苏双手恭恭敬敬地接过经书,叩拜道:"谢谢师尊。"天山牟尼把目光投向芊笋,说:"笋儿,你已找到长公子,此人天资聪颖,武功高强。你又携带着传国玉玺和军队兵符,在他的帮助下,定可救出你父王。"芊笋皱着眉头问道:"师父,那你不和我们回大宛了?""世间疾苦,众生愚痴,为师在佛祖前发过宏愿,要将这至高的智慧播撒人间。我还要继续东行,传播佛法。"听到这儿,芊笋眼眶一热,有点哽咽道:"那师父你不要芊笋了吗?"

天山牟尼笑道:"傻孩子,我在这边等你,到时候还要送你出嫁呢!"又对乐因、乐果、善因、善果四人说道:"前段时间,我在月氏王宫讲经时,悟出一种阵法,叫天女散花。此阵攻守兼备,需心意相通的四人同练,我当时就想到了你们四个。来,我现在就传授给你们,到时候助公主一臂之力。"

她让四人站在四个方位,又分别传授运功心法和阵形的变化奥妙。此阵法特别之处在于每个方位的步法变化无穷,位置也是变化多端,只要变到不同的方位,就得按照新的对应方位心法运功。攻击时,瞬间的力量就是四个方位的合力。同理,防御时可将对方的力量分解到四个方位。传授完阵法,天山牟尼就让她们认真加以练习,又对芊笋说道:"你们回大宛时,要路过天山彼岸峰,你可找你的师祖菩提翁,他身边有一个同修的灵猿,习得了大力金刚掌。你们可叫它白猿长老,到时,可让它和你们同行。那图兰的无相神功虽然厉害,但长公子的天道剑法加上白猿长老的大力金刚掌应该可以对付了。"

芊笋和扶苏带着四个婢女，一行六人和天山牟尼洒泪而别。天山牟尼也离开月氏王城继续东行，在民间传播佛法，暂且按下不提。

## 玖

# 清泉

却说扶苏和芊笋一行昼行夜宿,这日来到一片茫茫沙漠,六人寻了大半天,未见人烟。扶苏心中暗暗着急,再找不到水源补给,他们可能要困在此处。正琢磨呢,乌狮仰天嘶鸣一声,往北边飞奔而去,芊笋喝道:"乌狮,你又调皮!"就使劲地拽着缰绳。扶苏在她身后将她的胳膊拉了一下,笑道:"由着它去吧!"就把胳膊环在她的腰上。芊笋脸上微微一红,转过头来看了一下后面,见乐因她们四人被远远地落在后面,回眸之际,见一双清澈的俊目在痴痴地看着自己,不觉芳心大动,就微微闭上了眼睛,轻轻地将下巴抬了起来。

两人朝夕相处了这么久,特别是自从那天都知道对方的身份后,虽情投意合,心心相印,但又不像以前那样自然,有时候还要刻意将心中所想一再克制。白天在路上,两人同乘一马,身体自然要接触,但芊笋打小和四个婢女一起长大,虽为主仆,却情同姊妹,有她们环伺周围,两人自是规规矩矩。

这会儿,两人都情难自已。扶苏看着怀中这张俏脸上的红晕,那精致的鼻尖上渗出细小汗珠,呼吸变得局促,鼻息中的灼热一波一波地抵达芊笋的脸上。一低头,俩人的唇瓣慢慢地贴合在一起,芊笋嘴中"嘤咛"一声,反手钩住扶苏的脖子,扶苏微干的舌头滑入她的口中,贪婪地掠过每一个角落。芊笋身体微微颤抖起来,慢慢地睫毛不自觉地潮湿了……

两人在悸动中任由乌狮在沙漠中驰骋。蓦地,乌狮停了下来,静静地站立着。芊笋睁开眼睛,"哇"地叫了起来,他们面前是一汪月牙状的清泉,南北大约百十步,东西至阔处三十来步。

清泉的边上有一个草棚,一个白发苍苍的老者坐在阴凉处喝茶,边上拴着两只骆驼。老人笑呵呵地看着扶苏和芊笋,芊笋就回过身来,冲着远处的乐因四人挥手,喊道:"姐姐们,我们找到水源了。"就跳下马背,欢快地飞奔到泉水边,蹲了下来,用手捧着喂到嘴里,回头冲着扶苏笑道:"好甜呀!"

扶苏还骑在马背上,环视周围一圈,见泉水的北边有一个沙丘,后面有几片光影晃动,知道那边恐有贼人埋伏。他看了看周围的地形,泉水在一片低洼之处,四周只是缓缓地起伏,只有北边一个不大的沙丘,料想也藏不了多少贼人,就没放在心上。又转头看了看草棚下那个老人,心中一愣,总觉得好像在哪儿见过。那老人也看着扶苏,先是笑眯眯,然后慢慢地老人脸上也出现了一丝诧异。

芊笋由水边走了过来,问道:"老伯,这泉水是你掌管的吗?"老人摇了摇头道:"这泉水是自然造化,岂能由某个人来掌管?娃娃,你们放心地喝吧,喝完就赶紧走。"说完,眼睛看了一下北边的沙丘,又给扶苏使了个眼色。扶苏笑道:"谢谢老伯,我们赶了两天的路,还想在此歇息一下呢。对了,敢问老伯贵乡何处?我怎么觉得如此面善?"老人呵呵一笑说:"闲云野鹤,四海漂泊。一辈子了,故乡嘛,早已忘啦。"

乐因四人赶过来后,在马背上取下水囊,去泉边灌水。突然听得一声口哨,由北边沙丘背后蹿出来十几个贼人,骑着马呼啸而来,转眼间,将他们团团围住。领头的贼人喝道:"呔!几个女娃娃,都过来。"扶苏就笑眯眯地看着贼人,道:"大哥,你们是要取水?那也要讲个先来后到,好好地排队不行吗?"贼头目左右看了看,说道:"排队?老子从小到大从来没排过队。"说完仰天哈哈大笑。

芊笋道:"真不要脸。"

贼头目的眼睛在芊笋身上打量了一番,嘿嘿一笑说:"这女娃娃生得好看,细皮嫩肉的,正好给我做个婆娘。"旁边的贼人一拱手道:"恭喜大哥。"贼头目又仰天大笑，刚"哈"了一声，就听见一声清脆的耳光，啪的一声，什么东西打在他的右脸颊上。贼头目一愣，周围看了一眼，最近的人是扶苏，离他有七八步远。他当时只是觉得扶苏身影好像晃了一下，但多年当山贼打打杀杀的经验告诉他，这么远是打不着自己的，就左右看了看，怒喝道："谁？"

扶苏笑了笑，指了指他身边的山贼。贼头目咆哮一声："哇呀呀！"挥手就是一马鞭，抽在身边山贼的脸上，那人脸上顿时多了一道血印。他委屈地捂着脸，问道："大哥，你打我干啥？"那贼头目觉得鼻息下一湿，摸了摸，一看是鼻血。又看了看扶苏，见他脸上满是嘲弄的表情，意识到自己上当了，就指着乐因她们四个，说道："老二，杀了这小子，那四个女娃娃给你挑一个当婆娘。"

那名山贼策马冲了过来，马头刚过扶苏，挥刀劈下。扶苏一举手，扣住他的手腕，往下一拽，那山贼脸朝下跌落在沙地上，嘴中号道："脱臼啦！哎呀！"山贼头目脸色一变，一挥手，十几名山贼围了上来。

扶苏暗道："扶摇剑在鞘中寂寞了好久，今日正好拿你们来开开刃。"转手在背后抽出了扶摇剑。未等众贼手中刀完全举起来，一招武王破阵剑之瑟瑟秋风，瞬间，十余名山贼跌落马下。不过扶苏近日研读佛法，加上芊荨在耳边灌输慈悲之心，身上戾气大减，出手就轻了许多，都是刺在手腕、腋下、肩胛骨等部位，并未伤一个人性命。

刚才，扶苏一出手，草棚下的老者一怔，嘴里喃喃道："武王破阵剑？"这会儿见众贼都已躺在沙地上呻吟，就问道："公子来自哪里？"

扶苏说："大秦帝国。"

老者问："你是苏儿？"

扶苏有点诧异。"苏儿"这个名字，近几年只有母亲这么叫，在这遥远的西域，竟有人能叫出自己乳名，就上下仔细打量了老者一遍，越发觉得面善。

老者说："刚才那招瑟瑟秋风，是何人所授？"

扶苏瞪大了眼睛，张口叫道："啊！"

秦庄襄王子楚，有两个儿子，长子嬴政生于赵都邯郸，其母为大名鼎鼎的赵国女子赵姬；次子成蟜生于咸阳，其母为韩国宗室女子韩姬。成蟜比嬴政小两岁，十五岁时出使韩国，干了一件大事，回来后被封为长安君。

当时，秦国主要有三支外戚势力，其一是以华阳太后为代表的楚系势力。本来秦国王室历来和楚国联姻，楚系势力盘根错节，根深蒂固，再加上还有吕不韦的支持，毕竟庄襄王的上位，是吕不韦通过华阳夫人实现的，所以这支力量在秦国无人撼动。其二是以赵姬为代表的赵系势力，毕竟赵姬是嬴政的生母。当时，嬴政虽未亲政，但有吕不韦的加持，这股力量实际上是处于稳步上升期。其三是以夏太后为代表的韩系势力。夏太后是秦庄襄王子楚的生母，子楚原名异人，后来为了讨好华阳夫人，改名子楚。后来庄襄王即位后，立生母为夏太后，但庄襄王在位时间太短，仅仅三年即驾崩，所以这支力量最不稳定。要在暗流涌动的大秦宫廷之中生存，就得动动脑子了。

十五岁的成蟜出使韩国后，竟然不费一兵一卒，凭着出众的口才给秦国带来了秦韩接壤的百里沃土。回来时，连交接文书、地契什么的，都带回了咸阳城。成蟜一时名声大振，被封为长安君。

可以想想，一个十五岁的孩子，出使韩国，居然凭一张嘴就能让韩国君臣同意，拱手将百里土地送给秦国，是不是有些匪夷所思？真实情况大概率是这样的：

夏太后和成蟜的母亲韩夫人都是韩国宗室女，而韩国在这个时候已沦为战国七雄中最弱的国家，却又偏偏和强秦相邻，他们也知道秦国兼并天下的计划，早在秦昭襄王时期，范雎为相时，就制定了远交近攻的基本方针。和强秦联姻也是小心地维持和平的策略之一，在秦国宫廷培养亲韩的政治力量自然也是他们的国策。也就是说，在成蟜出使之前，夏太后早就和娘家人打好招呼了。或者说，这次出使韩国就是为成蟜量身打造的。

"秦国在商鞅变法后，即便是王子，没有军功，也与庶民一样。我这个孙子，年纪轻轻，没什么战功，也很难有什么荣誉，但毕竟和韩国天然亲近，若是一直这么碌碌无为，将来我们韩系势力便很难有立足之地。为了我们还能在秦国有一席之地，还能有些说话的资本，你们舍出来一些土地，让他立个功吧。你们想想,前几年,我儿子庄襄王在位时,敢冒天下之大不韪,把天下宗主东周给灭了,后来攻赵、伐魏,而对韩国,只是仅仅取了你们成皋和巩地,为的也只是打开往东的通道。所以说,自己人有话语权是多么重要。"

韩国王室一琢磨,老太太的话有道理呀,干脆咱就舍吧。等成蟜到韩国后,喝了几场酒,轻轻松松地得到了百里沃土。

公元前239年,秦王嬴政命成蟜率军五万,增援蒙骜伐赵。由于成蟜年少不懂军事,吕不韦便派樊於期作为援军副帅,协助公子成蟜。大军赶到一个叫屯留的地方休整时,樊於期将听说的一段传说——关于秦王嬴政的身世告知成蟜。刚开始成蟜怒斥樊於期,呵道:"一派胡言!王兄虽生在邯郸,但宗正记录得清清楚楚,他是赵太后怀孕十二个月才出生,这和传言岂不矛盾?"樊於期道:"不管是真是假,总归他不是出生在咸阳城,这是事实吧?那么就存在疑点呀。而你可是真真切切庄襄王的亲生子,你为什么不搏一把呢?"

在此之前,成蟜与大哥嬴政感情笃厚,两人经常一起练剑、读书、宴饮。一次,嬴政起誓道:"等我取得天下,定与兄弟共享之。"长安君也起誓道:"一生忠于大哥,永不背叛!"想到这些,成蟜拔出佩剑,将案上的酒樽击个粉碎,怒吼道:"樊将军,这个话题到此为止!"樊於期平静地说道:"公子,息怒,你让我把话说完,再杀我不迟。"他见成蟜把剑又收入剑鞘,说道:"公子,眼下夏太后刚刚离世,而你根本就没有带过兵,朝中猛将如云,吕不韦为何让你领大军伐赵?这是他们对公子的清洗,邺城连蒙骜这样的猛人都打不下来,让你来能起到什么作用?到时候他们定会以贻误战机为由治你的罪。"听到这里,成蟜有些犹豫了。

后来成蟜在屯留叛变。屯留在上党郡,上党是长平之战的主战场。武安君白起在此坑杀赵军四十万,而此时的上党郡,并入秦地不过短短八年,此地军民的父辈,不是韩人就是赵人,对秦国有着刻骨铭心的仇恨。现在,长安君成蟜谋反,让屯留军民觉得这是个闹分裂的好机会,纷纷响应。谋反前期,有这些人的集体反水,加上樊於期的勇猛,不愿意反叛的秦军猝不及防，被打得四处逃散，死伤无数，屯留遍地尸体，血流成河。

成蟜本计划背靠赵国的支持，往西攻入河东郡，西渡黄河，挺进关中。计划是好的，但他错误地判断了赵国的态度，过高地估算了叛军的作战能力。赵国只是坐山观虎斗，看着他们兄弟相残，而把本国的军事力量都放在了邺城的防务上。

长安君造反的消息传到咸阳后，嬴政暴跳如雷，立即派王翦、桓齮、杨端和、王贲等猛人率军十万前去镇压。

王翦派杨端和去劝降成蟜，只因杨端和与成蟜素来交好。两人相见，杨端和泪流满面，问道："长安君，为何如此痴愚？"

成蟜："不想我大秦数百年基业落入贾人之子。"

杨端和长叹一声说："唉！此乃六国之人编出的诬蔑之词，你乃堂堂公子，这话你也信？"

成蟜沉默了。

杨端和道："君还记得那次沣河畔游，你自比樗里疾，要好好辅佐王兄？"樗里疾是秦惠文王的弟弟，与惠文王感情笃厚，屡立战功。在战神白起没出现之前，樗里疾是秦将里歼敌人数最高纪录的保持者。

成蟜沉默片刻，冷冷道："开弓没有回头箭。事已至此，我只能放手一搏了。"

杨端和冷笑了一声，说："河东、河内、太原三郡之师已经分别封住你西进、南下、北上的通道。退一万步来讲，即使你打败了他们，突围出去，你还要面对三川郡军。你敢渡河进关中，面对你的就是秦国最精锐的京师中尉军，他们的战斗力和你带领的屯留叛军相比如何，你不会心中没数吧？"

这时，成蟜的一名侍卫趋步过来，低声耳语道："樊於期将军突围逃跑了。"

成蟜知道大势已去，仰天长叹一声，将剑扔在地上。

杨端和一拱手，说："我回去等公子的消息。"当晚，成蟜由太行山滏口陉逃往赵国。第二天，王翦率军攻入屯留，叛军皆因连坐被斩首，屯留的百姓全部被流放到甘肃临洮。

樊於期逃往燕国，燕王知道此人不能留，意欲杀掉。太子丹却和樊於期交好，就留在了身边。后来荆轲刺秦时，所献人头即是樊於期的。

成蟜逃到赵国后，得到了一块小小的封地——饶。九年之后，秦军再次伐赵，势如破竹。嬴政亲自到邯郸城督战，赵国灭亡。成蟜再次流亡天涯，不知所终。

扶苏见老人识得"武王破阵剑"，再仔细打量着白发苍苍的老人，蓦地，他想起一些儿时的画面。那时，父王和二叔长安君在练剑，对练的就是武王破阵剑，当时他有五六岁，在一边观看。他缠着父王教他练剑，父王笑道："你拿得起剑吗？"长安君就给他削了一把木头剑，还传授给他一招"瑟瑟秋风"。只是打那以后，他就再也没有见过二叔了。直到长大后，在一次读史书时，才知道长安君居然谋反了。不过，史官记载他是在屯留破城后自杀而亡的。

此时，扶苏听见老者问话，一拱手道："那是我二叔所授。"

老人仰天叹道："二十年木剑已朽，人已蹉跎。"

扶苏静静地看着老人，他已猜到此人就是长安君，只是无法将眼前这个须发皆白、一身蓑衣的老者和那位闻名咸阳城的翩翩公子联系在一起。

扶苏眼睛有些湿了，说道："老伯像极了我的一位亲人，不过他已经战死沙场了。"老人呆呆地看着他，说道："你也像极了我的一位故人。罢、罢、罢，应该是我的幻觉吧！"

芊笋在一边，听见他俩这种奇怪的对话，就看了看扶苏，又看了看老人，问道："老伯，这前边多远还有水源？"老人道："还有两天的路程吧，这骆驼就是租给来往过客驮水的，它们把客人送到下一个水源地，就会自己返回的。"

芊笋就笑着跑到骆驼跟前，摸着它的驼峰，笑道："好聪明呀！"又看着沙地上狼狈不堪的山贼，就给乐因她们招手，道，"姐姐们，给他们检查一下伤口，敷点药吧！"乐因就指着众山贼道："都排好队，一个一个来。"芊笋就拍着手，咯咯地笑道："对，刚才那位还说从来不排队，现在让他好好地排队……"

她们四人给伤口较深的山贼敷了点药，都无大碍。这伙山贼上马，礼貌地和扶苏拱拱手，扬长而去。

六人在泉水边休息了一夜。老人问扶苏道："大秦有一位名将，叫杨端和，还在世吗？"扶苏点点头道："还健在，和章邯一起在骊山修皇陵呢！"老人淡淡地说道："陵寝修得再豪华，到时还不是一具白骨？肉还不是被虫子吃掉？躺在这沙丘上，到时也一样是一具白骨，只是肉还能被鸟吃了，飞到天空，这不是比那黑暗的地穴之中快乐？"

清晨，老人将骆驼的缰绳卸了，在背上装满了水囊，冲着扶苏伸手，说道："所需一百钱。"芊笋笑道："老伯，给你两镒金。"老人摇了摇头，说道："这荒漠之中，做生意最需讲诚信，我这是童叟无欺。你多给的就是施舍了，不要、不要。"

老人看着他们上马后，转身将目光投向东方。半晌，吟道："他乡故乡兮，杨柳依依；过客乡党兮，雨雪霏霏……"

扶苏不时地转身回望，直到那个草棚完全消失在视线之中。芊笋问道："昨天，你和那老伯的对话咋怪怪的，你们到底认识不？"扶苏道："都认错了。"

果然，两天后，骆驼把他们带到一处泉水处，自己先低下头，饱饱地喝了半天，又啃了一些水边的青草，随后扬蹄往东奔去。芊笋道："怪不得老伯要把骆驼的缰绳卸下来，他是怕一些不讲信用的过客到这儿后牵着缰绳不让骆驼回去。"扶苏就笑道："芊笋妹妹还怪聪明的，以后怕是骗不了你了。"芊笋就在他肩上捶了一拳，叱道："你还敢骗我！"

彼岸峰位于天山南麓，龟兹国境内。龟兹人以音乐、舞蹈、铁器闻名于世。佛教文化在传入东土以前，在此已盛行数百年。扶苏一行赶到彼岸峰脚下，见山势陡峭，根本无法骑行，就将五匹马寄存在一猎户家中，给了些散碎金子，嘱咐好生喂养。

六人顺着一条小径缓缓而上，小半天时间即到山顶。山顶是一个不大的平台，也没有树木，只有光秃秃的几块巨石。芊笋四周看了看，将双手拢在嘴巴边上，喊道："菩提翁，你在哪里呀？"话音刚落，就听对面山峰上传来一阵啸叫声，竟如天上的雷音一般洪亮宽广，细听又似猿啼之声。扶苏暗忖：这应该就是天山牟尼所说的白猿长老了，内力修为竟到了此等地步！

一会儿，对面山峰的密林中涌出一大群猴子，有五六十只，在对面吱吱吱地叫了一阵。扶苏走过去看了看，这是两座孤立的山峰，对面那座更高一些，整座山峰青翠浩渺，青翠之间夹杂着连绵不断的暗红色，却不知为何物。两座山峰之间是万丈深渊，扶苏站在悬崖边上一看，两峰相距有五六丈宽，有两根粗大的藤条一高一低地由对面山峰一直伸了过来。扶苏正犹豫怎么过去呢，对面的猴群里蹿出两只猴子，飞身跳到那根藤条上，沿着藤条三两下就来到他的脚边，看了他一眼，吱吱地叫了几声，又沿着藤条跑到了对岸。

扶苏就走到悬崖边上，脚踩了一根藤条，两手抓住上面一根藤条。到中间时，山间忽然吹过一股横风，扶苏的身子和脚底下的藤条如秋千一般摆了起来。芊笋在这边看得真真切切，喊道："小心呀！"扶苏提了一口气，脚下暗使"千斤坠"，慢慢地稳住了藤条。现在扶苏的位置距对面只有两三丈左右，脚下一使劲，即可飞跃到对岸，只是后面的芊笋和乐因四人不一定有这样的功力，他就一步一步地踩着藤条走到了对面，向芊笋一招手说："芊笋妹妹，你们可以过来了，这藤条很结实，没问题。"

芊笋踩上去时，扶苏握住对岸的藤条，暗吐内力，用一招"虚怀若谷"，将藤条受山间风力的影响而左右摆动之势化解得无影无踪。芊笋稳稳地走了过来，还有一步之遥时，芊笋一个跃步，跳到扶苏的怀中，再往下一看，见山间云蒸霞蔚，不见谷底，伸了一下舌头，悄悄说道："扶苏哥哥，你看我手心的汗，你刚才担心我了吗？"扶苏就点了点头，笑道："你以后要叫我郎君了。"芊笋脸红红地，在他耳边小声道："郎君，刚才你好帅呀！"伸手用扶苏的衣襟将手上的汗水擦了擦，又偏着脑袋咯咯地笑了起来。扶苏等乐因她们四人全部过来后，松开了藤条，六人往山顶走去。

那群猴子在前面跑着，不时停下来，回过头看着扶苏他们，芊笋道："看来这群猴子是来接我们的。"扶苏点点头没有吱声，盯着路边成片的花海仔细看了看。见这种花花瓣纤细，微微曲卷，呈辐射状向外散开，艳丽无比，奇怪的是花瓣以下光秃秃的，竟没有一片叶子。这是他在中原地带从来没见过的一种花，就问道："这是什么花？怎么连一片叶子都没有？"芊笋也蹲下来，看了看地下的花瓣，喃喃地说道："佛经上有个彼岸花的传说，不知道是不是此物。"

一个声音道："这娃娃说得对，此物正是彼岸花。"他俩一抬头，见山坡上站了一位高大的僧人，满脸胡须曲卷，胸前挂了一串念珠；身上是宽大的袍子，袍子上满是五颜六色的补丁。那僧人看见芊笋的一瞬间，先是一怔，接着又摇了摇头。

彼岸花在天竺国叫曼珠沙华，"彼岸花，开彼岸。开一千年，落一千年，花叶永不见。情不为因果，缘注定生死。"传说彼岸花香有魔力，能唤起死者生前的记忆。

芊笋双手合十拜道："这位师父可是菩提翁？"那僧人道："我是龙檀子，师尊在禅定，说是左眉仙子和右眉使者今天会到，特让我在此恭迎二位。"芊笋和扶苏对望了一眼，芊笋微微一笑，说："龙檀子，你误会了，我们不是左眉仙子、右眉使者。他叫扶苏，我叫芊笋。"龙檀子道："彼岸峰一年来不了几个人，不会错的，走吧。"转身往前走去。芊笋问道："龙檀子，以前看经书说有彼岸花，我还以为只是个传说呢，没想到，这世上还真有此花呀！"扶苏问道："为什么叫彼岸花？"

龙檀子道："守护此花的是两个精灵，一个是花精灵叫曼珠，另一个是叶精灵叫沙华。它们守护了几千年的彼岸花，可是却从来没有看见过对方，因为开花时不见叶子，而有叶子时却看不见花。花叶之间，生生相错。它们疯狂地思念着对方，都被这痛苦深深地折磨着。终于有一天，它们决定违背天条偷偷地见一面，即使会受到最严厉的惩罚。那一年，曼珠沙华鲜艳的花瓣在翠绿的叶子衬托下，开得异常妖娆美丽，一时惊动了天界。曼珠和沙华被打入轮回，并被诅咒永远不能在一起，而且不能开在人间，只能开在黄泉路上。从那以后，曼珠沙华又叫彼岸花，花的形状像一只祈祷的手掌。曼珠和沙华每一次轮回转世时，在黄泉路上闻到彼岸花的香味，就能想起前世的故事，然后相约来世再爱，却又会再次跌入诅咒的轮回。"

芊笋牵着扶苏的手，说道："它们好可怜呀！为什么这么相爱却不能在一起？"龙檀子叹道："情天恨海，痴男怨女。"龙檀子带领他们来到一个石洞前，停了下来，双手合十道："师父，客人带过来了。""咚、咚、咚"，一阵重重的脚步声从洞口传了过来，一个巨大的身影站在洞口，是一只全身雪白的灵猿，直立着身高有一丈多。扶苏问道："这位就是白猿长老？"龙檀子道："对，这位就是白猿师叔。"

扶苏和芊笋路过白猿长老身边时，芊笋双手合十拜了一下，白猿长老微微点了一下头。到乐因她们四人时，白猿长老却伸直了前臂，摇了摇头。芊笋就对她们四人说道："你们不用跟着，在外边歇息一下吧。"

芊笋牵着扶苏的手，两人并肩前行，走了二三十步的样子，见一位长者盘坐于石台之上。洞中光线暗淡，看不清容貌。扶苏这段时间看到芊笋见长者总是双手合十，自己也双手合于胸前，拜道："弟子扶苏，拜见菩提翁。"芊笋拜道："芊笋是天山牟尼的嫡传弟子，特来拜见师尊。"菩提翁开口道："那妮子近来可好？"芊笋就把整个经过简单地说了一遍。

菩提翁把白猿长老叫了进来，说道："师弟呀，你下山走一趟，那大宛国有段因缘未了。"那白猿看着扶苏和芊笋一眼，点了点头。这时，刚才那群猴子鱼贯而入，每只猴子前肢举了起来，爪子里面有的是一个水果，有的是松子、大红枣等干果，挨着放在菩提翁面前，又蹲在对面，仰脸看着菩提翁。菩提翁道："今天有贵客到访，就不给你们说法了。"众猴子又叽叽喳喳地出去了，只有一只很小的猴子，约半尺大小，不肯离开。它跳到芊笋的怀中，把头埋在她的胸前，芊笋抚摸着它的脑袋，笑道："小猴儿，你为什么不去找你的妈妈呢？"

菩提翁道："它的妈妈三天前去世了。"芊笋心中一阵难受，想起母后去世的那段时间，自己白天对着天空默默发呆，晚上经常在梦中哭醒。这种痛苦太难熬了，就抓着小猴子的前爪，说道："小猴子，你以后就跟着姐姐吧。"这时洞外传来几声猴子的叫声，那只小猴子看了芊笋一眼，跑了出去。芊笋叹道："师尊，我佛以慈悲为怀，佛祖又法力无边，为什么世间还有这么多的生死别离、哀怨愁苦？"

菩提翁道："尘世有八苦：生、老、病、死、怨憎会、爱别离、求不得、五阴炽盛。轮回之中的所有生命都是苦难。"

芊笋道："那为什么还要修佛呢？"

菩提翁道："为了解脱。"

芊笋道："如何解脱？"

菩提翁道："凡所有相，皆是虚妄。若见诸相非相，即见如来。无所得，亦无所失。无所来，亦无所去，本来一体，从无分别。"

芊笋道："师尊，这大千世界，山川万物，如何能将其看空？"

菩提翁道："这要凭机缘，靠参悟。你二人与佛本来一体，只是堕入迷津，今日给你们点拨一二吧！"

听到这儿，扶苏有些糊涂了。在遇见芊笋公主以前，他从来没有听过"佛"这个字，怎么就与佛本来一体？

菩提翁接着说道："芊笋娃娃，你在扶苏公子眼里面千娇百媚，是位绝色美女。"他又指着洞顶，说道，"这洞里面还有数只蝙蝠，在它们的感知里，你、我和白猿长老，甚至和刚才那群猴子一模一样，只是一堆肉。再比如，对刚才那群猴子来说，如果里面的公猴寻找配偶，它是会找一只母猴呢，还是会找你？那么，芊笋娃娃，你到底是美还是丑？是善还是恶？"

芊笋还未明了，但听刚才菩提翁所言，心中有些不适，就冲着扶苏眨了眨眼睛，微微一笑，在耳边轻声道："大马猴。"菩提翁对白猿说道："叫龙檀子进来，也给他解一个心结。"白猿长老轻啸了一声，龙檀子走了进来，跪在菩提翁面前。菩提翁道："龙檀子，这女娃娃你可识得？"龙檀子侧目看了一眼，说道："这几年，按照师尊传授的心法，降服心魔，不想不思量。"菩提翁道："这娃娃从大宛国来。"听到"大宛国"三个字，龙檀子高大的身躯突然颤抖了一下，瞬间泪流满面。他缓缓说道："二十年前，龟兹国王张榜纳贤，求取名医，因龟兹公主生了怪病，经常心口绞痛，有时会突然昏死过去，一会儿，又会慢慢地清醒，不知看过多少名医，病情仍然不见好转。龟兹王将报酬开到了天价，当时，龟兹国有两大铁矿，分为东西两矿。王榜上写道：'龟兹国王之女新竹公主，间隔月余，复发心绞痛病症。现招募全国名医，能医治好新竹公主之疾者，东矿矿权归其所有。'一时间，不光龟兹国的名医，整个西域诸国的医者云集龟兹古城。但却没有一人能判断出公主的病情，更别说治疗了。

"这天，王宫门口站了一名青年，手中拿着王榜。被招进王宫后，青年见到了新竹公主，立即被公主的美貌深深吸引。为公主号脉时，她的手腕上搭着一块纱巾，青年感觉公主的心跳和脉动，不自觉地把自己的脉搏调整得和公主同频。一时间，静静的屋子里就有了明显的怦怦之声。青年已经判断出公主的病根了，但这是个艰难的选择。治疗方法要用针砭之术，部位是胸口，还需要公主脱掉上衣。和前面的条件一样，如果治好了，青年将得到一座矿山；如果治不好，将被砍掉脑袋示众。

"青年犹豫了片刻，依然坚定地点了点头。半天工夫，整个王宫沸腾了，公主醒了过来。这名青年果然用手中几支细细的银针治好了公主的病。龟兹王笑逐颜开，大摆筵席，宴请青年神医，并准备将矿山的所有权交接给他。谁知，青年却拒绝了矿山，但提了个小小的要求：留在王宫，当一名宫廷御医，以便更好地为王室服务。对于这个要求，龟兹王自然高兴，毕竟那座铁矿快占到国家财富的半壁江山。

"在王宫中，青年经常能见到新竹公主，看到她窈窕的身姿，他莫名地开心，然后心跳像那天的一样。每当这个时候，公主还会对他甜甜地一笑，这一笑，会把青年当天晚上的睡意全部驱走，他会想着这个笑容一直到天亮。

"慢慢地，公主到了谈婚论嫁的年龄，求婚者比当年揭王榜的医生还要多。看着络绎不绝的王侯将相、青年才俊，青年始终没有将他心中的爱告诉任何人。而公主也没有遇见她的意中人。直到有一天，大宛国新继位的王带领着五千骑兵，驱赶着三百匹汗血宝马，来到龟兹边境，向龟兹王递送了求婚书。大宛王按龟兹王的命令，将部队安扎在边境，自己则带领百人以下的使团到龟兹古城相亲。

"第二天，大宛王仅仅带了两名护卫，来到龟兹古城。这两名护卫一名叫图兰，另一名叫可可因。龟兹王见年轻的大宛王气宇轩昂，一表人才，自是十分喜欢，当场定下了婚约，收了三百匹汗血宝马作为聘礼，只是要求大宛王要皈依佛教。大宛王在龟兹古城待了一个月，等着新竹公主准备嫁妆。在出嫁的前一天，新竹公主又遇见了青年神医，两人擦肩而过时，新竹公主道：'那次昏迷中，我就感到了你的心跳声，以后每次相遇我都感觉得到……只是，你从来不曾表露心迹，我一个女儿家……'听到这儿，青年神医仿佛被雷击中了，呆在原地一动不动。"

芊笋问道："你是在说我父王和母后的故事吗？"龙檀子点了点头。芊笋又问道："那你就是那个青年神医？"龙檀子仰天长叹道："我算什么神医？就是个医匠而已。医者父母心。我在第一次看到你母亲时，就确定自己一生是忘不了她啦，所以，在做针砭之术时，就留有私心，本来可以除根的，我却故意留下点引子，想着这样就可以经常见到她了。谁知，新竹却远嫁大宛，从此以后，天各一方。本来她这病，只要不生养，也并无大碍……后来，我也曾云游到大宛国，听说你母亲已经过世了。"说完，龙檀子的身体剧烈地颤抖了起来，放声大哭。

芊笋就想起小时候的一些记忆，母后昏厥后苍白的脸，王宫里到处飘荡的草药味。等她稍大一点了，有一次，母后给她说，她要搬到月宫上去住，然后，父王会给她找个新母后。她就摇摇头说，不行，她也要去月宫。母后说，小孩子不能去月宫，她就问，那什么时候才可以去？母后抱着她说："等你长大了，嫁了人，到时候就可以去月宫了。"她能感觉到母后的泪水一滴一滴地落在她的头顶。

等龙檀子平静了一些，菩提翁说道："龙檀子，你带他们去后山那两间茅屋歇息去吧！"一行人出了山洞往后山而去。

晚上，扶苏在茅屋外练了一会儿天道九式。在练到大象无形时，龙檀子在一边喝彩道："好剑法！"扶苏就收剑停了下来，苦笑道："我这招大象无形，只是无形，没有大象。"龙檀子道："确是好剑法，你这一剑直着刺出，没有任何变化，只不过你这招式之中，动作根本就不重要。而用动作驱动内力，再化作剑气才是厉害至极。"扶苏见他说出了大象无形的根本，略感诧异，道："先生练过道家功夫？"龙檀子摇了摇头，说道："我云游医时，到过大秦的陇西郡，接触过几位大夫，和他们交流过这种思想，很高明。"扶苏道："我这招练了无数遍了，当初师父授我心法时，我是一字一句地记在心间。怎么内力发出来却微乎其微？"

龙檀子道："你这招大象无形的真气如何运行？"

扶苏道："起于丹田，沿任脉上升至璇玑，由右脉发出。"

龙檀子道："我知道了，你的任督二脉没有打通，气海内力虽然强劲，但是瞬间发不出去。"

扶苏道："任督二脉要打通谈何容易？那还得苦练若干年。"

龙檀子道："任脉起于承浆，经璇玑、巨阙、神阙、气海、关元至曲骨。督脉起于会阴，并于脊里，上风府，入脑循额，两脉之间的断点有两个，一个位于口腔，另一个位于谷道。"

扶苏道："是呀，这两个断点要靠内力在体内隔空连接，谈何容易？"

龙檀子笑道："为什么要隔空连接呢？连接这两个断点异常容易，连刚出生的婴儿都会，成年人反倒忘记了。"

扶苏不解地看着龙檀子，等着他的指点。龙檀子将嘴巴微微张开，用舌尖顶住上颚，说道："上点这不就通了？下点你撮谷道试试。"扶苏突然哈哈大笑，一调息，扶摇剑平平地刺出，大喝一声："大象无形！"前面一丈开外，一棵碗口粗的黑松树被剑气所击，拦腰折断。

扶苏又将负阴抱阳、无中生有、虚怀若谷、飘风骤雨、寸进尺退、天长地久、大盈若冲、出生入死挨着试了一遍，威力均大增。

芊笋带着四个婢女满山遍野地找那只小猴子，喊道："小猴子，你随姐姐下山去大宛国吧，带你喝葡萄酒。"找了半天，也没有找到。扶苏笑道："你的小猴弟弟不理你了。你没听菩提翁说嘛，在小猴子的眼里，你不一定比其他的母猴好看呢！"

芊笋就瞪了扶苏一眼，喝道："大马猴，这样的话，你不准说，知道了没？"回头看见龙檀子也在边上，就笑道，"龙檀子伯伯，您多给他指点指点。"龙檀子道："长公子内力深厚，剑法精湛，是世不多见的练武奇才。我只是在医术方面略懂一二，谈不上指点。"

扶苏笑道:"刚才龙檀子一句话,抵得上苦修十年。"龙檀子摆了摆手道:"公子言重了,你内力深厚,迟早会打通任督二脉的,我只是帮你走了个捷径而已。"说着,双手合十,又对芊笋说道:"芊笋娃娃,我今天很开心。这个秘密就像一块巨石压得我寝食难安,今天说出来,心里舒坦多了。你想惩罚我,我认。"芊笋叹口气道:"冤冤相报何时了。再说了,当时你只是动了贪念,并非有意加害,如果没有你,母后可能早都……"

龙檀子道:"真是菩萨一般的心肠。此次我就不随你们下山了,白猿长老的大力金刚掌威力巨大。那图兰我以前见过,他的无相神功强不过金刚掌。再说还有公子的天道九式,你们稳操胜券。到大宛国后,你们先用兵符调动边防的军队,让他们赶赴王城勤王,然后你们再返回王城。估计王城的卫戍部队已经被图兰控制了,到时候需小心行事。"扶苏道:"好的,到时候我们见机行事吧!"

龙檀子合掌道:"兵家凶险,刀剑无情。我再传授你一招保命之学吧!"芊笋指了指扶苏,笑道:"大马猴,你来学。"龙檀子微微一笑,就将手掌贴在扶苏的腰部命门处。扶苏只觉得龙檀子的内力注入督脉,却不是一味地发力,而是随着自己的脉搏节奏,一进一停。慢慢地体内一股暖流稳稳升起,散至五脏六腑,感觉无比舒畅。龙檀子传授完吐纳和调息运功的心法,说道:"重伤之人,不管是自救,还是救人,都可以用此法保命,只要真气不绝,所救之人脉搏就不会停止。"扶苏点点头,双手合十拜道:"谢谢龙檀子师伯,今日受益匪浅。"

他们在彼岸峰待了一晚上,第二天,扶苏一行六人和白猿长老辞别菩提翁,下山而去。再到那两峰之间时,白猿长老一个飞跃,五六丈的距离,轻轻松松站到了对岸。扶苏一竖大拇指,喝了一声彩,将扶摇剑由背上摘了下来,奋力一扔,扶摇剑飞向对岸。白猿长老一伸前爪,稳稳地抓住剑柄。扶苏深吸一口气,噌的一声,身体拔地而起,在空中舒展了一下身子,稳稳地落在了对岸。白猿长老也学着扶苏的样子,伸了一下大拇指,将扶摇剑交给了扶苏。

扶苏又抓住那根藤条，冲着她们五人一挥手，还是那招虚怀若谷，芊笋和乐因她们就沿着藤条稳稳地走了过来。六人下山来，从猎户家里牵出马匹，给人家道了一声谢，跨上马背。芊笋看着白猿长老道："那就委屈白猿长老啦！"

　　白猿长老一挥前爪，自己先往前飞奔而去，芊笋在乌狮耳边轻语一声："追上它！"乌狮扬天嘶鸣一声，扬蹄飞奔而去。乌狮驮着扶苏和芊笋，和乐因她们的四匹汗血宝马基本保持同速。白猿长老在前面带头飞奔，速度竟然一点不逊于汗血宝马。半个时辰左右，芊笋见白猿长老不时回头看他们一眼，就知道它争强好胜，不能再这样跑下去了，就笑道："白猿长老，你也慢些，你这神通，我们可赶不上呀！"说着就轻轻地勒了一下乌狮的缰绳，后面都慢了下来。

## 拾

## 平叛

一路无话。这天赶到大宛边境，扶苏和芊笋找到驻军的将领，将兵符交给他，芊笋给他简单地说了一下，王城发生兵变，现在要调这支部队去勤王。这是一名都尉，叫雷尼。雷尼看着兵符，又看了看芊笋公主，说道："公主殿下，事关重大，上个月图兰大将军来营地视察，专门交代了，军队调动要他的手谕，否则以叛军论处，格杀勿论。"扶苏冷笑道："就是图兰作乱，难道你还要给他请示，去诛灭他吗？今天，你听从公主调遣，就是平叛有功，到时，自然加官晋爵。不听从调遣的话，视同乱臣贼子，就地诛灭。"

雷尼在大帐内来回踱着步，低头沉思。扶苏问道："雷尼，大宛国驻军除了你的这支部队，还有哪些？"雷尼道："还有锡水河南岸的五千兵马，剩下的就是王城的卫戍部队三千人。"扶苏道："你这儿有多少兵马？""也是五千。"扶苏让芊笋把玉玺拿了出来，举在手中，朗声说道："雷尼，听令！今封你为大宛国统领大将军，即刻领兵前往王城勤王，不得有误。属下有不听号令者，格杀勿论！"转头见帐内有一根碗口粗的石柱，暗提内力，猛挥一掌，将那石柱击得粉碎。雷尼浑身一颤，一拱手，道："得令！"

按照扶苏的安排，他们先入城，雷尼带领部队赶到城外三十里待命。傍晚时分，扶苏和芊笋两人潜入城内，白猿长老和乐因四人安顿在大军之中。亥时刚过，两人换上夜行衣，来到王宫后院外，扶苏飞身跃上墙头，俯身躲过官内一队夜巡的士兵，一挥手，芊笋也跃上了墙头。芊笋指了指神殿的方向，两人飞奔了过去，隐在大殿屋脊之上。

一会儿，二人听见门口卫兵的对话，卫兵甲道："你先在里面眯一会儿，我先顶着，听见咳嗽声，就赶紧起来，别让图兰大人知道了。"卫兵乙道："咱们在这儿守了半年了，连一只雀儿也没飞进来过，这王宫里能有什么嘛！"接着，听见殿门吱呀一声，卫兵乙进去了。

扶苏在屋顶的瓦上掰了一块瓦砾，弹了出去，正中卫兵甲后脖哑门穴。卫兵甲软软地靠在墙上，张着嘴，发不出一点声音。扶苏牵着芊笋的手，跃下大殿，推门进到里面。卫兵乙刚刚靠在佛龛下，闭上眼睛，猛地觉得跟前有人影，睁开眼睛，还没开口，一把剑抵在了咽喉。芊笋轻声喝道："狗奴才，快说，我父王在哪儿？"卫兵乙睁大了眼睛，仔细一看，见是芊笋公主，道："原来是公主殿下，只是属下的确不知道大王在哪儿。"芊笋道："胡说八道，以前这神殿什么时候这样戒备过？看来不让你吃点苦头，你是不会开口是吧？"转身就在后面摘下那只黑色的藤罐。

扶苏道："慢着！"伸手在卫兵乙胸前膻中穴一戳，那人如电击一般，身体萎然倒地。扶苏道："蜇他。"芊笋一弹那黑罐，二十多只大黄蜂倾巢而出，扑向卫兵乙。那人瞬间躺在地下抽搐着，脸上汗水如浆，张大嘴巴，惊恐地看着他俩。芊笋蹲了下来，轻轻地问道："父王在不在这儿？"卫兵乙拼命地点了点头，芊笋就收了大黄蜂。扶苏在他后背上拍了一下，卫兵乙就沙哑着说道："我们只是在神殿外边警戒，见有一个聋哑人每天三次送饭进来，其他一概不知。"芊笋看了扶苏一眼，扶苏点了点头，道："谅他也不敢撒谎。"

神殿当中是一尊巨大的佛像，底下是高约一丈的莲花宝座，上半部是佛陀敷坐像，高约三丈，整个造像为花岗岩雕琢而成。佛陀结跏趺坐，双目微睁，悲悯地俯视着脚下的苍生。

此神殿原为大宛王宫内的一座小石山，二十年前，大宛王迎娶了龟兹国新竹公主，皈依佛教，做了一名虔诚的优婆塞（男居士），在王城南锡水河南岸附近修建了一座神庙。新竹公主体弱多病，后来为了她礼佛方便，又在王宫的后山修建神庙。当时就以石山为基础雕刻的佛像，等佛像完工后，才在上面建的神殿。

扶苏在大殿内转了一圈，并没发现有暗道、墙壁夹层什么的，就将莲花宝座前的一个油灯取了下来，飞身跃上了莲花宝座，绕着佛像仔细地查看了一番，也并未见什么线索。他又把油灯举得高一点，突然觉得佛像的两只耳朵好像不太一样，左耳好像要光滑一些，就提气飞身一纵，稳稳地落在佛像的左肩上，站直了身子。见佛像的耳洞比常人的腰身还粗，就趴在边上往里面看，里面黑洞洞的，什么都看不见。他举起油灯照向洞口，见火苗往里面吸，就知道里面有暗道。他俯身下来，对着芊笋喊道："这里面有蹊跷，我下去探一探，半个时辰后，要是我还不出来，你就出城搬救兵攻城。"芊笋听见这话，眼睛一亮，仰着脖子小声说道："你先下来，把我也带上去，我们一起。"扶苏摆摆手，笑道："听话！"转身跨到耳洞之中。

芊笋在下面跺着脚，"喂、喂"喊了几声。见扶苏已消失了，就往卫兵乙的身上踢了一脚，喝道："都是你们这些狗贼害的，要是扶苏哥哥和父王有什么三长两短，我让大黄蜂蜇死你。"

却说扶苏进到佛像的耳洞中，俯身一看，佛像腹腔有七八尺之阔，下面不知道有多深，就把油灯扔了下去，油灯落地后随即熄灭。听声音，深度远远大于佛像外边的高度。他知道是下面还有暗道，就把身子横了起来，手脚蹬在内壁上，交替下行，刚到地面时里面漆黑一片。

少顷，眼睛适应了，就顺着一个斜下的坡道前行。约莫两三百步，眼前豁然开朗，是一个巨大的石屋，屋子中间有一个高大的灯台，上面有一个油灯将石屋照亮，墙角有两个中年男人盘坐在地上。扶苏进来后，两人往这边看了一眼，一人惊喜地喊道："长公子！"扶苏定睛一看，喊道："可可因！"扶苏正想上前，突然觉得身后一阵劲风袭来，可可因喊道："长公子小心！"

扶苏侧滑一步，唰的一声，是兵刃划过空气的声音。他一转身，抽出扶摇剑，四顾并未发现任何敌人，正茫然，又一股气流涌了过来。按方位判断在正前方，扶苏一招"寸进尺退"将剑斜着刺出，当的一声，两件兵器弹开。

四周又恢复了宁静,墙角和可可因在一起的中年人说道:"扶苏,他会隐术,你可靠墙壁而立。"话音刚落,头顶上又是唰的一声,扶苏举剑一挥,并未阻挡,而是顺着气流中心劈了过去,正是一招"天长地久",剑光在头顶罩成一片,不退反进,连攻三剑。空气中"咦"了一声,又没了动静。

扶苏以前练剑时,听王翦老将军说过,西域有一种功夫叫隐术,极难对付。当时,王翦让他将眼睛蒙上,先用耳朵听剑划过的声音,后来将耳朵也堵上,要靠气流掠过皮肤的感觉来判断方位。他倒是练过一段时间,但那仅仅是练习,从未有过实战。眼下这种情况,勉强可以防御,而招式处处慢人一步,这如何是好?念头一转:现在我在明处,而敌人在暗处,我看不见你,何不也让你看不见我?顿时有了主意,大喝一声:"飘风骤雨!"剑花飞舞,主动攻了一招,到灯台跟前时,横削一剑,油灯熄灭,屋子里顿时漆黑一片。

墙角的大宛王心中暗暗赞叹:"这小子好机智。"扶苏干脆闭上了眼睛,静下心来,果然听见石屋里有四处鼻息声,除过墙角的两人和他自己,另一个就在自己右方三步远处。于是他暗提真气,一招"大盈若冲",挥剑刺出。哧的一声,是衣服撕裂的声音;同时,对方被剑气所逼,闷哼一声,向后栽倒。紧接着那边传来一阵冷笑声,一个声音翻滚到门边,按下机关,一声巨响,石屋的出口落下一块巨石,将洞口死死地封住了。

扶苏睁开了眼睛,隐隐约约见一丈开外有个影子,稍纵即逝。扶苏飞身过去,向着刚才的方位一剑刺出,只听见当的一声,对方举刀一挡。扶苏要的就是兵刃相接,只要找到对方兵刃的方位,即可判断出敌人的位置。又使一招"虚怀若谷",扶摇剑犹如磁铁一般,吸在对方的兵刃上。对方想将兵刃撤回,往回一收,扶摇剑顺着兵刃向前滑行,扶苏喝道:"撒手!"剑锋一撩,对方如不撒手,必然被削掉手腕。果然咣当一声,是兵刃落地的声音。扶苏顺着前方唰唰唰连攻九剑,这九剑几乎同时攻击到不同的方位,只听得扑通一声,有一个形如鬼魅的身影栽倒在地上。

扶苏从身上掏出火镰，将油灯重新点着，屋子里恢复了明亮。可可因笑道："长公子，还不快来拜见岳父大人。"大宛王将手臂上的铁链哗啦啦地抖动了一下，道："先把这链子打开。"扶苏这才发现，大宛王和可可因的手腕都被手指般粗的铁链锁住。于是深施一礼，挥剑将两人手腕上的铁链齐齐斩断，跪倒在地，拜道："岳父大人在上，受小婿一拜。小婿救驾来迟，望岳父大人勿怪！"

大宛王双手互相搓了搓腕子，将扶苏扶起，笑道："贤婿请起，真如天神一般的男儿，将芊儿交给你，我放心啦！"又问道，"芊儿现在何处？"扶苏就把外边的情况给大宛王简要地说了一遍，又在屋里查看了一下。屋子里堆放了无数的黄金珍宝，只是再无别的出口。他走到那块大石头跟前，提一口气，一掌击出，石屑纷飞，那块巨石好像往后移了半寸。这石洞进石室处是个喇叭状，扶苏击这一掌，巨石后移，与洞壁反而贴得更紧了。

大宛王道："贤婿，这是王宫的藏宝洞，那石门从里面打不开，我们等着救兵吧！你给我说说芊儿的近况。"

却说外边芊笋公主等了大半个时辰，也不见扶苏出来，就在卫兵乙的身上踢了一脚，说："狗贼！真是气死我了。"便把他的盔甲扒了下来，在其衣襟上割了块布，塞在他的嘴巴里，将外边的卫兵甲也拖了进来，把两人绑在了一起。她自己套上盔甲，潜入到王城的马厩里，牵出一匹马来，飞身上马而去。在城门口，她喝道："传递紧急公文，赶紧打开城门！"

王城守卫部队半年前紧张了一阵子，这段时间见风平浪静，也就放松了警惕，将城门打开，放芊笋公主出了王城。两个时辰后，芊笋带着雷尼的部队杀了过来，城门口守军见雷尼的边防军突然兵临城下，觉得蹊跷，就派兵火速报告图兰。城门下，芊笋给白猿长老指了一下城门，说道："有劳长老把这门打开。"城门上守军往下射箭，白猿长老几个飞跃，到了城门下，两只前爪同时用力，击在城门上，使的正是大力金刚掌，那门咔嚓一声，由中间断裂。

城外的兵马举着盾牌，挡着上面的飞箭冲了进来，直奔王城而去。芊笋命雷尼将王宫围了个水泄不通。她和白猿长老、乐因等人正要进王宫，见北边一片火光，一支部队杀了过来，芊笋知道是王城卫戍部队杀了过来。等他们冲到跟前时，芊笋看到是副将哈尼带领的队伍，就喝道："逆贼哈尼，你要谋反吗？"哈尼见是芊笋公主，就在马上一拱手道："公主殿下，何出此言？眼下有乱军谋反，臣等奉命保卫王宫，何为谋反？"芊笋喝道："呸！不要脸的乱臣贼子。"转头对雷尼说道，"大统领，杀了这狗贼。"

王宫外，两支部队厮杀在一起。芊笋心中着急，无心这边，带着白猿长老和乐因她们进了王宫。到了神殿里面，芊笋指着大佛道："白猿长老，扶苏哥哥就是从这儿进去的。现在情况紧急，请你赶快毁了这佛像。"白猿长老站在佛像跟前，双手合十，先是恭恭敬敬地一拜。芊笋着急地喊道："白猿爷爷，日后我们再为佛祖重塑金身吧，您倒是快点呀！"白猿长老噌的一声，身体高高跃起，待身子升到佛像胸前时，双掌齐出，尘土飞扬，巨大的佛像斜着由左肩到右胯裂开一条裂痕。白猿长老落地后，凝视了佛像一眼。芊笋在一边拍手道："白猿爷爷真厉害！"

神殿的大门打开了，图兰走了进来，阴森森地说道："公主殿下，你还是这么调皮！若是打扰了大王闭关，臣可担当不起。"芊笋转身见是图兰，就喝道："无耻之徒！天女散花阵。"乐因、乐果、善因、善果分别站在图兰的四周，将他围住。图兰并未看她们四人一眼，直直地往前走去。正前方的善因刺出一剑，其他三剑也跟着同时刺出。

图兰将手中金刚杵一挥，碰上剑锋的一瞬间，刚觉得轻飘飘的，突然对方的力道增加了数倍，这倒大出他的意外，他原以为善因的剑一定会脱手飞出去。图兰心中一急，金刚杵往前一刺，善因身子直着往后飘了数尺，手中长剑一挡，又避过了这一击，图兰觉得身后有三支剑又从不同方位攻了过来。

这边，芊笋对白猿长老道："白猿爷爷，里面情况危急，你先毁了这佛像，救出扶苏哥哥，这边由我们先顶着。"白猿长老飞身上了莲花宝座，深吸了一口气，仰天长啸一声，挥掌再次击出。轰隆一声巨响，那高大的石佛应声倒塌。白猿长老跳了下来，抓着芊笋的手，往上轻轻一举，把芊笋送到了莲花宝座上。

芊笋见宝座上有一个大洞，深约两丈，冲着白猿长老一挥手，自己先跳了下去。落地后，她顺着斜下方前行，渐渐地有了一丝的亮光，芊笋心中一喜，喊道："扶苏哥哥……"里面有两个声音答道："芊儿！"芊笋惊喜地喊道："父王也在吗？呜呜呜……"竟喜极而泣，哭了起来。

芊笋奔到石门跟前，见那一丝的光亮是由洞顶的缝隙透出的，就趴在边上喊道："扶苏哥哥，你和父王在里面还好吗？"扶苏道："好着呢，你赶紧请白猿长老把这石门打开。"芊笋回头喊道："白猿爷爷……"洞口传来噔噔噔的脚步声，芊笋指着石门道："白猿爷爷，请您快把这石门打开，扶苏哥哥和父王就在里面。"白猿长老暗运内力，双掌击出，轰隆一声，巨石向后飞出。

芊笋不等尘烟散开就飞奔进去，见扶苏身上有血迹，就拉着他的手问道："扶苏哥哥，你身上怎么有血？你受伤了吗？"一边浑身上下打量着他。扶苏笑道："没有，没有，这是别人的血。"这边大宛王咳嗽了一声，转头对可可因说道："怪不得说女儿外向，这有了夫婿以后，把她爹丢在一边啦！"芊笋扑在大宛王的怀里，呜呜地哭着，可可因笑道："公主这段时间可是辛苦了，万里搬救兵。"大宛王抚摸着芊笋的脑袋，动容地说道："唉，也真是难为这孩子了。"芊笋哭了一会儿，又破涕为笑，说道："谁说我把爹爹丢在一边啦，只是父王英明神武，谁都伤不了你呀，不像那个傻蛋，动不动就受伤。"说着，在大宛王的怀里冲着扶苏做了个鬼脸。

"哎呀——"外边传来善果的尖叫声，接着就是当啷几声长剑落地的声音。芊笋惊呼道："我们快去外边看看，她们四个恐怕敌不过图兰那恶贼。"扶苏疾步跃出石洞，见善因、善果躺在地上，面色苍白。乐因、乐果嘴角流着血，犹自缠斗，两人全是拼命的招数。扶苏站在大佛的莲花宝座上，大喝一声："乐因、乐果，莫慌！"这时，她俩手中的长剑被图兰震飞，险象环生。扶苏飞身跃下，居高临下一招"君临天下"攻向图兰，剑气凌厉，霸气十足。图兰将手中金刚杵在前方划了一个弧，一招之内，竟和扶摇剑碰了十几下，密集的当当之声不绝于耳。

扶苏暗道："此人内力深不可测，发于刃端更是刚猛异常。恐怕一时半会儿难以分出高下。"图兰暗道："此人年纪轻轻，没想到内力修为竟到了如此程度，剑招更是变幻莫测。刚才这招丝毫没有守意，全是霸道凌厉的攻势，而自己竟找不到一处破绽攻击。此人莫非就是大秦国的长公子扶苏？"心念一转，后撤一步，金刚杵由下往上一撩，使一招"无相之风"攻向扶苏，嘴里喝道："来人通名。"

扶苏见一股凌厉的内力由下而上逼了过来，知道武王破阵剑不管招式如何高明，对此人都没有杀伤力，因为剑锋根本突不破他的内力防御圈，就侧身一个滑步，连刺三剑，喝道："大秦扶苏！"他看似随意的这三剑，却是御气术之"大象无形"。两股真气激荡，当的一声，大殿内的一口巨钟受气流撞击，竟比平时钟锤撞击之声大出数倍，回音不绝于耳。其余人同时暗赞道："好功夫！"

两人又酣斗了十余回合，大殿屋顶上的灰尘被震得纷纷落下。这时，大宛王、可可因、芊笋公主三人和白猿长老已站在莲花宝座上，俯视着大殿内打斗的二人。这时，大殿的门打开了，没见人影，众人只觉得三股阴风掠了过来。大宛王道："扶苏，魑、魍、魉进来了，跟刚才的魅一样，他们都是隐术高手，你小心些！"扶苏只觉得身后三支利器一起攻来，提气往上一蹿，在半空翻了个筋斗，身体往下坠落时大喝道："天长地久。"

剑气罩住底下一丈方圆，当当数声过后，图兰一招"无法无天"往上攻击，金刚杵在剑气的旋涡之中疾刺而入。此时，天色已大亮，扶苏居高临下，除过图兰之外，有三个极淡的影子，如鬼魅一般，飘来飘去。手中的扶摇剑找不到着力点，他又横扫一剑，逼开图兰的金刚杵，落在了四人的包围圈中。扶苏要屏息关注魑、魍、魉的无影攻击，御气之力大受影响，而天道九式全凭调息御气。此时手中的扶摇剑威力大减，一时落入下风，只有招架之力，毫无还手之功。芊笋在上面看得真真切切，焦急地喊道："白猿爷爷，你快去帮帮扶苏哥哥，他快要撑不住啦！"

白猿长老本来在上面观察了一阵子了，见四个人围攻扶苏，其中三个武功路数差不多，内力不及图兰。但扶苏明显对这三人更加忌惮，几乎没有主动攻击过他们，只是被动地防御，有好多次，他们的短剑快刺到扶苏的身体了，扶苏才靠天道剑法的步法惊险避开，看得旁边的芊笋阵阵惊呼。刚才听大宛王说这是魑、魅、魍、魉四兄弟，知道这是来自天竺国的隐术。

原来，隐术修炼是天竺密宗的一派，原是佛门上座弟子，号称解空第一人须菩提，为了开悟大众，证明色尘即空，而创造的一种修炼法门。但这种隐形仅仅对人起作用，对虎豹犬马并不起任何作用，故白猿长老在上面看得清清楚楚。

白猿长老跃下莲花宝座，一招大力金刚掌"天花乱坠"，分别拍向魑、魍、魉三人天灵盖。这三人正全力和图兰围攻扶苏，突然觉得上空如天崩地裂一般，一股巨大的压力扣了过来，忙举手中短剑刺向白猿长老前爪，同时，三人往外疾撤几步。白猿长老此招的目的就是逼着魑、魍、魉三人撤出围攻扶苏的包围圈。它落地时先是两只前爪着地，啪的一声，地面的石板裂成了几块。

魑、魍、魉三人撤出后，扶苏心无旁骛，专心对付图兰，场上的形势顿时就发生了变化。扶苏一剑紧接着一剑攻向图兰，图兰将无相功灌注在金刚杵上，在身前织成一张密网，扶苏绕着图兰旋转，寻找进攻方位，两人越打越快。慢慢地，大宛王和芊笋公主在莲花宝座上往下看，已分不清两人的招数了，只是听见两股强大的气流激荡声和兵刃相撞产生的密集的金属碰撞声。

这边魑、魍、魉三人围着白猿长老，挥动短剑分不同方位快速攻击，不过他们的隐身功能一失，按他们的攻击力只能算作二流。十几个回合下来，白猿长老已摸清了他们的路数。这时，魑在右前方挺剑刺来，白猿长老右前爪由它右臂缠绕了一圈，抓住魑的腋下衣襟，将他高高举过头顶，掌力一吐，魑直直地往上飞出，触及大殿屋顶，又直直地落了下来。咚的一声，众人先是见大殿地面上出现了一摊血，接着出现了一个人的身影，慢慢地由淡变实。大宛王仰天哈哈一笑，喝道："图兰，快快束手就擒，我废掉你武功，饶你不死。"

图兰在扶苏的全力攻击下，已大大地处于下风，思忖道：眼下，这个扶苏自己都对付不了，魑、魅、魍、魉已死了两个，加上这个白猿，武功之高匪夷所思。外面的卫戍部队现在还听他的，等王一出现，只需振臂一呼，就会完全倒戈。现在只有一线机会，那就是擒王，然后挟持离开，再做打算。想到这里就对魍、魉小声道："擒王。"

这边，魉见他们三人久战白猿不下，现在大哥魈已死，凭他两人绝难取胜，听图兰一说"擒王"二字，心念一转，将手中短剑奋力抛出，白猿长老撤掌一把抓住短剑，魉趁此机会飞身跃上莲花宝座，飞起一掌拍向大宛王前胸。芊笋在父王身边，觉得一股劲风袭来，她往父王身前一挡，砰的一声，这掌正击在芊笋的后背，她的身体直着向前飞出，又由半空摔了下来。这个变化太过突然，扶苏听得芊笋一声惨叫，回头一看，见芊笋身体直直地从半空摔了下来。扶苏回身一剑将图兰逼开，张臂接住芊笋，见她嘴里喷出一口鲜血，软软地躺在自己的怀里。

上面大宛王见芊笋飞了出去，知道是魍、魉偷袭了自己，女儿是用身体替他挡住了攻击，顿时心如刀绞，怒吼一声，顺着气流的方向全力一掌击出。砰的一声，那掌正击在魉的胸前，一声闷哼后，一个身影栽了下来。大宛王由莲花宝座上一跃而下，在地上捡起刚才被图兰震飞的乐因的长剑，狠狠地插进了魉的胸膛，随后飞起一脚，将尸体踢飞，转身挺剑直刺图兰。扶苏毕竟左手抱着芊笋，右手挥动扶摇剑，动作慢了下来，就把"大盈若冲"和"大象无形"两招混用，剑身变化微小，便靠千变万化的剑气攻击。

图兰刚见魉擒王不成，反倒送了性命，眼下就剩下他和魍二人，再想翻盘，几乎没有可能了，但谋划多年，让他马上束手就擒，又心有不甘。心想：事已至此，唯有鱼死网破，眼下，扶苏怀中抱着芊笋，他护爱心切，攻击时则时时想着正面的防守。想到这儿，一招"拈花微笑"，对着扶苏怀中的芊笋正面攻击。

当年佛祖灵山说法，面对三千大众，一言不发，只是拈花示众，众人不解，唯有迦叶微微一笑，留下了"佛祖拈花，迦叶一笑"的典故。迦叶的后世传人根据这个典故，修炼了一种高明的功夫：攻击对方时，不需要招式，内力便可直达对手身体，令人防不胜防。

扶苏瞬间感受到一股强劲的内力袭来，他刚出剑时，见图兰瞟了一下怀中的芊笋，知道他要通过攻击芊笋来逼着自己防御。这时感觉到攻击，他一个侧身，将芊笋挡在身后，又一招"虚怀若谷"将对方的内力消耗得干干净净。接着一招"飘风骤雨"，图兰顿时门户大开，扶摇剑唰的一声，从图兰前胸刺进，图兰后背露出半尺长的剑刃。

同时，大宛王的长剑也由图兰的后背插入，由前胸透出。边上魉正在白猿长老的巨掌下煎熬着，见图兰一死，知道大势已去，虚晃一剑，由白猿长老的腋下噌的一声，窜了出去。白猿长老心地慈悲，无意赶尽杀绝，并未追赶，只是转身看了看殿门方向，又回过身来，看着已倒在地上四分五裂的佛像，就在空空的莲花宝座前，虔诚地双手合十，拜了良久。

大宛王看着软软地躺在扶苏怀里的女儿，见她脸色苍白，嘴角喷出的血将胸前的衣服染红了一片。大宛王颤抖着嘴唇，叫道："芊儿、芊儿……你看看爹爹，你不是一直在找爹爹吗？爹爹就在这儿……"芊笋还是一动不动地躺着，连眼睫毛都未眨一下。大宛王仰天号叫，大放悲声，边哭边在图兰的尸体上踢着，断断续续地哭喊道："图兰啊图兰，你要这、这王位，我给、给你便是，为何要、要害我芊儿的性命？"

扶苏也泪如泉涌，蓦地想起在彼岸峰龙檀子曾传授过自己的保命之术，就用右掌抵在芊笋的督脉命门处，还能感觉到一丝微弱的脉搏气象，就按着这丝气息，有节律地往芊笋的督脉注入真气。约半炷香的工夫，芊笋哇的一声，吐了一口血，慢慢地睁开了眼睛。她静静地看着扶苏，幽幽地问道："扶苏哥哥，我是不是已经死了？"

扶苏摇摇头，哽咽道："芊笋妹妹，你、你、你没事，你父王也在这儿呢！"大宛王一看女儿睁开了眼睛，突然扑通一声跪在佛像的碎片前，咚咚咚地连续磕着头，边磕头边念叨道："我佛慈悲，保佑我女儿没事，我浮屠布一定再造金身，一生皈依佛门！"芊笋道："扶苏哥哥，我好冷啊，你抱紧我些。"扶苏点点头，泪水不断涌出，手掌不敢从她的命门移开。他觉得芊笋的脉搏微弱得就像风中的烛火，随时都有可能熄灭。芊笋喃喃道："扶苏哥哥，我、我听说人刚死的时候，自己是不知道的，你告诉我，芊笋是不是已经死了？"扶苏把她紧紧地搂在怀里，低头在她的发髻上亲吻着，说：

"我的芊笋妹妹好好的，没事、没事……""那你为什么要哭呢？""你受伤了，我给你疗伤。"

芊笋又闭上了眼睛，她把耳朵贴在扶苏的胸膛之上，静静地听着他怦怦的心跳声。一会儿，泪水由紧闭的睫毛之间慢慢溢出，扶苏觉得胸前湿湿的，就低下头在她耳边轻轻说道："芊儿，你别怕，我带你去彼岸峰，找龙檀子师叔，他一定能治好你。"芊笋轻轻地点了点头，幽幽地说道："扶苏哥哥，你答应我三件事情。"扶苏点了点头。

芊笋道："其一，我要是真死了，一定要死在你的怀里，你就这样抱着我，我就不会孤单，也不害怕。其二，你给我说过的那些让我开心的话，以后不准说给别的……别的女子听。还有就是有时候你胡说八道，我虽然骂……骂你，但心里还是……还是甜甜的，这些话也不能给别的女子说。"芊笋喘了几口气，又接着说道，"其三，我知道扶苏哥哥是大英雄，胸中有天下，肩上有大秦帝国的使命，但你也爱惜一下自己，别总是受伤，不然芊儿在另一个世界里，也会难……难受的……"说着，芊笋已哽咽得说不出话来，只是伸出手指，轻轻地在扶苏脸上摩挲着。等稍微平静些了，她又问道："这些，你都记住没？"扶苏心如刀绞，嘴里只是机械地哭道："没事、没事……"

可可因扶起了大宛王，劝道："大王，公主已经醒了，长公子说他要带公主去找龙檀子，你也宽宽心。外面现在还乱着呢，我们出去平息一下。"于是转身将图兰的脑袋砍了下来，提在手中。王宫里的侍卫已涌进佛殿，见大宛王还好好的，就齐刷刷跪倒一片。浮屠布环视了众人一眼，一言未发，只是走到扶苏跟前拍了拍他的肩膀道："扶苏，芊儿交给你了。" 在众侍卫的簇拥下，大踏步迈出了大殿，身后可可因手中提着图兰的人头紧随其后。

王宫外雷尼和哈尼的部队战斗了一夜，此时已是清晨，士兵们都疲惫不堪，只是形成一个个方阵，互相对峙着，不再厮杀了。大宛王踏出宫门，冷冷地看了看外面的士兵。可可因将图兰的脑袋高高举起，朗声喝道："众将士听着，叛贼图兰已被我王诛灭，现在王城的卫戍部队马上放下武器，我王可赦免尔等死罪。"众士兵本来就被蒙在鼓里，现在见大宛王就站在跟前，图兰大将军已身首异处，焉有再打下去的心思？便哗啦啦都扔掉兵器，跪倒一片。

扶苏运功往芊笋体内不断输入真气，一会儿，芊笋脉搏稍微稳定了，扶苏对乐因、乐果说道："你们看看善因、善果的伤情，我要带公主去彼岸峰疗伤。"善因、善果躺在地上，动弹不得，嘴里说道："公子无须挂念，我们这点伤不碍事，自行运功疗伤即可恢复。"乐因、乐果道："我俩愿陪同公子、公主一同前往彼岸峰，路上也好有个照应。"扶苏点了点头，道："那你们速速准备吧！"扶苏又对白猿长老深施一礼，道，"这次多亏师公出手相助，不然凭扶苏一己之力，很难战胜魑、魅、魍、魉。您就留下来，先休息一段时日，等我从彼岸峰回来，也陪你好好游历大宛一番。"白猿长老点了点头，战斗了大半夜，白猿长老也很疲惫了，就在莲花宝座前打坐休息了。

## 拾壹

## 雪宫

扶苏抱着芊笋，出了王宫，见街道上的部队已开始有序撤离，扶苏将食指伸到嘴里，吹了个响亮的口哨，一会儿工夫，乌狮带着乐因她们四人的坐骑飞奔而来。可可因看到乌狮，也很开心，就摸了摸它的脖子，道："乌狮，你也是我们大宛国的大功臣呀！"大宛王浮屠布走过来，俯下身子在芊笋额头上亲了一口，芊笋就伸手摸了摸他的胡子，轻轻地说道："父王，你的胡子又长长了不少呢！"大宛王忍着心中的悲痛，强装轻松道："你要好好的啊，爹爹等着你回来给我修剪胡须呢！"这时候，乐因、乐果带了些行李物品，匆匆赶了过来。扶苏抱着芊笋跨上乌狮，乐因、乐果分别上了马背，又将另外两匹马也一并带上，以备在路上换骑。

四人出了城门，快马加鞭，扶苏拍着乌狮的脖子道："乌狮，你最好能飞起来。"乌狮仰天嘶鸣一声，如离弦之箭一般，风驰电掣而去。路上四人风餐露宿，于翌日午时赶到彼岸峰。

龙檀子查看了芊笋的伤情，号了脉象，知是被至刚外力震断了双脉，五脏移位，真气无法运行，一路上多亏扶苏用他所授之保命术延续气脉。龙檀子用针砭之术封住督脉大椎、灵台、悬枢、腰阳关四处大穴，又用气息引导之术将芊笋自身之气脉由腰俞引导至关元俞、魂门、神堂、附分、肩中俞一线。

芊笋哇的一声，吐出一口黑血。扶苏本来站在一边注视着，见芊笋猛然吐了一口血，就疾步上前，抓住她的手，问道："师伯，芊儿怎么样？"龙檀子摆了摆手，说道："性命暂时无忧，只是还需几味药材调养。"说罢，起身在室内来回踱了几步，沉思片刻，道："这十二味药材，唯有一样，需要到天山孤峰求取，其他的彼岸峰都可采集。"扶苏道："什么药材？"龙檀子道："临霜的天山雪莲。"这时，芊笋醒了过来，轻声问道："师伯，雪莲最晚不是到秋天就开败了吗？您说的临霜的雪莲是什么呀？"

龙檀子道："是的。天山雪莲都是夏秋两季盛开，大都生长在山峰的雪线以下，但还有一种极罕见的雪莲花，是生长在常年积雪的峰顶，而且都是开在悬崖峭壁之上，开花时间为初冬季节。这种雪莲本身就极其罕见，加上冬季雪山之顶、悬崖峭壁又极难采摘，所以贵如珍宝。一般雪莲祛风胜湿，通经活血，而这种雪莲能调和五脏，平衡阴阳，有起死回生之效。你不妨去天山孤峰碰碰运气。"扶苏问道："天山孤峰在哪儿？"起身准备出发。龙檀子拉着他的手，让他坐在一边，笑道："不急，公主眼前并无大碍，孤峰就在龟兹王城北边，离彼岸峰两个时辰左右，你现在去，赶到那儿天色已晚，冷姑是不会见你的。你且休息一晚，明日再去不迟。"

扶苏问道："冷姑是谁？"龙檀子犹豫了片刻，说道："她是我的师妹。不过你不要提及我的名字。"扶苏问道："不要提你？"龙檀子点了点头，苦笑道："她性格很孤僻，你需小心应对。"芊笋向他招招手，示意他到身边来，扶苏就坐在她的边上，拉着她的手，痴痴地看着她，见这张俊俏的小脸上有了一点血丝，心中稍安。龙檀子又问道："看这伤势，应该不是无相功所致。公主是被何人所伤？"

扶苏就把魑、魅、魍、魉给他讲了一下。龙檀子点点头道："哦！天竺是有这种功夫，这种隐术确实极难对付。回头我传你一套胎息法，再遇见时，或许能有些帮助。公主的阳脉气息我已另辟蹊径，公子不用太过担心。你们休息一下，我去峰顶采些药去。"扶苏双膝跪地，恭恭敬敬地拜道："师伯，你对芊笋有再造之恩，扶苏不胜感激，眼下无以为报，请受扶苏一拜。"龙檀子伸手将扶苏扶了起来，说道："医者，本就是救死扶伤，公子不必客气。"说完就出了屋子。

芊笋看着扶苏道："扶苏哥哥，你明天去孤峰，能求得临霜雪莲，自然是好的。如人家不给，你就快快地回来，别太过固执了。听天由命吧，芊笋能在你的怀中多待一刻，便是多……多快乐一刻。"她又咳嗽了几声，将头枕在扶苏的臂弯。扶苏心中大为感动，又不胜伤感，俯下身子在她额头上亲吻了一下，又用手指将她散乱的头发拢了拢。

芊笋问扶苏道："哥哥，我现在是不是很丑？蓬头垢面得像个疯子？"扶苏道："胡说，我的芊笋妹妹美得像个仙女，就是头发有些乱了，但还是很美呀，就像那风中摇曳的花朵，别有一些灵动的风韵……"

听到这儿，芊笋先是抿嘴一笑，接着两滴泪水溢出了眼角，说道："扶苏哥哥，以后芊笋要是不在了，这样的话，你不准再和别的女子说，记住没？上次，你答应过我的哦。"扶苏心中大恸，眼眶一热，怔怔地看着芊笋。芊笋就喊乐因、乐果，她俩在外间收拾东西，应声进来，芊笋问道："你们带没带镜子？"乐因道："走得太急，还真忘了带。"

芊笋让她俩去打一盆清水来。芊笋对着静静的水面，照了照自己的容颜，把嘴角的血丝用袖中的丝巾擦了去，妩媚地冲着扶苏一笑，说："扶苏哥哥，天山雪莲还有个传说呢，你听说过没有？"扶苏摇了摇头，道："以前，我连天山雪莲这个名字都没听说过，更别说什么传说了。"

芊笋脸红红地，低下头，慢慢地讲了个故事。传说很久以前，天山上住着一个非常美丽的仙女。她因为在天宫时向往凡间自由自在的生活，而被西王母贬下凡间。天宫并没有让她去富贵繁华之处，而是贬她到了非常寒冷的天山极顶，并严格限制她必须在雪线以上活动，不允许她和凡间的人说话、交往，若违反天条，她将会受到更加严厉的惩罚。仙女在寒冷的雪山上一个人孤独地生活，她没有后悔自己被贬下天界，只是更加向往天山雪线以下的人间生活。

一天，仙女居住的屋子边上，闯进来一个小伙子。仙女见有凡人闯入，便躲到一边，偷偷观察小伙子。只见他满面愁容，一脸憔悴，身上的衣服破烂不堪。但小伙子生得眉清目秀、英俊潇洒，仙女芳心大动，开始倾慕这个小伙子。见他很伤心的样子，仙女就一直想暗中帮助他开心起来。

原来这小伙子是山下的牧民，因为妻子得了一种怪病——浑身发热，四肢无力，脸色煞白，看不见一丁点的血色。望着病床上的妻子，小伙子焦急万分。他请了好多医生来给妻子看病，但医生都摇头叹气，说此病没治，叫小伙子赶快准备后事。可小伙子说什么也不相信这些话，他倾尽所有的力量到处寻找能治好妻子的良药名医。

每每看到丈夫那深情的样子，妻子总会强忍着疾病的折磨，给丈夫一个欣慰的微笑。每每此时，小伙子总是感到揪心的疼痛，他暗暗发誓，不管怎样，他一定要救活妻子，哪怕是上刀山下火海也在所不惜。

后来，小伙子听草原上一位老人讲，天山上经常有异光出现，而每当异光乍现后，都会有一朵雪白美丽、像荷花一样的花儿开放，人们把这种花唤作雪莲。那是王母在天上沐浴用的专用花，每当王母沐浴时，说不定什么时候就有一朵雪莲溢出浴缸，而那时，这天山上就会有异光乍现。因为这天山极顶是王母梳妆台上的一面镜子，那镜子在天宫充满灵性，每当它见有美丽雪莲花流逝而去时，就会发出惊异的叹息，这就是那天山奇异光芒的原因。

那雪莲花是天上的神物，不要说吃上一口，就是放在鼻下闻上一闻，也会神清气爽，百病难侵。老人最后对小伙子说："要想救你妻子的命，或许只有雪莲才行，你不妨到天山上走一遭，试一试运气吧。"小伙子听了老人的话，就安置好妻子，背上干粮，顶风冒雪地爬上雪山。他已经下定决心，不找到雪莲绝不走下天山。

当仙女明白小伙子是因为自己妻子才来天山寻找雪莲时，尽管她有些失望，但还是被小伙子的真诚和人间的真爱感动，她决定，先试探小伙子一下，然后再决定是否帮助他。于是，她把自己精心打扮一番，不顾天宫的禁条，现出了自己美丽的身形。她的出现，把小伙子吓了一跳，只见那仙女面容华丽丰润，肌肤白皙胜似那天山的雪花，身着一身华贵的衣裙，配饰是天宫才有的玉石珠宝，雍容华贵，光彩夺目。

仙女说："小伙子，我知道你是为救你的妻子才上天山找雪莲的。只要你答应我一个条件，你就会得到雪莲，救活你的妻子。"小伙子一脸惊讶，茫然地点着头问道："美丽的仙女，我不知道你是从哪里来，但既然你说能帮我找到雪莲，救我妻子的命，我想你是一定能做到的。不知道你所说的条件是什么，不妨说出来听听，只要我能做到，我一定会答应你的。""是吗？"仙女说，"我要你得到雪莲救活你妻子后，就必须立即抛弃她，然后和我成亲，你能做到吗？""啊！"小伙子听完仙女的条件，不由得大惊失色。

他想都没想，神情坚决地说："不！美丽的仙女，我不能答应你，我深爱着我的妻子，我想得到雪莲就是为了医好她的病。如果把她医好了，却让我们分开的话，我俩活着也是生不如死。"仙女见小伙子这样说，就问："难道你嫌我没有你妻子漂亮吗？"小伙子摇了摇头，表示否认。

仙女又问："难道你以为我没有她富有？"小伙子仍在摇头。"那你是觉得我出身不比她高贵吗？"小伙子还在摇头。见此，仙女无奈地叹了口气，她说："真想不到，人间的情意要比天宫多出许多，你宁可冒着独闯雪山的危险，也不愿抛弃你患病的妻子。也罢！我既然现身了，为了人间能有这样感人的深情厚意，我今天就冒着被天宫再贬的危险来成全你。"说着，仙女身上忽然泛起万道霞光，她慢慢变成了一朵大大的美丽的雪莲花。

看到眼前的情景，小伙子惊呆了。他做梦也没想到，自己多少天来寻找的雪莲竟会这样被他找到。他呆了好久，才慢慢反应过来，用颤抖的手慢慢摘了几朵雪莲花瓣，然后小心翼翼地放入怀中。下山后，他把雪莲花瓣喂给妻子，果然，妻子的病慢慢好起来。

后来，人们就发现天山的雪线上开满了美丽的雪莲花。有人说，天山上那所有的雪莲，都是那个仙女幻化的。她果真又被天宫惩罚了，而这次，天宫是贬她做一辈子雪莲花，为人间治病。天山上也从此开遍了雪莲花。

芊笋讲完这个故事，痴痴地看着扶苏，说道："扶苏哥哥，这段时间，芊笋好幸福呀，我也有一个深爱自己的男子，为我做任何事情。只是、只是……"她又将头深深地埋在扶苏的臂弯。扶苏笑道："只是什么呀？"芊笋以极小的声音说道："你明天见了冷姑后，说为谁寻找雪莲呢？"扶苏抚摸着她的秀发，笑道："当然是说为我的妻子呀！"芊笋眼眶湿湿的，抱着扶苏的手臂，喃喃地说道："好多次芊笋幻想着、幻想着嫁给你呢……有时候，我的心里甚至会出现一个小婴儿，长得好像你，浓眉大眼的样子……"

芊笋每说几句就得喘息几下,不知道是气血虚弱,还是害羞。她喘息两口,接着说道:"这两天,我好害怕呀,怕的倒不是死掉,而是今世没有机会做你的新娘……"

扶苏听着大为感动,低下头,在她耳边轻轻说道:"娃他娘,别胡思乱想了,你还要给咱管娃呢。"芊笋就在他的小臂上轻轻地拍了一下,嗔道:"又胡说八道啦!"扶苏就嘿嘿一笑,说道:"那还不是迟早的事。"芊笋眼睛亮晶晶的,望着扶苏,莞尔一笑,嘴角露出一对好看的酒窝。扶苏又低下头,在她的酒窝上亲了一口,笑道:"我要喝酒……"芊笋就咻咻地笑道:"你咋和阿秋姐家的小平儿一样顽皮?"扶苏就笑道:"可惜呀,这个酒你不能和我对饮……"

芊笋笑了一会儿,又问道:"哎,假如明天冷姑也问那个仙女问的问题,她美还是我美?你怎么回答?"扶苏眨了眨眼睛,笑道:"我就说仙子呀,你风姿绰约,我妻子雪肤花容,各有各的美……"芊笋本来倚在扶苏的怀里,听到这儿,就坐直了身子,伸出食指,指着扶苏道:"停、停、停,你不是答应过我,对我说过的这些话,不能说给别的女人听吗?"

扶苏笑道:"娃他娘,我这么说,是图人家高兴,咱目的不是想要她的雪莲吗?"芊笋噘着嘴道:"不行!不准你夸她好看,雪莲花她不给,咱也不要了。"扶苏就拍了拍她的脑袋,笑道:"好啦、好啦,小心眼,我不说她好看,我就说我妻子比她好看十倍。"

天快黑时,龙檀子回来了,交给乐因、乐果一大堆草药,告诉她们煎熬的方法,让她俩煎给芊笋服用。又将扶苏带到屋后一个石台上面,说道:"长公子,你所习天道剑法,是一套极高明的内功心法,不知道以前可曾练习过'胎息'?"扶苏道:"我只是机缘巧合得到南山尊者的指点,他老人家神龙见首不见尾,传授完剑法,就一直无缘再见,并未听过'胎息'之法。"龙檀子点了点头,让扶苏盘腿坐在自己对面,说《佛经》中记载了一个故事:

佛陀问沙门:人命在几何?

> 对曰：数日间。
>
> 佛言：汝未闻道。
>
> 复问一沙门：人命在几何？
>
> 对曰：饭食间。
>
> 佛言：汝未闻道。
>
> 复问一沙门：人命在几何？
>
> 对曰：呼吸间。
>
> 佛言：善哉，子悟道矣！

扶苏就想起以前跟南山尊者练习化气之术时，南山尊者曾讲过，万物生灵负阴而抱阳，生生不息。对人的生命本体来说，最基本的阴阳即是吐纳，吐为阳，纳为阴，生命就是从这一吐一纳开始……扶苏就点点头说道："这个观点，我以前倒是听说过。"

龙檀子微微颔首，说道："所谓胎息，是不以鼻口嘘吸，如在胞胎之中。"扶苏不禁愕然，问道："不以鼻口嘘吸，那……"龙檀子不予理会，继续说道："鼻中引气，由任脉导入丹田，再由督脉上升，心中默数一、二、三……然后用嘴巴慢慢吐出。注意，在吸入和吐出时，耳朵不能听见气息的声音。"龙檀子由怀里掏出一根鸿毛，附在扶苏的唇间，说道，"呼为吐，吸为纳，吐纳之间则为息，这根鸿毛不能因气息而摆动……"

扶苏练习天道剑法，主要是化气、凝气和御气之术，和龙檀子所授胎息之法虽说修为不同，却有异曲同工之妙，加上他内力深厚，潜心修炼了两个时辰，心中默数之数，已经到千。

龙檀子暗暗赞叹："天下奇才！"一时心中大慰，说道："长公子，胎息修炼暗合天地大法，要顺应时辰变换，你记住，子时至午时为生气六时，午时至子时为死气六时。在生气六时练习，才能事半而功倍。你以后勤加修炼，无须多日，武功定当精进。当此法练到炉火纯青之时，你自会悟到生命的另一层境界。"扶苏按照心法又练了半个时辰，觉得身体如无梦而眠许久一般，几日的疲惫竟一扫而光，又觉得体内真气充沛，心情顿觉大畅。

龙檀子道:"公子,你明日去孤峰时,遇见冷姑,不管她如何刁钻为难,你只需诚心应对,不可恃强而为。那冷姑不问我时,你切莫提及。如问及我时,你就说是医患关系,不要提及你我渊源。"

扶苏虽然有些不明白,但心中亦猜出这里面大概有一段上辈人的恩怨情仇,就点点头,说道:"好的,扶苏谨记!"龙檀子仰望着深邃的星空良久,边走边叹:"世间万物皆有情。但我佛的大爱是一种释放、给予,不被贪求苦恼所拘束,不带占有的成分。若起'爱'染欲望,进而有了执'取'之心,就会造下'有'业。故而情执一重,不加修为,就会变成贪执,永坠情天恨海之迷津,流转生死,无有出期……"龙檀子背影渐隐入夜色之中。

扶苏到芊笋房门前,犹豫了片刻,正欲转身离开,里面传来芊笋的声音:"乐因,去给公子说一下,让他早点休息,明天出发前,见个面再走。"房门吱呀一声打开了,乐因挑着灯笼由门缝中探出头来,对扶苏说道:"公子,我们公主已休息了,她让你早点休息,说是明天你出发前,先过来一下。"扶苏点点头,问道:"晚上公主服完药好点没有?"乐因抿嘴一笑,说道:"公主服完药后,身上发了点汗,气色好多了。"

一早,扶苏洗漱完毕,到芊笋房间,两人吃完早餐。芊笋道:"扶苏哥哥,你一路小心点。此行能取得临霜雪莲自是好的,如人家执意不给,你快快转回,我们在一起,多相聚些时日……"扶苏将她揽入怀中,两人良久无言。

扶苏转身出门时,芊笋由脖子上摘下来一块玉佩,交给扶苏,幽幽地说道:"这个是父王送给母后的,母后临终前,把它给了我,扶苏哥哥,你戴着它吧!"扶苏接过来,掌心里全是温润的感觉。仔细地瞧了一番,见这是一块极品昆仑玉,晶莹细腻,润如羊脂,背面有淡淡的几丝金色,天然构成一个惟妙惟肖的少女;旁边有一行比米粒还小的字"唯愿余生共白头"。扶苏将这块还有体温的玉佩戴在脖子上,在芊笋额头上亲吻一下,转头,大步流星地下山而去。

到山脚下,扶苏牵出乌狮,奔着孤峰方向,一人一马,呼啸而去。约莫一个时辰,赶到孤峰脚下。想找个人家将乌狮安置,举目四望,目光所及,竟没有一处炊烟，就将乌狮的辔头卸了下来，缚在马鞍之上。他拍了拍乌狮的脖子，道："乌狮兄弟，你就在山下待着，饿了就啃几口青草，渴了那边有小溪，在此等候。我上山为公主求取雪莲。"乌狮仰天嘶鸣了几声，就跑到一边的草地上打了几个滚。

扶苏独自上山而去，眼下已是初冬季节，愈往上走，山路愈是陡峭艰难。天空慢慢地飘起了雪花，山间白茫茫一片，又爬了半个时辰，见前面出现了一条青石铺就的陡峭台阶，台阶上面已落了半寸厚的积雪。扶苏抬头仰望，见台阶有百十余丈高度，石阶尽头由于视角的关系，除了昏暗的天空，什么都没有。拾级而上，走到台阶一多半时，突然脚下的石阶翻转了一下，扶苏一脚踩空，往后跌倒，在身体还未着地时，他用右手在石阶上一撑，身子在半空中翻了个跟斗，又稳稳地站在下面的台阶上。

扶苏转头往后一看，此处与台阶底部大概有七八十丈深，不禁咋舌，暗忖道：这要是身手不好，跌下去，不死也得残了，看来还得处处留心。就暗运内力，用衣袖猛地一挥，呼的一声，这一下，劲道巨大，如飓风吹过，前面二十余阶石阶上的积雪被吹得干干净净。扶苏定睛仔细观瞧，果然见自己刚踩的那台阶有机关，是如户枢一般的石轴插在侧面的石条之上，而相隔一层石阶又正常了，再一层又是机关。扶苏就迈大步子，间隔跨越往上攀登。等站在石阶顶上时，转身一看，底下的石阶两侧已如一条细线般，合到了一起。

扶苏再看，前面是一座高大的门楼，大门匾额上面书两个大字"雪宫"。而他站的平台离门楼之间是一个山涧，其间云雾缭绕，深不见底。对面门楼跟前长有两棵参天大树，树身有几人合围之粗，靠着藤条制成的软梯，想必是下山应用之物。扶苏目测了一下距离，山涧宽十丈有余，这个距离不借助外力，靠跳跃绝难到对面。扶苏在山顶转了一圈，见山涧下垂有一些藤条，拉上来几根，挑了一根长度粗细合适的，将一头系绑在箭矢上，由背上摘下七星宝弓，拉满弓，嗖的一声，箭矢带着藤条飞向对面的大树，箭镞部分深入树干。扶苏拿手抻了抻藤条，试了一下力度，觉得将自己渡过去没什么问题，便将背上的扶摇剑摘了下来，放在山顶，双手抓着藤条这端，双腿在岸边用力一蹬，身子便如荡秋千一般飞到了对岸。

扶苏看着这边富丽堂皇的建筑，暗道："这人迹罕至的雪山上，人过来都费劲，冷姑竟能建起如此宏伟的建筑，当年怕是费了一些功夫吧？"正了正衣冠，定了定神，朗声道，"秦人扶苏前来拜山。"声音用内力传出，浑厚清晰，传出好远，震得门前大树上的积雪纷纷落下。

一会儿，听见一阵脚步声传了过来，黑色大门缓缓地打开了，里面出来两个婢女，穿着淡粉色长裙，上身罩一件暖黄色棉坎肩。一看她俩的脸，扶苏不禁一怔，这两人竟然长得一模一样，更奇怪的是她们都和芊笋非常相像。要不是她们表情木讷，身材有些微胖，扶苏还以为他眼花了呢。这两人并不说话，把门打开后，一左一右站在门边，也不看扶苏一眼。

扶苏心里暗暗称奇，就迈步进了大门，颔首道："有劳姐姐。"不由得多看了两个婢女几眼。刚一看，她们确实挺像芊笋，再仔细看，只见她们眼神呆滞，毫无生机，像木偶一般，和芊笋的婉约清新自有天壤之别。扶苏进门后，两个婢女又把大门关上，在前面引路，过了一个月洞门，沿着一条碎石铺就的小径前行。到了堂前的台阶下，两个婢女就站在两边，不再理会扶苏了。扶苏上了台阶，进到堂屋，见里面两个婢女冲着她摆了摆手，示意他站在门口等着，别再前行。

扶苏觉得奇怪，这两位什么时候跑到他前面，进到堂屋里的？不自觉往后面一瞧，又是一惊，刚才开门的两个婢女端端地站在台阶下面。他再一看堂屋里面的两人，一样的衣着打扮，一样的脸蛋，只是眼神较活泛一些，而这两人和芊笋相似度更高。扶苏甚至有些怀疑自己是不是产生了幻觉。他自少年时期起，屡随大军征战，又打小习武，江湖阅历自是不浅，奇奇怪怪的事情也经历了不少，但如同今日这般诡异的事情却见所未见。

还没等扶苏开口呢，堂屋的内室里传来一阵琴音。这内室和堂屋之间的门敞开着，下垂了数道流苏，上面缀有珠宝美玉，微风一吹，环佩丁当。隐隐约约见里面有位女子在抚琴，琴音起时，和风细雨，柔和甜美，宫音和徵音为主线，两音分别融合了诸多和声，两条主线又相互缠绕，声音缠绵悱恻，爱意绵绵。一股异香竟随着琴声而来，和着高低重轻一波一波导入鼻息。扶苏闭着眼睛，深吸了一口芬芳，胸中有说不出来的惬意。慢慢地琴音韵味渐变，声音里竟有了女人的喘息之声，这声音虽很微弱，但却异常清晰地进入扶苏的耳朵。

再过一会儿，琴音更加迷乱。由室内竟出来一名绝色女子，全身只着一层薄薄的轻纱，身体隐隐约约，影影绰绰。这女子身材高大，体态丰腴，皮肤白皙，眼神妖娆妩媚，充满诱惑，直勾勾地盯着扶苏，离他咫尺，扭腰摆臀做着各种挑逗动作。接着琴音又低了好多，徵音几乎消失，只是在每个小节和一下宫音，大有合二为一之意。扶苏跟前这女子舞姿婆娑地贴着他的身体扭动着，一双白皙的手在扶苏小腹至胸前轻轻地摩挲，嘴里轻轻呼出的湿热气息，随着琴声的节奏一波一波地吹到他的耳根部位，让扶苏的耳朵一阵阵酥麻醉痒。不自觉间，扶苏心念一动，身体下面就有了强烈的变化。那女子亦敏锐地感觉到扶苏身体的变化，就将身上仅有的一件薄如蝉翼的轻纱缓缓地褪下。

扶苏蓦地觉得胸前那块玉轻轻地晃动了一下，就想起芊笋那如花的笑靥，顿时一激灵，忙屏住呼吸，调动胎息之法。里面那弹琴的女子轻轻"咦"了一声，扶苏再定睛一看，哪有什么曼妙的女子，就知道这是龟兹的幻术，暗道："好险！"

近段时间，扶苏研读《般若经》，刚开始怎么也理解不了"无眼耳鼻舌身意，无色声香味触法，无眼界，乃至无意识界……"，后来经天山牟尼在月氏客栈点拨，菩提翁在彼岸峰点化，慢慢地明白了空相的真谛。暗道："此人能把色蕴用琴音这么准确地演化出来，先是以音入耳化声，接着以声化香，以声化形，以声化味，以声化触，最后控制自己的受想行识……"这时琴声又一变，满是哀怨愁苦，如泣如诉。扶苏定了定神，和着琴声朗声吟道：

    大车槛槛，毳衣如菼。
    岂不尔思？畏子不敢。
    大车啍啍，毳衣如璊。

> 岂不尔思？畏子不奔。
>
> 榖则异室，死则同穴。
>
> 谓予不信，有如皦日！

这是一首关于先秦时期男女爱情的民歌，描写了女子想争取爱情，却担心意中人不敢与其私奔，指着皎皎白日起誓："即使生不能同室，死也要同穴，公子啊，你还在犹豫什么？"琴声戛然而止，室内一个声音道："公子，请进！"

扶苏冲着内室的俩婢女微微一笑，一挑帘线，阔步走进了内室。淡淡的檀木香让扶苏刚才有些迷幻的脑子立刻清醒了许多。里面靠墙是一张精致雕花装饰的架子床，上面垂着粉色幔帐。床边是一架木制的梳妆台，台前坐着一个女子，怀中抱着一把琵琶。那女子年纪二十岁左右，容貌清秀，只是脸上有几分与容颜不相称的老成与冷漠。

扶苏暗道："龙檀子师叔的师妹要说不是这个年纪呀。"此人正是雪宫主人——冷姑，只是她精通医道，深谙驻颜之术，所以四十多岁的中年女子，在外人看来，也就二十岁左右的年龄。扶苏正思忖着怎么称呼，那女子先开口问道："到访何人？"扶苏说道："秦人扶苏，拜见雪宫主人。"那女子道："到访雪宫，所为何事？"

扶苏道："我妻子久病不愈，经高人指教，天山孤峰生长的临霜雪莲可以医治，故前来求取。"那女子冷哼一声，道："临霜雪莲乃我孤峰圣物，生长在峰顶悬崖峭壁之上，一年之间未必采得一枚，岂能赠予不相干之人？"扶苏再拜道："内子正值青春妙龄，与我感情笃厚，愿姐姐发慈悲之心……"

扶苏还没说完，冷姑就打断了他的话，冷冷地说道："青春妙龄？哼，你妻子此生能有一个夫君相伴左右，还能为她不远万里甘冒风险求药，也该知足了。要知道这世上又有多少青春妙龄的女子，就是这么独守空房，硬生生地熬成白鬓如霜。她们不可怜吗？再者说，生命多长算长？朝菌不知晦朔，蟪蛄不知春秋；冥灵者以五百岁为春，五百岁为秋；而上古之椿，以八千岁为春，八千岁为秋。生如寄，死如归。我觉得你妻子这一世够啦！"

扶苏见此女子边上案头放了一本《庄周》，就问道："冷姑也读《庄周》？"冷姑道："秦乃东方大国，世传文风茂盛，诸子百家。然自周以降，也就老庄之说可以读一读了，其余皆市井之言，俗不可耐。"龟兹边陲小国，冷姑自然不知道大秦帝国去年刚刚发生的焚书坑儒、断绝百家之言之事。只是扶苏听到"文风茂盛，诸子百家"，心中隐隐作痛，就呵呵一笑，道："冷姑乃方外之人，处于这人间仙境，世俗之事自然不用烦心。只是大千世界，还有诸多芸芸众生……"

冷姑冷笑道："你倒是爱操心呀，芸芸众生关我何事？圣人不死，大盗不止。你们所谓的仁、义、礼、智、信、孝、廉，都是人为标榜出来的东西，皆是天道的毁弃。人人皆循道而生，天下井然，何来大盗？何需圣人？"

扶苏已猜出冷姑苦恋龙檀子，而龙檀子又心无旁骛地恋着芊荢的母后——新竹公主，以至于冷姑为情所伤，孤寂半生，而这老庄之说，正是离群索居，暗合此境。眼下，不管自己怎么恳求，她是不会动恻隐之心的，就想着不妨先顺着她，先抑后扬，就轻轻地拍了拍手，说道："听冷姑一番话，令扶苏茅塞顿开，真如醍醐灌顶一般。世人皆说杨朱'拔一毛而利天下，不为也'是少仁寡义，极端自私自利，但他后面还有一句话，叫'悉天下奉一身，不取也'。如天下人都如冷姑一般，不羡名、不羡位、不羡货、不羡寿，那就可以不畏人、不畏威、不畏利、不畏鬼。可见人人不损一毫，人人不利天下，天下治矣。"

冷姑听到这儿，微微点了一下头，指着他对面的一个藤椅，说道："公子请坐。"扶苏道了声谢，坐了下来。扶苏在宫门拜谒时，冷姑就知道来人内力充沛，武功修为极高。刚才见他又能摆脱五蕴幻术的迷惑，知道此人是当世高人，就问道："公子年纪轻轻的，文才武功都出类拔萃，是当世不可多得之才。"

扶苏笑道："不敢当、不敢当。扶苏乃世俗之人，只肯在术上下功夫，对天地大道体悟甚少，容易走入歧途。庄子有言：'吾生也有涯，而知也无涯，以有涯随无涯，殆已！'世俗之人确爱追求高明的剑术，高深的学识，只是人外有人，天外有天，整天在疲惫地奔跑追逐，无穷无尽，可不就殆已吗？一个人知道得再多，也没有他不知道的多……"冷姑听到这儿，就问道："公子，此话怎讲？"

扶苏道："好比说，这孤峰上有多少种树木？多少种药材？如果你穷其一生，是有可能搞清楚的。但当你搞清楚后，又有人问你整个天山有多少树木？多少药材？然后再问你，每棵树上有多少叶子？还能搞清楚吗？再比如，有人博闻强记，掌握了很多种语言，能和不同语言的人交流，但他能穷尽天下的语言吗？即使他可以和天下任何人语言交流，他能和猴子、雪豹、老鹰、燕雀交流吗？而谁又能说和禽兽交流不算智慧呢？"

听到此处，冷姑频频点头。扶苏又道："人们都追求长寿，同理，一个人活的时间再久，也没有死的时间久。一百岁算长寿了吧，那一百年相比天地混沌之间，再到以后的天荒地老，恐怕只能算作一瞬间吧？"冷姑笑道："一本《庄子》我读了数遍，理解甚微，今日听公子一席话，才知道其中更加博大精深。"就对屋外喊道，"上茶！"

室外那婢女进来，给扶苏倒了一杯茶，递到他的手中。扶苏呷了一口，将杯子放在案上，继续说道："冷姑过谦了，扶苏只知道夸夸其谈，却不知道如冷姑一般去身体力行这世间大道，只在这尘世间厮混。"冷姑道："也难怪，你有娇美妻子相伴，花前月下，自然留恋这尘世间了。"

扶苏叹道："反正内子病情严重，不久……"冷姑道："内子什么病症？"扶苏道："被歹人所伤，震断任督二脉，五脏移位。"冷姑犹豫了片刻，又问道："我这雪宫清寂，久未有访客。今日有高人到此，不胜欢欣。我有个疑问，请公子解惑。"扶苏道："冷姑请讲。"冷姑道："《山木》篇中讲了两个故事，一个叫曲木长生，另一个叫鸣鹅不杀。那人到底是有本事好呢，还是没本事好？"

扶苏道："曲木长生，人谋其身；鸣鹅不杀，人谋其术。是故，君子不以身为器，当习术立身，也就是庄子所说的'处于材与不材之间''物物而不物于物'。"冷姑道："这么说来，红尘即是最好的道场。那就祝公子和那位幸运的女子百年好合。"扶苏听她的口气，知道冷姑已准备赠予临霜雪莲了，心里一阵窃喜。但他表面上却不动声色，苦笑一声，叹了口气。冷姑笑道："公子，再问一个问题，回答完，自然如你所愿，赠你雪莲。"

扶苏道："冷姑请讲。"冷姑微微一笑，问道："我与你的妻子哪个好看？"扶苏心中暗道："芊笋这丫头倒是有先见之明呀。"本想也夸一夸冷姑的花容月貌，但想起芊笋那认真的模样，心里又隐隐觉得不忍，就笑道："冷姑听过相由心生这句话吗？"

佛教在龟兹国已传播近百年，冷姑自然听过这些基本的佛学道理，但她年轻时一心钻研医术，近几年又研究老庄思想，故对佛学只是一知半解，道听途说，就说道："那不就是说，人的长相会随自己心境改变吗？"

扶苏摇了摇头道："不是，这样理解不是佛学的原始教义，只是把本体和客体搞错了。相由心生是说世界呈现出来的样子，是由你的心来决定。在婴儿的眼里，他的母亲一定是世界上最美的女人；如果你仇恨一个女子，不管她长成什么样子，你也不会觉得她美。是故，在扶苏的眼里，我的妻子是世间最美的女子。当然，如果有一天，冷姑找到深爱你的人，那在他的眼里，冷姑就是世间最美的女子。这就叫相由心生。"

冷姑两眼垂泪，长叹一声，说道："公子真是世间少有的奇男子，能被你深爱的女子也绝非俗人。临霜雪莲能救她性命，也对得起孤峰圣物的名号了。"就对婢女说道，"带公子去后山把那朵雪莲摘下来。"

扶苏起身，深深一拜，道："大恩不言谢。不过，扶苏心中还有个疑问，不知当问不当问？"冷姑道："请讲。"扶苏用眼睛瞟了几个婢女一眼，道："不知为何，雪宫的婢女会长得如此相像？"冷姑微微一笑，说道："那是我给她们都易过容了，我是照着二十年前龟兹国公主的容貌易容的。当年，龟兹国有个传说，所有男人见到新竹公主没有不动心的。刚开始，我并不相信，我想世间怎么会有如此好看的女子？直到后来，我师兄……"

说到这儿，冷姑顿了顿，接着说道："算了，不提这件事了。后来，我买婢女时，都问过了她们和家人，愿不愿意变成新竹公主的模样？人家同意后，我就削骨植皮，将她们易容成新竹公主的模样。我怎么看着也就这样，没见美成什么样子呀，今天听了公子讲的相由心生，我算是明白了，真正的美是由自己心里发出来的。"

扶苏皱了皱眉头道："她们天生都是哑巴吗？"冷姑笑道："那是我给她们吃的哑药，免得她们叽叽喳喳，搬弄是非。"扶苏就轻轻地"啊"了一声。冷姑道："这个哑是暂时的，要恢复的话，用针砭之术一针就好。"

## 拾贰

# 鸣镝

扶苏取得临霜雪莲，回彼岸峰不提。再说匈奴太子冒顿，那日在月氏边城集市外和扶苏一别，跨上汗血宝马，日夜兼程逃回匈奴大草原，但他没有去找父亲头曼单于，而是去往母亲颛渠阏氏的娘家——呼衍部落。

这一天，部落头人呼衍卜屠正在洁白的帐篷外晒着太阳，他已是个六十多岁的老人，花白的山羊胡须，细长的眼睛时不时眯成一条缝。他望着远处成群的绵羊，绿茵茵的草原慢慢地和远处的蓝天接到了一起。呼衍卜屠看着几个粗壮的汉子骑在马背上，不断地在一个牧羊女子周围呼啸而过。他微微一笑，对身边一个中年女人说道："你说这牛羊都是每月发一次情，总还有个安静的时候，只有这人啊，不分时间，没完没了……"

身边的女人头戴彩色毡帽，毡帽上装饰了诸多璎珞宝石，身上穿一件蓝色棉袍，外罩一件黄色貂皮坎肩，身材肥腴，大眼圆脸。听见呼衍卜屠的感慨，就戏谑道："人也有安静的时候呀，近几年来，你不就安静了吗？"呼衍卜屠哈哈一笑，把目光投向远处的天空，心中又想起当年自己和挛鞮首领征战草原的雄姿……

天际边的地平线上，出现了一个小小的黑点，黑点向这边快速移动，慢慢地看清楚了，这是一人一马飞驰而来。呼衍卜屠暗道："好快的马！"就一直盯着来人看，一会儿，他惊呼道："咦，这不是冒顿吗？"转眼间，那一人一马已到了跟前，正是冒顿。冒顿翻身下马，跪拜道："尊敬的呼衍头人，我无时无刻不在想念的外公，外孙冒顿拜见。"

呼衍卜屠将冒顿扶了起来,声音颤抖着问道:"孩子,你都还、还好吧?"冒顿流着泪道:"冒顿身上流着呼衍部落的血,和外公一样强壮。"说着用拳头在自己胸脯上捶了几下。呼衍卜屠仰天哈哈大笑,眼角满是泪花,喊道:"大草原上最强壮的雄鹰又飞回来啦!"转头冲大帐里喊道,"传各族贵人,晚上宰牛烹羊,我要宴请我的冒顿孙儿。"

晚上,草原上燃起了篝火,羊肉在火焰的炙烤下冒着油,散发出一阵阵诱人的香味,一队队身着盛装的少女跳着舞,轮流给冒顿敬酒。冒顿坐在外公的边上,豪饮了数十碗,这会儿已有些醉意,看着篝火中跳舞的少女,突然号啕大哭,喊道:"呼衍尺妹妹……"呼衍卜屠抚摸着冒顿的脑袋劝道:"冒顿,呼衍尺已是大单于的阏氏了,以后别再叫她妹妹了。好孩子,呼衍部落美丽的姑娘多的是,随你挑。"席间各族的贵人只是不断摇头,轻轻地叹息。一名少年站了起来,他叫巴哥罕,是呼衍卜屠的孙子,冒顿的表哥。

巴哥罕端起一碗酒,道:"冒顿兄弟,听头人说你一个人击杀了数百月氏骑兵,单枪匹马杀了回来,这是何等的英雄!你就是草原上最强的雄鹰,哥哥敬你一杯。"冒顿挥袖擦干了眼泪,一仰脖子干了碗中酒,嘴里嘟囔道:"什么大单于,畜生能干出来那事儿吗?"

在场的各族贵人面面相觑,都低下头不再说话了。呼衍卜屠站了起来,说道:"呼衍草原上的勇士们,今日我们的英雄回到了我们身边,这是高兴的事,是我们呼衍草原上欢聚的节日,大家好好喝,不醉不归。不过,我还要说的是,头曼单于是我们匈奴草原上最广大的王,我和他曾折箭歃血为盟,我们呼衍部落永远忠于头曼大单于……"

说到这儿,呼衍卜屠顿了一下,看了巴哥罕一眼,说道:"那年,征战东胡,我的儿子、巴哥罕的父亲布忌为了救出大单于,也埋骨燕山……我、我们呼衍一部可谓铁血忠心。"众人都站了起来,举起酒杯道:"致敬布忌英雄。"呼衍卜屠给巴哥罕使了个眼色,巴哥罕就过来,把冒顿扶了起来,搀回了大帐。

第二天都快到中午了,冒顿才睁开了眼睛,刚想起身,却头痛欲裂,就又躺了下去。一会儿,呼衍卜屠走进帐来,坐在他的床边,笑道:"醒啦?

昨晚你知道自己喝了多少碗酒吗?"冒顿摇了摇头,苦笑道:"忘了,连怎么回来的,我都想不起来了。"

呼衍卜屠道:"孩子,你昨晚喝了百十来碗酒,听巴哥罕说,吐得一塌糊涂,嘴里还不停地喊着阿尺的名字……她已经是大单于的阏氏了,你再这样下去,恐怕……"冒顿心里一阵说不出来的痛,他想着自己与呼衍尺两小无猜,感情笃厚,草原上无人不知。大单于把自己骗去月氏当人质,转眼匈奴骑兵就出现在居延海,这招借刀杀人让人寒心,又迫不及待地将呼衍尺妹妹变成自己的女人,这怎能服众?他原以为整个草原都会同情他,可现在他最亲的外公居然连他心中的委屈听都不愿听。想到这里,冒顿眼睛直直地盯着大帐的顶棚,嘴里喃喃道:"是非善恶呢?天理良心呢?"

呼衍卜屠望着床榻上颓废的冒顿,厉声道:"冒顿!你身上流着挛鞮部和呼衍部的血,你是草原上最强健的雄鹰。既然伟大的上天没有让你死在月氏人的屠刀下,那它一定另有安排。我知道你委屈,有些时候,心中有痛,别去想它,慢慢地就不痛了。"

冒顿不愿意听了,就把身子侧了过去,给了呼衍卜屠一个背影。呼衍卜屠用手中的马鞭在冒顿背上狠狠地抽了一下,喝道:"什么是非善恶、天理良心,这些东西在权力面前,狗屁不值!狼吃羊时,会不会问羊愿不愿意,委不委屈?我们征服其他部落时,屠杀他们的男人,随便睡他们的女人,会不会问是非善恶,天理良心?孩子,这个世界上没有绝对的天理,让自己成为强者才是自己的天理。"

冒顿就转过身,又慢慢地坐了起来。呼衍卜屠口气缓和了一些,说道:"道理是人讲出来的,同样的事,由不同人说出来,是完全不同的。他当初让你去月氏当人质时,是怎么跟你说的?"

冒顿眨了眨眼睛,道:"那天,他把我叫到营帐之中,设宴赐酒,给我讲了天下大势……"

那天,头曼把冒顿叫到他的营帐,看着和自己一般高的儿子,疼爱地拍了拍他的后背,指着旁边的凳子让他坐下,开口说道:"儿呀,爹常年忙着匈奴大草原的政务,也没时间关心你。今天没有外人,我们爷俩也唠唠心里话。有些事，你以后也得多关注一下。"冒顿点点头道："爹，您尽管吩咐。"

头曼道："眼下，我们匈奴可谓强敌环伺，处境异常艰难。东面是强大的东胡，他们和咱一样，平时逐草而居，放牧打猎，物资紧缺时就靠抢掠过日子，这是不可调和的矛盾。南面呢，前几年还好，他们自己内部忙着统一，谁也顾不上北地，咱们的日子过得多滋润呀，他们给咱种着粮食，织着布帛，咱需要时，直接过去抢……不是抢，是拿。可现在不一样了啊，那是赫赫的大秦帝国，他们皇帝派蒙恬驻守北郡。这两年，打了几仗，咱真打不过人家呀。现在我们匈奴人敢跨过大河一步，必死无疑。再说北边，那是冰天雪地、连草都不长的地方，就是给我们，我们也不能要呀。西面是月氏国，他们占着祁连山下的富庶之地，可以农耕，北部还有水草丰沛的肥美牧场，他们什么都不缺。儿子啊！眼下这情况，要是打起仗来，我们匈奴可能就要灭种亡国啦。所以呢，我打算跟月氏讲和，这样我们就可以多一个盟友，就不用怕秦国和东胡了。不过估计得委屈你一下。"说着，恳切地看着冒顿。

冒顿是个聪明人。他常年随父亲征战草原，知道统一各部落的艰辛不易。他也是一个深明大义的人，一听到父亲的话，他大概猜到了父亲的意思，说道："父亲想让我去当质子。"

头曼点点头道："是的。"

冒顿由凳子上站了起来，说道："若能让我匈奴强大起来，当质子又如何？只要给我们一点时间发展，我们匈奴就一定能摆脱这种困境。"

头曼欣慰地赞叹道："不愧是我头曼的儿子，有胆识、有气魄，还有眼光。"他点点头看着自己的儿子，心里却乐开了花。冒顿哪里知道，自己的亲生父亲是准备让他永远留在月氏。

他把这些原原本本地说给了呼衍卜屠，呼衍卜屠道："你现在知道了吧，嘴里说出来的未必就是内心真实的想法。"冒顿道："那他怎么解释出兵居延海？"呼衍卜屠道："他照样可以说出一百种冠冕堂皇的理由。冒顿，这段时间你就在这儿好好休养，对外就说身体不适，千万别再发牢骚，让草原上都知道你们父子心生嫌隙,这样对你就更加不利了。我今天亲自去王庭,把你回来的消息禀报大单于,再给你娘说一声。哎,也不知道她这段时间是怎么过来的。"

呼衍卜屠出了营帐,点齐一百护卫,快马加鞭奔匈奴王庭而去。到了头曼单于大帐,呼衍卜屠拜道:"老臣呼衍卜屠拜见大单于。"头曼将呼衍卜屠让到座上,吃惊地问道:"呼衍头人,我尊敬的岳丈,您怎么来了?"呼衍卜屠道:"大单于洪福齐天,你猜我给你带来什么好消息?"

头曼问道:"哦?什么好消息?"呼衍卜屠道:"大单于的儿子冒顿,单枪匹马由月氏国逃了回来,现在呼衍草原上疗伤。他本想觐见大单于,老臣见他身体尚未康复,就拦了下来,让他先休养一阵子……"头曼大吃一惊,"啊——"了一声,随后意识到自己这一声,满是惊讶失望,而没有一丝的喜悦欢欣,就又仰天哈哈大笑。呼衍卜屠将冒顿抢夺一匹汗血宝马、射杀数百月氏追兵的经过大致说了一遍。

在场的几名匈奴重臣都竖起大拇指,齐声赞叹道:"不愧是大单于的儿子,草原上的大英雄。"边上一个高大的长者,满面络腮胡,此人是匈奴右骨都侯,叫兰盖。骨都侯为匈奴单于的辅政大臣,分为左、右骨都侯,由呼衍氏、兰氏和须卜氏等异姓贵族首领担任。呼衍卜屠当年即是左骨都侯,前些年,由于对草原各部落征伐意见与单于相左,加上女儿失宠,头曼废长立幼的想法愈来愈明显,呼衍卜屠抱病辞去左骨都侯之职,回到呼衍部落只处理族内事务。兰盖道:"一只真正骄傲的雄鹰,何惧一群燕雀!"大家都点头赞道:"是呀,是呀。"

头曼望着呼衍卜屠道:"当初,冒顿主动要求到月氏为质子,着实让我感动。本想着可以和月氏睦邻友好,长期和平,好让我匈奴除去西边隐患,让我们可以专心对付蒙恬,再把大河两岸收回来。谁知道月氏人真不是个东西,冒顿千里迢迢刚到他们王城,就被他们欺负和虐待。侮辱冒顿,就是侮辱匈奴,犹如打我的脸。"说到激动处,头曼挥动着拳头,目光环扫了大家一圈。

在场的几位重臣都表情凝重地点着头。头曼接着说道:"我告诉匈奴的勇士们，你们要勇猛作战，打出我匈奴的尊严，迎回冒顿，给月氏人一个深刻的教训……"这时，大帐外传来一个女人的喊叫声："爹爹、爹爹，听说我那可怜的孩儿回来了……"接着一个披头散发的中年女子冲进了大帐，头曼一见此人，眉头一皱，一脸嫌弃。

此人正是头曼单于的正妻颛渠阏氏，她一见呼衍卜屠，就扑通一声跪在父亲的脚下，抱着他的马靴，哭天喊地地号道："我那可怜的孩子呀……他、他真的回来了吗？"呼衍卜屠强忍着泪花，弯腰将女儿扶了起来，说道："冒顿真的回来了，现在呼衍部落休养，他好好的，你也要好好的……"颛渠阏氏怨恨地看了一眼她的丈夫头曼单于，恨恨地说道："虎毒不食子呀！"头曼就冷哼了一声，把头转了过去，不再理她。

呼衍卜屠拍了拍女儿的后背，喝道："这孩子，别胡说八道！你一个妇道人家懂什么？"颛渠阏氏喃喃地说道："我不懂、我不懂，我什么都不懂，我只知道要杀了我的孩子，还不如杀了我……我要见他，我要见我的孩子……"兰盖看了看呼衍卜屠，对头曼说道："大单于，眼下阏氏这个样子，不如让她回到呼衍草原上省省亲，也看看冒顿，毕竟母子连心哪！"头曼巴不得颛渠阏氏赶紧消失，就大度地挥了一下手，说道："人之常情，准了！"

颛渠阏氏随父亲呼衍卜屠到了呼衍部落，见到冒顿后，母子抱头痛哭。颛渠阏氏道："儿啊，娘以为再、再也见不到你了……"冒顿道："娘，冒顿在逃跑的路上，心里就想着你和阿尺妹妹……"颛渠阏氏道："你莫要再提那个贱人了，好多个晚上，为娘在外边看月亮，就她在大帐里叫得欢……"冒顿沉默了一会儿，说道："她一个女孩子家，能有什么办法呢？"颛渠阏氏狠狠地哼了一声。

冒顿在呼衍部落待了月余。这一天，呼衍卜屠道："冒顿，这么久了，你该去朝见大单于了，再不去，就是你失礼啦！"冒顿低着头不说话，呼衍卜屠道："我知道，你无法面对他。但有些事情，你总逃避，也不是个办法呀，孩子，该面对的，就去面对。"冒顿突然抬起了头，望着外公，笑了起来。

冒顿只身一人，去觐见了父亲大单于头曼。两人相谈甚欢，仿佛什么都没发生似的。冒顿给头曼详细地描述了月氏的风土人情，军队体制，甚至说道："爹呀，我觉得月氏国的战斗力比我们差远了，不像我们之前想象的那样强大。他们是比我们富有，但打仗这玩意儿，没有钱不行，光有钱也不行。"头曼道："好儿子，爹没有看走眼，今天我们好好喝一顿，叫国师也陪着。对了，帝谷也很关心你，一直在打听你呢！"

一会儿工夫，帝谷过来了，见了冒顿，两人拥抱了好久。帝谷拍着冒顿的后背，道："少主，草原上骄傲的雄鹰，回来就好，一切都会好起来的。"最后又重重地拍了一下。席间，大家只是闷头喝酒，除了夸冒顿神勇，再没有什么话题。帝谷觉得氛围有些压抑，就说道："前段时间，偶得了一个秦国乐师，给大家助助兴。"便转头对身后的侍卫低语了几句，那侍卫就出了大帐，回来时，身边跟了一位白袍老者。这位老者一头飘逸的白发，在肩膀后面打了个结。冒顿定睛一看，见老者两弯白色的眉毛下，眼睛无光，就想起那天在月氏草原时，大哥扶苏让打听一个叫闻伯的盲人。心想：该不会就是此人吧？

此人正是闻伯。当天扶苏在阴山脚下被帝谷包围后，部队突围损失惨重，扶苏重伤，被乌狮救走。帝谷在清理战场时，发现了闻伯，就将他带回了军营，见他是个天生的盲者，身上又未披铠甲，不像个军人，审问了一番，得知此人是乐师，就将他留在了身边。

闻伯把随身背的古琴取了下来，自己盘腿坐在大帐中间，将古琴横放在双腿之上，气定神闲地问道："国师，你要听什么曲子？"帝谷道："今天我们草原上的雄鹰凯旋，大单于喜出望外，我也不懂什么乐曲，你就看着来一曲，应个景。"闻伯点了点头，拨动琴弦，弹奏了一首《诗经·魏风·陟岵》，琴声铿锵而又充满温情。闻伯嘴里和道：

陟彼岵兮，瞻望父兮。

父曰：嗟！予子行役，夙夜无已。

上慎旃哉，犹来！无止！

……

闻伯弹完一曲，众人皆鼓掌叫好。头曼道："我儿在异国他乡时，为父还真是夜不能寐啊，来，重赏乐师。"又看着冒顿道，"我儿冒顿，这次出使月氏为质，大扬我匈奴国威，为嘉奖忠勇，赏赐牛羊五千头、布帛五千匹、侍女十二名，统领一万匈奴铁骑，为我王庭藩屏。冒顿春秋已过二十，尚未婚配，今赐婚右骨都侯兰盖之长女兰朵儿为妻。下月朔，完婚。"冒顿叩谢了大单于。

宴席散后，冒顿出了大帐，他呆呆地看着天边的云，心中想着一个人。听见后面有跑步的声音越来越近，一个稚嫩的声音道："是冒顿哥哥吗？"冒顿就转身看了一眼，见是不髡。一个七岁的男孩，大单于头曼的小儿子，母亲为须卜部落女子，名叫须卜浅，现为大单于头曼最宠爱的阏氏。不髡惊喜地喊道："冒顿哥哥！还真是你呀！"冒顿低头看着他，点点头，道："不髡，你好像长高了不少呀！"

不髡就把手先按在自己头顶上，然后比画到冒顿的腰际，说："上一次，才到你的大腿，是长高了呀。哎，听我娘说你以后不会回来了……"这时，那边跑过来一个女人，后面跟着几个婢女。女人叫道："不髡，回来……"不髡笑道："娘，这不是冒顿哥哥吗？你怎么说……"那女人就一把捂住他的嘴巴，冲着冒顿笑道："冒顿，弟弟每天都想你呢！"

冒顿笑了，摸了摸不髡的头，指着不远处一匹枣红色的马，问道："不髡，你想不想骑马？这可是正宗的大宛汗血宝马。"不髡就拍着手笑道："好呀、好呀……"须卜浅将不髡抱了起来，道："冒顿哥哥今天累了，明天再骑马玩。"就把不髡交给了婢女，一行人匆匆地离开了。

冒顿冷冷地盯着他们离开的背影，又转过身来望着天上的云。草原上的云在高空移动极快，一朵云看着像个巨大的马，一会儿工夫，马头飘到了背部，又像一座小山，再一会儿，另外一朵云追了过来，合到了一起，又像一个侧身的少女……

"冒顿——"听声音，他知道是帝谷过来了，就挥了挥手。帝谷在身边拍了拍他的肩膀。两人沉默了半天，帝谷道："要不，咱俩再喝点？"冒顿此时也是百无聊赖，正不知去处，就点点头，道："行！"吹了个响亮的口哨，远处那匹汗血宝马就扬蹄飞奔过来，打着响鼻站在冒顿身旁。帝谷摸着此马的屁股，赞叹道："远看一张皮，近看四肢蹄。前观胸膛宽，后观屁股齐。好马、好马……"冒顿摸着它的鬃毛，说道："就是靠着它神奇的脚力，我才逃出重重包围，当然，国师传授的屠魔刀法也是功不可没呀……"

此时，营帐边上传来一阵哀怨的歌声："天上的云哟，飘忽四方，何时它才能安静在顶上？哥哥的心哟，东游西荡，何时你再来到妹妹的身旁？……"一听这歌声，冒顿身躯一颤，眼眶瞬间湿润了。他抬起头，突然哈哈大笑起来，嘴里喃喃道："好马，好刀法……好马，好刀法……"侍卫将帝谷的马也牵了过来。两人飞身上马，风一般奔帝谷的大帐而去。营帐那边，呼衍尺看着冒顿越来越小的背影，泪流满面，声音哽咽着，低到几不可闻："妹妹、妹妹……在盼哟，天荒地老，夕阳下，你的怀抱……"

第二天，冒顿带着闻伯和匈奴一万骑兵，回到呼衍草原。在回来的路上，冒顿心中一个堪称传奇的复仇计划愈来愈清晰了。

这天，冒顿约着表哥巴哥罕一起打猎，俩人并辔前行，后面远远地跟着三百人的护卫队。巴哥罕道："少主，恭喜你又回到大草原，巡守你的领地。"冒顿道："巴哥罕，以后可不敢再叫少主了，大单于给我一万兵马，让我回到呼衍草原，而不是留在王庭，这是什么意图，你不明白吗？以后你继承了左骨都侯，我还需要你的庇护呢。"

巴哥罕呵呵笑道："慢慢地我们呼衍氏也就离开王庭中心，左骨都侯一职，以后和我们就没关系啦！"冒顿道："哦！这一点我倒没想到。"巴哥罕接着道："爷爷曾说，姑姑一失宠，你被派去当人质，凶多吉少。大单于娶了妹妹阿尺，倒未必是垂涎美色，更多的可能是先笼络住呼衍部落……"冒顿就沉默了，转头看了一眼身后的护卫。

巴哥罕道："爷爷说过越王勾践的故事，他想让我好好劝劝你，不可意气用事。你手头现有一万兵马；大单于直接统领的部队有二十余万，可以调动的其他部落也有七八万之众吧，加在一起也就是三十万大军。你这一万兵马根本就……"冒顿呵呵一笑，说道："这不是关键所在，关键是这一万兵马也不完全听我的呀！那天，我们回到呼衍部落时，我曾经下令下马，回头一看，部队居然没有一个人动一下。我正想发怒呢，那个统领过来了，对着部队喝道：'全体将士下马！'将士齐刷刷地由马背上下来了。那统领在马上拜道：'大都尉，还有何吩咐？'我就知道，这支部队，目前还不属于我。"巴哥罕道："这不算个啥问题吧？难道大单于命令部队作战是自己亲自指挥到每个士兵吗？还不是最后都要统领去具体落实？"

冒顿心中的计划现在对任何人都不能说，就淡淡地一笑，说道："那不一样。现在我需要的是一支绝对忠诚于我的部队，这样才能上下一心，我带领他们冲锋陷阵，心中才有数，再为我匈奴建功立业。所以说，这个统领不能留！"巴哥罕道："那行，明天我找个机会宰了他。"冒顿道："不行，就今天！"

众人翻过一座小山头，冒顿站在山顶上，摘下弓箭，对那统领说道："今天我要检阅一下护卫部队的箭法，你和巴哥罕就在山顶上观望，有什么问题，你给我记清楚了，回头立即改正。"那统领一拱手道："遵命！"冒顿带领部队策马扬鞭，俯冲到山底。马蹄所至之处，尘土飞扬，惊动几头野猪。冒顿喝道："射！"身边三百名侍卫齐射三百支雕翎箭，箭齐齐地飞向野猪，瞬间，几头野猪变成了奔跑的刺猬，只是速度越来越慢，渐渐地都躺在草地上无声无息了。

一只褐色的金雕出现了，张开巨大的双翼盘旋在高空，腹下是一对铁钩一般的爪子。冒顿仰头拉弓，喝道："射！"又是三百支雕翎箭飞向高空。那金雕哀鸣了几声，就扑棱着双翼落了下来。在护卫们拉弓时，冒顿就在一边暗中观察，见有几名士兵始终未出箭，只是不时地回头望着山顶。

冒顿将众人集合起来，命一名士兵出列，站在队伍外面。他问队列里的士兵："出发的时候，每人箭囊里备了几支箭？"士兵们齐声道："三十支。"冒顿又问那名士兵："你呢？"那士兵道："也是三十支。"冒顿问道："刚才共射出几支箭？"那士兵答道："两支！"

冒顿冷冷地盯着他，说道："把你箭囊中的箭全部倒在地上数一数，看剩下多少支？"那士兵就转身将腰间的箭囊摘了下来，慢吞吞地数着，又不时望着山顶。冒顿厉声喝道:"多少支?"那士兵嗫嚅着答道:"三十。"冒顿再不吱声,抽刀一挥,那士兵的人头滚落在草地上,喷涌而出的血液随着冒顿扬起的刀,在空中划了一个弧,溅在前排士兵的脸上。

队列里一阵骚动,冒顿暴喝一声:"众士兵听着!我冒顿从十五岁跟随大单于东征西战,手中这把刀,斩杀敌人已过千人,从未饮过匈奴同胞的血。你们是谁的部队?"底下士兵先是几个人答道:"大都尉冒顿。"冒顿冷冰冰的目光在众士兵的脸上扫了一遍,又厉声喝道:"你们是谁的部队?"这下,士兵们齐声答道:"大都尉冒顿!"声音整齐洪亮,在广阔的草原上传出好远。

这时巴哥罕手中拎着一颗血淋淋的人头,骑着马从山顶疾奔而下。到冒顿跟前时,他将人头扔在草地上,喊道:"统领博博涂通敌叛国,已被我就地正法。"冒顿大喝一声:"啊,怪不得我在月氏国时,我匈奴的一举一动、兵力部署全被他们掌握,原来是这狗贼……死有余辜!"飞起一脚,将博博涂的脑袋踢出去几丈远。众士兵面面相觑,没有一人出声。冒顿指着那名士兵的尸体,喝道:"勇士们,今日随我狩猎,除了他一人……你们都是大草原上的好男儿。回军营后,你们大多数人将被任命为百骑长,甚至千骑长。以后这位……"冒顿一指巴哥罕,"巴哥罕,呼衍部落的英雄,他就是你们新的统领。"

晚上回去后,冒顿叫巴哥罕在大帐中议事,说道:"接下来这段时间,我们要持续整肃军纪,以后我射出去一箭,你和士兵们跟着射,我射向哪儿,你们就跟着射向哪儿。"巴哥罕想了想,又摇了摇头,冒顿就拉下脸来,"哼"了一声。巴哥罕笑道:"我的大都尉,你想一想,一万骑兵,作战时队形展开,得多宽呢?你身边的人还可以,远处的士兵根本就看不见你的箭射向何处呀!"

冒顿点了点头,说道:"这话有点道理。"冒顿又低头想了一会儿,这时帐外传来一阵悠扬的竹笛声。冒顿知道是闻伯在吹笛子,突然灵机一动,一拍大腿,哈哈大笑道:"有了,往箭头上绑一只鸣哨,这样所有士兵不就可以通过哨声来辨别方向了吗?"巴哥罕略一思考,竖起了大拇指,呵呵笑道:"大都尉英明!"

冒顿将骨哨绑在箭镞的后边,试射了几支,尖锐的鸣叫声随着箭身的飞行,回响在大草原的夜空。冒顿非常满意他的伟大发明,给这支箭取名叫鸣镝。

翌日清晨,冒顿骑在那匹枣红色的汗血宝马上,面向东方,朝阳照在他年轻的脸上。士兵们列队,整整齐齐地站在对面。队列是面西顺光,众士兵将冒顿的表情看得清清楚楚。

"匈奴的勇士们,不管你们来自草原的哪个部落,现在,你们只有一个身份——大都尉冒顿的战士。记住,我们都是军人,我们存在的意义就是打仗。打仗靠的是什么?不是快马强弓,不是匹夫之勇,而是上下一心,令行禁止。通过昨日的狩猎活动来看,我们这支队伍,目前军纪涣散,一盘散沙,这样的部队是打不了仗的,故而我要整顿军纪。平日的管理、训练由你们的统领巴哥窂组织,实战训练由我冒顿亲自组织。我没有别的纪律,就一条,我手中这支箭,以后就叫它鸣镝,它射向哪儿,你们的箭必须射向哪儿,不跟随者,斩立决!"说着,冒顿左手摘下铁弓,右手举起鸣镝,喝道:"勇士们,摘下你们的弓箭。"

一万骑兵都由背后齐刷刷地摘下弓箭。冒顿先向着他的右首南方射了一箭,瞬间一万支箭如一道天幕飞向南方。接着冒顿又向着东方射了一箭,鸣镝呼啸着越过士兵的头顶。众人一起转身,万箭齐发。那一万支强劲的雕翎箭向着东方飞出,仿佛要射掉初升的太阳。等队伍恢复了安静,冒顿跳下马来,抚摸着那匹枣红色的汗血宝马,动情地说道:"诸位都知道,这匹汗血宝马随我从月氏国一路奔袭数千里,好几次我险些丧命月氏人强弓之下,就是凭着此马的神勇飞速,才侥幸逃脱。可以这么说,没有此马,冒顿早就横尸异国他乡……"

冒顿轻轻地抚摸着马的脖子,稍顿了一下,继续说道:"草原上传说,此马是月氏王的坐骑,被我抢夺,实则不是。它乃冒顿一个朋友相赠,此马与我情同手足……"冒顿痛苦地低下头,少顷,他咬了咬牙,蓦地挥起马鞭,狠狠地在马背上抽了一下。那马一吃痛,"咴——"仰天嘶鸣一声,扬蹄往北奔去。冒顿先是冷冷地扫射了众士兵一眼，后收回目光，又抽出一支鸣镝，瞄着自己心爱的坐骑，鸣镝呼啸着往北飞了过去。队列里一阵骚动，但看到冒顿那鹰隼般的目光，箭雨还是飞了出去。可怜那匹上等的汗血宝马，飞奔出百十步，刚刚将步子缓了下来，瞬间身中无数支箭，倒地气绝而亡。

刚才，站在前排的士兵，受到冒顿情真意切的语言和表情的影响，一时判断不出来该不该出箭，只是呆呆地站在原地。冒顿用马鞭挨个指着几十个目瞪口呆的士兵给巴哥罕，冷冷地说道："斩立决！"

巴哥罕就在队前砍掉了几十个脑袋，将滴着鲜血的佩刀高高举起，喝道："我们是谁的部队？"队列里发出山呼海啸般的吼声："冒顿！冒顿……"

月朔，冒顿带领着庞大的迎亲队伍，来到兰氏草原，迎娶右骨都侯兰盖之长女兰朵儿。迎亲队伍在兰氏部落停留了三天，在交接完陪嫁的两千只牛羊、金器宝物、美酒布匹等嫁妆后，右骨都侯兰盖牵着女儿的手，从白色的帐篷中缓缓地走了出来。兰朵儿穿着一身红色的棉袍，肩上是一件白色的貂皮披肩，腰束一条白色的束带，束带前端是两串红色的玛瑙；头戴一顶红色的帽子，帽顶正中间是两支洁白的羽毛；圆圆的脸盘，眼睛是兰氏部落人常见的细长型，皮肤白皙，身材婀娜。

兰朵儿偷偷地看了冒顿一眼，又低下了头。兰盖将女儿的手交到冒顿的手中，又把手掌覆盖在两人的手上，说道："贤婿，十八年前，天神赐予我兰氏部落一颗珍珠，我们把她捧在手心，从未让寒冷的北风吹向她。今天这颗珍珠长大了，我亲手把她交给你，盼望着贤婿以后好好地呵护她，给她幸福，让她快乐。兰氏部落和挛鞮部落永结同心，永远忠于大单于。"冒顿道："尊敬的岳丈大人，请放心，兰氏部落的珍珠在挛鞮部落一样是珍珠，冒顿虽没什么本事，但我相信我能呵护好自己的女人。"

兰盖哈哈一笑，递给了冒顿一碗酒，冒顿一扬脖子，干了碗中酒，转身将兰朵儿抱起来，放在马背上。冒顿飞身上马，坐在兰朵儿的后面，两人同乘一骑，在众人的拥簇下，离开兰氏部落。一路上，兰朵儿倚在冒顿的怀中欢声笑语，冒顿抱着怀中的新娘，心中想着以前的场景：呼衍尺妹妹一直和自己同乘一骑，她喜欢把头靠在他的胸膛，把脚踩在他的脚面上，嘴里哼着歌曲，给他指着天上的云朵，让他猜这朵像什么，那朵像什么。论美色，兰朵儿不输呼衍尺，只是冒顿的心中却没有了以前的欢喜。

冒顿在想，权力真是这世上最好的东西，能让你得到自己想要的一切。

回到呼衍部落后，呼衍卜屠宴请各族的贵人，宰牛烹羊，大宴三天。晚上，兰朵儿躺在冒顿的怀里，抚摸着他的胸膛，柔声问道："冒顿哥哥，你爱我吗？"冒顿盯着帐篷的顶部，说道："爱呀！这连续三个晚上，我都没歇着呀！"兰朵儿脸上微微一红，低声道："我说的爱不是这个，是一颗疼爱我的心……"

冒顿将兰朵儿的手拉着放在胸口，笑道："这颗心在这儿呢！"兰朵儿幽幽地说道："我怎么感觉不到爱呢？"冒顿翻身爬了上来，说道："来，这次你好好感觉一下……"两滴清泪顺着兰朵儿的脸颊流了下来。冒顿在上面剧烈地动作着，丝毫没有感觉到身体下面女人情绪的变化，而是气喘吁吁地喊道："叫吧，大声叫！别忍着，让大草原上都知道我有多么爱你……"

这一日黄昏，兰朵儿在草原上散步，见地上有几束不知名的野花，红白相间，甚是好看，就俯身折了几枝，随手编成一个花环，戴在头顶。她看着西边那轮巨大的夕阳，想着那边就是她的部落，阿爸、阿妈不知道在干什么，他们是不是也在思念着自己……

一阵低沉苍凉的音乐传了过来。兰朵儿循声走去，见一个须发皆白的老者盘腿坐在草地上，双手捧着一个椭圆形的乐器。兰朵儿轻轻地走了过去，在老人面前站了一会儿，等一曲终了，兰朵儿问道："老伯，你吹的这是什么乐器？真好听。"

闻伯道："娃儿，这叫埙。"兰朵儿问道："老伯，你刚才是在思念一个人吗？"闻伯身子微微一颤，说道："思念，但不是思念一个人，是思念一张琴。"兰朵儿问道："思念一张琴？"闻伯点点头道："人有什么好思念的？每个人独自来到这个世上，最后又会独自地离开。孤独是常态嘛！"

兰朵儿听见闻伯这么说，再看着天边的夕阳，由心而生的孤独感愈加浓烈,慢慢地变成了苦涩。兰朵儿又问道:"老伯,你没有亲人吗?"闻伯缓缓地摇了摇头,说道:"你就是冒顿的新娘子吧?"兰朵儿点了点头,轻轻地叹了口气。闻伯道:"你新婚宴尔,冒顿又是草原上鼎鼎大名的英雄,怎么你言辞之间没有一点快乐,而是深深的忧虑呢?"

兰朵儿道:"其实他的心里住着另一位女子,他一点都不爱我。每次、每次我们……在一起时,没有一丝的柔情蜜意,我觉得他就是一种报复,一种发泄……"夫妻间的温度,如人饮水,冷暖自知。这段时间,兰朵儿所受的委屈,没有一个倾诉的对象,她见闻伯是个盲人,刚才又吹奏出那么吻合自己心境的曲子,就卸下所有的防备,将心中的委屈吐了出来。

说完后,兰朵儿觉得心情好了许多,就笑道:"老伯,我能跟着你学习吹埙吗?"闻伯点了点头,就把埙交给了兰朵儿。兰朵儿接过埙,放在唇边,吹了几下,却发不出声音。闻伯笑道:"注意风门的角度……"又给她讲了用气的技巧和指法,慢慢地埙能发出一些声音了。闻伯道:"吹埙很简单,勤加练习就可以了。对了,你看看附近有没有陶土,我再烧制几只埙。"兰朵儿问道:"什么是陶土?"闻伯道:"就是颜色发紫、发黄的黏土,你看到后告诉我,我一捏便知道是不是陶土了。"兰朵儿就点了点头。兰朵儿又练了一会儿,慢慢地竟能吹出个调调了。

冒顿由远处走了过来,看着兰朵儿在吹埙,笑道:"没想到媳妇还有这一手。"兰朵儿道:"刚刚学的。"闻伯笑道:"冒顿兄弟,夫妻之道首在和谐。陶埙之音,暗合此道。清晨黄昏,吹奏此器,有助和合。"冒顿道:"哦!此物还有此功能?"闻伯道:"埙之为器,立秋之音也。平底六孔,水之数也。中虚上锐,火之形也。陶埙以水火相和而成器,亦以水火相和而成声。故而音色朴拙抱素,独为地籁,乃是乐器中最接近道家天籁的。"

闻伯讲的这些,冒顿哪能听得懂?他只是茫然地看着快落到地平线上的夕阳,听见闻伯的话里有夫妻和谐、天籁地籁什么的,就突然仰天哈哈大笑起来。

兰朵儿望着他,不知道冒顿为何突然大笑。闻伯也疑惑地问道:"冒顿兄弟,为何突然发笑呀?"冒顿道:"我突然想明白了一个道理。我打小就有一个疑惑,问谁谁都不知道答案。闻伯,你说太阳为何日中时小如圆盘,而傍晚时则大如车轮?"闻伯呵呵一笑:"这个问题连孔丘都不知道答案,我怎会知道?"

冒顿道:"这个问题,今天我来告诉你答案。天为阳,地为阴,等到傍晚时,天地交合……"闻伯闻言哈哈大笑起来。兰朵儿脸红红地站在一边,冒顿一牵她的手,笑道:"走!天黑了,回家。"

## 拾叁

## 青燕

扶苏取得临霜雪莲,下了孤峰,远远瞧见乌狮身边围了一群母马,就伸出拇指和食指,放在嘴里面吹了个口哨。乌狮奔了过来,身后跟着那群母马。扶苏笑了笑,拍了拍它的脖子,说道:"兄弟,跟你的众夫人告个别,咱们有要事在身,只能委屈你啦!"乌狮低下脑袋,打了几个响鼻,甩了甩脖子上的鬃毛,仰天嘶鸣一声。扶苏知道它准备好了,就飞身跨上乌狮,奔彼岸峰而去。那群母马在后面跟着跑了一会儿,慢慢地变成几个小小的黑点。

芊笋站在屋前,远远眺望,见一个身影飞奔上山,速度极快。一眨眼工夫,扶苏已到跟前。尽管满身灰尘,嘴唇干裂,脸上却满是得意的笑容。芊笋飞身扑入他的怀抱,喜极而泣,久久无言。扶苏在她耳边轻轻说道:"芊儿,你看这是什么?"由怀中掏出雪莲,轻轻地放在她的鼻子下方。芊笋道:"真好闻!"又闭上眼睛,将头靠在他的胸前。半天,她喃喃地说道:"扶苏哥哥,你就是芊儿的天神,此生有你的呵护,我好幸福呀!"

龙檀子见扶苏手中捧了一颗上等的临霜雪莲,心中不由得暗暗赞叹:这小子可真不得了。他让乐因、乐果将十二种草药按步骤煎熬。芊笋服完药后,龙檀子又以针砭之术治疗,加上芊笋自身的菩提神功自愈,七天后,身体恢复如初。扶苏四人拜别了龙檀子,下了彼岸峰,往大宛国而去。此行自是异常轻松,四人缓辔而行,一路上欢声笑语。

湛蓝的天空下是绿油油的草地,芊笋吹着玉笛,乐因、乐果以箫合奏,乐曲柔和甜美。扶苏用右臂轻轻揽住芊笋的腰，闭着眼睛，嗅着她头发的味道，在她耳际轻轻说道："芊儿，我好快乐呀！"两人劫后重生，此时的感觉和以前又大不一样，不光是柔情蜜意，还有一种深入骨髓的依恋。芊笋曲风一变，节奏变快，玉笛发出欢快缠绵的声音，引得天空一群大雁在他们头顶盘旋了好久。

扶苏在大宛国又盘桓了数日。其间，芊笋带着他和白猿长老游历了大宛国的名胜，享用了甜美的葡萄酒，欣赏了精美的舞蹈和乐曲。

这一天，芊笋带着扶苏到王城外的药杀水畔游玩，见河里一群小男孩在游泳嬉戏。望着清澈的河面，扶苏想起万里之遥的渭水，想起了娘亲，想起了小诗曼，不觉得低下头来，半晌不语。芊笋觉察到扶苏的情绪有些低落，就咯咯一笑，说道："扶苏哥哥，我给你讲个好玩的故事吧！"扶苏点点头说："好！"芊笋指着河的上游说道："这条河的上游有一个国度，叫女儿国，国中从国王、大臣到平民，所有人都是女子……"扶苏咧嘴一笑，说道："那他们怎么繁衍呢？"芊笋白了他一眼，嗔道："你听我说嘛！她们长到了十八岁，到晚上的时候，只需下河洗澡，肚子里就会怀上小宝宝。"

扶苏哈哈大笑，指着河里面那群嬉戏的小男孩，说道："难怪游泳的都是男孩。"芊笋笑道："那倒不是，女孩子家……在河里游泳像什么样子？"扶苏就坏坏地看着她笑，芊笋问道："你不相信有女儿国吗？"扶苏摇了摇头。芊笋很认真地说："有！真的有。你们大秦的史书上不是也有吞鸟卵怀孕，还有什么踩脚印怀孕的记载嘛！"

扶苏呵呵一笑，说道："哦！你说的是简狄、姜原和女修的传说。这些疑问我小时候也有过，吞个鸟蛋怎么能怀孕？后来我想明白了，故事的发生可能是这样的：原始部落时期，一个少女在外边遇见了心仪的男子，不觉春心荡漾，俩人就……就做了一些事情。后来，少女发现自己身体有了一些变化，又没法给大人说，就只能编个故事喽！其实，当时还没有婚姻，很多孩子只知道母亲，不知道父亲是谁。"

芊笋笑得直不起腰，用手指着扶苏："你这家伙真是的，脑子里面都是些什么东西呀？"扶苏道："我这些推理可是得到了老师淳于越的认可。"

他接着说道,"后来,直到有一个人出现,那就是周公旦。正是他老人家制礼作乐,婚姻才变得严肃起来,要不然……"他又坏坏地看着芊笋笑着说:"要不然,咱俩娃都快生出来了……"芊笋收起了笑容,嗔道:"停!又开始胡说八道了。"

又过了些时日,扶苏一心惦记着上郡的军务,就和大宛王约定,自己先回上郡,然后上奏皇帝,定下吉日,迎娶芊笋公主。这一天,芊笋将扶苏送出王城。

扶苏吟道:"行道迟迟,载渴载饥。我心伤悲,莫知我哀……"

芊笋吟道:"死生契阔,与子成说。执子之手,与子偕老……"

两人挥泪而别。芊笋看着扶苏一骑绝尘,慢慢地消失在道路的尽头,才失魂落魄地返回王城,心中叹道:唉,以前师父讲佛经时,说过人有八苦,其中有一个叫爱别离。当时,我体会还不深,今日一别,才知道此中滋味竟是这般的苦楚。

本来大宛王安排了五十名骑兵护送,扶苏嫌这样反倒速度慢了,乌狮不能全速前行,就谢绝了,自己孤身一人踏上返程。

三天后,扶苏赶到了上次遇见长安君的月牙泉,却见早已人去屋空。扶苏又仔细地查看了一下,见门板上刻了两行字:少年一念帝王梦,终身漂泊四海为家。扶苏抚摸着门板上的字迹,心中万分感慨,曾经的亲骨肉,如今却成了永远不能相见的世仇。他又看了看四周无尽的沙漠,想着上次从月氏王城赶过来用了差不多一天的时间,中间也没见什么客栈,就进到茅屋里面,墙角有一块破木板当床,上面一层灰尘,看来他已离开数日。

扶苏简单地打扫了一下,在马背上取下芊笋亲手给他缝制的御寒的被子,放在木板上。又把乌狮的辔头、马鞍都卸了下来,从行李中取出一些黄豆,给乌狮喂了些,拍了拍它的脖子,道:"兄弟,辛苦你了,你再去水边啃点青草吧。"自己也就着泉水啃了几口干粮,和衣躺了下来。

一会儿,扶苏觉得自己半偎在一个艳丽的妇人怀中,只是此人面容模模糊糊的,扶苏睁大眼睛,想看清楚是谁,对,是母亲。扶苏泪流满面,泣不成声,像他小时候一样,母亲抚摸着他的头,慈爱地望着他。扶苏哽咽道:

"娘亲，孩儿委屈……"咦？咋又成芊笋了？她拽着他的手，哽咽道："以后不再理会这世间的纷纷扰扰，没有战争，没有阴谋，在院子里种满鲜花，我给你生很多娃……"芊笋双手举着扶摇剑，对她来说，扶摇剑太过沉重。她双手拖着剑，剑尖在地面的石头上不时划出火花，嘴里喝道："出生入死、大象无形……"扶苏就纳闷，芊笋什么时候也学会了天道剑法？而眼前的一排排士兵似曾相识，但面容却一个也看不清。突然，扶摇剑竟自己飞了起来，唰的一声插进了扶苏的身体……

扶苏"啊"地大叫一声，左右看了看，还是那间破破烂烂的茅草屋，原来是南柯一梦。外边乌狮连续嘶鸣了好一阵子，又听见一阵阵类似于打雷的声音，不过这个雷声没有一般雷声大，但非常密集，听声音是从地面上传出来的。扶苏就由睡袋里爬了出来，穿上鞋子，手提扶摇剑，出了茅屋。见乌狮将头伏得很低，有些惊恐地盯着前边的沙漠。扶苏并没有发现什么蹊跷之处，这时又是一阵狂风掠了过来，接着前面沙丘处传来刚才那种连续的低沉雷声。

扶苏这段时间经历了不少奇怪的事情，如天竺魑魅魍魉的隐术，天山孤峰冷姑的幻术，就想着还不知这西域之地有哪些奇异之事，也不敢大意。他将扶摇剑横在胸前，调动胎息之法，慢慢觉得自己与这片大漠已融为一体，并没见什么异物。过了一会儿，那雷鸣之声渐渐消失，周围又恢复了宁静。扶苏就拍了拍乌狮的脑袋，笑道："兄弟，你也进屋吧！"

他和乌狮一前一后进到茅屋后，却没有了睡意，就坐了起来，皎洁的月光由茅屋顶上的空隙照了进来，借着月光，他又打量了一遍整个屋子。墙面是用石头垒成的，门旁边有两块巨大的石头，平整的石面上依稀有字迹，走近一看，上面果然有几行字：月望，飓风鸣沙；月氏王城东南三百余里；西三百余里有水源；北五十里有草地。扶苏打开门，抬头一望，月如圆盘挂在当头，暗忖道："今日果然是月望，长安君把刚才的现象叫鸣沙。这鸣沙也不知道怎么发声的，还好我有几分本领，要是没武功之人还不得吓死？"

这一年来的经历一幕一幕在脑海里闪烁，那时候自己还是咸阳城的翩翩少年，曾自以为凭着手中的长剑可以纵横天下，天下无敌。现在回想起来，太幼稚啦！难怪父皇让自己到上郡监军，想到父皇，他又马上想到刚才那个奇怪的梦，好久没有见到娘亲了，哎，自己也真是太不孝顺啦，这么久未给她传个信笺，也不知道她多担心呢。他又想起那张好看的笑脸，和梦中她手里拖着扶摇剑的滑稽模样。一想到芊笋，扶苏心中就涌起一阵暖流。以前和李酉，还有冠礼后宗正送给他的几个婢女，这些都有过肌肤之亲，却没有过这种感觉，而现在和芊笋刚一分开，心里就是满满的牵挂和酸酸的苦楚。

扶苏又想起梦中的情节，这么荒诞不经？我跟娘亲说自己委屈，我委屈什么了？当初父皇下诏书让我来上郡监军，我也没觉得委屈呀，那咸阳城也待得不耐烦了，在这北国大漠驰骋田猎多快活！我还遇见了芊笋，虽说即使不遇见，以后也会娶她为妻，但那种夫妻多无趣呢，肯定不会如现在这般心心相印。

他又想到咸阳城戏园里的秦腔，一群伶人扮演着不同的角色，演绎着不同的故事，有周幽王烽火戏诸侯，有殷纣王宠妲己误国，有摩笄夫人……扶苏就有了一个想法，戏台下看戏的人，并没有觉得这一切都是安排好的，是假的，高兴时都鼓掌喝彩，难过时痛哭流泪。那人生会不会也是被安排好的一幕幕剧情呢？如果是这样的话，那由谁来安排呢？这世上有数万万人，会不会这个主宰把角色和命运搞错呢？对了，不光是人，还有禽兽家畜、花草树木。那天，如果不是傍晚他俩去集市外遛马，也就不会碰见冒顿，那芊笋的坐骑雪蹄儿就还在芊笋身边，只是这个机缘巧合，它就跟着冒顿去了异国他乡，可能以后就再也没有重逢之时了……

扶苏就这么胡思乱想着，越想越乱，后来想想，哎，我又执了。我还给冷姑讲"吾生而有涯，而知也无涯，以有涯随无涯。殆已！"还是回到现实中吧，考虑一下明天的行程……天快亮时，扶苏又睡了一小觉。一觉醒来，日上三竿。扶苏到月牙泉边补给了水源，又快马加鞭朝着东方绝尘而去。

这一天，扶苏马过乌鞘岭，前面就是大秦境界，陇西郡。正欲喝声叫关，关门突然大开，哗啦啦由里面冲出来百十来骑大秦骑兵。扶苏一看，领头的正是昭阳，身后是他由咸阳城带出来的护卫部队。

昭阳奔到扶苏马前，翻身下马，扑通一声跪在扶苏马前，双手将马鞭高高举起,失声痛哭道:"昭阳护主不力,致使公子蒙难良久,请公子任意处罚……"一百名护卫都翻身下马,跪倒一片。扶苏赶紧下马,将昭阳扶了起来,满脸泪花地看着大家,悲伤地问道:"以前的……老兄弟们就剩下这么多了?"昭阳点了点头,扶苏道:"大家都起来吧!都是我大秦的好儿郎,胜败乃兵家常事。上次遭遇帝谷老儿伏击,确是我轻敌大意,宿营时犯了兵家大忌,这个责任与大家无关。当时,我就在现场,弟兄们的表现可歌可泣,没有一个孬包……"脚底下顿时大放悲声,哭成一片。

实话实说,那天遭遇伏击战时,大家确实都杀红了眼,没有一个转身的,没有一个退缩的,也根本没有时间恐惧和思考,只是在昭阳的指挥下拼杀,这就是日常训练和部队管理的惯性。所以说打仗指挥官太重要了,要不说"千军易得,一将难求"呢?只是后来大家眼见扶苏已突出重围,一骑绝尘而去;而扶苏和帝谷对战的最后几招快如流星,旁人根本看不清楚当时的情景,大家都跟着扶苏突围的方向,追着追着,众人的马跟不上乌狮,才导致后来的这些变故。昭阳率领残部一直追到了贺兰山,一路多方打听,也没有关于长公子的任何消息,无奈之下,只能回上郡蒙恬大军复命。

蒙恬一听到这个消息,瞬间整个人就蒙了。扶苏来上郡监军,其中的意义别人不知道,他蒙恬可是太清楚了。前两天皇帝的敕书里,在批复完对匈奴第二阶段军事进攻的总方案后,还专门说了"扶苏性好勇,多加历练,以助沉稳"云云,每每听见坊间传说长公子被贬的言论,蒙恬都会暗笑道:"你们懂个屁呀!"

现在,长公子刚到上郡不久,竟从人间蒸发了!这让自己怎么向皇帝交代?顿时勃然大怒,下令将昭阳率领的百人护卫残部全部斩首。王离在一边谏道:"大将军,长公子武功高强,如昭阳所言,他已确定突围出去,目前只是情况不明,而且……这些侍卫很多是他儿时的玩伴,现在斩掉他们,恐怕不妥,请大将军三思。"

蒙恬斜睨了王离一眼,冷冷地说道:"当初长公子渡河之时,我令你率一万大军驻扎北岸,策应他们。你是如何策应的?"王离也是满腹委屈,暗道:"长公子那脾气,你又不是不知道,他会听我的?而你当时给我的任务就是驻扎大河北岸，策应长公子，我根本就没有接到任何军情，我怎么策应？"只是话到嘴边又忍住了，就说道："末将无能，贻误战机，请大将军治罪。"

蒙恬冷哼一声，说道："你是圣上任命的长城军团裨将，你先安排斥候加大搜寻范围，等有定论了，我再奏明圣上，听从发落。"王离一拱手，拜道："末将遵命！"蒙恬指着昭阳道："军人之道，首在明了自身职责，尔等身为长公子贴身护卫，职责就是以身体为藩篱护卫长公子周全，如若长公子有个闪失，你们还有存在的价值吗？"

蒙恬在案前踱了几步，说道："我就给你们一个月时间。到时，长公子若安然无恙，我给你们每人晋爵一级；如长公子出了意外，你们必死无疑。下去吧！"昭阳深拜道："谢大将军缓杀之恩，到时，长公子还没消息，昭阳率众引颈受戮。"

到了期限的前一天，由陇西郡经驿站快马传来扶苏当初在月氏国写给蒙恬的信笺，蒙恬看到信笺，确是长公子的笔迹无疑，当下心中稍安，就命昭阳赴陇西查访信笺来源。昭阳马不停蹄地赶到陇西，找到那传信的铁器商贩，得知是在月氏国遇见的长公子，根据他对外貌、马匹的描述，确定是长公子无疑。昭阳给此人奉以重金，让其带领他十二人乔装成商人，赶到月氏国那个集市，那人指了指当时扶苏和芊笋主仆住宿的客栈。

昭阳一行就住在了那间客栈，又向店小二打听，店小二回忆道："月余前，是有一位公子，同行的还有三位姑娘，骑的西域良马，那公子与一绝色女子同乘一骑，那马一身黑色皮毛，如上等绸缎一般，身形高大。我送饭时，隐隐约约听到他们好像要去月氏王城。对了，当时，有一位姑娘还向我打听了王城的路线……"昭阳点点头，心想道："对的，这马是乌狮。这三名女子又是什么人呢？"就一路打听到了月氏王城。由于扶苏和芊笋两人同乘，加上俊美公子和绝色女子等特点，他们的行迹也好打听。就这样昭阳一行十二人，追到了那处沙漠中的月牙泉。

当时，长安君正在月牙泉的另一面取水，突然见对面出现了十二骑，虽然都是商人打扮，但一看他们的骑术、神态，是军人无疑，就将头上的斗笠又压低了一些。这时由沙丘后面冲出那伙倒霉的山贼,有三十多人,昭阳骂道:"不开眼的东西,四方战阵!"十二人分三组,每四人为一个小方阵。

到此时,长安君知道这一行人是大秦的卫戍部队无疑。昭阳下令时,一口关中口音,再看他们亮剑的动作,还有标准的四方战阵。这四方战阵是秦卫戍部队的标准战术动作,适用于敌众我寡时的护卫,每四名战士为一个基本作战单元,分东、西、南、北而站,根据手中兵器不同,每人间距也不同,防守时是一种步法,进攻时则是另一种步法。

这是当年战神白起给秦昭襄王的卫队量身打造的战术动作。因卫戍部队和作战兵团的任务不一样,把单兵战斗技能看得最重,后来,白起将大兵团的阵型思想引进了过来。训练后,卫戍部队的战斗力果然大增,以后就成了秦王室卫戍部队的标准战术动作了。

长安君打小在秦王室长大,自然熟识这四方战阵。突然见十二骑大秦士兵,心中一惊,心想这一定是扶苏调的杀手,前来追杀自己,就趁着这边打斗,悄悄地隐匿了起来。

这伙山贼上次遇见扶苏后,并没有在思想上进行深刻的反思,而是归结为自身运气不佳。大当家的看着大家垂头丧气的样子,就语重心长地和大家谈心,大意是:我们出道十余年来,抢劫也有上百次了,你们说说,遭遇了几次抵抗?不超过三次吧。所以说,我们这行当,危险性远远小于商旅,更不用说入伍当兵了。而且我们事先都进行了侦察,官军不能劫,太穷的人不能劫,势力强过我们者不能劫,也不可太过密集地打劫,否则相当于竭泽而渔。所以说,我们是一支仁义睿智的队伍,你们离开这个温暖的团体,试问一下,还能干点什么?说得大家频频点头,又士气大振。所以说,不管干什么,有个好领导是多么的重要。

昭阳一行远远地出现在他们的视线里,大当家的有些兴奋了,标准的优等猎物,一群商人,不说随身财物了,就是胯下十几匹良马,也值好多钱呀。等昭阳他们出现在水源边上,刚刚下马,大当家的兴奋地一挥手,下令道:"包围!"众贼就将昭阳他们围了起来。

《孙子兵法·谋攻篇》道:"用兵之法,十则围之,五则攻之,倍则战之……"意即战场上只有十倍的绝对优势兵力才可以实施围歼,五倍的兵力就实施正面攻击,才能发挥出己方的优势,要是合围的话,在每个锋线上的兵力优势就显不出来了。昭阳一看就三十多个山贼,居然敢实施围歼战术!再看他们临战的持刀动作,判断出这是一伙低级山贼。只是昭阳还是想多了,其实大当家的让众贼包围他们,根本就不是什么战术,而是惯性思维。一般来说,只要山贼一亮兵刃,绝大多数商旅都会跪地求饶,然后献出部分财物,有些人还会夸赞大当家的仁义。大家欢天喜地拿着财物回到巢穴,完成一次轻松愉快的打劫。

这段时间,昭阳也是一肚子的邪火正无处发泄呢,碰见这么一群山贼,刚好可以让弟兄们都发泄一下,当即下令四方战阵主动攻击。十二人分成三个独立的战阵,就像三架绞肉机一般,几招下来,地面上躺下来十几具尸体,其余山贼一看不妙,皆纷纷逃散。毕竟在异国他乡,昭阳也不想多生事端,并未让士兵追击,而是让士兵将地上的尸体都掩埋了。一行人站在茅屋前面,昭阳问身边的士兵:"刚才那水边的老者呢?"众人皆摇了摇头,昭阳看着茫茫沙漠,一时也没了主意,再想继续打探长公子的下落,却连个人影都看不见。无奈之下,一行人又返回了陇西郡。

昭阳每天在边关城楼之上望眼欲穿。这一天,见远远的一骑绝尘而来,速度极快。昭阳兴奋地喊道:"长公子、长公子回来啦!"当即率众出了城门,迎接长公子。当众人听见由扶苏嘴里说出"兄弟们的表现可歌可泣,没有一个孬包"时,数日的委屈、耻辱一扫而光,百人的卫队号啕大哭。扶苏看着这些朝夕相处、并肩作战的铮铮汉子,恍若隔世。他的目光在众人脸上扫了一遍,有多少曾经熟悉的笑脸再也不会出现了,连尸骨都永远躺在那茫茫的大漠深处,一时也悲由心来,哽咽着问道:"阵亡兄弟的抚恤都到位了吗?"昭阳道:"你……你还没回来,所以……所以这次遭遇战还处于保密阶段,未上报朝廷。"扶苏点了点头,又问道:"澹台北有没有消息?"昭阳摇了摇头。

扶苏爬上城头,遥望着北方,拜了三拜,喃喃道:"澹台大哥、诸位兄弟,扶苏在此祭拜你们了。不要多久,我定要亲手宰了帝谷老儿,为你们报仇！到时，我用他的人头在你们阵亡之地，祭你们的亡灵，扶苏不会忘了你们，大秦帝国不会忘了你们！"扶苏祭拜完毕，拒绝了关令的宴请，率领众人快马加鞭，奔上郡而去。

路上，昭阳给扶苏说了他们曾追到月氏国，后来到沙漠深处一月牙状泉水处，遇见了一伙山贼，解决了山贼后就断了线索，故他们返回了陇西郡苦等。扶苏问道："你们有没有看见一位老人？"昭阳道："刚到泉水边时，确是见到一个老人，后来解决完山贼，却再也不见那老人的踪迹了。"

扶苏暗想：怪不得我再返回那沙漠处就不见长安君了，一定是他看到昭阳他们，误以为是我调集的杀手。哎，长安君其实只比父皇小了两岁，看起来却像耄耋之年……一想到长安君一生零落，凄苦惨淡，扶苏一时感慨万千，默默地在马背上沉默不语。昭阳见扶苏突然神情一变，就问道："那老人是谁呀？"扶苏淡淡一笑，说道："没事，只是长得像一个故人。"

到上郡后，扶苏没有回衙署，而是直奔蒙恬大营。两人见面，相拥而泣。半天，蒙恬拍着扶苏的肩膀道："兄弟，相别以来，愚兄寝食难安呀，多少个夜晚，被噩梦惊醒……"扶苏道："大哥，兄弟不才，让哥哥受惊了。"王离走了过来，笑道："大将军，酒宴已备好。"又冲着扶苏一拱手，笑道，"长公子，你也受累了。"扶苏拍了拍王离的肩膀，笑道："王离，委屈你啦！"王离苦笑一声，退到蒙恬的身后，随他俩走进了屋内。

蒙恬邀请了各路军统领二十余人。席间，扶苏给大家讲了此番的经历，当然重点是遭遇帝谷之战，后面的意外遇见芈笋公主，一路西行的经历只是三言两语一带而过。

蒙恬举杯道："长公子，此番遭遇帝谷之战，凶险异常，现在听来，仍是后背发凉。你贵为皇帝长公子，忠勇如此，实乃我辈之楷模。蒙恬敬长公子一杯。"扶苏举杯一饮而尽，笑道："大哥，折煞小弟也，我这只是匹夫之勇，于大秦社稷来说，未立毫末之功。大哥伐楚攻齐，北击匈奴，战功赫赫，威震塞外，是朝野盛传的华夏第一勇士。小弟敬兄长一杯。"

始皇帝平定六国以后，王翦、王贲、李信、杨端和等猛将或归隐，或转任文官，只有蒙恬镇守北国，扶苏此言确是实情。蒙恬满饮一杯，哈哈一笑，道："此皆仰仗皇帝天威，华夏第一勇士之称号，蒙恬实不敢当。"众人皆向扶苏敬酒，扶苏每杯必饮，又一一回敬。酒过数巡，众人退下。

席间仅剩扶苏和蒙恬二人，此时都是醉意浓浓。蒙恬压低声音道："兄弟，你是天下人的希望，以后切不可意气用事。这句话有些大逆不道，但确属实情。去年，我视察长城旧址时，去往燕赵之地，得到不少情报。眼下，整个山东六国遗族暗流涌动，民间怨声四起。旧族势力我们暂且不管，只是这民间哀怨，我们不可不查呀。我分析了一下，形成这种局面的原因并非朝廷横征暴敛。我大秦自商君起，开启法家治国之策，废井田、重农桑、奖军功、行县制，此举确是强国之策，使我大秦一跃成为一流强国。可以说法家思想本身没什么问题，问题出在哪儿了？各级官员。法家任用官员多为法家刀吏，刻薄寡恩，只知道钻营权术，百姓一命在他们心中不抵上司一个笑脸，对朝廷赋税徭役，层层加码。我曾在代郡视察防务，要修复一段损毁的长城，需民夫三千人。当时麦子快熟了，我通知郡守的报到期限为一个月，原意是避过农忙时节。结果郡守给县令的期限变成了二十天，县令给乡啬夫的期限变成了十天。啬夫征集民夫时，则变成七天。当时我轻车简从，便衣出行，见田间民夫愁苦，问得缘由，就责问一啬夫，知不知道'使民以时'？结果他喊来了亭长，要以'惑乱黔首'之罪抓我。"听到此处，扶苏重重地一拍案几，自饮了一杯酒，问道："后来呢？"

蒙恬也喝了一杯酒，笑道："我给他十镒金，他把我放了。"扶苏骂道："狗杂碎！"蒙恬道："别急，滑稽的还在后面。后来县令过来视察农桑，他认出了我。和他回县衙，我痛斥了他。结果第二天县令到驿馆来见我，将那十镒金原封不动地送了过来，还告诉我，已把那啬夫撤职了。第三天，郡守带着县令过来赔罪，郡守当着我的面痛骂了县令，又告诉我，已把那啬夫治罪入狱了。我问：'以何罪入狱？'郡守说：'擅改徭役期限。'我当时哈哈大笑起来。那郡守见我笑了，以为替我出了气我高兴呢，用袖子擦了擦额头的汗，也跟着笑了起来。我指着他俩骂道：'你们三人，最有良心的就是那个啬夫，他打七折，你俩对半砍。'最可恶的是，《秦律》竟成了这些污吏床下的夜壶，阳光下，弃之不用；黑暗里，随心所欲。这事如果不是我亲身经历，万难相信这比伶人演戏还荒唐的事，会发生在我大秦的衙署之内。"

扶苏仰天长叹道："未想到民间疾苦如此。当年我送老师淳于越东归时，在灞河边上，听一农夫在田间吼秦腔，唱道：'天地兮，大牢笼。寿命兮，刑期也。早死早解脱……'为什么一提儒家，他们总要想到分封呢？就不能想一想'人心惟危，道心惟微；惟精惟一，允执厥中'吗？就不能想一想'君臣一心，上下和睦，丰衣足食，老少康健，四方咸服，天下安宁'？"蒙恬醉眼蒙眬，用手指着扶苏，哈哈大笑说："大秦的天空会越来越明亮的……睡觉，睡觉……"

这一天清晨，芉笋公主倚栏远眺，望着东方的朝霞发呆，"扶苏他在干什么呢？是不是已平安到达大秦了？有没有想我呢？"乐果在她身后站了半天，见她一动未动，扑哧笑了，说道："公主你生病了。"芉笋回头一看，白了她一眼，说道："生什么病？"乐果道："相思病！"芉笋噘着嘴，道："我都烦死了，你还取笑我。这么久了，也没个消息……"乐果笑道："我的傻公主，这大秦距大宛近万里之遥，就是汗血宝马日夜兼程，也得个把月的……"

芉笋用手指塞住耳朵，跺着脚喊道："你真烦，我不想听这话。"乐果就笑弯了腰，突然她"咦"了一声，道："我有个主意。"芉笋道："什么？"乐果道："王不是有一对青燕吗？它们的飞行速度超过箭矢。你可以让它们给你们传递消息呀，那不就可以朝发夕至，每天和你的扶苏哥哥甜言蜜语了？"芉笋眼珠一转，瞬间明亮了起来，"好主意，真是我的好姐姐。"芉笋拍手笑道，"抱一下，抱一下！"

乐果说的青燕，就是游隼，为世界上最快的动物，飞行速度可达每小时三百多公里，在两千多年前的秦代，这个速度已是人们可以认知的最快速度了。芉笋派了八名使者领着那对青燕，由大宛王城出发，前往上郡，让青燕认领目的地，顺便给扶苏带了数桶葡萄酒。

使者到上郡后，向扶苏说明来意，又将青燕交给扶苏。扶苏一看此物，身长一尺有余，褐色的羽毛间有黑色的条纹，喙短尾长，一双翅膀长而狭尖，一对黑漆漆的圆眼睛上仿佛涂了一层蜡膜。扶苏顿生喜欢之心。他打开使者交给他的书信，展开后，是几行清秀的小字，写在一方丝帛之上："扶苏哥哥，自君东归，无尽相思，每日黄昏之时最甚，以致夜不能寐，含泪弹一曲《下弦清寂》。那一弯下弦月，正挂在天空，面向东方，凝望着你。清晨恍惚，腹中千言万语，提笔却已忘言。遣使者送美酒十桶，可慢饮浅酌，不可狂饮烂醉，自伤尊体。青燕速度快过箭矢，上郡到大宛，朝发夕可至。此物本为一对，日遣其一，遣三日休一日，或于上郡，或于大宛，让其团聚恩爱。万物生灵皆平等，哥哥勿笑哦！芊笋。"

扶苏读罢，大为感动。又想到那晚蒙恬所言，代郡郡守、县令和啬夫的故事，暗叹道："这才是人该有的样子！"

他问使者："这青燕喜食什么？"使者道："鸡、鸭、鸽子。"扶苏吩咐下人，宰了只鸡，将肉剁成小块，他亲自给两只青燕喂食，不几日，这对青燕已召之即来。

蒙恬这日去视察防务。十几匹战马在草地上疾驰，惊得一只野兔慌忙逃窜，那兔子往前一蹦，刚好落入一个斗大的水洼之中，兔子由水洼中跳出，抖了抖身上的水珠，又往前跳跃着前行。蒙恬突然灵机一动，摘下弓箭，嗖的一声，只见那野兔四肢还在剧烈地蹬动，身体却被箭牢牢地钉在了草地上。蒙恬让士兵将野兔取了过来，伸手一摸，它背上的毫毛果然干干的，暗道："它刚才掉入水洼，只这一抖，毫毛怎么会全干呢？"再定睛仔细一看，见那兔子毫毛上面竟有一层油脂，毫毛下面是密密的绒毛，心中就明白了这其中的缘由。他让士兵拿着野兔，掉转马头，回到衙署之内。

蒙恬回衙署后，让士兵将野兔的毫毛剃下，浸泡到石灰水里。一天后，整齐取出，放置在一块平整铜板上，底下微微以油灯加温，上面覆盖一块同样的铜板，按压搓动。以上工艺为传统毛笔制作的剔绒、去油、直弯，直到今天，这些仍然是毛笔制作的核心工艺，只是在方法上不断改进罢了。蒙恬拿起自己制作的毛笔，饱蘸了墨，挥毫在布帛之上写道"君子六艺，礼乐射御书数也"，一笔而就，一气呵成。他复看了看手中的毛笔，满意地笑了。照着此法，又做了一支毛笔，派人送给长公子。扶苏用后，写道："传承文脉，功及万世。"又将芊笋送的葡萄酒给蒙恬送了两桶过去。

扶苏曾答应芊笋，回到上郡后，立即上疏宗正，迎娶芊笋公主。诸公子的婚事，要由宗正上奏皇帝批准。只是近期皇帝已批复了第二阶段的对匈奴用兵方案。大战在即，眼下，提出大婚确实不妥。扶苏只能给芊笋写信道："芊笋妹妹，本欲归来即修书宗正，商定婚期，只是近期军务繁忙，此时提出此事，着实不妥，故暂缓。我们虽隔万里，但你一直在我的心中、梦里、记忆的空间里。扶苏吻笔书。"扶苏写完信后，将信笺卷成一个小卷，外边再裹一层蜡布，有拇指般大小。一挥手，那只青燕由窗外飞了进来，落在扶苏的案头。扶苏将信笺小卷绑在它的右腿后面，又给它喂了一块鸽子肉，抚摸了一下它背上的羽毛，说道："交给芊笋。"青燕扑棱了一下翅膀，由窗户中飞出，如箭矢一般冲到高空，扶苏追出户外，再抬头时，已是一个小黑点，瞬间消失在西边的天空。

## 拾肆

## 孟姜

渭水以北，百十来里，有个地方叫同官县，县城西边有一个小小的村子，村头住了一对老夫妻，老头姓姜，年轻时为同官县衙一文书。秦时，每个县衙都有不少文书衙役，相当于今天没有编制的政府工作人员一样，主要附庸于县令、县丞和县尉，这些人朝廷不发薪水，给谁干活，找谁领钱。姜公所干的工作就是将长官口述或写在布帛上的文字，刻在竹简上，再校对印封，或做档案留存，或交差役投送。

姜公年轻时，和妻子生有一女，取名孟姜，期待以后再有仲姜、叔姜、季姜等出现，无奈妻子肚子不争气，生完孟姜后，就未见再孕。这孟姜打小就聪明伶俐，稍长一些，更是出落得秀丽出众，邻里老少都喜欢这小丫头，叫她孟姜女。

等孟姜女到了及笄的年龄，三天两头媒婆上门，只是老两口就这一个女儿，视为掌上明珠，自是舍不得嫁出去，本意是找个合适的小伙子入赘他家。但在当时，哪有正常人家的子弟愿意入赘他家做个赘婿呢？

历史上有个著名的国君，叫齐襄公，此人出名不像齐桓公，有"攘夷尊王""天下霸主"的丰功伟绩，而是因为一桩乱伦的丑闻。齐襄公与自己的亲妹妹文姜私通。齐国乃礼仪大邦，王与亲妹妹私通一事，时间长了自然引起宗族重臣的猜疑，就有人质问齐襄公："文姜年长，为何不嫁？"为了满足自己变态的欲望，这位应变机智的齐襄公竟然下令："国中民家长女不得出嫁，名曰巫儿，为一家主祠。"意即齐国家庭的长女，不能出嫁，必须留在家里，为一家的主要祭祀者，取名叫巫儿。这样一来，齐国就出现了大量的巫儿，只能招男子入赘。这就造成了民间赘婿大量增加。

而秦国的赘婿现象从秦孝公时期开始多了起来。商鞅变法以来，对户籍管理严格，规定："民有二男以上不分异者，倍其赋。"意即有两个成年儿子以上而不分家的，征收赋税要加倍。为了逃税，富人的儿子们成年后便分家，穷人的儿子们只能入赘。而秦人历来彪悍尚武，对赘婿现象鄙夷不齿，认为他们遗弃传统礼仪，抛弃父母仁恩，是风俗异变的产物。入赘就是一种利益交换，女方付出金钱，得到男方，使其成为家里的劳动力，负责延续女方子嗣宗族，男方还要将自己的姓氏改成女方的姓氏，让其子女跟随母姓。在那个以夫权、父权为核心的社会体系中，入赘等同于背叛了他的父母，在提倡"百善孝为先"的时代是非常让人唾弃的。秦人议曰："商君遗礼仪，弃仁恩，并心于进取，行之二岁，秦俗日败……"

所以在秦朝时期，赘婿的社会地位与最低的奴婢等同。他们的社会权利受到严重限制，赘婿不得另立户籍，终身谪守。

秦始皇统一天下后，南征百越，北拒匈奴，加上修直道、驰道、灵渠、长城、骊山皇陵、阿房宫等浩大的工程，自然需要巨大的人力物力。那就必须增加税赋，扩充兵员。皇帝几次东巡，刻石颂功时喜欢说："黔首安宁，不用兵革""黎庶无繇，天下咸服"等。秦时，谓民为黔首。黔，黑色也。秦为水德，水德尚黑。一方面要歌功颂德，强调人民幸福安宁；另一方面必须增加税赋，扩充兵员。在这种背景下，朝廷设立了"七科谪"。科谪即强制征兵。"七科谪"将有罪者、赘婿、商人等七种人列为贱民。显然，在皇帝的心中，这些贱民不属于黔首之列。

姜公老两口看着亭亭玉立的女儿，暗暗着急，心里咒骂道："这该死的李斯，该死的七科谪。"姜母总是嘟囔道："早知道有这七科谪，还不如早早找个好人家嫁了呢，唉，都这么大的姑娘了，可咋办呀？"给人家做填房，他们又觉得委屈了姑娘，可周围未婚的小伙子，要么是七科之一，要么就是歪瓜裂枣。就这样，孟姜女年近二十，依然待字闺中。

这一日，孟姜女手里提着篮子，来村口一条小溪边浣洗衣物。孟姜女坐在一块石头上，嘴里哼着一首关中民谣。这时从南面急急地跑来一位书生模样的青年，手里拎着一个小包，慌慌张张地向四周看了看，见小溪边有块一人高的巨石，巨石下半部有块凹进去的部位，青年将手中的小包塞进怀里，深施一礼，乞求道："姑娘救我。"眼睛可怜巴巴地看着孟姜女。孟姜女微微一笑，那青年一缩身，蹲了进去。这时，又听见小树林的那边传来一阵脚步声，原来是两名衙役跑了过来。孟姜女起身，将一块床单抖了开来，搭在了那块石头上，将青年罩得严严实实，又在跟前几块石头上分别晾上洗过的衣服，继续蹲在水边搓洗着衣服，嘴中继续唱道：

娃娃呀，乖娃娃，<br>
你可要听大人话。<br>
吃馍不要掉花花，<br>
吃饭莫要剩巴巴①。<br>
走路不要踩庄稼，<br>
玩耍莫要互打骂，<br>
对人莫要说谎话，<br>
傍晚不要去人家。<br>
……

一名衙役问道："哎，这女子，你见没见一个小伙打这儿过去？"孟姜女也不答话，只是微笑着，摇了摇头，继续唱道："对人莫要说谎话……"这名衙役又"喂"了一声，另一名衙役拉着他道："你没听那女子说，对人莫要说谎话吗？她都摇头了，就没见，走，别耽搁时间。"拉着他就往前面追去。

等衙役跑远了，孟姜女就侧过头说道："哎，他们走远了，你可以出来了。"那小伙子就挑开身前的床单，冲着孟姜女深施一礼，说道："姑娘对

---

① 剩巴巴：关中方言，吃饭剩下的部分。

小生有救命之恩，范喜良在此谢过姑娘。"这小伙子身着一件破旧的布袍，身高七尺有余，五官端正，一表人才。孟姜女俏脸微微一红，笑道："举手之劳，小哥就别客气啦！"范喜良站在石头顶上，眺望了一下远处，自言自语道："眼下真是有家难回，这可如何是好？唉！"孟姜女问道："这位小哥，你有什么难处吗？"

小伙子叫范喜良，也是同官县人氏，家离此地十里路，父亲为商籍，经营布匹生意。范喜良十二岁时，父亲病逝，留下孤儿寡母，艰难度日。"七科谪"颁布时，范喜良年纪未及弱冠，帮助母亲打点生意，现如今已年满二十，里正就得上报。县衙就安排其到上郡服徭役修长城。眼看着离报到的期限越来越近，范喜良同母亲抱头痛哭。范母本就体弱多病，多日来的担忧惊吓，竟使其病倒床榻。范喜良就恳求里正，到县衙疏通一下，能否宽限些时日？县丞眼一瞪，冷笑一声，喝道："我给你宽限些日子，谁给我宽限呢？"第二天，就让衙役去拿人，先在县衙集合，等全县凑齐人数，再派公差押解至上郡。范喜良今天是跑出去给母亲买药，正好碰上了衙役，就一路逃跑至此。

孟姜女听完范喜良的遭遇，心酸不已，一边搓着衣服，一边琢磨着心事。范喜良见不远处有一棵高大的皂角树，就走了过去，爬到树上，摘了一把皂角，递给了孟姜女，说道："姑娘，你把这个用棒槌捣碎，洗衣服时加在里面，衣服洗得干净。"孟姜女回头莞尔一笑，道："你一个大小伙子，还懂这些？"范喜良道："小生家里原是经营布匹的，故懂得浣洗之道。"

孟姜女咯咯一笑，道："这个我也懂，只是我够不着皂角，又不会爬树。有时候，树下有落下来的皂角，我就捡几个用，没有的话，就多搓些时间嘛。"这时候，太阳已经落了下去，天也慢慢地暗了下来。范喜良看着远处村子里袅袅升起的炊烟，急得原地团团转。

孟姜女将洗好的衣服放在篮子里，将几件已经晾干的衣服在石头上折叠好，放在一个包袱里，站起身来，走了几步，又回头说道："我倒有个主意，不知小哥可否愿意？"范喜良道："姑娘你说，只要我娘病好了，我立即动身前往上郡。听说上边定的期限是两月后到上郡，可这些官老爷非要现在走，由同官县去上郡最多半个月吧！"孟姜女道："要是你不嫌弃我家寒酸，就先到我家躲躲，明天我把药给你娘送过去？"

范喜良一听，喜出望外，深施一礼，说道："姑娘真是太善良了，萍水相逢便施以援手，让小生如何报答你呀！"孟姜女笑道："恻隐之心嘛，人人都有。"范喜良又犹豫道："姑娘，这样恐怕不妥吧？"孟姜女道："怎么啦？"范喜良道："你刚才不是唱道'傍晚不要去人家'吗？我现在跟你去你家，合适不合适？"孟姜女扑哧一声笑了，斜睨了他一眼，嗔道："真是个呆子！"

孟姜女将手中的包袱递给了范喜良，道："替我背上。"范喜良接过包袱，跨在肩头，又把孟姜女手中的篮子也抢了过来，笑道，"我来拿，我来拿。"孟姜女就低着头，在前面引路。

两人一前一后相距五六步，往家里走去。天已快黑了，一路上也没什么人。进村口第一家就是孟姜女家，姜母在门口张望，看见女儿，就招招手，笑道："你这死丫头，天都黑了……"又见有个小伙子跟在女儿身后，一惊，问道，"你找谁呀？"

孟姜女将母亲拉了进来，又冲着范喜良一招手，等人进来后，孟姜女探出头来，左右瞧了瞧，没见有人，回身把门关了起来。范喜良跟着母女俩往堂屋走去，姜母小声问道："谁呀？"孟姜女往后面看了一眼，侧头在母亲肩头耳语道："在路边捡的。"

姜母在女儿屁股上拍了一下，小声喝道："你这丫头胆儿咋这么大？"孟姜女就咯咯地笑了起来，小跑着进了堂屋。姜公正坐在榻前喝茶，看见女儿进来了，顿时眉开眼笑，问道："孟姜，你回来了？"孟姜快步走到她爹的身后，伸手在姜公的肩上揉捏着。姜公见老伴身后跟了个大小伙子进来，顿时站了起来，问道："这是……"

范喜良深鞠一躬，开口道："晚生范喜良，拜见姜老伯！"孟姜女就将范喜良的遭遇和他们相遇的经过给父母讲了一遍。姜公犹豫了片刻，点了点头，问道："小伙子，你还没吃饭吧？"范喜良点了点头，答道："早上出门急，未曾用饭……"姜母就赶紧到厨房端饭菜，口中念叨："这娃也真是可怜，一天不吃饭怎么受得了？"

晚饭间，姜公见范喜良言语得体，知书达理，又生得一表人才，再看着女儿眼角眉梢的笑意，心中自是明白一些。用完晚饭，姜公问道："喜良，不知春秋几何？可曾婚配？"范喜良答道："晚生年满二十，身本商籍，未曾婚配。"孟姜女脸上一红，嗔道："爹爹，你问人家这些干什么呀？"起身将跟前的盘子一收，小跑着去了厨房。姜公看着女儿的背影，呵呵地笑了起来。

姜家有三间屋子，老两口住在东边一间，西边一间是孟姜女的闺房，中间还有个堂屋，是一家人吃饭会客之处。当晚，姜母就和女儿住在一处，让范喜良和姜公住在东屋。孟姜女就进了东屋给范喜良在地上铺好被褥。姜公问道："喜良，可曾读过书？"范喜良站起来答道："跟着城南的穆先生开蒙，还识得几个字。"姜公道："你跟穆先生开蒙，巧了，我和他还是同窗，师从仲龀先生。"

范喜良又拜道："哦！我听老师说过仲龀先生，原来是师伯呀，请受喜良一拜。"这时候，孟姜女打东屋出来，见范喜良又在下拜，就咯咯一笑，道："呆子，收拾好啦，你可以歇息了。"姜公喝道："孟姜，不可无理！"孟姜女就冲着爹爹吐了一下舌头，又捂着嘴跑到院子里去了。姜公继续说道："可惜朝廷断绝百家之言，又烧掉了诸多儒家经典，穆先生竟被活活气死，唉！"

第二天清晨，范喜良将手中那个小包递给了孟姜女，深鞠一躬，说道："这里面是我母亲的药，劳烦姑娘了。"孟姜女接到手上，微微一笑，说道："放心吧！"范喜良将家里的地址详细地给孟姜女描述了一遍，说他家门前有棵歪脖子桑树，桑树下面有一块平整的大石头。孟姜女点了点头，和父母辞行，出了院门。

十里路，不到一个时辰，孟姜女到了范喜良家门口。门是虚掩的，她推门进去，见堂屋门口坐着一个瘦弱的老太太在不停地抹眼泪。孟姜女盈盈一拜，开口道："大娘好！"范母看着孟姜女停止了抹眼泪，问道："姑娘找谁？"孟姜女问道："这是范喜良的家吗？"范母点了点头问道："你是……"孟姜女将范母搀扶到屋内,小声将事情的经过说了一遍。老太太是又惊又喜,忙拉着她的手,问道:"那喜良现在你家?他还好吧?"孟姜女点点头,压低声音道:"都好着呢。他还说这几天晚上来看你呢!"范母又掉眼泪了,喃喃地说道:"娃昨天走得急,还没有顾上吃饭呢。"孟姜女道:"您放心,他在我家吃的饭。"范母上下打量着孟姜女,道:"这姑娘可真俊呀!心眼也好,上天保佑你找个好婆家。"孟姜女低头一笑,道:"大娘,我给你把药煎上。"范母拽住孟姜女的手,自己颤巍巍地站了起来,说道:"咋能让恩人给我煎药呢?你坐着,姑娘,我还能动。"

　　孟姜女想让她坐下,怎奈范母执意不肯,就和她一起进了厨房,生了火,开始煎药。范母望着火苗上的药罐,就问孟姜女,吃饭了没有?家里还有什么人?孟姜女微笑着一一解答。范母一边用一对很长的竹筷拨弄着泛起的药渣,一边说着范喜良的优点,说儿子打小就聪明,老师经常夸,读书过目不忘;人也善良,经常帮助邻里。孟姜女笑道:"我感觉到了,那天他都急成那样了,还爬树给我摘了一把皂角,让我洗衣服用。"范母叹了口气,说道:"要不是朝廷这坑人的'七科谪',娃早就成家立业了。现在,娃……娃连个媳妇也说不下……唉!"

　　孟姜女莞尔一笑,道:"大娘,您也想开些。好人一定会有好报的。"范母就拉着孟姜女的手,欢喜地笑了起来,说道:"这丫头说话真中听,长得也讨人喜欢。"这时,孟姜女见药煎好了,就起身把药从药罐倒在一个碗里,双手捧起,递到范母跟前,说道:"大娘,您趁热喝了吧!"范母赶紧把药碗接过来,用嘴吹了吹,慢慢地一口一口喝了下去。

　　咣当一声,外面大门被猛地推开了,两名衙役闯了进来,后面跟着村里的里正。那衙役喝道:"范喜良在家吗?"范母浑身一颤,忙出了堂屋门,回道:"我儿自昨天早上出门,至今未归呀!"那衙役就喝问道:"屋里面是什么人?"孟姜女听声音知道是昨天追范喜良的差人,就不想让他们认出自己,眼珠子一转,拿手在药罐底部一蹭,又在自己的眼睛周围抹了一下,走了出来,说道:"是我。"衙役问道:"你是何人?"孟姜女道:"我是她外甥女,她是我姨,我姨生病了,我来看看她。"

223

那衙役看了她一眼，一挑门帘进了堂屋，在里面搜了一会儿，又气势汹汹地出来了，指着范母怒吼道："告诉你儿子，他这叫避徭隐匿，是死罪，抓住了是要砍头的。"说着把佩刀往外抽了几寸，又重重地合了起来。

范母听到这儿，浑身一软，瘫坐在地上，放声大哭。孟姜女将范母扶了起来，指着那衙役喝道："哎！这位差官，就算是范喜良隐匿，和他母亲有什么关系？你这样对一个老人，是什么道理？你知道你的薪水是谁发的？"那衙役本转身往大门外去了，听着这话又转过身来，哈哈一笑说："我的薪水自然是官老爷发的，难不成是你发的？"孟姜女又问道："官老爷的钱从哪儿来？"那衙役继续笑道："官老爷的钱，朝廷发呀！"孟姜女冷哼一声，接着问道："那朝廷的钱又是怎么来的？皇帝是会屙钱呀，还是宫女们会生钱？"那衙役一时语塞，又气又怒，把刀抽了出来，喝道："好个伶牙俐齿的刁蛮女子……"

孟姜女的手本来扶着范母的胳膊，这时就由她的腋下抽了出来，迎着衙役走了过去，仰着脖子说道："来、来，当着大家伙儿的面，你砍了我。你知道什么叫吏有罪不？"那衙役就后退了一步，呆住了。另一名衙役过来一拽他的胳膊，说道："你跟个女娃娃计较啥呢？走、走，回去报给老爷，发海捕文书。"里正一拱手，道："两位上差，你们先回衙门，我再问问她们。"就将两名衙役送出了大门，又折身回到堂前，问孟姜女："这位女子，我是此处里正，怎么从来没见过你们亲戚走动呢？"孟姜女道："里正大人，这世道，都为了活命，谁还能顾上走亲戚？这不是知道我姨病了，喜良哥又失踪了，我才过来照顾她吗？"

里正暗道："她叫喜良哥，看来是亲戚没错了，再说了，哪家姑娘没事干了，跑到这儿认这么个亲戚？"就对着范母道："喜良那娃，我是看着他长大的，性格敦厚，为人善良。我知道若非万不得已，绝不会逃匿的。但你得让他想一想，去了，修长城也就是个一两年、大不了三五年的事，总还有个盼头吧！但要是这海捕文书一下，抓着就是死罪，范老太太，你自己琢磨吧！"范母就作揖道："里正大人，我现在确实不知道我儿在哪儿呀，等他回来，我一定让他找你去。"

里正出去后，范母侧头看着孟姜女，问道："这可如何是好呀？"孟姜女小声道："没事，我让爹爹去县衙一趟，找人疏通疏通，先不要发海捕文书，找个什么理由，再待一段时间，然后按朝廷的期限自己去上郡报到。"范母点了点头，说道："好吧！"她又颤巍巍地站了起来，说道："喜良爱吃椒叶锅盔，家里还有几块，你带给他好吗？"孟姜女笑道："好！"

范母走到厨房，在案板上一个篮子里取了几块椒叶锅盔，交到孟姜女手上。一股麦香味和椒叶的清香味飘了过来，锅盔侧切面露出雪白的面粉色，上下两面是烙得硬硬的焦黄色皮，上面星星点点是揉碎的椒叶镶嵌其间。孟姜女闭上眼睛，将锅盔放在鼻前嗅了一下，说道："好香呀！"范母就笑道："你也吃吧！"

后晌时，孟姜女回到家里，将门关上，小跑到堂屋里。范喜良过来施礼道："请问姑娘，我娘病情如何？"孟姜女笑道："好着呢！还给你带了几块锅盔。"范喜良接过小包，见里面有几块椒叶锅盔，刚拿在手上，眼泪却掉了下来。孟姜女就将上午的事情给爹娘和范喜良描述了一遍。范喜良右手握拳，在左掌上砸了一下，说道："这番话太解气啦！"姜公却训斥道："你这女子，口无遮拦，真是不知道天高地厚。等链子把你锁到堂上，到时候哭爹叫娘都来不及。以后可不敢这样顶撞官差。"孟姜女一吐舌头，又撇了撇嘴。

姜母把女儿叫到院子里，悄悄说道："孟姜，娘问你个事，你觉得这个范喜良咋样？"孟姜女俏脸一红，娇嗔道："娘，你问的这叫什么话呀？"姜母说道："我昨晚上和你爹合计了一下，都觉得这小伙子不错，如果你也愿意，我们打算让他入赘咱家……"孟姜女就低下头，轻轻说道："全凭爹娘做主。"

姜母满意地笑了起来，回到屋里，冲着姜公轻轻地点了点头。姜公就咳嗽一声，问道："喜良，你已冠礼，尚未婚配，眼下，小女也待字闺中。我有意招你入赘我家，不知你意下如何？"范喜良闻听此言，有些意外，忙站起身来，深施一礼，答道："孟姜花容月貌、聪明伶俐，喜良自然欢喜，但喜良父亲早逝，尚有母亲在堂，婚姻大事不可自作主张，需得禀明母亲大人。"姜公呵呵一笑，道："这是当然。"范喜良就往院子里看，孟姜女却留给他一个窈窕的背影，站在墙边嗅那一树海棠的芬芳。

当天晚上初更以后，范喜良偷偷地潜回家中，一推门，吱呀一声，门开了。他转身把门关上，快步小跑到母亲的房间，扑通一声，跪在母亲床头，泣道："孩儿不孝，让母亲受惊了。"借着昏暗的油灯，范母仔细看了看范喜良，发现他还好好的，就起身，抱着儿子，失声痛哭起来。半天，范母收住哭声，道："晌午间，家里来了个姑娘……"范喜良道："娘，我正是要给你禀报此事呢！"就把自己如何逃避官差，路遇孟姜女，她如何掩护自己，姜公有意让他入赘他家的事情和母亲叙述了一遍。

范母沉思了片刻，起身站到丈夫的牌位跟前，说道："他爹，你都知道了，眼下这世道，唉……咱喜良到现在也说不下个媳妇，今有城西村姜家，想让娃入赘他家……我是这么想的，娃入赘他家，是不光彩，但以后娃就成人了呀，那丫头我看了，长得好看不说，人也善良，我是满心喜欢。娃以后成亲了，成双成对的，总比这打光棍强吧。以后，再生些儿女，不管姓啥，总是咱家的血脉呀。他爹，你说呢……"范母又掉了一阵子眼泪。范喜良搀扶着母亲坐下，范母擦了擦眼泪，说道："你爹答应了！"

范喜良拉着母亲的手哭泣道："孩儿不孝，以后不能端茶奉汤、早晚问安了……"范母却笑了，说道："儿啊，做母亲的不就盼着儿女活得好嘛，你成家了，这就了了为娘的一桩最大心愿，男婚女嫁，夫妻好合，这是人之大伦。要是你一直孤苦伶仃地打光棍，那娘以后都闭不上眼睛呀！什么赘婿不赘婿的，舜帝爷不也是赘婿嘛！只要你过得好，为娘的就开心。"

范喜良见母亲这么说，一时心里大安，说道："只是、只是这些都是他父母的意思，也不知道孟姜她喜不喜欢我。"范母道："这婚姻都是父母之命，媒妁之言。再说了，她只要不极力反对，就是喜欢，我儿为何有此担忧？"范喜良道："她、她总叫我呆子。"范母就看着儿子，呵呵一笑，"你还真是个呆子。姑娘家的话，有时候你得反着听，以后她叫你什么呆子、坏蛋，就说明她喜欢你，她要是不喜欢你，就不会和你这么说话。放心，晌午，娘看她提到你的时候，眼角眉梢都是欢喜。"

范喜良和母亲说了大半夜的话，都到五更天了，不知道村里谁家的公鸡"喔——"地叫了一下，范喜良说："娘，我要走了，过几天再来看你。"范母拽着儿子的手，将他送到门口，依依不舍地站在门外，看着儿子消失在村口。范喜良一路小跑，不到半个时辰，又回到了姜家。推开门，他蹑手蹑脚地进了堂屋，刚刚放下挑开的门帘，身后有一只手搭在他肩上，心中一惊，又一侧目，见肩上搭着几根白白的手指，就知道准是孟姜女，心中暗暗一笑。

果然，一个嘴巴凑到他耳边，小声道："别吱声，咱出去。"两人就轻轻地退出了堂屋。孟姜女指了指门口的一间小屋，那是一间柴房，两人并排走时，孟姜女摆动的手指在范喜良的手背上轻轻地划了一下，范喜良就伸手将她的小手攥在了手心。

两人进到柴房里面，孟姜女轻轻地将门掩上，小声问道："喜良哥哥，你和伯母说得咋样？"范喜良就把晚间和母亲的对话给孟姜女转述了一遍。孟姜女听后，沉思了一会儿，突然道："喜良哥哥，我有个主意，你找媒人、下聘礼，我嫁给你，你不用入赘我家。"范喜良一愣，喃喃地说道："真的吗？"孟姜女点了点头。

此时，天已大亮，范喜良看着她的俏脸，情难自已，一把将孟姜女揽入怀中，在她耳边轻轻说道："你是天上的仙女吗？"孟姜女先是咪咪地笑了几声，又说道："既然我们以后就是夫妻了，我肯定要多考虑一下我们的将来。你要是入赘的话，七科谪就占了两科，就是你到了上郡服徭役，也得比别人辛苦好多。而我嫁到你家，那就不一样了呀，说不定徭役期都会缩短好多。而且，这边我爹爹和娘两人也是个伴，不像那边，你走后，伯母孤苦伶仃的……"

范喜良喜极而泣，只是将怀中的人儿抱得更紧，泪水从孟姜女的耳朵背后流到了她的脖领里面。孟姜女就抬起手臂，轻轻地给他擦掉泪痕，小声道："傻瓜！以后你是我的男人，我当然得为我们考虑……"范喜良喃喃说道："我范喜良何德何能，此生有这么一位女子相伴……"

等父母一起床，孟姜女奉上热茶，跪在姜公跟前，将她的想法和盘托出。姜公端着茶杯，沉默了半天，没有说话。姜母在一边说道："唉！老头子呀，俗话说'女大不中留，留来留去留成仇'，咱丫头已动了那心思，你就别难为孩子了。我觉得她说得也有道理。"姜公叹了口气，道："那行吧！"姜公用过早饭，让姜母包了两百个半两钱，背在褡裢里面，骑上家里的一头毛驴，往县衙而去。

见到县丞，姜公一拱手，拜道："小人姜端拜见县丞大人。"县丞见是姜公，就笑道："老姜头，你不在家里享清福，一大早跑到这儿干吗？"姜公笑道："这不是好久没见大人了，来探望探望您嘛！"县丞让他坐下，问道："你家那闺女还没嫁人呢？你小心留出事儿啊！要我说啊，县尉那儿子一直想纳个妾，你把女儿嫁过去，你们老两口以后也有个照应，大的不说，就咱这同官县，谁不高看你一眼？再者说，这男婚女嫁、阴阳和合也是天道，再好的地不种庄稼，荒着岂不可惜？"姜公小声道："多谢大人挂念！今天还真是为小女的婚事而来，亲事已定下啦！"

县丞道："哦！是和哪家定的亲呀？"姜公道："城东范喜良。"县丞道："城东范喜良？"就把身边的一张文书抖了开来，看了一眼，呵呵地笑了，说道："老姜头啊老姜头，你是老糊涂了吗？这是刚拟好的海捕文书，就等县令大印一盖贴出去，抓住就是砍头……"姜公再拜道："请大人给几分薄面，文书先不要报县令，等小女一完婚，我亲自送他去上郡报到。听说那期限不是还有两个月嘛！"

县丞道："你呀，还真是老糊涂了，你也算在衙门口待了一辈子，秦律严峻，谁会为你一家的事影响自己的官帽？"姜公笑道："秦律严峻咱自然知晓，不过这同官县大大小小的事，还不都是你们老爷在定夺，难不成皇帝还会管这些事情？"说着，就把褡裢解开，将那两百个半两钱塞到县丞的怀中。县丞用手捏了一下，将那包东西放到案下，笑道："你老姜头的事，我不帮也不行啊。这样吧，朝廷文书上倒是说过，家里有婚丧嫁娶的，可以不到县衙聚齐，到时候再自行报到，不失期就行了。我这边刚好有个远房亲戚，也是新婚，就给他俩办个自行手续，到时候提前十天出发。这个可不敢再耽搁，再耽搁了，那你要找蒙恬大将军了，哈哈……"姜公再拜道："大人体恤民间疾苦，真是同官县的好父母，小人感恩不尽！"

姜公心情愉悦地回到家里，给范喜良说可以延期一个半月，等他完婚后再自行去上郡。一家人自是欢天喜地。范喜良回到家里，说与母亲，范母更是喜出望外，身上的病也是好了大半。接着央媒人，报里正，纳彩、问名、纳吉、纳征、请期等事，三天后，迎娶新人。

这一日，范家上下布置一新，范母邀请族人乡党，就在院子里设宴席。在一名长者的引导下，范喜良揖请新娘孟姜女入席，两人对坐，范喜良在西面东，孟姜女在东面西。长者用清水洒洗酒爵，分别给新郎新娘斟酒，两人共饮两次。第三次用巹。巹，即剖瓠为二，表示二人分则为二，和则为一，夫妻同体，是为合巹酒，后世称为"合欢酒""交杯酒"。礼成，一对新人入洞房……

孟姜女闭着眼睛，将头倚在范喜良的胸前，呢喃道："喜郎，做女人好幸福呀！"范喜良抚摸着孟姜女的后背，说道："怪不得世人皆要男婚女嫁，原来竟是这般快乐。以后，范喜良纵遭世间再多的苦，只要想到此时此刻，也能一笑而过了……"两人缱绻旖旎，不觉天色大亮。孟姜女起床梳妆，到婆婆寝室问安奉茶。范母夸赞媳妇一番，一手提了个浅沿的竹篮，竹篮内盛满了枣、栗、馍等食物，另一手牵着媳妇的手，出了屋门，微笑着对院子里的几位乡亲点头问早，笑道："我范家娶了个好媳妇，我老婆子满意得很。"在众人的掌声和赞美声中，范母将手中的竹篮交到孟姜女的手中，表示新娘将代替自己主持家事。

## 拾伍

## 心斋

这边不说范喜良新婚宴尔，却说扶苏和万里之遥的芊笋公主每日用青燕传书，倒也稍解了相思之苦。扶苏心中默默地算了一下，从他只身返回大秦已三月有余，本想着回来后，马上给娘亲和宗正修书，请求迎娶芊笋公主。无奈皇帝已批复了对匈奴的第二阶段进攻计划，大战在即，此时提出完婚，显然不合时宜。

屋外高空中一声唳叫，扶苏急忙披衣拖履，将窗户推开，一道青色的闪电从高空疾驰而下。青燕到屋檐时，翅膀渐渐打开，下降速度也慢了下来，一进窗户，两翼全展，稳稳地落在案头。扶苏拍了拍它的后背，笑道："卿，辛苦了。"说着将它脚上绑着的信帛解了下来。案头有一只铜釜，里面有数块鸽子肉，扶苏用手指捻起几块，喂到青燕的嘴里。

他展开信帛，几行清秀的小字映入眼帘："妾闻'窈窕淑女，君子好逑'，未闻'翩翩君子，淑女好逑'。君不欲速，妾何复言？芊笋不开心！"

扶苏就想到当初在大宛离别时，曾给芊笋说过，一回大秦马上安排迎亲之事，就苦笑着，暗道："芊笋妹妹呀，我咋能不着急呢？整日思念，寝食难安。"就提笔写道："离别已百又三日，相思日甚，每念及柔情蜜意，夜不能寐。幸有青燕传书，聊解相思之苦。每每展帛，必先嗅其味，揽入怀，阅之数十遍。今已集信帛六十六封，文共五千两百三十二字，字字皆烂熟于胸。奈何军务繁忙，虽心急如焚，然亦无可奈何，缓。料半年可结束战事，立即迎娶。"

清晨，扶苏将信帛封好，系缚在青燕的腿部，抚摸了一下它的羽毛，暗暗赞叹道："人总是自诩为万物灵长，见到乌狮、青燕才知道，世间万物各有各的长处，有些比人可强多了。"青燕喉咙里发出咕咕几声，振翅高飞，如离弦之箭一般，瞬间消失在天空。

大宛王城，芊笋将信帛缚在另一只青燕的身上，载着她的柔情蜜意，飞向东方。这两只青燕原本是一对，双宿双栖，感情笃厚。近段时间，却是天各一方，在大秦和大宛之间对飞。芊笋体恤生灵，和扶苏约定，每三天让它们团聚一天。这天午时，两只青燕在匈奴与月氏边界上空相遇，就在空中盘旋嬉戏一番。

此时草原上，冒顿带领他的一万铁骑，正在边境巡视，抬头见空中一只鹰隼飞行速度极快。正欲搭弓射箭，那鹰隼早已消失在视线之外。他就转头问巴哥罕："看没看见刚才天空的鹰隼？"巴哥罕道："看见了，这应该就是爷爷说的游隼，据说飞行时，连强弓之箭也追不上，极难驯服，草原上只是听说过，没有人近距离接触过……"正说着，巴哥罕指着天空，"哎，又飞回来了，两只。"

冒顿抬头一看，果然见两只游隼在天空盘旋鸣叫，听那声音一问一答，欢愉喜悦。冒顿摸出一支鸣镝，对着天空射了出去。瞬间，一万支雕翎箭如一片由下而上的箭雨，齐齐地飞向了青燕。那只雌性青燕正在下方，觉察异响后再欲振翅却已来不及了，扑哧几声，身上已插了多支箭矢。那雄性青燕往上一蹿，迅速升到高空，躲开了箭的射程，却眼看着爱侣扑棱着翅膀栽了下去。游隼性格刚烈，伴侣之间异常忠诚，相互厮守，一生相伴，一只亡故后，另一只会孤独终老。这雄性青燕见爱侣惨死在眼前，往下面一望，是密密麻麻的弓箭，知道报仇无望。它在高空中看准那只青燕落地的方向，一个俯冲，如箭矢一般栽了下来，就在那只雌青燕的身边，脑袋撞地，顿时脑浆迸出，脖颈折断，一命呜呼。

冒顿转头问巴哥罕："这一只是自杀吗？"巴哥罕道："听人们说，这游隼成双成对，一旦结为夫妇，则终身不离不弃。看这样子，这是一对儿，眼见配偶死了，它就跟着自杀了。"冒顿就叹道："还真是个暴脾气！"士兵将两只青燕送到冒顿跟前，他见两只青燕腿上都绑有东西，就让士兵解下来。当看到署名"扶苏"的信帛时，冒顿一惊，又仔细地看了一遍，看到"奈何军务繁忙，虽心急如焚，然亦无可奈何，缓。料半年可结束战事……"再看看另外一张信帛，见署名是"芊笋"，就判定这是扶苏和芊笋的情书。

冒顿暗思：扶苏大哥倒是个情种，还真会玩！哎，这、这多麻烦呀，今天误打误撞把他的信使给射杀了，虽说是无意之举，但就这么偷偷摸摸的，以后传出去，显得咱对朋友不义，不如……主意打定，就对巴哥罕说道："查一下，刚才谁没有出箭？"

巴哥罕让各百夫长查刚才谁没有跟着出箭。自冒顿发明了鸣镝后，众士兵都战战兢兢，一听见鸣镝声，都跟着争先恐后地射出雕翎箭，唯恐稍落后一点而掉了脑袋。但万人以上的队伍，还真有那反应慢的。很快，有百夫长报，出箭倒是都出了，只是有人出箭太慢，等箭雨都落地了，有一人才射出了一箭。冒顿对巴哥罕说道："这人真讨厌！你要么就别出箭，我砍了你；要么你和大家一起，这算啥？这样吧，砍他一只手，给以前被砍头的百十个人一个交代，也给扶苏大哥一个交代。"

巴哥罕问道："扶苏大哥？你说的是那个秦国的长公子？怎么还有他什么事？"冒顿扬了扬手中的信帛，说道："这一对游隼就是给他传递情书的。"就把那两张信帛揣在了怀里。心中琢磨道：信中说战事半年结束，那看来他很快要对匈奴行动了，那我也得准备自己的事啦……"巴哥罕问道："大都尉，你说的秦国长公子到底是什么三头六臂的人物？让你这样敬重。"冒顿道："他不光救过我的性命，关键这人确是天底下难得的大英雄。论武功、论气概、论文才，草原上无人能及。"

巴哥罕道："我听说帝谷和扶苏交过手，那次打败了扶苏，他受了重伤，是依仗自己胯下的西域天马，才逃出去的。"冒顿道："那次帝谷打败了扶苏，不等于这次还能打败呀。再说了，就算帝谷武功稍高一筹，但论将帅之才，那比人家可是差远了。"

巴哥罕就撇了撇嘴，说道："大都尉，你是草原上骄傲的雄鹰，怎么老是长别人志气，灭自己威风？那秦人和我们终归还有一战，那扶苏又是南军的统帅，到时候打起仗来，我们怎么办？"冒顿道："这是两码事，真是战场上遇见了，那就以命相搏呗！我有我的打算，你也别想那么多，你当下的任务就是给我把这支部队带好。我刀锋所指，即是他们冲锋的方向。"巴哥罕道："这个是自然的。"

两人正说着话，见一只鹿由不远处疾驰而过，奔着北边一处山坡而去。冒顿见那鹿的嘴里叼着一根什么东西，就想起草原上一个传说。说是在鹿群里，一只雄鹿拥有十几只母鹿，母鹿为了争取更多的交配机会，就会寻找灵芝，找到灵芝后，并非自己食用，而是将它献给雄鹿滋补身体。冒顿顺着那只鹿奔跑的方向远眺，果然见那山坡上有一只头上长着角的雄鹿，在呦呦地叫着，就指着山坡方向，道："你去安排些士兵过去，把那两只鹿都抓过来，切记，母鹿要它嘴里衔的东西，公鹿要活的。"

巴哥罕就点了一千骑兵，先是来了个大包围，将那个不大的小山坡团团围住，再慢慢地缩小包围圈，最终将两只鹿都缚住，送到冒顿的马前。冒顿见那只母鹿的嘴里果然衔着一支上好的灵芝，就让士兵将它的嘴巴掰开，取出灵芝，将那母鹿放了。冒顿下了马，抽出佩刀，轻轻地在那雄鹿的脖颈上一划，顿时鲜血喷射而出，冒顿抓住鹿角，将那鹿的脖子提了起来，俯身用嘴在那喷血处吮吸了起来。一会儿，那雄鹿的四肢就不再乱蹬了，最后抽搐了几下，一动不动地摊在地上。

冒顿心满意足地擦了擦嘴角的鹿血，看了看西边的残阳，哈哈一笑，对巴哥罕道："收兵回营！"冒顿策马回到自己的大帐。兰朵儿打扮得花枝招展，见冒顿进到帐篷里，就微笑着迎了上来。那雄鹿鲜血本是大补之物，冒顿此时浑身燥热，两眼通红，将兰朵儿横抱了起来，走到床榻跟前，狠狠地扔在上面。兰朵儿娇哼了一声，幽怨地看了冒顿一眼，自己宽衣解带，轻轻地闭上了眼睛。

等了一会儿，却再也没了动静。兰朵儿微微睁开了眼睛，见帐内已没有了冒顿的身影，正纳闷呢，却听见隔壁的帐篷里传来侍女果萼一阵高过一阵的欢叫声……

兰朵儿叹了口气，自己又慢慢地穿上了衣服。她一直想不明白一个问题：出嫁时，听稳婆说，女人要想怀娃，伺候男人时，要挑选日子。每两次来身子中间的几天，就是最佳的怀娃时间，可为什么其他时候，他每晚上如狼似虎，没完没了，而偏偏到了这几天，冒顿就是不碰自己？兰朵儿站在帐外，听着自己陪嫁婢女的欢叫声，越来越心烦意乱，就大声地咳嗽了几声，果蕚的叫声就低了下来。

扶苏坐在案前，目光由窗户外凝望着天空，盼望着那来自高空尖锐的鸣叫声。每次青燕到达，先是在空中盘旋鸣叫，等他推开窗户，然后再从高空急速俯冲而下。这已经是第十天没见青燕了。扶苏心烦意乱，青燕在途中出了意外？那不会两只都出意外吧？芊笋病啦？是不是上次的伤情没有痊愈？还是又出了什么意外？他这么胡思乱想着。门外侍卫送进来两只盒子，说是有人让交给长公子的。

扶苏打开其中一个，一股腐臭味立即扑入鼻息。定睛一看，是一只右手，已开始腐烂。扶苏就让侍卫将其拿到了外面。打开第二个盒子，先是一个信笺，展开一看，上面写着："扶苏大哥，月氏一别，已近半年。救命赠马之恩铭记，常忆兄长英姿豪气。未及报恩，今又添一憾事。冒顿治军不严，误伤大哥游隼信使。今斩其手，呈兄面前，以解兄愤慨之情。另送灵芝一枚，此物乃冒顿亲由鹿嘴中取得，今奉于兄长，以表歉意。另外，兄及嫂书信同时奉上。冒顿叩拜！"

扶苏看完冒顿的信笺，暗骂道："这个混蛋！怪不得再也没有青燕的消息。哎，芊儿也不知道急成什么样子。"又连忙打开芊笋的信帛，看完一阵苦笑。又一想，冒顿已经看过了他写给芊笋的信帛，那里面有"料半年可结束战事"的话，那冒顿必定知道我军近期的行动。近几年，大秦与匈奴双方都派有大量细作。对于大草原上的各种军情，长城军团也是掌握得清清楚楚。加上那次在月氏相遇，冒顿给他说过自己与大单于的关系，扶苏也就并未在意泄密的事情，提笔给芊笋写了一封信，写明了青燕被匈奴士兵射杀，自己铭心刻骨的思念之情。加上未被送及的上一封信帛，一起封好后，在侍卫里面挑选了两名精干的，把书信交给他们，让他们乔装打扮成商人，前往大宛国送信。

却说芊笋公主，自那封有些赌气的信帛寄出后，就日夜倚栏相盼，经常盯着东边的天空发呆。不管什么时候，听见鹰唳鸟鸣，便急急地推窗观望，却总是一次次地失望。芊笋暗想：扶苏，你这个混蛋。我就给你发个小脾气，你就不理我啦？当年母后给父王发脾气，比这厉害多了，父王还不是都笑脸相迎？好吧，看我以后怎么折磨你……

又一想：不对，不对，我的扶苏哥哥可不是这么小心眼的人。他是天下第一大英雄，他可是亲口对我说过"怎么宠爱都嫌不够"，怎么会舍得不理我呢？那又是什么原因呢？青燕在途中出事啦？不会吧？父王说过，这世间没有任何飞禽能斗得过青燕，连强弓的箭也追不上它呀！那、那会不会它俩私奔了？对，极有可能！它俩原来是一对恩爱情侣，形影不离，现在总是这么天各一方，虽说三天能见上一面，可也是杯水车薪，难解相思之苦。哎，早知道这样，还不如让它们一起送信呢，这样虽然隔一天才能接到书信，也不伤天害理呀，真是人心贪婪，罪过、罪过！

芊笋双手合十，又内疚了半天，叹道："算啦！由它们去吧，在蓝天白云间做一对自由自在的情侣。我们的事情由我们自己解决好了。"

芊笋打定主意，就去找父王禀报，说要去大秦找扶苏。大宛王笑道："你这丫头，这么急着把自己嫁出去吗？"芊笋就嗔笑道："谁说我要把自己嫁出去啦？我不是担心他领兵打仗，没人照顾嘛！"大宛王最近几天眼见着女儿日渐消瘦憔悴，也没有了欢声笑语，打心里心疼她，就笑道："芊儿，你也长大了。上天让扶苏来到你的身边，这就叫缘。那小伙子真是不错，爹爹不说他的身份地位、文才武功了，单说他上次抱着你迎战图兰时，有几次宁愿自己受伤，也拼死护你周全。当时我都是看在眼里的，很欣慰我的宝贝能有这么好的归宿。但你一定得记住自己的身份，你是大宛国的公主，千万不可因几句甜言蜜语，就由着那小子肆意妄为，逾越礼制。那样的话，以后人家会看轻你的。爹爹准备安排一个随嫁队伍，和你一起过去，你们成亲之时，再由他们安排出嫁事宜。芊儿，你意下如何？"

芊笋脸红红的，低下头轻轻地说道："爹爹，你放心。"又咯咯一笑，"他要敢胡来，我就一个耳光扇过去……"大宛王就抓住芊笋挥动的手臂，笑道："行了、行了，哪有这般野蛮的公主？"

大宛王让可可因挑选了两百人的随嫁队伍，又精心挑选了巨额的嫁妆。临出发时，大宛王让可可因挖了二十株葡萄树苗，养在几个大陶罐之内。他抚摸着树苗，缓缓地对可可因说道："这丫头打小就喜欢吃葡萄，以后到了大秦，要是想吃家乡的葡萄却吃不到，孩子会难过的。你以后就把她当作自己的女儿，严加管教。她出嫁以后，你们再陪孩子过个一年半载的，等她都适应那边的生活了，你们再返回大宛。要是以后随嫁人员里面有愿意留在大秦生活的，你负责给他们置办房产。这样芊笋丫头以后有个什么委屈，也有个故人可以倾诉一下。但千万要记住，不可强求。人人都有怀土恋旧之情，人人皆有自己的悲喜。众生平等，我浮屠布不能为了自己女儿的愉悦，而让国人怨恨。"可可因双手合十道："我王慈悲为怀，大宛万民之福。请王放心，可可因一定不负您的重托。"

扶苏晨起，在室外一棵大榆树下，练了一个时辰的吐纳之功。近期按着龙檀子的胎息心法，每日早晚修炼，内力精进。刚才调息之时，更是觉得身体与自然融为一体。他渐渐地感悟到了一种声音，是树叶生长的声音，是水分由树根下缓缓进入树干、树枝，再到树叶的声音。他突然明白了庄周所说的心斋，无听之以耳而听之以心，无听之以心而听之以气。

以前和南山尊者练天道剑法时，他说只有心灵处在虚空状态，才能做到天人合一。一直以来，扶苏只是静下心来运功化气，以气御剑，并未感悟天地万物和自己的关系，这段时间练龙檀子的胎息之法，慢慢觉得这和南山尊者的化气心法异曲同工，一时觉得心境一片光明，心情大悦。他闭上眼睛，觉得头顶上有一片树叶的叶柄和枝头连接的部位，慢慢地裂开，缝隙越来越大。终于，那片树叶晃晃悠悠地落了下来，他一伸手，那片树叶稳稳地落在他的掌心。扶苏睁开眼睛，看着掌心那片墨绿色的榆叶，会心地一笑，将树叶塞入了嘴中，一股淡淡的清香味满口腔扩散开来。

榆树在陕北一带广泛栽植源于秦代，具体说是起于蒙恬之手。当年蒙恬率领三十万铁骑到达上郡，与匈奴作战时，后勤补给比较困难。蒙恬率领的长城军团的班底，是大名鼎鼎的京师中尉军，这是一支由老秦人组成的部队，在秦统一六国之前，核心任务是确保关中，也就是秦国大本营的安全。天下一统后，皇帝觉得京师周围不需要这种大兵团级的防务，就将这支十万铁骑全部交给了蒙恬，又将原来征战六国的部队分成两部分，二十万属长城军团，另一部分交给赵佗，平定百越，即岭南军团。关中人喜食面食，士兵一般携带的干粮是以锅盔为主，经常没有蔬菜补给，时间长了，很多士兵口腔溃烂。

一年春天，蒙恬视察防务，见山坡上长了几棵榆树，枝头挂满了一串串浅绿色的榆钱。即使在今天，榆钱仍然是北方人应季的美食。蒙恬就让随行的士兵采集了一些，蒙恬吃了几口，觉得甘甜无比。他突然灵机一动，何不在这荒凉之地广植榆树？这榆树不仅在这个季节其榆钱香甜可口，即使之后的夏秋两季，树叶也可以食用，甚至树皮也可以食用。这就解决了蔬菜供应不足的问题。榆树喜光、耐寒、耐旱，生长快、寿命长，根系发达、抗风力强。上郡属苦寒之地，一到秋冬季，漫天飞舞的黄沙吹得人连眼睛都睁不开，多栽种此树，也可防风沙。于是就下令在上郡广植榆树，没几年就形成了一片片的榆树林。今天的陕西榆林市，这个名字即来源于此。

用过早餐，扶苏来到蒙恬的衙署，见他背对着门口，面向一张防务地图，静静地一动不动。听到脚步声，蒙恬一回头，说道："长公子，还正想着过会儿找你呢。"两人便在一起商讨着作战计划。皇帝的战略企图是驱逐匈奴至阴山以北和贺兰山以西。根据这一战略部署，蒙恬的作战计划是由他亲率主力部队二十万北上渡河，首先攻占高阙，然后继续北上攻占阴山。至此，兵分两路，一路北上，一路东进攻占北假。北假这个地方是阴山山脉以南、河套以北的夹山带河地区。另一路十万大军由王离率领，西渡黄河，攻占贺兰山，夺取贺兰山以东和黄河以西（今宁夏平原），再继续北上，和主力部队会合。

扶苏问道："匈奴那边的驻军情况呢？"蒙恬道："据细作探报，头曼单于率领二十万精锐骑兵驻扎在北河阳；北假方面，是右骨都侯兰盖驻守，麾下骑兵五万左右。"扶苏又问道："匈奴国师帝谷在哪儿？"蒙恬笑道："长公子，这次我不能再由着你了。不管帝谷在哪儿，你就和我打主力，我们并肩作战，争取生擒头曼。贺兰山方面交给王离，那帝谷就算三头六臂，我相信他也挡不住我大秦的十万精锐！"

扶苏知道经过上次的事情，蒙恬已不放心自己在战场的冒进。他说什么打主力、并肩作战，只不过是顾及他的自尊心而已。扶苏正色问道："这么说来，帝谷老儿是在贺兰山？""是的，听说在此练兵。"

扶苏道："大哥，那你把计划调整一下，由我率领部队西渡，我要亲手宰了帝谷，为我两百个兄弟和澹台北大哥报仇。此事，我曾在众兄弟面前发过誓，你也不想扶苏做个背信弃义之徒吧！"蒙恬道："长公子，这是打仗！如果每名将士把私人恩怨放在首位，这仗还怎么打？"扶苏道："这不是私人恩怨。上次遭遇帝谷的伏击，部队损失惨重，我也身受重伤。军中盛传，那帝谷是不死之躯，不可战胜。王离没有和他交过手，如果首战受挫，一定影响我军士气。"

蒙恬道："一将之勇，不会影响战局。长公子多虑啦！"扶苏哈哈一笑，说道："你把我放在你的身边，说到底，就是不放心我，以大将军的神勇罩着我？"蒙恬一拱手："长公子手中扶摇剑勇冠天下，胯下天马乌狮横行漠北。蒙恬只是觉得阴山才是主攻方向，才是长公子建功之地。西渡偏师还是交给王离吧！"扶苏道："不行，西渡之师由我率领。"蒙恬苦笑一声，说道："长公子，这个作战计划是皇帝批过的，不能再动啦！"扶苏将案头的毛笔递给蒙恬，说道："重报！"

## 拾陆

# 西征

一周后，一道咸阳加急密诏由驿站传到上郡。蒙恬打开一看，皇帝诏曰："准。"

之前数月，蒙恬采纳了扶苏的建议，将长城军团中的车兵全部改置。至此，车兵已完全退出了历史舞台。车兵是我国早期军队的作战主力，通过象棋中威力巨大的"车"子，车兵的作用可窥一斑。春秋之时，一个国家军事实力强弱的衡量标志是"乘"，经常有千乘之国、万乘之国的描述。一般情况下，一辆战车上有乘员三人，左侧的士兵负责弓箭射击，为这辆战车的车长，称为甲首；右侧的士兵手持戈矛，负责贴身近战厮杀，称作骖乘；中间的士兵为驭手，负责驾驶战车。每辆战车周围配备几名步兵护卫，称作徒役，辅助车兵作战。车兵主要用于平原地区的阵地战，进攻时用以冲锋敌阵，打乱对方的战斗阵型；防御时以战车为阵垒，阻止和延迟敌军的冲击。

但和匈奴作战，战场已发生很大的变化。匈奴骑兵的突击和逃逸速度，是笨重的战车无法比拟的。此次，长城军团将车兵全部改成重装步兵。战车的作用则由直接参与战争变成了物资的运输补给，另有一部分改成车弩。

这种车弩一次可射出十支重箭，射程可达六百步。每辆车弩配备三名士兵，一名士兵负责装填箭矢，另两名士兵负责用绞盘拉动弩弦。车弩在这次驱逐战争中，成了匈奴骑兵的噩梦。

自从扶苏无意间发现冒顿布马镫的秘密，回来后，在骑兵队伍中统一配备布马镫。别看这个玩意儿小小的，以前的骑兵只能使用短兵器，现在却可以使用步兵的戈矛。经过几个月的实兵训练，长城军团战力大增。

两路大军分别由扶苏和蒙恬率领西渡和北上。不说蒙恬北渡黄河，势如破竹，单说扶苏率领的十万大军，一路浩浩荡荡向西而去，麾下有王离及绝圣山庄的景岳、侯莫春和鱼若道等。大军渡黄河时，对面渡口的匈奴守军，列好弓箭阵型，欲射杀秦军先头部队于半渡之时，扶苏正好想试一试车弩的实战效果，就命军弩营率先攻击。匈奴士兵还没有看清楚河对岸的秦军锦旗，就被从天而降、密密麻麻的重箭贯穿盾牌，有的直接连人带马被牢牢地钉在地上。河对岸大概三千匈奴守军，扶苏不费吹灰之力，全部歼灭。

部队渡过黄河后，几乎没有遇到任何有效的抵抗，匈奴骑兵一望见秦军遮天蔽日的锦旗，皆望风而逃。大军一路沿着贺兰山脚下向北边推进。这一天，扶苏大军来到一座关隘之前。鱼若道报道："长公子，此乃石关，此关西依贺兰山，东扼大河，西面有一条通道，可穿越茫茫贺兰山，抵达月氏国。石关的战略意义非常重大，是匈奴人在贺兰山的重要军事据点，依山傍水，易守难攻。"

扶苏暗忖道："父皇当初让蒙恬大哥驱逐匈奴，不就是为了下一步拿下月氏吗？看来此关不但要攻下，还要把它守护好。"抬头一看，一杆黑色的大纛飘在关头。昭阳在一边说道："长公子，这是帝谷的大纛。"景岳在扶苏身后，听见"帝谷"二字怒不可遏，喝道："长公子，待末将前去叩关！"景岳策马向前，待到关口一箭之地，由身后箭囊里摸出一支箭来，对准关头上的大纛，嗖的一声，雕翎箭飞了出去。箭镞离大纛杆还有寸余时，箭身突然硬生生地往旁边平移。

关头出现一个身高九尺、身披黑色大氅的汉子，景岳射出的那支箭，牢牢地攥在他的手中。此人正是匈奴大国师帝谷。帝谷站在关头，望着远处的秦军，见士兵队列整齐，井然有序。中间是中军大帐，百十余骑兵护卫在一青年军官的周围。前面是弓箭手，每人面前有一块大盾牌，手中一张重弓，背负一只盛箭的箭篓，腰挎短刀，戴头盔，不着铠甲。后面是步兵方队，每人身着重甲，手持戈矛。两翼是骑兵方阵，士兵身着轻甲，手中不再是以前的单手短刀，而是带柄大刀和戈矛。在步兵方阵的后面是车阵，每辆车都被黑色的厚布盖得严严实实，三名士兵不再站在车上，而是分别站在车子左、右和后方。

根据匈奴的细作密报，大河渡口的三千守军"刀皆未出鞘，箭一支未发"。那就是说几乎是在没有任何抵抗的情况下，突然全部被歼灭。当帝谷看到被遮掩得严严实实的车阵时，心中就有些明白了，这个答案或许就在这些黑布遮掩之下。帝谷俯身盯着关下的景岳，喝道："关下何人？报上名来。"这八个字用内力传出，声音虽不大，但关前秦军十万兵士，每人都听得清清楚楚。景岳在马上朗声答道："匈奴胡狗听着，你爷乃大秦长公子帐下先锋官景岳，前来取帝谷狗命。"帝谷仰天哈哈大笑说："秦国小儿，无名之辈，尽打嘴仗，快滚回去，让那扶苏小儿出来。"话音刚落，随手一挥，一支箭飞了出去。

景岳离帝谷有两百余步，只觉得那边一挥袖子，转眼间一股强劲的厉风掠了过来，知是箭已飞到，挥剑一挡，当的一声，右臂酸麻，那支箭变了方向，贴着他的肩膀飞了出去。噗的一声，箭杆插入地面，连翎羽部分也隐入地下半截。扶苏大喝一声："景岳退下！"前面的弓箭手方阵齐刷刷地向两边退开。扶苏一马当先，冲了出来，身后是他的百人护卫铁骑。乌狮奔跑时，四只巨大的马蹄在草地上发出震动声，虽夹杂在百十匹马的奔跑嘶鸣之间，但帝谷还是清晰地听到了，他要等的人来了。

等马蹄扬起的灰尘散去，一名身披黑色斗篷的年轻人，全身未着一片盔甲，背负一把长剑，端坐在一匹黑色的极品天马背上，剑眉虎目，冷冷地望着自己。帝谷暗暗赞道："好风采！"开口道："扶苏小儿，上次一别，身体无恙？"扶苏喝道："帝谷老儿，小爷好得很！今天回去后交代好后事。此番相遇，你必死无疑。"扶苏用内力将声音传出，震得关头帝谷身边的士兵耳朵嗡嗡作响。帝谷暗道："短短的半年时间，这小子的内力修为竟精进到如此地步，看来再对战时，须得小心些。"就仰天哈哈大笑，说道："帝谷戎马一生，无牵无挂。我等着你。"

扶苏传令，大军就地安营扎寨，休整一天，明日攻打石关。鱼若道担任西渡军的粮秣官，下令宰杀一千只羊，慰劳部队，王离却制止了他。鱼若道报于扶苏，扶苏问王离何故，王离答道："难道长公子没有读过《阵图》吗？"扶苏道："十岁即通读。"王离道："那长公子不记得武安君有行军不食羊的记录吗？"

扶苏略一思考，就指着王离哈哈大笑起来。王离不解，问道："长公子为何发笑？"扶苏道："怪不得蒙恬大哥说你带兵严谨，然也太过严谨，甚至有些刻板。'兵无常势，水无常形'，所以要审时度势。当年武安君不让食羊，目的是出奇兵，断赵粮道，从部队保密考虑，食羊味膻，容易暴露。而今，我大军旌旗蔽日，兵锋正盛。明日攻城，今日食羊，正是犒劳三军、鼓舞士气的好时机，不仅不需要保密，更要大张旗鼓，以震士气。传令下去，弓箭营每人配发一面小鼓，系于腰间。箭攻之后，待步、骑兵冲锋至阵前，弓箭手擂鼓助威。"

以后经过两千多年的演变，这种军事活动慢慢地变成了今天豪迈粗犷、气势磅礴的安塞腰鼓。

傍晚时分，贺兰山脚下，扶苏大营。篝火之上，是炖着羊肉的釜锅，香味远远地飘到关头。匈奴士兵咽着口水，望着不远处的秦军大营，甚至秦军唱的关中民谣都清清楚楚地传到他们的耳朵里。帝谷站在城头，一双如秃鹫一般阴鸷的眼睛俯视着不远处的大营，嘴角传来一阵冷笑。

三更已过，扶苏寻营一周，未见异样，就回到营帐就寝了。刚刚睡着，突然帐外人声鼎沸，扶苏起身一看，见外边火光冲天，急忙披衣出了营帐。见着火的方向是车弩营，扶苏暗道："坏了，这车弩被布包裹着，里面又满是箭矢，这烧起来可不得了。"扶苏到了跟前，见王离、景岳、鱼若道等人俱在指挥战士灭火。火是从车弩营的中心部位开始燃烧的。王离指挥将外围的车弩移开，在火势外围形成了一圈通道，里面的车弩就由着它烧，也不再组织施救，而是加强了营外的警戒。

扶苏看着火情的中心，估算了一下，大概能损失百十辆车弩。王离见长公子过来了，一抱拳道："长公子，属下防护不严，致使车弩受损，请长公子降罪。"扶苏道："先查一下原因，该不会是烹饪的余火吧？"鱼若道说道："不会的，部队在初更时，就已经全部就寝了，我又带人巡查一遍，篝火已全部熄灭。再说了，如果是篝火所致，那也不可能从车弩营的中心开始着呀！"景岳在周围转了一圈，突然俯下身子，在地上一摸，放在鼻下一闻，道："长公子，应是有人放火，这地上到处是油。"

扶苏蹲在地上，见草地上果然有油，就将大营四个角上的哨兵叫了过来，询问有没有发现什么异常。哨兵们都摇摇头，说起火之前连一只麻雀也没有飞进来过。王离又把第一个发现火情的夜巡士兵叫了过来，问道："你发现火情时，有没有看见可疑的人出没？"那士兵道："当时我们是四人一队在巡逻，我在最后面，突然觉得侧后方一亮，接着，立即就火光冲天了。我马上吹哨，跑了过来，未见过任何人影。"

扶苏看着烧成一堆灰烬的车弩，对王离说道："加强夜巡警戒。其他人都睡吧，养精蓄锐，明日清晨攻关。百十辆车弩而已，就当天灾，不要影响士气。"鱼若道看了看天象，在扶苏身边耳语道："长公子，明日艳阳高照，我军攻关，背南向北，何不午时再发动总攻？"扶苏沉思道："午时攻关，我军顺光，而敌军逆光，对方的弓箭几乎就是盲射，好主意。"就点了点头，转头对王离说道，"传令下去，明日午时发起总攻。"

清晨，匈奴士兵在关头已架起滚木雷石，一万名士兵手握重弓，腰挎弯刀，严阵以待。匈奴士兵并未进行严格的专业分工，远距离时，人人都是弓箭手；贴身肉搏时，人人都是步兵；长途奔袭时，人人都是骑兵。帝谷站在关头，眺望扶苏大营，见炊烟袅袅，他们正在埋锅造饭，一阵阵羊肉的香味飘上城头。大营内士兵三三两两进行斗鸡游戏。斗鸡游戏流行于关中小儿之间，两人相对，将自己的一条腿盘抱在另一条腿上，单腿跳跃，互相冲撞对方，倒地或盘腿着地者为输。这种嬉戏的状态完全不像大战来临的氛围。

又有一队士兵唱道：

杀杀杀，屠胡鸭，
一只鸭头重十八。
封爵位，荫妻儿，
挣得功名爹娘花。

> 风风风，往前冲，
> 血肉之躯即长城。
> 纵身死，埋他乡，
> 魂归故里亦荣光。
> ……

匈奴人喜欢戴一顶圆锥形的毡帽，常年骑马，大多数人都有些罗圈腿，走路时大摇大摆。边境的秦人觉得匈奴人像只鸭子，给他们起个外号叫胡鸭。

侍卫端着早餐进了扶苏大帐，扶苏和王离、鱼若道、景岳在商议军务。扶苏问道："战士们早餐吃什么？"鱼若道答道："昨晚烹羊，汤味鲜美，肉未食完，弃之可惜，今早把锅盔掰碎，在汤中一泡，味道还不错。"扶苏端起釜来，大快朵颐。吃完，擦了擦额头细细的汗水，笑道："羊羹味道着实不错。"

巳时，各营已成攻击队形。车弩营在最前方，离敌关口四百步，此距离已超出匈奴弓箭的射程，但对车弩实施仰攻来说，却是最佳的距离。扶苏的进攻计划是：车弩营连续速射，重装步兵在车弩的掩护下，冲到关门跟前，用重木撞击关门，待关门打开后，步兵先进入一千人，这一千士兵即为虎贲。虎贲入关后，夺取关头，等控制关门后，发信号箭，再进入一万步兵。如里面有埋伏，或一千虎贲全部阵亡，再实施第二套进攻方案。

午时，扶苏下令开始攻关。一阵密集的鼓声中，车弩一排排地发射出漫天的箭雨。车弩射出的箭矢长约六尺，箭杆比成年男子大拇指还粗，箭镞由精钢制成，三翼三尾，在空中飞行时发出尖锐的呼啸声。顿时关前响起阵阵密集的啸鸣声，关头的匈奴士兵防御用的盾牌，是木板外面蒙上一层牛皮制成的。这种盾牌阻挡一般的弓箭没什么问题，但对这种车弩重箭，几乎没有防御效果。关头的匈奴士兵一大半被重箭将盾牌和身体穿在了一起，哀号声此起彼伏，殷红的鲜血顺着城墙漫流。剩下的士兵缩在垛口下，根本无法露头防御。

在车弩营的猛烈攻击下，一千虎贲军迅速地奔到关下，用重木撞击关门，没几下，关门大开。虎贲军齐喊一声，冲入关内。此时关头上的箭矢已堆积如小山，远远望去如一只巨大的蜂巢，扶苏就命令停止射击。就在这时，关头内侧，匈奴人的滚木雷石纷纷落下，将关门又封得严严实实。

石关依贺兰山东麓而建，只有南北东三面有城墙，西边直接就是陡峭的山体。关门重新被封住后，山上突然冒出数千弓箭手，居高临下，对着脚底下的虎贲军一阵猛射。这一千虎贲军是王离在步兵队伍里挑出来的武功最高、最为彪悍的士兵，在冲锋时担任敢死队的角色。他们进关的任务就是夺得城头的控制权，只是不断地进攻，不考虑防御。所以冲锋时，为了行动便捷，俱不穿戴盔甲，不带盾牌，每人只是手持兵器，只为肉搏。这时候面对从天而降的箭矢，损失惨重。残余的虎贲军在统领的指挥下，迅速寻找掩体，退缩在一个小巷子里。统领清点了一下人数，尚有战斗能力的还有三百五十人。统领望着不远处的城门，他明白现在冲到城门内坡口，会被西面山顶上的弓箭手射成刺猬，心想：我们怕是完不成夺取城门的任务了。

这石关内本来驻守一万匈奴兵，清晨时，帝谷全部部署在南面城墙上。当帝谷看到车弩营将那层黑布打开后，就明白了，在秦军的主攻方向上，有多少兵，死多少兵，就紧急下令，城头上只留下一千士兵，其余的九千士兵全部撤下来。西边的山体有暗道和关内相通，帝谷又在山顶上部署了三千弓箭手，居高临下，对冲进关内的秦军实施射杀。

帝谷明白，面对扶苏这十万大军，这个小小的石关根本挡不住。他们匈奴人的优势在于大平原上的突袭和游击，这种阵地战根本没法和秦军较量。他之前封城门，在山顶上安排弓箭手，只不过是为了向北撤出石关做准备。等虎贲军残部退缩进小巷子后，帝谷就带领九千骑兵出石关北门，向茫茫大漠逃窜而去。

却说扶苏在关外等着虎贲军发信号箭，一个时辰过去了，里面鸦雀无声。扶苏暗道："莫非这石关内还有重兵把守，这一千虎贲军全部阵亡？"正琢磨是不是要实施第二套进攻方案，景岳一拱手，道："长公子，景岳愿率第二队虎贲军杀进石关，手刃帝谷。"扶苏望着关头堆积如山的箭矢，突然灵机一动,攻关的威胁主要在城头,把关头清理了,第二梯队干脆让步兵五万人全部攻入,它一个小小的石关内能驻守多少兵马?

下定决心,扶苏转头对王离说道:"改用火攻,你让弓箭营前移,先将关头的威胁清除,然后我亲自率步兵营杀入石关。关外的部队由你指挥。"王离一拱手,恳求道:"长公子,万万不可。这关内什么情况,还不明了。你是西渡军主帅,切不可冒进。"景岳和鱼若道也劝道:"长公子,不可、不可。"扶苏道:"王离又迂腐了,里面即使是龙潭虎穴,能奈何我这五万勇士?再说了,这五万重装步兵已是我大军的半数以上,难道我不应该和主力部队在一起吗?"

王离无奈,调出弓箭营,在关下百步远处,让士兵将箭头用棉布包裹,蘸油点燃,射向关头。那关头堆积如山的箭杆本是桦木,被点燃后顿时关头火光冲天。关头还有几百名匈奴弃卒,一时间鬼哭狼嚎,葬身火海。等火光渐熄,扶苏亲率步兵营冲入关内。一看,已是一座空城。扶苏在关内巡视,远远望去,在一个宽阔之处的地上发现有什么东西被整整齐齐地摆成几行字:"扶苏小儿,我在北渡口等你。"扶苏策马走近一看,不禁怒发冲冠,地上摆的竟是虎贲军的人头。扶苏策马冲出石关北门,却已不见匈奴人的影子,于是仰天长啸一声,怒吼道:"帝谷!你给爷爷等着!"

王离让同营士兵一一辨认地上摆的虎贲军首级和身子。秦军作战时,每名士兵都有一个腰牌,注明郡、县、乡、里和姓名。有时候父子、兄弟在一个营,看到亲人身首分离的惨状,不由得大放悲声。扶苏又兜了回来,十几个痛哭的士兵见了扶苏,就咬着嘴唇,强忍着泪水。

有一个年纪十五六岁的小伙子,嘴唇上鲜血直流,因为强压着哽咽,脖颈就一颤一颤地抖动着。扶苏下了马,走到小伙子跟前,拍了拍他的肩膀,问道:"阵亡的英雄是你什么人?"小伙子哽咽道:"是我、我、我大哥。"扶苏又问道:"家里还有什么人?""还有、有奶奶、父、父母和大嫂、二哥。"小伙子说着由怀里掏出一块布帛,又断断续续地哽咽道,"早上,我、我刚写了封、家书,现在、现在得、得改改了。"扶苏瞄了一眼,见布帛上歪歪扭扭地写道:"婆、爹娘、大嫂、二哥,我和大哥都在长公子帐下，近日我们过了大河，又开始往北行军了。爹娘上封信问军中能不能吃饱，长公子仁厚，体恤官兵，伙食丰足，昨天还吃了羊肉。大哥选入虎贲营，领钱一百，大哥让寄回六十。大哥说他近日经常梦见大嫂，让她孝敬父母，不要艳妆出门。大哥说他想吃娘烙的煎饼……"

扶苏心中一酸，他天性宅心仁厚，但生在帝王之家，对民间疾苦的感悟只是来自儒家的仁教和推己及人的恻隐之心。当他看到这封士兵的家书时，才真的站在第一视角，身临其境地感悟到人世的悲凉，暗忖道："以前看战报，在看到阵亡士兵数时，只是看到一个数字，真没有想过这数字背后，每一个士兵都有自己的爹娘，都有自己的妻子。他们的爹娘牵挂自己孩子也和娘亲牵挂自己一样，他们的妻子思念自己的丈夫也和芋笋思念自己一样……"

扶苏一时心中大恸，沉默了半天，叹了口气，说道："兄弟之间，血脉相通，亲人为国捐躯，难免悲痛，想哭就哭吧。"小伙子道："我怕被、被剃掉眉、眉毛惹人笑话，给家人、给家人丢脸。"

秦律里有一些在现代人看来很奇葩的规定，比如成年男子不得哭泣，违反者要被剃掉眉毛和胡须。就连张仪这样身居相国之位的高官，在爱妻死后都不敢流泪，只是说了一句"秦有律法，男子不能号哭"。现在我们推测，这和秦人尚武的彪悍性格有关，他们认为眼泪象征着柔弱。有时候悲伤的情绪还可以传染，特别是在作战时，这种情绪会影响人的判断力。所以，我们不能站在今天的角度去审视冷兵器时代的律法。

扶苏就安慰道："兄弟乃手足之情，尊兄为国捐躯，令人敬佩。悲伤也是人之常情。哭吧，哭出来心里好受一些。"说完又抚了抚小伙子的背，感到他还是个单薄的孩子。扶苏心中一酸，仰天长长地叹了一口气。那小伙子怔怔地看着扶苏，眼眶里满是泪水，还是不敢放声。

扶苏站起身来，环视着在场的士兵，深吸一口气，朗声喊道："大秦的勇士们，作为军人，以身殉国，无上荣光，但作为父子、兄弟，人之大伦，悲恸乃天性。今天可以哭祭，不丢人。我扶苏也哭过。我们出兵河西，驱逐匈奴，开疆拓土，是为了我华夏一族民富国强。以后我们脚下的这片土地就是大秦的国土。今天我在此起誓,我们流的每一滴眼泪,将会化为射向匈奴人身体的利箭,将会变成刺向匈奴人胸膛的戈矛,我们的悲声将化作阵前的战鼓。同胞的血不会白流,你们是大秦的英雄,是我扶苏的兄弟。"

这时,前面十几个抱着亲人尸体的士兵,才号啕大哭起来,旁边数万将士肃立一旁。少顷,王离下令将阵亡的虎贲军士兵遗体掩埋在石关南侧,面向着东南,遥望着故乡的方向。

扶苏让一名少庶长统领一万步兵驻扎在石关,他率领九万大军又浩浩荡荡地往北边杀去。三天后,大军抵达北渡口。此地西边已是贺兰山的北端,东边是滔滔大河。扶苏策马站在一座山头上,往北眺望,见匈奴人的帐篷星星点点,上下左右散落在数里之间。王离在边上说道:"看来帝谷老儿已惧怕了我们的车弩战,不敢将部队集中在一起。"

扶苏在马背上点了点头,说道:"看来帝谷不会和我们打阵地战了,我们的战术也需要调整一下。回去我们把车弩营、步兵营和弓箭营打散,步兵五千、弓箭兵三千、车弩兵一千混编为万人营,为一个独立的作战方队,由一名统领指挥。将骑兵营分成左右两路,分别由你和景岳率领,负责突袭、追击和围歼。大营驻扎也按以上作战方队单独部署。"王离暗暗赞叹道:"长公子不光刚毅勇猛,运筹谋略也着实高人一筹。"一拱手道:"得令!"

帝谷率领石关的九千骑兵,一路北行,逃到北渡口,在这儿集结了五万骑兵,准备和扶苏决一死战。他在石关见识了秦军的车弩威力,知道阵地战无法和扶苏抗衡。帝谷决定发挥匈奴骑兵突袭的速度优势和单兵近身肉搏时的强势,就将部队化整为零,分成十个突击分队,以不断地突袭、袭扰、游击为主。车弩营虽然厉害,但在攻击方向和距离的变化方面却很迟缓,以匈奴骑兵的速度,只要迅速地冲到对方阵地,那就是削瓜切菜。更何况,他手里还有一件秘密武器。

扶苏见各营按照部署方案安营扎寨,晚上初更之时,跨上乌狮巡营一圈,见各营戒备森严,井然有序,满意地回到中军帐,盘腿坐在行军床上,又练了半个时辰的吐纳之法。扶苏自和芊笋西域之行,遇见龙檀子,经他指点，修炼胎息之法。这门功夫是从制心开始，以达空虚。虽然修炼方法和南山尊者的化气、凝气、御气大相径庭，但练到高层境界以后，却发现两者竟有异曲同工之妙。有时候体内竟有两股真气合二为一，感觉如百川入海，浑厚无比。有天晚上，他在闭目运功时，突然觉得一只燕雀在半空之中由远而近飞了过来，睁开眼睛时，果然有只燕雀由窗前飞过，只是飞行速度极慢，真如停在空中一般。扶苏微微一笑，暗道："这时候，我要抓住它，岂不易如反掌？"

但转眼之间他又明白了好多道理。以前他读名家的书籍，比如"至大无外，至小无内""日方中方睨，物方生方死""飞鸟之影未尝动也"。他总以为这就是诡辩之术，现在明白了，这些居然都是真的，只是要换一个视觉看世界而已。后来，他让弓箭营的士兵在十步之内用强弓射向自己，那士兵战战兢兢地拉开弓箭，无论如何也不敢松手，扶苏就笑道："你大胆地射，我至少有十种方法可以避开。"扶苏将胎息之法运用到御气之术上，等箭飞出来后，扶苏觉得那支箭比龟行速度还慢。等箭飞到眼前时，他甚至用食指顺着箭杆抚摸了一遍，最后一把握住了翎羽部分，微笑着将箭矢平摊在掌心。前面的一排士兵，先是目瞪口呆地沉默了片刻，随后纷纷鼓掌叫好。

扶苏练功完毕，刚躺下，胸前那块玉滑动了一下，他就抚摸着那温润的美玉。又想起那张如花的笑靥，就起身坐了起来，拿起毛笔写道：

青青子衿，悠悠我心。
纵我不往，子宁不嗣音？
青青子佩，悠悠我思。
纵我不往，子宁不来？
……

这首《诗经·郑风·子衿》描写一位女子在等候她的心上人，急得不停地徘徊，感觉度日如年般煎熬。后面还有一段：

> 挑兮达兮，在城阙兮。
> 
> 一日不见，如三月兮。

　　这段写女子焦急等待时踮起脚尖、伸长脖子的样子。扶苏写到这儿，却收住了笔，暗笑道："'纵我不往，子宁不来？'这不是薄责己而厚望于人吗？这是女儿心态，岂是大丈夫所为？"就微微一笑，将手中的毛笔放了下来，思考着怎么改一下这首诗。突然，帐外传来紧急的脚步声，接着外边一声急报，打断了他的思绪。扶苏喝道："进来。"

　　外边的夜巡兵慌慌张张地进来，跪下报道："最前面驻扎的三个营统领被刺身亡，首级被挂在中军营门外……"扶苏顿时一激灵，喝道："什么！三个营统领被刺身亡？"转身摘下帐头的扶摇剑，迈出了大帐。扶苏的大帐离中军营门大概百十步，见王离、景岳一干人都已在营门口，个个表情凝重地望着营门上挂着的三颗血淋淋的人头。王离见扶苏过来了，就低声报道："长公子，属下已查看了一番，被刺的三个营统领帐内，没有任何打斗的痕迹。更蹊跷的是，他们仨人都不是被刺在床榻之上，而是站位遇刺，一刀直刺前胸，毙命后才被砍了首级……"扶苏问道："何以见得？"王离道："现场血迹都在案前一处，远离床榻十步左右。尸体伤情为前入后出，俯卧倒地，应是贼人拔刀时所致。"扶苏倒吸了一口凉气。这万人混编营的统领，论武功、谋略俱是西渡秦军中的佼佼者，怎么没有任何反抗就在万军之中被斩首？

　　扶苏让把三个统领帐外的侍卫叫了过来。一名侍卫在瑟瑟发抖，嘴里自言自语地叨叨："闹鬼了、闹鬼了……"扶苏暴喝一声："住嘴！大军之中，不得胡言乱语。若乱我军心，杀你祭旗。"那侍卫跪地磕头不断，嘴里说道："长公子，属下所言若有一字不实，任凭军法处置。"

　　扶苏道："你看到什么了？据实说来。"那侍卫眼神里还满是深深的恐惧，颤抖着说道："二更刚过，我看见门帘一扬，但什么东西也没看见，还以为是风吹的呢。突然、突然我看见统领大人的脑袋、脑袋在空中往前飘，我当时惊叫了一声，统领还转头看了我一下……"扶苏就盯着他"嗯？"了一声,那侍卫连忙改口道,"应该是统领大人的脑袋、脑袋转过来看了我一下,停了少顷,又向远处飘去。我当时腿都软了,爬进营帐,见统领大人身体俯卧在地上,首级不知去向……"侍卫在述说时,许多将领都浑身颤抖了一下,不自觉地转头往后面看了看。

扶苏又问了其他的侍卫,他们说什么都没看到,只是听见别的大营警戒哨声,进帐给统领报告时,发现统领俯卧在大帐内,首级不见了。鱼若道在扶苏耳边轻语道:"长公子,莫非我们真遇见什么邪祟了?你忘了那天石关前烧车弩营的大火?"扶苏突然想起了数月前,在大宛国遇见的魑、魅、魍、魉。他想起来,当时有一个从白猿长老的掌下逃走了。眼前的迷局虽未完全确定是他们所为,但不管真相如何,当务之急是稳定军心,不能任由恐怖的氛围在大军中蔓延。

扶苏挥了挥手,人群顿时安静了下来。他说道:"我年初去西域,遇见过天竺国的几个武士,和他们交过手,杀了他们几个兄弟,与其结下了梁子。若论武功,他们实在稀松平常,只是这些人修炼了一种功夫,叫隐术。练成这种功夫的人,就是大白天站在你的跟前,你也觉察不到。"扶苏说到这儿,底下顿时一片哗然。有一名叫钟龁的步兵统领问道:"长公子,既然你看不到他们,又是怎么杀掉他们的?"

扶苏微微一笑,将头上的束带解下来,把自己的眼睛蒙了起来,冲着钟龁挥挥手,说道:"来,用你的刀刺我。"钟龁看了看王离,王离笑道:"前几天,面对面,士兵用强弓都伤不了长公子,你就放马过去吧。"钟龁犹豫了一下,就将腰间的佩刀连鞘一起摘了下来。刀不出鞘,直着一刀刺了过来。

扶苏就皱了一下眉头,待刀尖快到胸前时,伸出中指一弹,将刀鞘弹开,喝道:"刀出鞘。"钟龁见扶苏犹如胸前又生出一对眼睛一般,心下稍安,就将刀抽了出来,唰的一声,又刺了过去。扶苏身体微微一侧,将刀让了过去,喝道:"再快点!"钟龁也明白了长公子此时意在给众人证明敌人并不可怕,就不再顾忌,放开手脚,一刀当头劈了下去。等刀离额头还有寸许,扶苏还是纹丝不动,众人一阵惊呼,根本看不清扶苏是如何出手的,只见那刀刃往边上横移了一尺，贴着扶苏的肩膀滑了过去。

钟龁翻转手腕，胳膊未动，而是转腰带动小臂向内侧横切一刀。扶苏喝道："好刀法。"伸出食指直戳钟龁的手臂内关穴，这一下，快如闪电。钟龁顿时手臂酸麻，五指松开，刀掉了下来。在刀快落地时，扶苏一伸脚，用脚尖将刀钩了起来，一伸手，稳稳地攥住了刀柄。

全场响起一阵喝彩声。扶苏摘下遮眼的束带，将刀递给钟龁。钟龁接过刀来，插入刀鞘，一抱拳，赞道："长公子真神人也。"扶苏朗声对众人道："大家看到了吧，隐术并不可怕。明日在民间找一些犬来，那隐术可以避过人的眼睛，却避不过犬的眼睛。听见蹊跷的犬叫声，就冲着犬叫的方向攻击，这隐术不发动时，完全看不见，但只要他一动，就会有淡淡的影子出现。"扶苏又对着那名侍卫道，"你看到统领的脑袋在空中飘，其实是那人拿在手中，只是你看不见他而已。你看见脑袋转了一下，只是那贼人转了一下身子。大家都回到各自的营帐去吧，所谓的鬼魅只是每个人的心魔。"

听完扶苏的话，大家心下稍安。王离让士兵将三名统领的首级由营门上摘了下来，随队军医将首级和身体缝合，先入殓到棺椁之中，再安置于大军后营。秦军对阵亡的将士安葬有严格的规定，左庶长以上爵位者阵亡，要先公祭，后下葬。而战时，往往是先入殓，装棺椁，待战争间隙，再伺机安排公祭下葬。眼下，两军对垒，大战在即，只能入殓，将棺椁置于后军安放。

经过侦察，扶苏已将帝谷的兵力部署和周围地形地貌摸得清清楚楚。这一天清晨，天还未大亮，扶苏令景岳率一万骑兵先去掠营，王离点好一万骑兵，成攻击队形列于秦军大营之前，作为预备队策应景岳。此处地势南高北低，王离和景岳站在秦军大营前俯视不远处的匈奴军营，星星点点，排列极散。扶苏给他俩指定的目标是敌营最西面的一个营盘。王离将那座营盘的周围地形又仔细地看了一遍，盘算着部队进攻和撤退的路线。

景岳一挥战刀，一万铁骑如滚滚洪流，草原上顿时腾起一道黄色的烟雾，向匈奴大营直扑而去。秦军营门离扶苏指定的敌军目标相距大概有两千步。景岳的骑兵在全速冲到一千步时，队伍改成慢步前进。只有前面一排约两百骑仍处于袭步，全速疾驰，这叫斥候骑。在唐宋以后，这种士兵称为探马，目的是侦察探路，以防前面有陷阱、绊马等。等前面的斥候骑到达目标，景岳率众全速冲了过去。

这个营盘驻扎着五千匈奴骑兵，景岳的一万铁骑冲过来时，气势可谓排山倒海。匈奴人自是觉察到了敌情，忙上马迎战。只是大部分士兵还未牵出战马，景岳已冲进营盘。扶苏给景岳下达的作战任务是：先袭扰，一探虚实，尽可能多地歼灭匈奴骑兵，最后放火烧了这个匈奴营盘。此时，匈奴军营的马厩边上乱成了一锅粥，马厩只有一个出口，五千匹战马这时候还有一大半在围栏内嘶鸣。景岳见马厩内地面上是一层干草，灵机一动，从马鞍上摘下弓来，让身边的士兵递过来一支火箭，射向马厩的中间，身边的士兵也纷纷跟着往马厩里射，顿时围栏里变成了一片火海。

那些马儿受了惊吓，疯了一般向围栏外冲去，有的直接跳出了围栏，发疯似的在营内狂奔，有的被绊倒在地上，后面的马匹又涌了上来，造成了更大的拥挤踩踏。景岳指挥士兵将匈奴大营分成两部分，使其不得首尾相顾，再让士兵们到处放火砍杀，一时间，匈奴营盘内人仰马翻，士兵的惨叫声和马匹的哀鸣声此起彼伏。景岳一直在关注着骑兵的对战，此突袭战秦军在人数和战机上都占优势，匈奴人一直处于被动挨打的状态。

半个时辰左右，景岳见马上的一千多匈奴骑兵，俱被我军士兵围攻而砍于马下，就转过身来，看着秦军骑兵围剿砍杀那些没有来得及上马的匈奴人。在一处帐篷的拐角处，景岳突然发现秦军几名骑兵跌落马下，接着看见一个身高九尺的匈奴兵，赤裸着上身，头上戴着一副精钢打造的头盔，手中使一对大铁锤。只见他抡起大铁锤砸向倒地的秦军士兵，那名士兵顿时脑浆迸出，一命呜呼。身边围着的几名秦军用戈矛刺，用大刀砍，那匈奴兵身上竟然连一条红印也没有留下。

景岳暗道："莫非这小子真是刀枪不入？也许他的弱点在头部，奈何他却戴着精钢打造的头盔。"那头盔连两只眼的部位都遮了起来，只留下几道细细的、比小拇指还窄的缝隙，箭矢也无法穿过。景岳又留意了他的嘴巴，见两片活页状的铁片随着他每砸倒一名秦军狞笑着一张一合，就策马赶了过来，喝道："胡狗，报上名来，你爷爷不杀无名之辈。"那匈奴兵盯着他，喝道:"你爷爷乃……"声音戛然而止,原来是他的嘴里面多了一支箭。景岳哈哈大笑道:"蠢货!你爷爷才不关心你叫什么呢!"随后让士兵将他的脑袋连同头盔一起砍了下来。再看大营内,匈奴人也被砍杀得差不多了。有几百名跑得快的匈奴人丢盔弃甲,往北面狼狈逃窜。景岳也不追赶,吹了一声收兵哨,带着他的铁骑又往南返回秦营。清点了一下,损失了一百二十名战士,首战大获全胜。

扶苏大喜,指着下一个目标,对王离下令:"王离,你亲率一万铁骑,将这个营盘清除掉。注意,你这次出击,不同于景岳,匈奴人已经有所防备。等你冲到阵前,如匈奴人出营迎战,那营内必然空虚,先让三千人射出火箭,焚烧营盘,其他人对战匈奴骑兵。目的还是就地歼灭,记住切勿追赶逃兵。"王离道:"得令。"又对骑兵统领屠穆下令,"屠穆,你为王将军策应,率领你的骑兵营。任务是将匈奴人的支援部队和王离的攻击目标隔开,以防御为主,待王离撤退后,你再率众撤离。"又让景岳的首战骑兵全部退回大营,人不卸甲,马不离鞍,以备不测。

扶苏现阶段的战术思想很明确,就是定点清除,不断蚕食,等帝谷主动发起攻击时,再打阵地防御战。等王离率众出击后,扶苏又抽了三个混编营的车弩兵,陈列于大营前两百步,目的是射杀王离、屠穆撤退后的匈奴追击力量。

却说王离一路冲到距敌营五百步时,果然冲出来五千匈奴骑兵,主动迎了上来。两队人马瞬间交锋,展开激烈的厮杀。王离身后的三千骑兵绕开厮杀阵地,到达敌营百步开外,点着火箭——这些箭矢头部缠着棉麻,浸有羊油。射出后,漫天的火箭如火龙一般飞向匈奴营帐,等那边烧了起来,这些士兵将弓箭负在背后,又转身冲到队伍里厮杀。

王离自幼儿时期,即跟着爷爷王翦、父亲王贲学习兵法,年纪轻轻便被皇帝任命为长城军团的神将,军事才能自是青年一辈将领里的佼佼者。只是蒙恬第一阶段对匈奴用兵时,他还在陪着扶苏在咸阳城里胡闹。等他和扶苏到上郡后,在蒙恬手下,也只是辅助做些训练士兵的工作。上次作为策应,统兵一万驻扎在黄河北岸,结果扶苏遭遇帝谷伏击,护卫部队损失惨重,使长公子失踪半年，蒙恬自然对其很不满意。蒙恬曾跟着王翦伐楚，算是老将军的旧部，和王贲也很熟悉，到了王离这儿算是三世故交了。按正常情况看，长城军团以后迟早会交到王离手中。蒙恬也没和王离客气，日常对他要求比较严。

今天这是王离亲自指挥的首战，他心里明白，此战不但要赢，而且要赢得漂亮。冲锋时，他将自己的指挥位置前移到斥候骑之后的第一排。等两军一交锋，他手起刀落砍下四五颗匈奴人的脑袋，才又后退到中间指挥，观察着整个战局。匈奴骑兵的单兵作战能力一点不比秦军差，只是在战场指挥和战术运用上，和打群架差不多，指挥军官在整个战斗的过程中对士兵基本上是失去控制的。

两千年后，拿破仑说过一段名言："两个马木留克兵绝对能打赢三个法国兵，一百个马木留克兵与一百个法国兵势均力敌，三百个法国兵大都能战胜三百个马木留克兵，而一千个法国兵则总能打败一千五百个马木留克兵。"拿破仑的这段话比较形象地说明了单兵技能和团体作战的关系。

王离将指挥位置退到骑兵营的中心，命令部队结成一个外实内虚的方阵，中间留了五百人的机动兵力。刚开始交锋时，匈奴人集中在王离方阵的一面猛烈攻击，看起来好像是这一面两千多人对战五千人，但实际上真正在锋线上厮杀的士兵都差不多，匈奴人后面的骑兵只是在干吆喝，冲不到锋线上。

王离这个方阵还有个特点，就是四个边是沿着逆时针缓缓转动的，士兵对砍几个回合，就往前移动，等于四个边进行车轮战术。后来，匈奴骑兵散布到了四个方向冲击。这时，偶尔边上会大开门户，等匈奴一些勇猛的士兵冲了进来，门户马上就会闭合。王离身边预留的机动兵力，会围攻屠杀。双方厮杀了一个时辰，匈奴骑兵逐渐减少，草地上躺满了匈奴人的尸体。匈奴都尉吹了个口哨，率领不到一千人的残部，往北逃窜而去。王离看着匈奴人逃跑的背影，在马背上仰天哈哈大笑，骂道："匈奴胡狗，不过尔尔！"率领部队大胜而归。

扶苏站在秦军大营门口眺望着两军厮杀，见王离大获全胜，带军归来，大喜，出了营门，迎接王离。两人见面，扶苏将王离抱起来，在空中转了几个圈，笑道："天兵天将。"王离就想起几年前，两人痛打徐福的往事，也不禁哈哈大笑。两人携手走近营门。扶苏让屠穆率一个骑兵营和一个车弩营成防御队形列于大营之前，王离和景岳率领的参战人员休息，其余各营待命。

进入中军帐，王离道："从那年驿馆痛打徐福至今，还真没有这么痛快过，真想好好和你痛饮几杯。"扶苏笑道："自从西渡大河以来，一月有余，我也是滴酒未沾。真想和大家好好喝一顿，无奈身为西路统帅，身负朝廷重托，身系众将士的安危，不敢肆意妄为。等和帝谷老儿对决之后，我定与众兄弟痛饮。"王离道："长公子重任在肩，夜以继日，还能考虑到众兄弟，着实让人感动啊！"扶苏道："我刚才站在高台之上，瞭望战场，这场仗你打得真好。这个空心方阵让你给用活了，不愧是三世将门，了不起呀！"

王离笑了笑，说道："那是长公子带兵有方。以前打仗，士兵们争抢敌人的首级，现在，你让战场指挥官给大家评功评奖，指挥更顺畅了。士兵们士气爆棚，好多军官已经不在乎功名了，而是为了长公子身后那杆'扶苏'大旗的荣誉而战。"扶苏淡淡地一笑，说道："你先回营帐好好休息，晚上提高警惕，我判断今晚魃要过来。"又转头问鱼若道，"前几天安排民间收集犬的事情如何了？"鱼若道回道："收集了三百多只，都平均分配给每个营了。"扶苏点了点头，说道："传令下去，晚上加强警戒，如若听到犬吠，各营统领务必注意自身防护。"

匈奴大营，帝谷帐内。一个长相丑陋、身高不到五尺的侏儒和帝谷激烈地争辩着："国师，你这种战法，被扶苏小儿吃掉只是时间问题。他这叫作蚕食战法，贴着边哨，每打掉一个营盘，也不恋战，马上撤兵。为何还不将不死神兵派出？我准备今天直接袭击扶苏，成不成我都要先试试。"

半年前，魃、魅、魍、魉兄弟四人，在大宛王城被扶苏、大宛王和白猿长老杀掉三人，就剩下魃逃了出去。魃逃回天竺，疗伤月余，一心想着复仇。他兄弟四人在大宛国时，听图兰说过芊笋公主嫁给了东方的秦帝国长公子扶苏。魉就带着满腹的仇恨一路东行而来,翻过贺兰山后,遇见了帝谷。当魉得知帝谷在此练兵,就是为了对付扶苏和蒙恬的大军,两人一拍即合。扶苏判断得没错,之前火烧车弩营、暗杀秦军三营统领的都是魉。

本来魉是要直接刺杀扶苏的,那天在石关城楼,帝谷和扶苏隔空喊话。帝谷知道对面年轻人的内力,相较上次相遇又精进不少,以魉的功力根本杀不了扶苏,就给他定下了暗杀各营统领,在秦军之中制造恐怖气氛、打击士气的任务。等他的神秘军团练成之后,再和扶苏对决。眼下,魉觉得几场交锋,均是帝谷败北,就有些不耐烦了,冷冷地说道:"大国师,你们两国交战,谁胜谁负,我实在不感兴趣,我想要的只是扶苏的脑袋。"说完,转身离开了帝谷的大帐。帝谷看着他离开,冷哼了一声,心中暗道:"好吧!你这么迫切地找死,我就不拦着了。"

三更刚过,安静的秦军大营突然响起一片犬吠声。各营统领身披铠甲,手持佩剑,严阵以待。景岳傍晚时分找来绝圣山庄的几名兄弟,在他的营帐内酣饮了一番。诸人轮番敬酒,景岳首战大获全胜,心情大畅,来者不拒,一会儿工夫,喝得酩酊大醉。众人出去后,他就合衣躺在榻上呼呼睡去。这会儿,被一阵激烈的犬吠声吵醒,觉得小腹发胀,憋着一泡尿,就摇摇晃晃地出了大帐,站在门口撒尿。一群犬冲着他跑了过来,边跑边疯狂地叫着。景岳骂道:"你们这些畜生,爷爷撒个尿……"突然觉得胸口一凉,大叫一声,一头栽倒在地,气绝身亡。一摊血由身体下面洇出,越扩越大。

扶苏还没有睡,在处理完一天的军务后,挑灯读着云梦夫人的一封信。信中写道:"吾儿,近来可好?上封问安收悉。听你父皇说,蒙将军和你捷报频传,还说你现在沉稳了好多。你父皇提及你时,多次露出笑颜,娘亲也是深感欣慰。诗曼小丫头让你父皇在杜地建了一座小别院,起名叫黑白宫,说是跟一个姐姐学棋艺。今日,见你父皇计划巡游,又吵吵着想去上郡看你……"扶苏暗笑道:"她怕是想王离了吧?"

外边一阵阵的犬吠声传了过来,打断了扶苏的思绪。他知道魉过来了,披上斗篷,出了大帐,站在门口,轻轻地闭上了眼睛。突然感觉一个身高不到五尺的侏儒,以极快的速度奔向自己而来,后面跟着十几条犬。他抬起头仰望着星空，前方不到两步之遥，一阵心跳的声音和呼吸的气息清晰地传了过来。

魍先是静静地站在跟前观察了一会儿，见扶苏还是仰望着星空，就将手中的短刀提了起来，猛地将身子往前一蹿，持刀奔着扶苏的胸口直刺过来。刀尖离胸口还有半寸不到时，扶苏突然胸口一缩，脚底下往左一个滑步，将魍的攻击让了过去，还是仰着头，双手拂在背后，给魍一个背影。魍又静静地看了一会儿，一时判断不出来扶苏到底发现自己了没有。这时候，中军帐周围涌过来数百士兵，每人手举火把，围成一个圈，将大营照得如白昼一般。

魍蹑手蹑脚地过来，几乎贴上了扶苏的后背，正想举刀，扶苏抬腿往后面一个倒踢，正踢在他的裆部，这一脚力道奇大，魍的身体往后飞了七八步。一阵钻心的痛袭来，魍忍不住闷哼一声。扶苏嘴里"咦？"了一声，转过身来，左右看了看，问道："谁呀？"魍悄悄地爬了起来，想溜走。他在大营内转着圈快速地跑动，想找个包围士兵的空当处钻出去。每次刚想过去，扶苏都突然挡在他的前面，但扶苏并不动手，只是阻止他出去。魍就一次次掉头狂奔，扶苏却一直不紧不慢跟在他的身后。

各营的统领都赶了过来，大家只看到扶苏在跑步，不断变换着方向和速度，还时不时用脚往前面踢一下。魍的喘息声越来越大，众人慢慢地看见长公子的前面出现了一个淡淡的影子，渐渐地变得清晰起来。魍明白了，扶苏之所以不杀自己，而是慢慢地消耗自己的内力，目的只是让他显出形来。他们这种隐术，本是靠着内力来隐身，等内力消耗过大，自然会显出身影。周围的士兵这时一阵阵惊呼，"我看见了""我也看见了"……

魍干脆不再逃跑了，转过身子，一刀砍了过来。扶苏不躲不退，反而一个进步，抓住他的手腕，猛地一翻，咔嚓一声，硬生生地将魍的右小臂折断。又伸出食指，在他的大椎穴上一戳，魍扑通一声，摊在地上动弹不得。几个统领围了上来，扶苏指着魍道："大家看到了吧，哪有什么鬼祟？就是这个侏儒杀了我们几个兄弟，先绑起来，明日午时，用他的脑袋祭旗。"人群里顿时一阵欢呼。

次日，扶苏主持将景岳的尸首入殓，将棺椁和之前的三名统领的棺椁一起，安置在后军之中。午时三刻，各营官兵整齐列队，在一阵追魂鼓响起后，扶苏在军旗之下，亲手砍掉了魍的脑袋。多日来，笼罩在秦军心头的恐怖阴霾烟消云散。扶苏传令，屠穆接替景岳为西渡军先锋官，率领一万铁骑，主动发起攻击，其他各营前移，成攻击队形待命。

屠穆是一名羌族军官，以前在扶苏降伏乌狮时，露过一次脸。屠穆一边奔袭着，一边思考着两军交锋时的战术。扶苏给他的任务是抢占一块高地，那高地阔约两千步、高百十步，南面是较陡的土坡，上面驻扎了匈奴一个营。之前，景岳和王离攻击的匈奴营盘是在此高地南面的两个孤零零的前沿。屠穆就想着到时候分三路攻击，在途中就将部队安顿停当。离高地还有三百步时，部队分成了三股，分左、中、右继续冲锋。又过了一百来步，高地左右两边箭如雨下，中间却只有零星的冷箭，三股兵力又慢慢地合到了中间。

屠穆刚觉得有些不对劲，匈奴人好像有意要将左右两边的秦军赶到中间，刚想勒住马，前面的部队出现了一片混乱，士兵纷纷从马背上跌落了下来。屠穆正想传令，胯下的马突然发出一阵惊恐的嘶鸣，接着就感到自己的脚好像接触到了地面。他低头一看，倒吸了一口凉气，原来底下是一片沼泽，他坐骑的四只马蹄已深深地陷了下去，快没到大腿了。

前面的战马陷得更深，屠穆让传令兵举旗，阻止后面的士兵继续冲锋，大声吼道："前面的部队弃马，做好步战准备。给中军发求救信号！"旁边的士兵往天空射了一箭，箭的尾部拖着一条长长的红色飘带。屠穆就看见高地前沿，一排排弓箭手露出了头。屠穆又吼道："盾牌！"士兵们刚准备由身后摘下盾牌抵挡，一阵箭雨射了过来，瞬间，屠穆阵营内人的惨叫声、马的哀鸣声此起彼伏。

却说扶苏和王离站在高台之上，眺望着屠穆的冲锋。见部队都冲过高地的一半距离了，扶苏一拍大腿，喝道："这个屠穆，怎么不放出斥候骑？"接着就看见分成三股的部队冲了几百步，又合到了一起，就立马对王离说道，"不对，匈奴人故意把他们往中间赶，必定有诈，你和侯莫春速去增援。"还没等王离走下瞭望台，屠穆的求救箭已经射了出来。王离和侯莫春各率领一个骑兵营，分两路杀了过去。

两营人马冲到跟前时，屠穆营的士兵已损伤过半，后面几排的士兵还没有到达沼泽地带，前面箭如雨下，又没有人指挥，一时乱成了一锅粥，屠穆眼看着困在沼泽地里的兄弟任人屠宰。王离到达后，喝道："成弓箭队形，对射！"秦军这才开始了反击，满天的箭雨飞向匈奴阵地，慢慢地高地上的箭越来越稀少了。王离就让士兵将盾牌扔到了沼泽地里，让没有阵亡的将士踩着盾牌上岸，有一些下马的士兵已经淹没到了腰部，士兵们将马的缰绳卸了下来，开始了自救。

屠穆身中三箭，看着兄弟们伤亡惨重，叹了一口气，暗道："都怪我大意呀，冲锋时连斥候骑都不放，连匈奴人的面都没有见，部队就损失得如此惨重，还有什么脸面再见长公子？"抽出佩剑，仰天长啸一声。王离在边上喊道："屠穆，想开点，胜败乃兵家常事！"屠穆摇了摇头，剑刃在脖子上一划，一股鲜血喷了出去，脑袋顿时耷拉了下来。王离长叹了一口气，让侯莫春组织营救沼泽里的士兵，他带着一营士兵慢步沿着沼泽的边上探了探路，正准备由边上冲上高地，却见高地边沿上一堆堆的滚木雷石，就掉转马头又撤了回去。

侯莫春将屠穆的尸体救了出来，和王离掩护着屠穆的残部，回到秦军大营。这一战，秦军损失惨重，阵亡士兵三千，折损马匹五千，是扶苏西渡出征以来，伤亡最惨重的一次战斗。扶苏带着各营统领以上军官为屠穆进行了公祭。

扶苏拜道："屠穆兄虽为外族，然自加入秦军以来，参加伐齐之战，数次冲锋陷阵，忠勇可嘉，深得蒙恬大将军青睐，在我军骑兵训练中立下汗马功劳。我大军西渡以来，君屡次请战，忠心天地可鉴。今日出征，功未成而身先死，实乃我军哀痛。君冲锋时，确有失误，对败局负有指挥不当之罪名，然依秦律，削去功名，降为马贲，还可继续为我大秦驰骋疆场，斩杀匈奴。未想君竟因愧疚，自戕于阵前。痛哉，我大秦！痛哉，我西渡秦军将士！扶苏涕零再拜！"说着在灵前洒了三杯酒，随后将尸首入殓，有棺无椁，置于后军之中。

夜晚，扶苏安排数名秦军中功夫较好的斥候对匈奴的各营盘周围再进行地形侦察，几天后，斥候回来，汇成了一张详细的匈奴布防图。匈奴人剩下的六个营盘分散在数里之间，沼泽遍布，有弯弯曲曲的道路相连，易守难攻。扶苏把各统领召集过来，在那张布防图跟前召开了作战会议。

大家一致认为帝谷的布防还是很有水平的。秦军的优势在于远程车弩攻击和骑兵的阵法。车弩营攻击时是呈横队排列，帝谷这个布防让车弩营根本无法展开，同时骑兵的阵法也无法施展，而匈奴人却可以在各自的营盘上以逸待劳，占尽先机。王离提出来一个方案，两个字——围困。此地西边是巍巍贺兰山，东边是滔滔大河。秦军大营和匈奴大营南北对峙。王离的作战方案是由他带领四个营，绕到匈奴大营的北边，截断匈奴人的后勤补给线，顺便连他们北撤的通道也封死。到时候，不需要主动攻击，匈奴人也会被困死。他们要打，秦军就南北夹击，只要匈奴人离开现在的营盘驻地，就不足为虑了。侯莫春、钟龁、蔺之远等人都点头称赞。

扶苏看了看鱼若道，见他眉头紧锁，还在思考着，就问道："鱼若道，你怎么看呢？"鱼若道说："假如按王将军所言，到时候，我怎么把我方的补给穿过匈奴人的防区送给你们？"王离道："鱼若道多虑啦，我们过去时，携带一个月的补给足够。"鱼若道笑道："王将军携带一个月的补给，焉知帝谷军中补给不够一个月？而且，匈奴人随军就有大量的牛羊，你们的补给肯定耗不过他们。"扶苏点了点头，说道："此计不妥！刚才鱼若道所言只是其一，还有一点，我们将兵力分开，虽说呈南北夹击之势，但战场兵势瞬息万变，你怎么知道匈奴人没有援军？到时候谁夹击谁可不好说啊！"

王离沉思了片刻，说道："也对，这个环节我倒没有想过。"侯莫春道："长公子，我有一个办法叫撵羊。"扶苏问道："撵羊？什么意思？"侯莫春笑道："末将小时候放羊，有时候羊在圈里面不出来，和我在羊圈里面来回周旋，每当这个时候，我们兄弟三人就将圈门打开，先走到最里边，三人平摊开，往外面赶。"众人都笑了起来。扶苏笑道："这倒是个好办法。"他指着布防图说道，"只是这些大大小小的沼泽，我军如何穿越它们而攻击呢？"侯莫春一字一顿，说了四个字："伐、木、解、板。"扶苏眼珠一转，一拍大腿，哈哈大笑："好主意！"

接下来的几天，秦军士兵在贺兰山脚下，砍伐了大量的树木，将其解成一张张一寸左右厚的木板，装在战车上，在两个弓箭营的掩护下，推进到沼泽地，将正面攻击路线上的沼泽用木板覆盖了起来，一些边路的沼泽都做了标记。侯莫春带着一千骑兵在木板上兜了一圈，又回到秦军大营，冲着扶苏握了一下拳头。扶苏点了点头，心中暗暗说道："帝谷老儿，对决的时候到了！"

却说匈奴人看着秦军的举动，报告给帝谷，帝谷就知道扶苏准备全面进攻了。他站在那片高地上，远眺着秦军大营，对身边的副将甲蓬说道："做好准备，决战即将来临！"甲蓬用右手按在胸口，说道："遵命！"

这边扶苏准备大战，按下不表。却说大宛国可可因带着两百人的随嫁队伍，一路往东而来。经过一个月的长途跋涉，一行人抵达大秦境内。在陇西郡边关，关令见可可因一行是护送芊笋公主的随嫁队伍，自然热情接待。席间，可可因询问由陇西至上郡的路径，关令就安排了两名公差给他们当向导，又说道："长公子不在上郡，他带兵在贺兰山和匈奴人打仗，你们怕是要在上郡等候一段时间啦！"可可因道："哦！那就只能等着了。"

一旁的芊笋公主听到这个消息后，心里非常不开心。突然，她灵机一动，微微一笑。宴席散时，芊笋沙哑着嗓子对可可因说道："相国，芊笋一路奔波，感染风寒，嗓子疼得厉害，接下来的时间，没什么重要的事情，就不要跟我说了。还有，这大秦国是礼仪大邦，我一个待嫁的公主，整日抛头露面实在不妥，从明天起，我要遮上面纱，饮食起居皆由我的贴身婢女安排，这种接待宴请就不要再让我参加了。"说着，又咳嗽了两下。可可因只道芊笋公主听到扶苏不在上郡，心中不悦，使小孩子脾气，就笑道："公主所言极是，可可因遵命。"

## 拾柒

# 决斗

回到驿馆休息后,芊笋将乐因、乐果、善因、善果叫到跟前,小声说道:"眼下长公子不在上郡,在贺兰山和匈奴人打仗,他这个人根本不会照顾自己,总是受伤,所以我要去找他。"乐因问道:"那相国大人会同意吗?"芊笋道:"他当然不会同意啦!"乐因问道:"那咋办呢?"芊笋压低了声音说:"跑!"她们四人嘴张得老大,惊呼道:"啊!"芊笋继续小声道:"这样,乐果和我身材最像,就由你来扮我;乐因打掩护,能瞒多久瞒多久;善因和善果随我一起去贺兰山,你俩先去准备,三更以后动身。"善因和善果就冲着乐因、乐果做了个鬼脸,欢天喜地地去准备了。

乐果和芊笋打小一起长大,对她的形态举止自是模仿得极像,加上两人身材又相似,遮上面纱到达上郡后,可可因也没有发现这个秘密。三更刚过,主仆三人,一身夜行打扮,跨上三匹汗血宝马,又备了两匹马驮运行李。三人悄悄地潜出了驿馆,一路往北疾驰而去。

天大亮时,三人已出了陇西郡,一路打听扶苏大军的消息。这一日,路过一条小河,善因下马,往水囊里面灌水,听见一块巨大的石头后面有两个人对话,一男一女。男人的声音道:"这位师父可真是奇怪,钓鱼不下饵,鱼儿怎能上钩?"女人的声音道:"这么说来,钓到鱼的是鱼饵而非鱼钩。"男人哈哈一笑,说道:"渔者六物,鱼竿、鱼线、鱼漂、鱼坠、鱼钩、鱼饵,此六物,缺少一样都钓不上鱼来。当然,六物具备,也有钓不上鱼的时候,那就是天意了。"女人的声音道:"你这么说,是站在渔者的角度来看问题，换个角度，你站在鱼的角度来看，本来自由自在地游于溪流之间，却因一念所动，贪恋饵食，落入釜鼎之间，沦为人们的食物……"善因闻言大喜，这不是师父的声音吗？

这边芊笋在马背上，见善因给几只水囊都灌满了水，却不见回来，而是俯身在边上的巨石旁，就喊道："善因，你干吗呢？我们还要赶路。"善因就笑着冲芊笋摆摆手。巨石那头，一个声音问道："是芊笋小丫头吗？"芊笋听出是天山牟尼的声音，开心地叫道："师父，果真是你吗？"飞身下马，奔那巨石而去。天山牟尼也由水边站了起来。

芊笋幼年丧母，自拜天山牟尼为师以来，两人名为师徒，实则情同母女。芊笋自上次和天山牟尼在月氏国一别，已近一年，就扑到天山牟尼怀中，呜呜地哭了起来。天山牟尼抚摸着芊笋的秀发，疼爱地问道："芊儿，芊儿，你都还好吧？"芊笋在师父的怀中点了点头，半天，她直起身子，笑道："师父，芊笋太想你啦！"接着就把去年分别后，怎么上的彼岸峰，见到了菩提翁和龙檀子师叔，白猿长老怎么和他们去的大宛国，和扶苏一起救出父王的经历，简略地给天山牟尼说了一遍。天山牟尼点了点头说："看来这个长公子还真没让我们芊儿失望。"

芊笋给天山牟尼讲述时，但凡说到扶苏时，都用一个"他"字来代替。边上盘坐着一位渔夫，此人六十岁左右，头戴一个大斗笠，一直静静地盯着河面。当他听到天山牟尼说道"长公子"时，就转头问道："师尊刚才所说的'长公子'可是大秦的长公子扶苏？"芊笋点了点头，笑道："是啊！莫非老伯也认识此人？"

那渔夫呵呵一笑，说："老夫是山野村夫，长公子是宗室贵胄，我如何认识他？只不过这长公子确是一位贤者，在大秦朝野中广有贤名，以前我只是听说而已。前段时间我在北边垂钓，见长公子率征西大军渡河而过，'扶苏'大纛旁边还有许多旗帜，其中一个写道'王师贵民'。老夫乱世之中活了大半辈子，行军队伍见过不少，也听过各种口号，不残害暴虐就不错了，还从未见过'贵民'的口号。后来见长公子行军，遇有农田，皆绕道小径而行，还真是秋毫无犯。后来又听说，长公子在民间征集犬，每只五枚钱，而且是自由交易，民不同意者，绝不强征。你说这不是真正的贤者吗？"

芊笋就骄傲地抬头看着天山牟尼，善因、善果在一边捂着嘴巴偷偷地笑着。天山牟尼笑道："看把你得意的。"芊笋笑道："师父，你和我们一起去找扶苏哥哥，我们再也不分开了，好不好？"天山牟尼笑道："你说的'我们'是指你和长公子，还是和为师呀？"芊笋笑道："都是，都是。"就在她们要离开时，那位渔翁将鱼竿一挑，呵呵笑道："一条大鲤鱼。"

芊笋转头一看，鱼线下端一条一尺余长的大鲤鱼，拼命地甩着尾巴。那渔翁将鲤鱼甩到岸上，摘下钩来，在鲤鱼的腮下串了一根芦苇，拎着它走到芊笋跟前说道："老夫刚才听明白啦，这位小女子是长公子的意中人。前面就是石关，穿过石关，几天就到北渡口，你的意中人就在那儿打仗。这条鱼是送给他的，表达对长公子的敬意。"

芊笋就让善果收了渔翁的大鲤鱼，点点头，双手合十，说道："谢谢老伯，你叫什么名字？"那人已收起渔具，哈哈一笑说："大秦黔首。"芊笋望着渔翁走得远了，就对善果说道："等见到长公子，这鲤鱼怕是都要臭了，你把它腮中的芦苇抽出来，还是放回到水中去吧！"天山牟尼欣慰地点了点头，双手合十，说道："芊儿天性慈悲，自具佛性。善哉，善哉！"

一行人往北边而去，约半天时间，到了石关脚下。却说自秦军攻下石关以来，扶苏率大军继续北上，留下一名少庶长，统兵一万驻扎石关。经过一段时间的管理，这石关原本是匈奴人控制的一座兵站，现已变成一座小城，迁入大量边民，里面有酒肆旅馆、农贸市场等场所。城门大开，人们可以自由出入，只是城头有百十名士兵驻守。

一行四人进到关内，见天色已晚，就找了个旅馆，住了下来。第二天一早，四人洗漱一番，用了早餐，出了石关北门，继续北上。经过两天的疾驰，见前面军营连成一片，部署森严。中军有一个大帐，前面竖一杆大旗，上书"扶苏"二字。芊笋就指着那大帐，对天山牟尼说道："师父，我们终于找到他啦！"天山牟尼暗忖道："他俩感情笃厚，青年情侣见面，自是要亲昵一番，我跟着一起，多有不便。"就笑道："芊儿，我们三人在此等候，你先去给他个惊喜。"

芊笋心中也有一些小心思，天山牟尼此语正中下怀，芊笋小脸一红，笑道："那师父你们就先在此等候，顺便看看风景，我去给您安排食宿，再让他亲自迎接师父。"天山牟尼笑了笑，挥挥手道："去吧！"

芊笋策马前行，到营门跟前，营门士兵拦住了芊笋盘问，芊笋道："我是大宛公主，找扶苏！"一挥马鞭，飞驰进了大营。营门卫兵甲对卫兵乙说道："这今天什么日子？大营里竟然来了两位公主。"芊笋到了中军帐前，将马拴在一边，蹑手蹑脚地挑开门帘，却未看见自己朝思暮想的人，而是看到一个窈窕的姑娘坐在案前，背对着自己，左手托着香腮，右手在把玩着一块玉佩。芊笋心中一紧，想着不会是进错营帐了吧？左右环视了一遍帐内，就看见案头那把扶摇剑。

芊笋心头一阵失落，咳嗽一声，那姑娘回过头来，上下打量了一下芊笋，问道："你干吗的？"芊笋冷冷地看着她，没有回答，而是反问道："你是李酉吧？"那姑娘偏着脑袋看着芊笋，顽皮地笑了笑，说："你知道的还不少呀！"芊笋往前走了几步，呼吸越来越急促。她清清楚楚地看到那姑娘手中把玩的就是她在彼岸峰送给扶苏的那块玉佩。芊笋咬了咬牙，喝道："扶苏，你这个混蛋。"伸手要夺那块玉佩。那姑娘将玉佩攥在手中，放在胸前，抬头喝道："你想干吗？"芊笋上前欲掰开她的掌心，那姑娘却将右手藏在背后，绕着条案躲着芊笋跑，嘴里喊道："侍卫，快来！把这个疯子拖走！"这时从帐外窜进来一只小黑狗。那姑娘叫道："小黑，咬这个病婆子！"那小黑狗就冲着芊笋"汪汪"地叫了几声，并追着她跑。芊笋抬腿踢了它一脚，那狗就张嘴叼住她的裙角，哧的一声，裙子下摆顿时裂开一个口子。那姑娘拍手叫道："太好了！小黑，再咬她。"

芊笋心里委屈到了极点，眼泪顿时涌了出来。芊笋吼道："那是我的玉佩，还给我！"伸手欲夺，那姑娘绕着条案跑，脚下却被案脚绊了一下，扑通一声趴在条案上。姑娘哭喊道："混蛋，你竟敢打我！侍卫、侍卫，都死了吗？"接着就呜呜地哭了起来。

芊笋又伸手抢那玉佩，那姑娘一看案头的扶摇剑，就伸手将剑由鞘中抽了出来。扶摇剑重达六十斤，本来放在案几上，未出鞘时，姑娘不觉得重，等剑身一离开案几，往下一坠，姑娘"哎呀"一声，跟着剑跌坐在地上。她将手中的玉佩狠狠地摔在地上，哭道："什么破玩意儿，谁稀罕？"芊笋俯下身子，将玉佩捡了起来，哽咽着说道："你们大秦国富甲天下，自然什么都不稀罕，你给那负心人带句话，我恨他！"转身出了大帐，跨上马背，飞奔出了秦军大营。

"怪不得这么久了也没有只言片语的消息，原来是和李酉旧情复燃了，那李酉由咸阳城追到北疆战场，看来两人早就双栖双飞了……"想到此处，芊笋仰起头来，想把泪水收进眼眶内，可心里却觉得越来越委屈，泪珠如涌泉般，根本不受自己控制。本来进军营之前，芊笋心里就一直幻想着如何沉浸在他的甜言蜜语中、融化在他的怀抱里，他曾答应自己，不把说给自己开心的话再说给别的女子听，呸！怕是每天都要说上好多遍吧？一想到他俩在一起卿卿我我，她脑袋里乱极了，不知道自己该往哪里去。师父和善因、善果她们仨人就在秦军大营后面，转身瞬间即可见到她们，但此刻还不想见她们，就信马由缰地往东边奔去。

那姑娘坐在地上哭了一会儿，就将案几推倒，又看了看帐内的摆设，见边上还有个书架，上面放了数卷竹简，又将那书架推倒，气呼呼地出了帐门，见附近没有人，就冲着远处的营门士兵，喊道："你们过来！"那士兵就跑了过来，问道："公主有何吩咐？"姑娘就喝道："刚才那疯婆子是谁放进来的？"士兵道："她说是找长公子的，说是什么大宛国的公主……"姑娘心中想道：大宛国的公主，莫非是芊笋？就指着士兵喝道："以后不准再放她进来了，听见没？"士兵答道："诺！"

下午时候，扶苏回到大营，一进营帐，见一片狼藉，诗曼靠在椅子上睡着了。扶苏就喊了一声："诗曼。"诗曼睁开眼睛，看着扶苏，委屈地说道："哥哥，你怎么才回来呀！上午有个疯子打我了。"扶苏吃了一惊，说道："不会吧？还有人敢打你？"诗曼就指着自己的脸，说道："你看这儿，现在还疼呢！"扶苏凑到她的脸跟前，左右看了看，笑道："好好的呀！"诗曼仰起头，喝道："我可是你亲妹妹，我被人欺负了，你还笑？"扶苏笑道："我怎么觉得都是你在欺负别人，谁敢欺负你呢？"

诗曼跺着双脚，喝道："你怎么就不相信我呢？我好好地坐着，有个疯子进来就抢我手中的玉佩，还把我推倒了……"扶苏问道："那玉佩呢？"诗曼道："被她抢跑了。"扶苏"啊"了一声，问道："是个什么样子的人？"诗曼道："是个疯婆子。"扶苏转身出了大帐，把营门口的士兵喊了过来，问今天都来过什么人，士兵说有个大宛国的公主找他，后来又哭着出了营门。

扶苏又进了大帐，沉下脸，问道："小丫头，你老实回答，到底咋回事？"诗曼眼睛瞪得溜圆，吼道："扶苏，我看是北风把你的脑袋吹坏了吧？对我这么凶干吗？"扶苏深吸了一口气，说道："你知道她是谁吗？"诗曼吼道："我管她是谁呢，是个不可理喻的疯子。"扶苏喝道："不准这么说她！她是你嫂子，芊笋。你跟她说什么啦？"诗曼道："就算她是芊笋也不能这么蛮横呀，进门什么都不说就抢人家的东西。我看这以后娶了她，可有你受的。"扶苏狠狠地瞪了她一眼，不再说话。

诗曼道："你这么凶巴巴的干吗？人家跑这么远来看你……"扶苏道："你是来看我的吗？去、去、去，你去找王离吧，别在这儿烦我。"说着，将案几上的扶摇剑拿了起来，出了大帐，跨上乌狮。在门口，他问卫兵，芊笋公主骑的什么马，卫兵说是一匹枣红色的高大西域良马。扶苏点了点头，打马往北边疾驰而去，留下诗曼在大帐门口，边哭边大声骂着："臭扶苏，大笨猪，吃鱼被鱼刺卡住嗓子，晚上走路掉进粪坑……"

扶苏策马往北疾驰，转眼间就到了匈奴的营地。匈奴人的营盘分散在方圆数里，他放慢了马速，在各营盘的间隙穿行。有好几次，匈奴营盘门口的士兵盯着他看，有的甚至把弓箭都举了起来，扶苏就冲着他们挥了挥手，匈奴士兵还以为是自己人，他们就把弓箭放下了。

匈奴士兵绝想不到，秦军将士敢单枪匹马地闯进他们的营地，他们更想不到，这个人会是西渡军的主帅扶苏。扶苏又往前走了数十里，满眼是荒凉的大漠，哪有个人影啊？扶苏长啸一声，对着大漠喊道："芊笋——你在哪儿？你误会啦，她是我妹妹——诗曼。"声音借助内力传出数十里地。声音一落，四周又恢复了寂静。扶苏见天色已晚，也不知道往哪里找寻，心里又气又急。这段时间,战事一紧,每天处理军务到半夜,经常累得和衣而睡。他有时想,梦里能和芊笋见个面该多好,可偏偏就怪了,这段时间他梦见过徐福、闻伯、长安君成蟜,甚至梦到过白猿长老、冷姑,却一次也没梦见过朝思暮想的芊笋。

今天得知芊笋一路奔波到北渡口,和自己近在咫尺,却又擦肩而过。他刚才一路上思索着,她为什么来见自己却哭着离开?她肯定是把诗曼当成了别的女子。对了、对了,诗曼小丫头上午看见那块玉佩,要拿着玩耍,他还给她说仔细点,别磕着碰着了,那是你嫂子送给我的定情物。芊笋进门看见诗曼手里拿着玉佩,想着我把此物送给了别的女子,那她当时该多伤心呀!哎,你这个傻丫头,就不能当面骂我吗?一阵冷风吹来,扶苏感到一丝的凉意,他又想这秋天的草原,晚上气温骤降,芊笋出来时,不知身上穿的什么衣服,冷不冷呀?就长叹了一口气,掉转马头,穿过匈奴营地,郁郁寡欢地返回了秦军大营。


却说范喜良和孟姜女新婚宴尔,卿卿我我地度过了蜜月。欢乐的时光总是稍纵即逝。这一天,同官县衙里来了通知,范喜良和另外一个叫孟夫的小伙子,即刻上路,赶赴上郡。孟姜女给家里那头驴的背上搭了两个口袋,一个里面装得满满的椒叶锅盔,另一个装的是给范喜良准备的四季衣裳。她和婆婆依依不舍地将范喜良送到村口,又站在原地看着他的身影慢慢消失在道路的尽头。

范喜良和孟夫日夜兼程,风餐露宿。这一日,两人赶到了上郡。一看日子,比期限还早了五天。范喜良闷闷不乐,喃喃道:"早知道这样,在家再待上几天多好!白白地浪费了五天时间。"孟夫笑道:"喜良大哥,你是又想你娘子的身体啦?"范喜良喝道:"非礼勿言!孟夫不得如此无礼。"孟夫嘿嘿地笑了起来,说道:"你们这些读书人,就是奇怪。这算什么无礼?这田间地头,村头巷尾,男人之间聊的不都是这些话题吗?那天,在你们村口见到嫂夫人,她长得可的确让外出的男人不放心呀。"范喜良道:"孟夫,你这厮找打。"孟夫笑道:"好啦,好啦,不说你娘子了。我说我家娘子,行不行?"范喜良回道:"那你随便。"孟夫道:"我家娘子是个粗野丫头,虽说长得没有嫂夫人好看,但那股野劲儿,嘿……反正每天晚上比什么都开心。"孟夫说着说着,表情由兴奋慢慢地转为低落,低声说道:"那天清晨,她在我胸脯上咬了许多口,也哭了……"

范喜良就想起孟姜女那天晚上的眼泪,不禁转头往南面眺望了许久。听见孟夫又说道:"这男女之乐,就像饮食一般,没完没了。你吃得再饱,过段时间,还不是得饿?喜良哥,兄弟是劝你呢,你现在想着当时如果在家多待几天,无非就是和嫂子多睡几个晚上的事。可万一路上有个什么意外,我们失期了,是会掉脑袋的。出门时,我爹就给我说,他活了一辈子,有大半辈子是在服兵役、徭役。现在回想起来,也是一眨眼的事。什么事,往前看。活着比什么都重要,没事给自己找点事干,千万别想家,越想越难过,越想日子过得越慢。喜良哥,你觉得我爹说得有没有道理?"

范喜良默不作声,他觉得这些话确实有些道理,但又无法将心头的人影移开,就长叹了一口气,默默地看着天空的月亮。

此时,蒙恬的三十万铁骑已渡过黄河,阴山之南、黄河之北领域的一大部分已控制在秦人的手中。蒙恬要修的长城是位于阴山下的北长城。此段长城沿阴山西端的狼山,向东至大青山北麓。

范喜良和孟夫在上郡集中后,又和全国征集的徭夫八万人,一起渡过黄河,在大青山脚下修筑长城。徭夫每三百人分成一队,由一名监工带领。监工是领朝廷俸禄的,但他一个人管不了三百人的队伍,他得在队伍里面选几名民夫协助他管理。范喜良所在的工队监工,选了两名民夫,一名叫黑冢,另一名就是范喜良。黑冢服过兵役,又多次服过徭役,会些拳脚功夫,无家无舍,光棍一个;对上溜须拍马,对民夫心狠手辣。选范喜良,是因为他读过书,每天可以记劳作量、写写文书什么的。

刚开始,黑冢和范喜良倒也相安无事,黑冢负责给每个人安排工作和维持劳动纪律,范喜良只是按监工的要求给每个人记劳作量。这一天,孟夫过来给范喜良说:"喜良哥,咱俩一起从同官县过来,也算是乡党呢,你好歹也给我安排个轻点的活嘛!这每天背石头,累得实在招架不住呀。你看看我这肩，我这背……"说着，把衣领扒开。范喜良一看，见孟夫肩上和后背满是水泡，还有几道血淋淋的鞭印，就问孟夫咋回事，孟夫咬着牙道："还不是那黑冢打的！我背着石块，他还嫌我跑得慢。"范喜良就让孟夫趴下，给他敷点药，说道："兄弟，这工种虽说是由黑冢安排的，但他每天都上报给监工大人，都是经过监工大人批准的。"

孟夫苦笑道："我的喜良哥哥呀，他上报监工那就是个程序而已。监工大人每天哪有那么多时间记这些？还不就点点头。他关心的只是工程的进度，至于每个人干什么、干多少，他才不关心呢。"范喜良沉思了一会儿，就说道："那我给黑冢说一下，试试吧！"孟夫道："你说他肯定听。他干的那些事，也需要你的默许。"范喜良道："什么？他干什么还需要我的默许？"孟夫压低声音道："喜良哥哥，你真不知道呀？黑冢每个月收的黑钱可能比监工大人的俸禄还要多。"

范喜良不解地问道："他不过也是一个徭夫而已，能收什么黑钱？"孟夫道："出门时，我爹给我说，在外面服徭役，监工并不可怕，可怕的是像黑冢这样的工头。我们刚到工地，黑冢就打听每个人的家境。对那些家里殷实的，他先是给安排到一些轻松的岗位。这些人如果上道，自然明白怎么做。如果是不上道的人，他就会把他们调到最苦的岗位，比如背石头。前天，背石头的还有一百人，今天成了八十人。那少的二十人，倒未必全部找他了，他此举只是给那些不找他的人点颜色看看。喜良哥，你想想，一百人的活，现在变成了八十人干，这不是苦上加苦吗？"

范喜良道："难道监工大人就这么由着黑冢胡闹吗？"孟夫道："那倒未必，话由人说呢！他可以给监工说，夯土、搭架人手紧，为了工期，他调整各工种，这也说得过去呀。再说了，没人敢去揭发他。朝廷给每人每月还有五个钱的补贴，黑冢却给监工说，给钱没问题，但要完成劳动任务才能领取，完不成的要相应地扣除。"范喜良道："这个也说得过去，他把扣的钱又奖励给干活多的人了，又没塞进他的腰包。"

孟夫道："他狡猾就狡猾在这儿了，他要是这么干，那万一谁告发，账上不是一查一个准？每人五个钱，三百人不就是一千五？他就是要把清清楚楚的事情搅浑。每个人发的不一样，谁发多少，面上是看劳动，其实还不都是他说了算？多领三两个钱的人，知道去感谢他；扣钱的人也会去找他，乞求以后别再扣，这不就把明钱变成了暗钱……"孟夫抬头看见黑冢由远处走了过来，就低下头，不再说话。范喜良算是听明白了，不断地点着头。

　　黑冢看着孟夫背上的鞭痕，又看了看范喜良，笑道："喜良兄弟，这孟夫是你什么人？"范喜良暗想：孟夫劳动之余老是和我在一起，你会不知道？面上不动声色地笑道："同乡之人，我俩同程来的，算是乡党吧！"黑冢嘿嘿一笑说："哎呀，我说喜良兄弟呀，你这就没拿我当朋友嘛！你开一下尊口，我还能薄你的面子？这样吧，孟夫明天去搭架子，不用运石料啦！"范喜良深鞠一躬，说道："如此甚好，喜良谢过黑冢哥哥。"黑冢哈哈一笑，说道："黑冢随蒙恬大将军打过仗，曾用身体给大将军挡过箭，大将军要提拔我做个副统领，我拒绝啦，不想再受这军纪约束。我就是这么个人，不怕死，但对朋友讲义气。喜良兄弟，我敬重你。"

　　等他走后，孟夫撇了撇嘴，说道："你可别听他吹牛，上次他还说替蒙将军挡过刀，他俩还八拜之交呢。这徭夫里面有了解他底细的，他以前就是个大头兵。"范喜良淡淡地说道："我对这些可不感兴趣，只想早点修完这长城，平平安安地回家给我娘子继续讲读《诗经》。"孟夫低着头，半天才说道："喜良哥，你替我给我娘子写封信吧，爹让我别想家，我怎么忍得住呢！"范喜良拿起笔道："你说，我替你写。"孟夫道："我在这边都好，干活也不重，每天两顿饭，味道不可口，但能吃饱，不要挂念。芹，我想你和爹娘……"

　　范喜良将孟夫的家书缄封好，又提笔给孟姜女写了一封信："孟姜吾妻，上封来信收悉，知娘疾已痊愈，心情大慰。我在北地一切安好，每天就是写写文书，记记劳作量，身体不苦也不累。你上次寄的棉坎肩我穿着不肥不瘦，合体舒适。只是以后不用这么辛苦，此地也迁居了大量边民，有个小小的集市，衣物可以购置。来时，你说穷家富路，给我带的盘缠太多了，现在还有两百钱。这边每月朝廷还发补贴，用不了这些钱，一并寄回。你不要太辛苦了，布庄就让支伯去经营，你不用操这些心。遥想故乡，此时秋叶金黄，妩媚如你。北地的风光可不像关中，山上的树叶不是变黄，而是变成褐红，远远望去，也是另一种风景。拾几片红叶，寄给你，你也给娘看看。你问我能否感到你朝朝暮暮的思念，心之所至，天涯咫尺。我感觉得到。"又在信的结尾写了一首《诗经·小雅·杕杜》。

> 有杕之杜，有睆其实。
> 王事靡盬，继嗣我日。
> 日月阳止，女心伤止，
> 征夫遑止。
> ……

孟姜女送走范喜良后，整日在家里侍奉婆婆，操持家务。范家在集市上有一个布庄，范父还在世时，雇了一个伙计帮着他经营，此人叫支伯。这些年支伯兢兢业业，替范喜良操持着布庄。这一天，支伯来家里找到范母，说家里父亲病故，要回家料理丧事。范母让孟姜女给支伯包了两百枚钱，说道："你为范家操劳半辈子了，喜良要是在家，按说应该亲自前往吊唁。现在喜良不在，就剩我和儿媳，多有不便，请你谅解。这是两百钱，你收下，表个心意。"支伯深施一礼，道了声谢，就将账本交给了范母。

看着支伯离开，范母对孟姜女说道："媳妇，支伯走后，咱家的布庄还得经营着呀，我这身子也痊愈了，从明天起，我到集市上去，你就在家里操持家务。"孟姜女笑道："婆婆，怎能让你去操劳呢？你现在的任务就是颐养天年，把自己的身体养好，等着喜良哥哥回来，安享天伦之乐。生计的事，还是交给我们晚辈来做吧。"范母听见这些话，就问道："也不知道喜良在那边咋样，最近来信了吗？"孟姜女道："昨天我不是给你看了他寄回来的红叶吗？他说一切都好，他没干重活，在工地写文书、记劳作量呢。"范母看着儿媳，咧嘴笑了。

集市位于同官县通往咸阳的官道旁边，离范家三四里路，孟姜女每日早上侍奉婆婆用过早餐，赶到布庄，傍晚等集市散了，再回到家里。这一天，孟姜女正在将布匹一缕一缕地挂在店外的架子上晾晒。前面走过来一名二十七八岁的青年人，身边跟着两名小厮。看青年人的打扮是个富家公子的模样。那青年看见了孟姜女，眼睛一亮，站住了脚步，直勾勾地盯着她端详。孟姜女侧目瞄了一眼，就转过了身子，继续整理着布匹。那青年迈步走了过来，闭着眼睛，嗅了几下，说道："好香呀！"

孟姜女笑道："客官，这是上好的布料，漂染时加的有香料，自然有香味啦！"那青年摇了摇头，嬉皮笑脸地说道："我说的不是布料的香味，而是娘子身上的香味。"孟姜女拉下了脸，暗道："哪儿来的登徒子？如此轻薄无礼。"正色说道，"这位客官，你买不买布？"那青年见孟姜女脸色不悦，就收起了涎皮赖脸，说道："买，不买我来你布庄干什么？挑上好的花布，量上十匹。"孟姜女在布架上将布匹取下来，量了十匹，打成两个包，递给了那青年。那人叫小厮将布匹扛在肩上，给孟姜女付了钱，三人就离开了，那青年还不时地回头看了几眼孟姜女。

见一下子卖出去这么多布，孟姜女心头的不快一扫而光，一边轻轻地哼着小曲，一边整理着架子上的布匹。那青年叫卫昂，是同官县尉的儿子。此人是同官县有名的花花太岁，自从见到孟姜女后，整天跟丢了魂儿似的，干什么都觉得打不起精神，白天茶饭不香，晚上辗转反侧，几天下来，人憔悴了不少。

这一天，卫昂在家门口碰见了县尉的幕僚，名叫治。此人一看卫昂，问道："少爷，最近有什么心事吗？怎么看着如此憔悴？"卫昂叹了一口气，说道："唉，碰见一个命里的冤家。"幕僚治笑道："什么人啊？"旁边的小厮道："就是原来县丞身边的老文书，老姜头家的女儿，叫孟姜女，前不久嫁人啦，现在官道边集市上开了个布庄。"幕僚治笑道："哦！老姜头家的丫头，我知道呀，听说出嫁不久，她男人就去上郡服徭役去了。"卫昂点了点头，道："唉，我一见她就魂飞魄散，近日老是心神不宁的，这却如何是好？"

幕僚治笑道："走，我给少爷安心。"就把卫昂拉到街上的一个小酒馆，两人坐在角上一个安静的小几上。几杯酒下肚，幕僚治笑吟吟地看着对面的卫昂，卫昂又灌了一杯酒，吟道："寤寐求之，求之不得……辗转反侧。"幕僚治看着卫昂，呵呵一笑，问道："公子是想鸠占鹊巢，纳而拥之，还是想偷香窃玉，露水合欢？"卫昂看着幕僚治笃定的样子，就试探着问道："鸠占鹊巢和偷香窃玉哪个容易得手？"

幕僚治道："目的不同，手段当然不同了。这个还真不好一概而论。比如你想露水合欢，那就在孟姜女一人身上下功夫，事前事后越严密越好。如果你想鸠占鹊巢，那就不是孟姜女一个人的事了。"卫昂把头伸了过来，小声问道："你就说露水合欢吧！"

幕僚治道："要说清楚这男女之事，你得先观察牛马犬彘。你看发情期的雌性，拒不拒绝不同雄性的求欢？其实男欢女爱是人之天性，只是到了周公制礼作乐以后，人类有了教化。孔孟之后，又有了男女大防，这才有了羞恶之心。那你要想办法激发其天性，让她摒弃世俗教条约束，基本就成了。"卫昂听着频频点头，身体往前趋，低声道："先生，愿闻其详。"幕僚治也把头往前伸，说道："好女怕缠。你没事就往她那儿去，或是买点布，或是聊聊天。买布时，一次少买点，你上次一下买十匹就不明智，你一次买一匹，那不就可以去十次了吗？还有，你再去时，不要带着下人，多一个人，那氛围就不一样了。那妇人家，脸皮总是薄嘛。"

卫昂点点头道："这个我也想到了，这几次我都是孤身前往。倒和孟姜聊了几句，但都说的是正经话，没什么进展呀！"幕僚治笑道："跟妇人相处，你要是有想法，就要注意方法，体现一个'撩'字。"卫昂又问道："眼下，我去了五六次了，她也开始和我闲聊几句，但都是些正经话。我怎么好开口说些粗俗撩拨的话呢？要是她翻脸，破口大骂，那我以后还怎么再登门？以前费的功夫不是也白搭了？"

幕僚治拈着颌下的一小撮胡须，说道："但凡挑逗妇人，必须随机应变，你要如此……"卫昂不住地轻轻点头。

幕僚治接着说道："这世间男人好色，女人也贪欢。只是她们更加注重名声，所以不会轻易就范。你想那孟姜女刚刚新婚，初尝甜头，男人就去服徭役了，归期渺茫。这个时候，内心深处是需要的，她缺的只是胆量。你要先给她壮胆,让她确信此事只有天知地知你知她知。天地无言,你我不语,她才会放纵自己的欲望,乖乖地甘心就范。而一旦成其好事,接下来怎么办就看你的了。孟姜女一定比你更注意隐秘。如果你想露水合欢,你就顺着她,悄悄地;如果你想纳其入室,长长久久,你就故意让周围人知道,这种事自会沸沸扬扬。等那范家休了她,到时候,一切水到渠成,自然而然……"

听到此处,卫昂起身,深施一礼,满饮一杯,心悦诚服地说道:"听先生一席话,如拨云见日,醍醐灌顶。此事如能成功,先生首功一件。"两人又饮了半天酒,临出酒馆时,卫昂又给了幕僚治两镒金子,欢天喜地地回到府上。

第二天,卫昂穿戴一新,给贴身小厮耳语一番,自己牵着一只小黄狗出了门。这天,集市熙熙攘攘,孟姜女满面春风地招呼着顾客,眼睛不经意间地一瞄,见有人手里牵着一只狗,站在一边往自己这边张望。最近,这人老是过来买布,有一句没一句地聊着天气之类的话题。有一次,天降暴雨,他还帮着将挂在店外面布架上的布匹往店里面收。她自是明白此人心里在想什么,但人家是顾客,并未流露出什么歹意,他搭话,她若不理不睬,这倒于生意上不合适。和他礼貌地聊上几句吧,此人还真是不知趣。你问我回家干点什么,我给你说,给我夫君缝制棉衣,烙他想吃的椒盐锅盔,什么意思?你还不明白吗?本姑娘已经嫁人啦!而且嫁的是如意郎君。你这人怎么就这么不知进退呢?

孟姜女给一个妇人用尺子量准了布,用手指捏着位置,裁剪时,指头又让了一寸。那妇人笑道:"孟姜,你每次都照顾嫂子,谢谢啊!"孟姜女笑道:"我婆婆对我说:'人要长交,账要短算。'我们是卖家,让点利不吃亏。"那妇人接过来包好的布匹,付了铜钱,笑道:"那范家是积了多大的福?娶了你这么好的媳妇,人又好看,嘴巴又甜。"孟姜女抿嘴一笑,说道:"嫂子,您走好,需要再来啊。"

卫昂见店里没有其他顾客了,就牵着小黄狗踱了过来,笑道:"孟姜,生意兴隆呀!"孟姜女道:"托卫公子的福,还行。"卫昂左右看了看,问道："天气这么凉了，孟姜你穿这么单薄，不冷吗？"孟姜女整理着布匹，也不抬头，也不答话。卫昂讪笑了一下，转身看了看身后，见那小厮牵了一只小白狗走了过来，就使了个眼神，那小厮将手中的绳子松开了，那小白狗欢快地冲着小黄狗跑了过来。小黄狗围着小白狗转了几圈，就在它的屁股后面不停地嗅着，尾巴不停地摆动。小黄狗正想往小白狗身上爬，孟姜女从店里冲了出来，手里拿了边上的扫把，喝道："畜生，滚开！"扫把杆狠狠地击打在小黄狗的背上，那狗一吃疼，就跑开了，跑了几步，又回头看了看小白狗，小白狗就跟了过去，一起跑开了。

　　卫昂有些尴尬，笑道："那就是两只狗，孟姜你何必生那么大的气呢？"孟姜女将手中的扫把在柜台上狠狠地拍了一下，杏目圆睁，喝道："畜生不懂事，主人总该懂事吧？集市东边是骡马市，带着畜生跑这儿干啥？"卫昂一时语塞，就嘿嘿地笑了起来。孟姜女再也没有看他一眼，低头将地上的灰尘用力地往外边扫。卫昂移动着身体，躲避着地面上涌过来的灰尘。他抬头望着天空，深秋的天空，万里无云。这个呆子暗道："这也没有鸟儿飞过呀。"

　　又来了一位大婶买布，孟姜女将手中的扫把靠在店门上，重新换上笑脸。那妇人笑道："孟姜，婶儿买些棉布，给孟夫做件棉衣。多亏了你男人，在那边照顾他，娃说现在没有以前累了。什么时候真得好好感谢你们。"孟姜女笑道："出远门了嘛，乡里乡亲的互相帮衬都是应该的。"一边说着，一边给孟夫的母亲剪裁着棉布。大婶又问道："最近喜良来信了吗？"孟姜女道："前几天刚来了，他们都好着呢。哦，对了，你棉衣做好后送过来，我也给喜良哥做了件棉衣，我们在集市上交给邮差，一起寄过去。"

　　孟夫母亲直点头感谢，要走时，孟姜女笑道："婶儿，再来时让孟夫媳妇来呗，您老人家好好在家休息。"大婶本来已转过身子了，听见这话又转了回来，看了看站在一边的卫昂，压低声音对孟姜女耳语道："他媳妇有身子啦，我不想让她再乱跑了。"孟姜女就展颜笑道："那恭喜啦！"大婶又得意地笑了。

孟姜女就想起了和丈夫在一起的点点滴滴，虽然脸上还有笑容，但已没有了一丝的喜悦，慢慢地眼睛里涌起满满的凄苦。卫昂看着那大婶走远了，凑了过来，故作神秘地压低声音道："我昨晚做了个梦，你猜我梦见什么啦？"孟姜女白了他一眼，没好气地说道："与我何干？"

卫昂笑道："与你关系大了，梦见的就是你呀！"孟姜女不再理会他，把头低下来，翻看着柜台上的账簿。卫昂继续讲道："咱俩好像是在一个槐树林里，地上落满了一层雪白的槐花，我俩……"孟姜女将手中的账簿重重地摔在柜台上，喝道："你也是官宦子弟，难道没听过'非礼勿言'吗？"卫昂啜嚅："不就、一个梦而已嘛！何必这么认真呢？"

孟姜女继续怒斥："你整天这么游手好闲，无所事事，到处轻薄良家女子。你不懂事，你的爹娘也不懂事？养子不教，父母之过。你到处给他们丢人现眼，不孝也就罢了，但你不顾乡约民规，难道也不怕三老（秦时主管乡里教化的小吏）？不惧《秦律》吗？"

那卫昂听得目瞪口呆，心中想着这怎么和幕僚治教的不一样呢？孟姜女见他还呆在原地，就伸直手臂，指着店门外面，喝道："走！以后别来了，我家的布不会卖给你了。"

卫昂耷拉个脑袋，往前走去，见小厮在百十步的街角处，津津有味地看着两只狗在交合。卫昂大踏步走了过去，那小厮回头冲着他咧嘴一笑，卫昂劈头盖脸一个嘴巴抽了过去，吼道："丢人现眼，畜生不懂事，你也不懂事？"那小厮用手抚摸着滚烫的脸颊，上去踹了趴在上面的小黄狗几脚，喝道："快起来，走。"两只狗又变成了尾部相对，在地上转着圈圈，任由小厮怎么踢打，也没有分开。小厮回头说道："少爷，狗就是这样，连到一起后没一会儿工夫，是分不开的。"周围有几个半大小伙子，一起哄笑起来。

卫昂转身走了，他越想越气，就让小厮把幕僚治找了过来。幕僚治笑道："公子，怎样？得手了吗？"卫昂冷哼了一声，开口说道："什么呀？前几次，她还和我闲聊几句，这次算彻底给搞砸了。这以后去都没法再去了。"幕僚治听完他的描述，笑道："公子，别灰心，这妇人家，有时候口是心非，容我再想想办法。"说完就手捻胡须，在室内来回踱着步子。

卫昂道："你别在这儿转来转去，看得我眼晕。说实话，这些年，我睡了那么多女子，什么人没见过？花的心思加起来也没有这次多。你说这人还就怪了，越是吃不到嘴里的东西，就越觉得香……"幕僚治站住了脚步，说道："有了，公子，你只需要如此这般……"

孟姜女侍奉婆婆用完早餐，自己简单地收拾一番，临出门时，她盯着门口的那棵桑树，看了半天。桑叶已掉落得稀稀疏疏，树下满满地铺了一层。孟姜女转头对婆婆说道："娘，那件棉衣罩衬我都已经缝好了，你今天看着日头好了，就把那棉花拿出来晒一晒。我晚上回来就合起来，天也凉了。"范母笑道："我后晌就给合上。你晚上回来，灯光下干针线活费眼睛。"孟姜女抿嘴一笑，说道："也好。喜良哥哥穿着也有母亲的味道。"范母笑呵呵地说道："喜良怕是最想他娘子的味道吧？"孟姜女顽皮地笑道："他想谁，娘说了算。"转身就出了大门。范母疼爱地看着媳妇的背影，笑道："这鬼丫头！"

范母由台阶上下来，拿起墙角的扫把，将院子里的树叶往外面扫。突然啪的一声，由空中落下来一块东西，看样子是有人从院墙外面扔进来的。范母走了过去，弯腰捡了起来，是一方丝巾，里面包了一颗小石子。仔细一看，丝巾上写了几行字，看了一眼，范母的心猛地一紧，丝巾上写道："自那天槐树林相会，夜不能寐，睁眼闭眼全是你的身影，耳边回荡的全是你的喘息。我忍不了了，傍晚罢市后我还在那棵幸福树下等你，不见不散。"

孟姜女收拾完布庄，正要关门时，走过来一位中年人，颔下有一小缕稀稀的胡须。此人到店门喊道："店家慢些打烊，我这急需一匹布料。"孟姜女就又把门打开了，笑道："好的，这位大叔，您需要哪些布料？"那人打量着货架上的各色布匹，慢条斯理地说道："赤色布料三尺三，黄色布料五尺整，绿色布料四尺半，蓝色布料三尺六，紫色布料四尺二，碎花棉布做衬，你加一下，以上五色布料共有多少尺寸，碎花棉布就裁多少。"

孟姜女笑道："大叔，你买这些布料做什么呢？"那中年人慢慢地说道："我有五个儿子，每人做一件棉衣，内人说了，别给他们做一色的，颜色要分开。碎花棉布是做衬的，姑娘你明白了吗？"孟姜女点了点头，笑道:"明白啦！大叔你好福气呀。"那人叹了口气道:"还福气呢，都是冤家。"孟姜女拿出算筹，笑道:"大叔，你再说一遍，刚才没记住。"那人又说了一遍，孟姜女将筹子摆在柜台上，按算法相加，最后笑道:"大叔，碎花布是两丈六尺，其他各色布就按你报的尺寸裁啦！"

孟姜女将碎花棉布量好，准备裁剪时，那人又道:"哎，姑娘，你先别急，我把尺寸再核对一遍。"孟姜女放下剪刀，笑道:"不急，大叔，您慢慢说！"那人又报了一遍:"赤色三尺三，黄色四尺半……"孟姜女笑道:"不对，不对，大叔，您和刚才说的不一样呀，您刚才是说绿色四尺半，黄色五尺整。"那人道:"哎！不对不对，老二要黄色，黄在绿的前面。"孟姜女哭笑不得，说道:"和顺序没关系呀，每种颜色的尺寸才是最重要的。"那人摇了摇头，说道:"那不行，顺序千万不敢搞错。"孟姜女笑道:"好吧，那您再说一遍，我一个一个裁，这下总不会错了。"

等孟姜女把这位中年人打发走，天已经黑了下来，她匆匆忙忙往家赶。到家后，见婆婆坐在堂屋门口，低着头，长吁短叹。孟姜女忙问:"娘，你咋了？"老太太"哦"了一声，还是没有动。一般情况下，孟姜女下午回来后，婆婆早就把晚饭做好，摆在桌几上，今天这种情况还是第一次出现。孟姜女又问:"娘，快回屋里吧，坐这儿不凉吗？我去做饭。"低头又看见晒在台阶上的棉花，她赶紧俯下身子将棉花收了起来，笑道:"娘呀，你这是晒的什么棉花？潮气又侵进去了。"

孟姜女将棉花收到了屋里，转身出来，见婆婆还是那个姿势，像个雕塑一般一动不动。孟姜女蹲了下来，偎在婆婆的身边，柔声道:"娘，你是不是想喜良哥哥……"说着，自己眼睛也潮湿了，眼泪吧嗒吧嗒地往下掉。半天，范母叹了口气，说道:"孟姜，我不怪你，年纪轻轻就到我们范家守活寡，这滋味着实不好受呀。我那孩儿服徭役，遥遥无期，你连个盼头都没有，是他、是他没有福气……"说到此处，老太太大放悲声，号啕大哭起来。

孟姜女一时慌了神，抽噎道:"娘，你、你这是咋了呀？"范母也不回答，定了定神，慢慢地说道:"我给我儿写一封信，让他写一封休书，你去过你自己的生活吧！"孟姜女愣住了，她站了起来，缓缓地问道："婆婆，我是犯了什么错吗？"范母颤巍巍地站了起来，进屋。

　　孟姜女在昏暗的油灯下，垂着眼泪将棉花均匀地平铺在裁好的灰布上，上面又覆上一层白布，然后一针一针地将面、里合起来，听见婆婆在隔壁的房间里长吁短叹，一夜未眠。孟姜女做完棉衣，已过三更。她想不明白，婆婆为何想要休掉她，自从嫁到范家，她恪守妇道，早晚侍奉婆婆，操持家务，最近又经营布庄，她错到哪儿了？

　　孟姜女越想越委屈，将头蒙在被子里号啕大哭起来。她想着和喜良哥哥从相识到相爱的点点滴滴，时间虽然不长，却铭心刻骨，把生命的体验提升到另一个高度，是那种甘心为他付出一切而不计后果的爱。她暗想，要是喜良哥哥接到婆婆的书信，他会不会真的写上一纸休书？村里不知道谁家的公鸡叫了一声，接着数声鸡鸣此起彼伏。在他们村头那条清澈的小溪边，邮差递给她一封信，她接了过来，拆了一层又一层，却怎么也看不到里面的内容……

　　睁开眼睛时，天已经大亮。孟姜女一骨碌由床上爬了起来，听见婆婆在外面骂道："你这个扁毛畜生，这是你的窝吗？你就卧在里面。燕子飞走了，春天还要回来的……"孟姜女心里纳闷，也顾不上洗漱，忙穿上衣服，走到院子里。见婆婆手里举了个竹竿，在屋檐下一个燕窝跟前叫骂。这个季节，燕子早就飞走了，巢就空在那儿，有两只红嘴黑羽毛的鸟落在燕窝边缘，睁着黑溜溜的眼睛看着底下的范母，并没有离开的意思。

　　孟姜女一看这情景，真是哭笑不得，说道："娘，你和两只鸟较什么劲呢？那燕窝空着也是空着……"范母头也没回，继续骂道："扁毛畜生，快滚！"她手中的竹竿高度够不着那燕窝，就在下面的墙壁上狠狠地敲击着。

　　孟姜女见状，到厨房准备早餐。等她把早餐端到餐几上，叫婆婆吃饭时，范母还是铁青着脸，一动也不动。孟姜女见婆婆不吃，自己也不好动筷子，进屋梳妆一番，拿了一个馍，在屋里啃了几口，出门时，眼含着泪花，跟婆婆说道："娘，那我去布庄了，你赶紧把早饭吃了。那件棉衣我昨夜合好了，我也带到集市上去了，等孟夫他娘把他的衣服送过来，就一起交给邮差寄出去。"

一连几天,范母都没有和孟姜女说过一句话。这天傍晚,孟夫他娘将棉衣送到了家里,还带了一袋炒豆子,孟母道:"这豆子是盐浸过的,娃就爱吃这。孟姜,你掏出来些,和你娘也尝尝。"孟姜女笑着摇了摇头,说道:"这些我婆婆也经常炒。您放心,我明天就交给邮差。"孟夫娘对范母笑道:"老嫂子,你可真有福气呀,孟姜这娃,是长得心疼又懂事,这十里八乡,还真挑不出来这样的人儿。"范母叹了口气,说道:"唉,妹子,一家有一家的难处……"正说呢,墙外面"喵"的一声,像是猫叫,紧接着一个男人的身影在大门口一闪而过。

范母冲着大门口骂道:"哪来的野猫?还撵到家里来了。畜生!"孟姜女脑子里蓦地想起了什么,进厨房拿了把菜刀,追到大门的外边,喊道:"卫昂,你这个断子绝孙的王八蛋。"等孟姜女追到大门外边,只是模模糊糊看见村头有个男人的背影。孟姜女就破口大骂道:"有娘生、没娘教的东西。见过不要脸的,还没见过你这么不要脸的。再敢过来,我砍死你!呸!"

孟夫娘看这架势,就起身说道:"老嫂子,那你歇着,我先走了,家里还有不少事呢!"范母听见媳妇在外面叫骂,突然感觉到这几天的事有些蹊跷,也站起来,拉着孟夫娘的手说道:"那我送送你。"两人走到大门外边,孟夫娘和范母告辞,又冲着孟姜女挤出个笑容,就顺着村口的小路回家去了。

范母见孟姜女还兀自在那儿叫骂着,就将她拉进了院子。孟姜女流着眼泪,默默地看着婆婆,胸脯随着呼吸起伏着。半天,她开口道:"娘,你是不是想着孟姜在外面做那有伤风化的犬彘之事?"范母叹了口气,进屋将那天在院子里捡的丝巾取了出来,递给了孟姜女。孟姜女展开一看,顿时气得浑身发抖,扑通一声,跪在地上。她伸出食指,在手中的菜刀刃上划了一下,顿时,葱白般的手指上,一股股红的血,顺着手掌流向手腕。孟姜女指向天空,厉声发誓道:"孟姜女,同官县人氏,初夏嫁于本县范喜良为妻。自结发之日起,恪守妇道,恭侍婆婆,勤勉持家。如有半点不端之行,天打五雷轰，不得好死！"

　　范母将媳妇拉了起来，给她拍打着裙子上的灰尘，连声说道："娘信你啦，好媳妇，快起来，这几天娘让你受委屈了。"孟姜女就把这段时间卫昂怎么死皮赖脸地缠她，给婆婆诉说了一遍。听得范母心惊肉跳，跺脚骂道："这挨千刀、没廉耻的混蛋，多亏媳妇呀，唉，娘也是糊涂啊！"就抱着孟姜女痛哭了起来。

　　夜里，孟姜女突然有了一个大胆的想法，她越想越兴奋，怎么也睡不着觉，干脆披上衣服来到婆婆屋门跟前，小声叫道："娘，你睡了吗？"范母就给她开了门。孟姜女一进门就急切地说道："娘，我想去北地找喜良哥哥，把棉衣和这些好吃的亲手交给他。"范母低头沉思片刻，说道："这千里之遥，那苦寒之地，你一个女儿家……"孟姜女抬起头，看着婆婆，说道："我不怕吃苦，只是太想他啦！我是这么想的，我娘家有辆马车，小时候我就会赶马车，在路上我就女扮男装，多备些盘缠、干粮，有店就住店，没店就住在马车上。听喜良哥哥说，现在路途还算太平，他们上次七天就赶到了，婆婆，我真的想去呢。"

　　范母看了看漆黑的窗外，又把目光投向丈夫的牌位，片刻，她点了点头，笑道："好吧！那你答应我，这次去，好好地住一段时间，肚子里给我带一个小的回来，好吗？"一朵红云飞上孟姜女的俏脸，她想起孟夫娘告诉她儿媳妇怀孕时幸福的表情，轻轻地点了点头。范母说道："那你就早点睡吧，明天就做准备。"

　　孟姜女回娘家和爹娘辞行，随后踏上了漫漫寻夫路。中华民族的历史上也多了一段流传千古、凄美绝伦的爱情故事。虽然故事的男女主角在那个时代，卑微得如那片黄土地上的一粒尘埃。

　　孟姜女一路北上，沿着驿站打听，这一天赶到了黄河边，河边有摆渡的艄公，孟姜女就向他打听长城在哪儿。那艄公说："这南来北往的徭夫，我渡了很多人，你还真是问对了。顺着前面这条道走，还有三天的路程。"孟姜女又问道："那前面还有多远有集市？""前边六十里有一个。"孟姜女道了声谢。

渡过河来,站在大河北岸,望着满眼的荒凉,孟姜女暗暗骂道:"皇帝真是吃饱了撑的,在这儿修什么长城?害得这么多人背井离乡。"这时,打西边过来一匹马,马背上坐着一位绝色女子,缓缓而行,女子脸上满是凄苦之色。

艄公指的那条路边,有一棵大树,大树下有一块巨大的石头,石头呈扁平状。巨石边上围了好多小石块,做凳子用,还有多处生火的痕迹,看来有赶路的人经常在大树下休憩。孟姜女就将马拴在树上,从车子上取出一个包裹,把包裹放在巨石上,从里面取出一块煎饼,坐在边上的一块石头上,一边嚼着煎饼,一边看着那女子。那女子缓慢地走过大树,侧目看了看孟姜女,往前走了几步,又将马兜了回来,也下马来到大树下,侧身站着,不时瞄着孟姜女手中的煎饼,又用手捂着肚子揉了揉。

孟姜女清晰地听见那女子肚中咕咕的叫声,暗道:"看这女子这一身行头,还有这胯下的良马,定是大富大贵人家的女子,不知道为何孤身一人流落在这荒郊野外,看这样子一定是饿坏了。"就冲着她微微一笑,从包裹中取出一块煎饼,笑道:"小妹妹,一起吃点东西吧!"

那女子手伸了一下,又缩了回去,眼圈红了,说道:"这位好心的哥哥,我都一天没吃东西了,但我身上没带钱……"孟姜女笑道:"同是赶路之人,一块煎饼,不值几个钱,吃吧!"那女子赧笑一下,接过煎饼,香甜地吃了起来。孟姜女见她吃完了第一块煎饼,又递给她一块。这次,女子没有再拒绝,直接接了过来。孟姜女又将水囊递给了她,笑道:"妹妹,别噎着,喝口水,慢慢吃。"那女子接过水囊,看了看,问道:"有没有杯子?"孟姜女暗道:"这还真是个讲究的主。"就递给她一个钵。那女子将钵放在石头上,倒满了水,端起来,轻轻地将水一口一口喝干,然后双手合十放在胸前,低下头一拜,说道:"谢谢这位哥哥。"

孟姜女也学着她的模样,将双手合在一起,笑着说道:"不谢,不谢!说实话,长这么大,我还是第一次看到这么好看的女子。"那女子闻声一怔,又仔细盯着孟姜女的耳垂看了几眼,笑道:"原来是个姐姐呀!"孟姜女抿嘴一笑,说:"一人出门多有不便。妹妹好眼力!"那女子道:"我也有过相同的经历，以男装示人好久。"孟姜女道："看妹妹不像寻常人家的女子，怎么也孤身一人在外？"那女子又低下了头，轻轻地说道："我的婢女和我走散了。"孟姜女："哦！那眼下你要去哪儿？"那女子轻轻摇了摇头，说："不知道。"

孟姜女道："不知道？那你接下来咋办？"那女子道："姐姐，咱别说我了，能问一下，你孤身一人来此地干吗？"孟姜女道："我来找我夫君，他在北边修长城。""修长城？我好像听那个混蛋说过。姐姐，我有个请求，不知当讲不当讲？"孟姜女笑道："你都没说呢，我咋知道当讲不当讲？"那女子道："眼下，我也无家可归，我给你当个婢女如何？"孟姜女上下打量了一下那女子，呵呵地笑了起来，问道："你、给我、当婢女？"那女子点了点头，说道："我不要钱，你管我一日三餐，行吗？"孟姜女指着她的坐骑，说道："你这马身上的几个璎珞扣、缰绳环都是金子做的，取下来任何一个，卖了，吃一年都没问题。还有你身上的首饰，发髻上的簪子、耳环、手链，你手中马鞭上的珠子，这都价值不菲。妹妹该不是逗我玩吧？"

那女子看着孟姜女，叹了口气说道："这些东西既不能吃，也不能喝，有何用呢？姐姐你喜欢我送给你。"说着就往下摘手腕上的链子，褪到一半，又推了回去，自言自语道，"这个不行，这是那混蛋送我的。"于是将耳朵上一副绝美的耳环摘了下来，双手递到了孟姜女的跟前。孟姜女摆了摆手，笑道："不要，不要。我的夫君教导我说，不能乘人之危，人要有恻隐之心。"那女子道："对呀！如今我无家可归，姐姐就不能动一下恻隐之心，收留我？"孟姜女看着她满脸的期盼，绝不像戏谑之词，就点了点头，笑道："行，妹妹。咱可说好了，你什么时候玩够了想离开，随时啊！哦，对了，你叫什么名字？""芊笋。"

芊笋收拾好石头上的行囊，放在车上，把孟姜女的马缰绳由树上解下来，说："赶马车，我可不会。"孟姜女道："我来赶车，干脆你也别骑马啦，你坐在车上，咱姊妹俩也好聊聊天，这一路，我一个人走了这么久，都快把怎么说话忘啦。"芊笋就爬到车上，赤霞兜跟在后面，两人往北而去。

孟姜女坐在车前面，不时转头和芊笋调笑。"芊笋，干脆我们在路上以夫妻相称如何？这样，还能省去很多麻烦。"芊笋想了想，说道："可是，我已经订婚了。"孟姜女笑道："这个夫妻只是个名义嘛，又不是来真的。再说，姐姐还能把你咋样？"芊笋笑道："好！一路仰仗郎君照应，妾身就此先谢过啦！"孟姜女笑道："这个自然，罩着你是我的职责。"

两人调笑了半天。一停下来，芊笋的脸上又流露出深深的忧伤。孟姜女道："我猜出来了，你一定是和夫君闹别扭，自己跑出来的。"芊笋哽咽道："他是个……混蛋！"孟姜女道："估计是个混蛋，要不怎么舍得让天仙般的媳妇生气呢？"芊笋哽咽道："我跑那么远来找他，他却、他却、和别的女子……呜呜……"孟姜女道："被你发现啦？""我看见有个女子在他房间里。""他俩在一起了？""他出去了，就那女子在。""哦！那……""关键是，我前一天晚上做梦，还梦见他和别的女子在一起，很恶心的样子。"孟姜女哈哈大笑了起来，甩了一鞭子，马儿奋蹄疾驰，芊笋身体往后猛地一顿，就听见前面说："妹妹，你坐好了。"

芊笋已两天没有合眼了，这会儿车子一晃，一会儿，竟睡着了。等她一睁眼，马车停了下来，外面是个小小的集市。孟姜女把车辕由马背上卸了下来，车辕后面有两根衡木，将它分别支在车辕下面，又给两匹马卸了鞍辔，在车的后面取了些黄豆，分别喂了喂马，自己也爬上了车厢，笑道："我看你这个婢女倒像个主子。"芊笋揉了揉眼睛，问道："喂马不是有店小二嘛！你、你怎么也上车了？"孟姜女道："我的千金大婢女，咱们是赶路呢，能省就省点。"芊笋嚷道："那为啥要赶到这儿呢？在哪儿不都可以宿营？"孟姜女道："在荒郊野外你不怕被狼叼走？再说了，明早还要在此补给呢。"

芊笋想了想，就下车走到赤霞兜跟前，将马鞍上一个璎珞扣解了下来，转头问孟姜女："姐姐，你说这个金扣子够不够晚上住店？"孟姜女笑道："傻丫头！这金扣子够我们在这儿住一个月了。不过，你在这儿兑换，是要吃亏的。"芊笋摆了摆手，走进了边上的小客栈。店小二忙迎了过来，笑道："姑娘，刚看见你们停车，我便迎了出去，又看着你们不像住店的样子……"芊笋道："你们掌柜的在吗？"店小二连声道："在、在、在，您请进！"

掌柜是个精瘦的中年人，问道："客官，您是住店呀，还是打尖？"芊笋道："住店。"说着把手中的金扣递给了掌柜。掌柜接过来眼睛一亮，将那金扣塞进嘴里，用牙齿咬了一下，满意地点了点头，在手中不断地掂着，笑道："姑娘，你这金扣最少值五百钱，我这边陲小店，小本经营，拿不出那么多钱来，不如，你再找找别家……"芊笋问道："那你现在有多少钱？"掌柜犹豫了片刻，眨了眨眼睛，舔了舔嘴唇，说道："三百多一点吧！"芊笋点了点头，道："那就给我们三百钱，剩下的上点好酒好菜，给外面两匹马也上点好料。"

掌柜不断点头，笑道："开最好的客房，上最好的酒菜！"芊笋跑了出去，到车上把孟姜女拽了下来，两人牵着手走进了客房。芊笋这两天心情苦闷，孟姜女也是一路颠沛流离，两人又性格相投，当晚都喝得大醉。第二天醒来，日过三竿，洗漱一番，用过早餐，两人又套上马车，往北而去。

一路上，孟姜女劝解芊笋："妹妹，夫妻之间首为和，有矛盾要及时化解，有好多心结其实是误会所致，就像你描述的那样，并不能说明什么。我昨晚上给你说的那个无耻之徒，让我和婆婆之间造成了多大的误会啊。"芊笋默不作声，半天又说道："可是他以前还亲口给我说过那个李酉，他们还……"孟姜女笑道："那是在你之前的事情，和这件事根本不沾边……"正说着，对面过来十几匹马，中间是一位骑士，身高一丈左右，光头，赤背，身上斜披一块兽皮，拿眼睛斜睨着孟姜女。孟姜女嘴里嘟囔道："什么人长这么高？"车厢里，芊笋探出头来，看了一眼，想起了冒顿的样子，说道："姐姐，这是匈奴人。"那群人本来都过去了，中间那位又回头看了一眼，眼睛一亮，笑道："好看、好看，我、我要了。"就掉转马头又回来了。

孟姜女见他们又折回来了，就拿着鞭子站在车子边上，喝道："光天化日之下，你们想干什么？"众匈奴士兵哈哈大笑，中间那个指着车厢里面笑道："这里面那、那个女子，给、给我当个婆娘。"孟姜女一挥鞭子，喝道："她是我的妻子，你们敢强抢民女……"那人又磕磕巴巴地说道："昨天是你、你的，今天、今天就、就不是啦！"孟姜女大声喊道："救命啊，强盗抢人……"那人反手一巴掌，孟姜女横着飞了出去，重重地栽倒在地，晕了过去。芊笋跳下车子，想去抱孟姜女，那人却一伸手，拽住了她的手臂。芊笋怒喝一声："狗贼！放手！"飞起一脚，踢在那人的大腿上。"哎哟！"自己却抱着脚原地转起了圈圈。那人笑道："好个标致白嫩的女娃。"芊笋抡起手中的马鞭劈头盖脸地抽了过去，那人不躲也不闪，啪的一声，脸上挨了一鞭子，他也不愠不火，照样笑道："好看，好看。"一把将她拎了起来，放在自己的马背上，扬长而去。

且说扶苏回到大营后，喝了几壶闷酒，正想睡觉，士兵报告说，有西域来的三名女子求见。傍晚时分，巡营的士兵发现有三个女人在大营后面一箭之地，就上去盘问，天山牟尼给士兵说，她们来自大宛国，是来找长公子扶苏的。扶苏趿着鞋子，出了帐门，见是天山牟尼和善因、善果三人，深深一拜，说道："未知师父驾到，有失远迎，失礼至极。"说完就将她们迎进大帐。天山牟尼环视了大帐一眼，问道："芊笋小丫头呢？"扶苏摇了摇头，苦笑了一声，道："不知道！"善因、善果同时吃惊道："啊！"扶苏说道："两位姐姐先别急。"就把今天的事情给天山牟尼她们佮描述了一遍。天山牟尼沉思了一会儿，说道："这次，芊儿有些太任性啦！"

善因和善果立马要出门去找芊笋，被天山牟尼拦了下来，说道："长公子已经找过了，你俩现在就别去了，要找也是明天呀！"扶苏道："两位姐姐先陪师父用膳，我现在就安排斥候往东边再找找。晚上你们都先好好休息，明天我们再一起去寻找。"扶苏安顿好天山牟尼三人，又安排了四名斥候，连夜往东面打探消息。

扶苏躺在床上辗转反侧，一夜未眠，加上傍晚去北边寻找芊笋受了点风寒，一晚上急火攻心，早上起床时，就觉得昏昏沉沉，头重脚轻。扶苏自少年时候起，修习武功，特别是自修炼天道剑法以后，内力深厚，几乎没有生过病。扶苏知道这是心火所致，就在大帐内打坐运功，约半个时辰，头顶开始云蒸霞蔚，寒邪之气一扫而光。他把王离叫了过来，交代了一下，让他这几天先守着大营，在自己未回来之前，不要主动出击。匈奴人主动进攻时，按预案组织好防御即可。

　　天快黑时，斥候放回来一只猎鹰，扶苏一看内容："沿河三百里下，大河渡口探，公主应在北边六十里小镇。"扶苏点了点头。第二天，扶苏带着昭阳和善因、善果，四人出发奔那个小镇而去。等他们赶到那个小客栈，一打听，掌柜的说："是有个小娘子，长得极为标致，和她丈夫同行。"闻听此言，扶苏一愣，心情有些不悦，冷冷地看着掌柜。善果喝道："店家，你可别胡说八道呀！她还是个姑娘家，什么和她丈夫同行？"

　　那人将柜台里面的璎珞扣取了出来，说道："这是她坐骑上的璎珞扣，姑娘你看是也不是？"善果拿过来，仔细看了看，点了点头，转头对扶苏说道："公子别急啊，这里面一定有误会！"扶苏脸色铁青，站了起来，往外面走去。善因忙跟了上来，说道："公子，事有蹊跷，你可不敢就此轻视我们公主啊！"扶苏先是仰头看着天空，又重重地点了一下头。

　　一行人出了客栈，又打马往北边而去，刚出小镇，见一只猎鹰在半空唳叫。昭阳一挥手，那鹰落在了昭阳的手臂上，昭阳解下消息，呈给了扶苏。扶苏一看，是王离送的，上面六个字："帝谷准备反攻。"扶苏犹豫了片刻，对四名斥候说道："你们陪着善因、善果继续打探，有消息第一时间告知我。"说完，又冲着善因、善果一抱拳，道，"军务繁忙，我得先返回军营。有劳姐姐啦！"善因道："公子，你也莫急！一有公主的消息，我马上通知你。"扶苏点了点头，打马往西而去。

　　西渡军全体将士整装待发，扶苏环视了一眼部队，眼神和每位统领对视一番，朗声说道："大秦勇士们，决战的时刻到了。我们脚下这片土地，自昭襄王时期就是我大秦的国土，是匈奴人侵犯了我们，杀我黔首，夺我粮帛。保卫我们的家园，是每一个热血男儿的职责，用你们手中的戈矛，将匈奴人赶回去。以后在我们的前方，将会有一座新的长城，长城之内是我们华夏儿女美丽的家园。但大家要明白一个道理，再坚固的城垒，敌人都可能穿越，唯有我大秦勇士的身躯，是敌人无法逾越的长城。"扶苏又扫视了一眼部队，伸出右臂，指着众将士，吼道，"只有你们，才是大秦帝国真正的长城!"众将士爆发出山呼海啸般的吼声:"风——风——风……"

北边匈奴兵营,帝谷站在高台之上,看着远处秦军整齐的军阵,听到秦军将士山呼海啸般的吼声,转过头来,冷冷地对甲蓬下令:"出击!"

匈奴人冲锋时,先分成数十个方块速进,待两军快交锋时,匈奴骑兵方队突然慢了下来。士兵列成横队,都由身后摘下弓箭,瞬间,漫天的箭雨飞向秦军阵营。秦军士兵蹲在盾牌后面,等箭雨稍微一缓,秦军的弓箭手开始回击,两军对射了几个回合。这时,匈奴的阵地后面尘土飞扬,大地似乎也跟着颤抖起来。扶苏定睛一看,见数千头野牛冲向秦军阵地。

扶苏对王离喊道:"重装步兵营往前顶,弓箭营退到两翼。"待弓箭手刚撤到两翼,前面的野牛已冲入秦军阵地,前面阵型一阵大乱。紧接着,匈奴骑兵跟着杀了过来。侯莫春和蔺之远分别率左右两翼的骑兵营掩杀过来,双方士兵在犬牙交错的状态下互相肉搏。

秦军部队的基层编制为:五骑一长,十骑一吏,百骑一率,两百一将。即五名士兵为伍,设伍长一人。这里伍就是部队的最基本单元,不仅在日常管理、战备训练中,而且在作战时也是一个统一的整体,由伍长指挥。秦军以前打仗,士兵评功、评奖都是以歼灭敌军的首级作为依据,这是商鞅变法、秦国实行二十级爵位制以后的产物。此举确实对秦国军事力量的快速崛起起了很大的作用,但到后期也出现了不少弊端,比如士兵争抢人头引发内讧,腰悬首级影响战斗力,甚至有些将领纵容士兵残杀降卒和流民。

扶苏到上郡后,就在长城兵团中调研,后来和蒙恬大将军达成一致意见,在部队中进行改革,实行伍长评功制。事实证明,此项改革,让基层指挥更加顺畅,部队凝聚力得以增强,长城军团的战斗力也大大提升。此时,扶苏端坐在乌狮背上,环视着整个战场。刚开始,野牛横冲直撞,秦军士兵对着野牛的腹背刀砍矛刺,都无法刺穿野牛那厚厚的皮囊。后来,重装步兵在伍长的指挥下,两人在野牛前面周旋,三名士兵用长戈专门攻击野牛的腹部。众人见此法奏效,纷纷效仿,野牛一头接着一头地倒地哀鸣。被野牛阵冲乱的前营,慢慢稳住了阵脚。

一阵"呜——呜——"的号角声由匈奴阵地传来,一支三千人左右的骑兵飞驰了过来，他们都赤裸着上身，只是头上戴着头盔，和上次景岳首战回来后描述的一模一样。转眼间，这支部队已冲到阵前，在甲蓬的带领下，投入战斗之中。瞬间，阵前的形势发生了改变，秦军大刀、戈矛在这些人身上连个印子也留不下来。这些匈奴的不死神兵手持大铁锤或重刀，秦军士兵挨着即死，碰上即亡，秦军节节后退。

扶苏在马背上看得着急，就拍马冲到阵前，抽出扶摇剑，见一名秦军士兵被不死神兵击于马下正要被砍，扶苏挥剑往上一撩，那不死神兵手中的大刀被震飞。那人"哎呀"一声，转过头来，看了扶苏一眼，伸手欲抓扶摇剑的剑刃。扶苏大笑一声，剑尖轻轻一抖，咔嚓一声，那人肱骨被震断，伸出的右臂顿时垂了下去。那人用左手拍了一下胸脯，怒吼一声："来呀！"扶苏举剑一刺，剑尖抵达胸口，果然有些阻力。内力一吐，扑哧一声，剑身直没入他的胸口。那人胯下的战马也跟着往后退了几步，尸体栽下马来。

昭阳就指挥着卫队围在扶苏身边，扶苏喝道："昭阳退下，我只是想试试匈奴人的皮到底有多厚。"昭阳道："我来替你试。"说着抽出剑来，迎着一名不死神兵斗在了一起。此人使一把长柄大刀，劈头砍来，昭阳举剑一搪，当的一声，大刀被弹开，昭阳近身，一剑刺向对方的咽喉，那人不躲也不挡，又用同样的招式劈头砍来。

昭阳的剑尖都快抵上对方的咽喉了，然而这种打法逼得昭阳没有办法，他这一剑刺上去能不能穿透还不知道，但对方的大刀劈下来，自己的脑袋肯定就没了。他又举剑一搪，将对方的大刀隔开，第二次挺剑一刺，这一剑直奔对方胸口，谁知道那人还是那般不躲不挡，又是同样的招数。昭阳举剑隔开后，两马一错蹬，回身喝道："胡狗，你他妈的就会这一招吗？"不死神兵仰天哈哈大笑，道："秦朝小儿，你爷爷用这一招对付你足够了。"

昭阳暗道："我没有长公子的内力，如此下去，肯定没有进攻胡狗的机会，这样迟早被他累死。而在马背上攻击速度就快不了，永远没有办法取胜。"主意打定，昭阳由马背上飞身跃了下来。那人在马背上居高临下，又是一刀劈了下来。昭阳冷笑了一声，不退不挡，而是往前一个滑步，由对方马前掠过，喝道："下马！"话音刚落，那匹马倒地，马的脑袋掉在一边，那人也从马背上栽了下来。昭阳趁着他还没有起身，飞身一剑刺去，等剑尖抵住胸膛，却怎么也推不进去。昭阳又换了几个部位，连刺数剑，均是一样的结果。

昭阳攻击时，扶苏一直盯着他俩看，在找不死神兵的弱点。这会儿见那人倒在地上，昭阳攻击前面无法奏效，就说道："你先让他起来，攻击他后面的大椎、风门两穴，还有腋下的极泉穴。"昭阳就往后面一撤步，将剑尖斜指着地面，向那人挥了挥手，道："你起来，我们再打。"

等他爬起来后，昭阳挥剑又扑了过去，那人横着一刀削了过来，昭阳仰起脖子往后面一弯腰，从那人臂下钻了过去，回首一剑直刺他腋下的极泉穴，那人却夹着胳膊，哈哈地笑了起来。昭阳站直了身子，回身又在他背后的大椎和风门穴上两次攻击，也是同样的效果，剑尖都未能刺入。不死神兵冷哼一声，转过身来，唰地一刀，斜砍下来，昭阳举剑又挡，剑刃和大刀柄相接。那人是双手持刀，昭阳是单手持剑，那人就使劲往下压，昭阳就拼命往上顶。

扶苏见他俩处在相持的状态，突然灵机一动，说道："下滑，削手。"昭阳闻听此言，步法一变，身子稍矮，剑刃贴着刀身，向前滑去，那不死神兵惨叫一声，右手大拇指被生生削掉，变成了左手单手持刀。他忍着剧痛，左手举起大刀向昭阳刺去，只是速度慢了许多。昭阳已明白了扶苏的用意，手中的长剑轻轻一拨，剑刃贴着刀柄滑进，那人的左手拇指又被削去。当啷一声，大刀掉在地上。

扶苏看了一下整个战场，见秦军将士打得异常艰辛，就下令鸣锣收兵。两军鏖战了大半天，体力都到了极限。秦军士兵往南撤出战场，匈奴人并不追击，开始往北边撤退。扶苏又想了起来，刚才和昭阳对战的不死神兵不能留下活口，就在身后取下七星宝弓，嗖的一声，箭杆由那名士兵的胸前穿透。那人一头向前栽倒，一命呜呼。

饭后，侯莫春报告，秦军阵亡两千三百人，战场上留下八百具匈奴人的尸体，其中不死神兵只有八人。这八人中扶苏斩杀一人、射杀一人，王离斩杀四人，蔺之远斩杀一人，钟龁斩杀一人。扶苏召集各营统领及以上人员参加会议，询问了大家斩杀不死神兵的经过。蔺之远和钟龅的说法比较相似，论招式，不死神兵差得太远，只是一般的士兵无法伤到对方。王离说，这种功夫，刚开始确实刀枪不入，但后来，随着他们体力的消耗，特别是呼吸开始急促时，再攻击就会有效果。

扶苏又问王离斩杀的经验，王离道："刚开始，我见士兵们纷纷后退，就攻到跟前，过了几招，那人使一对大锤，在马背上，我一时还真没有办法，用刀砍了几下，没伤着他。后来我发现，每砍一刀，力量会在马的身体上缓冲一下，后来我将他用刀尖挑起来，摔到马下，连砍了七八刀吧，最后一刀，剁成了两半。后来另外三个，我就用同样的办法，先挑到马下，连砍数刀……"扶苏就笑道："你这个办法太简单粗暴啦，无法在战术上推广。我倒是觉得我和昭阳那个办法挺好，削手指。这种横练硬气功的一般练不到手指，刚才昭阳将那人的两根大拇指都削掉了。"

侯莫春问道："削掉大拇指以后呢？再砍杀哪儿？"王离笑道："你把他两根拇指都砍掉了，他就拿不了兵器，那和木头桩子有什么区别？你还杀他做什么？省点力气对付其他人不好吗？"众人都笑了起来。扶苏说道："刚才蔺之远和钟龅所说的也有道理，这种功夫，主要是一口气，他的弱点就在呼吸换气之间，只是这个瞬间，士兵们很难捕捉到，那就只有一种办法——消耗体力。等他上气不接下气时，就是最好的击杀时机。还有一点，就是王离所说的刺马，和他们步战。"最后，扶苏让钟龅的步兵营担任攻击不死神兵的任务，此营士兵九千人，是不死神兵数量的三倍。钟龅立即按三种攻击战术进行了临战训练。

接下来几天，匈奴人在阵前叫骂。扶苏觉得时机不成熟，没有应战。这天傍晚，扶苏心情烦闷到了极点，战况到了胶着状态，芊笋又没有任何消息。他骑上乌狮，单枪匹马出了大营，一路上，缓辔前行，向乌狮念叨道："兄弟，你说芊笋公主这会儿能在哪儿呢？"乌狮打了个响鼻，又默默地往前走。扶苏一看，这前面是匈奴营盘，本想勒住缰绳，转念一想，唉，由它去吧！在穿过匈奴人营地后，乌狮突然右转往东边拐了个弯，向着一个山谷飞奔而去。狂奔了约十里路，乌狮在一个营盘跟前停住了。扶苏暗道："帝谷老儿为何要在这么远的地方，单独设一个营盘？"见乌狮两只前蹄不停地在地上跑着，又仰头嘶鸣了数声。这时营盘里面一个帐篷边上也传来一阵马的嘶鸣声，扶苏直起身子，循声望去，却见一匹枣红色的汗血宝马，正是芊笋的坐骑赤霞兜。扶苏心中一阵狂喜，就拍了拍乌狮的脖子，轻声说道："兄弟，你又立大功啦！"

那天芊笋被甲蓬劫持到匈奴营地，一路上又急又气，她的双手被压在胸前，动弹不得，她就用双脚拼命地踢着，甲蓬根本不予理会。芊笋灵机一动，自己腰上有个神器——天竺大黄蜂。只是现在手被约束着，她没法召唤它们，就暗暗盘算着过会儿怎么报复这个巨人。到了匈奴营地后，见一排排士兵都是赤裸着上身，另一排士兵在十步开外拉开弓箭射向他们，奇怪的是，那些箭矢在到达这排士兵的身体时，都被弹了回来。每当箭矢被弹开，旁边的士兵都会爆发出一阵阵的欢呼声。甲蓬扛着芊笋走到一个帐篷跟前，将手中的缰绳交给一名匈奴士兵，又进入到帐篷里面，将芊笋扔在榻上，解开她手上的绳子，得意地笑道："你以后就是我的女人了。"

芊笋心中的愤怒已达到了顶点，回手一拍腰上的蜂罐，满罐的大黄蜂倾巢而出，直扑向甲蓬。甲蓬突然号叫了起来，双手抱着脑袋满地打滚，从帐篷里面滚到了外面。芊笋嘴里"吱吱"了几声，大黄蜂又回到了罐中。十几名士兵跑了过来，将甲蓬扶了起来。芊笋站在帐篷门口，单掌立于胸前，一只手的拇指和中指相接，嘴里面呜啦呜啦地念念有词。甲蓬号叫了一会儿，惊恐地看着芊笋说道："妖女、妖女。"旁边的一个千骑长问道："那现在怎么办？"甲蓬吼道："先把帐篷围起来，别让她跑了。"

芊笋装模作样地念了一会儿咒，轻蔑地看了甲蓬一眼，转身回到了帐篷里面，四周打量了一下，想着脱身之法。她从帐篷的缝隙看到八名士兵站在帐篷周围，暂时没有机会逃跑，就坐在一个木墩上，想让自己静下来。一想到以前扶苏和她一路西行，俩人同乘一骑的柔情蜜意，在大宛王宫里他怀抱着自己和图兰决斗，独闯天山孤峰为自己求取临霜雪莲，怎么想他都不是一个薄情寡义之人啊，那为何他要把李酉带在身边？现在怎么办？要和他分开吗？难道这就是师父所说的求不得？芊笋心头闪过无数个念头，夕阳快落下去的时候，她又想起了父王，也不知道他在干吗，现在，她异常想念大宛王，就低声地抽噎起来。这里面一小部分是思念所致，更大的原因是想到父王临出发时周密的安排和殷切的期望，父王要知道自己现在这种处境，他该多难受啊？

这几天，甲蓬脸上被蜇伤，加上又和秦军打了一仗，倒没有打扰芊笋。傍晚时分，她实在太困了，但又不敢睡，上下眼皮一直在打架。突然，她听见外面一阵熟悉的嘶鸣声，"乌狮？"她兴奋地站了起来，扒在帐篷的缝隙里往外看。

扶苏绕着匈奴这个营盘边上走了半圈，找了个离那营帐最近的地方，下了马，飞身越过了营栏，慢慢地潜到那营帐的跟前。他数了数，营帐周围的士兵是八个，解决掉他们对扶苏来说自然不在话下，只是他还没有看到芊笋，情况不明，不能打草惊蛇。于是他就在地上摸了两块石子。营帐门前站了四名士兵，后面还有四名士兵。这时门前有两名士兵同时"哎呀"一声，捂住了鼻子，蹲在了地上。边上两个士兵喝道："谁？"后面的四名士兵循声跑了过去，几个人左右看看没见人影，就嘟囔道："不会是那妖女又在作法吧？"

扶苏一个起落，绕到营帐的后面，拔出扶摇剑，轻轻地在帐篷上划开个口子，跨步钻了进去。芊笋看见扶苏的一瞬间，泪水夺眶而出，哽咽着说道："你还管我干吗？"扶苏一把将她的嘴巴捂住，低头在她的耳边轻语道："我的小祖宗，咱先离开这儿再说。"芊笋使劲摇了摇头，想把他的手甩开，见没有成功，就张口在扶苏的手掌心咬了一口。扶苏忍住了疼痛，又低头说道："你那天见的姑娘是我妹妹，小诗曼。我以前给你说过她。"芊笋就停止了扭动，嘴里"啊"了一声，眼睛里顿时放出欢喜的光芒，问道："那个说我是胖墩的妹妹？"

扶苏不再说话，揽臂将芊笋抱了起来，由帐篷后面的豁口钻了出去。刚走了两步，芊笋指了指那匹枣红马，说道："可怜我的赤霞兜……"扶苏犹豫了一下，正想转身，见一队士兵簇拥着一个高大的身影由营门口往这边赶来。扶苏只瞄了一眼，就认出来此人是帝谷。扶苏几个起落，先飞奔到营栏外面乌狮跟前，将芊笋放在马背上，自己也飞身上马，坐在芊笋的后面，转身由马背上取下七星宝弓，由箭囊里摸出了一支箭来，嗖的一声，射向了赤霞兜的缰绳。这一箭射得极为高明，缰绳被射断了一大半，仅留着一点连接，加上箭势强劲，箭矢继续飞到很远的地方，周围的士兵根本没发现这一变故。

等帝谷和甲蓬挑开帐篷，见里面空空的，没个人影，甲蓬顿时暴跳如雷，伸手将一名士兵高高举过头顶，狠狠地摔在地上。那人口鼻之中涌出大量的血，身体在地上如一摊泥一般，刚开始手脚还抽搐一下，过会儿就一动不动了。

扶苏等着乌狮绕到营盘的西边，就在它的屁股上拍了一下，乌狮一声咆哮，往前蹿去。芊笋俯下身子，说道："乌狮，你再叫几声，把赤霞兜也唤回来。"乌狮就仰天嘶鸣了数声。那边赤霞兜听见乌狮的嘶鸣声，将脖子一拗，缰绳就断开了，也仰天嘶鸣一声，扬蹄朝着乌狮的方向飞奔而去。

原来这天天快黑时，甲蓬给帝谷汇报军务，帝谷看见他脸肿了就问其故。甲蓬说前几天碰见个女娃娃，长得很好看，但是个妖女，会念咒作法。帝谷听了一遍经过，又走近看了看他的脸和脖子，没有吱声，只是冷冷地说了一句："走，去看看是哪路神仙。"等他们赶到这边，刚好扶苏和芊笋离开。等赤霞兜飞奔而起时，帝谷看出来了，这是一匹大宛国的汗血宝马。又根据以前魑的讲述，知道扶苏在大宛国结了一门亲，判断那女子是大宛国的公主。

他看了看被扶苏用石块打伤的士兵伤口，又看了看拴马桩上的半截缰绳，明显是被利器割断了大部分，仅留了一点点。他确定了角度，让士兵往前面寻找，果然在三百余步的营栏上发现有一支箭深深地钉在栏木之上。士兵将箭拔了下来，交给了帝谷，帝谷将箭镞部分仔细地看了看，点了点头，说道："扶苏刚才来过了。"甲蓬道："是吗？他的箭是特制的？"

帝谷摇了摇头，说道："这支箭的箭镞部分已变形，可见当时射出时有多么强劲。这根本就不是弓力所能达到的，这里面运用了一种极高明的内力。"甲蓬道："那我刚好单独会会他。"帝谷道："你根本不是他的对手。"甲蓬就撇了撇嘴。帝谷看着赤霞兜逐渐消失在视线里，转头问道："扶苏能在士兵没有觉察的情况下，在你的不死神兵营里救出一个人，连坐骑都不落下，你能做到不？"

芊笋见赤霞兜跟了上来，开心地大叫一声"小兜"，伸出手来，摸了一下它的脑袋。现在她偎在扶苏的怀里，这段时间的愁云惨雾一扫而光，满脸满眼都是幸福。芊笋问道："师父还好吧？"扶苏就伸手在她的鼻子上刮了一下，笑道："你这几天，光顾着调皮，都把师父扔下不管啦！"芊笋娇嗔道："谁调皮啦？还不都是因为你？也不给我说清楚，把我气得半死不说，害得我差一点让那黑熊给抢走。"

扶苏笑道："蛮不讲理！你给我说话的机会了吗？"芊笋把手臂从后面抬起来，揪住了他的耳朵，说道："都怪你、都怪你，偏偏要那天去视察，还有，前一天晚上，我还做了个梦，梦见你和李酉……"扶苏苦笑了一下，道："妹妹，怕是不能拿梦境给人定罪吧？"芊笋继续胡搅蛮缠道："单独一个梦，自是不能算啦，但第二天，偏就有人惹我生气，那就只能算到一起喽。"扶苏问道："我前几天去那个客栈找你了，店家居然说你和你夫君……"芊笋就咯咯大笑了起来，说道："谁让你惹我生气？那我就临时找一个夫君喽！"扶苏一怔，呼吸变得凝重起来。芊笋回头看了看他，笑道："生气啦？那是孟姜姐姐，我们玩呢，哎，看你这小心眼的样子！"

扶苏长出了一口气，微微一笑，低下头，在她耳边轻轻说道："好啦好啦，不生气啊，就是怪我。"芊笋揪着扶苏耳朵的手轻轻地滑落下来，她钩住他的脖子，将自己的脸轻轻地转了过去，微微闭上了眼睛……

直到乌狮慢慢放缓了脚步，扶苏用眼睛的余光看见王离、昭阳、鱼若道、侯莫春等人探着脖子，大家都急切地盯着北边，身后是骑兵营士兵。扶苏就拍了拍芊笋的脸蛋，将身体直了起来。芊笋睁开了眼睛，用手拢了拢头发。大家见确是长公子，都长出了一口气。鱼若道策马前行几步，说道："长公子，你去北边也不找个帮手？"扶苏笑道："又不是打架，找什么帮手？我陪着公主去那边看看风景，也要帮手吗？"一干人都哈哈大笑起来。

见扶苏安然无恙返回，王离就让骑兵营都退了回去。他的坐骑和乌狮齐头并进。王离道:"长公子,以后这种事你好歹也带着部队,最不济你把昭阳的护卫队带上也好有个照应呀!"扶苏道:"我这是寻找自己的女人,完全是私事,为什么要带上朝廷的部队?"王离道:"这不是私事公事的问题,是你的人身安全,有些事你没有必要自己去冒险。"扶苏正色说道:"《孟子》有句话:'自反而不缩,虽褐宽博,吾不惴焉;自反而缩,虽千万人,吾往矣。'这和一个人的名爵没关系,是一个男人的责任而已。"

芈笋就回头问道:"扶苏哥哥,你说的缩不缩是什么意思?"扶苏就低下头轻轻说道:"一个君子,遇见事情,先反省。如果觉得自己理亏,那么,即使面对再微弱的力量,都要保持敬畏之心。反省后觉得自己理直,那么纵然面对成千上万的敌人,也要勇往直前。"芈笋就拍着手,笑道:"好一个正人君子呀!"扶苏就骄傲地仰了仰头。芈笋笑道:"先别得意,我还没说完呢,正人君子是正人君子,就是有点傻,怪不得老是受伤。"扶苏就嘿嘿地笑了起来。

翌日,天刚擦亮,匈奴大营就传来一阵阵"呜呜"的号角声。秦军大营也是战鼓阵阵,士兵集结的踏步声和战马的嘶鸣声响彻草原。扶苏站在瞭望台上,见匈奴骑兵如潮水般冲了过来,在队伍的中间有一面黑色大纛,上面是一只巨大的狼头。扶苏知道,帝谷亲自出动了,此番匈奴人必是倾巢而出。他知道,今天将和帝谷正式对决。

两军一交锋,立即展开了全面厮杀。骑兵营是本次大决战的主力,刚一开始,就被扶苏安排在前军中央,左右营分别由侯莫春和蔺之远指挥。重装步兵营的任务为配合骑兵,主要是围堵、拦截、分割。这一支力量虽说是配合,但却非常重要,由四个重装步兵营组成。他们要根据整个骑兵的作战形势,将战场分割成有利于秦军的小方块。每人一面大盾牌,攻击时,盾牌负于背上,手持长矛、长戈。防御时,一手持盾,一手是单刀。

这种盾牌还可以两两上下互叠、左右相接,迅速达成一面一丈高的隔离防御墙。这四个重装步兵营由王离统一指挥。扶苏下达给钟龀营的任务是歼灭匈奴三千不死神兵,他亲自靠前督战。这时,钟龀带领九千重装步兵按兵不动,关注着匈奴骑兵后面、帝谷大纛跟前的三千不死神兵。扶苏一袭黑色斗篷，眼睛冷冷地盯着前方的帝谷。胯下的乌狮也是高昂着脑袋，静静地看着远方，只是粗大的尾巴偶尔摆动一下。这一人一马，仿佛一座冷峻的雕像。

在秦军步兵和骑兵密切的配合下，匈奴人很快便被分割成若干个小块，再被秦军以优势兵力歼灭。帝谷在后面看得清清楚楚，再这么打下去，不用几个时辰，他这支部队将被扶苏吃得干干净净。帝谷一挥手，将三千不死神兵投入了战场，甲蓬在前面带领，帝谷在后面督阵。

钟龁见不死神兵开始了攻击，一声令下，全营将士齐吼一声"杀——"快速奔袭，围住不死神兵，开始了贴身肉搏。士兵们按照这段时间临战训练的战术，三对一，一名士兵手持长戈，专门刺马。等对方跌下马来，三人一起，对其一个部位连续攻击。有的不死神兵摔下马来，正想爬起来，发现手指被齐齐地砍掉了，有的是在兵刃相接时被削掉了手指。一时间，匈奴人哀号声此起彼伏，横尸遍野。

在甲蓬的周围，钟龁带领二十几名士兵，形成一个包围圈，猛烈攻击，士兵矛刺刀砍，皆不奏效。甲蓬不时地抓起一名士兵，抛到半空，士兵落下时皆被摔死。他手持一把九环鬼头大刀，秦军士兵不管用的什么兵器，只要碰上那大刀就都被磕飞了，转眼间，又有好几个士兵被他拦腰砍成两半。钟龁见此人力大无穷，士兵们的攻击没有任何效果，就冲进了包围圈，挥刀与甲蓬战在一处。钟龁知道对方力气远远大于自己，只能以速度取胜，便绕着他的身体，不停地游走，不时地出刀攻击。

扶苏在边上远远地盯着帝谷，时不时地瞄两眼钟龁这边，见他俩打斗了几十个回合，慢慢地钟龁处于下风，出刀的速度越来越慢，再过了几招，钟龁就没有进攻的机会了，只是不断地阻挡。只见甲蓬一刀劈下，钟龁举刀一迎，当的一声，震得钟龁两臂酸麻。接着甲蓬一个翻腕，九环鬼头刀刀刃向上一挑，钟龁后撤一步，勉强举刀一挡，嘴中"哎呀"一声，虎口被震裂，手中大刀嗖的一声，被震得飞到半空。甲蓬一近身，伸手抓住了钟龁的大臂，狞笑了一下，将钟龁的身体抡了起来，抛向半空。

周围的士兵都一声惊呼。就在钟龁还在半空时，一个黑影一晃，一伸手，拉住了他的右手，轻轻往上一带，钟龇就稳稳地落在了一丈开外的空地上。只见扶苏站在甲蓬的跟前，手持扶摇剑，指着甲蓬。甲蓬看着钟龇竟然稳稳地站在那儿，就觉得不可思议。他盯着扶苏问道："你就是扶苏？"扶苏点了点头，甲蓬又问道："是你从我的大营里救走那个姑娘的？"扶苏又点了一下头，冷冷地说道："我本来不想杀你，你一提这事，那你必须得死了。"甲蓬仰天哈哈一笑，道："扶苏，我早就想会会你了。"

说着，挥刀劈了下来，这一刀，甲蓬拼尽全力，刀背上的九只铁环发出尖锐的呼啸声。扶苏一挥扶摇剑，当的一声，甲蓬手腕一软，刀差一点脱手，暗道："怪不得帝谷说此人了不得，果然名不虚传。"刚将刀收到胸前，只见面前剑光一片，竟有好多把剑同时刺向自己。正是天道剑之"无中生有"。甲蓬急忙后撤数步，手中大刀横推。哧哧几声，甲蓬胸口裂开几个小口，刚开始是白色的肉，慢慢地鲜血渗了出来。

甲蓬心中大骇，暗道："扶苏只一出剑，就在我身上留了几个口子，虽只是皮外伤，但这是什么剑法？我这刀并未与剑刃相交呢，也就是说，他仅凭剑气就能破了我的魔王罩？"眼中顿时没有了刚才的狂妄之气，双手握着刀柄高高跃起，照着扶苏的脑袋劈了下来。只见扶苏呆呆地站着不动，等刀离头顶还有一寸的距离时，突然人影横移了过去，接着扶苏用剑在九环鬼头刀背上顺势拍了一下。这一刀本是直上直下，甲蓬使了十二分的力气，他根本就想不到扶苏的身子会横着平移，这刀就砍空了，加上扶苏在刀背上用力一拍，刀刃就在甲蓬的面前划了一道完美的半圆弧。不幸的是，这道弧线的终点在甲蓬的裆部。他只觉得两腿之间一凉，草地上掉下一坨肉来。甲蓬先是看了一眼，等看清楚掉的是什么东西的时候，他将刀扔在地上，双手捂着双腿之间，躺在地上不停地号叫着。扶苏看着甲蓬笑道："打不过就打不过嘛，不至于挥刀自宫吧！"

扶苏又飞身跃到马背之上，环视了整个战场。重装步兵在王离的指挥下，不断地分割包围，将匈奴骑兵围到包围圈以后也不闲着，有用长戈刺马的，有在盾牌后面放冷箭的。鏖战到午时，匈奴人越来越少。帝谷也密切地关注着战场，一看这种情形，知道大势去矣，忙让传令兵鸣锣收兵，自己带着身边的几百亲信骑兵，往北边逃去。扶苏在马背上看得清清楚楚，见帝谷要逃跑，一拍乌狮背，喝道："追！"乌狮扬蹄飞奔，昭阳一挥手，百人护卫跟在扶苏后面追了过去。

剩下的匈奴兵一看主帅逃走，也都无心恋战，着急撤出战场，就拼命地往一个方向攻击，将重装步兵的包围圈撕开一条口子，也不分东南西北，疯狂逃窜。王离下令，骑兵追击，全部歼灭。曾在草原上不可一世的匈奴骑兵，被打得溃不成军，四散奔逃。此战，将盘踞在贺兰山一带的匈奴军事力量消灭殆尽，宁夏地区至此正式并入大秦帝国的版图。

扶苏追着帝谷，跑了几十里，慢慢地两匹马的距离越来越近。待还有两三丈距离时，帝谷突然一拨马头，离开小路，往一边的草地上跑去，扶苏见草地上有白花花的水面，见帝谷在前面，未及多想，也追了过去。刚追了十几步远，就觉得乌狮的速度突然慢了下来，接着就见帝谷飞身跃起，在马背上斜着踩了一脚，借此力在空中翻了个跟头，落在了七八丈开外。

扶苏低头一看，暗想：坏了，坏了，这是一片沼泽。正想下马，牵着乌狮退出，胯下的乌狮却仰天嘶鸣一声，身体猛地一沉，接着奋力一顶，将扶苏抛到一丈开外。等乌狮再降落时，四只马蹄已深深地陷到了沼泽里，淹没到腿弯处。扶苏觉得自己脚下松松软软的，也不敢站到原处，就往边上移动了几步，转头再看乌狮，四条腿已经全部陷了进去，乌狮的腹部已经压在水面上了。扶苏回头看了一下昭阳带领的护卫队，他刚才追击时，乌狮是全速奔袭，将他们甩出了老远，现在还是一群小黑点。乌狮转过头来，望着扶苏，脑袋高高地仰起，想嘶鸣几声，声音却变了，变得沉闷，也变得小了好多。扶苏知道这是因为它的胸腔已经陷进了沼泽，再也发不出那响彻草原的嘶鸣声了。

扶苏看着乌狮，乌狮也静静地看着扶苏。扶苏心中万分焦急，又回头看了看昭阳他们，小黑点稍微大了一些，扶苏提了一口气，长啸一声，喊道："昭阳，快点！"过了好久，声音才传到昭阳的耳朵里。昭阳拼命地打马，可刚奔出百十来步，就被帝谷带着的几百个骑兵拦住去路，两队人马又展开了厮杀。

扶苏怒吼一声，飞身跃起，一招"飘风骤雨"，人剑未到，凌厉的剑气已罩住了帝谷。帝谷举起九环屠魔刀，一招"风魔荡"，两股真气激荡，砰的一声，震得两人同时一晃。扶苏身体还在半空中，往后一个空翻，卸去强劲的冲击，脚一着地，又一个滑步，进到了帝谷跟前，唰的一声，又攻出了一剑。这一剑平刺，看似平淡无奇，却是用凝气之法，调动全部内力刺出。扶摇剑周围的空气跟着发出噼里啪啦的声音，帝谷身体往后飘移了数步，将凌厉的剑气化开。扶苏第三招跟着攻进，是一招"寸进尺退"，扶摇剑前进少许，剑尖迸发出的真气，如炸雷一般。帝谷将九环屠魔刀横在胸前，整个身体一晃，又往后面滑了一步，冷冷地说道："你已攻了三剑，也尝尝我的屠魔刀吧！"

话音刚落，一招"百魔斩"，扶苏觉得四面八方的刀锋压了过来，举剑一封，扶摇剑在头顶划了一道弧线。刀剑相碰，铿锵之声不断。余音未消，帝谷又是横劈一刀。扶苏手中的剑还在肩头位置，这一下移位换招已来不及，就直接往外面一搪，嗵的一声，在扶苏耳边炸响。帝谷暗道："这小子确实是个奇才，大半年时间，内力精进至如此地步。"要知道，帝谷这九环屠魔刀重九十余斤，他这一横劈劲势是递增的，到对方肩头时，是力道最大、威力最猛的时候，而扶苏手中的剑本来就在肩头部位，只是挥手一搪，就将屠魔刀给弹开，确实厉害。

扶苏耳边还在嗡嗡作响。他将左腿往后面移了半步，身子一转，变成侧面应敌。帝谷刀身一沉，大喝一声："地魔冲！"一股强大的力量，由底下腾空而起，扶苏将剑下压，整个身子却被挑了起来，飞到了一丈多高的半空之中。扶苏思忖，现在双方各攻防了三招，原来只知道自身半年来内力大增，却不知道对方也是当世绝顶高手。按内力来看，帝谷不在我之下。念头一转，就将手中扶摇剑往胸前一收，在空中平衡了身体，调息运气，剑尖朝下，一招"天长地久"，剑气已封住帝谷身边方圆一丈的范围。帝谷觉得从天而降的剑雨随着扶苏身体的下落，越来越凌厉，哧哧几声，肩头的衣服裂了几道口子。

帝谷两脚一蹬，身体也离空，吼道："疯魔旋！"身体和屠魔刀合为一体，像一阵黑色的旋风一样，盘旋着迎了上去。扶苏正待调息下攻，突然一声微弱的"咴——"声传到耳中，他在半空中侧目一看，乌狮整个身子已沉入沼泽，只留下脖子以上部分，那大大的眼睛还一直盯着自己。扶苏顿时心如刀绞，气息马上不稳。哧哧两声，左胸、右肩同时裂开一寸余长的口子，是被疯魔旋的真气所伤。这高手过招，差池只在丝毫之间。更何况天道剑法的化气、凝气、御气全凭调息，心中稍有杂念，威力顿减。

扶苏身中两刀，虽说是皮外伤，但破绽顿现。他两脚刚一落地，帝谷又是一刀，直刺过来。扶苏身体一侧，刚让过刀锋，帝谷突然又挥出一掌，砰的一声，正击在扶苏的胸口。当力道刚抵胸口三成功力时，扶苏一含胸，一招"虚怀若谷"将大部分掌力化解掉，上身微微一晃，体内气血翻滚。他知道眼下自己已稍处于下风，再这么打下去，必败无疑，就后撤一步，心中想着先以散招防御，再用武王破阵剑法快速进攻，消耗帝谷的内力，最后再用天道剑法全力攻击。

扶苏主意打定，一招"横扫六合"，又飞身进攻。这招"横扫六合"分别攻击对方的小腹、左右大臂、左右胸和咽喉，这套剑法扶苏从七岁开始练习，自是娴熟无比，刺、扫、挑等动作一气呵成，虽然剑端的剑气没有了，但剑速奇快，威力也是不可小觑，逼得帝谷不断变换步子防御。

帝谷暗道："没想到刚才那一掌实实地打在他的胸口，即使一头牛也被震死了，这小子竟然没什么反应。看来今天能不能脱身还是个变数。急不得，慢慢耗。这屠魔刀法消耗太大，眼下还不能过多使用。"就守住中路，待扶苏剑招稍缓，举刀刺向扶苏的右肩。扶苏举剑一挡，帝谷却不待扶摇剑挨着屠魔刀，刀身往下一沉，又刺向扶苏的小腹。

扶苏看他肩上的动作，知道他这向下一划只是虚招，目的是攻击小腹，心想：那我的剑尖离你更近，何必再挡你的刀？当即举剑，带着一股劲风，向帝谷的胸口刺去，哧的一声，剑尖划破了衣服，却怎么也穿不透他的皮肤。扶苏看帝谷手中的屠魔刀，在离他小腹还有半尺左右却停住了，就想起来，以前和南山尊者练剑之时，听他说过，有种功夫叫"封神罩"，刀枪不入，但防御之时不能同时攻击，是靠一口气顶着，必须把意念都用在某个部位。

扶苏暗道："还多亏是这样，要不这还没法打了。"就把剑收回来，又刺他的咽喉。帝谷侧身滑步，举刀往上一撩，扶苏并不和屠魔刀相接，而是将剑收了回来，展开步子，围着帝谷不停地旋转，边转边出剑，丝毫不停地连攻了百十剑。帝谷只是在前面左右格挡，对他后面的攻击，竟连头也不回，不理不睬。扶苏又换着不同部位攻了十多剑，都是一样的效果，刺不透。他灵机一动，想到对付不死神兵的办法，就朝着帝谷的小臂内关穴刺去，帝谷小臂一抬，右手刚好到剑尖的位置，扶苏往下轻轻一划，哧的一声，帝谷的虎口被划开一个小口子。

帝谷哼了一声，收回屠魔刀，高高跃起，嘴中吼道："群魔舞！"面前化出一片刀影，从不同部位攻向扶苏。扶苏调整步法，一招"瑟瑟秋风"，横扫而过。一阵金属的碰撞声后，两人同时往后空翻了个筋斗。扶苏刚一站稳，帝谷又怒吼一声："魔王吼！"刀速并不算快，九环屠魔刀背上的九只环却竖了起来，扶苏再仔细一看，九个铁环剧烈地颤抖起来。同时，他觉得胸口好闷，就调动胎息功，感到一股股细细密密的冲击力量，就像水面的涟漪，一波一波地不断敲打着胸口，这种冲击力量是由那九个铁环发出的。对了，上次在遭遇帝谷伏击时，他就是用的这招，当时胸口也有同样的感觉，因当时未练习胎息功，根本看不到铁环的震动，只是觉得空气好像变得黏滞起来了，呼吸有些不畅，才被帝谷挑到半空，击中那一掌。

当下，扶苏屏住呼吸，瞬间，胸口的沉闷一扫而光。接着，屠魔刀已劈到脑门跟前，扶苏用剑一挡，剑刃贴着刀刃下滑，刀剑相接处，火星飞溅。

扶苏想再用削手那招，但刚才帝谷的虎口已被划伤，岂能再让他得逞？刀刃一翻，将扶摇剑荡开。两人又斗了两百来招，扶苏身上又多了两个刀口，一个在肩上，一个在背上，虽说不深不长，但一直往外边渗着血。帝谷身上的衣服已经全是窟窿，耳朵被扶摇剑削去半截，鲜血流了一脖子，出刀速度也明显慢了。扶苏将平生所学尽数用上，特别是"大象无形"这招，已多次使用，每次都能将帝谷打得狼狈不堪，衣服上多十几个窟窿，但始终还是攻不破他的身体防御。

两人对彼此的招式已非常熟悉了，扶苏确实想不出来取胜的办法，就将"大盈若冲"和"大象无形"两招混着使了一下，一股巨大的力量压向帝谷。帝谷举刀一挡，人平着向后飞出，身上已千疮百孔的衣服也被强大的气流刮得干干净净。帝谷在空中飞了两丈有余，等脚着地时，用九环屠魔刀往后面一撑，又站了起来，仰天长啸一声，冷冷地说道："扶苏，你的招式都用尽了吧，那你再试试我这招'封魔印'。"说着，连人带刀平着飞了起来，那九环屠魔刀化成六把刀，凌厉的真气将休、伤、杜、景、惊、开六处全部封死，只剩下生、死两个方位。

扶苏又想到南山尊者说过，"出生入死"这招威力巨大，无坚不摧。他后来在实战中用了好多次，实在是威力平平。自从在彼岸峰受龙檀子的指点，打通任督二脉后，其他剑招都是威力大增，就只有这招"出生入死"并没有什么变化。眼下，见帝谷将他防守的八个方位中的六个封得死死的，只留下脚底下的生之地和对方进攻主线的死之地。

扶苏念头一转，生也，死之徒；死也，生之始。如果防不住这招，生之地马上就转变为死之地。那对面的死之地能不能变为生之地呢？"出生入死"是天道剑法最后一招，那一定是有道理的，只是自己没有领悟其中的奥妙。扶苏脑子里飞快地转动着，突然，一个念头蹦了出来，出生入死本意是说任何生命只要一形成，就不可逆转地朝着死亡奔去，而世人都把它理解为形势凶险。求生避死又是人的本能，所以说生生之厚。以前，多次使用此招，都没有奔赴死门的心境，那此招的威力就发挥不出来。

念已至此，帝谷令人窒息的刀锋已了逼过来，扶苏下定决心：成败在此一举！就调息入气海，发于会阴，又由督脉至百会，将真气灌入扶摇剑，由生门直接跃起，人剑合一，不做任何防御，迎着对方的刀锋，直奔死门刺出扶摇剑。

此时，扶苏体内的真气越来越强，原是由督脉一条线输出，等和对方的刀锋相遇时，瞬间，奇经八脉中源源不断的内力蓬勃而出，扶摇剑发出蓝灿灿的光芒，对方强劲的真气被劈开一个口子，往两边散开。唰的一声，扶摇剑直没至剑柄，两人顺着扶苏进攻的方向飞了三四丈远。落地时，帝谷低头看了看胸前还依然握在扶苏手中的剑柄,又转头看了看露出后背的剑刃,仰起头来,张嘴大笑,只"哈"了一下,就再也发不出任何声音,嘴里一口鲜血喷了出来。此时,扶苏脑子里一片空白,鲜血正喷在他的脸上、脖子上和胸前。扶苏却一动不动地站着,直到帝谷往后直挺挺地倒在草地上。打败帝谷,是扶苏一直的夙愿,甚至他经常梦见两人在梦中交战,但当这个强大的对手,真的躺在他的脚下,他却生出前所未有的惆怅。

再转头看了看沼泽里面,乌狮已不见了踪影,只是在刚才的位置,水面咕嘟一声,冒了两个气泡,就再也没有了动静,沼泽里恢复了死一般的寂静。扶苏失神地看了一眼躺在一边的帝谷的尸体,又看了看那片沼泽,浑身像散架了一般,扑通一声,瘫坐在地上,还是觉得累,干脆就躺了下来,轻轻地闭上了眼睛。一会儿,觉得乌狮在舔他的脸,他就推了乌狮一下,笑道:"别闹,别闹,让我躺一会儿。""哞——"

扶苏睁开了眼睛,是一只梅花鹿。他搞不清是自己的幻觉还是南柯一梦。他知道乌狮再也回不来了,不由得泪如泉涌,"乌狮兄弟呀,你本来自由自在地驰骋在大宛的草原上,周围有一群母马,食草饮水,喜则交颈相靡,怒则分背相蹄,放荡不羁地安享天年,是我给你戴上辔头和缰绳,说给你天马的荣耀。你和我征战漠北,远涉西域,往返数万里,是你两次救我扶苏性命,刚才这次更是以命护主……"

一阵马蹄声将扶苏的思绪打断,身边那只梅花鹿惊叫一声,跑开了。扶苏连抬一下眼皮都不愿意,只想这么静静地躺一会儿。他听见是昭阳的声音:"是长公子,快、快!"周围有一群人围了过来。昭阳单膝跪在他身边,将耳朵贴在他的胸口,感觉到正常的起伏,就长出了一口气,唤道:"长公子、长公子。"扶苏说道:"我没事,只是太累了,歇一会儿。来,你们也歇一会儿。"昭阳就让护卫都围在扶苏周围歇息。扶苏觉得声音稀疏,就睁开眼睛坐了起来,见周围横七竖八地躺了十几个人,都是披头散发,一身血污,就问昭阳:"其他兄弟呢?"昭阳答道:"长公子,匈奴人有五六百人,弟兄们拼尽全力啦,阵亡八十二人,剩下的十八人都在这儿呢!"

扶苏看着身边的十八个满身血污的兄弟，说道："你们都是中尉军中挑出来的佼佼者，当初，随我由咸阳城一路北上，阴山突围战两百兄弟长眠异国，今天又有八十二个兄弟，永远留在这儿。还有这次西渡军大大小小六次战役阵亡的将士，有多少白发苍苍的母亲倚门远眺盼儿归，多少独守空房的寡妇彻夜难眠哭丈夫。"昭阳看着周围的兄弟，慢慢说道："长公子也不必伤感。打仗嘛，哪有不死人的？"扶苏摇了摇头说："打仗当然要死人，唉，成就时代辉煌的同时，又造就了多少人间悲剧？'兵者，不祥之器，非君子之器，不得已而用之。恬淡为上，胜而不美，而美之者，是乐杀人。夫乐杀人者不可得志于天下矣'……"

## 拾捌

# 盟约

　　正说着，南边一队人马飞奔而来，大约有一千余骑。扶苏见中间是王离，边上还有一骑是个女子，因伏在马背上，看不清脸，看穿着像是诗曼。等到了跟前，王离先下了马，又伸手将女子扶下了马。扶苏看清楚了，果然是诗曼。诗曼快跑了过来，看见扶苏脸上、身上全是血，斗篷变成一缕一缕的，就蹲下来先仔细地看了看扶苏的身体，确定是他，就哭道："哥哥，是谁把你打成这样的？你疼不疼？"就趴在扶苏的肩头呜呜地哭了起来。

　　扶苏拍着她的脑袋，笑道："小诗曼，不哭啊。哥哥没事，这都是别人的血。"诗曼看了看扶苏的脸，由袖中掏出一方洁白的丝巾，给扶苏擦拭着脸上的血迹。那血迹本是帝谷临死前喷出来的，早已干了。诗曼蹭了两下，见血迹擦不下来，就回头看了看王离，王离转身将马背上的水囊摘了下来，拔掉塞子，俯身交给了诗曼。诗曼倒了一些水，将丝巾打湿，仔细地将扶苏脸上的血污擦得干干净净。她看着扶苏干裂的嘴唇，就将水囊递到他的嘴边，说："哥哥，你渴了吧，快喝点水。"扶苏这才觉得嗓子干得冒烟，渴得厉害，就接过水囊仰起脖子，咕嘟咕嘟一口气将水囊中的水喝得一滴不剩。

　　扶苏将水囊丢在一边，看着妹妹眼中含着泪花给他擦着脖子上的血迹，一股疼爱之情油然而生。去年诗曼还是个未及笄的小丫头，头上扎着两只羊角小辫，一年没见，已出落成一个亭亭玉立的大姑娘了。头上两个羊角小辫不见了，发辫盘至头顶，用一根碧玉簪子插住。笄礼是女孩的成人礼。笄，即簪子。自西周开始，贵族女子在订婚以后，出嫁之前行笄礼。如果年已十五，没有许嫁，也可以行笄礼。

扶苏心道："妹妹笄礼自己也没个礼物，我这哥哥当得也太不像话啦！"诗曼看见了他肩头的伤口，就咬着牙诅咒道："该死的匈奴人，把我哥哥打成这个样子，早晚出门让狼给咬死，大冬天掉进河里给冻死……"扶苏就呵呵地笑道："小诗曼，你一天哪来那么多的词？小嘴吧嗒吧嗒说个不停，这词还从来不重样。"诗曼道："我恨他们打我哥哥。娘亲要是看见你被打成了这个模样，那还不得难过死？"扶苏就正色道："你可不敢和娘亲说这些啊！"诗曼点了点头，说道："知道！我又不是小孩子。"

扶苏当时离开主战场追赶帝谷时，看到秦军已完全掌握了主动，但毕竟没看到结果，就问道："战果如何？"王离答道："歼敌三万以上，匈奴人突围有几千人吧，星散逃亡。我本来下令追杀干净呢，只是挂念你的安危，就让部队收拢了。"扶苏道："别追了，何必赶尽杀绝呢？让匈奴人知道侵犯我大秦的后果有多严重就行了。"王离哈哈笑道："这一仗，匈奴人真是被打怕了。他们逃跑时，根本顾不上东南西北，有的直接往东跑，连人带马跳到了河里淹死了不少。我估计他们再没有胆量南犯了。"扶苏又问道："我军阵亡多少？"王离道："五千多，不超过六千。具体数字还没有统计出来。"

扶苏长叹了一口气，站了起来，眺望着茫茫的草原，又把目光收了回来，看着沼泽，又看了看帝谷的尸体，说道："按照蒙大哥的部署，西渡军的仗打完了，我心里怎么一点都高兴不起来呢？原打算和弟兄们畅饮三天，再在草原上打几天猎，然后引兵东进和蒙大哥会师……唉！"王离打小和扶苏一起长大，深知他的性格，就劝道："长公子，打仗嘛，不就是你死我活的？"扶苏摇了摇头道："我也不知道为啥，不光是死人的问题。"

诗曼左右看了看，问道："哥哥，乌狮呢？"扶苏指了指沼泽。诗曼张大嘴"啊"了一声，说道："怪不得哥哥这么难过……"扶苏慢慢地走到帝谷的尸体跟前，看着他睁得大大的眼睛，说道："我本来要砍掉你的脑袋来祭我阵亡的兄弟，不过算啦，错的不是你的脑袋，而是你手中这把刀。你以后就在这儿陪着乌狮吧,给它喂喂草料,再给它多找一些母马……"扶苏眼睛有些红了,转过头来,对王离说,"把他埋了吧,这把刀带回去。"

扶苏下令大军休整了三天,将西渡军阵亡的将士尸体掩埋,又率全体将士将西渡以来阵亡的少庶长以上军官的棺椁,以军礼公祭下葬。那把九环屠魔刀被扶摇剑削去刀尖,刀刃上刻了七个字:狼牙虎爪帝谷刀。

扶苏回到大帐后,芊笋垂泪道:"乌狮死得这么惨,你为何没祭一下它呢?"扶苏就将芊笋轻揽入怀,拍着她的肩,柔声说道:"芊儿,你别难过,这几天你都哭了多少次了?我也悲恸啊,我和你甜蜜的记忆大半是在乌狮的背上……"芊笋俏脸飞红,在扶苏背上轻轻地拍了一下。扶苏说道:"只是秦军从来没有祭一匹战马的先例呀,我不能因为是自己的坐骑而坏了规矩,这叫因私坏公。就像上次我只身去救你一样,你是我的娘子,护佑你是我的责任,我要是带兵前往,这就成公权私用了。"

两人正在缱绻旖旎,门帘一挑,诗曼走了进来,咳嗽了两声,芊笋把扶苏推开。诗曼笑道:"好一个郎情妾意,缠绵缱绻,不分昼夜。"芊笋笑道:"谁知道你在王离的大帐里是个啥样子?"诗曼就一跺脚,说道:"哎、哎,芊笋姐姐,我找王离就是对弈,你们可别胡思乱想。"说着就噘着嘴巴,把头偏到了一边。芊笋过去拉着她的手笑道:"小、诗、曼,姐姐和你开玩笑呢,知道你是'千里追随只为棋'。"诗曼一听,觉得这话味儿不对,就追着芊笋打,芊笋绕着扶苏转圈,嘴里咯咯地笑个不停。诗曼边跑边说:"哥哥,你娶的这个娘子,嘴巴可是坏得很,你到底管不管呀?"

扶苏伸出双手,一边一个,将她俩拽住,笑道:"你俩以后到一起了,我就闲不着了,给你俩评不完的理。"诗曼说道:"怪不得娘亲说你是娶了媳妇忘了娘,更何况对我这个妹妹呢?"扶苏笑道:"好了,好了,你看你都是大姑娘了,头发乱得跟个小疯子似的,来,哥哥给你梳梳头。"诗曼就不跑了,安安静静地站在扶苏面前。扶苏伸手接过芊笋递来的梳子,认真地给诗曼梳着头发。

扶苏转头对芊笋笑道:"诗曼小时候不让婢女梳头,非要让娘亲和我给她梳。"诗曼咯咯地笑道:"她们都太笨了,总把我弄疼。"芊笋笑盈盈地看着兄妹俩，又叹道："有个哥哥还真是幸福呀！"诗曼道："天下大英雄扶苏都是你的夫君了，你还贪心地想要什么哥哥？"扶苏梳完最后一下，在她脑袋上拍了一下，说道："赶紧把你嫁出去吧，让你的夫君给你梳头去，我以后要给芊笋梳头呢！"诗曼就冲着扶苏"哼"了一声。

芊笋问道："诗曼，一会儿，我们要去祭拜乌狮，你去不去？"诗曼点点头说道："乌狮真乖，这真是太可惜了。我第一次骑马就是哥哥抱着我骑的乌狮，简直快得和飞一样，我眼睛都睁不开，后来慢慢地眼睛能睁开了，都快到梁山宫了。"扶苏笑道："你第一次骑马，骑的是我好不好？"诗曼偏着脑袋想了一会儿，笑道："谁让你老是气我呢？"

扶苏给芊笋说："诗曼六七岁时，那年夏天，我带着几个弟弟妹妹在宫内玩耍。我抓了一只蝉，小诗曼和阴曼都想要，我就把蝉给了阴曼。小诗曼跑到娘亲屋里一直哭，谁都哄不下来，后来我给她当马骑了几圈，这才把事儿平息了。"

芊笋道："那要是我，我也哭。这不是一个蝉的事儿嘛！明明是自己的亲哥哥，却把蝉给了别人……"诗曼就喊道："哎，对对对，就是这个意思，这个傻扶苏就不明白这个道理。"说着，和芊笋俩人击了一下右掌。扶苏说道："别胡说！都是亲妹妹。"诗曼道："亲妹妹里是不是还有个最亲的？"扶苏就嘿嘿地笑了，说道："好了，知道了，诗曼才是最亲的妹妹。"诗曼就撇了撇嘴说道："你现在知道有什么用？再亲的妹妹也没有人家娘子亲呀！"

三人用过午餐后，又叫上天山牟尼和善因、善果、王离、昭阳等人，一行人往北边去。到了那片沼泽地边上，扶苏就把那天的情景跟大家说了一遍。芊笋默默地流着眼泪，双手合十低头祭拜。天山牟尼诵了一段经文。扶苏站在边上听了一会儿，没有听懂经文。等天山牟尼诵经完毕，扶苏就问道："师父，刚才所诵是何经？"天山牟尼道："是一段超度亡灵的经文。"

说话间，一匹马打西边飞奔而来，马上一个匈奴士兵到了众人跟前，勒住马问道："你们可识得长公子扶苏？"扶苏问道："我就是，你是何人？"那士兵翻身下马，躬身一拜，道："我们大都尉冒顿让在下给你送一封信。"扶苏接过信，打开一看，上书："兄长安康，闻兄长已手刃帝谷，甚慰。晚上备了十坛好酒，邀请兄长至西边十里桦树林一聚，弟亲手为兄长炙烤羔羊。冒顿。"

扶苏看完信，对使者说道："给你们大都尉说一下，我准时赴约。"看着匈奴使者离去，扶苏对芊笋说道，"晚上冒顿要宴请我，你想去不？"芊笋拍手笑道："好呀！我好久没见过雪蹄儿了，去了刚好也见见它。"诗曼在一边嚷道："我也要去，去看看这位匈奴王子是个什么样子。"扶苏道："好，王离也跟着去吧！"

昭阳道："长公子，两军刚刚血战，你要去赴这个约……"扶苏道："昭阳多虑啦！冒顿兄弟我虽然只见过两面，但我相信自己的眼光，他是个光明磊落的汉子，是个可以深交的朋友。你护送天山牟尼回大营，我和王离去会会这个兄弟，我确实还有一些话要和冒顿说。"王离说道："昭阳，你放心，匈奴的精锐部队已被我军击溃，量他冒顿也不敢玩什么花样。即使偶有意外，我手中这把剑会护长公子周全。"扶苏转头对王离说道："别这样说，冒顿是我的朋友。我们背后这样猜忌，岂不是显得我不诚不义？我俩的佩剑都别带，晚上就是朋友喝酒。"

扶苏将扶摇剑由背上取了下来，递给了昭阳。王离看着昭阳笑了笑，也将腰间的长剑摘了下来。扶苏、芊笋、王离、诗曼四人并辔缓行在夕阳的余晖下。芊笋和诗曼一路欢声笑语，俩人轮流一人一首唱歌。诗曼咯咯地笑道："我回咸阳后，把这大漠风光给阴曼姐姐讲一讲，能把她羡慕死。"扶苏就笑道："小诗曼，你这爱炫耀的毛病能不能改一改？"诗曼就白了哥哥一眼，嗔道："不能！你这老是欺负我的毛病能不能改一改？"

扶苏就呵呵地笑了一下。前面已经能看到桦树林边的篝火和袅袅升起的炊烟，扶苏对王离说道："晚上除了喝酒之外，我还要和冒顿谈一下战后的划界。你注意观察，这个地方还可以种庄稼，但再往北，就只能长草了。这是每年的雨水量所致。对我们大秦来说，再要这些地方也没什么意义。战后，还是要和匈奴和平共处，到时候通过边境贸易，用我们的粮食、布帛换他们的牛羊、兽皮。与邻相处，没有必要非得靠战争，让我大秦子民遭受无尽的兵燹之祸。匈奴人也是父精母血孕育而成，和我们有一样的情感，能好好地活着，谁愿意开这制造鲜血和尸体的战端？"

王离点了点头，说道："是呀，真正打过仗的人谁会喜欢战争呢？我十四岁时，随父亲攻打燕国，在蓟城脚下，我平生第一次杀人。那个燕国士兵也是个十五六岁的孩子，他躺在地上绝望地看着我手中的长剑，当我将剑尖抵在他的咽喉时，却怎么也没有勇气往下用力推了。我父亲在边上冷冷地说：'离儿，这是战场，你是军人，杀死敌人是你的职责。你不杀他，躺在地上的人就是你了。'当我将剑刺入他的咽喉时，他眼睛瞪得溜圆，嘴巴张得大大的，急促地喘气，血由喉管处一股一股地往外喷，喷得我满身是血，握着剑柄的手掌心滑腻腻的。那士兵咽气前好像叫了一声'娘——'，我把他的脑袋砍了下来，拎在手中，刚走了两步，就蹲在地上吐了起来。"

扶苏道："咱俩差不多，我第一次杀人是随蒙大哥伐齐时，也是十四岁，当天晚上老做噩梦。'天下有道，却走马以粪。天下无道，戎马生于郊。罪莫厚于甚欲，祸莫大于不知足。'晚上和冒顿喝酒，我们要收起胜利者的骄傲，就当朋友聚会一样，让人家感受到我们的真诚，用仁义礼智信来感化匈奴人，这就叫'不战而屈人之兵'。"

前面两骑飞奔而来，扶苏对王离说道："冒顿过来迎接我们了。"芊笋就往前看，小声道："这好像不是雪蹄儿呀？"说话间，冒顿和巴哥罕已到了跟前。冒顿飞身下马，低头就拜。扶苏也连忙下了马，扶起了冒顿，拍着他的肩膀，笑道："冒顿兄弟，别来无恙？"冒顿起来抱着扶苏，笑道："能吃能睡，好着呢！"转身指着巴哥罕道，"这是我表哥巴哥罕。"又转头对巴哥罕道："来，快来见过长公子。"巴哥罕就下马拱手一拜。

扶苏指着王离介绍道："王离，我的朋友。"又指着芊笋，还没等他开口，冒顿就笑道："我知道，嫂夫人嘛！"扶苏又指着诗曼介绍道："舍妹，诗曼。"芊笋看着冒顿的坐骑，问道："哎，冒顿，咋没见雪蹄儿呢？"冒顿略微一怔，笑道："雪蹄儿随我回到草原上不久就病死了，可能是水土不服吧！"芋笋在马背上有些伤感，就低下头来，默不作声。冒顿见芋笋不高兴了，就赔着笑脸，说道："嫂夫人，上个月我跑到极北之地，打了一只银狐。这银狐的皮毛珍贵异常，我把它献给嫂夫人，就当冒顿赔罪啦！"

芋笋又问道："还有我那对青燕呢？咋回事？"冒顿就有些尴尬地嘿嘿笑了，说道："这个都怪冒顿治军无方，误伤了大哥和嫂子的信使……"扶苏就转头看了芋笋一眼，笑道："算啦，冒顿兄弟都赔罪了，你就别得理不饶人啦！"又搂着冒顿的肩膀，小声道，"兄弟勿怪啊，她就这个脾气，一会儿就没事啦！"冒顿道："这个确实怪我。"扶苏、冒顿、王离和巴哥罕四个男人在前面步行，芋笋和诗曼骑在马上慢慢悠悠地跟在后面。

到那片桦树林后，冒顿安排扶苏一行入席。他和扶苏同席坐首位，巴哥罕陪着王离坐在左席，芋笋和诗曼同席坐在右席。下面还有两名匈奴女子一席相陪。冒顿就指着对面的一名女子，说道："兰朵儿，我老婆。"那女子就冲着扶苏微微一笑，算是打过招呼了。冒顿一挥手，底下早有几十个匈奴汉子将烤好的羊肉端了上来。冒顿端起酒碗，道："我冒顿从小到大也算是接触过诸多天下英雄豪杰，但从未佩服过谁，唯有扶苏大哥，让冒顿佩服得五体投地，真是天神一般的人物。来，我敬大哥一杯。"说着干了一大碗酒。

扶苏笑道："冒顿兄弟，你过奖了。我倒觉得兄弟是真性情，快意恩仇，我也佩服得很哪！"说着也干了碗中的酒。诗曼拿了一块肉，放到嘴里一嚼，眼睛一亮，对芋笋说道："姐姐，你尝一下这烤肉，真香！"芋笋就在盘子里取了一小块肉，尝了一口，点了点头，笑道："这肉的确好吃，这是咋烤的？"芋笋就偏着头看着兰朵儿。兰朵儿笑道："这些羊肉都是取自一岁羊羔的前腿，而且是前腿前侧部分，每只羊只能取二两嫩肉。"芋笋看着案几上堆得和小山一样的烤肉，吐了吐舌头，问道："那你们得杀多少羊呀？"

兰朵儿笑道："你尽管吃吧，草原上别的没有，却有数不尽的羊群。"芋笋道："不是这个道理，这得多浪费呀！"兰朵儿道："那倒没有，剩下的部分都分给士兵了。"旁边那个匈奴女子接着说道:"这羊肉在烤之前,先用甘草汁腌制一个时辰,这样烤出来的肉就没有一点腥膻味,还有一股清香的味道。"诗曼就使劲地点着头,笑道:"是的,是的。"

这边几个女人已很快熟络起来了。兰朵儿夸赞道:"怪不得都说你们咸阳城物华天宝,人杰地灵,你俩都是仙女一般的人物,刚看到你们的第一眼,我就给果萼妹妹说,这世上还有这么好看的女子!"

芊笋就低头笑道:"我可不是咸阳城的。"诗曼低声道:"嫁到咸阳城也算呀!"又回头对兰朵儿说道,"主要是芊笋姐姐好看,我跟着沾光啦!"兰朵儿笑道:"她不是你的嫂子吗?"诗曼偏着脑袋微笑道:"虽然叫姐姐,实际上她就是我的嫂子,因为还没有过门,就叫姐姐喽。"兰朵儿笑了起来,探过头来,小声说道:"哦!还没出嫁呢,我说嘛,一看就是个姑娘家身子。"芊笋和诗曼对视了一眼,扑哧笑了起来,轻声道:"这还能看得出来?"

兰朵儿笑道:"那当然啦!我去年没出嫁的时候,虽没有你的模样,但若论身材却也差不多。你看这才多长时间,身子就变成这个样子,胖死了。"诗曼笑道:"兰姐姐你是丰腴的美呀,要不冒顿哥哥咋这么喜欢呢?"芊笋就轻轻地在诗曼手上拍了一下,小声说道:"口无遮拦!"兰朵儿和果萼坐在南面的案前,对面相距十步左右,是冒顿和扶苏的席位。兰朵儿看了一眼丈夫,轻轻叹了一口气。

王离和巴哥罕坐在东边席位,两人话都不多,只是举碗就干。喝了一会儿,冒顿拍了拍手,上来八名盛装的匈奴少女。果萼也由席间站了起来,加入少女的队伍之中。冒顿笑道:"这荒漠苦寒之地,只闷头喝酒难免寂寞,调教了几名舞女,给哥哥跳舞助个酒兴。"果萼带着八名少女进到席间,围成一圈,跳起了草原上的舞蹈。扶苏就放下了酒碗欣赏了一会儿舞蹈。

匈奴舞蹈和中原的舞蹈风格大不相同。中原人宴席之间的舞蹈都有音乐伴奏,大都成行成列,动作统一;身体扭动幅度较小,好多动作是靠衣袖来表现,故有长袖善舞之说。而这群匈奴女子,她们拍着手打着拍子,嘴里喊着"嗨、嗨"的号子,肢体动作很夸张,手部、肩部、腰部和胯部摆动的幅度都很大，有时好像是模仿马的动作，有时又像是牧羊女挥动鞭子的模样。观之，虽不如中原舞蹈的妩媚细腻，但又有一种奔放野性之美。

扶苏暗道："天下之大，无穷无尽，还真是一方水土养一方人。自去年陪芊笋西域之行，今天观看匈奴女子跳舞，虽与我大秦风格迥异，但这何尝不是另一种美呢？"这群女子舞到最后，每人又敬了扶苏一碗酒，扶苏一口气连干了九大碗。等舞女退下后，扶苏起身走到芊笋和诗曼的席前，蹲下了身子，柔声问道："芊儿，你冷不冷？"芊笋双手交叉抱了一下肩膀，点了点头，说道："有点凉。"扶苏又问诗曼："小丫头，你呢？"诗曼也点了点头。扶苏就把身上的斗篷解了下来，笑道："来，你俩靠近一些，把这个披上。"

芊笋和诗曼就偎在了一起，扶苏将斗篷披在她俩的背上，又转身回到首席。兰朵儿看着芊笋，说道："这下怕是再冷，心都热了吧！"芊笋就冲着兰朵儿莞尔一笑，举起案前的酒碗喝了一口酒。

扶苏落座后，冒顿一拍大腿，笑道："你瞧我这记性，还说给嫂夫人银狐皮呢。"转头给一边的侍卫说道，"快去把那张银狐皮拿过来。"一会儿工夫，侍卫送过来一个包袱。冒顿将包袱打开，里面是一张完整的雪白色银狐皮。冒顿将此物递到扶苏手中，扶苏一伸手，觉得柔软异常，轻如无物，再定睛一看，见皮上没有一根硬硬的针毛，全是密密的绒毛，连四个足底部也长满了长毛，暗道："这银狐生长在极北苦寒之地，大地全是冰雪，怪不得这足部也生毛。"

扶苏知道此物极其珍贵，就满饮了一碗酒，笑道："兄弟，收你这么贵重的礼物，哥哥来得匆忙，也没给你和夫人准备什么礼物，真是失礼至极。哥哥满饮一碗，表示歉意。"冒顿连忙陪饮了一碗，哈哈大笑道："这是给嫂夫人赔罪的，表示歉意的该是兄弟。"

冒顿放下酒碗说道："上个月，我带着几百人打猎，在北海碰见这只银狐，我追了它三天三夜。倒不是兄弟箭法如此不济，只是怕伤了它的皮毛。后来它硬是被累得吐血而亡。"扶苏起身将那张银狐皮送到芊笋跟前，笑道："这是冒顿兄弟给你赔礼道歉的礼物，青燕一事以后不能再提啊！"

芈笋嗔道："已经过去的事情了，还提它干吗？我只是觉得那对青燕太可怜啦！"扶苏就拍了拍她的脑袋，笑道："好啦，好啦，不难过啊！"

诗曼伸着手，嚷道："让我看看。"芈笋就把银狐皮递给了她。诗曼摸了摸，又把它贴在脸上，说道："真软，真暖和。"扶苏笑道："那这样吧，把尾巴剪下来，给你做个围脖，咋样？"诗曼眼珠一转，顽皮地笑道："这还差不多，你可别有了娘子就把亲妹妹给忘了。"芈笋笑道："这鬼丫头，小心眼可真多。"

扶苏突然想起一件事，就转身问冒顿："兄弟，上次在月氏国时，我托了你一件事，让你打听一个人，不知有消息没？"冒顿笑道："哥哥别急，你再欣赏一首曲子。"就示意了一下兰朵儿。兰朵儿由身后掏出一只埙来，放在唇边"呜——呜——"地吹了起来。扶苏刚听了几句，自言自语道："《离曲》？"转头问冒顿道："你们新婚宴尔，少年夫妻，自是莺莺燕燕的，怎么弟妹却吹奏着如此伤感之曲？"

冒顿哈哈一笑，说道："哥哥见笑了，冒顿是个粗人，也听不出来个什么调调，就是觉得这曲子听着让人心酸，但还挺好听的。这曲子是什么来历？"扶苏道："三百年前，有个燕国人叫羊角哀，与左伯桃为知己好友。他俩闻听楚王求贤，就同赴楚国。在途中雨雪少粮，左伯桃就将衣服与粮食都交给羊角哀，自己在一个树洞内冻死了。羊角哀独赴楚国，果然得到楚王重用。后来他到左伯桃冻死的树前，将他的尸体厚葬，后又自杀。后世有'羊左之交'的美誉。传说这首《离曲》，就是羊角哀自杀前，在左伯桃墓前所吹奏的埙曲，后为楚国乐师记录而传世。"

冒顿说道："怪不得呢，每次听她吹这曲子，我都心酸不已。"冒顿话音刚落，桦树林里传来一阵埙声，与兰朵儿的埙声有相和互答之势。那声音虽说不大，却清晰地传到每个人的耳朵中。扶苏大笑起来："闻伯！你还不打算见我吗？"

树林那边的埙声戛然而止。一个苍老的声音颤巍巍地问道："长公子？真的是你吗？"一个须发皆白的老者，由桦树林里面走了出来，正是闻伯。扶苏离席，快步迎了上去，一把抱住了闻伯。闻伯喃喃地自语道："真的是长公子，我这不是在做梦吧？"扶苏让闻伯坐在自己身边，亲手倒了一碗酒，递到他的手中，说道："先生，受苦啦！"闻伯道："受苦倒谈不上，冒顿奉我为座上宾，经常宴请。只是日夜想着那张绕梁琴哪。"诗曼笑道："闻伯，你还记得我吗？"闻伯笑道："哦，十公主也来啦？"诗曼咯咯地笑道："想听你弹琴呢。"

冒顿道："哥哥交代的事情，冒顿岂敢怠慢？今天人就交给你了，也了却了我一桩心事。"当下，众人皆欢，都干了一碗酒。冒顿一挥手，由边上上来百十名匈奴士兵，每人手持弓箭，形成一个整齐的方阵站在后面。冒顿道："哥哥，前不久我让士兵们练了个箭阵，博哥哥一笑。"扶苏就笑着点了点头。冒顿一伸手，士兵递过来一把弓，又对着篝火将一支箭点着递给了他。士兵方阵里也将箭点燃。

冒顿对着西边的天空嗖的一声，射出了一箭。这支箭带着响亮的哨音，在空中划出了一道明亮的火光。身后的士兵同时将手中点燃的火箭射向天空。瞬间，天空出现了一个巨大的红色狼头，张着血红的大口，向西边猛地扑了过去。诗曼抬头看着天空惟妙惟肖的狼头，兴奋地拍着手，喊道："姐姐，快看，一只狼。"芊笋也拍手喝彩，两人都站了起来。那狼头只在空中显现了瞬间，就变成一阵火雨纷纷落了下来。扶苏和王离也拍着手，王离笑道："这没个成千上万次的训练，怕是练不出来。"

巴哥罕听着大家的夸赞，脸上露出骄傲的笑容，眼睛斜睨着扶苏。冒顿看了他一眼，就对扶苏说道："我经常给兄弟们说扶苏大哥是盖世英雄，但这帮人在草原上待惯了，没见过什么世面。不如哥哥也露一手绝世神功，让他们也长长见识，好让他们知道什么叫天下第一大英雄。"扶苏和冒顿经常有书信来往，自是明白冒顿的心意。他也有自己的打算，如果阴山大决战后，冒顿能顺利上位，成为新的匈奴大单于，定能和大秦保持和平友好，那对黎民百姓自是百年福祉。当下就站了起来，暗调内力，朗声说道："冒顿麾下众位兄弟，承蒙你们大都尉不弃，尊我为大哥，又说什么天下第一大英雄，实在是惭愧万分，天下第一我可不敢当。再说了，世间根本就没有什么天下第一。马善奔跑而牛能耕田，鹰能翱翔而鱼可潜游。对士兵来说，马比牛要好，但对农夫来说，牛却比马强。所以说，世间万物各有各的长处，各有各的精彩。这就叫尺有所短，寸有所长。晚上享用了草原的美酒，品尝了可口的烤肉，欣赏了美妙的舞蹈，见识了非凡的箭阵，我如果不表演一下薄技，倒显得我不够真诚。"

扶苏此番话声音并不大，却清清楚楚地传到周围每个人的耳朵中。他说话时，就在冒顿身边的箭囊中抽出一支箭来，撸掉箭尾部一边的羽毛，也将箭镞后面蘸油点着，对着西边天空射了一箭。奇怪的是，那支箭飞出去后，如一条火龙在空中划了一个巨大的圆圈，最后，扶苏一伸手，又将那支箭稳稳地攥在手中。一边的匈奴人目瞪口呆地看着扶苏手中还在熊熊燃烧的箭杆，人群安静了片刻，在冒顿的带领下，爆发出一阵阵喝彩声。巴哥罕微张着的嘴巴，半天合不拢。

冒顿端起酒碗，对身后的众军官说道："你们每人满饮一碗，敬我大哥。"大家均喝了一碗酒。冒顿朗声说道："你们记住，以后不管在哪儿见到长公子的大纛，我军都要后退十里。违令者，杀无赦！"

对面芊笋和诗曼低头嘀咕了几句，诗曼点了点头。芊笋又转头和兰朵儿轻声地说了几句话。兰朵儿微笑了一下，拉着果蕚起来。四人一起离席，转身向一边的桦树林走去。扶苏看着她们的背影，就站了起来，刚想张口问，见芊笋回头看了他一眼，莞尔一笑，冲着他摆了摆手，扶苏又坐了下来。冒顿笑道："大哥义薄云天，但对男女之事，好像有些缩手缩脚。嫂夫人一看还是姑娘家身子，你们大秦这些繁文缛节，冒顿还真是不理解。我们草原上的汉子，喜欢了就大胆地爱，管他什么礼节，整个草原都是床，想怎么爱就怎么爱。兄弟之间不就是一起喝酒，一起打猎；男女之间不就是一起睡觉嘛。大好的时光，白白浪费了多可惜呀！"

初听见冒顿这些话，扶苏一皱眉头，觉得有些粗俗。正想开口教训他几句，突然想起了乌狮。他以前不喜欢给乌狮戴上笼头和缰绳，而是将它散养在马场。几乎每次去找它时，乌狮都骑在母马的背上。他一点也没有觉得乌狮粗俗。那人呢？世间万物各有差异，我大秦子民经过周礼八百年的教化，知道'发乎情，止乎礼'，但匈奴人还是野蛮未开化之族，自然不会想到什么男女大防。但冒顿兄弟,性格率真,敢爱敢恨,快意恩仇,也很难说有什么不对的,就笑道:"天命之谓性,率性之谓道,修道之谓教。兄弟,你释放天性,哥哥也不能妄评你的对错。我们打小受教不同,你的这些道理恕我不敢苟同。但哥哥打心里喜欢你,我只想以后我们睦邻和好,不动刀兵。我们就以阴山脚下划界,世代秋毫无犯。以后你们真碰上雪灾、旱灾什么的,熬不过去了,你派使者找哥哥,我定会奏明皇帝,帮你渡过难关。等来年,你再用牛羊、马匹、药材来还账。不用抢,你们也好休养生息,可好?"

冒顿站了起来,手中拿了一支箭,双手一握,咔嚓一声,箭断成了两节。冒顿仰起头,看着天空皎洁的月亮,朗声道:"我冒顿在此断箭前起誓,以后我的部队绝不越过阴山之阳,如有违背,犹如此箭……"

## 拾玖

# 哭城

　　徭夫们四人一组，嘴里喊着号子"嘿——哟！"每人手里一根绳子，绳子的另一头系在一块百十斤的石锤上，喊"嘿"时，四人一起用力，将石锤高高地抛起来；喊"哟"时，四人同时撒力，石锤自由落体，靠着巨大的冲击力，将脚下的黏土夯瓷实。黑冢手里拎着个鞭子，将鞭子的梢部折回来握在手中，鞭子就形成一个环形，贴在屁股后面。他慢慢地踱着步子，见哪一组徭夫石锤抛起的高度不够，就会将鞭子由背后一抖，掂在手中。这一组人马上"嘿——哟"之声大增，石锤的高度骤然增加。不然，每人会挨上几鞭子。黑冢的目光落在靠边的一组徭夫身上，见这一组喊号子的节奏明显有些慢，就走了过去，扬起鞭子，劈头盖脸朝着一名汉子抽去。

　　那汉子斜睨了黑冢一眼，黑冢嘴里"哟——嗨"一声，狞笑道："怎么？你还不服？"说着又是连续几鞭子抽了过去。那汉子一把抓住鞭子，破口大骂道："黑冢，你这狗仗人势的东西！"紧挨着汉子身边一个十七八岁的小伙子，伸手想拉开那汉子，嘴里笑道："哥，哥，算了……哎呀！"小伙子一声惨叫，抱着脚痛苦地蹲在地上。原来四人分别在四个方位拉着绳，那汉子松手和黑冢推搡时，那百十斤重的大石锤下落时就变了方向，重重地砸在这小伙子的脚上。小伙子脚面的几根骨头被砸断，皮开肉绽，露出白森森的骨头。那汉子就停止和黑冢推搡，把小伙子搀扶着走下工地，周围的徭夫都停了下来，转头看着这边。

　　黑冢将手中的鞭子在空中"啪"地抖了一下，吼道："怎的，想造反不成？不准停。"徭夫们摇了摇头，嘴里嘟囔着，慢慢地工地上又恢复了此起彼伏的号子声。

那汉子扶着受伤的小伙子下来时，碰见了范喜良。范喜良低头看着小伙子的脚，关切地问道："小沣，怎么弄成这样了？"小沣痛苦地摇了摇头。那汉子回头看着工地上的黑豖，咬牙切齿地骂道："无父无母无人性的狗杂种。"小沣也回头看了一眼，劝道："哥，你这脾气也要改一改，咱胳膊拧不过大腿。"范喜良也安慰道："算啦，算啦，让大夫给包扎一下。已经这样了，想开点，想一想家里的爹娘，别跟他一般见识。"

黑豖站在工地上，目光阴鸷看着这边三个人。一会儿工夫，到了午饭的时间，大家都放下手中的活，十人一组就地围成一个圈，开始吃饭。黑豖给监工盛了一碗饭，双手恭恭敬敬地递了过去，又给自己盛了一碗。饭间，他把孟夫叫了过来，皮笑肉不笑地说道："孟夫，这搭架和运石哪个轻松？"孟夫鞠了一躬，笑道："感谢黑豖哥哥抬爱。"

黑豖却正色说道："你要感谢监工大人呢，大人不点头，我哪敢给你调整工位？你还要感谢你喜良哥哥，他讲乡党感情，他给我说的事，我才给大人报告呢。"孟夫就又给监工大人施礼。监工低头吃着碗里的饭，连眼皮也没抬一下。他吃完后把碗丢在一边，自己晃晃悠悠地到一边的帐篷里休息去了。

黑豖皮笑肉不笑地说道："孟夫，听说你小子在家时，老是偷看你嫂子洗澡？"孟夫道："别听他们胡说，我哥哥前年就和爹娘分家了……"黑豖拉下脸来，说："怎么？你说给别人听就可以，是我黑豖不配听吗？你嫂子那身子别人想得，我就想不得？"一边的范喜良听不下去了，端着饭碗过来，把孟夫拽到了一边，说道："非礼勿听！"

黑豖一听此话，勃然大怒，喝道："老子还偏要听！"他又指着那个脚受伤的小伙子小沣，勾了勾手指，小沣就单脚跳着过来了，说道："黑豖大哥，有何吩咐？"黑豖道："给大家伙儿唱几句，要酸点的。"黑豖身边几个汉子就猥琐地看着小沣。小沣无奈，就开口唱道："白杨树，光又光，××还比吃肉香……"黑豖和身边的一群人就猥琐地大笑起来。黑豖说道：

"明天你继续休息。"又转头恶狠狠地看了范喜良和孟夫一眼。

范喜良和黑冢彻底闹掰了,几个和范喜良平时关系不错的徭夫,都得到不同程度的"照顾",尤其是孟夫。夯土时,要在外面先用木板和橡子固定出一个空间,叫搭架。给里面填上土,由众徭夫用石锤夯实,再把底下的木板拆掉,加到上层来,如此不断反复,城墙慢慢地升高。本来,搭架的工作由八人完成,现在减成了六人。孟夫也经常莫名其妙地挨上几鞭子。

晚上,孟夫就到范喜良的工棚里诉苦,孟夫苦着脸说道:"喜良哥,这么下去可咋办呀?不行咱和人家和解吧,他想听什么,我就给他编什么。反正都是假的,我嘴里说看我嫂子洗澡,心里就想着看他婆娘、看他妹子,咱也不吃亏……"范喜良喝道:"你给我闭嘴,丢不丢人?你也是堂堂七尺男儿,给他当伶人?拿自己家人哄他开心?"孟夫嘀咕道:"反正就说说而已,又不是真的,而且我心里还想的是他妹子呢!"范喜良骂道:"什么混账道理!那是对你兄长和嫂子的大不敬。你不知道兄友弟恭吗?你心里想着他的妹子,能对得起在家里想着你、念着你、侍奉你爹妈的娘子吗?"孟夫道:"唉,兄弟实在累得背不住呀!"

范喜良慢慢地说道:"我原来不想这样,只想着赶紧修完这长城,回家,以后就守着那个小店,让母亲颐养天年,夫妻琴瑟和鸣,平平静静地过日子。但这黑冢一手遮天,昧良心收黑钱,欺凌良善。最可恨的是此贼毫无廉耻之心,肆意践踏伦理。这个我范喜良如果视而不见,还是堂堂七尺男儿吗?我打算把每一天发生的事情都记下来,等我找到实证,我会给监工大人汇报的。"孟夫道:"喜良哥哥,你给监工大人报有什么用?我都怀疑黑冢是给谁收钱呢?"

范喜良淡淡一笑,说:"不要紧,监工不管,还有监造,监造不管,还有蒙恬大将军。我不相信蒙恬大将军名扬四海,会对这些奸佞小人坐视不管。"正说着,孟夫喊了一声:"谁?"两人起身出工棚查看,只见黑夜里一个背影飞快地跑开了。

过了几天,监工把范喜良喊了过来,说道:"喜良,这段时间有你的帮助,我还真是省心不少。但眼下工期实在太紧,没有办法呀,从明天开始,你也到工位上去吧。别记恨我哦！"范喜良施礼道："感谢监工大人抬爱。喜良作为一名徭夫，离开桑梓，远赴北地，从未想过有此殊遇。干活是本分嘛，喜良怎么会记恨大人呢？"监工点点头，笑道："到底是读书人，识大体，明事理。去吧！"

范喜良被安排到搭架组。孟夫低声说道："喜良哥，其实这种结局，我早都猜到了。那黑冢就是监工的狗腿子，这些人心狠手辣，你可得处处小心啊！"范喜良将最底下的一块木板拆下来，和孟夫一起举到头顶，交给上面的徭夫，说道："咱干咱的活，别人咋干咱咋干，他能把我咋样？"孟夫小声道："哥哥，听说旁边工地上昨天死了两个人，监工被罚一个月的俸禄。唉，两条人命呀！"范喜良道："干活！你话咋这么多呢？"

现在，我们看长城像一条巨龙，在崇山峻岭之间蜿蜒盘旋。如此巨大的工程，在两千多年前，徭夫们修筑的艰辛，可想而知。秦长城主体是夯土建成，但打地基也需要大量的石材。在夯土层中加入了大量芦苇，芦苇是中空的，这样就起到了排水的功能，但这种夯土结构在崇山峻岭中建设时，往往容易塌方。

天还没亮，空中飘起了雪花。范喜良由工棚出来，地上已薄薄地铺了一层，远处的山、树白茫茫一片。范喜良暗道："关中眼下还是深秋呢，这鬼地方怎么下起了雪？"徭夫们吃过早饭，在黑冢的带领下，进入工地。黑冢绕着昨天夯成的一堵城墙看了一圈，见下半部有一条一指宽的裂缝，斜着横贯整个墙体，就指着范喜良和孟夫，说道："你俩带着木板，去把这墙下面支起来，等这边筑起来了，再加固吧。"

等他俩将木板运到那堵墙的下面，黑冢站在旁边的半截墙头上，指挥着徭夫，喊道："你们这样是不行的，来，听我指挥，一个节奏，嘿——哟。"墙头上二十只巨大的石锤一起上下，慢慢地整面墙都跟着剧烈地晃动了起来。范喜良将一块木板竖起来，贴在那堵裂缝的墙面上，孟夫手里举了一根椽子，准备支在木板后面。范喜良头顶唰唰地往下掉土渣，眼睛里掉了一块土，他一只手扶着木板，另一只手揉着眼睛。突然，孟夫喊道："喜良哥，快跑，这墙要塌啦！"话音未落，轰隆一声，整面墙就塌了下来。

孟夫连鞋子都跑掉了，他一转头，见后面尘土四起，就左右看了看，也没见范喜良的影子。他意识到了什么，但又有些不敢相信，带着哭腔，喊道："喜良哥——"转身扑在那堆黄土上用手拼命地刨着。

却说那天，孟姜女被甲蓬打晕后，在草地上躺了一会儿，慢慢地醒了过来。她还在四周喊了喊芦笋，叹了口气，暗道："这妹妹虽说认识时间不长，确是个情投意合的知己，唉，一个人一个命，妹妹，看造化吧！"就独自驾车前行了。又走了两天，孟姜女终于看见了绵延的长城，长出了一口气，细细想来，在路上走了整整十五天。她远远看见山脚下面有一堆黄土，上面插着一个白色的招魂幡，竟莫名其妙地心颤了一下。

孟姜女到了工地跟前，打听范喜良时，几个徭夫摇了摇头，叹了口气。孟姜女心里一紧，问道："大哥，喜良咋啦？"那人就冲着里面喊道："孟夫，你过来一下，有人找喜良。"孟夫一瘸一拐地走了过来。他看见孟姜女，愣是没认出来。孟姜女将头上的灰色头巾解了下来，一头乌黑的秀发倾泻而下。孟夫喊道："是嫂子！"孟姜女看着眼前这个满身灰尘、嘴唇干裂、黑瘦的小伙子，问道："您是？"孟夫道："我是孟夫呀，和喜良哥一起过来的，当初你送他时，在你们村口咱们见过面。"

孟姜女点了点头，又静静地看着他，问道："喜良哥呢？他生病了吗？"孟夫低下了头，接着蹲在地上号啕大哭起来。孟姜女嘴里喃喃道："病得很重吗？你说他现在在哪儿？他是不是冻着了？我给他带的新棉衣，穿上就暖和了……"孟夫蹲在地上，用拳头捶打着地面，鼻涕和涎水一起流到了下巴，嘴里含混不清地喊道："喜良哥……哥……被他们……给……给害了……"孟姜女的眼里已满是泪水，喝道："孟夫，你混蛋！喜良哥好好的，我这几天每晚都梦见他，他只是说自己冷……"说到这儿，孟姜女浑身颤抖了起来，她再也忍不住了，厉声号叫了一声，腿一软，跌坐在地上。

她盯着不远处那堆黄土上插着的招魂幡，勉强地站了起来，跌跌撞撞地跑了几步，又跌倒在地。她还想站起来，发现自己双腿抖得厉害，就手脚并用，在地上慢慢地往前爬着。孟夫想将孟姜女扶起来，她一把将孟夫推开，说道："你们别碰我，也别跟着我。"孟夫和几个徭夫就慢慢地跟在后面。

等她爬到那堆黄土跟前，发现那是一堵巨大的墙倒塌的废墟。她哭喊道："你们都是畜生吗？"和孟夫在一起的几名徭夫说道："女子，你要保重身子，别太难过。"孟姜女还是骂道："畜生！只有畜生才会这样。"那人道："监工大人不让动，说是要等监造大人验过倒塌原因才能挖开。"

孟姜女跪在地上，双手不停地刨着黄土，身后聚集了越来越多的徭夫，大家眼含着泪水，不停地叹息。孟姜女的手指头早已磨破了皮，鲜血和黄土混在了一起，她还是保持着一个节奏，将前面的黄土扒开，扔到身后。突然，孟姜女的身体僵住了，一只手露了出来。

孟姜女双手抓住那只手，柔声道："喜良哥，我可找到你啦！你手这么凉，一定冻坏了吧？我和娘给你做的棉衣……"孟夫在身后大哭道："嫂子，你醒醒吧，喜良哥已经不在了，你别哭坏了身子。"监工和监造大人匆匆地走了过来，身后跟着几名差人。人群让开了一个口子，监工问道："何处来的女子在此哭闹？"孟姜女嘴里喃喃地说道："娘还给你带了好多椒叶锅盔……"孟夫忙禀报道："这是范喜良的妻子，从同官县赶来的。"

那监工就没有再吱声，带着监造在周围转了一圈，监造又俯下身子，抓了一把黄土在手中捻了捻，抽了几根芦苇看了看，说道："夯土时，底下这层没夯实，芦苇放置也不均匀……"监造又沉思了一会儿，说道："按说这种情况，就是出现裂缝，没有巨大的震动，也不应该倒塌呀！"人群里一阵骚动，监工就咳嗽了一声，黑冢恶狠狠地看了众人一眼，慢慢地人群又安静了下来。监造道："先把尸体挖出来吧！"监工对黑冢点了点头，黑冢就说道："喜良兄弟是个好人，生前帮助大家写家书，大家一起动手，把他的遗体挖出来。"

一会儿工夫，范喜良的尸体被挖了出来。他整个人趴在地上，一只手压在身体下面，另一只手向前伸着。孟夫和小沣将尸体正了过来。孟姜女从袖中掏出一块手巾，仔细地将范喜良脸上的泥土擦干净。她抬起头来，看了一眼天空，厉声大哭道："天哪！你为什么要这样安排呀？我们是做错了什么？你是瞎了眼了吗？"她又低下头哽咽道，"喜良哥，你能不能看我一眼？咱娘说，这次让我好好地陪你一段时间，还说，要让我们生娃呢……"

周围的徭夫莫不垂泪哽咽,一名汉子劝道:"女子,人死不能复生,你这样悲伤容易伤了身子,你丈夫走了,你还是要活下去呀!"又转头给孟夫道,"孟夫,你和喜良是乡党,就劝劝你嫂子嘛!"孟夫也跪在一边,想劝说一下,只是泣不成声,张大了嘴,说不出一个字来。

孟姜女哭道:"庖有肥肉,厩有肥马,民有饥色,野有饿殍。达官贵人穷奢极欲,黎民百姓只想好好地活着却成了奢望。老天呀!你还配享飨万民的俸祀吗?啊——"孟姜女仰天厉叫一声,她此时披头散发,两眼血红,周围人看来只觉得异常恐怖,竟不自觉后退了几步。说来也巧,突然,天空一道蓝色的霹雳,在众人头顶炸开。接着轰隆隆一阵巨响传来,附近一里多长的城墙一起轰然倒塌。

却说扶苏在贺兰山大获全胜,那天和冒顿在草原上相谈甚欢,大军在北渡口休整三天后,绕过乌拉河,一路浩浩荡荡往东边而来。根据军情报告,眼下蒙恬主力在大青山一带,前期,由匈奴大单于头曼率领的匈奴主力二十万铁骑,被蒙恬打得节节败退,龟缩在大青山脚下一个狭长的山谷地带。

扶苏就计划带八万西路军,将山谷的西口封死,和蒙恬东西夹击,围歼匈奴主力。大军这一日经过乌拉山脚下时,芊笋指着南边那条盘旋在山间蜿蜒的巨龙,问道:"扶苏哥哥,那是什么东西?"扶苏道:"那就是长城,东起辽东大海之畔,至此已有近万里。"芊笋吐了一下舌头,惊道:"啊!近万里的长城靠人来修筑?"扶苏笑道:"那不靠人,靠什么呢?"

两人说话间,天空响起一声巨雷,紧接着远处腾起一道烟雾,长城出现了一节豁口。扶苏正暗自纳闷,只见闻伯侧耳细听了一会儿,说道:"胡扯!一个妇人家怎么能将长城哭倒?这不是冤枉她吗?"扶苏有些不解地问道:"你说什么?"闻伯道:"一个妇人在哭她的丈夫,长城倒了,官家说是这妇人哭倒的,要治她的罪。"芊笋就想起了孟姜女。

扶苏打小长于深宫之中,稍长,在王翦大军中锻炼两年,一直在咸阳城,去年到上郡监军,还真没有接触过县以下的基层官吏。上次听蒙恬说过一段代郡郡守、县令和乡啬夫的故事。现在听闻伯为一个妇人喊冤,就勒住缰绳，对王离说道："王离，你率领大军继续东进，我去前方视察一下长城的修筑情况。"就掉转马头，和芊笋并辔往南而去，身后跟着昭阳的十八卫士和闻伯。

一转眼的工夫，一行人已出现在长城倒塌的豁口处，看见一个妇人在一具尸体的胸口摸出一块布帛，看了一眼，身体就颤抖了起来。接着妇人厉声叫道："冤枉！我丈夫是被人害死的，请监造大人为民妇做主。"本来那监造都欲离开了，见这么一截长城瞬间倒塌，就跺着脚，指着监工骂道："这都是你修筑的范围，你好好查查原因，耽误了工期，你等着掉脑袋吧！蠢货。"那监工点头道："等属下好好勘察，再禀报大人。我怀疑这妇人会妖法，要不然怎么会有这么巧的事？"正说着呢，孟姜女喊了那句冤枉。

监造就折了回来，问孟姜女道："你有何冤情？"孟姜女双膝跪行几步到监造大人跟前，双手将那写得密密麻麻的布帛呈给了监造大人。监造看完后，转身问监工："黑豕是谁？"监工道："他是我选的一个领工，为人忠厚，在徭夫之间很有威信。而这个范喜良仗着在家乡同官县有些关系，本来就没有随县里官差到上郡报到，而且晚了整整一个多月，自己独自前来的。到工地后，他找了我，说不愿意干活，我念及他读过两天书，就安排他记劳作量，代民夫们写写家书。谁知他毫不领情，将与自己关系好的民夫，都调整到轻松的工位。黑豕为人老实，自是不愿意，为此他就和黑豕结下了梁子。"说完，他指着孟夫道，"孟夫，你过来，当着监造大人的面，我问你几句话，你要如实回答。如有半句虚言，就让你吃官司。"

孟夫点了点头，说道："小民哪敢欺骗官老爷？"监工道："你是不是和范喜良同乡？"孟夫点头道："是的，我俩都是同官县人氏。"监工接着问道："你俩是不是单行到上郡，比官差押解的徭夫晚了一月有余？"孟夫点了点头，他看了看监造，正想开口解释他们为何单行，却被监工制止了，说道："我问你什么，你就回答什么。"孟夫就低下了头。

"你以前在哪个工位上？"

"背运石料。"

"你现在在什么工位？"

"搭架。"

"你调整工位找的谁?如实回答。"

"我找的喜良哥。"

监工冷笑一声,说道:"你回去吧。"孟夫就转身往回走,他想着好像有什么地方不对劲,但又实在想不出来问题出在哪儿。监工转头问监造:"大人还有什么要问的吗?"监造摇了摇头,转过身去,低声说道:"把这妇人安抚一下,发一些抚恤金,打发走吧!"就把手中的布帛交给了监工,监工道:"诺!"看着监造在几名差人的拥护下,骑到了马上,监工又把那布帛递给了跟在身后的黑冢。黑冢转了一下身子,将那布帛在手中一团,塞到了嘴里,猛地一咽,吞进了腹中。

他这转身一吞,却被站在远处的扶苏看得清清楚楚。这边孟姜女起身扑了过来,欲夺取布帛,却被黑冢狠狠地推了一把,仰面摔倒在地上。芊笋这一下看得真真切切,惊呼道:"真是孟姜姐姐!这些人怎么能如此对待一位妇人呢?"扶苏就指着这边,骂道:"这家伙定是个歹人。"芊笋先拍马奔了过来,下马后,蹲在孟姜女身边,问道:"姐姐,你没事吧?"

孟姜女睁开眼睛,见是芊笋,凄然一笑,躺在地上,望着天空,眼泪顺着脸颊流淌到地上。芊笋问道:"姐姐,你有什么委屈,说出来,我让他给你做主。"孟姜女道:"我丈夫范喜良是被那人害死的。"监工见突然一下子冒出来这么多人,就喝道:"尔等什么人?竟敢私闯朝廷工地。"昭阳将腰牌给他看了一下,监工一激灵,脸上马上堆满了笑容,道:"原来是中尉军昭阳大人,那这位女子是……"昭阳冷冷地说道:"她是谁,轮不着你来问。"监工点头笑道:"那是,那是。"

芊笋扶着孟姜女的肩膀,让她坐了起来,说道:"姐姐,那边躺着的就是你丈夫吗?"孟姜女点了点头,哭道:"可怜我的夫君,我们新婚刚满月,就赶到这儿修长城。我和婆婆在家日思夜盼,梦想着有朝一日能够团聚,没想到……那日一别,即是永别。呜呜……现在,我夫君尸骨暴于外,而凶手却依然猖獗,我真是叫天天不应,叫地地不灵……"孟姜女脸色煞白,眼神空洞地看着前面,满脸满眼的无奈无助。芊笋眼睛一酸,也掉下泪来，转身看了扶苏一眼。扶苏下了马，来到她跟前。芊笋哽咽道:"她就是我给你说的孟姜姐姐,太可怜了,呜呜……"扶苏暗道:"这妇人一看就是良善之辈,必是受了极大的冤屈。朝廷设这么多的官吏,黎民百姓有冤却只能呼天叫地……"再看看周围一群蓬头垢面、衣衫褴褛的徭夫,心头顿时沉甸甸的,前段时间胜利的喜悦也荡然无存。

扶苏对孟姜女说:"孟姜姐姐,我是北军监军扶苏,你有什么冤屈可对我讲。"孟姜女连眼皮都没抬一下,淡淡地问道:"监军大,还是监造大?你要是管不了他,我就不枉费口舌了。"那监工一听"北军监军扶苏"六个字,浑身一哆嗦,暗道:"这可如何是好?"周围的人群里一阵骚动,交头接耳道:"他是长公子?""真是长公子吗?"一名汉子施礼道:"阁下真是博浪沙救圣驾、单挑大力士山隤、渭水之畔降伏天马、为苍生仗义上疏、独闯绝圣山庄、单骑万里赴西域、诛杀匈奴第一勇士的长公子扶苏?"扶苏皱了皱眉头,说道:"你还给编成书了?"人群里顿时一阵欢呼。

扶苏对孟姜女说道:"你如实说来,如果监造、监工确有贪赃枉法,致人死亡的行为,我一定按《秦律》严惩。"孟姜女叩头哭拜道:"我丈夫范喜良被一个叫黑冢的害死了。详细情况可以问孟夫和小沣,证据被他毁掉了。"说着,孟姜女一指边上的黑冢。扶苏对黑冢说道:"你叫什么名字?"

"黑冢。"

"你把刚才那张布帛藏到哪儿去了?"

"回长公子,我一不小心把他吞下去了。"

扶苏冷笑一声,抽出扶摇剑,说道:"你一不小心吞下去了?好、好、好,你信不信这把剑马上也会一不小心把你的肚皮划开,再把那布帛掏出来?"黑冢一听此言,扑通一声跪了下来,磕头如捣蒜一般,连声道:"长公子饶命!那范喜良都是诬蔑之词,我也是一时糊涂呀!"

扶苏让那监工将监造叫回来,又把大伙儿都召集过来,朗声说道:"徭夫兄弟们,今天你们把黑冢的事情都说出来,我替你们做主。孟夫是谁?"孟夫道:"是我。"扶苏道:"你先说!"孟夫话未开口,先失声痛哭起来，哭了一会儿，断断续续地说道："喜良哥……是被……被黑冢害死的。"接着就把那天发生的一切全部说了出来。扶苏又把当天墙头的徭夫都叫了过来，大家都肯定了孟夫的说法。扶苏问黑冢道："你为何要指挥所有的石锤一个节奏，同上同下？"黑冢说道："小人只是想把城墙夯得瓷实一点。"

小沣在人群中喊道："你胡说！就在出事的前一天，只有几个石锤一起上下，就挨了你几鞭子。那天你却让所有的石锤一个节奏，你分明就是故意想把那堵墙震塌。你说你到底收了多少黑钱？欺负过多少徭夫？"这时候，有一大半人都站了出来指证黑冢。黑冢就偷偷地看着监工。监工就劈头骂道："你这厮竟敢如此大胆，我岂能容你？"黑冢冷笑了几声，说道："长公子，我这么做，完全是受监工大人的指使，收的那些钱大多数进了他的口袋。"监工额头冷汗直流，指着黑冢骂道："你、你这个混蛋！竟敢诬陷我……"

扶苏侧目看着监造，冷冷地问道："监造大人，蒙将军把这么重要的事情交给你，你是怎么管的？任由属下贪赃枉法，草菅人命。"监造跪拜道："属下管教不严，甘愿受罚。"扶苏略一思考，说道："我不能以个人喜恶，杀伐决断。依《秦律》，你用吏失察，教化不力，罚半年俸禄；对于苦主呈送的证据，不加判别，而是交于属下，致使证据损失，此举着实可恶。民间积怨日盛，尔等功不可没呀！今免去你监造一职，降为监工。"监造仰天长叹一声，叩头拜道："我心服口服。"

扶苏指着监工道："你虽为芝麻小吏，但毕竟食朝廷俸禄，怎可将监工之实交给一名徭夫？那你凭什么领朝廷俸禄？这叫懈怠吏职；因为你的纵容，致使在你的治下，民夫范喜良惨死，你明显故意为之。依律将你革职，以'七科谪'之吏有罪，编入长城徭役。"

扶苏盯着黑冢看了一会儿，见这家伙满脸凶相，毫无愧疚之意，说道："黑冢，你昧良心收黑钱，欺凌良善，这些我暂且不论，但你蓄意伤人性命，依律——当斩！"人群中顿时爆发出一阵山呼海啸一般的呼喊声。扶苏对监造说道："眼下，长城监造一职暂时由你代行，等朝廷安排新的官员到位后，你再卸职。望你以后勤勉，不愧对朝廷俸禄，不愧对天地良心。你记住，心物同源。害理即伤天，人心即是理，人心即是天。"监造跪下，答道："诺！"扶苏又指着黑冢道："让你的差人即刻行刑。"

扶苏看着差人将黑冢的脑袋砍了下来。正欲转身离去，孟姜女趋身过来，深深一拜，说道："范喜良未亡人，姜氏再谢长公子。那会儿我以为朝廷公门之中皆是一般黑，未想到还有一股清流。好人有好报，祝长公子、芊笋妹妹千秋万福。"芊笋在旁边说道："姐姐，你丈夫的仇也报了，你也不要过度悲伤。亡者往矣，你还是要往前看，世界一定会越来越好的。"孟姜女凄凉地看了一眼丈夫的遗体，喃喃道："世界变好变坏，和我们没什么关系啦！喜良哥不在了，世界就不在了。"

芊笋愕然地看着孟姜女走到范喜良的遗体跟前，跪了下来，仔细地将丈夫脸颊和脖子上的尘土擦拭干净，将身后的背包取下解开，拿出一套崭新的棉衣，一边脱丈夫身上的旧衣服，一边说道："喜良哥，这件棉衣的棉花是咱娘亲手弹的，里布是我织的，用的都是最细最柔的棉线。我用了一晚上，一针一线地缝制好，你穿上，下再大的雪，都不冷。喜良哥，那天我们在村口的田地里，我看见两只蝴蝶生得好看，让你给我捉来玩玩。你本来不肯，但又不想扫我的兴，就拿帽子扣住一只，小心翼翼地交给我，还说：'仔细点，别伤了它。'看着另外一只跟着我们飞了好久，你说，它娘子来找它啦，玩玩就放了吧！你告诉我蝴蝶是毛毛虫变的，我不相信，你就让我观察春蚕。你还说它们也就能活个几十天，放了吧，怪可怜的。喜良哥，你说活多久算久呢？听说乌龟能活一千年，独自在那污泥之中爬行，又有什么意思？那对蝴蝶就算只活几十天，恩恩爱爱，双栖双飞的，倒也快乐……"

周围人看到孟姜女给丈夫擦拭干净身体，换完衣服，就静静地躺在范喜良的尸体旁边，突然，她的身体剧烈地抽搐了几下，两人的脑袋之间顿时流出一摊殷红的鲜血。芊笋飞奔几步，俯身一看，见孟姜女手中攥着一把匕首，脖子内侧被划开一个口子，人已气绝身亡。芊笋蹲在边上失声痛哭起来。扶苏走了过来，俯身将芊笋抱在怀里，看着脚下的两具尸体，半天默不作声。那监造过来说道："长公子，您军务要紧，我让人将这对夫妻合葬。

等新的监造大人到任后，再禀报抚恤事宜。"扶苏点了点头，仰天长叹一声。芊笋却说她和孟姜女姐妹一场，无论如何也要看着姐姐入土为安，祭拜一下才肯离开。扶苏就让芊笋等人料理孟姜女的后事，他又在长城工地视察了一番。

## 贰拾

# 情殇

西路军于两天后,到达大青山之阳,一个叫鹿儿谷的地方。扶苏和王离等将领登上一个高地,俯瞰鹿儿谷。此谷长约十里,大致呈西北至东南走向,弯弯曲曲的,有一条溪流穿过,谷底多是阔叶密林。只是到了这个季节,树叶早都掉光了,其间匈奴人的营帐瞧得清清楚楚。谷的北边就是大青山,大都是陡峭的山崖,南边是起伏的丘陵,距沟底有个三五十尺的高度。东南谷口已被秦军封死,西北谷口驻扎着一支匈奴骑兵,有一万人左右。根据蒙恬大将军的战报,匈奴大单于头曼率十万残部,目前就在鹿儿沟,等着右骨都侯兰盖的五万兵力会合,再和蒙恬决战。匈奴人仗着谷里面水源充足,山高林密,地形弯弯曲曲,又有几个隘口,所以在此死守。扶苏暗道:"眼下已是初冬,再过月余,此地滴水成冰,我军连用水都成问题,蒙大哥怎么考虑的?"

他指着谷口的匈奴营地,对王离说道:"你去好好琢磨一下,制订一个作战计划,把这一万匈奴人吃掉。我去见一下蒙将军,合议一下决战事宜。"

扶苏带着芊笋和十八护卫,赶到蒙恬大营。两人见面,蒙恬快步上前,扶苏和他拥抱一下,又指着芊笋介绍道:"大宛国芊笋公主。"蒙恬参拜道:"蒙恬拜见公主殿下。"芊笋也盈盈一拜,笑道:"给蒙将军问安了。"蒙恬和扶苏两人并肩往帐内走去,小声道:"听蒙毅说,皇帝接到宗正的上疏,你和芊笋公主大婚,皇帝很是高兴,下诏让宗正筹备,等他东巡回都后,你们即回咸阳完婚。提前恭喜啦!"扶苏转身看了芊笋一眼,微微一笑。芊笋跟在他俩身后,蒙恬的话,她都听见了,也莞尔一笑。

进到大帐,蒙恬将秦军主力的作战情况给扶苏介绍了一下。自渡河北上以来,和匈奴人打了两次大规模的阵地战,在秦军强弓车弩的攻击下,匈奴人节节败退,秦军歼敌十万人左右。头曼带的二十万骑兵仅剩一半左右,本来右骨都侯兰盖率领的五万人要和头曼合兵,只是他无法突破东线的秦军主力,就绕了个大圈,跑到西面去了。

蒙恬就撵着头曼打,半个月前,头曼退到了鹿儿沟,现在双方处于相持阶段。最后蒙恬道:"现在,整个匈奴草原上,除了头曼的十万残部,就是兰盖的五万人,还有一支队伍,就是冒顿的一万多人,根据情报,这支部队人数不多,但战斗力相当强悍。现在这两支部队都在西边,你那边还得小心。"扶苏笑道:"冒顿那边你不用考虑。"蒙恬有些不解,扶苏就把他和冒顿交往的来龙去脉给蒙恬说了一遍,说道:"要真能让冒顿当上匈奴单于,这北边不就安定了?甚至下一阶段,再对月氏用兵时,还可以把冒顿拉上。毕竟我们只是要祁连山以北、合黎山以南,打通和西域诸国的通道,那合黎山北边我们要它干吗?"

蒙恬听后,不禁竖起了大拇指,笑道:"真是大手笔,不战而屈人之兵。我以前也思考过一个问题,和匈奴人换一个方式相处,未必都得兵戎相见啊!但每次听见朝廷那帮文官义愤填膺地喊打喊杀时,这些话我就说不出口了。"

士兵们将酒肴端了上来。扶苏自斟了一杯酒,撇了撇嘴,说道:"那些人也就打打嘴仗,反正他们又不上战场,这样胡说八道一番,动动嘴皮子就可以表现一下忠君爱国,何乐而不为呢?"蒙恬哈哈大笑,点了点头,举起酒杯说道:"喝酒!"扶苏仰头满饮了一杯。

吃了一会儿,扶苏转过头来,小声问芊笋道:"芊儿,你吃好了吗?"芊笋点了点头。扶苏道:"一会儿我和大将军要讨论一些军务,可能需要好久,你先去休息吧。"芊笋就起身出了大帐。

扶苏问道:"大哥,你考虑到大军取水的问题了没?"蒙恬道:"我正琢磨这件事呢，此地有条小河，可做水源地，眼下没有问题。每到冬月初十左右，整个河面结冰，到时候取水还真成问题。那头曼守着鹿儿沟，里面有山间的泉水，水源不愁。他之所以敢到此地坚守，就是想到用不了多久，我军就会失掉水道。"

扶苏一拍案几，道："那就早点干，此役的目的不再是歼灭，而是将头曼单于身边的几股势力打掉，为冒顿上位创造条件。现在帝谷已死，最大的障碍清除了，剩下的还有兰盖、须卜旦。根据你说的，兰盖现在统兵五万在外面，我们围点打援，等着他过来，而须卜旦就在头曼身边，到时候需将此人除掉。匈奴大草原上也就这些贵族势力，清掉以后，就剩一些小部落，成不了什么气候。到时头曼羽翼已剪，或杀或擒都可以。而冒顿有呼衍部落的支持，以后上位应该不成问题。"蒙恬点了点头，笑道："要是这么说，这仗就好打多了。"

两人商议具体作战方案，直到三更。第二天，扶苏一行回到西路军大营，王离将攻击沟头营盘的作战计划呈给他，并给他说了此营的统领是兰襄儿，右骨都侯兰盖的儿子。扶苏阅后满意地点了点头，说道："准！此役，由你亲自指挥。"

经过两天的准备，这天清晨，王离率领五万秦军，由兰襄儿营的南面、西面两面展开猛烈攻击。车弩营发出漫天的箭雨，匈奴人在损伤大批士兵后，余下的士兵都躲在一个一人深的沟壕里。等兰襄儿感觉到了马蹄踏在大地上的震动时，秦军已经冲上了高地，居高临下，用戈矛、轻弩进行面对面的屠杀。匈奴兵纷纷往东边的鹿儿沟逃窜，兰襄儿怒喝一声，挥刀砍了逃窜的几名士兵，才算是勉强稳住了阵脚。

冲到高地的秦军大概一万人，剩下的兵马都在此营的北边、鹿儿沟的西口堵着，等头曼派过来的增援骑兵前锋距沟口还有四百多步时，就被密集的箭雨射了回去。增援的匈奴将领下令弓箭手对射，怎奈匈奴的弓箭射程只能到两百步左右。他眼睁睁地看着前方高地上，匈奴士兵一个接着一个倒下来，而他的部队被车弩压制，一步也前进不了。

兰襄儿见士兵死伤已过半，命弓箭手将阵地上的秦军士兵隔开，将部队后撤数百步，编成四个方阵，分别向四个方向突围。他带领其中一个方阵，向西突围，准备投奔其父兰盖。其他三个方向的士兵在突围时，被秦军半拦半放，生擒了一部分，大多数都突围出去，南北两面星散而逃，东面会入到增援的匈奴军中。只有西面的兰襄儿被死死困住，一千多人被冲击得七零八落。战至最后，兰襄儿被钟齔一刀砍掉右臂，栽到马下。钟齔令士兵将他擒回大营。王离下令鸣锣收兵。

按计划，扶苏在鹿儿沟西口一边等着兰盖，一边封住沟口收网。蒙恬率主力由东往西打，节节推进。每到晚上，总有匈奴小股士兵，偷偷地往外面突围。扶苏下令，半歼半放。又过了几天，突围的士兵越来越多。扶苏知道，大单于头曼身边已经人心涣散。当晚，扶苏给冒顿写了一封信，派士兵火速送达。

这一天，西边尘烟四起，杀声阵阵，扶苏一看旗帜，知道是兰盖的救援到了，就把部队交给王离，自己带着侯莫春的一个骑兵营守在谷口。等王离那边兵峰相接时，果然由谷里传来一阵阵牛角号的声音，扶苏知道大单于头曼要突围了。号音刚落，匈奴骑兵如洪水一般，蜂拥而出。远远看见一个金黄色大纛，上面是一只巨大的狼头，两边各一缕狼尾迎风飘摇。大纛下面，在五百铁甲骑兵簇拥下，一个高大的中年裘衣汉子，方面大耳，手持一把大刀，疾驰而来。扶苏一指大纛，对侯莫春说道："匈奴大单于！务必将他擒下，其他人放过。"侯莫春道："诺！"一拍胯下战马，举枪迎了过去，身后秦军士兵跟在后面，和五百铁甲骑兵混战在一起。

扶苏在一边静静地盯着包围圈中的战局，这时，又有一面大纛冲了过来，上面也是一只狼头，只是要比单于的大纛小一些，旗面是绿色的，两边没有那两缕狼尾。大纛下一个精瘦的中年人，身上着铁铠甲，手持一把开山斧，冲到单于跟前时，大叫道："救出大单于。后退者，斩！"自己却并不看头曼，而是在士兵的簇拥下，快速地往西边突进。等这支队伍突进了百十来步了，扶苏暗道："这人应该是须卜旦，但为何他过头曼身边时，连头也不转一下？不对，不对，别是中了调虎离山之计。"就打马冲了过去，身后昭阳的十八护卫也跟着扑到大军之中。

扶苏喊道："昭阳，你们别管我，这些人根本伤不了我。"匈奴士兵见扶苏来势凶猛，将手中的短矛举起，十多人一起刺向扶苏。扶苏大喝一声："瑟瑟秋风！"十几人同时跌落马下。旁边的匈奴骑兵根本没有看清楚来人的脸，见对方只是一招就斩杀十多名匈奴勇士，无不骇然，纷纷举起了盾牌，形成一面移动的墙，向前面快速移动。扶苏骑在马背上，手中扶摇剑的威力并不能淋漓尽致地发挥，两脚一使劲，飞身跃起，站在了马背上，往前疾驰。

匈奴人一直以骑术精良自居，但从来也没见过这种骑姿，不禁目瞪口呆。扶苏冲到跟前，扶摇剑如削瓜切菜一般，杀出来一个通道。眼看离须卜旦还有几步之遥，扶苏飞身跃起，在须卜旦头顶一剑劈下，须卜旦举起开山斧一搪，当的一声，胳膊一阵酸麻，扶苏借这一搪之力，身子又跃了起来。须卜旦见扶苏的身体在半空之中，无处躲闪，将开山斧往上撩，呜的一声，劲道非同小可，直向扶苏砍去。

扶苏此时正是脑袋在下，在空中呈倒立之势，眼睛也不看，随手一挥剑，先是砰的一声，剑斧相撞，接着扑通一声，须卜旦胯下的战马竟吃不住这千钧之力，前蹄一软，跪在了地上，须卜旦跟着摔落马下。扶苏落地时，将扶摇剑的剑尖抵在了他的咽喉，喝道："都退下，扶苏不杀无名之卒。"匈奴骑兵听见"扶苏"二字，心头一震，举着刀枪不敢上前。

扶苏吸一口气，长啸一声，周围顿时静了下来，喊道："秦军将士听令，前方让开，放匈奴士兵回家。"前边谷口传来秦军士兵山呼海啸般的声音："诺！"阵营顿时左右分开一个口子。

须卜旦冲着周围的士兵挥了挥手，说道："大家都回吧！以后放牧不要越过阴山。"看着士兵们都走出了鹿儿沟，须卜旦问道："你就是大秦国长公子扶苏？"扶苏点了点头。须卜旦仰天长叹一声，说道："连大国师帝谷都败在你的剑下，有幸和你过招，死而无憾！"扶苏将须卜旦交给昭阳，说道："以礼相待。"

扶苏转头看着侯莫春那边，见秦军已将头曼单于团团围住，大纛下的五百铁甲护卫也仅剩下二三十人。东边一阵呼啸声，传了过来，扶苏见蒙恬已率众杀了过来。两人见面，哈哈大笑。扶苏指着围成铁桶一般的大纛，说道："擒住啦！"等侯莫春将头曼带到两人跟前，蒙恬皱了一下眉头，说道："长公子，你中了他的金蝉脱壳之计，此人不是头曼单于。"扶苏笑道："我想到了，来、来、来，你再看看他是谁？"就让昭阳将须卜旦带了过来，蒙恬看了一眼，笑道："他就是须卜旦呀！"扶苏一拍脑门，道："还是上当了。"

扶苏和蒙恬率领秦军主力赶到王离指挥的主战场时，见双方兵力相当，呈胶着状态，正在厮杀，蒙恬又将十万兵力投入主战场。兰盖见秦军援军已到，知道败局已定，眼下大单于生死未卜，但看着蒙恬的大纛由鹿儿沟冲了出来，知道大单于凶多吉少，就带着一万多骑兵沿着山口往北逃窜而去。剩下的三万多人顿时失去了指挥，乱成了一锅粥，一部分放下兵器投降，另一部分星散而逃。

却说冒顿接到扶苏的信，阅后大喜，让巴哥军集合部队，营救大单于。当天晚上，兰朵儿温了一壶酒，两人对饮了半天。冒顿低着头，兰朵儿敬了一杯，他仰起头一饮而尽，又低下了头。兰朵儿见他心事重重的样子，问道："这次你得多久？"冒顿摇了摇头说："不知道。"

兰朵儿自己喝了一杯，叹了口气，说道："我知道你忘不了她。"冒顿道："别提这个。"兰朵儿将右手大拇指掐在食指的指尖上，问道："冒顿哥哥，我们夫妻这么久了，我在你心里有没有这么一点点的位置？"冒顿看着兰朵儿，冷冷地摇了摇头。两滴眼泪沿着兰朵儿的脸颊掉了下来。她看着丈夫，缓缓地说道："我知道啦！今生今世，兰朵儿无论如何也代替不了她。我也不再奢求了，但你得给我个娃呀，这个请求不过分吧？"冒顿将壶中酒咕嘟咕嘟一饮而尽，点了点头，转身一口吹灭了灯。

兰朵儿在极度兴奋中，却失声痛哭起来，断断续续地呜咽道："你……你为什么……要……要这样……对我？"冒顿喘着粗气，吼道："你生错了，也爱错了……"

草原覆盖在无边无际的白雪之下。一万铁骑整装待发，冒顿端坐在马背上。一阵悲凉的埙声传了过来，正是那首《离曲》，那低沉婉转的声音直扣每个人的心弦。兰朵儿穿一件大红色披风,远远地站在一棵松树下面,头顶树枝上的积雪不时落在她的身上。她低垂着双目,泪水断断续续地溢出眼眶。这首《离曲》是羊角哀临死前在左伯桃的坟前所奏,悲凉是由乐者的心里发出。

兰朵儿未嫁之时曾问过娘:"怎么知道男人爱不爱自己?"娘说:"傻丫头!这个没法说,到时候你自然会感觉得到。"可嫁给冒顿这么久了,她怎么从来没有感到一丝一毫的爱意?昨天晚上虽然是在黑暗之中,夫妻交欢之时,可她却感到趴在自己身上的男人眼里射出的阵阵寒意。此时,再吹奏《离曲》时,就感到手中的埙已和自己的心境合而为一,埙曲的声音高高低低、急急缓缓和身体的哽咽竟结合得十分巧妙。

蓦地,一声响亮的鸣镝声刺破了天空,兰朵儿眼皮微微一抬,一支箭冲着自己飞了过来,接着后面跟过来漫天的箭雨,像小时候草原飞过的遮天蔽日的蝗虫。她轻轻地闭上了眼睛。埙声停止了,那只黑色的陶埙在雪地里滚出了好远。身上那抹红色在箭矢的不断堆积下,慢慢地消失,只是过了好久,雪地上慢慢地洇出来一片殷红。

巴哥罕绕着方队巡视一圈,在冒顿身边报告道:"万箭齐发,不落一人。"冒顿眼睛环扫了一眼队列中的士兵,吼道:"草原上最强壮的勇士们!你们是谁的部队?"底下匈奴士兵齐声喊道:"冒顿、冒顿!"冒顿抽出腰刀,刀刃在空中划出一道优美的弧线,最后刀锋定格在东南方向,吼道:"出发!"身后万马奔腾,苍茫的雪地上腾起了一道灰色的尘烟。

匈奴大单于头曼化装成普通士兵,逃出鹿儿沟,看着兰盖的五万骑兵和秦军血战正酣,就由战场侧面溜了出去,身后跟着三千多亲兵。刚越过一座山头,头曼命令身边的士兵将大单于的大纛重新竖起来,好让草原上四散的匈奴骑兵尽快归附。头曼回望山下,叹道:"二十多年无数匈奴勇士开疆拓土,未想今日一战,毁于一旦。哎!"侍卫道:"大单于,我们的援军到了。"头曼定睛一看,笑道:"是我儿冒顿的队伍。好,好!"

对面的匈奴骑兵也看到了大单于的大纛,部队加速冲了过来。头曼挥了挥手,喊道:"我儿莫慌,为父在此。"话音刚落,强劲的鸣镝声呼啸而至,跟在后面的是一面黑压压的箭墙。大草原上一代霸主头曼单于消失在逐渐变高的箭矢小山里,连身边的几百亲兵也被射成了刺猬。剩下的三千骑兵望着杀气腾腾的冒顿,纷纷下马,扔掉手中的兵器,跪在草地上,头也不敢抬一下。

冒顿飞身下马,望着脚下跪着的士兵,诧异地喊道:"啊?"忙将那小山一般的箭堆一把一把地移开,见到大单于的尸体,扑通一声,跪了下来,放声大哭:"爹呀!怎么是你?那兰盖给我传信,说是秦军扮作你的样子,诱我上钩……孩儿糊涂呀……呜呜……"巴哥罕过来安慰道:"老单于已归天了,大都尉你要保重身体。国不可一日无主,请大都尉即大单于位。"冒顿哭骂道:"混蛋!父亲尸骨未寒,怎可如此大逆不道?"巴哥罕劝道:"请大都尉以匈奴草原为重,不拘小节,即刻即位。"周围的士兵也都齐刷刷地跪下,异口同声喊道:"请大单于即位,请大单于即位……"

冒顿即位后,厚葬了头曼单于,赐死了除乌兰尺之外头曼单于的所有女人,又按匈奴风俗,娶了乌兰尺为妻,封为大阏氏。

大青山一战,秦军大获全胜,将匈奴主力击溃。史书记载,"匈奴震于秦之兵威,向北远遁""胡人不敢南下而牧马"。此后,近十年间,匈奴骑兵再未越过阴山。直到秦亡以后,楚汉相争,冒顿又挥师南下。此乃后话,暂且不提。

蒙恬下令留了少量的边防军,驻扎在长城内,大军主力退守到上郡。转眼已到了夏天。扶苏望着院子里已密叶成荫的垂柳,就想起风光旖旎的渭河两岸,又想起娘亲,不自觉发了一阵子呆。芊笋在他后面柔声问道:"傻蛋!你又想谁呢?"扶苏道:"娘亲,我都两年没见她啦!"芊笋道:"仗都打完了,你为什么不回咸阳看看她呢?"扶苏叹了口气道:"我当然想了,只是大秦规矩繁多。眼下,皇帝不在京师,我作为长公子统重兵在外,没有诏书,不能私自回京。"芊笋撇了撇嘴,说道:"皇帝不是父亲吗?父子之间咋还有这么多规矩?"扶苏笑了笑,没有回答。

他走到垂柳跟前,折了几根枝条,编成一个环状,戴在芊笋的头上,端详了一会儿,笑道:"这是谁家娘子?生得这般好看。"芊笋就喊乐果取来铜镜，左右偏着脑袋端详着镜中的人儿，趴在扶苏的肩头，小声笑道："长公子扶苏家的娘子……"说着，伏在他的肩头咯咯地笑作一团。

下人送来一封信，扶苏拆开一看，见是一块白底暗线回字文丝帛，上面是几行隽秀的小篆："长公子安康！近日咸阳城盛传君大婚在即，小女子在此预祝君与那位幸运的大宛公主百年好合。世人传颂长公子仁厚勇武，北拒匈奴七百里，是天下大英雄。小女子觉得大英雄和市井混蛋并无二致。耳边海誓山盟之音未消，却未再有只言片语。是谁将一个无辜女子送上幸福的云端，又残忍地将其抛入痛苦的深渊？呜呼！观遍世上负心汉，未曾有出君之右也。君常言'恻隐之心，仁之端也'，君扪心自问，还有没有恻隐之心？桑之未落，其叶沃若。于嗟鸠兮，无食桑葚！于嗟女兮，无与士耽！士之耽兮，犹可说也。女之耽兮，不可说也。"

扶苏脸上有些尴尬，讪讪一笑，将那丝帛攥在掌心。芊笋斜睨了他一眼，问道："你的李酉妹妹？"扶苏点了点头，把手搭在她的头上，抚摸那乌黑的秀发。芊笋扭了一下身子，想把他的手甩掉。扶苏笑道："芊儿，这都多久不联系了，谁知道她今天是咋了。"芊笋噘着嘴问道："你以前给她说了多少甜言蜜语？"扶苏本想着否认，又隐隐有些不忍，就嘿嘿一笑说："那时候年少轻狂，再说，不是还没有遇见我的芊儿嘛！"芊笋道："哎，这个李酉还真是有意思，既然都和胡亥定亲了，还给你写信干什么？让我见见她。"

扶苏赔笑道："芊儿，你想不想见她，以后都会见到的，但希望你莫要生气，过去的就让它过去。反正扶苏眼下满心全是我的芊儿。"芊笋问道："就眼下？"扶苏答道："还有以后，直到永远。说实话，这段时间，我跟着天山牟尼研读佛法，心性有了很大的变化，以前看到的世界和现在看到的世界有很大的差别。仁爱和悲悯是不同的两个心境，一个是居高临下，另一个是融入其中。我经常在梦中见到澹台北、景岳、屠穆、乌狮、那对青燕，还有那么多永远消失的士兵……"

天山牟尼在身后，双手合十，说道："长公子宅心仁厚，自具慧根，天下苍生之福也！"芊笋转身看了一眼师父，笑道："好吧！不为难你了。"

走到旁边一棵榆树下，那里有一架秋千，是扶苏亲手为芊笋系的，底座是一块宽约两尺的木板，上面垫着一块鹿皮。芊笋坐了上去，扶苏在她身后推她。芊笋咯咯地笑道："你把那首《邶风·击鼓》诵给我听。"

扶苏微微一笑，开口诵道："死生契阔，与子成说。执子之手，与子偕老……"突然，扶苏"哎呀"一声，身体如触电一般，脸色苍白地蹲在地上。等秋千荡回来时，底座砰的一声，撞在扶苏的额头上，他跌倒在地，芊笋也从秋千上摔了下来，掉在扶苏的身体上。看着秋千还在摆动，扶苏就一只手将芊笋揽在怀里，另一只手伸到空中，将秋千底座拦了下来。

芊笋看着扶苏满身大汗，脸色苍白，就伸手摸他的额头，问道："哥哥，你咋啦？"扶苏摇了摇头，说道："不知道，刚才心头突然狂跳起来。"芊笋就把扶苏扶了起来，柔声说道："你莫不是生病了？"扶苏摇了摇头，说道："这会儿又没事了，哎，这是咋啦？"天山牟尼暗道："扶苏身为皇帝长子，他又是至纯至孝之人，莫不是皇帝有什么变故？"芊笋要叫大夫，扶苏摆了摆手，说："没事，只是刚才有些莫名的心慌，现在又好些了，别叫大夫了。"转头对一边的小厮说道，"你去把占卜师叫来。"占卜师过来后，用蓍草推算三次，皆为"凶"。

千里之外的沙丘宫。那位号称千古一帝的秦始皇嬴政，茫然四顾，看着跪在脚下的赵高和李斯。此刻，他的眼神中早已没有了睥睨天下的孤傲，而是充满了悲凉。他明白了，人终究是要死的。一生不管多么辉煌，多么和天下苍生不平等，此刻都将画上一个等号。他望着西方，那是帝国的心脏——咸阳城。他意识到自己回不去了，又把头转向西北方，那里有他的苏儿，他最满意的接班人，众多的公子中，性格最像自己，孤傲天下，永不服输。只是这孩子太过仁慈，又太好勇武，主张太过理想化。让他去北地监军，是想让他用眼睛去看一看理想和现实的差距。

他心中默默道："苏儿，为父对你严厉了，但你要明白，你是长公子，是众弟弟妹妹的榜样。世上每个人都有自己的角色，为父不能像对胡亥那样对你，更不能像对诗曼那样宠溺你。你将来是君临天下的秦二世。以后你会明白为父的用意。你生在咸阳宫，又是嫡长子。而为父和你不同，九岁之前生活在邯郸城，是在屈辱和贫困之中长大。十岁回到咸阳立为太子，十三岁先君庄襄王即薨，虽说我继位为秦王，但同时我也是一个失去父亲护佑的孩子。朝堂之事，皆决于吕不韦，我还得叫他'仲父'。宫廷之间，楚系、赵系、韩系还有我大秦宗族势力盘根错节，后来又有成蟜之乱、嫪毐之祸。你说为父能否像你一样做个谦谦君子，宽厚仁慈？平定六国之后，天下表面一统，实则暗流涌动，怎么治理？这是连尧舜也没有遇到过的问题，时势不同啊！我修驰道、直道、灵渠、长城，民间积怨颇多，但这些不是帝国运转的基础工程吗？我五次巡游，世人以为是游山玩水，苏儿，其中的道理你以后自会明白。只有朕苛政以后，你的仁政才有意义，苏儿……"

"咳咳"，嬴政剧烈地咳嗽了两声，盯着李斯看了一会儿，说道："丞相，拟诏书给长公子扶苏。以兵属蒙恬，与丧会咸阳而葬。"李斯叩头，含泪答道："诺！"倒退着出了皇帝的寝宫。

他疲惫地闭上了眼睛，许久，又吐了一口血，虚弱地问道："诏书拟好了吗？"赵高低下头，痛哭道："陛下，你好好休息，保重圣体。蒙毅上卿已去望祭名山大川……"嬴政指着赵高，怒喝一声："混账……"一口鲜血喷了出来，身体重重地倒了下去。

赵高不敢抬头，将额头紧贴在地面上。等了半天，听没有一丝的动静，他就缓缓地抬起头来，伸长了脖子往里边瞧。见皇帝一动不动，刚才指着自己的手指已垂了下来，手心摊开，静静地躺到那儿，就爬着前行过来，哭道："陛下、陛下，你睁开眼睛看看老臣吧！天下苍生可怎么办呀？……"又号了半天，周围还是一片寂静。赵高将手指放在皇帝的鼻息下试探一番，在确认皇帝真的咽气后，赵高由跪着的姿势变成了箕踞。他收起了脸上的凄色，冷冷地看着那张脸，缓缓地说道："你到底还是走了。刚才还紧紧攥着的天下，放下了。不管你舍得舍不得，偌大的秦宫，无数的美女，昆山之玉，明月之珠，太阿之剑，纤离之马，翠凤之旗，灵鼍之鼓……还不是都留在这个世界？你以为你龙精虎猛，前几天，你还宠幸沙丘宫二妃。那都是丹药在起作用。那药性至刚至猛，你只当延年益寿。这药的配方是我那义女南宫灵儿给的，风尘女子会的多。关键这药方是经过你指定的方士检验过的，也让人食验过，没问题，都好着呢。但偏偏你就不行，为啥？陛下，你要的太多了。哦，再给你解释一件事情，南宫灵儿原本叫韩灵儿，是韩王安的小女儿。那年在新郑，韩国贵族叛乱后，你下令将幽禁于陈地的韩王安处死。当时逃出来两个孩子，一个就是灵儿，另一个是她的哥哥信。他俩在阳翟南郊隐姓埋名，改姓为南宫，就是南宫信和南宫灵儿。那次你在兰池遇刺，就是他兄妹二人策划的。后来，南宫信流落关东，南宫灵儿就嫁给了阎乐。当然，兰池这件事，我只是后来才知道的……"

门外有了"沙、沙"的脚步声，赵高喝道："谁？"门外是近侍阉人的声音，"府令大人，陛下该用膳啦！"赵高起身趋步到门口，将膳食盒一一接了进来，说道："皇帝从现在起亲自炼丹，任何人没有召见，不得进入寝宫，你们几个传送膳食依旧。"几个阉人点头，说道："诺！"赵高又说道："你去把公子叫过来。"转身进到了寝宫。

一会儿工夫，宫门"吱呀"一声，被推开了。胡亥跑了进来，赵高指了一下宫门，说道："把门关上！"胡亥一愣，还是转身把门闭上了。他蹑手蹑脚地走了过来，轻声问道："父皇睡着了吗？"赵高说道："跪下！"胡亥看着父亲，慢慢地跪在了赵高脚下。赵高说道："陛下驾崩了。"胡亥惊恐地睁着眼睛，嘴巴张着，眼泪"扑簌、扑簌"地顺着脸颊往下淌，身体也不受控制地剧烈颤抖起来。半天，嘴里才发出低沉的哭泣声。

赵高在一边冷冷地看着他哭，一会儿，胡亥无助地转头看着赵高，这个他无比信赖的老师。赵高问道："胡亥，按皇帝的遗诏，让长公子回咸阳主持葬礼，继承大统。你有什么想法吗？"胡亥道："我能有什么想法呢？圣明的君主最了解臣子，贤明的父亲最了解儿子。"赵高道："如果长公子继位，你就是咸阳城一介平民。你和他同为先帝之子，一个贵为天子，坐拥四海。而你却没有一寸封地。你能接受这个吗？"胡亥道："胡亥年少，身无寸功。我大秦自孝公郡县制以来，不管是宫室贵胄，还是黎民黔首，无功者无爵。父亲临终并未分封诸子。我又有什么可说的呢？听天由命吧！"

赵高冷笑道："别的公子可以，你却不可以。"胡亥就不解地看着赵高。赵高道："丞相之女李酉虽许配于你，但长公子和她的故事，你不会从未耳闻吧？你听没听说过齐襄公、文姜和鲁桓公的故事？"

齐襄公和妹妹文姜私通，后来由于齐国要讨伐纪国，而鲁国又与纪国交好，为了拉拢控制鲁国，齐国就将文姜嫁给鲁国国君鲁桓公。文姜出嫁后，齐襄公就日夜思念，不断邀请文姜回齐国省亲。鲁桓公以前也听说过齐襄公和文姜的风言风语，本想拒绝，但鲁弱齐强，得罪不起，就陪同妻子文姜一同前往齐国省亲，理由是与齐襄王共商治国大计。文姜到了齐国，就与哥哥齐襄公旧情复燃，自然被丈夫鲁桓公看破。但他人在齐国，不敢向齐襄公发难，就斥责痛骂了妻子文姜一顿。文姜心里害怕，就告诉了她的哥哥，齐襄公大怒，就设宴将鲁桓公灌醉，令大力士公子彭生将他勒死。

胡亥一想到李酉看自己那鄙夷的眼神，就低下了头，沉默了。赵高敏锐地捕捉到胡亥心理的变化，就问道："那如果皇帝立遗诏传位于你，你打算怎么办？是继位还是让贤？"胡亥嘴里嗫嚅："大哥在朝野之中都是神一般的存在，父皇咋可能传位于我呢？"赵高笑道："公子，你也不可妄自菲薄。皇帝在世时，多次流露出立你为太子的心意，只是那蒙恬、蒙毅兄弟屡次从中作梗。都是公子，身上都流着嬴氏的血脉，你为何不可君临天下？制人和制于人，岂可同日而语？眼下，皇帝崩于沙丘，遗诏内容，普天之下，只有我和丞相二人知晓。只要你点一下头，这件事就成了一大半。至于丞相那边你不用管，我自有主意。"胡亥看了看一动不动的父亲，又看了看赵高，嗫嚅道："长公子只要看我一眼，我就会浑身发抖……"

赵高笑了笑，说："你以后不会再见到他了，他还怎么看你一眼？"此时的胡亥，心中已强烈地升起对至高无上权力的渴望，就叹了口气道："皇帝驾崩在外，还未发丧，丞相向来忠心耿耿，此时与他商议篡位之事，他怎能答应？"

赵高阴笑道："你不懂丞相。"

赵高又去面见丞相李斯，试探着提出了篡改遗诏的计划。果然，当即遭到李斯的严词拒绝。李斯怒斥道："府令大人怎能说出此等亡国谋逆之词？这种事是作为人臣可以议论的吗？"等李斯的呼吸稍微缓和一些，赵高接连问了他五个问题："你自己掂量一下，和蒙恬相比，谁的本事大一些？谁的功劳更高一些？谁的谋略更深远？天下黎民更拥戴谁？谁与长公子扶苏的关系更好？"李斯摇了摇头，说道："无一能及。"

赵高道："皇帝这二十多个公子，你都是很熟悉的。长公子扶苏，刚毅而勇武，信人而奋士。如果他即位，一定会用蒙恬来取代你当丞相。你还想着怀揣通侯之印告老还乡？胡亥跟着我学习律法好多年了，从未有什么过错。他慈悲仁爱，诚实厚道，重义轻财，尊重士人，内心聪慧却不善言辞。这些优点你作为他的岳丈岂能不知？你还是再考虑一下吧。"

李斯说道："我李斯只执行皇帝的遗诏。自己的命运听从上天的安排，有什么好考虑的？我本是上蔡一介平民，承蒙皇帝信任，让我担任丞相，封为通侯，子孙都得到尊贵的地位和优厚的待遇。皇帝临终前把国家安危存亡的重任交给了我，我岂能辜负了他的重托？你不要再说了，不要让我李斯跟着你犯这忤逆之罪。"

赵高道："君子要适应变化，顺从潮流。世上哪有一成不变的道理呢？如今天下的权柄掌握在你的贤婿胡亥的手里。他现在给皇帝守灵，对皇位志在必得。你现在想以外臣来制服皇子就是逆乱，以下面来制服上面就是反叛。"

李斯道："这是危及社稷、违背天意的悖逆之事，我李斯不会参与的。"

赵高说道："你听从我的计策，一定会富贵封侯，永世相传。放弃这个机会，一定会祸及子孙，结局令人心寒。请丞相三思！"

李斯仰天长叹，挥泪叹息道："唉！偏偏遭逢这乱世……"遂点了点头。

扶苏看着占卜师推出的卦象，眉头一皱。芊笋就把头伸了过来，问道："什么意思呀？"扶苏仰天哈哈一笑，拿袖子将那蓍草一拂，说道："好事临近。按时间推算，皇帝的使者近日即到，到时候我就要娶媳妇啦！"两人进屋又调笑了半天，芊笋就让乐果将准备的吉服送了过来，说道："郎君，我们从明天开始着吉服，一则等着迎接父皇的婚诏，二则嘛，吉服喜庆，也冲冲一些邪祟之气。"

扶苏就将芊笋揽入怀中，嗅着她头发间的芳香，在她耳边轻轻呢喃："芊儿，每次我抱着你的时候，太用力怕弄疼你，不用力又觉得爱得不够。我都不知道该怎么爱你了。"扶苏的嘴唇在芊笋的耳垂边轻轻地张合，气息也随着呢喃一波一波呼到芊笋的脖颈。芊笋就咯咯地笑着，缩着脖子，轻声道："别闹了，痒死了。"扶苏并没有停下来，嘴唇贴得更近了，舌尖隐隐约约地触到她的耳根。芊笋也伏在他的肩头，小声道："都说你是大英雄，怎么老是跟个顽皮的孩子似的？"

扶苏的嘴唇顺着芊笋的脖子，慢慢地下移到领口的位置。她的呼吸渐渐变得局促起来，一只手摁住自己的衣领，问道："你要……要做什么？"扶苏含混不清地道："我想……"门外边传来天山牟尼的声音："沧海桑田，青丝白发，冷暖炎凉，念念生灭。三界无安，犹如火宅……"芊笋有些清醒了，另一只手高高扬起，快到扶苏的脸颊时，稍停了一下，啪的一声，一个耳光，轻声说道："小混蛋！发乎情，止乎礼。"扶苏笑着，抓住她的小手，在手心手背上各亲了三口，问道："手打疼了没？"芊笋满脸笑意地摇了摇头。

扶苏坐在床沿上，芊笋站在跟前。扶苏右手环着她的腰，说道："我再不动了，就这么抱着你。"芊笋静静地低头看着扶苏，眼泪蓦地溢满了眼眶，接着吧嗒一声，一颗泪珠滴在了扶苏的眉间。扶苏觉得眉心一凉，就抬起了头，问道："芊儿，你咋啦？"芊笋俯下身子，在他额头上轻吻了一下，轻声说道："郎君，我看你刚才占卜，眉头紧锁，很不开心的样子。我知道你不想让我担心。我小时候，母亲见我生病了，就会轻轻地打我一下，说是会把霉运赶走……"

两人在房间待到傍晚，扶苏抚琴，芊笋弹奏琵琶，两人合奏一曲《诗经·郑风·野有蔓草》。乐曲婉转缠绵，如泣如诉。院子里天山牟尼、闻伯、乐因等众人，初时觉得声音不是甚大，慢慢地只觉得耳朵有说不出来的妙境，五脏六腑竟似有一只可心的小手在按摩一般，无一处不服帖。闻伯暗道："我一生在音律上钻研，终究只是技上功夫。今日方知，这琴曲需要用情才能入心。"又听见两人对吟和唱：

> 野有蔓草，零露漙兮。
> 有美一人，清扬婉兮。
> 邂逅相遇，适我愿兮。
> 野有蔓草，零露瀼瀼。
> 有美一人，婉如清扬。
> 邂逅相遇，与子偕臧。

几天后，上郡城外的直道上尘烟四起。赵高派出的使者在五百骑兵的护卫下，昼夜兼程赶到上郡。城头的士兵看着半空飘扬的黑色符节，知道是皇帝的使者，就火速报告了扶苏和蒙恬。扶苏牵着芊笋的手，两人换了一身崭新的吉服赶到衙署。蒙恬和王离早已一身戎装肃立在门口。蒙恬见他俩过来了，就笑道："恭喜长公子，应该是皇帝召你回咸阳大婚的诏书。"扶苏转头看着芊笋，芊笋甜甜地一笑，见使者已在百步开外，扶苏就拉着芊笋跪了下来。

等使者到了跟前，王离一看，这人咋这么眼熟？就在脑子里过了一遍，这人是谁？在哪儿见过？蓦地想了起来，此人不是以前在欢喜楼交过手的宫门卫尉阎乐吗？哦，对了，上次听十公主说，南宫灵儿被中车府令赵高收为义女，嫁给了阎乐，怪不得这小子混成了皇帝的使者。

阎乐翻身下马，将诏书展开，扫了一眼跪在脚下的长公子扶苏和蒙恬，朗声道："扶苏、蒙恬听诏！朕巡天下，祷告名山诸神以延寿命。今扶苏与将军蒙恬将师数十万以屯边，十有余年矣，不能进而前，士卒多耗，无尺寸之功，乃反数上疏直言诽谤我所为，以不得罢归为太子，日夜怨望。扶苏为人子不孝，其赐剑以自裁！将军蒙恬与扶苏居外，不匡正，宜知其谋。为人臣不忠，其赐死，以兵属裨将王离。钦此！"

扶苏的呼吸愈来愈剧烈，身边的芊笋早已泪流满面，浑身颤抖，霍地站了起来，冲着阎乐喊道："你、你们……胡说八……"扶苏跟着站了起来，一把捂住她的嘴，在她耳边轻声说道："芊儿，芊儿，别怕……"阎乐见扶苏站了起来，下意识地后退一步，暗道："此人可是名满天下的大英雄、长公子扶苏，他要是反抗，剑一出鞘，我命即丧。"就把诏书交给扶苏道："我只是个小小的使者，传达皇帝的旨意。我所仰仗的是头顶的皇帝符节。"说着，用手指着身后的符节。扶苏接过诏书，细细一看，内容与使者宣读的一字不差，结尾处盖的是皇帝玉玺，"受命于天，既寿永昌"八个篆字。

扶苏仰天长叹一声，默不作声地看着身边的士兵，他们和扶苏目光对接时，都纷纷将头低了下来。芊笋哽咽着对一边的乐果说道："赶紧去把师父叫来。"扶苏摆了摆手，说道："你叫师父来干吗？来劝我抗旨吗？"乐果看了看扶苏，又看了看芊笋，站在了原地。芊笋吼道："你站着干吗？快去。"乐果就跑开了。

阎乐将手中的长剑递给扶苏，说道："长公子，请即刻遵旨自裁吧！"扶苏接过剑来，由剑鞘里抽出了长剑。芊笋扑了过来，哭道："扶苏，你是不是傻呀？就凭那人读的一张纸，你就要自行了断。那是一个父亲给儿子说的话吗？混蛋！"最后伏在他的胸前号啕大哭了起来。扶苏用脸颊在芊笋的头顶和发际间不停地摩挲着，也不觉潸然泪下。

阎乐在边上催促道："长公子，快点吧！君乃臣纲，父乃子纲……"芊笋一拍腰间的藤盒，一指阎乐，喝道："咬死他！"阎乐只觉得耳边嗡的一声，接着就鬼哭狼嚎地跳了起来。身边的士兵忙用刀鞘给他拍打着脸上的黄蜂。瞬间工夫，阎乐的脸就肿了起来，眼睛眯成了一条缝。他指着芊笋喝道："哪里来的妖女？把她给我拿下。"他身边的几个士兵围了上来，正想动手，扶苏怒喝一声："她是我的夫人，皇帝下诏只是让我自裁，和她有什么关系？你们谁敢碰她一下，必死无疑！"说着暗用内力，将剑一挥。扶苏使扶摇剑习惯了，力道自是奇大。这一挥之下，那支长剑竟断为数节，噼里啪啦地掉了一地，跟前的士兵面面相觑，无不骇然。

蒙恬在一边怒喝一声："长公子何等尊贵，又是何等英雄？岂能容你一个小小的使者呵斥？"蒙恬在军中的威望，阎乐作为尉卫丞自是清清楚楚。在上郡他不用明示，只一个眼神，就能让自己粉身碎骨。阎乐强忍着钻心的疼痛，脸上收起嚣张的神色，在一旁默不作声。

蒙恬走到扶苏跟前，说道："陛下今外巡，未立太子。使臣统领三十万大秦精锐守边，而公子你作为监军，镇守北疆，此乃天下重任。今不过一使者前来，你就要自杀，怎知其中有没有惊天的阴谋？这诏书疑点重重，你来上郡不过两年，什么叫'将师数十万以屯边，十有余年矣'？你应当面见陛下，复请圣命，如果陛下再次下诏，公子再死不迟。我只怕是皇帝会不会有什么变故？"

扶苏叹了一口气，说道："我不是没有动过这个念头，你想一下，蒙毅就在皇帝身边，如果父皇有变故，蒙卿怎会不通知你我？我想着可能是草原上冒顿弑父篡位，而我又和他私交甚厚，父皇恶其行，迁怒于我，此是其一。其二，父皇欲立其他公子为太子，我统重兵在外，恐以后兄弟相残，我大秦经历代列祖列宗呕心沥血，才有了这大一统的帝国，父皇怎忍心看到四分五裂、生灵涂炭？罢、罢、罢，父赐子死，子复何言？"

蒙恬虽满腹狐疑，但毕竟只是猜测。一想到蒙毅一直跟在皇帝身边，长公子刚才的分析，和他想的一模一样。但他俩哪里知道，皇帝在巡游途中，走到平原津就病倒了。经随行的御医医治，不见好转，就安排蒙毅主持望祭大典，就是代替皇帝本人祷告山川，替皇帝求福。蒙恬长叹一声，将兵符和将印交给身边的王离。王离跪下，泣不成声，拒不受印，半天，说道："大将军，你少年统兵，伐楚攻齐，官居内史；匈奴入侵，又统领三十万铁骑，暴师与外十余年，却匈奴七百里，威震北疆。你对大秦忠心耿耿，今日不明不白地夺取将印，末将实不敢受。"站起身来，拔剑指着阎乐，喝道，"长公子自到上郡以来，仁厚勤勉，深得人心；作战身先士卒，浴血奋战，斩杀匈奴大国师帝谷，围困大单于头曼，扬我国威，屡建奇功。这样的大英雄就这么不明不白地死掉，我北疆三十万将士不答应……"

扶苏喝道："王离，住嘴！这是谋逆之词……"正说着，身体却一软，倒在了芊笋的肩上。芊笋吹了个口哨，转眼间，一匹枣红色的汗血宝马飞驰而来。刚才，芊笋趁着扶苏不注意，猛地点了他的风府穴，等赤霞兜过来，将扶苏扶上马背，撤下扶苏身上的披风，将他绑在自己的身后，往城外疾驰而去。

阎乐也飞身上马，下令道："追！"王离将手中长剑一横，怒喝一声，"呔！哪个不怕死的，放马过来。"士兵们一怔，他们都知道，王离自祖父王翦以后三世为将，为大秦立下汗马功劳。王离和长公子扶苏在西路军贺兰山战役中，屡建奇功。扶苏要的自然不是战功，在给朝廷的战报中，把指挥的功劳全部让给了王离，王离在朝野之中自然名声大振。

阎乐带过来的五百骑兵，全部都是咸阳宫的卫尉，大多数根本没有实战经历，他们哪敢跟名震天下的王离交手？一时都愣住了。蒙恬看着芊笋带着扶苏已出了城门，说道："王离，不管你受不受将印，你现在已经是皇帝册封的大将军了，不可行忤逆之事。"王离躺在地上，将手中长剑扔在身边，仰天大哭，看着战马一个接一个由身边掠过。这种场景让王离觉得异常陌生。

昭阳闻听长公子出事了，带着十八铁骑护卫，火急火燎地赶了过来，遥看芊笋背着长公子，骑在赤霞兜的背上，出城而去，就紧追了过去。十八铁骑的后面是阎乐的五百卫尉。扶苏被点了穴道，心中却异常清醒，他听了出来，身后的马蹄声，是他的十八护卫，一时满心凄凉，暗道："昨天我还是万民敬仰的长公子，今天却成了大秦的流寇，人人追击，他们都是随我征战多年的生死兄弟。唉，难道说我要向长安君一样流落天涯，永远见不得阳光？那和阴沟里的老鼠又有何区别？难道让芊儿和我过这样暗无天日的生活吗？"念已至此，长啸一声，真气由督脉上升，冲开风府穴，伸手勒住了赤霞兜的缰绳。

芊笋一愣，转身问道："你干吗？"扶苏凄然一笑，说道："你要带我去哪儿？"芊笋道："回大宛。我们不稀罕待在这无情无义的地方。"扶苏道："大秦派出一万铁骑就能将大宛国灭了，到时候那个宁静和平之地也会生灵涂炭。芊笋妹妹，我累了！让我歇一会儿吧！"芊笋转头看着身后的追兵越来越近，就想将扶苏攥着马缰绳的手掰开。她努力了半天，赤霞兜只在原地转圈圈。芊笋急得呜呜直哭起来，说道："郎君，我以后再……再也不叫你傻蛋了，是不是真的把你叫傻了……"扶苏闻听此言，心如刀绞，双臂将芊笋紧紧地搂在怀里。

昭阳已追了上来，说道："长公子，你要去哪儿？"扶苏冷冷地说道："昭阳，你身为大秦帝国的军人，自当为国效力，不必顾及私人交情。昨天，我是长公子，你是我的护卫，护我周全是你的职责；今天，我已是大秦的流寇，你拼死追击，也是你的本分，扶苏不怪你！"

昭阳仰天哈哈大笑，也不作答，而是环视了身后的护卫一眼，吼道："兄弟们，趋利避害乃人之常情，但如盗贼、阉人般获取富贵，如乌龟、老鼠般避开危害，你们愿意吗？"大家齐声吼道："不！"扶苏看着这些出生入死的兄弟，两年前从咸阳城出发时的场景历历在目。那时是三百个鲜活的生命，一张张年轻、充满朝气的笑脸。经帝谷伏击一战，减员到一百；后来北渡口一战，追击帝谷时，减员到十八人。扶苏又看着远处皇帝的符节不断临近，说道："兄弟们，你们的情，扶苏心领了。一会儿，使者到了，如果放芊笋公主走，那就算了；如果想要连坐她，我就顾不了那么多了，只能放手一搏，到时候，难免我们兄弟相残。在此，扶苏谢罪啦！"说着，冲着十八护卫一抱拳。

昭阳流泪泣道："长公子，护卫之职，当以身体为藩篱，护主周全。我等铁血男儿，岂是那等蝇营狗苟的犬彘之辈？"扶苏长叹一声，抱着芊笋下马，两人紧紧相拥，不再吱声。芊笋哽咽道："郎君，我知道你是天下大英雄，但你也要明白，时也，势也。人就像天上的流星，未必都要万古留名；有时候做个温暖身边、照亮一隅的人即可。哥哥，你答应我……"扶苏含泪用吻封住了芊笋的嘴唇。

阎乐指挥着骑兵将扶苏和十八铁骑围得水泄不通，说道："长公子，天下皆曰君至仁至孝，刚毅勇武，今日怎么如此优柔寡断？你一把扶摇剑天下无敌，我阎乐带的这区区五百人，根本挡不住你，但你今日只要亮剑，就是与大秦帝国为敌，与皇帝为敌。"芊笋厉叫一声："狗贼！我要杀了你。"说着，由扶苏身后抽出扶摇剑，那剑甚重，芊笋两手拿着，犹自摇摇晃晃，跑到阎乐的马前，奋力将剑抡了起来，嘴里含混着喊道："大盈若冲、大象无形、出生入死……"扶苏以前练剑时，芊笋在一旁观看，每次练到兴起，他都要大喝一声剑招的名字。芊笋就问他为什么大呼小叫，他调侃说这是神功的咒语，没想到这傻丫头竟然连这话也信。

阎乐身边的士兵直扑了过去，瞬间，四把刀架在芊笋的脖子上。扶苏看得目眦尽裂，吼道："放开她！"这一声，扶苏调动真气，声音强过山间的虎啸数倍，震得众人耳鼓嗡嗡作响。擒住芊笋的士兵都将手中的刀放了下来，只是将她团团围住。

众人脚下是一座山梁。扶苏看了看脚下的大好河山，北边是茫茫草原，那是他和蒙将军痛击匈奴、建功立业的地方，又转身面向南，眺望着帝都咸阳城的方向，那里有疼爱他的娘亲，有清澈的渭水，有欢乐的童年……扶苏仰天长啸一声，衣袖一挥，芊笋手中的扶摇剑竟脱手飞了过来。扶苏一把抓住剑柄，掉转剑尖，奋力一推，唰的一声，剑身完全没入了胸口。说来也奇怪，这把扶摇剑的材料来自天上的陨石，坚硬无比，无坚不摧，却在刺入扶苏胸口后断为三节。剑尖部分落在了身后，中间留在了体内，剑柄部分掉在脚下。扶苏喷出一口血，看着脚下的剑柄，惨然笑道："仗打完了，乌狮死了，扶摇剑也断了，我也该走了……"

芊笋看着扶苏的身体一软，跪在了地上。她张大了嘴巴，想哭，却哭不出声音，浑身颤抖着一步步爬向他。爬到跟前，芊笋抱住扶苏，看了看身后的断剑，哽咽道："哥哥，你别怕，剑断了……没事，没事，等师父来了，她一定能救你。"扶苏的身体颤抖了起来，他想提一口气，却觉得体内空空如也，知道自己任督二脉皆已断裂，就喘了几口气，在芊笋的耳边，轻轻说道："芊儿，扶苏未曾辜负天下，只是辜负了你……"

芊笋抱着扶苏的身体，缓缓地抽噎道："哥哥，你别说话，等着师父来。如果……如果你不想去大宛，那……那就等你养好了伤，我们找一个小山村，就像阿秋姐姐那样，平静地生活，不再理会这世间的纷纷扰扰，没有战争，没有阴谋，在院子里种满鲜花。我给你生很多娃，你教娃武功，不对……不对，不教武功，教他们读书……也不对，什么都不教，一家人就这么厮守到老……"

扶苏的眼泪已经干了，艰难地说道："芊儿，你别怪我。世间万物的和平……在于秩序的平衡，秩序……就是把平等和不平等的事物安排在……

各自适当的位置。父亲就是儿子的秩序。我接受了最好的教育，曾受到万民敬仰，这些都是父亲带来的荣耀。我若起兵反抗，到时……难免父子兄弟相残，刚刚安宁的天下又会生灵涂炭……人总是要死的，如果不能按自己的信仰活着，生命……又有多大意义？"

芊笋感觉到怀中的身体越来越凉，她焦急地看着山脚下，一群人疾驰而来，泪眼模糊得看不清是谁。突然芊笋将扶苏的衣领拉开，低下头，狠狠地在他的肩头咬了一口，皮都咬开了，仍不见一丝的血迹。扶苏眼里又滴了两滴泪，痴痴地看着芊笋，轻声说道："娘亲，孩儿委屈……"脑袋软软地靠在了芊笋的肩上，闭上了眼睛。

王离带着各营统领赶到山顶时，只听见芊笋撕心裂肺的哭喊声。王离仰天大哭，跪倒在扶苏面前，拜道："长公子，蒙将军已被囚禁起来了，我带着兄弟们看你来啦！"身后将领齐刷刷跪倒一片。王离继续哽咽道："以后再也没有大秦雄风了，长城军团已没有了信仰，也没有了灵魂，这样一支部队是打不了仗的，呜呜……"

王离的判断是正确的。两年以后，长城兵团被调往关东平叛。这支打得匈奴骑兵满地找牙的精锐之师，却被一群乌合之众打得节节败退。反倒是章邯率领的一帮骊山囚徒和起义联军打得旗鼓相当，只是因为朝廷的严重内乱，不得不投降起义联军。

芊笋紧紧地搂着那已经发凉的尸体，嘴里喃喃道："哥哥，你醒来呀。这是一个梦，不是真的……"乐果蹲下来，哽咽道："公主，长公子已经走了，你……"芊笋厉声吼道："你胡说！"天山牟尼抚摸着芊笋的肩，说道："芊儿，为师给你讲个故事吧！传说，佛祖涅槃后，他的眼耳鼻舌身，因在佛陀讲法时，深受佛法感悟，而进入大空境。只有两只眉毛，因参悟不够，竟幻化出世间万千痴男怨女……"芊笋突然转过头问道："上次在彼岸峰，菩提翁莫名其妙地叫我左眉仙子，叫他、他……"芊笋哽咽了起来，"叫他右眉使者。"天山牟尼点了点头，说道："是的，你们就是那万千痴男怨女之一，需要经过九世的磨难，在这九世里，你们不管多么相爱，最后都不能结为夫妇……"芊笋问道："那九世之后呢？"天山牟尼答道："又经九世，世世恩爱圆满，之后进入大空境。"

芊笋双手合十，静静地闭目跪在原地，一颗泪珠滑过脸颊，掉在膝下一朵洁白的花瓣上，和上面的一颗露珠合二为一，又滚落到花蕊之中。

数日后，昭阳带着十八护卫，将芊笋师徒送到彼岸峰下，随后隐入茫茫沙漠，不知所终。